魔术会 1

幻戏陷阱

巫童 著

中国友谊出版公司

图书在版编目（CIP）数据

魔术会 / 巫童著. -- 北京 ：中国友谊出版公司，
2021.4
ISBN 978-7-5057-5177-4

Ⅰ. ①魔… Ⅱ. ①巫… Ⅲ. ①长篇小说－中国－当代
Ⅳ. ①I247.5

中国版本图书馆CIP数据核字(2021)第043693号

书名 魔术会
作者 巫童
出版 中国友谊出版公司
发行 中国友谊出版公司
经销 新华书店
印刷 唐山富达印务有限公司
规格 880×1230毫米 32开
27.25印张 610千字
版次 2021年5月第1版
印次 2021年5月第1次印刷
书号 ISBN 978-7-5057-5177-4
定价 128.00元（全3册）
地址 北京市朝阳区西坝河南里17号楼
邮编 100028
电话 （010）64678009

幻戏师

易希川：春秋彩戏派大弟子，下一任春秋彩戏派戏主。为从日军手中盗取“龙图”，随师父牧章桐前往上海，参与盗图行动。

牧章桐：春秋彩戏派现任戏主，人称“安徽彩戏王”。在盗图行动中意外抽到“盗”字，因此改变了自己和整个门派的命运。

双鱼：春秋彩戏派女弟子，易希川的师妹。

罗盖穹：罗家戏苑当家人，名震上海的幻戏高手，“上海三魁”之一，在盗图行动中扮演重要角色。

罗慕寒：罗盖穹的儿子，年轻一代幻戏师中的佼佼者，立志纵横幻戏界，扬名海内外。

皮无肉、皮无骨：跟随罗盖穹驻台表演的幻戏师，也是罗盖穹的亲信，一个擅长傀儡戏，一个擅长灯影戏。

陆万钧：上海幻彩馆馆主，组织了彩戏盟会共谋盗取“龙图”一事。

卢重阳：上海国术馆副馆主，保管着幻戏界三大圣物之一的“龙图”。在日军入城仪式上以幻戏大闹上海滩。

鲁鸿儒：万国千彩大剧院的老板，深谋远虑，深藏不露。

金童：“魔圣”朱连魁的传人，从海外归来，其魔术中西合璧，曾是巴黎魔术馆的首席魔术师，因意外失手致残而被抛弃，与巴黎魔术馆结下深仇。

谭素琴：常年在万国千彩大剧院中登台演出，擅长“击听”，“上海三魁”之一。

刘老仙：上海城隍庙的寄居道士，幻戏手法层出不穷，被公认为“上海三魁”中最厉害的幻戏师。

维克多：巴黎魔术馆的首席魔术师，和“上海三魁”分庭抗礼。

伊莎贝拉：巴黎魔术馆老板的女儿，对中国幻戏非常着迷。

斋藤骏：来自日本的幻术师，实力深不可测，在上海滩摆下生死擂台，立志击败所有中国的幻戏师。

秋本久美子：斋藤骏的传人，最年轻的日本幻术大赛冠军，随斋藤骏前来中国，与中国渊源极深。

依山慕丁：来自印度尸罗门的幻术师，擅长“通天绳”和傀儡幻术。

嘴老：性格不定、目的不明的怪异老者，武艺高强，和牧章桐是旧识。

徐傀儡：绰号“鬼手”，上海街头的神秘之人，曾在易希川面前使用过“画骨术”。

幻戏组织

云机社

创立于南宋年间，存在了数百年之久的幻戏组织，每个幻戏师都渴望加入其中。曾与日本幻戏团进行惨烈角逐，声震寰宇，拥有幻戏界三大圣物之一的“云机诀”。

幻画门

曾经能够与云机社分庭抗礼的幻戏组织，由秋家统领，掌握了神秘的幻术“画骨术”。

春秋彩戏派

原本位于安徽桐城，随着易希川在上海扬名立万而迁至上海，成为上海地界最为有名的彩戏法流派。

巴黎魔术馆

法国人贝特朗创建的魔术馆，首席魔术师是维克多，与万国千彩大剧院长期竞争并占据上风。

万国千彩大剧院

前身是上海刘家戏苑，鲁鸿儒成为老板后，改名万国千彩大剧院，与巴黎魔术馆隔街相望，互为竞争对手。

上海国术馆

上海地界的国术表演圣地，收藏了众多国术珍宝，幻戏界三大圣物之一的“龙图”便藏在馆内。

扶娄派

传于扶娄古国的幻戏流派，极为神秘，云机社的创始人林遇仙便是出自该派，秘密守护着幻戏界三大圣物之一的“骷髅傀儡”。

尸罗门

印度的幻术门派，将两千多年前的天竺幻术师尸罗奉为祖师，擅长“通天绳”和傀儡幻术。

目录

自序

八年前我在成都念大学，一次学校的社团联谊会上，一个名叫罗晴的女生表演了一个魔术，令我至今难忘。

当时教室里的灯光全部关掉，身穿白色衬衫的罗晴站上了黑暗寂静的讲台，轻轻一个弹指，一束暗红色的火焰忽然无声无息地出现在她的指尖上。这束火焰仿佛拥有了生命，从她的指尖匀速滑落，如一条火蛇般绕着她的全身游走，最后重新回到她的指尖。她再一个弹指，火焰熄灭，灯光亮起，一切归于现实。

整个过程中，罗晴的衬衫没有着火，依旧洁白无瑕，没有留下任何火焰燃烧过的痕迹。

我从小就对各种难以解释的现象充满了好奇，于是联谊会结束后主动联系了罗晴，问起她的魔术是如何做到的。她自然不肯透露秘诀，只说那不是魔术，而是一门叫作“流火”的幻戏。

那是我第一次听到幻戏这个词。

在接触罗晴之前，我一直以为魔术是从西方传来的洋玩意儿，是纸牌、是鸽子、是那些令人眼花缭乱的钢铁道具。在接触罗晴之后我才知道，在过去的五千年里，我们的老祖宗早就精通各种各样的魔术，只不过那时不叫魔术，而是叫幻术或戏法，统称为幻戏，变幻戏的人，就叫作幻戏师。

从上古的“蚩尤戏”，到秦汉的“鱼龙蔓延”“画地成川”，再到隋唐的“黄龙变”“神仙索”，以及宋元的“七圣法”和明清的“遁术”，无数神秘玄奇的幻戏被创造出来。而神通广大的幻戏师，更是层出不穷，甚至许多史书中广为人知的人物，也通过幻戏悄然影响着历史进程，继而假借鬼神之说，将世人蒙在鼓里。

然而，这一切都在时间流逝中消亡。在取缔会道门的运动中，幻戏师们收起了神通，泯然众人，无数神奇的幻戏就此失传，湮没无闻，直至今日，已鲜有人知晓。

罗晴得知我私下在创作小说，便告诉了我许多关于幻戏和幻戏师的东西，并讲述了她祖上的故事。

罗晴家在杭州，祖上是幻戏世家。她的高祖父、曾祖父和祖父都是有名的幻戏师，尤其是她的曾祖父，年轻时曾离开杭州去上海闯荡，并在二十世纪三十年代，成为上海赫赫有名的三大幻戏师之一。那门叫作“流火”的幻戏，就是她的曾祖父传下来的。

罗晴还告诉我，那个年代的上海，是中国最繁华时尚的大都会，也是中国最鱼龙混杂的地方。那里有租界洋人，有军政名流，有黑道帮会，有僧道术士，有文人墨客，有青楼娼妓，可以说三教九流无所不有，当然也云集了许多厉害的幻戏师。这些幻戏师能吐雾吞云，援绳升天，能刻骨变容，画魂改命，能以活人为傀儡，用灯影招亡灵。他们在上海这片风云际会的土地上叱咤风云，留下了一个又一个传奇。

过去的八年里，我一直没有停止追寻那些幻戏师留下的传奇脚印，也没有停止探寻那些湮没在历史深处的神秘幻戏。二十世纪三十年代的上海，中国最后一批幻戏师留下了他们的足迹，随后永远地消逝在历史长河中。

我结合罗晴的讲述和自己追寻所得的真相，将这些幻戏师的传奇故事一一勾勒出来，希望能让更多的人知道幻戏师的存在，并重现那些曾经震惊世人、如今却湮没在古老岁月深处的神秘幻戏……

引子

民国二十六年的初冬，比以往任何一年都更为寒冷。萧瑟的西北风提早到来，毫不留情地吹刮着伤痕累累的上海。外滩上，一条赭黄色的道路把成千上万的市民分割在两侧。这些被迫前来观看日军入城仪式的市民脸上，一如西北风那般冰冷，看不到任何表情。

十一月十三日，日军入城的这一天，对每一个上海市民而言，都是一个刻骨铭心的日子。在十二个时辰之前，上海市市长俞鸿钧发布告市民书，宣告上海沦陷。

天寒地冻的道路上，趾高气扬的日军正在列队入城，长长的队伍一眼望不到头。两匹棕褐色的战马并成一排，行走在步兵队伍的中段。两个日军将领昂首挺胸地坐于鞍上，脸上挂着志得意满的笑容，悬在腰间的黑色军刀随着马步颠簸，一前一后地摇晃起来。

眼看城界将近，忽听“呀呀”声起，无数黑点从远处飞来，竟是一大群寒鸦。这群寒鸦极为奇怪，没有从外滩的上空飞过，而是停留在日军队伍的头顶，不断地来回盘旋，叫声密集，聒噪刺耳，令人生厌。这突如其来的奇怪一幕，引得部分日军步兵和围观市民抬头观望。

忽然间马嘶声响起，两匹原本悠然前行的战马，兴许是受到了寒鸦叫声的影响，竟变得焦躁起来，逡巡不前，鼻孔里不断地往外喷着白气。近处的围观市民慌忙避让，唯恐被原地逡巡的战马撞个正着。马上的日军将领拽紧缰绳，嘴里连声呼喝，可是无论如何努力，胯下的战马始终不肯再向前落蹄。后方的日军队伍全都停了下来，不少日军步兵踮起脚尖眺望，想看清楚前方到底出了什么状况。

一个强劲的风头恰在此时从半空中兜转下来，卷起地上一大片暗黄色的尘土。行走在战马前方的一个日军步兵下意识地埋头避风，头盔“哐啷”一声掉在了地上。他急忙弯下腰，伸手拿住了头盔，准备拾捡起来。就在这时，似乎有一道白光从他的眼角倏地掠过。刹那之间，这个日军步兵的表情以一种奇怪的方式定格在了脸上，双目圆瞪，身体保持着弯腰伸手的姿势，如若石化，木然不动。

身后的日军步兵伸手推他，用日语叫道：“赶紧站起来！”

这一推原本没用上劲，可前方的日军步兵却顺势向前一扑，倒在了地上，脑袋忽然脱离了颈部，骨碌碌往前翻滚了数圈，圆鼓的双目如同死鱼眼睛，以一种不可思议又惊恐莫名的眼神，死死地盯着阴云密布的苍穹。一股鲜血从他断开的脖颈里喷涌而出，渗进干燥的黄土里，浸出一个暗红色的扇形。

前后排的日军步兵以为遭遇敌人袭击，霎时命令声此起彼伏。原本排成线状的队伍节节打散，以二十人的小队伍合成一组，用最快的速度集结在一起，端起步枪，黑洞洞的枪眼对准了四周，目光扫视着每一个可能潜伏危险的角落。道路两侧的围观市民被这阵势吓住，全都往后退缩，胆小的已经开始撒腿逃跑。

两匹战马嗅到了血腥气，变得更加焦躁，不断地打着响鼻，抬起前蹄，踏得地上尘土漫漫。马背上的日军将领原本想下马躲避，无奈坐骑颠簸得太过厉害，实在找不到机会下鞍，只能死死地拽住缰绳，以免被坐骑甩飞出去。

警戒了片刻，除了那名日军步兵离奇地掉了脑袋外，再没有出现其他异常状况。日军步兵们面带疑惑，警戒的阵形渐渐有所松动。

负责该队的步兵队长从后排跑来，在死亡步兵的尸体前蹲下，伸出手指按住其尚且流血不止的脖颈断口。断口平整无比，像被某种利器削割所致。步兵队长询问事发时站在前后排的日军步兵，得到的回复都是摇头。方才众目睽睽之下，分明没有任何人靠近这个日军步兵，他怎么会突然间无缘无故便断了脖子？

沉思片刻，步兵队长忽然冲身边的几个日军步兵大声下达了一道命令。

几个日军步兵齐声应道："嗨！"冲到道路两侧的围观市民当中，随意揪了两个市民出来。被揪住的两个市民惊恐地叫喊起来："不是我，不是我啊！"一个裹着白色头巾的妇女扑了出来，哭喊道："孩子他爹……你们干什么抓他？你们……"一个日军步兵飞起一脚，将那妇女踹翻在地。

两个市民被日军步兵拖到道路的正中央，摁跪在地上。一个日军步兵将步枪咔嚓上膛，黑洞洞的枪口抵住其中一个市民的后脑勺。

那市民惊恐万分，双手抱头，带着哭腔，连声讨饶。

"八嘎！"侧面一个日军步兵猛地抬起枪托子，狠狠地砸落下去。那市民的嘴唇立刻被砸得稀烂，几颗碎牙吐在地上，鲜血如同泉水一般，从口中不断地涌出，浑身上下瑟瑟发抖，犹自呜咽着讨命求饶。

步兵队长高高地举起右臂，冲两侧围观的市民喊了几句。市民们只听得一通叽里呱啦的喊话声，根本不明白是什么意思，正疑惑间，却见步兵队长高举的右臂猛地挥落下来。

“砰”的一声枪响，那市民的讨饶声戛然而止，扑倒在地，后脑勺上被轰出了一个血淋淋的大洞，好似被打破的西瓜一般，脑浆溅得满地都是，兀自冒着热腾腾的白气。所有市民哗然惊呼起来，有的捏紧了拳头，有的浑身发颤，近处一位老太太吓得瘫坐在了地上，身后的市民赶紧将她扶起。那裹头巾的妇人哭喊道：“孩子他爹啊……”哀号一声后，一口气没能接上来，竟当场昏厥。

步兵队长又冲围观的市民叫喊了几句，见无人应答，便再一次举起了右臂。黑洞洞的枪口往左移动，对准了另一个市民的脑袋。那市民吓得浑身哆嗦，两片嘴唇不停地打架，连话都讲不出来，裆下渐渐湿了一大片。

步兵队长是想以这种杀鸡儆猴的方式，把隐藏在围观市民当中的凶手给逼出来。

就在步兵队长高举的右臂即将挥落之际，一道白芒忽然从人群中闪电般射出，指住那市民脑袋的枪杆顿时被这道白芒紧紧地缠住。

只听一声苍老而雄健的喝叫声响起，一个身穿墨黑色大褂的长须老者手提白绫，从围观市民的头顶飞跃而过，落在枪前。他手中的白绫猛地往回一拉，枪杆子顿时偏转。“砰”的一声枪响，步兵队长尚未明白怎么回事，脑袋已然无法再行思考，右臂保持着高举的姿势，身子向后歪斜，倒在了刚刚被杀死的市民身旁。

长须老者卷回白绫，挡住飞溅而来的脑浆和血渍，迎风抖开。只见雪一般洁净的白绫上，竟幻化出数朵雪花和梅花竞相飘飞的图案来。

这几下兔起鹘落，种种变化发生在瞬息之间，直到步兵队长倒地身亡，附近的日军步兵才猛地回过神来，哇哇乱叫声中，纷纷朝长须老者挺枪射击。

枪响的瞬间，一道人影忽然从围观市民当中闪出。这人一身中国军人的穿着打扮，身形极为魁梧，突然挡在长须老者的身前，浑身立时被射出了十多个弹孔。然而弹孔触目惊心，却不见有血流出，倒是一些细小的木屑四处飞溅。军人中枪之后并未倒下，反而迟缓地抬起头来，面色蜡黄，死气沉沉，竟不是活人，而是一尊真人大小的木偶。木偶军人的背后，连接着十几根丝线，丝线的另一端，抓握在一个身穿青灰色大褂的中年人手中。

就在木偶军人抬头之际，附近忽有尖锐至极的竹哨声响起，那群在半空中飞舞盘旋的寒鸦仿佛得到了命令，纷纷向下急坠，或啄或抓，朝日军步兵发起了猛烈的攻击。这阵攻击从天而降，来得太过出乎意料，原本阵势严谨的日军步兵，刹那间陷入一片混乱。

中年人看准时机，迅速地扯拽十几根丝线，木偶军人被丝线带动，竟如同活人一般挥手踢足，攻击身前的日军步兵，动作极为灵活。长须老者借助木偶军人的掩护，白绫不断地疾速射出，击向近处的日军步兵，白绫的前端绑有薄如蝉翼的细小刀片，日军步兵一旦被白绫击中，立即非死即伤。一个素衣女人口含竹哨，手持短匕，从侧面冲杀了出来，她不断吹响尖锐刺耳的竹哨声，引得寒鸦群起而动，如浪似潮般攻击日军步兵。另有一个矮壮男人手提双刀，从道路的另一侧大步奔出，一挥衣袖便是一团白烟，迷乱了日军步兵的视线，再一张口便是一大团火焰，烧得几个日军步兵须发尽焦。

此外还有几个身穿墨黑色大褂的青壮汉子，亮出藏在衣服底下的大刀，从道路两侧杀奔而出，杀向结伙成群的日军步兵。

日军步兵突遭袭击，慌乱之中伤亡了数十人，但这些日军步兵训练有素，又全都上过战场，见过更为凶险的战争场面，因此很快便镇定下来，迅速地结成阵势，枪声齐发，开始围剿这些偷袭的中国人。这些中国人虽然身手厉害，但敌不过真枪实弹，很快一个接一个地倒下了。几个青壮汉子死了，吐火生烟的矮壮男人死了，口吹竹哨控制寒鸦的素衣女人死了，操控木偶军人的中年人也死了，最终只剩下长须老者一个人。

无数的枪弹飞了过来，长须老者鹏展双臂，纵声长啸，全身立时被射得千疮百孔，血光飞溅，地面上落下了许多星星点点的血花。他的啸声戛然而止，身子前倾，猛地喷出一大口血水。几个日军步兵来不及躲闪，染上一脸血污，捂脸惨叫，倒在地上翻来滚去，如中剧毒。

长须老者用尽最后一丝力气，扬起一枚暗针，一名骑在马背上的日军将领长声惨叫，捂着喉咙坠下马来。长须老者的身体也在此时訇然倒地，右拳松开，手中的白绫被西北风刮起，从万千市民的头顶上飘过。白绫上的那幅白雪红梅图，在阴霾密布的天空中，肆意地飘飞和张扬。

道路两侧的上万市民遭逢如此变故，均知按日本人的荒蛮性子，免不了要疯狂报复，因此全都大呼小叫，争相逃命。不久前还是一潭死水的外滩，这时候却如同滚水乱沸。

死伤了数十人，日军步兵自然又惊又怒，此时全都红了眼，纷纷举起步枪，也不管是非对错，便冲混乱的人群开枪射击，好些无辜的市民中枪倒下。

一时之间，只听枪声嘭嘭，惨呼四起！笼罩在上海上空的苍穹愈显阴霾，乌云凝聚，风吟悲歌，长久不散……

第一章 密谋

民国二十六年十一月二十九日，戌时。上海公共租界。

半个月前，历时三个月的淞沪会战，最终以中国军队的失利而告终，中国军队退守南京，上海被日军占领，公共租界的东区和北区也沦为日占区。尽管如此，公共租界的主体部分，即中区、西区和西部越界筑路区，分别由英国、美国和意大利的军队驻防，仍然处于西方人的控制之下。英美等国继续承认南京国民政府为中国的合法政府，因此租界当局下达了命令，但凡中国人在租界内的活动，无论是官方还是非官方性质，日本人一律不准加以干涉。

此时日本还未敢对英美等国宣战，得益于英美等国的保护，公共租界内的中国机构照常运行，即便是中国人藏身其中进行反日、抗日活动，日本人也只能眼睁睁地看着。

上海沦陷后，一夜之间，十数万来不及逃出上海的难民，如浪似潮般涌入公共租界。这些难民为图生存，每天都在租界内忙碌地找活路，整个租界非但没有受到不好的影响，反而一天比一天繁荣。

四周虽然烽火连天，可租界内却是夜夜笙歌。为此，租界当局甚至把宵禁的时间放宽了一个时辰。

此时天已黑尽，公共租界内正是华灯初上的时候，大街小巷灯火通明，车来人往，好不热闹。

“大师哥，时辰差不多了，咱们该过去了。”

“你们先去罗家戏苑门口等着师父，我看会儿再过来。”易希川站在街边，扭头对几位师弟说了这话，接着急忙将视线转回身前。在他的身前，一堆人围在一起，人堆中竖着一根长杆，长杆上挑着一盏绿油油的灯笼，灯笼上写着“画骨附魂”四个歪歪斜斜的大字。灯笼之下，一老一少相倚而立，老人身形瘦小，满脸皱纹，两只眼窝黑洞洞的，竟是有眼无珠，双目俱瞎。少年则穿着齐整，眉清目秀，双手伸出，小心翼翼地搀扶着老人。

人堆中爆发出一阵响亮的喝彩声和惊叹声，待声响稍歇，那少年清了清嗓子，说道：“我爷爷年事已高，身子骨弱，经不起折腾，这‘画骨术’又极为费神费力，所以每天最多演三次。方才已演过一次了，那位小姐的前世是位亡国落难的公主。眼下还有两次机会，可有谁愿意一试？”

话音刚落，人堆中立刻走出一个浓眉阔嘴、脸带伤疤的男人，粗声粗气地说道：“我来！”

少年向伤疤男人打量几眼，问道：“这位大哥，规矩你可明白？”

伤疤男人说道：“你们在这块地儿演了三天，我每天都来看，哪还有什么不明白的？”说着摸出赏钱丢进地上的铜碗，身子一转，挺直了腰板，将后背正对着老人。

少年微微俯头，凑近老人的耳朵，似乎怕老人听不清楚，刻意提高了声音，说道：“爷爷，这位大哥已给了打赏，您就给他画画骨，附附魂，看他前世是何来历，又是因何而死。”说着提起一只蘸满墨水的毛笔，轻轻放在老人的右手中，然后扶着老人前行一步，挨近了伤疤男人的后背。

老人颤颤巍巍地伸出左手，指尖碰到了伤疤男人的后背。他屈起三根手指，只伸出拇指和食指，缓慢地触摸伤疤男人的后背，右手则将毛笔举起，顺着左手触摸之处，徐徐而画。少年搀扶着老人，不时取过画尽墨水的毛笔，饱蘸墨水，重新放回老人的手中。

片刻之后，老人已将伤疤男人的后背摸了个遍，手中的毛笔也停了下来。少年搀扶着老人退开，只见伤疤男人后背的衣服上墨迹纵横，已画出了一副又宽又阔的骨架。

老人口唇微张，似乎说了什么话，但他的声音有气无力，极为模糊，围观之人都没听清，只有那少年低头挨近，听清了老人的话，抬起头来，笑着说道：“我爷爷说了，这位大哥前世是位将军，练得一身好武艺，为国上阵杀敌，战死沙场，当真是令人敬佩。”

少年说话之时，伤疤男人忽然面露惊讶之色，只因他并没有用力，手脚却不受控制地动了起来，或高举，或挥落，或扫踢，或飞踹，时而像是在挥剑砍斫，时而又像在弯弓揽箭，活脱脱一个正在沙场上与敌寇奋力搏杀的将军。刀疤男人的神色越来越讶异，显然这一连串的动作并非他的本意，倒像前世的将军之魂附在了他的身上，才令他做出了这些奇怪的动作。

等到伤疤男人的手脚戛然停住，周围的喝彩声已然响成一片。伤疤男人转过身来，瞪大了眼睛看着老人，脸上又是惊恐，又是茫然。

易希川望着这对老少，脸上大有疑色，心中暗想：“以前听师父说起过，‘画骨术’传自左慈，是一门可以描骨请神、画魂改命的神奇幻戏，十多年前曾在上海出现过，后来便销声匿迹，再无所闻。这老人露的这一手‘画骨术’，也不知是真是假，只怕方才自告奋勇的两人，都是事先串通好的，一起在这里装神弄鬼。不行，我须亲身一试，辨个究竟才是！”

就在此时，那少年面露微笑，环视众人，问道：“还剩最后一次机会，谁愿一试？”

易希川不等他人响应，当即高举右手，大声叫道：“我！”说着便要上前。

身后几位师弟急忙拉住易希川，其中一人说道：“大师哥，师父说了戌时初刻在罗家戏苑门口会合，咱们还是赶紧过去吧。师父到了戏苑门口见不到人，一定会责骂咱们的。”

易希川说道：“诸位师弟，这‘画骨术’难得一遇，既然今天让我碰见了，我就一定要弄个清楚明白。你们先行过去候着师父，师父若要责骂，责骂我一人便是。”说完便不顾几位师弟的阻拦，拨开围观人群，大步走进了人堆之中。

几位师弟与易希川朝夕相处多年，深知这位大师哥向来痴迷幻戏，一旦遇上新奇的幻戏，任何事情都可以暂时抛于脑后。几位师弟知道阻止不了易希川，但又看重义气，不愿让易希川独自一人挨师父的责骂，只好低声叹气，继续守在人群外围耐心等候。

易希川走进人堆，来到老人和少年的身前，直接掏出赏钱丢进了铜碗，笑道：“不瞒二位，我也是变幻戏的手艺人，对‘画骨术’早已神往许久，还请二位指教。”

少年打量了易希川几眼，在老人的耳边说道：“爷爷，这位小哥已给了打赏，只不过他和咱们是同行，您看是不是……”

易希川听少年言辞犹豫，心中更加笃定这对老少不会真正的“画骨术”，只是在这里装神弄鬼，心想那老人必定会拒绝。岂料那老人不等少年把话说完，竟缓缓地点了点头。少年抬头看着易希川，说道："这位小哥，我爷爷已经应允了，请吧！"

"难道我猜错了吗？"易希川心中疑惑，诧异地看了老人一眼，见他两只眼窝空洞深陷，脸色阴暗蜡黄，被灯笼的碧绿光线一照，仿若死人一般，竟是说不出的诡异可怖。易希川冲老人和少年抱拳见礼，转过身子，将后背朝向老人。

老人在少年的搀扶下走近易希川，左手缓缓伸出，食指和拇指触碰到了易希川的后背。刹那之间，易希川竟生出了一种奇怪的感觉，仿佛触碰他后背的并非活人之手，而是如死物一般又僵又硬。这只手在他的后背上缓慢摸寻，毛笔紧随其后徐徐作画，不多时手和毛笔一起离开，易希川的后背上，已多了一副窄小的骨架。

画骨已毕，老人低语几句，少年凑近听清楚了，大声说道："我爷爷说了，这位小哥前世生得不大好，是位青楼娘子，日日抚琴卖舞，夜夜宽衣解带，因逃跑而被老鸨捉回，最终惨遭毒打而死。"

少年说话之时，易希川的双手忽然动了，毫无征兆地自行举了起来，凌空虚按，做出了抚琴的姿势。易希川大吃一惊，只因举手抚琴并非他的本意，似乎有一股看不见的力量缠裹住了他的双手，拉扯他的双手做出了这些动作。紧跟着，他的双脚也被一股无形力量拉扯，轻迈莲步，再加上双手挥动，竟是手舞足蹈，翩翩起舞。

围观众人见易希川身穿长袍马褂，明明是一个堂堂正正的男子汉，却像小女人般搔首弄姿，当众起舞，不由得哈哈大笑。易希川的几位师弟却根本笑不出来，只觉得羞愧无比，无地自容，各自涨红了脸皮。

易希川犹如魂灵附体，身体根本不受自己的控制，身不由己地跳舞，心中大惑不解，想不明白为什么会这样。忽然舞姿一顿，他的左手猛地伸到胸前，抓住了马褂左侧的衣襟，右手则抓向另一侧的衣襟，似乎是要当众脱衣，正印了那少年的宽衣解带之语。

易希川急忙右手用力，与这股无形力量反向对抗。易希川的手臂劲力奇大，可这股无形力量同样大得惊人，两股力道彼此抗衡，一时之间他的右手竟僵在空中，既抓不到胸前的衣襟，也无法向旁边挪开分毫。

那老人的脑袋微微歪斜，似乎略感奇怪，少年则被易希川的动作逗乐了，嘴角含笑。

忽然之间，那股拉扯手脚的无形力量凭空消失，易希川的身体顿时得以解脱，双手双脚重获自由。他急忙转过身去，看着老人和少年，惊讶道："刚才是……是怎么回事？"

少年微微一笑，对易希川不予理会，向热烈鼓掌的围观众人抱拳作揖，说道："这'画骨术'并非请灵附魂的法术，只是寻常幻戏，供各位一乐，还请各位切莫当真。我爷爷姓徐，人送外号'鬼手'，我在此代我爷爷，谢过各位赏脸观看了！"说完这话，也不拿起铜碗向围观众人收取赏钱，便将毛笔、墨水和灯笼等物快速收好，装进一只帆布口袋，再用长杆将帆布口袋挑在肩上，然后搀扶着徐鬼手，缓步走出人群，沿街渐渐远去。

易希川亲历了"画骨术"的全过程，心中再无半点怀疑。他望着这对老少远去的背影，心中暗想："世上岂有神鬼之力？这的确是'画骨术'幻戏。可这'画骨术'的个中诀窍究竟是什么？徐鬼手到底是怎么做到的？"

几位师弟纷纷拥上来，其中一人大声说道："大师哥，这爷孙俩说别人是公主，是将军，到了你这里，却变成了青楼里的……他们这是存心羞辱你，你就让他们这么走了？"

易希川却丝毫没有觉得羞辱，心中只是深深的佩服，说道：“这算什么羞辱？他们这是真本事啊。上海果真是藏龙卧虎之地，一个街头变幻戏的老人，便有如此厉害的本事，我算是大开眼界了。”想到能亲眼见证销声匿迹多年的“画骨术”幻戏，他不由得面露微笑，又因始终想不明白个中诀窍，转而皱起了眉头。

易希川抬眼望去，徐鬼手在那少年的搀扶下已经走远，消失在了人流之中。夜间的租界华灯初上，几个浓妆艳抹的舞女正在不远处的霓虹灯下来回踱步，不时拉住一两个客人走进舞厅。易希川忽然心绪触动，不禁抬起头来凝望夜空，星汉无语，夜色深沉如水。这一派歌舞升平，如同一套华丽绚烂的衣服，而被包裹在衣服下面的，却是疮痍累累的皮肉。

师弟们催促的声音又在他的耳边响起：“大师哥，既然你不想找这爷孙俩算账，那咱们就赶紧走吧，师父只怕早就在罗家戏苑门口等着了。”

易希川这才想起，今晚还有要紧之事，暗叫一声“糟糕”，急忙带着几位师弟往罗家戏苑赶去。

转过两条街，便到了罗家戏苑的地界，远远望去，只见戏苑门口灯火璀璨，人流如织。

易希川一眼便望见了站在戏苑门口的一位中年男人，急忙带着几位师弟快步跑去，在那中年男人面前站好，毕恭毕敬地叫道：“师父。”

那中年男人身穿一袭崭新的海蓝色大褂，头戴圆弧小帽，光颚无须，左手中捏着一只怀表。他脸色严肃，拨开怀表看了一眼，目光向众弟子一一扫去，最终看着易希川，问道：“我说的是几时在此会合？”

易希川应道："戌时初刻。"

中年男人问道："为何迟到了一刻钟？"

易希川如实答道："我和师弟们过来之时，在街边遇到变幻戏的，我一不小心看入了神。师弟们多次催促我走，是我一直不肯走，这才误了时辰。不关师弟们的事，是我一个人的错，请师父责罚。"

中年男人见易希川衣衫不整，当即抓住易希川的肩膀，将他的身子扳过来，见他后背上墨迹斑斑，问道："这又是怎么回事？"语气中隐隐有责备之意。

易希川正要回答，忽听一阵车轮扎扎之声由远及近，一辆马车快速驶来，在他的身前骤然停住。车伙计撩起帘幕，一个长髯老人从车厢内走下地来。这长髯老人身穿纯白色的功夫衫，面色红润，神采奕奕。他一扭头便看见了中年男人，立刻迎上前来，拱手执礼，豪爽地笑道："原来是春秋彩戏派的牧戏主！多年不见，牧戏主别来无恙啊！"

中年男人名叫牧章桐，乃是桐城春秋彩戏派的戏主，人送外号"安徽彩戏王"。牧章桐认出了长髯老人，拱手回礼道："陆馆主有礼了！多年不见，甚是想念！"随即对几位弟子介绍道，"这位是大名鼎鼎的幻彩馆馆主陆万钧，还不快过来见过陆师伯。"

易希川与几位师弟走上几步，毕恭毕敬地拜见了陆万钧，齐声叫道："见过陆师伯！"

陆万钧笑道："各个都是青年才俊，了不起。牧戏主弟子盈门，当真是好福气啊！"

牧章桐微微一笑，说道："陆馆主也是来此间赴约的吗？"

陆万钧收起了笑容，点头说道："我收到罗戏主的生死信令，第一时间便赶来了，只是不知出了什么大事。"

牧章桐拨开怀表看了一眼，说道：“时候差不多了，我们进去便知。”他右手一抬，“陆馆主，请！”

“牧戏主，请！”陆万钧也做出请的手势，举步走向罗家戏苑的大门。

“赶紧去换一身衣服。”牧章桐看了一眼易希川的后背，低声叮嘱道，“可别失了体面。”说完，他便和陆万钧有说有笑，拾级而上。两人走到罗家戏苑的大门前，早有门丁上前迎住，查看了生死信令，将两人迎入戏苑之内。春秋彩戏派的几位弟子，紧跟在牧章桐身后，走进了罗家戏苑。

易希川的长袍马褂墨迹斑斑，画着一副骨架，显得极为古怪，往来路人无不侧目而视。作为春秋彩戏派的大弟子，他这般进入罗家戏苑，的确有失师门的脸面。

牧章桐此番来到上海，带了门下弟子十人，投宿于租界内的瑞丰旅馆，与罗家戏苑之间隔了三条街。易希川向瑞丰旅馆快步跑去，一路之上还在暗自琢磨徐鬼手的“画骨术”究竟是怎么回事。他赶回瑞丰旅馆，换了一身青灰色的长袍马褂，重新跑回罗家戏苑，一来一去，花去了将近一刻钟的时间。

此时的罗家戏苑大门半敞，门口立着两个门丁，一左一右负责把门。易希川走上台阶，却被两个门丁伸手拦住。

“今儿个夜里不排戏，贵客请回吧。”一个门丁做了一个向外请的手势。

“我不是来看戏的。”易希川拱手说道，“我师父在里面，劳烦两位小哥让我进去。”

那门丁问道：“敢问尊师是哪位？”

易希川答道：“春秋彩戏派戏主牧章桐。”

那门丁皱起了眉头，上下打量了易希川一番，说道：“牧戏主早就带着徒弟进去了，你请回吧。”

易希川听出了那门丁的言下之意，是说他假冒牧章桐的徒弟，想以此混进罗家戏苑。“我师父当真是牧章桐，”易希川说道，“还请小哥容我入内。”

那门丁想起了管家的吩咐，除非有生死信令为凭证，否则今晚不可放任何人进入罗家戏苑。“今儿个戏苑子里有事，双水戏台不排戏，”那门丁的语气开始变得难听起来，“当家的吩咐过，闲杂人等，通通不得入内。”

易希川没想到这门丁如此不通情理，说道：“是贵苑的罗戏主发来生死信令相请，师父才带着我与众位师弟赶来上海，现在你却拦住我不让进，好生不讲道理。”

那门丁将手一摊，说道：“那你把生死信令拿出来给我瞧瞧？”

易希川说道：“生死信令在我师父身上，我怎么拿得出来？”

那门丁翻了一个白眼，说道：“别说你个愣头小子，就是牧章桐本人来了，拿不出生死信令，也休想踏进罗家戏苑半步！”说着便拿手来推搡易希川，嘴里叫嚷道，“走走走，赶紧走！”

易希川不退反进，踏上一步，一把抓住门丁的手腕，脸上露出一丝厉色，说道：“你贬损我可以，贬损我师父却是不行！”他的手劲力极大，臂力奇大，那门丁顿时面露痛色，一只手臂动弹不得，急忙呼喊旁边的同伴帮援。

另一个门丁见有人闹事，立刻冲上前来，一拳照准易希川的面部挥去。易希川左手一抬，将挥来的拳头拿住。他双手一拧，两个门丁“啊哟”叫痛，身子被迫扭向一边。他再送出一股推力，两个门丁脚底踉跄，磕到门槛，跌入门内。易希川抬脚一跨，身子越过门槛，已经踏进了罗家戏苑的大门。

两个门丁知道不是易希川的对手，急忙爬起身来，大声叫喊。戏苑内有不少护院往来巡逻，听到叫喊声，纷纷赶来戏苑的大门，眨眼间便将易希川团团围住。

“这小子撒泼闹事，赶紧拿住了！”门丁一声叫喊，众护院立刻一拥而上。

易希川面无惧色，三拳两脚，便撂倒了两个护院。

“都住手！”戏苑深处忽然传来了尖细的喝止声，一个衣冠楚楚的灰衣老头在两个护院的陪护下来到大门口，“大晚上的闹什么事？”

两个门丁急忙抢到灰衣老头的面前，指着易希川说道：“关管家，这小子冒充春秋彩戏派牧戏主的徒弟，跑来门口撒野，还动手打人……啊哟，我的手都快被这小子拧断了！”

易希川怒道：“我原本就是春秋彩戏派的弟子，何来冒充一说？”

关管家打量了易希川一眼，说道：“牧戏主已经带着徒弟进去了，他未曾说过还有徒弟在外面。”

易希川说道：“你们若是不信，就把我师父请出来，是真是假，一问便知。”

关管家想了想，在身旁一个护院的耳边小声吩咐了几句，那护院点点头，转身跑进了戏苑深处。“是与不是，”关管家说道，“待牧戏主来了，自有分晓。”

易希川哼了一声，双手抱在胸前，候在原地。

过了好一阵子，罗家戏苑的深处响起了成片的脚步声，黑暗中三盏灯笼由远及近，一群黑影向大门口快速行来。待这群黑影走到光亮下，乃是一群护院簇拥着两个中年人，其中一个中年人正是牧章桐。

关管家迎了上去，叫道：“老爷，牧戏主。”

易希川看清了来人，远远叫道：“师父！”

关管家问道：“牧戏主，这年轻人是你徒弟吗？”

牧章桐点了点头，说道：“是我门下大弟子易希川。”随即脸色不悦，瞪视着易希川，“希川，为师平日里如何训导你来着？你竟敢在这里打人闹事！”

易希川欲要争辩，说道：“师父，我……”

牧章桐不给他任何辩解的机会，喝道：“混账东西，还不赶紧过来！”

易希川的心里堵了一口闷气，却不得不强行忍住，低着头朝牧章桐走去。

牧章桐向身边的中年男人拱手道：“罗兄，我这弟子太不成气候，在你的地盘上丢人现眼，给罗兄添麻烦了，如何处置，听凭罗兄发落！”

那姓罗的中年男人身穿一袭裘皮大衣，嘴角长有一颗肉痣，下巴上留着一缕长长的胡须，乃是罗家戏苑的老板罗盖穹。罗盖穹和气笑道：“章桐兄言重了，年轻人心高气盛，哪算得什么错？想当年，咱们不也是这么过来的吗？”

牧章桐道：“罗兄说的是。”转头喝道，“希川，还愣着做什么？还不快给罗世伯请罪！”

易希川满肚子怨气，但深知不可再给师父出丑，于是躬身说道：“晚辈知错了，请罗世伯责罚。”

罗盖穹笑道：“哪里话，哪里话！易贤侄请起，请起！”

“谢过罗世伯。”易希川将身子直了起来。

牧章桐又责备了几句，易希川一言不发，只是站在原地，盯着地面。

罗盖穹说道：“章桐兄，咱们还是赶紧回去吧，想必其他戏主都已经等急了。”

牧章桐说道：“罗兄说得是，请。”扭头对易希川道，“下次再敢惹事，决不轻饶！随我来吧。”

罗盖穹和牧章桐在关管家及众护院的陪护下，沿着小径走向罗家戏苑的深处，易希川随在牧章桐的身后，闷声前行。

一行人朝罗家戏苑的后园而行，途经戏苑中园的双水戏台。双水戏台建在一片湖水之上，台分左右两幕，各排一出戏目，观众坐在湖边的观戏席中，可凭临湖风水景，同时观看两出戏，乃是上海最有名的戏台子之一。罗家戏苑的戏，便在这双水戏台上进行表演，每日夜里戌时开台，亥时收场。

正所谓戏分贵贱，有金银铜之别，金戏是贵人戏，只给有身份地位的达官贵人表演，连寻常的有钱人家都看不着；银戏是富人戏，票价不菲，但只要肯出钱买票，就能一饱眼福；铜戏是低贱戏，那些跑江湖的艺人，常在街头耍戏卖看，人人均可免费一观，若是觉得好，抛一两个打赏钱，所谓低者贱者均可观之，是为低贱戏。罗家戏苑的戏属于银戏中的上乘者，排的都是传统幻戏，名目繁多，左戏台表演有声戏，如口技、彩戏法等等，右戏台表演默声戏，如手彩、灯影戏等等。两个戏台一声一默，一闹一静，可谓精彩绝伦，令人目不暇接，因此每到夜间，罗家戏苑便是宾客满座，热闹非凡。

此时双水戏台上灯火通明，左戏台上正在表演傀儡戏，右戏台上正在表演灯影戏，湖边能容纳数百人的观戏席里人头攒动，满满当当地坐满了观众，时不时爆发出阵阵响亮的喝彩声。易希川想起方才的恨事，心里暗骂：“狗娘养的门丁，竟骗我说今儿个不排戏，这不明明在演着吗？”又想，“罢了，多大点事，长久挂在心上，不是男儿气概。”这般想着，便将一口怨气咽下，自行消解了。

易希川却不知，今晚双水戏台虽然排了戏，却不是供外来看客欣赏，而是为各地赶来的幻戏师特意进行表演。易希川的几位师弟，此时便坐在观戏席中，望着双水戏台上的精彩表演，忙不迭地鼓掌喝彩。

一行人从双水戏台的后方绕过，穿过一片厢房，便来到了罗家戏苑的后园。

后园的月洞门前有数个护院站桩把守，园内有好几拨护院往来巡逻，其中一处假山池边有十多个护卫站成一圈，阵势可谓严谨至极。关管家走到池边，当先一跃，上了假山，回头用灯笼照路。罗盖穹和牧章桐一一跃上，易希川也跟着跃上，几个随行护院则留在假山池旁进行把守。

关管家绕到假山的背后，拍击石缝中的一处隐蔽机关，只听隆隆声响，两块大石缓缓隐向两侧，一道四四方方的洞门露了出来。罗盖穹从关管家的手中接过灯笼，弯腰走入洞门。

易希川大感惊奇，靠近牧章桐的身后，小声叫了声“师父”，伸手指了指洞门。

牧章桐知道易希川的心中有诸多疑惑，但此时不便解释，低声说道：“你随我进去，别乱出声。”

易希川点了点头。

牧章桐和易希川一前一后地进入洞门。关管家并未入内，而是站在洞门外，拍击石缝中的机关，引导大石缓缓滑出，将洞门封住。

洞门内是一段向下延伸的石阶，大概三十来级，走完了，便出现一条洞道，再沿着洞道往前走了十来丈，便看见洞壁上有一圈四四方方的缝隙中露出火光，乃是一扇方方正正的巨型石门。罗盖穹推动石门，石门底部有滑珠，缓缓向内滑开。罗盖穹大步走了进去，牧章桐和易希川紧随而入。

石门内是一个巨大的石室，四个角上各有一个大火盆燃烧着火焰，将室内的角角落落照得通明。地上有十四只石凳，摆成了一圈，十三个衣着各异的人坐在其中十三只石凳上，人人神情严肃。石室中央有一个半人高的石台，石台上放着一个水纹青花的细口大圆瓶。

一个穿着打扮十分花哨、嘴唇上涂有红彩的男人问道："罗戏主，没出什么乱子吧？"声音阴阳怪气，听起来格外刺耳。

罗盖穹走到石室中央的石台前，说道："各位戏主请放心，并非日本人前来闹事，只是一点小事而已，已经解决齐妥了。"

一个秃顶男人斜睨了易希川一眼，问道："这位小兄弟是？"

牧章桐说道："给各位戏主引荐一下，这是我春秋彩戏派门下大弟子，姓易名希川，乃是我春秋彩戏派的下一任戏主。"

十余位戏主都低低地"哦"了一声，看易希川的目光全都为之一变。

一个戴灰色毡帽的男人调整了一下帽檐，说道："如此年轻就能成为春秋彩戏派的继任戏主，果然是英雄出少年，难得，难得！"

易希川虽说是春秋彩戏派的大弟子，但从未想过成为春秋彩戏派的下一任戏主，牧章桐也从未提起过此事，此时听到牧章桐的话，易希川心中的惊讶程度远比在场诸人更甚。他正要说话，牧章桐却似脑后长眼一般，回过头来，轻轻使了一个眼色。易希川霎时想起，进入洞门之前，牧章桐曾特意叮嘱过他不要乱出声，当下牢记叮嘱，闭口不言。

牧章桐走到空出来的一只石凳上坐下，易希川忍住满腹疑惑，老老实实地站到牧章桐的身后。

一个梳着双环髻的丑脸妇人说道："罗戏主，既然没出什么事儿，这位小兄弟也不是外人，那就依先前定下的顺序，开始抓阄吧。"

"方戏主所言甚是。"罗盖穹说道，"不过抓阄之前，罗某人还有一句话要讲。各位戏主应邀前来，那就是抱了有去无回之心，不管抓到什么，是生是死，都是天意所为，决不能食言反悔。"

十余位戏主面色凝重，肃声说道："不成则死，决不反悔！"声音环荡开去，震得不大不小的石室内回音不断。

"那好，咱们现在就开始抓阄！"罗盖穹说道，"依照各位抓到的号牌为序，邹戏主，你先请！"

一个头发花白的老头子站了起来，脸上苍白无色，身体枯瘦如柴，捂住嘴不停地咳嗽，像是患了痨病一般。他颤巍巍地走到石台前，将一只枯柴般的手臂伸入细口大圆瓶中，抓出一个小小的面粉团，将面粉团捏碎，露出一个纸团，再将纸团展开，上面写着"岩垣启介"四个字，似乎是个日本人的名字。

邹戏主面无表情，拳头抵嘴，连咳数声，又颤巍巍地走回原位坐下。

接着那姓方的丑脸妇人站起，快步走到石台前，从细口大圆瓶中抓出一个面粉团，捏开来，纸上写着"复兴放火"二字。她略显失望地"嘿"了一声，摇摇头，走回石凳上坐下。

接下来又有七个人上前抓阄，各人抓到的纸团上若非写着地名，便是写着人名。

易希川站在牧章桐的身后，瞧得不解，不知道这些人在做什么，但如此场合，牧章桐又特意叮嘱过自己别乱出声，所以一直不敢开口发问。

轮到第十个人，乃是罗盖穹自己，他说道："这阄团儿是我亲手捏制，为免有失公允，我罗某人最后一个抓。陆馆主，到你了。"

一个穿功夫衫的长髯老人站了起来，正是易希川在罗家戏苑外见过的幻彩馆馆主陆万钧。陆万钧虽然年事已高，脚步却极为矫健，几个大步走到石台前，伸手从细口大圆瓶中抓出一个面粉团，捏碎了，展开纸团，纸上写着"馆外接应"四个字。

又是三人抓过，就只剩下牧章桐和罗盖穹两个人了。

罗盖穹抬手道："章桐兄，请。"

牧章桐将手中的号牌交与易希川。"希川，你代我去。"牧章桐说道，"只剩下两个阄团儿，你随手抓出一个便是。"

"是，师父。"易希川应了，手持号牌走到石台前，说道："罗世伯。"

罗盖穹微微一笑，说道："易贤侄，请。"

易希川低头看着细口大圆瓶，瓶口细窄，只容一只手臂伸入，里头黑乎乎的，看不见底。他将右手慢慢地伸入瓶中，手掌左右摸索，不小心触到了瓶壁。瓶壁十分光滑，他顺着瓶壁往下摸，指尖上忽然有一种粗糙感一滑而过。

易希川平素刻苦练习彩戏法，在十根手指头上下了极大的功夫，指尖的触觉比常人要灵敏得多。一滑而过的粗糙感，令易希川微微皱起了眉头，好奇心驱使他往回摸了几寸，摸到那片粗糙的地方，发现这一小块瓶壁有些刮手。方才电光石火之间的粗糙感，正是由于他的指尖从这一小块瓶壁上摸了过去。

瓶壁光滑无比，唯独这一小块略显粗糙，这引起了易希川的好奇心。他用手指摸索这一小块瓶壁，忽然手指一空，竟将这一小块瓶壁抠破了。原来瓶壁上竟藏了一处暗格子。他将手指头伸进暗格子，摸到里面有一个圆物，似乎是一个圆团儿，于是两指一拈，将这圆团儿抓了出来。

易希川摊开手掌，掌心赫然躺着一个面粉团。他手握面粉团，一时之间却想不明白这面粉团为何会藏在瓶壁上的暗格子里。

罗盖穹见易希川抓出面粉团后木然不动，便说道："易贤侄，把阄团捏碎了，看看里面写了什么。"

易希川的手指微微用劲，面粉团碎成了数瓣，露出一个小小的纸团。易希川将纸团慢慢地展开，一个"盗"字便清晰地显现出来。

众位戏主微微抻长了脖子。当易希川把纸团展开露出"盗"字时，众位戏主几乎异口同声地"哦"了一声，似乎是渴望许久的某件事终于发生了一般。可是这一声"哦"当中，所包含的语气却各不相同，有的是惊讶，有的是失望，有的是担忧，有的是叹息。站在易希川身旁的罗盖穹眉头微皱，脸上的肌肉抽动了两下，坐在石凳上的牧章桐则是面色铁青。

易希川不明白这个"盗"字是什么意思，见在场诸人神色异常，师父牧章桐更是脸色阴沉，顿时心生不安，慢慢地走回牧章桐的身边，把写有"盗"字的纸条交给牧章桐，小声叫了一声："师父。"牧章桐接过纸条，只是轻轻点了一下头，再没有其他任何表示，右手却缓缓把纸条捏成了一团，掌心已出了一片湿汗。

罗盖穹看了易希川一眼，目光中有一道难以察觉的寒光一闪而过。他把手伸入细口大圆瓶内，抓出一个阄团，捏碎了，纸上写着"老西门"三个字。

罗盖穹说道："各位戏主，纸上所写，就是各位明晚该当负责的事情。各位戏主切记不可错过时间，明晚戌时到位，三刻动手！"

众位戏主站起身来，齐声说道：“罗戏主但请放心，所司之职必不有失！”

罗盖穹取出一红一绿两个烟火筒，走到牧章桐的身前，说道：“章桐兄，明晚之行，切不可小瞧了那三道机关，不管成与不成，一定要想办法脱身，若是得手了，就放红色烟火为号，若是没有得手，就放绿色烟火为号。”

牧章桐接过两个烟火筒，说道：“罗兄放心，各位戏主也请放心，牧某人便是豁出了这条性命，也一定要将东西盗出来！”

众人抱拳道：“那就拜托牧戏主了！”

密会结束，众人都神色凝重地走出石室，相互间再不多说一言一词。

牧章桐和罗盖穹走在最后，出假山洞门时，罗盖穹道：“章桐兄，你责任重大，倘若人手不够，我立马给你分派。”

牧章桐道：“这就不必了，此次我带了十名弟子同来，人手够用，多了反而误事。”

罗盖穹点了点头，抱拳道：“既然如此，明天我就和众位戏主，一起静候章桐兄的佳音了。”

牧章桐抱拳应道：“牧某人定不负重托！”说罢，带着易希川跃离假山，往双水戏台的方向走去。

走了片刻，等到身边终于没有了人，疑惑满肚的易希川再也忍耐不住，问道：“师父，刚才抓的阄团儿，到底是什么意思？”

牧章桐低声道：“你先别问，回旅馆再说。”脚底下加快了三分。

走到双水戏台前，春秋彩戏派的几位弟子看完了幻戏表演，正候在观戏席旁。牧章桐一言不发，领着众弟子，快步走出了罗家戏苑。

第二章 传说

回到瑞丰旅馆，牧章桐把四名弟子叫到自己的房中，除了易希川之外，另外三名弟子分别叫作三丘子、四方和五行。

牧章桐把三丘子、四方和五行叫来，只为了吩咐一件事。“明天要进入国术馆表演彩戏法，”他说道，“你们三人回房去，把表演七七大阵的道具准备好。”

三丘子、四方和五行同时相顾失色。三丘子惊讶道：“国术馆？师父，那……那里不是日占区吗？”

牧章桐平心静气地说道：“那里是日占区，你们没有听错，回房去准备吧。”

三个人面面相觑，愣了片刻，才齐声应道：“是，师父。”相互悄声议论，一起退出房间，只留下易希川一个人在房里。

“师父，明天当真要去国术馆表演彩戏法？”待三位师弟离开后，易希川才向牧章桐发问。

牧章桐没有说话，只是点了一下头，脸上的平静神色不见了，面色变得铁青，眉目间颇有愁意。

易希川想起在罗家戏苑抓阄一事，当他展开纸团露出“盗”字时，在场诸位戏主反应古怪，牧章桐则像现在这般脸色铁青，略带愁容。易希川猜想今晚的抓阄，一定与明天去国术馆表演彩戏法有所关联，于是说道：“师父，弟子给您添麻烦了。”

牧章桐抬眼看着易希川，目光中透出慈爱，拍了拍易希川的肩膀，说道：“希川，你是我最为器重的弟子，幻戏技艺早已在我之上，将来光大师门的重任，必定要落在你的肩上，所以有些事情，为师就不必隐瞒你了。”他将那张写有“盗”字的纸条取出，平展开来，放在桌上，“明天去国术馆，表演彩戏法是假，真正要做的，却是这个‘盗’字。”

“师父，这个‘盗’字究竟是什么意思？”易希川看了一眼字条，“是要盗取什么东西吗？”

牧章桐点了点头，说道：“此次罗盖穹广发生死信令，遍邀沪皖苏浙四地的彩戏名家赶来上海密会，正是为了盗取一样东西。”

“是什么东西，竟需要弄出如此大的阵仗？”易希川不无惊奇地问道。

牧章桐叹了一口气，嘴里吐出两个字：“龙图。”

“龙图？”易希川不由得皱起了眉头。

牧章桐神色极为严肃，缓缓说道：“龙图，又称河图，说的是上古之际，黄河南岸的孟津渡，曾有一匹龙马披着一幅异图浮出。据说这幅异图虚幻缥缈，蕴含了天地之数、生存之数、五行之数、大衍之术、天干交合之数、六甲纳音之数，又隐藏了左旋之理、象形之理、五行之理、阴阳之理、先天之理等宇宙至理，因其出现在黄河，所以被称为河图。相传当年伏羲便是通过观察河图，揣摩天地生成之理，绘制出了八卦。可是民间又有一说，当年龙马浮出孟津渡时，背上其实披着一虚一实两幅图，虚者便是伏羲看到的河图，实者则是一幅实实在在的古图。这幅古图绘有真龙飞天的场景，故而又被称为龙图。然而，龙图一现世，便流落民间，辗转易手，不知所踪。典籍中只当此为传说，没有予以记载，野史中倒有提及。不过龙马浮图的说法太过玄乎，只怕是以讹传讹，但龙图却是真实存在的，只不过多半不是神物，而是一幅来历不明的古图而已。到了五代末年，这幅龙图几经辗转，最终落到了陈抟老祖的手里。

“陈抟老祖被后世奉为道家高士，可他真正厉害之处却并非道法修为，而是幻戏。陈抟老祖的幻戏可谓神乎其神，后世典籍中记载他睡觉时大眠三十六载，小睡一十八春，实则是一种模糊时间的幻戏，后世不明真相之人，还因此称他为‘睡仙’。正因为幻戏神奇至极，陈抟老祖被幻戏界尊为五祖之一。其实不止陈抟老祖，过往千百年众多高人名士，多的是厉害的幻戏师，什么鬼神传说，不过是蒙蔽世人俗目的幻戏而已。

“陈抟老祖得到龙图后，曾偶遇赵匡胤，那时赵匡胤还没有做皇帝，陈抟老祖用龙图引火，在赵匡胤的面前变了一套幻戏，幻化出真龙绕天之景。赵匡胤大呼神奇，称陈抟老祖为‘戏中皇帝’。陈抟老祖却说：‘将军得真龙萦绕，来日必龙升九鼎。’后来赵匡胤果真做了皇帝，想起陈抟老祖当年的预言，于是派人四处寻访，探知陈抟老祖隐居华山，便亲自登上华山与陈抟老祖弈棋，还故意将一整座华山输给陈抟老祖以表谢意。赵匡胤去世后，太宗皇帝也曾多次御笔亲书，请陈抟老祖出山为仕，但都被陈抟老祖婉言谢绝。太宗皇帝曾写下一首《赠陈抟》，诗云：‘曾向前朝出白云，后来消息杳无闻。如今若肯随征召，总把三峰乞与君。’以表示恳请陈抟老祖出山之意，但最终还是被陈抟老祖婉言拒绝。”

易希川知道陈抟老祖是幻戏界五祖之一，关于陈抟老祖的故事虽有所了解，但知道得并不精细，此时听牧章桐娓娓道来，不由得惊叹道：“原来陈抟老祖如此厉害，连皇帝都要对他礼敬三分。”心中却暗暗想道：“模糊时间，真龙绕天，想不到世上竟有比‘神仙索’还要神奇的幻戏。”脸上不由得露出痴然向往之色。

牧章桐继续说道：“龙图中藏有真龙绕天的绝世幻戏，因此与骷髅傀儡和云机诀一起被幻戏界尊为三大圣物。然而，陈抟老祖仙逝后，龙图却再一次不知所踪，几百年过去了，谁也不知道龙图流落何处。可是十天前，我忽然接到罗盖穹派人送来的生死信令，说是龙图危亡，务请在本月二十九日赶到上海罗家戏苑一聚。幻戏界有一条隐秘遗训，‘三大圣物若有存亡之危，幻戏师须倾付性命以救之’，所以我把桐城的事务交给你双鱼师妹打理，带着你们马不停蹄地赶到上海。今晚在罗家戏苑密会，听罗盖穹讲起，才知道原来龙图就藏在上海国术馆里。这个消息是国术馆的副馆主卢重阳亲口告诉罗盖穹的，只是没人知道为什么失踪了几百年的龙图，竟会藏在那里。”

易希川情不自禁地摇了摇头，对于龙图为何会出现在上海国术馆里，他自然也是想不明白的。

牧章桐话锋一转，说道：“十三日那天，日本人在上海外滩举行入城仪式，想耀武扬威一番，却偏偏有几位不怕死的爱国志士，搅乱了他们的入城仪式，还杀死了好几十个日本兵，只可惜这几位志士也……”说着重重地叹息了一声，“这几位爱国志士，全是上海有名的幻戏师，其中带头的，便是上海国术馆的副馆主、有着‘大廿六’之称的卢重阳老师傅。卢老师傅明知斗不过日本人的长枪实炮，却仍然不顾性命安危，带领几名亲近弟子和几位幻戏界同道前去搅乱日本人的入城仪式，凭血肉之躯杀死几十个日本兵，让嚣张的日本人知晓，我中华大地上的每一个平民百姓，决不会听任侵略者宰割。卢老师傅此等大义，如同十五年前云机社击退日本幻术团那般，震天撼地，足照汗青！”说到这里，牧章桐胸臆难舒，猛地提起拳头，重重地砸在桌面上。

牧章桐话语中提到的云机社，是一个存在了数百年之久的幻戏师组织，关于这一组织的来龙去脉，易希川极为清楚。云机社最早创立于南宋年间，起初在临安府，到明朝时迁至北京，明武宗时曾举行过三次百戏盛会，云机社在三次百戏盛会上全都夺取戏魁，赢得皇帝盛誉，云机社自此闻名遐迩，变得兴盛起来。自那以后的数百年间，每一个幻戏师都渴望加入云机社，一来云机社声名鼎盛，加入云机社便更容易出人头地，二来云机社有一册云机诀，收录了古往今来几乎所有幻戏的秘诀，乃是幻戏界的三大圣物之一。一旦加入了云机社，就有机会阅览云机诀，那是每一个幻戏师梦寐以求的夙愿。只不过云机社择人甚严，只有幻戏卓绝的幻戏师，方能有机会受邀加入。

到了清末时候，北京城被八国联军攻破，云机社被迫迁出北京，不久后南迁至上海，至此便在上海扎下了根。国内的众多幻戏师追随云机社的脚步，纷纷云集上海，这些幻戏师为了得到加入云机社的机会，全都在上海各显神通，上海很快戏苑林立，幻戏之风盛极一时。在云机社南迁上海之前，上海幻戏界原本由幻画门的秋家统领，秋家是上海地界的幻戏世家，最为厉害的幻戏是“画骨术”。云机社迁至上海后，曾主动邀请秋家的掌门人加入云机社，秋家的掌门人却根本不买云机社的账，公然与云机社分庭抗礼，这种情况持续了二十年，后来秋家的掌门人去世，秋家后继无人，家道中落，无力与云机社对抗，云机社这才算正式统领了整个上海幻戏界。彼时云机社势力庞大，不但在国内呼风唤雨，甚至还派遣了不少幻戏师去往海外，一方面了解日本幻术和西洋魔术，另一方面扩大中国幻戏在海外的影响力，云机社的名声也因此传扬到了海外。

正所谓树大招风，名声越响亮，麻烦自然就越多。到了十五年前，一个日本幻术团突然来到上海，这个云集了众多日本顶尖幻术师的幻术团，公开向云机社发起挑战。经历了一番极为惨烈的恶战，前来挑战的日本幻术团最终被云机社击败。云机社虽然获胜，大扬国威，却为此付出了极为惨重的代价。此战过后，云机社势力衰减，支离破碎，不久后便在上海幻戏界销声匿迹，三大圣物之一的云机诀也不知所踪。

云机社销声匿迹后，上海幻戏界群龙无首，云集上海的幻戏师们纷纷展露幻戏绝学，在各大戏苑轮番斗戏，希望能闯出名堂，在上海占据一席之地。一番较量后，三个最为厉害的幻戏师最终脱颖而出，并称“上海三魁”，其中一人是法租界万国千彩大剧院的谭素琴，一人是城隍庙老戏台的刘老仙，另一人则是公共租界罗家戏苑的罗盖穹，上海幻戏界从此便由“上海三魁”联手统领。此后十余年间，不断有幻戏师向“上海三魁”发起挑战，希望能一战成名，但无一例外都落败了，也有不少西洋魔术师来上海闯荡，譬如法租界巴黎魔术馆的首席魔术师维克多，其魔术神奇无比，在上海闯出了极大的名气，但仍然没有影响到“上海三魁”的地位，上海幻戏界的这种局面便一直维持到了现在。十五年前云机社击退日本幻术团一事，易希川早就从牧章桐那里听说过，因此听到牧章桐提及此事时，他不由得心潮澎湃，暗暗对卢重阳生出了无限崇敬之感。

牧章桐继续说道："卢老师傅此举实在令人敬仰，可是那国术馆的馆主王青霖却令人鄙夷。此人在日本人入城当天，竟然携家眷出逃，弃国术馆于不顾。国术馆被日本人占领，里面的各种艺术珍藏，必定难逃被洗劫一空的厄运。"

易希川听得咬牙切齿，提起拳头，砸在自己的大腿上。

牧章桐说道："摆在国术馆荟萃室里的那些艺术珍藏，没了也就没了，并不值得拿性命去守护，可是被幻戏界视为圣物的龙图，却藏在国术馆里。好在卢老师傅曾经与罗盖穹私下闲聊时提到过，说龙图藏在国术馆荟萃室里一条极为隐秘的暗道当中，而且有三道叫作'三重门'的厉害机关守护。罗盖穹说，日本人现在还没有收到消息，所以并没有去寻找，可是时间一长，那就不好说了，我们需要在最短的时间内，想办法把龙图盗出来。"

听到这里，易希川彻底明白了他今晚抽到的"盗"字有何含义。想到即将去日本人占领下的上海国术馆盗取龙图，易希川不由得兴奋不已，可又免不了犯愁，叹道："国术馆被日本人占领了，要盗取龙图，只怕绝非易事。"

"那是自然。"牧章桐说道，"上海沦陷当天，卢老师傅搅乱了日本人的入城仪式，日本人当然会去查他的来历，这一查，就查到他是上海国术馆的副馆主，是一位鼎鼎有名的擅长变彩戏法的幻戏师。日本人不免感到好奇，一个变彩戏法的，居然敢舍弃性命做出这种事来，于是想看看彩戏法究竟是什么玩意儿，变彩戏法的又是些什么人。日本人探知罗盖穹是沪皖苏浙彩戏盟会的会长，于是给罗盖穹发了一封邀请函，名义上是邀请，实则与威逼命令没什么两样，要求罗盖穹去一趟国术馆，为日本人表演彩戏法。罗盖穹的彩戏法精彩绝伦，乃是'上海三魁'之一，但是他几年前就已金盆洗手，早就不再登台表演彩戏法，于是断然回绝了日本人。日本人并不死心，派了一个卫队长前来罗家戏苑，当面邀请罗盖穹。罗盖穹仍是不肯登台，只是答应以彩戏盟会会长的身份，推荐一位厉害的幻戏师，去上海国术馆表演彩戏法。听罗盖穹说，届时日军的几位高级将领和一位日本幻术大师将到现场观看彩戏法表演。那位幻术大师随日军来到上海，一直住在国术馆里，所以无论白天黑夜，国术馆一直有重兵把守，戒备森严，寻常中国人根本无法靠近。罗盖穹知道表演彩戏法是唯一能进入国术馆的机会，所以他广发生死信令，遍邀沪皖苏浙的彩戏名家齐聚上海，谋划盗图一事。彩戏盟会共有三十三家，最终来了十四家，加上罗盖穹，一共是十五家，今晚一起在罗家戏苑的暗室里密会。一番商议后，大家决定由一家进入国术馆表演，伺机盗图，其余人或放火，或暗杀，总之要将国术馆周围的日本兵尽可能引开。另有人暗中负责掩护和接应，以确保龙图被盗出来后，能够安全转移。这中间的每一步，有轻重之别和难易之分，为免失掉公允，所以大家决定以抓阄来定。你抓到了‘盗’字，那就是说，入国术馆表演彩戏法和盗图的重任，就落在了我们春秋彩戏派的头上。入馆盗图千难万险，一不小心便会丢了性命。”牧章桐摇了摇头，叹了口气，“但既然是抓阄所得，那也是天意如此。”

易希川没想到自己那好奇的一抓，竟然抓中了最危险最困难的一步，听出师父的语气有异，便道：“师父，那倒不是什么天意。那阄团藏在瓶壁的暗格子里，我无意间抠破了瓶壁，一时好奇，才把它抓了出来。”

牧章桐顿时皱起了眉头，说道：“瓶壁上有暗格子？”

易希川点头应道：“有一个暗格子，很小，刚好能塞下一个阄团。”

牧章桐稍稍一想，眉宇间便舒展开来，说道：“难怪罗盖穹要最后一个抓……”

易希川也霎时明白过来，罗盖穹事先声称没有在阄团里动手脚，还主动表示最后一个抓，以示公允，实则他早已把包裹“盗”字的阄团藏在暗格子里，为避免抠破瓶壁露出马脚，所以才故意留到最后来抓，即便瓶中多出一个阄团，因他是最后一个抓，抓完后即可将瓶口封住，自然不会有人察觉。看来恐怕是罗盖穹暗藏私心，想借机私吞龙图，哪怕铤而走险入国术馆盗图也在所不惜。到时即便他盗得了龙图，但只要跟众位戏主说失败了，想来也不会有人怀疑到他的身上。易希川不由得暗想：“难怪罗盖穹要广发生死信令，原来是想让我们替他卖命，我们冒着性命危险去引开国术馆周围的日本兵，他倒好，舒舒服服地盗走龙图据为己有。若不是我无意间发现了瓶壁上的机巧，岂不是让罗盖穹的阴谋得逞？”

牧章桐说道：“不管怎样，‘盗’字终归是我们抓到了，各家戏主看得明白，盗图一事我们无论如何也推脱不掉。”他拨开怀表看了一眼，“时候不早了，希川，你回房去，好好地休息一晚。明晚戌时，你随我一起进入国术馆，我会先表演一段彩戏法，等你三师弟他们表演七七大阵时，你、八门和九霄就随我一起溜出后台，去荟萃室盗取龙图！”牧章桐说到这里，眼睛里终于闪过了一丝锋芒，“你回房去吧，记得通知八门和九霄一声。”

易希川暗暗兴奋，应道：“是，师父，我这就回房去休息。”

易希川刚要起身，牧章桐又道：“希川，你在罗家戏苑出手打人，我就不追究了，但上海是藏龙卧虎之地，不比小小的桐城，你别再到处出风头。有些事情，当忍则忍。”

“知道了，师父。”易希川点头应了，向牧章桐道过晚安，走出房间，去通知了八门和九霄，然后自行回房休息。

易希川独自住一间客房，隔壁的房间住着两位师弟，一个叫六顺，一个叫七星，房间不怎么隔音，两位师弟的呼噜声此起彼伏。易希川听着呼噜声，想着明天即将发生的事，心绪翻涌难平，过了许久，才渐渐地进入了梦乡。

第三章 盗图

星辰辗转，昼夜更迭。转眼间，一日的光阴便在世人的忙碌当中，静悄悄地成为过去。十一月最后一天的夜晚，一场淅淅沥沥的小雨，悄无声息地降临到了上海。

上海国术馆门前，街道已被雨水润得湿漉漉的，夜风呼呼地吹刮着两旁的行道树，激起了一片“沙沙沙”的脆响声，如同濒死时痛苦的呻吟。

这天晚上，日本上海派遣军司令官松井石根、日本华中方面军副参谋长武藤章等重要人物，都将来到国术馆观看彩戏法表演。为此，日军分派了两个步兵大队，总人数超过两千四百人，冒雨将国术馆层层守卫起来。八架探照灯交织成网，让任何企图靠近国术馆的人都望而却步，附近的道路也被彻底阻断，闲杂人等绝不允许靠近。所有日本兵打足了十二分的精神，以确保不会有任何意外状况发生。

戌时差两刻钟，牧章桐和随行的十名弟子被日军的大卡车拉到了国术馆的正门前。在到达国术馆前，易希川已经看到道路两旁一队队跑步行进的日本兵。抬头望去，雨幕中的国术馆透出一圈模糊的轮廓，一道道探照灯在它身上扫来荡去，透着一种捉摸不定的神秘感。

下车后，一行十一人接受了严密的搜身检查，所有可以藏东西的地方都被仔细搜查了，所有可能伤人的道具诸如假刀假剑之类，也都被截留下来，不准带入馆内。

接受检查时，易希川的心里充斥着紧张感。昨晚他想象过今夜的国术馆会是什么样的情景，自认为做足了心理准备，但当亲眼看见两千多名荷枪实弹的日本兵将国术馆里三层外三层地包围起来时，心弦也不由得紧绷起来，仿佛一触便会绷断。他慢慢地调整呼吸，使自己的脸色看起来尽可能显得平静自然。

搜完身后，一小队日本兵负责带路，领着牧章桐、易希川等十一人走进了上海国术馆的大门。

上海国术馆内极为恢宏大气，尤其是进门后迎面而来的大展厅，宽敞明亮中透着富丽堂皇之感，只是大展厅的各个角落和通道口都有日本兵站桩把守，可谓大煞风景。

还没等易希川细细地观望，前方的日本兵已领着十一人拐进了左侧的一条通道。

在这条通道里，几乎每走二十步，就能看见两名日本兵持枪把守在通道的两侧。不多时，通道走完，出现一扇双合的木门，推门而入，便来到国术馆的会演大厅。阶梯状的观赏席向前延伸，连接着一片宽阔的舞台，这片舞台就是今晚将要表演彩戏法的地方。会演大厅里同样站满了日本兵，大概有两个小队，足有上百人，全都以手托枪，站得笔直，在厅中包围成圈，各个面色凝重，如临大敌。

瞧见这等戒备森严的场景，牧章桐、易希川等人都微微皱起了眉头，手心里暗暗捏了一把汗。

走在最后面的八门看见这副场景，不由得有些发愣。带路的日本兵回头呜里哇啦地呵骂着，八门回过神来，赶紧埋头跟上。

牧章桐等人被带进后台，所有准备过程，都由四名日本兵现场监督，大声说话也被禁止，只能小声地进行交流。日本人见识了入城仪式当天卢重阳等人的疯狂举动，自然会从中吸取教训。

牧章桐掏出怀表看了看，戌时已过，可外面还没有丝毫动静，不免有些担心，暗暗祈祷这些看戏的日军高官不要迟到太久，否则错过了和众位戏主约定的动手时间，可就麻烦了。

与此同时，国术馆的正门外迎来了两辆黑色轿车，松井石根、武藤章等人已从苏州河以北的驻军区乘车抵达。早有士兵撑伞迎接，将这几位重要人物一一引入会演大厅，入座首席。

坐下后，松井石根倒没有立马吩咐开始表演，而是和邻座的武藤章闲聊起来，想必聊的是某件喜事，两人不时哈哈大笑。

戌时初刻，松井石根终于满意了，冲舞台上点点头，有日本兵立刻用日语宣布表演开始。

灯光没有丝毫变化，依旧通亮，日本人不会傻到给暗杀行动创造条件。

红幕后走出一个穿海蓝色大褂的中年人和一个穿墨黑色大褂的年轻人，正是春秋彩戏派戏主牧章桐和他的徒弟三丘子。

两人步履轻盈，走到舞台正中央。略懂彩戏法的人都知道，上台这几步极为重要，步履越是轻盈，神态越是自若，就越显得功力精纯。师徒俩心中仇视这群侵略者，没有任何鞠礼，直接开始了说段子。

松井石根、武藤章等人都在陆军学校学过中文，寻常汉话对他们没有丝毫难度，可牧章桐和三丘子说的是桐城方言，他俩听不太懂，偶尔听懂了一两句，也会笑上两声。周围站桩把守的日本兵，一来不懂中文，二来注意力不在舞台上，各个神情严肃，不苟言笑。偌大一个会演大厅，死气沉沉，压抑无比，武藤章等人寥寥几声干笑，在空旷的大厅中回来荡去，倒显得有几分怪异。

段子说了一阵，便轮到露真功夫的时间了。只见牧章桐将手中的红面毯子轻轻地垂放在地上，与三丘子各自拈住毯子的一个角，猛地提起来，地上凭空多出了一个大花瓶，花瓶里还插着几束水灵灵的鲜花。他直接扬起毯子，往右肩上一搭，左手忽地从毯子底下快速无比地变出一个斗大海碗，碗里还装着半碗水，轻轻一晃，水面碰撞，荡起一束水花子。

彩戏法讲究"八字真言"，即"捆，绑，藏，掖，撕，携，摘，解"。后台做准备工作时，用捆起、绑好、埋藏、掖夹这四步，舞台上使真活儿时，用撕烂、携带、摘下、解开这四步。方才牧章桐的出海碗，行里人又叫"揪子"，乃是彩戏法中最为基础的技法，但就是这最基础的技法，也需要做足脱勾、揭顶、下幔、回托四步，且要轻盈连贯，吃得上劲，这才显得出真功夫。

不过这最基础的技法，松井石根和武藤章也从没瞧见过，见牧章桐忽地凭空变出一个大花瓶和一个斗大海碗来，不由得一愣，随即频频点头鼓掌。唯独坐在观赏席右首的一个穿黑色西装、约莫三十岁年纪的日本人，叼着一根香烟，嘴角却浮起了一抹轻蔑的笑意。在他的身旁，站立着一个黑衣武士，额头上刻有一道寸长的刀疤，手按一柄黑色忍刀，不动声色。

舞台上，牧章桐的彩戏法一开，便一发不可收拾，毯子搭在右肩上，左手从毯子底下不停地变出各种彩物，如菜肴、水果、寿桃等。三丘子一一接过，接一件便“嘿”地唱喝一声，全都扔在舞台上。不一会儿，牧章桐竟变出了二十四件之多，转眼之间，整个舞台被大大小小的彩物摆满了。看彩戏法的造诣，最主要就是看出彩的数量，牧章桐这一手“大廿四件”，寻常幻戏师没十年工夫，绝对难以练成。这套彩戏法耍完，松井石根和武藤章忍不住连连鼓掌，连那西装日本人也收起了轻蔑的笑意。

可牧章桐还没有完，忽地在舞台上翻了一个满当的跟头，红毯子一扯，手中托起一个大火盆，盆中冒起足足三尺高的熊熊火焰。

这一下连周围偷瞧的日本兵，也都面露惊色。

牧章桐上台时一身大褂并无异常，谁知竟在大褂里藏了这么多东西，这些东西加起来，少说也有四五十斤重，可牧章桐无论踏步、取彩、出彩，都显得极为轻巧，动作干净利落，毫无破绽可寻。这等境界，已深谙彩戏法的精髓和要旨。

彩戏法表演结束，师徒俩连谢场也免了，神情冷漠地往后台走去。虽说是给日本人表演彩戏法，但牧章桐仍然完成得十分成功，他可不愿在日本人面前丢中国幻戏师的脸。师徒二人下台后，几名弟子连忙走上舞台，收捡地上的道具。

来到后台，三丘子换了一身表演服，赶忙和四方、五行一起登台，表演彩戏法的七七大阵去了。

后台是间小屋，四个角上各站着一名拿枪的日本兵。牧章桐走到门口，对看守的日本兵打手势，意思是憋得急，想去一趟茅房，方便方便。

那日本兵举起枪，对准牧章桐呜里哇啦地乱吼，丝毫没有允许牧章桐离开的意思。

牧章桐没有办法，只得走回原位，在凳子上坐下。

牧章桐拿出怀表，快戌时二刻了，所剩的时间已经不多。他使了一个眼色，示意要更换衣服。易希川和两位师弟连忙把衣服、棉裤和鞋子递来。牧章桐暗中眨了一下眼，易希川和两位师弟也轻轻地眨眼回应。接过换下来的衣物，易希川和两位师弟各自走到一个角上，把衣物放回事先分开摆放的储物箱中。

牧章桐忽地一声轻咳，咳声未落，四人倏地一齐转身，以迅雷不及掩耳之势，左手捂住日本兵的嘴，右手扣住日本兵的脖子，只听咔嚓四响，这四名日本兵还没来得及呼喊，脖子已被齐齐扭断。这转身、捂嘴、碎颈三个连贯动作一气呵成，显然早就熟练。

牧章桐示意众弟子不要出声，然后命七星去帘幕处偷偷瞧着动静，他和易希川、八门、九霄则迅速换上日本兵的衣服，又给四个死去的日本兵套上脱下来的大褂。

换装停当，四人拉开后门，正准备悄悄地溜出去。

忽然，一声爆炸早不响晚不响，偏偏在这时响了起来。

牧章桐心头咯噔一跳，慌忙掏出怀表一看，此时离约定好的时间还差一刻钟，某位戏主定是弄错了时间，提前引爆了炸药。

震耳欲聋的爆炸声传来，会演大厅里立刻乱了套。

松井石根不知道发生了什么事，急忙站起身来，连下数道命令，披起大衣，急匆匆地往外走，武藤章和西装日本人也紧随在松井石根的身后，大队日本兵护着三人，小跑而出。

牧章桐和易希川还没来得及溜出去，便听见后台上一阵呼喝声和脚步声。此时四人已经换上了日本兵的衣服，倘若现在溜出去，进来的日本兵发现少了同伴，必定会生乱子。牧章桐一咬牙，将刚刚拉开的门又关了回去。此时后台的帘幕也恰好被掀起，三丘子、四方和五行被三名日本兵呵斥着推了进来。

四名日本兵虽然被换上了大褂，但尸体横躺在地上，太过显眼，众弟子连忙站起来，挡在尸体前，一动不动，神色颇为紧张。三名日本兵见几个戏子站起，连忙举枪，对准众人呵斥，命令众人蹲下去。众弟子只好蹲下，暗中却铆足了劲，只等牧章桐一声令下，便要一齐动手。

这三个日本兵急着赶去增援，难免有些心浮气躁，四个穿大褂的人躺在地上一动不动，站着的四个“日本兵”连模样都变了，三个日本兵竟没有瞧出破绽。

领头的日本兵指了一下牧章桐，又指了一下易希川，哇啦说了两句，又冲八门和九霄呼喝了两声。

众人听不懂这日本兵在说什么，全都愣住了，暗暗焦急，不知该如何应对。

易希川见牧章桐和两位师弟愣在原地，情急之下，连忙用力地点了一下头，壮着胆子大声应道：“嗨！”他虽然不懂日语，但方才进国术馆的途中，听日本兵应答时几乎都只说一个“嗨”字，此时只能心胆一横赌上一把。

那日本兵又冲易希川和牧章桐哇啦了两句，忽地向外一指。易希川见了手势，立马明白过来，这日本兵多半是命令自己和师父出去增援，让八门和九霄留下来看守后台。

可是易希川和牧章桐身负盗图重任，怎能离开国术馆？易希川微一犹豫，正在思索对策，却见那日本兵忽然皱起眉头，盯住地上躺着不动的四个人，迈步走了过来。

易希川离那日本兵很近，见他走来，生怕他认出自己，连忙把头埋低。

身后的牧章桐暗暗焦急，一旦这日本兵发现地上的四具尸体，事情就糟糕了。此时若出手击杀这日本兵，自然轻而易举，可站在帘幕处的两个日本兵却离得太远，没办法立时击杀，那两个日本兵定会大声呼喊，到时候外面还没走的日本兵一起扑进来，就万事休矣。情急之下，他心里忽生一计，对站在身边的六顺小声说道：“六顺，打我。”

六顺一愣，盯着师父，大为不解。

牧章桐咬牙急道：“快打！”

六顺见师父如此起急，虽然不解其意，但也不敢违拗，提起钵大的拳头，照准牧章桐的肩头给了一拳。

牧章桐立刻面露凶相，哇啦乱吼，将六顺推倒在地，抬起枪杆在六顺的身上狠狠打了一下。六顺躺在地上，瞪着身穿日本兵衣服的牧章桐，吓得脸都绿了。

牧章桐本想以此来转移那名日本兵的注意力，但那日本兵瞧见六顺打了牧章桐一拳，以为是这戏子作乱，虽然没有再理会地上躺着的四个人，却大喊了一声“八嘎”，挺枪就朝六顺扣动了扳机。六顺腹部中弹，惨呼一声，手脚抽搐，渐渐没了动弹。

三丘子等人面容惊动，身子刚刚一蹭，站在帘幕处的两个日本兵立马举起枪，大声呵斥。三丘子等人按住不发，盯着中弹的六顺，双目发红，人人都攥紧了拳头。

一串急促的脚步声响起，外面十几名没走远的日本兵听见了枪响，连忙折返回来，冲进后台，挺枪对准了房间里的所有戏子。

那日本兵还没出够气，又接连叫了三声“八嘎”，对准六顺的尸体又连开了三枪，这才气喘吁吁地住了手。

易希川瞧见这一幕，胸中悲愤交织，心头如若滴血，握枪的手都颤抖起来，但他心知大局为重，咬紧牙关，一动不动。三丘子等人同样满面怒色，却不得不强行忍住，克制不发。

五行却是个火暴脾气，眼睁睁地看着六顺接连挨了四枪，每挨一枪身子就抖动一下，一股热血立时冲上脑门，大吼道："你个狗娘养的！"脚掌一蹬，身子如离弦之箭般笔直蹿出，将那日本兵扑翻在地，双臂箍住他的头，狠狠一掰，只听咔嚓一声，那日本兵立时口涌鲜血，两腿蹬了几蹬，没了动弹。

与此同时，十几声砰砰枪响，五行浑身中弹，脑袋被打穿，脑浆迸裂，仰倒在地，满面怒容，带着悲愤而亡。

五行一死，身后的众弟子再也按捺不住，三丘子、四方等人哐啷敲碎变彩戏法用的瓷盘，飞身扑上。后台原本就小，众日本兵还没来得及掉转枪头，已被三丘子等人欺近身来。一旦近身，日本兵的步枪便没了用武之地。牧章桐、易希川、八门和九霄都换了日本兵的装备，见众人动手，当下也管不了那么多，举枪便射。四人虽然没用过枪，但照着日本兵的方法上膛开枪，距离又如此之近，目标如此之众，登时有几个日本兵中弹倒地。

须臾过后，十几个日本兵全都被杀死在地，几名弟子当中，七星和十月身死，多人受伤。三丘子、四方等人将手中滴血的瓷片一扔，抱住五行、六顺、七星和十月的尸体，大声呼唤，失声恸哭。四名弟子双目圆睁，再也不能回答。

会演大厅中又响起一大片脚步声，一队负责留守在国术馆外的日本兵被这一连串的枪声所惊，急匆匆地扑了进来。

牧章桐拉开后门，对跪在地上失声痛哭的众弟子喝道："走啊！"

三丘子和四方抹去了眼泪，搀扶起受伤的几位师弟，众人鱼贯而出。

出了后门，便是国术馆的一条走廊。牧章桐一边带头奔行，一边展开变彩戏法用的毯子。毯子是红色底，黑色边，上面绿线、黄线和白线混杂在一起，绣成了各种喜庆的图案，但若只看黄线，就会发现，所有黄线其实构成了一幅简易的地图。这毯子本是牧章桐的物什，昨晚罗盖穹命人把黄线绣了上去，所有黄线所构成的地图，正是国术馆内所有房间和路线的布局图。

牧章桐找到此刻所处的方位，叫道："走这边！"推开左侧一扇门，穿过一间房，进入了另一条走廊。

后方那队日本兵扑入后台，见了十几个日本兵的尸体，叫骂声中，追出后门，只见地上滴有血迹，众戏子逃遁的路线一览无余。

牧章桐手握地图，很快将众弟子带到国术馆的后门。他轻轻拉开一道门缝，向外瞧了一眼，没见到把守的日本兵。不远处一幢建筑燃起冲天大火，那方向上传来混杂的人声，想来包围国术馆的日本兵离出事地点最近，都赶过去增援了。

牧章桐拉开门道："快走！"三丘子、四方等人慌忙冲出后门。易希川见师父没有出门的意思，知道师父还要留下来盗图，于是也站在门内一动不动。

三丘子、四方等人跑出几步，忽见牧章桐和易希川没有跟来，回头叫道："师父，大师哥，快走啊！"八门和九霄知道牧章桐还要留下来盗图，想要冲回来帮忙。

牧章桐却道："八门，九霄，你们跟着三丘子一起走。三丘子，众位师弟就交给你了，你护住大家，一定要平安返回租界！"

不等三丘子应答，牧章桐便将后门关上，从内扣上了锁。身后脚步声逼近，牧章桐展开地图，瞧了一眼，说道："希川，走左边！"两人飞快地奔入左边的通道。

牧章桐奔跑时，故意把脚步踏得响亮，唯恐身后追来的日本兵听不见。

这队日本兵追到后门，急匆匆地瞥了一眼，见后门从内反锁，只道这群戏子没来得及逃出去，又听见左边通道里传出响亮的脚步声，连忙大声叫骂着追赶而去。

爆炸声响起后，会演大厅中的日本兵几乎全都冲到了国术馆外。

细雨之中，只见东北方向上一幢建筑燃起冲天大火。这幢建筑是日军进驻上海后，屯放后勤物资的地方。日军攻陷了上海，准备趁势攻打南京，后勤保障本就是最为头疼的问题，眼见屯放后勤物资的建筑着火，松井石根不由得勃然大怒，推测是潜伏在城内的中国军人所为。此时攻打南京的军事行动已定好在明天进行，兵力都已调集城外，如此重要的时刻，怎能有任何差池？他当即命令把守国术馆的两个步兵大队飞速赴援，一方面要全歼爆炸纵火的中国军人，另一方面要以最快的速度扑灭大火，抢救物资。

穿黑色西装的日本人站在门口，没有要离开的意思。一小队日本兵留下来负责保护他，那名黑衣武士也站在他的身侧，一脸肃杀。

西装日本人望着不远处的大火，沉思片刻，忽然微微一笑，用日语对旁边的黑衣武士说道："支那人想调虎离山，我守住正门，你杀回去，保护久美子小姐，务必杀光作乱的支那人。"

黑衣武士点了一下头，按住黑色忍刀的刀柄，身子一晃，便消失在了正门的门口。

过了一阵，国术馆内忽地响起一大片枪声，这一小队留守的日本兵不知发生了什么事，征求了西装日本人的意见后，快步奔入馆中察看。

西装日本人仍旧站在正门外，擦燃一根火柴，点了一支香烟，叼在嘴边，仰头望着细密的雨丝，脸上带着看风景般的悠闲神情，微微怔忡出神。

忽然，雨幕深处传来了一声极为轻细的响动。

西装日本人定睛望去，只见十余丈开外，雨幕深处透出一道黑影，站立着一动不动。

西装日本人深深吸了一口香烟，缓缓地吐出烟雾，左手则摸向腰侧，抽出一根筷子长短的钢扦来。

西装日本人用还算流利的汉话说道："来了，就不要站在那里。"他嘴上的香烟随着嘴唇开合而上下抖动。

那道黑影仍是一动不动，"嗖"的一响，一团黑乎乎的东西忽然从雨幕深处疾飞而至。

西装日本人举起钢扦一拨，那东西"啪"地掉在地上，竟是一只臭烘烘的布鞋，一股脚臭味儿立刻泛哄起来。

西装日本人的两笔细眉向鼻梁间靠拢，鼻孔里哼了一声，皮鞋向后一蹭，忽地飞身蹿入雨幕之中，钢扦刺出，那道黑影立时被洞穿了胸膛。

这一击如离弦之箭，势不可挡，可是钢扦一刺入黑影的胸膛，西装日本人便察觉出了不对劲。

这时，身后忽地响起一声尖兮兮的"哈哈"笑声。西装日本人猛地回头，只见一道瘦小的人影在国术馆的正门前一闪而入。

西装日本人刚才还望着远处的大火嘲笑调虎离山，此刻便中了此计，低声骂道："八嘎！"旋即转身追入国术馆内。身后那道被他刺中的黑影"啪"地倒地，露出了支撑在衣服里的几截竹竿。

大批日本兵朝牧章桐和易希川追去后，一道黑影忽然出现在了后门处，正是那额带刀疤的黑衣武士。他低头瞧了瞧地上的血迹，那是春秋彩戏派几名受伤的弟子留下的，血迹延伸到后门便消失不见，于是他拉开后门朝外望去，只见远处有几道摇摇晃晃的黑影正在奔逃。黑衣武士嘴角一笑，拔出黑色忍刀，身影一晃，便消失在了后门门口。

牧章桐手握地图，再复杂的布局也是迎刃而解。没过多久，他和易希川就来到了荟萃室的门口。

牧章桐取出怀表，轻轻按下表壳上的一个按钮，怀表底部忽地弹出一枚薄薄的铁片来。这枚铁片只有半截拇指长，牧章桐将它插入门上的锁孔里，轻轻拧了几下，门锁便“咔”地开了。

牧章桐说道：“你先进去，墙壁上有暗门，把它找出来。”

易希川说道：“师父，那你呢？”

牧章桐深知若是大批日本兵追到荟萃室，今天就别想盗图了，再加上四名弟子死在日本兵的枪下，这笔血仇就摆在眼前，一向斯文隐忍的他，眼中竟透出了一抹令人胆寒的杀气，说道：“我去去就回。”将红毯子往肩上一搭，转身沿来路奔去。

易希川心中万分担心牧章桐的安危，可他知道此时时间紧迫，半点时间都浪费不得，于是把荟萃室的门掀开一条缝，闪身钻入荟萃室内。

荟萃室内一片漆黑。易希川轻轻关上门，摸到墙壁上的开关，将电灯拍亮了，一眼望去，顿时大吃一惊。

荟萃室里摆满了大大小小的木架子，木架子上摆放着各种国术珍藏，可谓琳琅满目。但这些对易希川完全没有吸引力，真正吸引住他的，是左侧的墙脚处，躺着一个身穿粉色和服的日本女子。这和服女子手脚被捆，嘴里塞了一团麻布，正吃力地仰起头，睁着一双大眼睛，惊恐地望着易希川。

漆黑的荟萃室里竟然有一个被捆绑起来的日本女子，这令易希川大感意外。这和服女子瞧起来年纪不大，大约十六七岁，容颜清秀，纯美干净，手腕上戴着一串蓝色的贝壳手链，但她脸色苍白，如患重病，眼角挂着泪痕，脸上满是惊恐之色。易希川疑惑地看着和服女子，朝和服女子走近了一步，忽地发现和服女子惊恐无比的目光并非盯着自己，而是盯着自己的身后。

易希川顿觉不妙，赶紧回头，只见两道又高又壮的黑影已飞扑到了眼前。

匆忙之中，易希川下意识地抡起右臂，向右边那人打出一拳。右边那人急忙抬臂抵挡，只听咔嚓一响，易希川的臂力奇大，这一拳使足了劲道，右边那人失声惨叫，倒飞出去，摔倒在地。此时左边那人已经扑到，一拳打在易希川胸肋之间，易希川连退数步，跌倒在和服女子的身旁。

直到此时，易希川才看清，偷袭他的人，竟是两个戴着黑色面罩的日本兵。

左边的日本兵击倒易希川后，连忙扑到摔倒在地的同伴身边。摔倒在地的日本兵挨了易希川的重拳，两眼圆瞪，脸上肌肉抽搐，额头青筋爆出，左手颤抖着将面罩摘下，大口大口地喘气。他的右臂挡了易希川这一拳，胳膊肘竟然折断，白森森的断骨刺破皮肤露了出来，鲜血直流。

那日本兵将受伤的同伴轻轻放在地上，回头恶狠狠地瞪着易希川，猛地扯下面罩，露出满是匪气的脸来，容貌面目，竟和受伤的同伴长得颇为相像，仿佛是一个模子里刻出来的。他大声叫道：“小日本鬼子，干你娘的，看老子不宰了你！”抓起旁边架子上的沪剧大刀，便朝易希川当头砍来。

易希川一愣，惊觉此人开口却是江西一带的方言。只是此刻情势紧张，易希川无暇多想，着地一滚，刀锋贴背而过，结结实实地砍在地上。这大刀本是清代上海一家剧团唱戏所用的道具，后来剧团解散，这大刀就被国术馆买来作为藏品，区区一柄道具刀，哪经得起这般大力砍斫，立时“啪”的一响，折为两截。

刀锋虽折，可那日本兵怒意更盛，抡起剩下的半截棍棒，向易希川扫落。易希川身子一闪，藏到一面牛皮鼓的后面。那日本兵追击易希川，刚一挨近牛皮鼓，便听见“咚”的一声巨响，震得他耳膜鼓胀，手中的半截棍棒竟被吓得掉在了地上。易希川手持鼓槌，跳开两步，冲丑态百出的日本兵嘿嘿一笑。

那日本兵哇哇怒叫，提起一把表演“七圣法”的虎头大刀，追着易希川一通狂砍。这是一把货真价实的大刀，易希川不敢怠慢，收起轻蔑之意，依靠灵活的脚步，在木架子之间东躲西藏。两人你追我赶，翻翻滚滚，在荟萃室里兜了好几个圈子。那日本兵没能砍死易希川，但好些国术珍藏，却都被他一通扫荡，砍得稀巴烂碎。

忽听门口“吱呀”一响，两人一起回头，只见门外又钻入了一个日本兵。

易希川瞧得清楚，从一排木架子后面探出脑袋，大声叫道：“师父！”

那日本兵回手便是一刀，易希川连忙缩头，一阵凉风从头顶扫过，险些被削去了一层头皮。

钻进荟萃室的“日本兵”正是牧章桐，他的右手提着毯子，鲜血顺着毯尖不停地往下滴落。他浑身上下血迹斑斑，额前青筋迸出，满脸杀气，朝那手握虎头大刀的日本兵大步走来。

那日本兵见来者不善，抡起大刀，就朝牧章桐砍去。

牧章桐既不闪也不避，右手轻描淡写地一撩，红毯子将大刀层层裹住，左爪倏地探出，已扣住了那日本兵的脖子。

那日本兵一招就被制服，脸色大变，奋力挣扎，喉咙里冒出声音道：“我干你娘的……”

牧章桐原本杀气蒸腾，可扣住日本兵脖子的手却不发力，反而眉头一皱，嘴里吐出了一个名字：“宁默息？”伴随着这三个字，他的手劲儿也霎时松了。

那日本兵正在极力挣扎，听了此言，立时僵住，盯了牧章桐好一阵，忽地叫道：“牧……牧前辈？怎……怎地是你？”

一旁的易希川立刻恍然大悟，原来这日本兵也是假扮的，难怪刚才出口不是日语，而是江西一带的方言。易希川转眼望着那重伤在地的“日本兵”，心想他必定也是自己的同胞了，却让自己一拳打成了这样，心里不禁生出了一丝愧疚。

牧章桐收回毯子，问道：“你怎么到这里来了？”

“我们是来……”宁默息的嘴巴刚刚张开，却猛地闭拢，想来是有什么不可告人之事。他踟蹰了片刻，猛地一跺脚，朝躺在地上的同伴奔去。

牧章桐转头看见受伤之人，惊声道：“谁把默声伤成了这样？”

宁默息怒目圆睁，瞪着易希川道：“都是这臭小子干的！”他虽恼怒，可却清清楚楚地听见易希川喊牧章桐师父，只是适才杀红了眼，此时只好暂且忍住这口气。

牧章桐看过宁默声的伤势，担忧道：“伤势太过严重，必须立刻找大夫医治，否则这条胳膊就废了，你赶快带他出去找大夫。”

宁默息急道："可是我们还要找龙……"话一出口，连忙捂嘴，神色间透出惊惶之色。

牧章桐问道："你们也是为了龙图而来？"

宁默息见牧章桐原来知晓此事，神情便释然了，点头说道："小半个月前，老师哥去刘开峰戏主家做客，回来时说得到了可靠消息，失踪数百年的龙图就藏在上海国术馆的荟萃室里。可是上海被日本人占了，老师哥担心龙图的安危，就带着我和默声从江西马不停蹄地赶来上海。我们探知日本人今晚要在国术馆里观看彩戏法表演，所以我和默声提前弄了两套日本兵的衣服。老师哥去炸了日本人屯放物资的地方，把馆外的日本兵引走，我和默声就趁乱从后门混入，进了荟萃室。可一进门，就看见这个日本小娘们儿在欣赏字画，于是就把她捆了起来。正打算找龙图，却听见门外在撬锁，只好关了灯，藏在门后，接着就看到这个小日本……看到他溜进来了。我们当他是日本鬼子，就从背后偷袭，没想到他转身一拳……他娘的，就一拳，便把默声打成了这样！嘿，真他娘的倒霉！"说完这话，他连连摇头叹气，脸上满是愤慨之色。

牧章桐听完宁默息的这番话，才算明白过来，无怪乎和众位戏主约定好戌时三刻动手，可戌时二刻就传来爆炸声，原来并非是自己这边的人干的，而是宁默息和宁默声的老师哥干的。

"先别说这些了，"牧章桐说道，"你快带默声出去治伤，龙图的事，交给我们便是！"

宁默息见宁默声痛得死去活来，一咬牙道："只能这样了！龙图的事，就拜托牧前辈了。对了，我老师哥很快就会赶过来。"说罢背起宁默声，飞步冲出了荟萃室。

等到宁默息的脚步声去远，易希川才说道："师父，我以为他俩是日本人，所以才……”

牧章桐摆手说道：“别说这些了，赶紧找龙图。”说罢便往一面墙壁走去。

易希川见牧章桐满身都是鲜血，担忧道：“师父，你受伤了吗？”

牧章桐看了一眼满身的鲜血，说道：“我没受伤，这全都是日本人的血。”瞧了一眼躺在墙角的和服女子，见她浑身被捆，没有任何反抗之力，便不予理会，说道：“抓紧时间，寻找暗门。”

两人分别冲到一堵墙壁前，伸手去敲。易希川敲完东面的墙壁，没有发现暗门，便来到了北面的墙壁下。

北面墙壁偏左一丈的位置，挂着一幅画像，上面画着一位面目慈祥的老人，貌若仙翁，旁书正楷“陈抟像”三字。易希川暗道：“原来这就是陈抟老祖。”忍不住多看了两眼，忽然发现在陈抟画像的脚边，还书有一列小楷：“播为九流出龙图”。易希川看见龙图二字，顿时兴奋异常，掀起画像敲击其后的墙壁，顿时空空作响。易希川回头叫道：“师父，在这里！”

牧章桐飞步赶来，一抬头瞧见是陈抟老祖的画像，连忙将双臂交叉于胸前，向画像鞠了一礼，这才将画像取下，毕恭毕敬地放在一旁，敲了敲墙壁，果然是中空的。

这堵墙壁一片雪白，没有丝毫缝隙，既无暗门，也无机关。牧章桐看了看室内的各种藏品，一时之间没有找到趁手的砸墙工具。他眼珠子一转，说道：“没时间了，希川，你冲墙壁打一拳。”

易希川虽然身形瘦削，但自幼锻炼双手，手臂的劲力极为惊人，用拳头击穿中空的墙壁，并非不可能的事。易希川敲了敲墙壁，根据敲击声的响亮程度来估摸墙壁的厚度，心里暗道：“这般厚度，或许能成。”

易希川捏了捏拳头，然后站住脚跟，把拳头裹进衣袖里，随即运足了力道，闭上眼睛，照准墙壁一拳打了过去。

“咔嚓”声响，墙壁虽未打穿，却出现了几道裂纹。

易希川的右手疼痛不已，揉了几下，又握成拳头，深吸了一口气，再次击出。

只听“轰”的一声巨响，墙壁登时被打出一个大洞来，露出了一条黑乎乎的暗道。“成了！”易希川兴奋不已，手掌的疼痛也暂时被抛到了脑后。

暗道口被打穿，一股潮湿的霉味儿立刻扑鼻而来。牧章桐和易希川把暗道口的碎砖块清理干净，然后捡起地上散落的木棍，脱下衣服裹住，拿火折子点燃了，算是一支简易的火把。

两人正打算钻入暗道，忽听背后“嘭”的一响，荟萃室的门竟被踢开了。两人回头望去，只见宁默息背着受伤的宁默声，又从门外退了回来。一个黑衣武士，右手握着一柄黑色忍刀，左手提着一颗血淋淋的人头，出现在了荟萃室的门口。

牧章桐将火把交到易希川的手里，说道：“你先进去，当心点，看看是什么机关。”他没有忘记罗盖穹曾说过，龙图藏在荟萃室的暗道里，由三道叫作三重门的厉害机关守护着。

叮嘱完这句话，牧章桐将肩上的毯子取下，提在手中，阴沉着脸，朝黑衣武士走去。

易希川看了一眼出现在荟萃室门口的黑衣武士，知道此人必定是个狠角色，叫道：“师父，你当心！”说罢一咬牙，举起火把钻进了暗道。

暗道四四方方，极为狭窄，身处其中，只能俯下身子往前爬行。昨晚牧章桐曾说过，龙图有三道厉害的机关守护，易希川不敢贸然乱闯，进入暗道之前已抓了一把碎砖块在手里，此时一边扔出砖块投石问路，一边谨慎爬行。

缓缓爬了两丈左右，在火光的照射范围内，两侧石壁上各有一个机括逐渐清晰起来，机括上分别嵌有十组并列的圆形刀片，横隔在暗道中央。这总共二十组圆形刀片卡断了暗道的通行，若是轮转起来，任何人靠近，定然截截寸断。

易希川朝圆形刀片丢出碎砖块。只听咔咔声响，一阵机括声响过，刀片忽地飞速转动起来，呜呜声尖啸不止。易希川神色一凛，果然不出他所料，这二十组圆形刀片的确可以转动。

躺在角落里的和服女子看见黑衣武士走进了荟萃室，立刻发出了“呜呜”的呻吟声。黑衣武士斜过眼去，看见和服女子浑身被捆，目光立刻变得阴狠起来。他盯着宁默息身后走来的牧章桐，右手一撩，血淋淋的人头抛了出去。人头在地上翻滚数圈，留下一道触目惊心的血迹，停在牧章桐的脚边。牧章桐猛然色变，这颗血淋淋的人头留着长发，口鼻宽阔，眉目细长，赫然便是三丘子。

牧章桐双拳紧握，面色冷峻如刀，忽地红影一闪，毯子舞起，平整似刀，朝黑衣武士的咽喉削去。

黑衣武士避开毯子，手持黑色忍刀，横竖两连斩，快如闪电。

牧章桐将毯子卷出，在一片幻漫的刀光之中，竟准确地将忍刀裹住了。

这第一招，黑衣武士便算是败了。他面色冷峻，急抖刀身，想把毯子割破，可那毯子不知是何质地，锋利的刀口竟割之不破。牧章桐冷喝一声，双臂攒劲，欲要震得黑衣武士忍刀脱手。黑衣武士却顺势一送，刀尖直刺牧章桐的咽喉。牧章桐被迫后跃一步，黑衣武士趁机收力，倏地将忍刀抽了出来。

这时却听“哎哟”一声叫唤，一道灰扑扑的人影忽地从门外跌了进来，连滚带爬地往里翻滚。

宁默息看清来人，惊声叫道：“老师哥！”

那人爬起身来，却是个头发花白、身材瘦小的老头，身穿灰色小袄，光着一只脚，另一只脚上穿着布鞋，眼睛细小，两笔细眉几乎连在一起，模样甚是好笑。老头拍了拍屁股上的尘土，瞧清室内的形势，摸着脑袋大声叫道：“奶奶的，两个臭日本打架，有意思，有意思！”缓缓地从黑衣武士的身边绕过。黑衣武士盯着牧章桐，全然没有理会这个突然出现的古怪老头。

老头忽地认出牧章桐来，惊声叫道：“呀，姓牧的！奶奶的，你啥时候变成臭日本了？”他从牧章桐的左边转到了右边，又从右边转到了左边，吹胡子瞪眼地不停骂咧。

宁默息连忙说道：“老师哥，你快过来看看，默声受伤了！”

老头走过去，说道：“让老头子瞧瞧。啊呀，伤得这么重！奶奶的，默声这回没得救咯！”

宁默息急得直跺脚，说道：“老师哥，你就别说风凉话啦，赶紧想想办法啊！”

老头道：“想办法？都这样了还想什么办法？默声不是明摆着要完蛋了嘛。”

宁默息气急败坏地“嘿”了一声。宁默声原本就已经失血过多，这时听老师哥一番胡言乱语，顿时急火攻心，当场晕了过去。

牧章桐目光不动，沉声说道：“嘴老，这时候就别疯癫了。”

话刚说完，荟萃室门外又响起皮鞋击地的踢踏声，一个身穿黑色西装的日本人，口叼香烟，缓步走了进来。

嘴老瞧见西装日本人，立时破口大骂道：“你这奶奶的臭日本，怎么又跟来了？老头子都说了打不过你，不跟你打，你怎么还追着老头子不放？”

西装日本人嘴角冷冷一斜，用还算流利的汉语说道：“老头，你引我跑了五圈，看你还能往哪里跑？”伸手推出，荟萃室的门被缓缓关上了。

牧章桐瞧了一眼西装日本人，说道：“嘴老，我对付这个拿刀的，你对付那个穿洋装的。”

嘴老连忙摇头，说道：“不不不，这怎么成？老头子打不过他，你和老头子换换！不不不，老头子不要换，两个都是你的，全都是你的！”

牧章桐喝道：“现在不是装疯卖傻的时候！”

嘴老反嘴道：“奶奶的，老头子什么时候装疯卖傻了？打不过就是打不过，老头子又不是傻子，打不过别人，干吗要去送命？”

牧章桐懒得跟他纠缠，毯子一旋，又朝黑衣武士卷去。

墙角忽然传来呜呜的叫声，西装日本人转过头去，瞧见了和服女子。和服女子的脸上挂着泪痕，满脸惊恐和委屈。西装日本人顿时面色铁青，怒道：“支那人，你们竟敢这般对待久美子小姐！”说着便匆忙奔到墙角，替和服女子松绑。

牧章桐疾声喝道：“宁默息，还不快走？”宁默息急着救宁默声的性命，可是刚才冲出去，却被黑衣武士拦回，此时黑衣武士被牧章桐缠住，西装日本人赶去墙角解救和服女子，门口无人阻拦，宁默息当即背起宁默声朝门口冲去。西装日本人只管解救和服女子，丝毫不予理睬。黑衣武士又是一个两连斩，逼开牧章桐，返身一刀朝宁默息的后背砍去。牧章桐未及落稳脚跟，便抢攻一招。黑衣武士脑后生风，只得回刀自救。宁默息得此空当，飞快地拉开门，背着宁默声冲出了荟萃室。

嘴老慢慢地往后退，躲得老远，摆明了架势要袖手旁观，忽地一扭头，瞧见墙壁上破了个大洞，惊奇地“咦”了一声，又见洞中透出火光，凑近一瞧，叉腰骂道：“嘿，这里面还躲着个小臭日本！奶奶的，你给老头子出来！”钻了进去，抓住易希川的脚后跟，将易希川拖拽了出来。

易希川哎哎直叫，被拖出暗道摔在了地上，回头见拖出自己的竟是个糟老头子，怒道：“你是什么人？”

嘴老指着自己的鼻子，说道：“老头子是谁？老头子是……咦，老头子是……奶奶的，老头子是谁呢……”他挠着脑袋，竟死活想不起自己的名字来。

牧章桐一边激斗，一边说道：“嘴老，他是我徒弟，你别为难他。希川，快回暗道里去！”易希川知道师父以一敌二，恐怕撑不了太久，于是没理会这个稀奇古怪的老头，急忙起身，又爬回了暗道里。

易希川小心翼翼地爬到机关前，火光之下，只见二十组圆形刀片已然锈迹斑斑。可即便如此，这些刀片一旦飞速轮转起来，切割肉身仍是轻而易举。

易希川心中明白，三重门之所以设计在此，是为了防范盗贼进入，但设计者一定会考虑到将来自己有可能需要取出龙图，因此在设计机关时必定会为自己留下进出的方法。只要找到这个方法，就一定能通过眼前的机关。

易希川举起火把，在周围石壁上仔细地找寻。很快他就发现，在离头顶不远的地方，暗道顶壁上有一个小洞。

易希川举起火把，只见这个小洞只有指头大小。他将食指伸进去，触碰到一个活动的石块，将这石块缓缓地往里推入。石壁内侧顿时传出机括之声，那二十组刀片忽地动了，不是转动，而是缩进了石壁里。可是一松手，活动的石块弹出来，这二十组刀片便又重新归位。

易希川心头暗喜："把这石块推进去，二十组刀片就没了作用，原来过第一关的法子如此简单！"

但他一身不能二用，必须有人帮忙推住小洞里的石块才行。他爬出暗道，见牧章桐挥舞红毯，正与黑衣武士和西装日本人缠斗得不可开交，牧章桐以一敌二，已然落在下风。那疯癫老头还站在暗道口的旁边，摸着头喃喃地说道："老头子是谁呢？奶奶的，老头子到底是谁呢……"

牧章桐激斗之中，忽地瞥见易希川钻了出来，叫道："希川，你出来做什么？"

易希川说道："我需要有人帮忙，才能过第一关！"

牧章桐轮转双臂，将毯子舞得滴溜溜地转，迫得西装日本人和黑衣武士一时之间不能近身，大声喝道："嘴老，你别站在那里发呆，快去帮我徒弟！"

嘴老回过神来，问道："姓牧的，老头子到底是谁啊？"

牧章桐喝道："你是王老八！"

嘴老嘀咕道："王老八？"回了一下味儿，蓦地回过神来，骂咧道，"好你个姓牧的，竟然拐着弯儿骂老头子是老王八？你奶奶的，看老头子不收拾你！"脚尖挑起一根断木，握在手中，就朝牧章桐的后背扫去。

牧章桐不料嘴老竟会突然从背后偷袭，错身一让，喝道："嘴老，你疯了吗？"

嘴老又抢攻几招，叫嚷道：“谁让你骂老头子？谁骂老头子，老头子就打谁！”

牧章桐被攻得急了，反转毯子，还了嘴老一击。

嘴老骂道：“你奶奶的，还敢还手？”他年事虽高，可手脚却如小伙子一般灵活，将断木耍得跟刀剑似的，逼得牧章桐一时间险象环生。

先前黑衣武士和西装日本人合二人之力，虽处上风，却始终奈何不得牧章桐，心中对这人的功夫吃惊无比，此时忽有嘴老反戈相助，不禁暗暗得意。两人双双使了个眼色，忽地加快变招，要趁牧章桐左支右绌之际，一举将其击杀。

易希川在暗道口看得着急无比，急忙弯腰捡起地上的碎砖块。俯身之时，他忽地瞧见一堆杂物旁搁着一颗头颅，仔细一瞧，竟是三丘子。他先前爬进暗道时，看见黑衣武士提了个头颅走进来，不料竟是三丘子的人头。想到三丘子和众位师弟从后门逃走，三丘子既然死了，众位师弟只怕也是凶多吉少。易希川顿时双目潮红，悲愤莫名。他知道杀害三丘子的是黑衣武士，当即抓起大把的碎砖块，朝黑衣武士一通乱扔乱砸。

黑衣武士闪身避过，反手一刀，朝易希川斩来。

牧章桐急忙避开嘴老和西装日本人，抢攻黑衣武士的后背，黑衣武士只好弃了易希川，回身接招。但牧章桐这一抢攻，腰际露出空当，“哧”的一响，衣服被西装日本人的钢扦刮出一道口子，皮肤也被划破，鲜血立刻浸出。

易希川叫道：“师父！”手中的碎砖块又疯狂地朝西装日本人砸去。西装日本人不得不回身将碎砖块一一拨开。牧章桐趁此机会，又收回阵势，守得密不透风。易希川只管抓起地上的各种散碎物件，朝两个日本人一通乱砸。

西装日本人被砸得着恼，猛地用日语命令道：“黑忍，支那高手已经受伤，快使电忍刀，速速解决支那高手，回头再收拾支那小子！”

黑忍应道：“是，荒川大人！”他面色更沉，蓦地转过身来，任由易希川扔来的东西砸在背上，一概不管，手中的忍刀速度陡然提升一倍，招招攻取牧章桐的要害部位。牧章桐压力倍增，逐渐被逼至墙角，退无可退，手臂上又中两刀，虽未伤到筋骨，却也鲜血直流。

西装日本人名叫荒川隼人，瞅准时机，忽地吐掉嘴里的烟头，冷喝一声：“中！”钢扦的扦头突然射出，去势如电，直射牧章桐的咽喉。他这钢扦尾部藏有机括，只需轻轻一按，扦头便能像暗器般射出，临敌之际往往能收到出其不意的效果，而扦头和扦身之间有一根细若蚕丝的黑线相连，如若一击不中，又可将扦头收回，伺机再发。

荒川隼人的扦头刚一射出，正暗自得意，忽觉眼角黑芒一闪，慌忙之中侧身避让，只觉手腕一凉，手中钢扦“啪”地掉在地上。他抬起手腕一看，伤处扎着一片黑色的暗器，乃是一枚燕尾镖。嘴老一击得手，叉腰站在一旁，皱巴巴的老脸上冷笑不止，再没有了半点疯癫模样。

牧章桐破口骂道：“嘴老，你这臭不要脸的，竟然拿我做诱饵！定要等我受了伤，你才肯出手吗？”荒川隼人一受伤，牧章桐压力顿减，说话中由守转攻，从墙角里逼了出来，瞬间就反转了局面。

嘴老袖手站在一旁，嘻嘻笑道：“姓牧的，这是你自己分的工，现下老头子已经解决了穿洋装的，你还没有解决拿刀的。十多年前老头子是斗你不过，可这一回你总得承认，老头子比你高明了吧？”

牧章桐爽快地大笑道：“高明，你这疯癫老头确实比我高明！”

嘴老哈哈笑道：“老头子等了十多载，今天终于等到了你这句话，真是不枉这些年来煞费苦心，日日勤加修炼。不过你甭以为夸赞几句，老头子就会出手帮你。老头子做人可是有原则的，这拿刀的还是你自己对付。”

大敌当前，牧章桐不再多言，全力迎敌，手中的红毯飞龙舞凤，呼啸生风。黑忍从没遇到过拿毯子做武器的，且这毯子质地惊人，忍刀竟割之不破。与之对敌，他的忍刀便如同鱼儿碰上了滚网，处处受制，一派忍家刀法毫无施展的余地，反倒逐渐被逼入墙角。他暗暗惊讶万分，此番来到中国，乃是第一次和中国人动手，不料竟到了这步田地，心中一万个想不明白，一个在舞台上变幻戏的，竟能有如此厉害的身手。

荒川隼人手腕受伤，整条手臂渐渐麻痹，半边身子逐渐失去知觉，不受控制地软倒在地上，嘴里吃力地说道：“老头……你下毒……”

嘴老走上前去，一脚踹在荒川隼人的屁股上，说道：“老头子的燕尾镖喂了麻毒，这事天下人都知道。你这个奶奶的臭日本，刚才敢踹老头子的屁股。老头子让你踹，让你踹……”他接连在荒川隼人的屁股上狠狠地踢踹，说一句便踹一脚，直踹个没完没了。荒川隼人眉毛倒竖，怒目圆睁，无奈身子麻痹，无法反抗。

“你不要踢他了……”缩在墙角的和服女子忽然用汉语畏畏缩缩地说道。

嘴老转过头去，瞧见了和服女子，说道：“咦，你这个日本女娃娃，还敢支使起老头子来了。”走近几步，好奇地打量和服女子。

和服女子被荒川隼人解除了捆缚，一直躲在墙角，此时面露惧色，紧紧地贴住墙壁，眼泪汪汪地说道："你不要踢他，你……你也不要杀我……"

嘴老嘿嘿笑道："老头子不杀你。"搓着手说道，"你这女娃娃长得真他奶奶的水灵，不过这穿的嘛，还长个布疙瘩，稀奇，真他奶奶的稀奇！"伸出手去，摸了摸和服女子的粉色和服。

和服女子的眼泪顿时像断线的珠子般往下滚落，鼻尖不住地抽动，蜷缩在墙角，害怕得一动也不敢动。

荒川隼人忍痛叫道："你别碰她……"接着忽用日语命令道，"黑忍，杀支那老头！"

黑忍脸色一变，也不顾此时处于劣势，连连反攻，破绽百出，身上多处皮肤被毯子击中，如遭刀割。他拼了命地将牧章桐逼开，挺刀朝嘴老的后背刺去。

嘴老察觉背后有风声袭来，急忙回身抵挡，连连叫道："姓牧的，快过来解决你的人，怎么跑到老头子这里来了？"

牧章桐微微一笑，说道："嘴老，辛苦你了。"转头叫道，"希川，我们走！"重新拿火折子点燃火把，来到暗道口。

易希川看了嘴老一眼，说道："师父，不管那老头了吗？"

牧章桐头也不回，说道："这老不死的以保命著称，死不了。"一弯腰，跟在易希川的后面钻进了暗道。

嘴老的骂声从背后传来："姓牧的，你奶奶的，你好生奸诈，你玩阴的，你不得好死，你把两个都扔给老头子对付……"

进入暗道，牧章桐问道："希川，你刚才说能过第一关，到底怎么过？"

易希川寻到头顶的小洞，说道："师父，你把这个小洞里的石块推进去，抵住不放，前面的二十组刀片就会自动缩回，我便可爬过第一道机关。”

牧章桐疑惑道：“这么简单？”

易希川说道：“我刚才试过了，的确是这样！”

牧章桐有些不放心，说道：“你捡些砖块，先试试看，倘若没事再往里爬。”说罢将手指头伸进小洞中，推入石块，机括声顿时响起，二十组刀片缓缓地隐入两侧的石壁。

易希川捡起碎砖块，砸在机括上，果然二十组刀片不再弹出，说道：“师父，机关已经失去作用了，你抵住别放手，我这就爬过去。”

牧章桐叮嘱道：“你当心点，别出岔子，留意第二道机关。”

易希川点了点头。虽说机关已被控制住，但还是怕出什么意外，当下紧绷着心弦，举火向前，迅速地爬过了这二十组刀片的切割范围，长出了一口气，说道：“师父，可以了。”

牧章桐松开了手指，二十组刀片咔嚓一声弹回原位，将两人之间的暗道阻断开来。牧章桐还是觉得奇怪，罗盖穹将这三道机关描述得极为厉害，可这第一关的通过方法，却是出乎意料地简单。

牧章桐问道：“看见第二道机关了吗？”

易希川依照先前的法子，一边投石问路，一边缓缓爬行。忽然之间，一块碎砖块扔入黑暗深处后，一阵“嗤嗤嗤”的急促摩擦声传来。

易希川屏住呼吸，缓缓向前爬了两步，只见左右石壁上各出现了十多个手腕大小的圆洞，相互对称着排布，此外再无其他异状，不由奇道：“看到了，但不知道是什么机关。”又暗暗心想：“这机关是这等模样，会不会有东西可以从这些圆洞里射出来？”

有了第一次的经验，易希川不再胡乱试机关，而是直接在石壁上寻找，果然又让他在头顶找到了一个小洞，也是手指头般大小。

易希川心里暗道:“什么三重门机关，吹嘘得如此厉害，破解方法却是一个模样，连点新花样都没有。”他将手指头伸进去，想往里推，却发现里面是死的，根本推不动。易希川一愣，原来这第二关的设计，和第一关终究有些不同。

牧章桐见前方的火光好一阵子都没有动静，忍不住发问:“希川，有什么新发现吗？”

易希川说道:“头顶有一个小洞，和刚才的一样，我猜是用来阻止机关的，可是推不进去。”

牧章桐微微沉思，说道:“既然推不进去，那你试试看，能不能拔出来？”

可是这洞小到只容一根手指伸入，除非指尖上有吸盘，否则别想把石块往外拔。

一时之间，易希川倒被难住了，蹲趴在地上飞快地思考。牧章桐也没闲着，趁这空当，探出头去看荟萃室里的情况。此时嘴老已被逼到一处墙角，显得狼狈不堪，几次想冲出来，都被黑忍的快刀逼回，嘴里兀自不停地咒骂牧章桐卑鄙无耻，断子绝孙。

忽然间，牧章桐感觉暗道轻微地颤动起来，仿佛发生了地震一般。很快，一大片噼噼啪啪的脚步声从荟萃室外传入。牧章桐大惊失色，回头叫道:“希川，快点退出来，日本兵已经赶来了！”

易希川深知头顶上的小洞必有文章，好不容易才走到这一步，倘若就此放弃，心里实在是万分不甘，说道:“师父，众位师弟为了今日之事多半已丢了性命，无论如何，我也要把龙图取出来，不能让众位师弟白白牺牲！”

“你快回来！”牧章桐喝道，“再不回来就走不掉了！”

易希川微微犹豫，忽地下定决心，说道:“师父，你不必管我，你自己先走！”说罢举起火把，朝那十几个圆洞慢慢地爬去。

牧章桐见命令不动易希川，又想大批日本兵既然赶来荟萃室，多半国术馆外已被重重包围，即便此刻退出荟萃室，恐怕也难以活着出去。他望着易希川的背影，无可奈何地叹了一口气，转身钻出了暗道。

在非常接近十几个圆洞的地方，易希川停了下来。他不会傻到拿性命胡乱去尝试，而是先将火把伸进了机关的范围。

忽然之间，嗤嗤声响，右侧十几个圆洞中闪电般射出十几根尖锐的铁扦，钉进对面石壁上的圆洞中，又倏地缩回，接着再射出，再缩回，不停地往返，速度奇快无比。

易希川吓了一跳，屁股往后一坐，暗暗骂了一句。火把的位置正好处在两根铁扦之间，火焰被铁扦带起来的劲风扫来扫去，左偏右倒，险些就熄灭了。

易希川将火把举起来，火焰顿时明亮起来。十几根铁扦嗖地缩回洞中，不再射出，恢复到先前蓄势待发的状态。

易希川稳住情绪，回头已不见了师父的踪影，只听见外面传来一大片嘈杂声。他犹豫了一下，还是不想放弃，而且牧章桐已经钻出了暗道，没人帮忙控制住第一道机关，他即便想返回，也没法子回去。他又把注意力集中到身前，想起刚才用拳头把墙壁打穿，不由得看了看自己的右臂，心想能不能用手臂把铁扦给砸断。

可是当易希川又一次触发机关后，发现铁扦运动得实在太快了，连看都看不清楚，根本无从砸下，若贸然砸落，恐怕整条手臂就变成窟窿肉了。

易希川叹了一声，无可奈何地摇头。事到如今，进也不得，退也不能，真不知该如何是好。他极不甘心地转过身去，望向暗道口，忽然发现，头顶上那个指头大小的洞里，有一根条状的石块正在快速地进出。

易希川回头看了看铁扦，又看了看头顶的小洞，刹那间什么都明白了。

原来必须触发机关之后，头顶小洞里的石块才会弹出来，石块会跟着铁扦的进出而进出，铁扦射出，石块就弹出，铁扦缩回，石块就缩回。倘若把头顶小洞里弹出来的石块抓住，不让它缩回去，不就能让铁扦全部静止下来了吗？

想明白这一节，易希川欢喜地叫道："师父，我知道怎么过第二关了！"

不一阵子，牧章桐出现在了暗道口，手中擒着那和服女子。嘴老也已退至暗道口，手中擒着那中毒后动弹不得的荒川隼人。黑忍双臂淌血，紧握忍刀，逼至两人的身前。在黑忍的身后，数十个日本兵高举步枪，已形成合围之势。牧章桐和嘴老把人质挡在身前，众日本兵都不敢贸然开枪。

易希川没想到，竟有这么多日本兵杀到了荟萃室里，不由得大吃了一惊。

牧章桐没有回头，嘴里问道："第二关怎么过？"

易希川迟疑道："师父，这么多日本鬼子，我们……"

牧章桐喝道："第二关到底怎么过？"

易希川咬牙道："和第一关一样，需要有人到这里来帮我！"

牧章桐叫道："嘴老，这里先交给你了！走，进去！"最后一句话，却是冲那和服女子说的。

和服女子惧怕不已，流着眼泪，乖乖地钻进暗道。牧章桐跟着钻入，手始终不离和服女子后颈窝上的要害。嘴老往后退步，挡住暗道口，拿虎头大刀架在荒川隼人的脖子上，将他当作挡箭牌，以防有人往暗道里放冷枪。荒川隼人身中麻毒，动弹不得，但嗓子还能发声，激将道："死老头，有本事你就杀了我！"

嘴老嘿嘿一笑，骂道："你奶奶的，老头子要杀你还不是轻而易举？小指头一动，就能要了你的狗命。可是你叫老头子杀，老头子偏不杀。老头子就是不听你这臭日本的话！"

众日本兵虽然形成了包围之势，但队伍里缺少一个敢在此时下达命令的人。荒川隼人与和服女子地位非同一般，众日本兵面面相觑，一时之间都不敢轻举妄动。

易希川身在暗道深处，见牧章桐挟持着和服女子钻入暗道，在第一道机关前停下，说道："师父，你要到我这里来才行！"

牧章桐摇头说道："我不能过来，否则嘴老一出什么差错，我们就全都被困在刀片阵里了。"他还是对嘴老不放心，看了一眼被擒住的和服女子，喝道："你爬到我徒弟那里去，照我徒弟说的话做，否则我就要了你的命！"

牧章桐说这话时的语气凶神恶煞，和服女子花容颤动，吓得不敢吱声。牧章桐又重重地拍打着和服女子的后背，问道："你听懂我说的话了吗？"

和服女子害怕地点了点头。

牧章桐说道："既然听懂了，就快点爬进去！"

牧章桐伸出手指，将头顶小洞里的石块推了进去，使得二十组刀片隐入石壁。和服女子咬住嘴唇，流着眼泪默默地往前爬去，不多时便爬过了第一道机关，来到了易希川的身后。

火光之下，易希川见和服女子的眼睛睁得大大的，水汪汪地噙满了泪花，脸上挂着两道湿漉漉的泪痕，显得可怜无比，不由得生出了些许同情。

易希川叹了一口气，怕她听不明白汉话，比画着说道："我现在过去触动机关，这个小洞里就会有石块弹出来，你要抓住它，抓住了就不要放手。"易希川见她眼睛睁得大大的，眼神里透露出无知，忍不住又说一遍，叮嘱道："你听明白了吗？"

和服女子连连点头，可脸上仍是一副茫然的样儿。

易希川有些不放心，问道："你当真听懂了？"

和服女子眼泪汪汪地点点头。

易希川微微愣了愣，心想难不成她的脸原本就是这副呆呆傻傻的样子？当下深吸了一口气，将火把慢慢地伸出。忽听嗤嗤声响，铁扦急速地射了出来。和服女子吓了一跳，惊叫一声，往后坐倒。暗道外面立时传来荒川隼人的叫声："久美子小姐！支那人，你们杀我可以，不要伤害久美子小姐！"

随即是嘴老的声音传入："你奶奶的，叫什么叫？给老头子闭嘴！"随即响起一记清脆的耳刮子声音。

易希川回头盯着头顶小洞里弹出来的石块，说道："快抓住它！"

和服女子伸出手，但石块进出得太快，她一时竟没处下手。易希川不得不亲自动手，探出身子，瞧准时机，猛地将石块抓住，身后的十几根铁扦立时静止了下来。易希川说道："抓紧了，千万别放手！"和服女子紧紧地咬住嘴唇，用力地点头，将石块紧紧地握住了。两人的手一接触，易希川如同触电般倏地将手缩回，只觉和服女子的手竟比冰块还要寒冷，不禁诧异地看了她两眼。

易希川回过头来，看着铁扦的位置，说道："再让它往回缩一点点，就一点点。"

和服女子照做了，将石块往回轻轻放了一点点，铁扦也跟着往圆洞里缩回了一点点。

接连调整了几次，铁扦的左边终于留出了足够一个人通过的空间。易希川叮嘱道："记住，千万不要放手！"

牧章桐命令般的声音也随即传来："你若是敢放手，小心你的脑袋搬家！"

和服女子面露惧色，眼泪又滴落了下来，认真地点了点头，紧紧地咬住嘴唇，死死地抓住石块。

易希川举起火把，小心翼翼地侧过身子，蹲在地上，像螃蟹一般横着挤进留出来的狭窄空间里。这时和服女子若是放手的话，易希川就会被活活地钉死在石壁上。

易希川小心翼翼地移动，忽然铁扦冷不丁地往前送了一下，胸口传来了一阵刺痛感。易希川浑身一震，心脏都差点吓裂了，回头惊恐地盯着和服女子。和服女子脸色苍白，嘴唇咬得更加紧了，将石块往回放了一些，显然她非常努力地想抓紧石块，一时竟将劲儿使大了，将石块拉出来了一点点。易希川不敢再迟疑，连忙快速地移动，衣服被挂烂、皮肉被刮破也管不得。等到平安爬过这十几根铁扦时，易希川已出了一身的冷汗，摸着心口，大口大口地喘气。

稍作停留，平复了情绪，易希川举起火把，继续往前小心翼翼地爬动。他暗暗担心，第一关和第二关都需要有人控制住机关，才可以通过，倘若第三关同样需要有人来帮忙的话，可就没人能进来帮他了。

火光之下，第三道机关缓缓地出现了。

这一次，机关没有设在石壁上，而是设在地面，只见好好一段地面竟被割裂成了好几十块。易希川心头一惊："这又是什么古怪机关？"还没来得及细细观察，忽听身后和服女子的声音细弱蚊吟地问道:“可以放手了吗？我的手发麻了……”这句话是用汉语说的，虽然语气小心翼翼，但咬字发音极为准确，若非她身穿和服，就凭这一口如此流利的汉语，易希川绝难想到她竟是一个日本人。

易希川回过头来，火光已经照不到那和服女子了，于是冲黑暗里说道：“你还没有放手吗？”

和服女子说道：“你叫我不要放手，后面的大哥还说，我若是放手，就要让我的脑袋搬家……我不想让脑袋搬家……”

此刻情势万分紧张，但易希川听到和服女子竟然称呼牧章桐为大哥，还是忍不住莞尔，说道：“你可以放手了。”

和服女子松了一口气，将手松开，石块弹回头顶小洞里，十几根铁扦“嗤”的一声缩进了石壁上的圆洞之中。

易希川把注意力转回到身前，将火把举高，只见这一段地面不仅被切割成数十个小方块，而且每个小方块上还刻的有字，一共排成了七行。

易希川从离自己最远的一排字，往回一排排地读道：“涉世风波真险恶，曾折松枝为宝栉，九重特降紫泥宣，唐李监应留后迹，出即凌空跨晓风，枕上人心弄未闲，图南抟姓陈。”

一读完，易希川不由得皱眉道：“这文绉绉的，都是些什么玩意？”他虽然识字，但也仅仅局限于此，对这些生硬的古诗词模样的东西，根本理解不透，不由得暗暗叫苦：“这下可糟了，我只知道‘锄禾日当午’……这七句诗除了第一句还能看懂外，其他的都看不懂。倘若最后一关是考较文字功夫，那我可就真没法子了……”

暗道后方的牧章桐忽然奇怪地问道：“希川，你怎么在念陈抟老祖的诗？最后一关到底是什么？是不是有这些诗句？”

易希川说道：“师父，你知道这些诗句？”

牧章桐应道:“我当然知道。第一句‘涉世风波真险恶’,出自《赴召答葛守忠》;第二句‘曾折松枝为宝栉’,出自《咏毛女》;第三句‘九重特降紫泥宣’,出自《答使者辞不召》;第四句‘唐李监应留后迹’,出自《喜英公大师挂锡太华》;第五句‘出即凌空跨晓风’,出自《华山游》;第六句‘枕上人心弄未闲’,出自《叹世诗》;最后一句‘图南抟姓陈’,出自《辞上归进诗》。这七句诗,全都是陈抟老祖诗中的句子。”

易希川听牧章桐一一背出每一句诗的出处,忍不住惊叹道:“师父,李白杜甫的诗我倒是听过几句,可这七句诗我听都没听说过,师父你竟然每一句都知道得清清楚楚,还能一口气道出来历,真是厉害。”

牧章桐说道:“陈抟老祖是幻戏界五祖之一,他传下来的诗,你师祖在世时,令我背得滚瓜烂熟。倘若这次我们能平安回去,这规矩自然也要施行,将来你也是要背的。”

易希川一听到背诗,不由得暗暗叫苦。他昨晚听了牧章桐讲述陈抟老祖的故事,知道陈抟老祖既是一位道家高士,也是一位厉害无比的幻戏师,连皇帝都要敬让三分,他心里自然对陈抟老祖钦佩无比。刚才进入暗道前,那张遮住暗道入口的人物画像上面的题字便是“陈抟像”,所画的陈抟老祖的确是仙风道骨。易希川忽地想起画像旁还有一列小字,不由问道:“师父,‘播为九流出龙图’,这句诗也是陈抟老祖写的吗?”

牧章桐说道:“这不是陈抟老祖写的,而是出自汉代的《风俗通》。这句话说的是龙图的来历,你师祖曾提到过,所以我知道。你怎么问起这句话?最后一关也有这句话吗?”

易希川说道:“这句话倒是没有,不过地上刻了陈抟老祖的七句诗，地面还被切割成许多方块，一个字一个方块，奇怪得很，我瞧不出这里面的名堂。”

牧章桐说道：“前面两关都有控制的机关，你找一找，最后一关应该也有。”

易希川把周围找了一遍，没有发现任何异样之处，失望地说道：“石壁上都是光溜溜的，什么也没有。”

牧章桐沉吟道：“最后一关写了陈抟老祖的七句诗，想必定有深意。”想了想又道，“你再找找，说不定有遗漏的地方。”

易希川又找了一遍，仍是没有任何发现。

纠结了片刻，易希川忽然又冒出试一试的想法，伸出火把，轻轻地触碰地面上写有“南”字的小方块。忽然之间，方块的缝隙间飙起一股股黑色的液体，射到暗道的顶壁上。火把被黑色液体溅上，火焰顿时变暗，木棍上嗤嗤作响，冒起一溜儿白烟，一股酸臭味飘散开来，木棍上留下了好几处凹痕。

易希川急忙缩身捂鼻。这些黑色液体具有极强的腐蚀性，连木棍都被烧出几道凹痕，倘若一不小心沾上了身子，他的衣服铁定被烧穿，皮肉多半也难以保全。

易希川缩回火把，液体停止飙射，顶壁上的黑色液体滴落下来，沿着方块间的缝隙，又漏了下去。

易希川又惊又怒，好不容易过了前面两关，结果第三关摆出一个汉字方块的大毒阵，而且连破解的机关也没有留下，他心里忍不住暗暗咒骂起这机关的设计者来。

咒骂归咒骂，破解还是要破解。易希川的想法一点也没有改变，既然设计了机关，设计者肯定会为自己留下进出的方法。易希川重新把注意力集中到身前的七行诗句上。正如牧章桐所说，七行刻字全都出自陈抟老祖的诗，设计者肯定是有所考虑的，这七句诗极有可能不是随意挑选的，而是含有深意。

在反复默念了数遍之后，易希川猛地瞪大了眼睛，发现了方阵中的奥妙——原来七行字中每取出一字，就能组合成陈抟画像上的那句“播为九流出龙图”。

第一句取“波”字，为谐音；第二句取“为”字；第三句取“九”字；第四句取“留”字，为谐音；第五句取“出”字；第六句取“弄”字，同样是谐音；最后一句取“图”字，这七个字组合起来，正好是一句完整的“播为九流出龙图”。

易希川心中恍然，原来破解第三关的机巧，就藏在遮挡住暗道入口的陈抟画像上。一瞬之间，他心里对设计者的憎恨，变成了万分的钦佩。

寻常的盗贼，行窃时大都是单独行动，可是要破解三重门的第一关和第二关，至少需要三个人合力才行，即便有三人以上的盗贼团伙来荟萃室中偷盗龙图，恐怕也不会留意到挂在暗道外的陈抟画像，更不会注意到画像上那一列小字了。因此三重门的前两关虽然比较容易通过，但最后一关却着实困难，恐怕极少有人能找到通过的方法。若是强行通过，这条暗道只容人蹲着爬行，根本无法跳过这片长逾七尺的汉字方阵，若是想贴着两边的石壁爬行，除非变身为壁虎才有可能。

易希川不由得暗自庆幸，他看到陈抟画像时，因为昨晚牧章桐讲起过陈抟老祖的故事，心里对陈抟老祖十分崇敬，这才多看了几眼，记下了画像上那句“播为九流出龙图”，否则即便通过前面两关，最终也只能功亏一篑。想到这里，他不由得暗暗叫道：“侥幸，实在是侥幸！”

易希川伸出火把，轻轻地敲击跟前“图南抟姓陈”这句诗中的“图”字，果然，毒液便没有再飙射出来。

易希川心中大喜，叫道：“师父，我找到破解第三关的方法了。”

牧章桐喜道：“你当心一些！”

易希川一只手举着火把，用衣袖裹住另一只手掌，轻轻地放在“图”字上，接着是“弄”字，然后再挪动腿脚，一个字一个字地往前爬，极为小心地爬过了这片汉字方块毒阵。尽管如此，遗留在方块上的毒液还是将他的衣服烧破了一层，幸亏身上穿的日本兵衣服十分厚实，这才不至于伤到皮肉。

回头望去，易希川不由得感慨万千。这三重门机关竟被他在短时间内一一破解，虽然多少含了一些运气成分，但也值得他为之自豪了。

此时来不及得意了，一大群日本兵还包围在外面。易希川举起火把继续往前爬着，很快来到暗道的尽头，一方石台出现在眼前。

石台上放着一口长约尺许的小棺材模样的石盒，将盒盖掀开，里面放置着一个长条状的油纸团。易希川将火把立在石盒的边缘，取出油纸团，把外层的油纸拆开，露出一个麻布裹，将麻布拆开，又露出一层细布裹，再将细布裹拆开，一截柱状的金属圆筒便显露出来。其物通体明黄，乃是黄金铸造，两头雕有游龙戏珠的图案。易希川两眼放光，兴奋地叫道：“师父，找到了！”

牧章桐叫道：“赶紧回来！”声音里透露出急切。

易希川捧起黄金圆筒，仔细地翻看了一圈，觉得黄金圆筒看起来像是一个柱状的盒子，龙图应该就藏在里面，但是他试了几下，却打不开黄金圆筒。黄金圆筒的两头雕有含珠的龙头，筒身则有七圈金环，金环上雕刻着从一到九的篆文数字。七圈金环都可以转动，可是无论易希川怎么拧动，始终找不到开启黄金圆筒的方法。

此时时间紧迫，来不及仔细琢磨，易希川将黄金圆筒裹回细布裹里，塞进衣服领口，举起火把，沿原路爬回。

小心地通过汉字方块毒阵，易希川说道："姑娘，我会再触动机关，你和先前一样，把石块抓住，千万别放手。"

和服女子已经歇息了大半天，突然听到易希川的话，顿时紧张起来，"嗯"了一声。

触动机关后，和服女子在黑暗中摸索，尝试了好几次，好不容易才抓住了石块，将它牢牢地握住。

易希川依先前的法子，顺利地通过了第二关。那边牧章桐早已把石块推入，和服女子和易希川一前一后，快速地爬过了第一关。

牧章桐急道："东西呢？"

易希川把包裹了黄金圆筒的细布裹交给牧章桐，说道："暗道里只有这个东西，我想应该就是龙图，可是我打不开。"

牧章桐拆开细布裹瞧了一眼，说道："先别管这些了。"收好细布裹，塞进怀中，将和服女子揪到身前，钻出了暗道。

冲进荟萃室的日本兵又多了十几个，已经密密麻麻地堵满了整个荟萃室，荟萃室外的通道里同样堵满了日本兵。

嘴老头也不回，问道："姓牧的，拿到了？"

牧章桐"嗯"了一声。

嘴老盯着层层围裹的日本兵，冷笑道："这回你得费费神了，否则拿到了也是白拿，反而便宜了这帮臭日本。"

牧章桐把和服女子挡在身前，扫视了一圈日本兵，微微沉思，小声问道："嘴老，你可有脱身的办法？"

嘴老这时候还笑得出声来，说道："老头子若是有脱身的办法，早就独个儿跑了，哪里还会等你这个姓牧的混蛋出来？”

牧章桐说道：“倘若我有办法脱身，你承不承认我比你高明？”

嘴老听了牧章桐的话，微微一愣，随即阴恻恻地笑了起来，说道：“奶奶的，敢情你在这里等着老头子！”瞧了瞧堵得水泄不通的日本兵道，“好，倘若你真有法子能让咱们安全脱身，老头子就认了，从此承认你比老头子高明。”

牧章桐神色一凛，说道：“那你瞧好了。”猛地扯下肩头的红毯子，罩在荒川隼人的头上，右手掏出薄铁片，伸进毯子底下，抵在荒川隼人的脖子上。

红毯子急剧颤抖，荒川隼人先前一直气度不凡，可当真正面对生死时刻，由心而发的恐惧带来的全身战栗仍然无法控制。周围的日本兵全都瞪大了眼睛，不知道此时该开枪，还是不该开枪。

牧章桐用极低的声音说道：“听我号令，混进去。”

易希川和嘴老听了这句话，都暗暗捏紧拳头，蓄满了劲力。

牧章桐将铁片狠狠地一抹，猛地提起圆鼓鼓的红毯，朝空中奋力抛出。

众日本兵连忙抬头，盯住飞向天花板的红毯子。

圆鼓鼓的红毯子上升到最高点，碰到天花板，陡然散开，里头包裹的竟不是人头，而是空的。众日本兵发觉上当，连忙低头，只见荒川隼人的头还好好地待在脖子上，只是咽喉处鲜血喷涌，嘴里“嗬嗬”惨叫。和服女子惊恐地蹲在墙角，捂住眼不敢看。牧章桐、易希川和嘴老等三人则不见了踪影。

众日本兵面面相觑，忽然间惨叫声迭起。原来趁众日本兵抬头之际，牧章桐、易希川和嘴老迅速地钻入了日本兵当中。牧章桐和易希川穿的都是日本兵的衣服，这一下犹如鱼目混珠，难分你我。

牧章桐身手极快，在人群中穿梭自如，霎时间数个日本兵捂喉惨叫，指缝间鲜血喷涌。嘴老身材矮小，埋头在日本兵的腿脚间钻来钻去，专掏人下阴，一时间哀号连连，好几个日本兵紧紧捂住裤裆，栽倒在地上，痛得五官扭曲。

黑忍也上了当，红毯子飞起时他也抬起了头，此时后悔不已。他没空对付牧章桐、易希川和嘴老，急忙脱下衣服，裹住荒川隼人的咽喉，随即将荒川隼人负在背上。和服女子见了这一幕，早已吓得脸色苍白，缩在墙角瑟瑟发抖。黑忍将和服女子拉起，让她趴在自己的背上。他急着救荒川隼人的性命，当即背负着两个人，根本不顾自己浑身是伤，喝令众日本兵让路，飞也似的冲出了荟萃室。

牧章桐在人堆里冲杀了一阵，忽地杀向门口，冲到荟萃室外。

荟萃室外的通道里同样堵了不少日本兵，牧章桐这一下犹如狼入羊群，而且还是一只披着羊皮的狼。众日本兵难分敌我，根本不敢开枪，一时间各个有如无头苍蝇，荟萃室里的日本兵听到通道里传来惨叫声，连忙追出荟萃室，大呼小叫声中，一窝蜂地往通道外面追去。

只不过片刻时间，荟萃室里便走了个空，地上躺着十几个日本兵的尸体，还有几个日本兵被掏了裆，蜷缩在地上，捂住要害部位呻吟不止。

这般隔了片刻，忽然，地上一个死去的日本兵动了，小心翼翼地抬起满是血污的脸来，赫然便是牧章桐。先前他冲出荟萃室后，把室内的日本兵引出去，然后趁乱钻了回来，倒在地上装死。

牧章桐查看了一番，确定日本兵全都走光了，这才轻声说道："好了，都起来吧。"

这时旁边一个趴着的日本兵也动了，爬起身来，正是易希川。

两个死去的日本兵忽然翻了个身，下面爬起一个人来，正是嘴老。嘴老一起身，就朝两个压住他的日本兵踹了几脚，骂咧道："奶奶的，要不是老头子穿得扎眼，哪轮得到你们两个臭日本来压我？"

几个捂裆痛呼的日本兵忽地瞧见牧章桐、易希川和嘴老站了起来，顿时满脸惊恐，张嘴要叫。牧章桐动如脱兔，下手果决，一一抹了几人的脖子，几人捂住咽喉，鲜血喷涌不止，浑身抽搐而死。

牧章桐抹去满脸的鲜血，说道："嘴老，快扒一套日本兵的衣服穿上。"

嘴老一本正经地摇起了头，说道："老头子做人是有原则的，臭日本的衣服，老头子决计不穿。"

牧章桐说道："那好吧，你好自为之。希川，我们走！"

嘴老急忙叫道："唉，等等！姓牧的，你可别扔下老头子。好，老头子穿！不就是臭日本的衣服嘛，老头子穿就是了！"说着扒了一套日本兵的衣服套在身上。嘴老枯瘦如柴，日本兵的衣服穿在身上又肥又大，腰带扎起来后，活似一把半撑半闭的雨伞。嘴老的模样甚是好笑，但此时未脱险境，牧章桐和易希川看在眼里，却根本笑不出来。

牧章桐捡起地上的红毯子，展开来，上面的各种丝线被鲜血染透，地图已经瞧不清了。他从尸体堆中找到三丘子的头颅，联想到三丘子已死，其他弟子恐怕也是凶多吉少，不由得双目泛红。他用红毯子将三丘子的头颅包裹起来，吊在脖子上，一言不发地向荟萃室外走去。

通道里已经没人了。牧章桐记得来时的路，径直往国术馆的后门走去，易希川和嘴老紧紧跟在他后面。

沿路躺了不少日本兵的尸体，全都被割开了咽喉。易希川知道这些日本兵都是进荟萃室时，师父折返回去杀掉的，忍不住望着牧章桐的背影，脸上满是惊诧和崇敬。牧章桐平日里温文儒雅，从没有展现过如此狠辣决绝的一面，易希川今晚算是重新认识了这位朝夕相处了近二十年的师父。

不多时三人来到一处转角，再往前就是国术馆的后门了。

牧章桐打手势示意两人别动，轻轻将头探出转角，望见后门处留有四个日本兵把守。门外火光晃动，人影密集，呼喊声乍起不断，似乎正在分派兵力进行搜捕。

牧章桐缩回头来，轻声说道："外面还有很多日本兵，他们以为我们已经逃出去了。我们先不要动，看看情况再说。"

等了一阵，忽然后门外的日本兵全都呜里哇啦朝一个方向奔去，除了留守在后门处的四个日本兵，门外竟然一下子走了个空。

耳听噼里啪啦的脚步声跑远，嘴老轻声说道："好啊，全都走光了，咱们正好杀出去！"

牧章桐却伸手拦住嘴老，迟疑道："日本人走得蹊跷，我们先看看再说。"

嘴老"呔"了一声，只能按捺不动。

等了片刻，嘴老的急性子上来了，骂道："他奶奶的，一点声儿也没有。姓牧的，现在不走，等那些臭日本回来，可就走不掉了！"

牧章桐说道："外面安静得古怪，多半有诈。"

嘴老骂道："诈诈诈，诈你奶奶！"一个跟斗从牧章桐的手臂上翻过。牧章桐伸手一抓，抓了个空，嘴老已疾速朝后门奔去。

留守的四个日本兵听到脚步声，连忙举起步枪，见来者是一个瘦小的日本兵，举起的枪便垂了下去。通道里灯光昏暗，瞧不清来人样貌，见他奔跑得如此着急，站在最前面的日本兵皱着眉问道："多西旦代斯噶？”这话在日语当中，是询问“出了什么事”的意思。

嘴老骂道：“剁你奶奶！”一个蹿步上去，一拳打在那问话的日本兵的鼻梁上，直打得对方鼻血、鼻涕飞舞乱溅。那日本兵闷哼一声，当场昏厥倒地。嘴老夹手就将那日本兵手中的步枪夺了过来。

另外三个日本兵纷纷惊慌举枪，其中一个日本兵张嘴骂道：“八……”

嘴老枪托一送，塞进那日本兵张开的嘴巴里，骂道：“扒你奶奶！”一脚踹在那日本兵的下阴部位。那日本兵只听见有什么东西爆裂的声音，双目圆瞪，咬着枪托，两腿夹紧了跪倒在地。

牧章桐和易希川奔到门口时，嘴老已经将四个日本兵一股脑儿全料理了。

嘴老搓了搓手掌，将头探出后门外，四下里望了望，并不见人，只隐隐听见国术馆的正门方向人声吼叫，枪声噼噼啪啪，回头说道：“臭日本都在正门，外头没人。”说完跳出后门，朝黑暗里疾速蹿行。

牧章桐一出后门，忽觉不对，叫道：“等等！”

嘴老停住脚步，回头问道：“等什么？”

牧章桐说道：“正门乱得不正常。”

嘴老说道：“乱得不正常不是正好吗？正方便咱们逃出去！”

易希川念头一转，顿时脸色一变，说道：“糟了，会不会是接应的各位戏主？”

牧章桐脸色一沉，说道：“定是如此。我们在荟萃室里耽搁得太久了，各位戏主一直不见我们现身，多半会冒死前来救援我们。希川，烟火筒呢？”

易希川一拍脑门，说道：“刚才换衣服的时候，忘带在身上了！”

牧章桐急道：“你们在这里等我。”说完便转身冲进后门。

嘴老压低声音叫道:“姓牧的，你去哪里？”可牧章桐去势如电，已经消失在了后门里。

过了一会儿，牧章桐从后门冲了出来，手里多了一红一绿两个烟火筒。他将红色烟火筒点燃，一束烟火“嗖”地射上夜空，在雨幕中炸开，绚烂夺目，如同一朵娇艳无比的玫瑰。

红色烟火一炸开，正门方向立刻传来一大片欢呼声。

只听脚步声响，一小队日本兵从正门方向转出，赶来查看射起烟火的地方。

牧章桐、易希川和嘴老赶紧藏入附近的小树丛里。

这队日本兵赶到后门，看见了被料理掉的四个日本兵，不禁破口乱骂，抬起步枪，拿怀中灯扫射四周，不见任何人影，急忙钻进后门，到国术馆里搜寻去了。

耳听正门方向交火声不断，躲在小树丛中的易希川压低声音说道:“师父，只怕各位戏主身陷重围，没法全身而退了。”

牧章桐面色凝重地点了点头。

“我们有这身衣服遮掩，要不要过去看看？”易希川问道。

牧章桐思虑了几秒，忽地站起身来，显然已经下定了决心。他走出小树丛，从后门死去的日本兵处抓起了一支步枪，说道:“我们过去瞧瞧，说不定能救几位戏主突围。”说完便朝正门方向蹑步奔去。

嘴老压低声音叫道:“姓牧的，你把龙图留下，再去寻死！”也转出小树丛，骂骂咧咧地拔足追去。

易希川从后门抓起一支步枪，追在最后。

来到靠近正门的转角，牧章桐停下脚步，探头望去。只见国术馆正门前的街道上，约有两三百个日本兵包围成团，数十个中国人被围在其中，分割成了好几片，正挥舞武器拼命往外冲杀。牧章桐认出被围的中国人当中，有几个正是昨晚在罗家戏苑里参与密会的戏主，至于其他中国人，自然是这几位戏主的门下弟子了。

牧章桐回头说道："我们穿着日本兵的衣服，只要混在日本兵当中，日本兵就认不出来。我们先解决了周围拿枪的，再从外围杀进去，接应众位戏主突围。"

嘴老撇了撇嘴，说道："好不容易才逃出来，老头子才不去干这赔命的活儿。"

牧章桐说道："你不去也行，往后我行走江湖，但凡登台表演彩戏法，都要先讲一讲某个老头面对日本人时如何胆小如鼠，面对死难同胞时如何见死不救，看看幻戏界的同道们会是什么反应？"

嘴老挑眉道："奶奶的，姓牧的，老头子虽然曾和你交过几次手，可向来没有什么大仇大怨，你怎么老是跟老头子抬杠？"

牧章桐冷冷一笑，不再理他，问道："希川，怕不怕？"

易希川浑身热血上涌，冲口说道："不怕！"

牧章桐说道："那好，跟我来！"两人端起枪，冲出转角，一前一后地朝日本兵的包围圈跑去。

嘴老啐了一口，骂道："姓牧的，老头子这辈子铁定跟你没完！"脚底一拔，也追了出去。

站在外围的日本兵听见脚步声，回头望见三个步兵赶来增援，浑没在意，继续把注意力集中在包围圈内。被围困的数十个中国人深知日本兵的意图，此时散作几团，只要时时矮身低头，日本兵怕射到自己人，便不敢随意开枪。若是被赶作一团，日本兵猛地往后散开，大家全都成了活靶子，日本兵枪弹齐放，到时候什么都完了。众人拼力厮杀，各自朝不同的方向突围，避免被逼到一处。包围的日本兵人数太多，层层裹紧密不透风，一阵冲突下来，众人没有突围成功，反倒死伤了不少人。

牧章桐和易希川混入日本兵当中，对准身边拿枪的日本兵放冷枪，顿时有好几人莫名其妙地被打死。周围的日本兵纷纷东张西望，用日语叫骂道：“哪个混蛋乱开枪？不要胡来！”

牧章桐偷偷放了两枪，又杀了两个日本兵，子弹用尽，随即丢了枪，拈住铁片，绕上台阶，专从拿枪的日本兵背后下手，顷刻间就把站在高处的好几个日本兵一一杀死。

有眼尖的日本兵发现了牧章桐，用日语高声叫道：“奸细，有奸细！”举枪射击。

牧章桐急忙滚下台阶，子弹射在身后的石地上。他迅速混入日本兵的圈子当中，几钻几窜，又不见了踪影。

易希川和嘴老也放开了手脚搞偷袭。嘴老干这背后偷袭的活儿，觉得煞是有趣，一边掏人下阴，一边嘿嘿阴笑。三人再一次鱼目混珠，日本兵分辨不出敌人，也不清楚敌人的兵力和火力如何，多了一层顾虑，包围圈顿时有所松动，一部分中国人挥舞武器，眼看就要冲杀出来。

可就在众人振奋之时，忽听卡车奔行的呜呜巨响从西边传来。

西边的街道上灯光闪烁，脚步踢踏，整齐划一，震得地面微微颤动，约有一个联队的日军，正从西面的驻扎地赶来增援。

日本兵中有人呜里哇啦地指挥着，所有日本兵迅速地缩紧包围圈，心中只有一个念头：增援部队马上就能赶到，在此之前，即便是死，也不能让这群支那人突围成功。

易希川在日本兵当中瞧见了牧章桐，钻到牧章桐的身边，低声说道：“师父，又有日本兵来了，情势不妙！”此时被困的中国人已被子弹和刺刀杀死了大半，若是再不能突围，恐怕没等增援的日军联队赶到，这剩余的二十来名同胞就要尽丧于日本兵的枪弹和刺刀之下。

牧章桐咬牙道：“管不了那么多，只管杀！”此时顾不得身份暴露，不再东杀一人西放一枪，而是直接把身边的日本兵统统干掉。

这一下方位暴露，附近的几个日本兵立马瞄准放枪。

牧章桐一杀完人就往旁边掠开了一步，回手去拉易希川，却晚了一步。易希川左肩胛处血光迸溅，已中了一枪，顿时痛叫一声，手中的步枪哐啷落地。

眼看易希川和牧章桐就要死于乱枪之下，忽然惨叫声迭起，那几个开枪的日本兵纷纷倒地，四个中国人杀出一条血路，冲到牧章桐和易希川的身前。

一只强劲有力的大手抓住了牧章桐的肩膀，一个浑厚的声音大叫道：“牧戏主，你们快走！”正是幻彩馆馆主陆万钧，昨晚他抓到的阄团，写的正是“馆外接应”四个字。

牧章桐说道：“各位戏主都受困于此，要走也要一起走！”

陆万钧说道：“我们看到了烟火，知道你已经得手。龙图的安危胜过我等性命，你快走啊！”回头一刀，劈死了一个手握刺刀冲杀而来的日本兵。

牧章桐抓住陆万钧的手，说道：“陆馆主，我不能……”

此时抵挡日本兵的三个中国人全被刺死，陆万钧不待牧章桐把话说完，已站起身来，挥舞大刀疯狂砍杀，大声叫道：“我陆万钧既然来了，就没想过活着回去！只要龙图安全，我死得其所！牧戏主，走啊！”一刀劈落，将正面扑来的一个日本兵斩杀。包围圈中好几个声音叫道：“牧戏主，护住龙图，快走！”

牧章桐触心动容，深知增援部队即将赶到，此时不可再有丝毫迟疑，当即紧握拳头，咬牙道：“希川，能走吗？”

易希川左肩胛中了子弹，剧痛无比，但双腿却是完好无损，咬牙应道：“能！”

牧章桐叫道：“好，跟着我冲！”

陆万钧在前突围，向国术馆的正门杀奔而去。他挡在牧章桐和易希川的身前，连中数颗子弹，仍不管不顾，憋足了最后一口气，不要命地狂舞大刀，向前杀出。

陆万钧护住牧章桐和易希川，疯了一般杀到台阶之上，先后被三把刺刀刺中，被六颗子弹射中，仍然沉声怒吼，大砍大杀。周围的日本兵见惯了打仗的血腥场面，却也被眼前的这一幕深深地震慑住了。

陆万钧大吼道：“快走啊！”手执大刀，站在石阶上，如山似岳，满身鲜血如泉水般滴落在地。

牧章桐拉着易希川冲入国术馆的正门，身后响起砰砰砰数十声枪响，几十颗子弹射来，全都被陆万钧挡在身上。他身上的功夫衫已被鲜血浸得通透，身子歪斜，仍旧拿大刀拄地，兀自不肯倒下。

国术馆外的日本兵如潮水般涌来，陆万钧奋起全身力气，斜刀一砍，卸掉一个日本兵的胳膊，回刀高举过头顶。

陆万钧身前的一个日本兵吓得抱头尖叫，知道必被劈死，等了片刻却没事，连忙抬头，只见陆万钧满面凶光，额头正中多了一个弹孔，鲜血正汩汩流出，大刀举在头顶，却再也无法砍落。那日本兵张嘴骂咧，飞起一脚，将陆万钧踢倒，身后早已不见了牧章桐和易希川的踪影。

有日本兵大叫道：“进馆里了，快追！”二十来个日本兵当即奔入国术馆的正门，十几个日本兵则朝后门包抄，剩下的日本兵继续剿杀包围圈中的十几个中国人。

牧章桐拉着易希川逃入国术馆内，拼了命朝后门狂奔。两人飞奔到后门时，包抄的十几个日本兵还在二十丈开外。两人趁机冲出后门，混入夜色，飞快地奔过一条街道，闪进了一条居民区的巷弄里。

回头望去，只见远处卡车轰隆驶至，数不清的日本兵潮水般涌向国术馆，枪声跟放鞭炮似的。片刻间声响俱没，寂静之中，只剩下日本兵喊话的声音此起彼伏。

两人都知道众位戏主及其弟子已全部遭难，顿时喉头哽塞，心绪沉重。

第四章 死劫

日军占领上海后，大搞一系列所谓的亲善运动，所以上海市民的生活与以往相比，改变并不大，舞厅照开，影院照放，只不过物价开始出现水涨船高的趋势。由于煤球的价格已经提前攀升，用电量相应地急剧增加，日军当局对电力的使用进行了限制，规定每家每户每个月只能定额用电，超过了定额就要付高价电费，街道两旁的霓虹灯和路灯装置一律停用，所以一到晚上，上海城内的大街小巷只有些许民宅和商铺的零星灯光，这与租界内的灯火通明形成了极度鲜明的对比。

此时离通常的睡觉时间还早，但四下里却没有一盏灯火，不仅路灯不亮，连各处民宅和商铺也不见灯火，四面八方漆黑一片，不见人影，寂静无声，整座上海城都弥漫在恐怖的黑暗当中。一来因为下了一场小雨，整个上海天寒地冻，市民们都不愿意出来走动；二来市民们听到如此激烈的枪声，谁又还敢在屋子里亮着灯招人眼目呢？

牧章桐和易希川躲在黑暗的巷弄里。牧章桐感觉右手在轻微地发颤，低头一看，却是握住的易希川的左手在急剧地颤抖。远处的探照灯一扫而过，牧章桐赶紧缩头，见易希川已然动容而泣，脸上涕泪交流，不知是因为伤口疼痛而哭，还是因为心绪悲痛而泣。

牧章桐叹了一口气，用铁片割下身上的衣料，替易希川简单包扎了左肩胛处的枪伤，说道："日本人很快就会搜过来，我们先回租界，再找大夫给你治伤。"易希川按住伤口，点了点头。两人往北快步而行。

师徒二人沉默不言，专拣僻静黑暗处行走，走了三条巷子，后面日军挨家挨户搜查的声音便听不到了。

二人相扶相携快走到新北门时，远远望见前方灯火通明，一队队日本兵正在街道上往来巡逻。二人急忙躲进黑暗处，探头望去，只见福佑路和旧校场路的十字路口已经被日军拦起木栅，彻底封锁住了。

师徒二人放弃了从新北门出城的打算，往西走了片刻，来到老北门处，却见旧仓街的出口也已遭遇封锁。

二人躲进转角。易希川说道："师父，日本人封了回租界的路，租界怕是回不去了。"

牧章桐略略沉吟，说道："依昨晚的商议，一旦回不了租界，就往西走。罗盖穹昨晚抓到了'老西门'，刚才在国术馆附近没见到他，多半他正候在老西门接应我们。走，我们往西去。"

易希川说道："可是这几天风传日本人要打南京，一部分兵力屯在苏州河以北，另一部分调集在西边，我们往西走，就是往日本人驻军的地方去啊。"

牧章桐说道："不入虎穴，焉得虎子？日本人肯定想不到，我们逃出了国术馆，竟然还敢往他们驻军的地方钻。”

最危险处最安全的道理，易希川自然是明白的，此时别无他法，唯有往老西门走，还有一丝脱身的可能。师徒二人辨识道路，躲避全城搜查的日本兵，绕了一个大圈子，往老西门的方向赶去。

途中师徒二人经过大境路口和方浜西路路口，两处路口都被封锁起来。虽然上海城没有城门，以前的十座城门早在清廷覆亡前后就被一一拆除，可日军似乎已经把出城的所有道路全数封死，等同于把整个上海城封锁了起来，这令师徒二人不免隐隐感到担忧。

好不容易赶到老西门，果不其然，复兴东路的出口也已架起了木栅，路口处灯火通明，全是荷枪实弹的日本兵来回巡逻，别说罗盖穹了，连一个中国人的影子都没瞧见。

师徒二人藏身在一处民宅墙后。易希川中枪之后又急速赶路，此时身心俱疲，说道：“师父，要不然我们暂不出城，寻个隐僻地儿躲起来，等风声过了再说。”

牧章桐却没有回话，而是小声地数道：“一、二、三、四、五、六。”

易希川奇道：“师父？”

牧章桐压低声音说道：“嘘，对面有人。”

此时老西门一带还没有发展起来，属于上海的冷僻地带，邻近的九亩地还是种菜的农地，因此大多数民宅都是清末时候的旧瓦房。易希川抬头望去，只见对面的仪凤弄里，两户人家的瓦顶上，一动不动地趴着六条黑影。

易希川吃了一惊，这六条黑影隐于夜色之中，纹丝不动，若非牧章桐眼尖，还真发现不了。他心想黑暗之中趴伏在屋顶上，肯定不会是日本人，便轻声道：“会不会是罗世伯？”

牧章桐没有说话，从怀中摸出火折子，轻轻吹燃，凑近下巴。

这样一来，趴在对面屋顶上的人若是眼力够好，足以看清牧章桐的面容。

火折子亮了片刻，对面屋顶上的六条黑影忽然动了，一一溜下瓦檐，跃落地面，从另一面看不到的瓦檐上又溜下来三人，一共是九人。这九人当中，有一人疾速地穿过街道，钻进牧章桐和易希川藏身的民宅墙后，其余八人则留在街道的对面。

黑影蹿至近前，火折子的光虽然微弱，但还是照见了来人的样貌，此人留着山羊胡须，嘴角一颗肉痣，正是罗盖穹。

牧章桐压低声音说道："罗兄，让你久等了。"

罗盖穹同样压低了声音，说道："章桐兄，易贤侄，我瞧见了烟火，你们得手了？"

牧章桐点了点头。

罗盖穹问道："东西呢？"语气中透出急切之意，目光则扫了一眼牧章桐挂在脖子上的红毯子，他不知那圆鼓鼓的红毯子中，包裹的其实是三丘子的头颅。

牧章桐说道："现在不是说这个的时候，日本人正在搜城，我们先想办法逃出城去。"

罗盖穹说道："章桐兄，这个你大可不必担心，我早已想好了出城的法子。"

牧章桐问道："道路全都被日本人封锁了，你能有什么法子出城？"

罗盖穹说道："陆路被封，那就走水路！"

牧章桐说道："愿闻其详。"

罗盖穹指着对面，小声说道："那条巷弄穿过去，再绕过三条小巷，便是肇嘉浜。肇嘉浜东接黄浦江，西连蒲汇塘，今早我已命人在城外河边备了一条小船，我们从肇嘉浜潜水出城，神不知鬼不觉，然后划船直奔蒲汇塘，再绕一个大圈子返回租界，日本人做梦都想不到这一手。”

“果然是脱身的好法子！”牧章桐说道，“日本人连夜搜城，事不宜迟，我们现在就走。”

罗盖穹却没有动，捉住牧章桐的手臂，说道：“章桐兄，不是我罗某人信不过你，只是为了今夜之事，我已然开罪了日本人。你是我推荐去国术馆表演彩戏法的人，你一走，日本人找不到你，定会把这笔账算在我的头上。迫不得已，我只好提前让我儿子带着一家老小回了杭州老家，花费大半辈子打拼出来的家业，也全都丢在这里了。我罗某人不想这一切的付出不明不白，只有亲眼看见了龙图，我才放得下这个心。”

牧章桐不动声色，盯了罗盖穹片刻。罗盖穹目光坚毅，一副不达目的决不罢休的态势。易希川站在旁边，一瞬之间便感受到了剑拔弩张的敌对气氛。

牧章桐神色渐缓，道了声：“好。”从衣服里取出细布裹，凑到火折子下，轻轻将细布裹掀开一丝缝隙，顿时有一道金光闪烁在三人的眼前。

罗盖穹瞧见了细布裹中亮闪闪的物什，顿时面露向往之色，不由自主地伸出手来。牧章桐猛地把细布裹裹紧，揣回衣服里。罗盖穹一愣，说道：“章桐兄，你这是……”

牧章桐说道：“龙图已经看过，牧某人说拿到了，就是拿到了，决不会骗你，你大可以放心。我们现在就走水路出城吧。”

罗盖穹的脸上闪过一丝难以察觉的不甘，不动声色地说道：“那好，你们随我来。当心点，别被日本人发现。”说罢探出头去，瞅了一眼远处巡逻的日本兵，趁日本兵背身巡逻的间隙，弓腰弯背，急速冲过黑暗的街道，闪入对面的仪凤弄里，回头冲牧章桐和易希川招手。

牧章桐带着易希川，瞅准时机，飞速冲过街道，钻进了仪凤弄。

除罗盖穹外，接应的另外八人当中，一个是关管家，五个是罗盖穹的亲信弟子，剩余两人则是在罗家戏苑驻台表演的幻戏师，其中一个表演傀儡戏，名叫皮无肉，另一个表演灯影戏，名叫皮无骨。十一个人会合在一起，关管家带着五名罗家弟子在前领路，罗盖穹、牧章桐和易希川居中，皮无肉和皮无骨断后。一行人悄无声息地穿过仪凤弄，走入一条狭窄逼仄的巷子，再绕过两条小巷，便闻到了一股令人作呕的恶臭味，再往前走了十来步，一条臭气熏天的河浜便出现在了眼前。

这便是肇嘉浜了。

肇嘉浜原本是横穿上海城中的干流，是上海通往松江府的运粮内河。但过去几十年里，两岸的居民往河里随意地倾倒垃圾，肇嘉浜很快被污染得没有半点河流的样子，上海的居民都形象地称它为“臭水浜”。自从上海沦陷后，短短半个月的时间，越来越多的难民来到这臭水浜附近聚居，原本就肮脏不堪的肇嘉浜更加遭罪，这一带逐渐成为上海最主要的棚户区。

走在最前面的关管家探头眺望，只见沿肇嘉浜西去二十来丈开外，横跨河面的石拱桥上，有好几个日本兵正在来回巡逻，不时拿探照灯扫视着河面和岸边。看来日本人也有先见之明，早就派兵封锁了水路。

不过好在肇嘉浜的水黑乎乎的，漂浮着一层厚厚的污垢，倘若有人潜在水底，从水面上根本看不出来，只要足够小心，不弄出大的动静，日本人即便拿探照灯来照射河面，那也发现不了。只不过这等熏天恶臭，真要跳进如此令人作呕的河水里，憋气潜那么远，对任何人而言，都是一个无比巨大的挑战。

便在这时，于一片寂静之中，牧章桐忽然毫无征兆地飞起一脚，踹在身前一名罗家弟子的屁股上。那罗家弟子“哎哟”惊叫，手舞足蹈地跌入河中，搅起了一股熏天恶臭。

罗盖穹猛地扭头，一把拿住牧章桐的手腕，压低声音喝道：“章桐兄，你这是做什么？”

牧章桐冷笑道：“我做什么？这话倒该我来问你！日本人封锁桥面，水路分明走不通，你却引我来此。你罗家九个人，把我师徒二人堵在这条狭窄的巷子里，你又安的是什么心？”

罗盖穹听了这话，目光中顿时透出森森杀气。

那罗家弟子一落水，石拱桥上顿时有一道灯光扫来，照在他的身上。他慌忙往岸上爬，刚爬起半截身子，枪声便响了。砰砰数声过后，那罗家弟子长声惨叫，张开双臂，向后仰倒，被乌黑的河水裹入水下。

牧章桐不等罗盖穹等人反应过来，立刻手腕一缩，卸开罗盖穹的抓拿，将细布裹往易希川的领口里一塞，抓住易希川的腰侧，喝道：“上去！”使足了力气往上一送，易希川的右手顿时勾住了道旁民房的瓦檐。易希川翻上瓦顶，低头望去，只见昏暗的巷道里，牧章桐已和罗家戏苑众人缠斗在一起。

牧章桐叫道：“希川，护住龙图，快走！”

罗盖穹听了这话，指着瓦顶上的易希川叫道：“快抓住那小子！”

四名罗家弟子迅速地攀爬民居，试图爬上瓦顶。易希川抬脚又踩又踹，四名罗家弟子未及攀上，便一一摔回地面。

罗盖穹怕易希川逃跑，急忙抬脚蹬住墙面，一跃而起，勾住了瓦檐。

牧章桐被皮无肉和皮无骨缠住，一时之间无法脱身，急道：“希川，小心！”

易希川见罗盖穹勾住瓦檐，急忙伸脚去踩。罗盖穹不等易希川的脚踩落，右臂发力，一个鹞子翻身，上了瓦顶。易希川身负枪伤，深知无法与罗盖穹抗衡，急忙翻过瓦顶，落在了民房背后的阴沟里，飞奔逃窜。罗盖穹跟着跳落阴沟，紧追不舍。

牧章桐的红毯子挂在胸前，里面包裹着三丘子的头颅，此时情势紧急，逼不得已，只好将红毯子连带头颅取下，当作流星锤来使，横着一扫，逼退皮无肉和皮无骨，飞速攀上瓦顶，追入阴沟。皮无肉提着铁傀儡，皮无骨捉着割皮刀，在后追杀而来。

这时不远处灯光晃动，封锁石拱桥的那队日本兵循着声响，挺枪跑步，朝巷道里包抄而来。

易希川紧紧抱住领口里的细布裹，顺着阴沟跑到了肇嘉浜的岸边，拼命地奔逃。身后追来的罗盖穹速度更快，飞身一扑，抓住了易希川的右脚，将易希川拽倒在地，随即伸手去掏易希川领口里的细布裹。

易希川当即挥拳反击。罗盖穹抬起左手，挡住挥来的拳头，整条左臂顿时一麻，喝道：“力气不小！”右手抓住易希川的头发，将易希川拖到阴沟里。

易希川“啊哟”叫痛，挥拳向身后打去，蓄满劲力的拳头，密如雨点般落在罗盖穹的手臂上。

罗盖穹喝道：“臭小子，找死！”见易希川左肩胛处血透衣衫，当即抬脚踩住。

易希川的左肩胛受了枪伤，子弹还陷在肉里，被罗盖穹大力一踩，顿时剧痛无比，不由得闷声惨哼。罗盖穹趁易希川剧痛分神之际，右手再度伸进易希川的领口来抢细布裹。

这时牧章桐已经从后方赶到，挥舞包裹头颅的红毯子，击向罗盖穹的后背。

罗盖穹迅速转身，左手一挡，借力滚出丈远，翻身而起，右手里已多了一团细布裹。他得意地一笑，说道："章桐兄，多谢你今晚舍命盗图了。"随即面色肃杀，冲追来的皮无肉和皮无骨说道："勿留活口！"说完转身一闪，消失在了一座破瓦房后。

易希川指着罗盖穹逃走的方向，忍痛道："师父，龙图……"

牧章桐没工夫回应易希川的话，红毯子挥向身后，挡住了皮无肉的铁傀儡，斜身跨出一步，避开了皮无骨的割皮刀。

皮无肉和皮无骨是一对亲兄弟，因罗盖穹对二人曾有救命之恩，所以一直在罗家戏苑驻台，靠精彩玄妙的幻戏替罗盖穹揽客赚钱，私下里更是绝对效忠于罗盖穹。皮无肉精于傀儡戏，傀儡戏是操控提线木偶进行表演的传统幻戏，配合腹语秘法，可以达到以假乱真的地步。皮无肉作为傀儡幻戏师，不但在幻戏技艺上登峰造极，更是直接将傀儡作为武器。他提在手中的傀儡并非木头制成，而是精铁打造，状若孩童，惟妙惟肖，本是登台表演所用的道具，但经过他的精心改造，铁傀儡的左右手分别执刀握剑，眉眼口鼻胸腹膝足八处部位均藏有钢针暗器，由十根提线进行操控，灵活异常，堪比真人，是一件极为奇特却又厉害无比的杀人利器。皮无骨是表演灯影戏的幻戏师，灯影戏俗称皮影戏，风行于大江南北，是最常见的传统幻戏之一。皮无骨直接以切割皮革所用的短刃弯刀为武器，刀口扁薄，锋利异常。

幻戏师常常走南闯北，以卖艺为生，少不了要学些拳脚用于防身，皮无肉和皮无骨年少时四海漂泊，经常与人打架动武，练就了一身好武艺，如今人到中年，不但幻戏技艺出神入化，身手更是矫捷狠辣。两人一左一右地夹击牧章桐，相互间配合无间，铁傀儡和割皮刀凌厉无比，很快便占据了上风，压制住了牧章桐。

牧章桐身为春秋彩戏派的戏主，一身功夫与彩戏相结合，可谓独树一帜，他在荟萃室里能以一人之力对抗荒川隼人和黑忍，足见身手了得。但此时遭遇皮无肉和皮无骨的夹击，尤其是铁傀儡的暗器偷袭，他竟左支右绌，处处受制。他深知皮无肉和皮无骨招招狠辣，每一招都是冲着他的要害而来，此战必定凶多吉少，于是一边力战，一边思谋脱身之策。

夜色中灯光晃动，叽里呱啦的说话声响起，日本兵已经追入了那条巷道。牧章桐心念急转，大声呼喝起来，试图把日本兵引来。一旦日本兵从后方追至，皮无肉和皮无骨势必对日本兵有所忌惮，不能再一心一意地配合夹击，到时候牧章桐便有脱身的机会。

牧章桐一发出呼喝声，皮无肉和皮无骨立刻洞悉了他的目的。两人相视一眼，攻势变得更加凌厉，力求速战速决。

皮无肉飞快地拉扯十根提线，铁傀儡咔嚓急响，八处暗器口同时射出八枚钢针。八枚钢针激射而至，来势迅猛，距离又近，牧章桐根本避无可避，好不容易用红毯子挡住其中六枚，还是被剩下的两枚钢针击中，分别刺进了膝盖和手肘。皮无骨趁牧章桐受伤之际，欺近身前，一轮快刀七上八下，牧章桐闪避了数刀，但仍有三刀没有躲过，尤其是最后一刀，直接刺入腹部，直没至柄。

“师父！”易希川双目圆瞪，失声惊叫，挣扎着爬起身来，欲要扑入战局。

牧章桐却双臂用力，将红毯子乱舞开来，逼退了皮无肉和皮无骨，大吼道：“希川，快走！”他此时用尽全身力气，浑身几处伤口鲜血流淌，尤其是腹部那一道致命伤，鲜血更是一股接一股地往外喷涌。

易希川护师心切，根本不管牧章桐的喝令，也丝毫不顾自己已经身受重伤，跌跌撞撞地冲到牧章桐的身边。牧章桐还想拼死拦住皮无肉和皮无骨，为易希川赢得逃跑的时间，嘴里叫出“希川”二字，声音却戛然中断。他双眉倒竖，面色肃杀，眉心处多了一个小孔，小孔中插着一枚寒光闪烁的钢针。鲜血从小孔中汩汩涌出，流过鼻梁，淌过人中，滑过下巴，一滴一滴地落入泥土。

牧章桐的身子向后倒下，被易希川抱住了。

牧章桐仅剩一口气，右手颤抖着伸出，拉住易希川的手，按在自己的胸前，那里有一处凸起，乃是怀揣着一个硬物。

“护住龙图……”牧章桐用尽最后的气息说出这四个字，声音细若蚊吟，随即瞪目张嘴，气息只出不进，眸子里的神采一点一点地黯淡下去，抓住易希川的手也终于一松，垂落在了地上。

易希川盯着牧章桐的脸，目光中满是惊恐和慌乱，泪水刹那间夺眶而出。朝夕相处近二十年，宛如父亲一般的师父，就这样死在他的眼前，这令他根本无法接受。他不肯相信牧章桐已经死了，可是牧章桐眉心处的那枚钢针，是那么的刺眼，那么的锥心，把他硬生生地拉回到冰冷无情的现实当中。

皮无肉和皮无骨联手杀了牧章桐，正打算再除掉易希川，身后忽然响起枪声，循声赶来的日本兵已经翻过瓦顶，顺着阴沟追了过来。

皮无肉和皮无骨急忙躲到遮掩物后，探头望去，只见追来的日本兵有十多人，个个荷枪实弹。皮无肉和皮无骨虽然身手厉害，但却敌不过真枪实弹。二人虽没来得及对易希川下杀手，但料想日本兵追至，易希川断无活命的可能，于是闪进破瓦房的背后，快速地逃离了肇嘉浜岸边。

易希川抬起满是泪水的双眼，看见了皮无肉和皮无骨飞速逃离，也看见了不远处正快步追来的十多个日本兵。他虽然因师父的死而悲痛不已，但心知此时不是自暴自弃的时候，无论如何也要先保住性命，日后才能替师父报仇雪恨。

易希川抹去眼泪，拖着牧章桐的尸体，伏在地上爬到岸边，下到臭气熏天的肇嘉浜里，动作尽可能的谨小慎微，不弄出大的声响。一股浓烈的恶臭味扑鼻而来，易希川强忍住作呕的感觉，憋了一大口气，抱着牧章桐的尸体，埋头入水，潜入了水下。

潜了一阵，易希川左肩胛的伤口疼痛加剧，胃里一阵翻江倒海，气息已经憋到了极限。他仰起头，把鼻孔小心翼翼地露出水面，换了一口气，又埋入水下。十多个日本兵已经追了过来，正沿着肇嘉浜岸边仔细地搜寻，但河面上漂浮着各种垃圾，易希川的动作又极其小心，因此露鼻换气没有被岸上的日本兵发现。

易希川在水里潜了一刻多钟，前后共换了六次气，十多个日本兵才彻底散去。

易希川又潜了片刻，确定岸上的日本兵是真的离开后，这才小心翼翼地爬上岸，然后把牧章桐的尸体拖了上来。岸边有树枝遮掩，易希川之前下河入水，以及此时出水上岸，远处石拱桥上巡查的日本兵都没有发现。

四下里万籁俱寂，漆黑一片，只有远处日本兵的探照灯时不时地扫过一束光亮。易希川颓然地坐在地上，心里悲痛莫名，想要大哭一场，然而此时此境，却又不得不克制住，不敢发出任何声音。从桐城出发之时，不仅有师父，还有九位师弟，哪知一趟上海之行，却只剩下了他一个人，那些音容笑貌、欢声笑语，忽然间就再也看不到也听不见了。想到这些，易希川的心里顿时一阵痉挛，趴伏在牧章桐的尸体上无声而泣，浑身抽搐不止。

良久，易希川才直起身来。他记得牧章桐临死前的遗言，记得牧章桐拉他的手按在胸前，那里揣着一个坚硬的东西。易希川把手伸进牧章桐的衣服里，摸到了一个硬物，当即掏了出来。借助一扫而过的灯光，他看得再清楚不过，这硬物不是别的，正是他在荟萃室里破解三重门机关后盗出来的黄金圆筒。

易希川这时才恍然明白过来，原来之前牧章桐往他领口里塞的细布裹，包裹的其实并不是黄金圆筒，真正的黄金圆筒一直怀揣在牧章桐自己身上。只是牧章桐何时将细布裹掉了包，易希川却不知道。这一手偷梁换柱，不仅骗过了易希川，连老谋深算的罗盖穹也上了当。

经历了生死盗图和丧师之痛，易希川的身体已经极其疲惫，精神更是委顿之极。此时日本人全城戒严，封锁出城的所有道路，捉拿闹事的幻戏师，易希川根本无力逃出上海城。为今之计，只有先寻一处隐僻之地，暂时躲藏起来，一边把伤养好，一边等风声过了再说。

易希川把黄金圆筒收好，单手扛起牧章桐的尸体，沿着肇嘉浜走了一段，寻了一间无人居住的破旧民房躲了进去。上海沦陷后，肇嘉浜一带虽然聚集了不少难民，但更多的难民选择了往南京甚至更西边的地方逃难，因此一部分民房空了出来，易希川选择的躲藏之地，正是这样一处无主之房。

民房内灰尘遍布，杂物散落了一地，房主人离开之时，想必十分慌乱，许多家具器皿都没来得及带走。易希川取出了火折子，火折子是土纸制成的带有火星的纸卷，密封于一节竹筒之中，因此他虽然全身湿透，但火折子却是干燥的，仍然可以用。他吹燃火折子，在满地的杂物当中找到了一小截蜡烛，急忙点燃了立在桌上。他把床板收拾干净，将牧章桐的尸体和三丘子的头颅放在了上面。他左肩胛处的枪伤需要尽快进行处理，陷在肉里的子弹必须尽快取出，否则伤口感染，整条手臂都有可能落下残疾。

易希川在厨房里找到了一坛房主人没有带走的陈酒，再把衣柜前的铜镜擦拭干净，然后脱去身上的衣服，只见左肩胛处的伤口经过肮脏河水的浸泡后，已然发黑发臭。

易希川咬住了一团破布，用陈酒清洗伤口，然后拈起牧章桐怀表中的那枚铁片，在烛火上煨了煨，对准伤口便割了下去，一股黑如墨汁的血立刻喷了出来。剧烈的疼痛袭来，易希川浑身瑟瑟发抖，胸口急剧起伏，却从始至终紧咬牙关，没有发出任何声音。

子弹射入不深，没用多长时间，易希川就将子弹挑了出来，然后把嘴里的破布吐在地上，用陈酒再次清洗伤口，最后翻出衣柜里一些没有带走的干净衣物，撕碎成条状，将伤口包扎起来。

上海已是入冬天气，房内又寒又冻，但易希川取完子弹后，却出了满头的大汗。绷直的身子疲软了下来，身体仿佛被抽空了一般，易希川裹住几件衣物，直接躺倒在地上，沉沉地合上了双眼。

一觉睡到了天亮，当易希川再次睁开眼睛时，阳光已经透窗而入，倾洒在他的身上。连日来阴云暗沉的天空，终于在一场冬雨后放了晴。

醒来之后，易希川不得不再一次面对冰冷的现实。牧章桐的尸体和三丘子的头颅摆放在床板上，因浸泡了肇嘉浜的污水而显得肮脏不堪，并且散发出阵阵恶臭。易希川凝视着牧章桐的尸体，情绪低落到了极点，心里被无尽的痛苦占据，与之相比，左肩胛枪伤处的疼痛，根本不值一提。

呆若木鸡地坐了片刻，易希川站起身来，从厨房的水缸里舀来一罐水，把牧章桐的尸体和三丘子的头颅仔细地清洗干净了。做人要体面一些，哪怕死了，也应该死得干干净净。

人已死，就该当落叶归根，入土为安。易希川睡了一夜，力气恢复了不少，思维也清晰了许多，脑子里冒出了将师父带回桐城安葬的想法，至于杀师之仇，待安葬好师父后，再来上海寻罗盖穹、皮无肉和皮无骨报仇雪恨。他将床板拆了，用钉子钉在一起，拼成四四方方的棺材模样，然后将牧章桐的尸体和三丘子的头颅一并放入其中。

易希川想把棺材运回桐城，可是经过一夜之后，日本人是否依旧全城戒严四处搜查，他并不清楚，于是在衣柜里找了一件还算体面的衣衫换上，走出民房，打算到外面看看情况。

上海越发显得萧索了，哪怕是阳光耀眼的晴天，整座城依旧死气沉沉。

易希川走遍了大街小巷，情绪变得沮丧之极，因为经过一个夜晚之后，日本人非但没有减轻戒严的力度，反而彻底封锁了整个上海城，出城的所有街道、河道和码头均派有日本兵驻扎把守，每一个出城之人都必须经过一番严密的搜身检查，确定没有问题后才放行。尤其是几条重要的出城街道，不仅被日本人戒严封锁，而且还当街悬挂了几十具尸首，全都是昨晚闹事被杀的幻戏师，其中便有易希川的众位师弟。易希川早就料到众位师弟凶多吉少，但当真正看见他们的尸首被当街悬示时，仍不免心痛如绞，悲愤莫名。

易希川身受枪伤，又携有黄金圆筒，还要带牧章桐的尸体出城，若是被日本兵拦下检查，十有八九要暴露身份。如此看来，走正道出城是不可能了。易希川只好返回肇嘉浜岸边的民房，打算另谋出城的法子。

走回到民房的房门口时，易希川正打算伸手去推门，却猛然间愣住了，只因他发现房门敞开了一丝缝隙。他记得出门之时，曾将房门仔细掩好，没有留下任何缝隙。

就在易希川发愣之时，房内忽然有尖细的说话声传出："你速去通知老爷，叫他赶紧来这里。"声音不大，但语气十分急切，随即便有脚步声朝房门跑来。

易希川一下子就听出这是关管家的嗓音，急忙缩回准备推门的手，躲到附近一片树丛后，暗伏不动。

"吱呀"一响，民房的房门被拉开了，一道干瘦的人影从门内溜了出来。

易希川在暗处看得真切，悄悄溜出民房之人，竟是前夜与他发生过肢体冲突的罗家戏苑的门丁。那门丁一钻出房门，便迅速地穿过一条巷弄，向东北方蹑步去了。房门内又有一人探出脑袋，朝四周鬼鬼祟祟地看了两眼，随即迅速地掩好了房门。易希川看得清楚，那探头掩门之人，正是罗家戏苑的关管家。

惊诧之余，易希川很快便明白过来，暗暗想道："罗盖穹昨晚上了当，没能得到龙图，必定会派人来肇嘉浜附近搜寻我的行踪，只是没想到这么快就找来了这里。"又暗暗心想，"棺材就在民房里，关管家多半是看到了师父的遗体，这才派那门丁去通风报信。只怕用不了多久，罗盖穹就会带人赶来这里。"

易希川重伤在身，自知绝非罗盖穹的对手，一番权衡之后，决定暂不现身，在更远的一排棚户后面躲藏起来，静观其变。

罗盖穹一整晚都没有睡着。

拆开细布裹后，出现在眼前的不是龙图，而是一截烂木头，这令欣喜若狂的罗盖穹瞬间愣怔。从老西门走到肇嘉浜，只不过是片刻间的事，牧章桐何时将细布裹里的黄金圆筒替换成了烂木头，罗盖穹竟然毫无察觉。作为一位变了几十年幻戏的彩戏名家，竟然在眼皮子底下被牧章桐用偷梁换柱的手法蒙骗，罗盖穹顿觉措颜无地，而与龙图的失之交臂，更令他怒不可遏。

在发现上当之后，罗盖穹没有带领皮无肉、皮无骨和关管家等人返回公共租界，而是留在了上海城中，并派人前去打听，得知巡查肇嘉浜岸边的日本兵没有抓到任何闹事之人，这才知道易希川竟然逃脱了。牧章桐已经死了，龙图的下落只能着落在易希川的身上，因此罗盖穹一等到天亮，便带人返回肇嘉浜岸边，沿着河岸分头搜寻易希川的踪迹。

这番搜寻一直持续到了正午，关管家终于在一间民房里发现了牧章桐的尸体，于是立即派门丁前去通传消息。

罗盖穹收到消息后，当即带领皮无肉、皮无骨和众罗家弟子赶到了关管家所在的民房，看到了棺材里牧章桐已然发僵的尸体。

“姓易的小子呢？”罗盖穹看了一眼牧章桐的尸体，转头问关管家。

关管家如实回禀道：“我把这里全都找过了，只发现了牧章桐的尸体，没有见到姓易的小子，也没有找到龙图。”

罗盖穹查看了一下地上日本兵的衣服，那是易希川昨晚脱下来的。“姓易的小子钉好了棺材，一定是想把牧章桐的尸体运出城去，他换了衣服，想必眼下是出去探路了。”他一边猜测，一边说道，“我们就在这里设伏，姓易的小子一旦现身，大伙儿便一哄而上，将他拿下。记住，龙图的下落只有姓易的小子知道，所以在得到龙图之前，必须保证他活着。”

皮无肉、皮无骨、关管家和众罗家弟子当即依令而行，各自散开，在房里房外布下了重重埋伏。

然而这一切都被远处躲藏的易希川尽收眼底，所以从天色敞亮到暮色四合，整个下午的时间过去了，易希川始终没有现身。

傍晚来临了，天色渐渐昏黑，长时间埋伏的罗盖穹终于等得不耐烦了。他看了一眼牧章桐的尸体，说道：“牧章桐的尸体在这里，姓易的小子没有理由不回来，莫非是在外面遭遇了什么变故？”

关管家暗想了一下，说道：“也有可能是姓易的小子发现有人埋伏，所以躲藏起来了，一直不敢现身。”

罗盖穹点了点头，说道：“你说得很对，说不定姓易的小子此时便躲在附近，暗中窥视着我们。”他一念及此，立刻让关管家带着两个罗家弟子留守在民房里，其余人跟着他一起出了民房，四散开来，迅速地搜查附近所有可以藏身的地方。

易希川一直躲在远处一排棚户后面，本以为罗盖穹等人埋伏不成，始终等不到他现身，就会离去，想不到罗盖穹等人竟会突然冲出民房，分散开来，四处搜寻。

易希川悄悄地探出头去，望见皮无肉带着三个罗家弟子向他躲藏的地方搜寻而来。

眼看皮无肉和三个罗家弟子离棚户越来越近，易希川知道不能再躲藏下去了。于是他小心地转身，准备悄无声息地离开这里，转移到其他地方躲藏。

可就在他转身之时，右脚一不小心踩到了地上的碎瓦片，顿时发出了响声。

这一排棚户无人居住，所以四下里异常寂静，瓦片碎裂的声音虽然不大，但在如此寂静的环境中，听起来却格外刺耳。皮无肉立刻循声而动，大步冲到了棚户的背后，看见一道瘦削的人影在不远处的拐角一闪而过，瞧其身形，正是易希川无疑。

“在这里！”皮无肉大吼了一声，随即提起铁傀儡，朝易希川逃跑的方向疾步追去。

罗盖穹和皮无骨分别带了几个罗家弟子搜查其他方向，听见皮无肉的呼喊声后，立刻朝这边追赶过来。

肇嘉浜一带是上海的贫民区，又聚集了不少逃避战祸的难民，因此两岸全是各式各样的破烂民房，民房之间全是各种肮脏的阴沟和狭窄的巷道，再加上聚集了不少胡乱搭建的棚户，因此这一带房舍极为密集，道路十分复杂，在昏黑的夜幕下，如同一座错综复杂的庞大迷宫。

皮无肉一刻也不停歇地追赶，初时尚能看见易希川的身影在前方忽隐忽现，到后来竟然追丢了，不知道易希川逃去了哪里。

站在地面上，视线被各种民房和棚户挡住，视线无法望远，于是皮无肉攀上了一间民房，站在瓦顶之上，向四下里张望。忽然之间，他看见了易希川的身影，在左前方的一处巷口飞快地掠过。

这时罗盖穹和皮无骨已经带领众罗家弟子追了上来。皮无肉立即抬手指着左前方，大声叫道：“在那边！”随即在瓦顶上飞奔，从一间民房跃至另一间民房的瓦顶上，向逃跑的易希川追去。

罗盖穹看准皮无肉指示的方向，翻过身前的一堵院墙，跳进一条阴沟之中，向左前方追去。他不像皮无肉那样在瓦顶上飞奔，但是只要遇到墙垣，便纵身跃过，速度竟丝毫不比皮无肉慢。

皮无骨选择的追赶方式与皮无肉和罗盖穹都不同。他拔出割皮刀握在手中，如一条灵蛇般，窜行于众多阴沟和巷道之间，绕着民房和棚户追击，但大方向始终不偏离左前方。

此外还有十多个罗家弟子，跟在三人的后面，拼命地追赶。

易希川在大大小小的房舍之间仓皇飞奔，巷道穿过了一条又一条，民房路过了一间又一间。他丝毫不敢停下来，因为身后的大呼小叫声不断地传来，迫使他强忍伤口的剧痛，拼命地向前奔逃。他没有明确的方向，只是一个劲地往阴暗狭窄的地方逃窜，只盼能借助错综复杂的环境，甩掉追来的罗盖穹等人。

可是罗盖穹等人铁了心要抓住易希川，又是那么多人一起追赶，岂能让易希川在眼皮子底下逃脱？皮无肉在瓦顶上追踪，将易希川奔逃的方向尽收眼底，不断地指明方位；罗盖穹有路则行，无路则翻越墙垣，几乎是呈一条直线，向易希川追去；皮无骨则穿行于阴沟和巷道之间，试图用更快的速度，从侧面抢到易希川的前方，实施拦截。三个人配合无间，更有十多个罗家弟子尾随追赶，定要生擒易希川才肯罢休。

此时已是天黑时分，一些民房和棚户中住的有人，听见外面又是瓦片脆响，又是脚步不断，还有各种大呼小叫之声，于是一部分人走出门来，想看看发生了什么事。当看清十多个人翻墙越户、飞奔追逐的情景时，有的人吓得躲回房内，有的人则惊声尖叫，还有的人破口大骂，甚至有人刚走出门便被撞了个满怀，摔倒在地上，“啊哟”叫痛。一时之间，肇嘉浜沿岸各种声响不断，好好一个宁静的夜晚，变得喧闹无比。

易希川越跑越累，双腿如同灌了铅一般，变得沉重无比，左肩胛的枪伤也愈发疼痛，鲜血慢慢渗出，染红了衣服。有那么一瞬间，易希川想要放弃了，倘若能直接躺倒在地上，好好地喘上几口气，那该有多好。

可是他不能放弃，他必须继续奔跑下去。

龙图在他的身上，就揣在他的怀里，此时被抓，龙图立马就会落入罗盖穹的手里。没有了龙图，就等同于没有了保命符，罗盖穹可以立即取他的性命。所以他不能放弃，不能停下，因为一旦停下，迎接他的就是死亡。

可是他真的太累了，实在是有心无力，一心想要甩掉罗盖穹等人，可是沉重的双腿却拖慢了速度，罗盖穹等人反而越追越近了。

——不能再这样下去了。

一直往前跑，迟早要被罗盖穹等人追上，易希川必须尽快想出其他的应对之策。

在经过一条漆黑一片的巷道时，料想高处的皮无肉视线受阻，易希川立刻停止了奔逃。他一个转向，冲进了巷道右侧一处棚户的废弃猪圈当中。

易希川从怀里取出黄金圆筒，放在猪圈的角落里，然后捡起一捧又一捧的干草，堆在黄金圆筒的上面，将黄金圆筒严严实实地盖住。他这么做，是想把黄金圆筒藏匿起来。这是他急切之间，唯一能想到的保命办法。只要龙图不在身上，哪怕他被抓住了，罗盖穹也不敢取他性命。

在易希川藏匿黄金圆筒之时，皮无肉飞奔到了附近一间民房的瓦顶上。易希川从他的视线范围内消失了，他扫视了一圈，没有发现易希川的踪迹，于是举起右臂，大声叫道："全都停下！"

罗盖穹已经追到附近的一条巷弄，当即停住脚步，仰头问道："怎么了？"

"姓易的小子不见了。"皮无肉用目光不断地搜寻附近，"奇怪了，刚才明明看见他就在这附近。"

"一定是跑不动了，所以找地方躲了起来。"罗盖穹说道，"所有人立刻分散，挨家挨户给我仔细地搜！记住，必须要抓活的！"

罗盖穹这一声令下，十多个罗家弟子立刻分散开来，挨家挨户地闯了进去，仔细地搜寻易希川的踪迹。

皮无肉仍旧站在瓦顶之上，纵览全局，紧盯四周的动静。罗盖穹和皮无骨则在地面上等待，只等有谁发现了易希川的踪迹，便立刻赶过去。

易希川藏好了黄金圆筒，歇了几口气，便悄悄地溜出了猪圈。他不会傻到在猪圈附近被抓，因为一旦他被抓住，罗盖穹在他身上找不到龙图，一定会派人搜索附近，说不定便能找到藏在猪圈角落里的黄金圆筒。所以他要远离猪圈，离得越远越好。他记住了周围房舍的模样，然后深吸了一口气，从棚户的另一个方向溜出来，看准一条巷道，猛地冲了出去。

这条巷道里正好有一个罗家弟子在搜查，易希川突然从侧面冲出，几乎和这个罗家弟子撞个了满怀。

那罗家弟子吓了一大跳，下意识地后退了两步，随即看清撞到自己的人是易希川，急忙又扑了上去，想要抓住易希川。

易希川抡起右拳打出，正中那罗家弟子的鼻子。

那罗家弟子痛苦惨叫，只觉一阵头晕目眩。他捂住鼻子倒地，鼻血如泉涌一般从鼻孔里喷了出来。

正在瓦顶上紧盯四周动静的皮无肉听到这声惨叫，急忙扭过头来，准确地捕捉到了易希川的具体位置。他几个起落，追到离易希川最近的一间民房的瓦顶上，见易希川又要奔逃，急忙提起铁傀儡，飞快地拉扯十根提线，数枚钢针立刻从铁傀儡身上射出，向易希川激射而去。

幸好易希川起步及时，数枚钢针全都差之毫厘，钉在了易希川刚刚跑过的地面上。

这时罗盖穹、皮无骨和十多个罗家弟子全都循声追了过来。

皮无肉站在瓦顶上，指挥所有人迂回包抄，封住易希川逃跑的所有线路，将易希川困在了方圆二十丈的范围内。皮无肉又指挥所有人缩小包围圈，最终将易希川逼进了一间紧挨肇嘉浜的民房，随即便将这间民房团团围住。

易希川逃得太累了，被逼进民房后，没有盘算如何脱身，而是直接靠在墙壁上，大口大口地喘气。

罗盖穹等人追得也很累。好不容易把易希川围在了民房里，罗盖穹却没有立刻冲进民房，而是喘了几口粗气，使剧烈的心跳平缓下来。他指示十多个罗家弟子将民房的四面全部守好，这才飞起一脚，踹开了房门。

罗盖穹、皮无肉和皮无骨闯进了民房，只见易希川站在靠窗的墙壁前，弯着腰，累得气喘吁吁。

罗盖穹视易希川为瓮中之鳖，随时可以手到擒来。他没有立刻上前擒住易希川，而是面露冷笑，说道："易贤侄，见了你罗世伯，不好好磕头拜见，却拔腿就跑，是怕罗世伯杀了你吗？"

易希川"呸"了一声，说道："罗老贼，我师父收到你发来的生死信令，立刻便动身赶来上海，为盗取龙图出生入死，你却反过来杀害了他，当真是禽兽不如！"

罗盖穹说道："我原计划亲自进入国术馆盗图，如此一来，龙图就不会落在你师父手上，你师父自然就不用死。可是我把'盗'字阄团藏在瓶壁里，你偏偏把它抓了出来，路是你自己选的，能怨得了我吗？"

易希川说道："你既有占龙图为己有之心，却又广发生死信令，邀请那么多位戏主前来，说是保护龙图免为日本人所夺，实则是想让众位戏主替你去送死。你这么做，未免太过卑鄙无耻。"

"现在说这些又有何用？"罗盖穹冷笑道，"乖乖地把龙图交出来，我可以不折磨你，给你一个痛快的死法。"

"龙图就在我身上，你既然那么想要，就自己过来取！"易希川说完这话，猛地转身一跃，破窗而出。

皮无肉急忙拉扯提线，铁傀儡射出一枚钢针。但易希川破窗之举太过突然，钢针射出时慢了半拍，没能射中易希川的皮肉，只穿破了易希川的衣服，钉在窗棂之上。只听"哧"的一声响，易希川的衣服被撕下了一大片衣角，人则钻窗逃了出去。

民房依河而建，窗户所在的那一面正好与肇嘉浜相邻。易希川破窗逃出，守在窗户外的两个罗家弟子立刻扑了上来。易希川拼尽全力一滚一撞，竟冲破了两个罗家弟子的合围，随即狂奔两步，一跃而起，"扑通"一声跳进了肇嘉浜当中。

罗盖穹追到窗前，见易希川跳进了河水之中，两个罗家弟子却摔倒在岸边，气得破口大骂："一群废物！"他从窗户跳将出来，喝道："全都愣着做什么？还不赶紧跳下水去，把人给我抓起来！"

守住民房其他三面的罗家弟子全都循声赶到了河边，见罗盖穹如此暴怒，急忙跳进了肇嘉浜。

肇嘉浜漂满了垃圾，河水污黑，恶臭熏天，十几个罗家弟子跳进河里，立刻恶心反胃，有的甚至直接呕吐了起来。饶是如此，这些罗家弟子也丝毫不敢违抗罗盖穹的命令，全都捂住了口鼻，强忍住恶心反胃之感，在河水里仔细地搜寻起来。

易希川跳进肇嘉浜后，便一直潜在水下，没有浮出水面。

水色污黑，垃圾遍布，根本无法看到水下的情况，十几个罗家弟子只能靠双手在水下摸索，如此搜寻了片刻，始终没有找到易希川藏身何处。

“这么臭的水，居然还能藏在水底下不出来，这小子是疯了么？”一个罗家弟子捏着鼻子，冲身边另一个罗家弟子抱怨道。

另一个罗家弟子说道：“换了是我，早他娘的认栽了，何必跳进这臭水沟里自讨苦吃？若是呛上一两口水，那滋味儿，啧啧，真他娘的不敢想象……”

十几个罗家弟子一边低声抱怨，一边忍着恶臭搜寻。

岸边的罗盖穹、皮无肉和皮无骨则一直紧盯着河面，不放过任何一点细微的动静。

皮无肉对罗盖穹低声说道：“老爷，所有弟子都在水里，水面晃动得太过厉害，姓易的小子悄悄探头换气，只怕我们未必能看得到。”

罗盖穹点了点头，觉得皮无肉的话不无道理。十几个罗家弟子在水里搜寻，致使水面剧烈动荡，漂浮的垃圾晃动不止，易希川若是悄悄探出鼻孔换气，在如此漆黑的夜色下，的确不容易发现。

“不必再搜了，”罗盖穹忽然大声说道，“全都上来！”

十几个罗家弟子早就不想待在恶臭肮脏的河水里，顿时如蒙赦令，飞快地爬上了岸。

罗盖穹又命令道：“去弄几支火把来！”

当下便有几个弟子冲进附近有人居住的民房里，弄了几支火把回来。

“全都把河面盯仔细了，任何微小的动静都不能放过。”罗盖穹说道。

“是！”十几个罗家弟子轰然应道。

几支火把高高地举了起来，光亮照在河面上，十几个罗家弟子分开站立，目不转睛地盯着已经静止下来的河面，捕捉着哪怕一丝细微的动静。

皮无肉左手提起铁傀儡，对准了河面，右手拽住提线，只等易希川浮出水面，便朝易希川的非要害部位射出钢针。

罗盖穹等人严阵以待，可是过了好一阵子，仍不见易希川露头。

罗盖穹暗暗心想：“姓易的小子倘若水性足够好，说不定此时已潜到了其他地方，不在这一截河段了。”一念及此，当即命令道：“所有人分开，沿着岸边仔细地搜！”

十几个罗家弟子立即照做，举起火把，沿着岸边分头搜寻。

皮无肉再次攀上民房的瓦顶，视线沿着肇嘉浜来回扫动，忽地跳下地面，说道：“老爷，那边有一座桥。”他伸手指着河段的右侧，“说不定姓易的小子躲在桥下，要不要过去看看？”

罗盖穹料想易希川还藏身河中，只是不知道躲在什么地方，一听河段的右侧有一座桥，顿时觉得桥底下正是一处藏身的好地方，于是叫上两个罗家弟子举火照明，和皮无肉、皮无骨一起往那座桥行去。

无巧不成书，此时的易希川，当真便躲在这座桥下。

易希川跳进肇嘉浜之时，河水产生了剧烈的动荡，一股熏天恶臭翻腾而起。他的鼻子里满是浓烈的臭味，胃里一阵翻江倒海，几欲作呕，但他深知此时要想活命，就必须潜入水下。所以他几乎没有任何犹豫，立刻屏住了呼吸，心一横，埋头便潜入了水下。

潜在水下总有冒头换气的时候，可是罗盖穹等人就守在岸边，要想不被发现，唯有潜游一段距离，在稍远的地方偷偷探头换气。易希川受了枪伤的左肩胛十分疼痛，几乎使不出任何力气，他只能运用一只右臂划动河水。肇嘉浜的河水不深，易希川轻轻地划动河水，幅度不敢过大，以免弄出动静，被岸边的罗盖穹等人发现。

潜游了一段距离，易希川一口气憋得太久，实在忍受不住，竟一不小心呛了一口水，鼻子里、嘴巴里和喉咙里满是恶臭无比的脏水，胃里登时有东西往外涌。他急忙把头冒出水面，捂住嘴巴呕吐了起来。好在此时罗盖穹刚刚下达了上岸的命令，十几个原本在水中仔细搜寻的罗家弟子，正飞快地向岸边奔去，一时间水面动荡，水声哗啦作响，易希川在不远处冒头呕吐，这才没有被发现。

易希川呕吐之时，看见十余丈开外有一座横跨肇嘉浜的桥，桥身离水面很近，桥底下漆黑一片，心想若是躲在桥底下，就可以任意探头换气，不必再担心被发现了。

易希川理顺了呼吸，再次埋头潜入水下，向前方的桥潜游而去。

易希川的水性极好，潜游十余丈的距离，对他而言原本不在话下，但此时他只能动用一条右臂，又是在如此令人作呕的河水当中，十余丈的距离便显得极为遥远。他用尽全力潜游了一阵，轻轻地把头探出水面，只见桥还在三四丈开外。他急忙又埋头入水，再潜游了三四丈的距离，终于来到了桥底下。

此时的易希川，已经累得精疲力竭了，好似全身都被掏空了一般。他探出头来，大口大口地喘着粗气。

易希川满脸乌黑，头发上全是垃圾和渣滓，比街头乞丐还要肮脏百倍。他不断地喘气，每次吸入的空气都带着一股恶臭。但是与保住性命比起来，这些都算不得什么。

易希川原本以为躲在桥下可以保一时安全，可是令他没有想到的是，他刚刚歇了几口气，远处的火光便向桥这边移动了过来。他望见火光之下走来的有罗盖穹、皮无肉和皮无骨，以及两个举火照明的罗家弟子。

眼看罗盖穹等人离桥越来越近了，易希川暗暗咒骂了一句，不得不深吸一口气，再次把头埋进了又脏又臭的河水里。

罗盖穹等人走到了桥头，探出脑袋往桥底下望去。桥底下黑乎乎的，即便举起火把照明，也根本看不清楚。要想知道易希川到底有没有躲藏在桥底下，必须有人钻到桥底下去，仔细摸寻一番才行。罗盖穹于是吩咐两个罗家弟子道："你们两个，一人从一边下去，仔细地搜！"

两个罗家弟子心里骂娘，极不情愿地举起火把，分别从桥的两侧下水，踩着河底的淤泥，慢慢地往桥底下挪动。两人用火把照明，开始搜寻易希川是否藏在桥底下。

易希川潜在水中，不知道水面上是怎样的情况，不知道下水搜寻的人有几个，不知这些人正在搜寻什么地方。他只能感觉到河水在不停地涌动，而且涌动得越来越厉害。这带给了他一种危机正在不断逼近的紧迫感。

两个罗家弟子在桥底下搜寻，一步一步地挪动，越来越接近易希川潜藏的位置，只需再往前走两三步，就能撞到水里的易希川。

易希川一口气憋了太久，几乎已经到了身体的极限，但还是只能咬牙坚持。他已经游不动了，唯有一动不动地潜在水下，听天由命。

就在这时，远处忽然有叽里哇啦的叫喊声传来。

罗盖穹站在桥头，叫喊声是从肇嘉浜的对岸传来。他抬眼望去，只见桥的对面是一条狭窄的街道，街道远远地延伸出去，与一个十字街口相连。此时十字街口附近全是晃动的灯光，一队夜里巡查的日本兵正从那里经过，望见了桥头的火光，于是一边喝问是什么人，一边朝桥头快步跑来。

“又是这些该死的日本人！”罗盖穹恨恨地瞪了一眼远处跑来的日本兵，心里暗暗骂道。

这队巡查的日本兵全都带着步枪，一旦赶到桥头，势必进行盘问。罗盖穹这边一共有十多个人，夜里聚集在肇嘉浜岸边，必定难以解释清楚。为避免招惹不必要的麻烦，罗盖穹只能放弃对易希川的搜寻，召集所有人立刻撤退。

桥底下那两个原本离易希川近在咫尺的罗家弟子，得知有一队日本兵正快步赶来，急忙慌慌张张地爬上了岸。

罗盖穹不知道易希川就躲在桥底下，但他知道易希川一定躲在附近。他冲着肇嘉浜河面大声喊道：“姓易的小子，你给我听好了！牧章桐的尸体，我罗某人带走了，三天之内，倘若你不把龙图带到罗家戏苑来，我就把牧章桐的尸体剁了，碎肉喂狗，锉骨扬灰！”

撂下这句狠话，罗盖穹带着皮无肉、皮无骨和十多个罗家弟子，迅速地撤离了肇嘉浜岸边。

巡查的日本兵看见十多个人飞快逃跑，急忙一边开枪一边追赶。可是罗盖穹等人散入肇嘉浜岸边的民房和棚户之间，很快便融入夜色，不见了踪影。巡查的日本兵拼尽了全力，最终还是没能追上。

第五章 斗戏

易希川终于可以把头探出水面了。

他几乎快要窒息了，若非巡查的日本兵恰巧出现，恐怕他此刻已经被罗盖穹抓住了。

易希川没敢乱动，而是一直安静地躲在桥底下，直到罗盖穹等人撤走了，巡查的日本兵也追远了，他才费尽力气爬上了岸。

没有半点劫后余生的喜悦，易希川躺倒在岸边，望着黑茫茫的夜色，心里压抑至极，难受到了极点。

他怎能不难受呢？师父死了，师弟们死了，一夜之间，他变成了孤身一人，还被罗盖穹带人疯狂地追杀，落得如此狼狈不堪的地步，累得没有一丝一毫的力气，浑身湿透，肮脏至极，又冷又痛。他的境况已经足够凄惨了，可是罗盖穹还要将牧章桐的遗体带走，并以毁损遗体为要挟，逼他将龙图带到罗家戏苑。如此糟糕透顶的处境，倘若他的意志没那么坚强，恐怕此时早已放声大哭，彻底放弃了。

——但是他不能就这样放弃，他必须站起来！

他是春秋彩戏派的下一任戏主，他必须守护好龙图，要夺回师父的遗体，还要替师父报仇雪恨！

易希川用双手撑住地面，继而使出浑身的力气，颤颤巍巍地站了起来。

他慢慢地行走在夜色当中，走回之前藏匿黄金圆筒的地方，将黄金圆筒取出，然后慢慢地走回停放牧章桐遗体的那间民房。

易希川没有因为筋疲力尽而放松警惕。他没有立即现身，而是在暗处躲藏了一阵。在确定罗盖穹等人已经离去，也确定民房中没有留下人手埋伏后，他才小心翼翼地从暗处走出，轻轻推开房门，走进了民房。

易希川摸出了怀里的火折子。他吹燃火折子，漆黑的房间里顿时有了一丝光明。

简陋的棺材依旧孤零零地摆放在房间的角落里，然而棺材里面已经空了，牧章桐的尸体和三丘子的头颅都不见了。易希川抬起头来，看见了墙上十二个殷红刺眼的大字：限尔三日，不见龙图，碎尸喂狗。

易希川知道罗盖穹得不到龙图决不会罢休，但是没想到罗盖穹竟然卑鄙无耻到了这等地步，拿牧章桐的遗体来逼他交出龙图。

易希川这辈子最为敬重的人便是牧章桐，牧章桐不仅将毕生绝艺倾囊相授，更是一直待他如亲生儿子一般。对从小便是孤儿的易希川而言，牧章桐就是他在这世上唯一的亲人。一直以来，易希川无论受到何种委屈，都能自行克忍，但若是有人对牧章桐不敬，他便是拼了性命，也要替牧章桐讨回公道，前夜与罗家戏苑的门丁发生冲突，便是这般缘故。牧章桐被罗盖穹、皮无肉和皮无骨杀害，易希川原本打算先把牧章桐的遗体运回安徽桐城，让其入土为安，然后再去寻罗盖穹、皮无肉和皮无骨报这笔血海深仇，没想到罗盖穹反倒先找上门来，追杀他未果，竟带走了牧章桐的遗体，甚至以毁损遗体来逼他交出龙图。易希川想到这些，不由得愤怒不已，恨不能立刻便将罗盖穹碎尸万段。

人在愤怒之时容易思绪混乱，所以易希川强迫自己冷静下来。他担心罗盖穹会去而复返，于是离开了这处民房，另寻了一处安全的地方躲藏，然后开始思谋对策。师父的遗体必须夺回来，可是自己在上海身单力薄，又兼有枪伤在身，罗盖穹却是人多势众，如何才能从对方的手中夺回师父的遗体？难不成真的要交出龙图吗？

易希川拿出黄金圆筒看了一眼，下意识地摇了摇头。龙图是历经了千难万险才从国术馆中盗出，陆万钧及多位戏主为此而死，师父和九位师弟全都付出了生命的代价，师父临死前更是叮嘱过要“护住龙图”，无论如何也不能将龙图交出去。

经过一番左思右想，易希川最终想到了一个办法——斗戏。

斗戏是幻戏界古已有之的规矩，无论是个人恩怨，还是门派纷争，幻戏师都可以相约斗戏，在幻戏技艺上一较高下，以此来分出胜负，了结恩怨纷争。易希川自知与罗盖穹硬拼全无胜算，又不能将龙图交出去，因此便想到了斗戏这个法子。罗盖穹是“上海三魁”之一，沪皖苏浙彩戏盟会的会长，上海地界首屈一指的彩戏名家，易希川则是“安徽彩戏王”牧章桐的大弟子，是春秋彩戏派的下一任戏主，在彩戏法上同样有不俗的造诣，倘若能逼迫罗盖穹接受斗戏，并答应以牧章桐的遗体为注，易希川只需在彩戏法的比拼上技压罗盖穹，便能在不损失龙图的前提下，夺回遗体。

罗盖穹是成名已久的幻戏师，多年前就已金盆洗手，立誓不再登台表演彩戏法，寻常的斗戏挑战，罗盖穹定然不会接受。但是易希川有龙图在手，他所提出的斗戏挑战，罗盖穹非接受不可。

打定了主意后，易希川休息了一晚，翌日清晨便前往公共租界。

为了避开日本兵的搜身检查，以免随身携带的黄金圆筒被搜出，易希川故意跳进肇嘉浜中，再次浸了一身的污秽，使得自己闻起来恶臭熏天，接着又蓬散了头发，污花了脸颊，令自己看起来活脱脱就是一个邋遢肮脏的臭乞丐。盘查的日本兵果然嫌他又脏又臭，想要搜他的身，却又怕惹来一手的恶臭，于是厌恶地挥了挥手，直接让他通过了路障。

顺利进入公共租界后，易希川走到黄浦江边，把全身的污秽清洗干净，然后去裁缝店买了一身干净的衣裳，寻了一处旅馆住下，一边安心养伤，一边筹谋斗戏一事。

罗盖穹一直耐心地等待着。

虽然只见过易希川两次，但易希川对牧章桐的敬重之情，罗盖穹却是看在眼里，记在心头。他知道易希川绝不会置牧章桐的尸体于不顾，三天的限期之内，易希川必定会现身。

这样的想法，在第三天终于得到了应验。易希川果然现身了，只是现身的方式，却令罗盖穹有些始料未及。

第三天的清晨，天色刚刚大亮，罗盖穹的卧室房门便被敲响了。敲门声万分急切，惊醒了尚在熟睡之中的罗盖穹。罗盖穹打开房门，看到了一脸焦急的关管家，听到了关管家带来的消息：“姓易的小子来了！”

“我早就料定姓易的小子必会现身！”罗盖穹一脸得意，见关管家神色焦急，不由得斜了关管家一眼，“一个毛头小子而已，你怎么搞得如临大敌似的？”

“老爷，是我没有说清楚。姓易的小子人没有来，”关管家双手一抬，递上了一张写满黑字的白纸，“是他的斗戏帖来了！”

罗盖穹眉头一皱，接过斗戏帖，只见纸上墨迹歪歪斜斜，如同垂髫小儿涂鸦之笔，一字字地写道：“今日戌时，桐城春秋彩戏派踢馆上海罗家戏苑，春秋彩戏派戏主对决罗盖穹，彩戏斗戏，龙图为注，双水戏台，一决生死，父老街坊，俱为见证。”

罗盖穹逐字逐句地看完，嘴角不由得微微斜起，不屑地说道：“堂堂斗戏帖，居然如此粗墨贱笔，也好意思送上门来。”

“老爷，这斗戏帖不是姓易的小子送来的，是在院墙下捡到的。”关管家说道，“附近各家各户都在自家宅院里捡到了，满大街都撒遍了，到处都是这样的斗戏帖。姓易的小子踢馆斗戏一事，只怕眼下全租界的人都知道了。”

罗盖穹眉头一皱，随即明白了易希川这么做的目的，说道：“姓易的小子怕我不接受斗戏，这才把斗戏一事弄得尽人皆知，我若是不接受，定然沦为笑柄，往后在上海地界再难抬起头来。”

“老爷，那你是打算接下这斗戏帖了？”关管家问道。

“当然要接！”罗盖穹断然说道，“牧章桐虽然说是‘安徽彩戏王’，可他的彩戏法只练到二十五件，比卢重阳的二十六件尚且不如，姓易的小子是牧章桐的徒弟，谅他也没多大本事，只怕连二十五件都达不到。我罗盖穹若练彩戏法三十多年，比卢重阳还要厉害几分，自然远胜于他。我金盆洗手多年，世间名气渐微，姓易的小子井底之蛙，没见过世面，胆敢向我挑战，那是以卵击石，自寻死路。他写明以龙图为注，我正是求之不得，岂能不接？”

顿了一顿，他又说道：“这斗戏帖我不但要接，而且要接得光明正大。你速去布置双水戏台，布置得越风光越好，今晚大开苑门，人人皆可免费入苑。我要当着成千上万人的面，让姓易的小子一败涂地，不仅把龙图输给了我，而且一辈子都抬不起头来！”

“是！”关管家领了命令，速去安排人手布置双水戏台，又是清扫打理，又是拉帷布幔，花了一整个上午的时间，把双水戏台布置得干净敞亮，随后再将罗盖穹接受斗戏且免费开苑的消息放出。一时之间，租界内人言热议，虽说离戌时尚早，许多人却争相赶来罗家戏苑，只为占住一个好位置，观看这场难得一遇的生死斗戏。

夜幕逐渐降临，罗家戏苑里人群聚集，不仅观戏席上密密麻麻地坐满了人，连周围的空地上也全都是人头攒动。通常只有一两百人买票入座的罗家戏苑，此时竟聚集了数千人，罗家戏苑的所有门丁和护院全都忙活了起来，只能勉强维持住现场的秩序，另有二十名罗家弟子站在双水戏台的前方，阻拦闲杂人等越界登台。

戌时刚到，忽听“嗵”的一响，水面上八盏大灯同时亮起，将双水戏台照得一片通明。双水戏台分为左右两个戏台，此时左右两个戏台上分别摆放了三十件彩物，大至鱼缸瓷盆，小至杯碟酒盏，按从大到小的顺序一线排开。这些彩物是一一对应的，左戏台上有什么，右戏台上便有什么，而且同一件彩物的大小规格完全一致。这总共六十件彩物，便是今晚彩戏法斗戏所要用到的道具。

观戏人群齐刷刷地望向亮起灯光的左戏台，只见罗盖穹身穿一袭金色的修长大褂，从侧面的台阶登台，稳步走到左戏台的正中央，面带微笑，向台下团团作揖。观戏人群中立时喝彩声不断，爆发出一阵热烈无比的掌声。要知道罗盖穹是名震上海的彩戏法高手，种种彩戏法绝技可谓神乎其神，可是自从金盆洗手之后，再也没有公开登台表演过，此时有幸得见罗盖穹再展彩戏法绝技，对手又是有着安徽彩戏王之称的春秋彩戏派戏主，许多观戏之人的内心都是激动莫名，兴奋至极。

罗盖穹站在左戏台上，时隔多年再度登台，眼前人山人海掌声喧天的场面令他觉得十分受用。易希川在租界内遍撒斗戏帖，弄得尽人皆知，逼迫罗盖穹接受斗戏，罗盖穹不仅接受了，而且将这场斗戏办得如此盛大，一方面是为了反过来逼易希川现身，易希川若是心生惧怕不敢应战，那春秋彩戏派必然因此名誉扫地。另一方面则是为了在大庭广众之下击败易希川，令易希川不敢当众食言，乖乖地交出作为戏注的龙图。

罗盖穹举起双手，示意台下观戏人群安静，然后大声说道："各位父老同胞肯赏脸到来，罗某人在此谢过了！今晚这场斗戏，乃是由安徽桐城的春秋彩戏派发起。春秋彩戏派新任戏主易希川远道而来，向我罗家戏苑发出斗戏帖。我罗某人虽然金盆洗手多年，但为了维护本苑的声誉，也是为了维护上海彩戏界的声誉，自当竭力应战。各位还请少安毋躁，待春秋彩戏派新任戏主易希川到场之后，斗戏立即开始。"说罢向观戏人群拱手致意，走到左戏台的内侧，在戏主椅上坐下，闭上双眼，开始平心静气地等待。

好不容易安静了片刻的人群，因罗盖穹的这番话，又迅速地聒噪起来。人人都在窃声议论，春秋彩戏派的戏主不是牧章桐吗，怎么变成了一个叫易希川的人？人人又都在翘首以盼，能让罗盖穹摆出如此庞大的斗戏阵仗，来人定是一个无比厉害的人物，真想看看这易希川究竟是何方神圣。

这阵议论声持续了一阵，忽然苑门方向一片哗然，大呼小叫声此起彼伏，都在叫喊着："来了，来了！"

罗盖穹翻开眼皮，扭头望向苑门方向，只见那个方向的观戏人群自动分开，让出了一条道来。一个身穿海蓝色大褂的年轻人，肩扛一口纯黑色的漆木棺材，迈着又稳又阔的脚步，沿着观戏人群让开的这条道，朝双水戏台走来。来人身形清瘦，脸色肃杀，正是发起此次斗戏的易希川。

今晚是彩戏斗戏，易希川却携了一口漆木棺材，这令观戏人群免不了一番交头接耳，而一个身形如此瘦削之人，竟能以一肩之力扛起如此沉重的棺材，又令观戏人群感到惊诧莫名。

易希川穿行于人山人海之中，身旁是指指点点的观众，耳边是纷纷扰扰的议论，但他始终目不偏斜，一直平视着前方。他走到双水戏台前，围护戏台的罗家弟子让开一个缺口，任由他拾阶而上，登上了右戏台。

易希川将漆木棺材稳稳地搁放在台面上，然后抬起双眼，冷漠地望着左戏台上的罗盖穹。

罗盖穹离开了戏主椅，站起身来，微笑着说道："今晚斗戏，点到即止，易戏主却带了一口棺材前来，不知是何用意？"

"斗戏帖上白纸黑字，写得清楚明白，今晚斗戏是以命赌命，一决生死，不是什么点到即止。"易希川冷冷地应道，"至于这口棺材用来做什么，想必你比谁都清楚，又何必明知故问？"

罗盖穹当然知道易希川带棺材来，是为了带走牧章桐的尸体。他嘴角轻轻地一斜，道："易戏主，你当真想和罗某人斗戏赌命？"

易希川朗声说道："你杀了我师父牧章桐，此仇不共戴天，今晚我来，一是以命为注，和你赌生死，二是以龙图为注，赌我师父的遗体。倘若你赢了，我自当奉上龙图，引颈就死，倘若我赢了，你即刻归还我师父的遗体，然后当着众人的面，自行了断，以谢我师父在天之灵！"

易希川当众直言，指认罗盖穹是杀害牧章桐的凶手，引得台下观戏人群一片哗然。罗盖穹却面色不改，镇定自若地说道："易戏主，想必你是误会了。章桐兄的死与我毫无关系，他是为了保护龙图，被日本人所杀，我拼了这条老命，才从日本人的手里抢回他的遗体。章桐兄与我是同道故友，私交甚厚，我如何会反过来害他？"

易希川没想到罗盖穹如此厚颜无耻，竟然当众否认杀害牧章桐的事实。牧章桐被杀当晚，并没有旁人目睹，易希川有口难辩，当下不再多言，说道："我提出的戏注，你应还是不应？倘若你怕死，不敢应战，我便立刻带着龙图离开，你这辈子休想再找到我。"说出这句话时，易希川故意在"龙图"二字上加重了语气。

罗盖穹问道："你当真把龙图带来了？"

易希川伸手入怀，掏出一个金光闪闪的物事，正是从国术馆荟萃室里盗出来的黄金圆筒。他把黄金圆筒拿出来露了一下真容，随即揣回怀中，冷冷地问道："我最后问你一次，你应还是不应？"

梦寐以求的龙图就在眼前，罗盖穹当即不再犹疑，提高声音说道："你当着这么多人的面，千方百计以斗戏相逼，我罗某人若不应你，未免沦为无胆鼠辈，为世人所耻笑。那好，你但求斗戏赌命，我应了便是。"说罢举手一招，早就候在远处的关管家立刻招呼几个罗家弟子抬起一口精致华贵的棺材，穿过观戏人群，一直抬到了左戏台上。

罗盖穹说道："易戏主，章桐兄的遗体就在这口棺材里，今晚斗戏无论胜败，我都会派人护送章桐兄的遗体回桐城。"

易希川哼了一声，说道："你少在人前虚情假意。我今晚定会胜了你，亲自带师父的遗体回去。"

罗盖穹冷淡地一笑，说道："彩戏法斗戏，向来有快慢之分，易戏主是想快斗，还是想慢斗？”

罗盖穹所言不假，彩戏法斗戏的确分为快慢两种方式。所谓快斗，是斗戏双方单纯比拼出彩的速度，谁先将规定数量的彩物出完，谁便获胜；所谓慢斗，则是斗戏双方各占一台，同时表演彩戏法，各凭捆、绑、藏、掖、撕、携、摘、解的真功夫，再配合说段子的能力，在规定时间内吸引更多的观众来到自己这边的戏台前，便成为获胜的一方。

两相比较，快斗只需比拼出彩的速度，不涉及其他技巧，慢斗则考验彩戏法的全面性，不仅需要够硬的真功夫，而且需要有登台表演的经验，能够镇得住数千人的场子，才有可能获胜。

易希川自知登台表演的经验远不如罗盖穹，再加上罗盖穹成名已久，又是在自家地盘上登台斗戏，本地的观众自然更愿意捧罗盖穹的场，所以他不假思索便做出了选择，说道：“自然是快斗。”

罗盖穹早就料定易希川会选择快斗，他之所以在左右戏台上各摆放三十件彩物，正是考虑到这一点。快斗虽然只是单纯比拼出彩的速度，但胜负的论定却有多种标准。倘若双方都完成了规定数量的出彩，则速度快者胜；倘若只有一方完成，另一方没有完成或是中途出现了失误，则完成者胜；倘若双方都没有完成，则不论胜败，斗戏以和局收场。

罗盖穹私下练习之时，曾达到出彩三十二件的惊人高度，所以出彩三十件对他而言并不是什么难事。他料定易希川绝无出彩三十件的本事，因此摆下多达三十件的彩物，心想易希川绝无可能完成，自己只需有条不紊把三十件彩物出完，便能轻而易举地击败易希川。

他微微一笑，仿佛已经胜券在握，说道：“易戏主，左右戏台上各有三十件彩物，你我就在三十件内定胜负，如何？”

易希川几乎没有做任何思考，张口便应道：“好得很。”

易希川如此迅速地答应下来，令罗盖穹暗暗有些吃惊。罗盖穹本以为易希川一定会提出减少彩物数量的要求，没想到易希川竟一口答应了下来。“莫非这小子竟有出彩三十件的本事？”这样的念头在罗盖穹的脑海深处一闪而过，但随即看到易希川年轻的面庞，心想要达到出彩三十件的高度，少说需要二三十年的苦练，姓易的小子不过二十岁出头，断不可能有如此造诣，因此便放宽了心。“请！”他右手一抬，大大方方地做了一个请的手势。

易希川冷冷地斜了罗盖穹一眼，一言不发地走到右戏台边角的座椅上坐下。罗盖穹则重新坐回了戏主椅。左右戏台上各自垂下一袭红色帷幕，随即“嗵”的一响，水面上八盏大灯同时暗了下去，现场由亮如白昼，转变为昏黑暗沉。

观戏人群都知道今晚的斗戏即将开始，全都噤了声，翘首以盼，屏息以待。

片刻之后，八盏大灯以极慢的速度亮起，灯光从各个方向射向双水戏台，垂遮的红色帷幕缓缓拉起，左右戏台再次露出了真容。

罗盖穹和易希川分别站在左右戏台的正中央，各自的肩上搭着一张阔面毯子，台面上的三十件彩物已经不见了踪影，仿佛凭空消失了一般，但略懂彩戏法的人，都知道这些彩物是藏在了幻戏师的大褂之下。

罗盖穹堂堂正正地站在左戏台上，一身金色大褂与之前看起来并没有什么不同，但右戏台上的易希川却不一样。因为身形太过瘦削，易希川在大褂底下藏了三十件彩物后，整个人显得有些臃肿，看起来十分别扭，即便是不懂彩戏法的人，也能一眼看出易希川的大褂底下藏了东西。幻戏师身材瘦削，这是表演彩戏法的一大缺陷，幻戏师必须身形足够高大，体格足够强壮，大褂底下才能有足够的空间用来藏匿彩物。正是因为这一点限制，易希川平时很少登台表演，哪怕他是牧章桐最为器重的大弟子。当日进入国术馆给日本人表演彩戏法，牧章桐没有选择与易希川搭档演出，而是选择了体格更为宽壮的三丘子，随后的七七大阵，也是由三丘子、四方和五行来完成，便是这个缘故。易希川知道自己的弱点，所以才毫不犹豫地选择了快斗，只因若是比拼慢斗，他甫一登台，观戏人群便能看出他大褂底下藏了彩物，彩戏法没了秘密，观戏人群自然就没了继续看下去的兴趣，慢斗的结局也就不言自明。不过好在比拼的是快斗，易希川只需专注于出彩的速度，无须在意是否能吸引观戏人群的注意力。

罗盖穹和易希川各占一台，相继取下了肩上的毯子持在手中，做好了斗戏的准备。当关管家走到双水戏台的正前方，宣布斗戏正式开始并擂响令鼓之后，罗盖穹和易希川便同时出手，迅速开始了出彩。

第一件彩物是海碗，两人左手持毯子往身前一抖，右手从毯子底下一撩，凭空翻出一个斗大海碗，碗里还装着大半碗水。两人没有像平常表演彩戏法那样向观众展示海碗，而是追求速度，直接将海碗放在戏台上，便迅速地开始出第二件彩物。

水出火现，继装水的海碗之后，第二件彩物是火盆。两人用与先前一模一样的动作，从毯子底下变出了一个火盆，盆中火焰跳动，熊熊燃烧。

出完前两件彩物，罗盖穹和易希川的速度不分先后，几乎是同时完成。

接下来，两人双手不停，不断地从毯子底下变出各种杯盘碗碟，一时之间摆满了整个戏台。

台下的观戏人群虽然看过不少彩戏法表演，但那都是慢条斯理的戏台演出，从没有见过如此快如闪电的出彩比拼，一时间只觉眼花缭乱，应接不暇，看得目瞪口呆。

到出完第十五件彩物时，出彩数量已经到了一半，罗盖穹和易希川仍旧齐头并进，速度不分高下。

罗盖穹用眼角余光瞥见易希川的出彩速度竟丝毫不输于自己，不由得暗暗心惊。易希川这般又快又准的出彩技艺，远远超乎罗盖穹的想象。在罗盖穹的印象里，能在出彩速度方面有如此造诣的人，除了自己之外，便只有“大廿六”卢重阳一人，甚至连易希川的师父牧章桐也没有这样的能力。

罗盖穹哪里知道，易希川的彩戏法技艺，其实早已青出于蓝而胜于蓝，远远超过了牧章桐。当日在瑞丰旅馆的客房里，牧章桐曾亲口说出易希川的幻戏技艺远胜于自己的话，他让易希川继任春秋彩戏派的戏主之位，正是因为这个缘故。倘若不是对自己的彩戏法技艺有足够的自信，易希川怎么可能公然向“上海三魁”之一的罗盖穹发出斗戏帖？要知道这场斗戏的戏注是龙图，易希川若是没有足够的能力，自然不会傻到以卵击石，主动将龙图作为本场斗戏的戏注拱手送给罗盖穹。

罗盖穹见识了易希川真正的实力，当即摆正了心态，再不敢小觑了易希川。他使出了毕生的功力，从第十六件彩物开始，他出彩的速度竟然又快了半分。

姜到底还是老的辣，罗盖穹快上加快，易希川却已经达到能力的极限，无力再快，开始逐渐落后。

到出完第二十二件彩物时，罗盖穹已经领先了易希川一件彩物。

罗盖穹乘胜追击，速度竟然又快了些许，到出完第二十七件彩物时，他已经领先了易希川整整两件彩物。

罗盖穹手握两件彩物的领先优势，紧张的情绪顿时放松了不少，出彩之时，竟有余暇扭过头去看易希川的情况。

易希川用眼角余光瞥见自己落后了整整两件彩物，不由得拧起了眉头。高手斗戏，毫厘之差便可判出胜负，更别说是多达两件彩物的差距了。但此时的局势已经完全倒向了罗盖穹，易希川看起来有心无力，已是必败无疑。

罗盖穹稳稳当当变出寿桃和饼盘之后，只剩下最后一件彩物了。

最后一件彩物是盛满酒水的酒盏，罗盖穹一边以毯子遮掩，一边将右手伸进大褂底下，只需将酒盏顺利取出，他便是最终的胜者。

这场斗戏虽然需要出彩三十件，但过程其实快如闪电，前后不过瞬息之间。在如此短的时间内，罗盖穹的情绪却是几经变化，先是因为轻视易希川而感到轻松自信，随后是目睹易希川展示出来的惊人能力而感到紧张忐忑，现在则是即将战胜易希川时的志得意满。在即将取出最后一件彩物前，他再次扭过头去，不无得意地看了一眼自己的对手。

易希川这时才出到第二十八件彩物，毯子斜着一抖，右手迅速地翻出，掌中多了一件金光闪闪的彩物。

罗盖穹顿时愣住了，因为第二十八件彩物本该是红彤彤的寿桃，但是易希川此时变出的彩物却闪烁着耀眼的金光。易希川顺手一扔，将那闪烁着金光的彩物扔进了燃烧的火盆之中。

左右戏台相距不远，罗盖穹看得真切，被易希川扔进火盆的彩物，乃是一截黄金圆筒，竟是他朝思暮想的龙图。罗盖穹大惊失色，下意识地想扑过去抢救龙图，已经抓住酒盏往外出彩的右手顿时颤抖了一下。

只听“啪”的一声脆响，酒盏从罗盖穹的手中滑落，支离破碎地摔在了戏台上，酒水顿时溅了一地。

突如其来的失误，令罗盖穹霎时间怔住了。这一声刺耳无比的脆响，不仅摔碎了酒盏，也连带着摔碎了他一辈子的名声。他的耳边是观戏人群的哗声大作，眼前是数千人的指指点点，仿佛一瞬之间，他便从天堂堕入了万劫不复的地狱。

就在这时，易希川从容地出完了最后三件彩物，寿桃、饼盘和酒盏稳稳当当地摆放在了台面上。

易希川长出了一口气，看了一眼台下哗然躁动的观戏人群，又看了一眼呆若木鸡的罗盖穹。他知道这场斗戏胜负已分，罗盖穹最后一刻出现失误，未能完成三十件彩物的出彩，已然输了。

罗盖穹呆呆地愣了片刻，忽然间回过神来。

他并没有因为输掉斗戏而觉得耻辱，而是一门心思惦记着龙图。

他像发了疯一般，忽然跃过两丈宽的戏台间距，跳到了右戏台上，朝易希川扑了过去。

易希川以为罗盖穹恼羞成怒，立即做好了防御的准备，谁知罗盖穹并非冲他而来，而是从他的身旁冲过，一脚踢翻了地上的火盆，随即如同一条丧家之犬般趴在地上，在滚烫的灰烬里不停地翻找，嘴里不停地念叨道：“龙图，我的龙图……”

易希川从怀里掏出一截黄金圆筒，冷冷地说道：“你是在找这个吗？”

罗盖穹扭过头去，看见了易希川手中完好无损的黄金圆筒。刹那之间，他明白过来，双眼如充血一般变得通红，厉声喝道：“你故意耍我？”

易希川说道："倘若你不是处心积虑要抢夺龙图，又岂会轻易上当受骗？"他方才丢进火盆里的黄金圆筒，乃是用乌金纸糊制而成，是为了在关键时刻引罗盖穹分心而准备的，真正的黄金圆筒，则一直揣在他的怀里。

罗盖穹数天前被牧章桐用偷梁换柱的手法所蒙骗，现在又被易希川用类似的方法戏弄，还在数千人的面前输掉了斗戏，丢尽了脸面，一世英名就此付诸东流。一切都丢掉了，那就再也没有什么可顾忌的，罗盖穹顿时发了狠，露出了阴狠的真面目。什么道德廉耻，通通抛诸脑后，什么众目睽睽，一概不管不顾，他的眼里只剩下了龙图。只要能得到龙图，无论失去什么，他都不足惜。

一瞬之间，罗盖穹已经动了杀心，双手猛地一分一措，招招阴损毒辣，直取易希川的要害。

围护双水戏台的二十个罗家弟子看见师父动手，立即翻身跳上戏台，欲要一起扑杀易希川。皮无肉和皮无骨也从暗处冲到了戏台之上，亮出了铁傀儡和割皮刀，杀向了易希川。

罗盖穹猛然大声喝道："都别过来！"他今日折在易希川的手中，遭受了前所未有的奇耻大辱，此时当然想以一己之力击杀易希川解恨，不需要任何人来插手相助。

皮无肉和皮无骨当即候在一旁，二十个弟子也就地站住，团团围起了圈子，将易希川包围起来，让易希川无路可逃。

关管家眼见事态突变，立即命人将水面上的八盏大灯关掉，使亮如白昼的戏台变得一片昏黑，使得台下数千人看不清戏台上正在发生的事。

关管家大声说道："今晚的斗戏已经结束了，各位父老同胞请回吧！"说着便招呼众护院和门丁，驱赶双水戏台周围的观戏人群，要让观戏人群全部退出罗家戏苑。

观戏人群中有的人胆小怕事，见护院和门丁撵人，想赶紧离开是非之地，纷纷向罗家戏苑的苑门涌去，有的人却不肯走，想留下来看完这场好戏。一时之间你推我挤，呼喊抱怨声此起彼伏，现场陷入了一片混乱。

此时昏黑暗沉的双水戏台上，罗盖穹和易希川已经缠斗得难解难分。

易希川原本以为在大庭广众之下，罗盖穹即便在斗戏中输了，也断然不敢当众发作，如此一来，他就能在不损失龙图的前提下，顺利地夺回牧章桐的遗体。但是他实在低估了罗盖穹的无耻程度，当着数千人的面，罗盖穹竟然出尔反尔，擅动杀手，欲置他于死地。论及拳脚功夫，易希川不是罗盖穹的对手，再加上枪伤未愈，因此甫一交手，易希川便落了下风，很快挨了几记重拳重脚。

自知敌不过罗盖穹，易希川不想坐以待毙，打算突围脱逃。可是他向外冲突了几次，都被合围的罗家弟子堵了回来。

四面被围，无路可退，易希川索性将心胆一横，与罗盖穹做殊死一搏，倘若报不了杀师之仇，那就把性命赔在这里，总之要和罗盖穹拼个你死我活。

易希川虽然瘦弱，但臂力惊人，拳头挥动起来，足以穿墙碎石。面对易希川的殊死搏斗，罗盖穹虽然不至于被易希川的拳头所伤，但每次卸掉易希川的拳力，都不是一件容易的事。一番缠斗下来，罗盖穹多次格挡易希川的拳头，双手竟然隐隐发麻，不由得暗暗心惊："这小子吃什么长大的？拳力竟然如此惊人！"

"拿刀来！"罗盖穹忽然大喝一声，接过一名罗家弟子扔来的大刀，凌空虚砍两下，朝易希川招呼而去。

易希川的拳头再怎么有力，终究只是肉体凡胎，如何敌得过锋利的大刀？几个回合下来，他的手背便挨了一刀，霎时间鲜血长流。

罗盖穹见易希川受伤，不禁面露狰狞的笑容，攻势变得更加凶狠凌厉。

易希川被罗盖穹的攻势彻底压制住了，没多久就再负两道刀伤，形势已变得岌岌可危。可是易希川实在有心无力，他之所以向罗盖穹发出斗戏帖，正是为了避免与罗盖穹硬拼，想不到一番周折下来，最后还是要和罗盖穹硬碰硬地厮杀。一个罗盖穹已经难以对付，更何况还有皮无肉、皮无骨和二十个罗家弟子环立在侧，今日已是必死无疑的局面。

易希川不禁有些心灰意冷。

他朝左戏台上的棺材看了一眼，心里暗道："师父，徒儿无能，不能带您回桐城，连龙图也护不周全。您的大恩大德，徒儿今生无以答谢，恐怕唯有来世再报了……"

罗盖穹不给易希川任何喘息的机会，一刀势若千钧，斜着撩起。易希川侧身闪躲，头顶顿时露出了空当。罗盖穹看准机会，高举大刀，刀势如轰雷掣电般凌空劈落，要将易希川劈成两半。

易希川抵挡不住，眼看即将沦为刀下亡魂，忽然之间，他听见头顶传来了"轰"的一声异响，仿佛什么东西突然着火了一般，随即有幽暗的青光从头顶投下，洒落在双水戏台上。易希川目光一扫，只见戏台上的所有人都被镀上了一层阴森恐怖的青光，仿佛这些人全都不是阳世间的活人，而是来自阴曹地府的幽灵。

突然洒落下来的青光，来自于戏台的正上方，那里有一团火焰悬浮在空中，燃烧之时，发出"嗞嗞嗞"的响声。这团火焰并非寻常可见的明黄色，而是如同幽冥鬼火一般，呈现出一种极为诡异的碧绿色。

这团碧绿色火焰的突然伴着异响出现，吓了罗盖穹一跳。罗盖穹暂时停止了攻势，仰头望向头顶。四面合围的皮无肉、皮无骨和二十个罗家弟子，全都被这声异响所吸引，纷纷抬起了头，盯着空中燃烧的碧绿色火焰，神色诧异无比。

突然之间，这团碧绿色火焰在振聋发聩的轰隆声中炸裂开来，幻化成无数飞溅的火星，仿若一阵火雨从天而降。

皮无肉、皮无骨和二十个罗家弟子慌忙躲闪，怎奈火星太过密集，终究躲避不过，好些人被火星溅上，立时肤灼发焦，疼痛惨叫。

易希川不知道这团碧绿色火焰从何而来，但他知道眼下众罗家弟子闪身躲避下落的火星，原本密不透风的包围圈出现了松动，好几处缺口露了出来，正是稍纵即逝的脱身机会。他看准离戏台边角最近的一个缺口，当即飞步冲了过去。

罗盖穹从漫天降落的火雨当中回过神来，见易希川逃跑，急忙挺起大刀，向易希川追去。

易希川任由火星溅在身上却不管不顾，一拳击倒一个试图阻拦的罗家弟子，从包围圈的缺口冲了出去。眼前已是戏台的边角，易希川不假思索地纵身一跃，从一丈多高的戏台跳下，着地一滚，消去了下坠之力，随即翻身而起，准备继续奔逃。

可是易希川刚一起身，还没来得及迈开步子，眼前忽有黑影晃动，一个不知从何处冒出来的人，不偏不倚地挡在了他的身前。

相隔咫尺，易希川一眼便认出了挡路之人，竟是在国术馆荟萃室里有过交手的荒川隼人。

荒川隼人不再是黑色西装打扮，而是穿了一身市井百姓的陈旧衣服，显然是假扮成观戏之人，在罗家戏苑里潜伏了多时。他唯一显眼之处，是用厚厚的白布将脖子缠裹得密不透风，那里是拜牧章桐所赐、险些要了他性命的伤口。

荒川隼人用一种猎人打量猎物的目光看着易希川，冷笑着说道：“你还想往哪里逃？”

易希川知道荒川隼人身手厉害，极难对付，急忙转身，想从侧面避走。可是眼角突然掠过了一道黑芒，一柄纯黑色的忍刀已搭在了他的肩上，刀锋抵住了他的颈部。易希川不敢乱动，斜眼看去，黑忍那张额带刀疤的脸，出现在了视野里。

这时罗盖穹已经飞身跳下了戏台，追到了易希川的身后。

黑忍见罗盖穹手持寒光闪闪的大刀，来势汹汹，当即发出一声厉喝。他的左右忽然有八个精壮之人闪出，迅速地脱去市井百姓的衣服，露出了一身日本武士的穿着。这八个日本武士全都手握黑色忍刀，以闪电般的速度，向追来的罗盖穹围攻而去。

罗盖穹大惊失色，见八柄忍刀势若雷霆，根本来不及做任何思考，迅速揉刀对敌，刹那间刀光闪动，叮叮铮铮的刀锋交接之声不绝于耳。

罗盖穹以一敌八，很快落于下风，侧背和腰际各负一伤。

皮无肉和皮无骨见罗盖穹遇险，急忙提起铁傀儡，举起割皮刀，双双从戏台上跳下，大步如飞地扑入了战局。

罗盖穹得皮无肉和皮无骨相助，不利的局面顿时扭转，与八个日本武士斗了个旗鼓相当。

此时戏台上火光渐亮，那团碧绿色火焰炸开之后，无数的火星坠落在台面上，竟不熄灭，反而继续燃烧，木制的戏台很快被引燃。火焰燃烧得极快，越发猛烈，又得夜风吹刮，迅速沿着连接两个戏台的横柱从右戏台蔓延到了左戏台上。整个双水戏台很快变成了一片火海。关管家急忙命令众护院和门丁停止驱赶观戏人群，纷纷端盆提桶，担水救火。

火起之时，戏台上的罗家弟子纷纷纵身跳下，其中有几人浑身着火，直接跳进了湖水当中，剩余十来人则跳落地面，见罗盖穹被人围攻，急忙冲到罗盖穹的身前，向八个日本武士攻去。

众寡之势顿时颠倒，八个日本武士尽管身手厉害，但抵挡不住十余人的围攻，一步步地往后退却。

就在这时，八个日本武士的身后突然出现了一男一女。男的白衣胜雪，目光深邃，举手投足之间尽显气定神闲，女的则身材纤瘦，脸蛋小巧精致，竟是当日在荟萃室里出现过的和服女子，只是她此时没有身穿和服，而是一身闺阁小姐的打扮。

白衣男人现身之后，双手立刻一翻，掌中突然跳起两团碧绿色火焰，不断地发出“嗞嗞嗞”的响声。他的双手猛然一挥，掌中的两团碧绿色火焰飞上半空，越过八个日本武士的头顶，挡在了十多个罗家弟子的身前，竟悬浮在空中，并不坠落。

皮无肉、皮无骨和十多个罗家弟子刚刚见识过这种碧绿色火焰的威力，担心这两团碧绿色火焰会突然炸裂开来，一时之间停住了脚步，不敢再贸然往前冲杀。

罗盖穹先前跳下戏台之时，眼里只有易希川，八个日本武士突然杀出，他根本来不及分辨敌人是谁，便被迫挥刀迎敌。此时火光渐明，又有皮无肉、皮无骨和众罗家弟子对付八个日本武士，罗盖穹这才抽出空来，看清了八个日本武士的穿着打扮，看清了八个日本武士身后站立的一男一女，也看清了擒住易希川的荒川隼人和黑忍。他急忙大声喝道：“全都住手！”

皮无肉、皮无骨和十多个罗家弟子当即罢斗，后退了数步，护在罗盖穹的左右。

与此同时，荒川隼人也冲黑忍使了个眼色，黑忍当即一声令下，八个日本武士收拢刀锋，退至他的身旁。

荒川隼人用日语说道："斋藤骏大人，请您暂且停手。"

斋藤骏便是那白衣男人，只见他大袖一挥，一股劲风扫向两团碧绿色火焰，两团火焰顿时熄灭，化作两缕青烟，消散得无影无踪。斋藤骏负手而立，不说一语，尽显气度森严。

那闺阁小姐打扮的日本女子走上两步，站在斋藤骏的身边，关切地叫了一声："师父。"

斋藤骏扭头看了日本女子一眼，轻轻点了一下头，意思是他没什么事，让日本女子不必担心。

隔了三四丈的距离，两拨人虽然暂且罢斗，但手不松拳，刀不还鞘，剑拔弩张之势仍在。

罗盖穹的目光扫过这群日本人，最终停留在荒川隼人的身上，说道："荒川君，这里是公共租界，是英国人和美国人的地盘，可不是你们日本人随意闹事撒野的地方。你把这小子留下，带了自己的人速速退出罗家戏苑，我罗某人就当你们没有来过，不会把此事告诉租界当局。"

荒川隼人用汉语说道："罗盖穹，做人讲究言而有信，你斗戏之前当众说了，要以命赌命，现在斗戏输了，却立马出尔反尔，要杀这小子，如此做派，实在不配中国幻戏界宗师的地位。"他的咽喉被牧章桐割伤，伤口虽已结痂，但嗓音却变得又粗又哑，听起来极为刺耳。

罗盖穹冷冷一笑，说道："斗戏输赢与否，那都是我们中国人自己的事，还轮不到你一个日本人来管。"

荒川隼人用阴鸷的目光盯着罗盖穹，说道：“你对中国人言而无信，我可以不管，但是你对我言而无信，我却不能不管。当初你推荐牧章桐进国术馆表演彩戏法时，口口声声说牧章桐是彩戏名家，愿意以性命担保，绝不会出任何问题。可是牧章桐却暗藏祸心，在国术馆闯出了天大的乱子。今天我带人来这里，就是为了找你这个推荐人讨要一番说法。”

罗盖穹听了这话，不由得冷冷一笑，原来当初日军方面派来找他推荐幻戏师的那名卫队长，正是荒川隼人。当时罗盖穹向荒川隼人承诺，一定会找一位闻名遐迩的彩戏名家到国术馆表演彩戏法，并保证这位彩戏名家不会有任何作乱之心，绝不会出现卢重阳等人大闹日军入城仪式的那一幕，然而他却趁此机会策划了盗图行动，并最终大闹国术馆，成功从荟萃室里盗出了龙图。入国术馆表演的幻戏师是罗盖穹推荐的，因此罗盖穹一直担心日本人会找上门来寻他的晦气，但因为身处公共租界，乃是英国人和美国人的地盘，所以他抱着侥幸的心理，心想日本人未必敢到公共租界来闹事。如今这份担心到底还是应验了，荒川隼人在如此紧要的时刻现身于罗家戏苑，还带来了不少人手，倒是令他有些头疼。

罗盖穹说道：“牧章桐是安徽彩戏王，彩戏法超凡绝伦，这是众所周知的事，正因为如此，我才推荐了他。至于牧章桐暗藏二心，有别的什么图谋，我事前毫不知情。荒川君，你想讨要说法，该去找牧章桐，而不是来找我。”

“罗盖穹，我今天总算领教了你是何等的老奸巨猾。”荒川隼人不客气地说道，“那晚在国术馆闹事的幻戏师，大部分已被当场击毙，但也有几人被就地生擒。这几人被抓进军营监狱，经不住严刑拷打，早就把事情的来龙去脉如实交代了，什么生死信令、三重门、龙图等事，我全都已经知道了。你身为盗图主谋，竟然矢口否认，自称毫不知情。”他指着易希川说道，“这小子是牧章桐的徒弟，当日也参与了国术馆盗图一事。我来问你，罗盖穹是不是此事的主谋？”最后一句问话，却是冲易希川说的。

易希川被黑忍的忍刀架在脖子上，却并未关注荒川隼人和罗盖穹的对峙，而是一直望着双水戏台。

双水戏台已经被大火吞噬，停放着牧章桐遗体的棺材，此时已经燃起了熊熊大火。

易希川有心无力，眼睁睁地看着师父的遗体化为灰烬，只觉心如滴血，悲痛难抑，眼眶倏地一湿，两行泪水滚落下来。

他忽然被荒川隼人问话，立时转过头来斜视着荒川隼人，冷冷地说道：“我为什么要回答你一个日本人的问话？”对他而言，日本人是外来的侵略者，荒川隼人和黑忍又杀死了他的众位师弟，国仇家恨一并算上，他早已把荒川隼人和黑忍视作不共戴天的仇人，所以即便此时性命掌控在荒川隼人的手中，他也断然不会配合荒川隼人的提问。

荒川隼人假扮成普通的观戏之人，全程观看了易希川和罗盖穹的斗戏，听到了易希川指认罗盖穹杀害了牧章桐的话，心想易希川定会当面指认杀师仇人是盗图主谋，没想到易希川竟然给出了这样的回答。荒川隼人刹那间面色铁青，指着自己被白布紧紧缠裹的脖子，厉声说道：“这里的伤口，是拜你师父牧章桐所赐，我一直想寻他报仇，现在他死了，这笔仇只有算在你的头上。我定会让你生不如死，后悔活在这个世上！”

易希川冷哼了一声，说道：“你有什么手段，尽管往我身上招呼，我易希川若是有一句话服软，就不是条汉子！”

荒川隼人面色铁青，说道："好，我现在就抓你回军营监狱，看看到底是你的嘴硬，还是我的手狠！"转头用日语对黑忍说道，"龙图在这小子的身上，你带上两个武忍，把这小子押回军营监狱，好生看押。这里的事，我和斋藤骏大人自会处理，你就不用管了。"

"嗨！"黑忍颔首应了，叫上两个日本武士，将易希川反拧了双手，押着易希川就要离开。

"围起来！"罗盖穹突然一声喝令，众罗家弟子迅速向两旁散开，将一群日本人团团包围了起来。

罗盖穹虽然听不懂日语，但瞧黑忍的架势，是要押易希川离开，随即思维一转，便猜到荒川隼人知道龙图一事后，十有八九是想借机抢夺这件中国幻戏界的圣物。他处心积虑谋夺龙图，眼下龙图就在易希川的身上，岂能让煮熟的鸭子被日本人吃了？他不客气地说道："我罗家戏苑虽然不是什么重要场所，却也不是你们这些日本人想来就来，想走就走的地方！"

荒川隼人看了一眼四面合围的罗家弟子，口吻轻蔑地说道："罗盖穹，就凭这些人，你以为拦得住我？"

罗盖穹说道："你要为推荐彩戏名家一事讨要说法，可以，但是你要抓走姓易的小子，却是不能。"

荒川隼人说道："这小子与我有深仇大恨，我差点断喉而死，就是拜他师父所赐。我今天一定要将他带走，用尽各种酷刑折磨他，让他生不如死，方能解我心头之恨。"

罗盖穹冷笑起来："荒川君，你口口声声说我老奸巨猾，其实你也不遑多让。想要龙图，你就直言明说，何必找这许多借口？"

荒川隼人冷冷地发笑，说道："你定要拦住去路不可？"

"龙图是中国幻戏界的圣物，决不能落入你们这些日本人的手里！”罗盖穹朗声说道，“你今天想带走龙图，除非杀了我，踏平我罗家戏苑！”

众罗家弟子响应罗盖穹，全都厉声呵斥，气势凶煞无比。

荒川隼人的麾下虽然有黑忍和八个日本武士，个个都是刀法绝伦的武忍，但罗家戏苑毕竟人多势众，不仅有罗盖穹和皮无肉、皮无骨这样的高手，还有十多个罗家弟子，更有数十个护院和门丁，真要动起手来，鹿死谁手还很难说。荒川隼人念及至此，说道："如你所说，龙图是你们中国幻戏界的圣物，中国所有的幻戏师都想得到它，你们的斗戏帖中写明了以龙图为注，所以我才会带人前来，既然如此，其他幻戏师想必也会被这斗戏帖中的龙图二字吸引而来。如果有其他幻戏师潜伏在附近，你我一旦动手，势必两败俱伤，到时候反倒便宜了旁人。我倒有个主意，你我无须动手相搏，便能分出胜负。”

罗盖穹深知荒川隼人所说属实，周围还有一部分观戏人群围在一起，没有离开，倘若真有其他幻戏师暗藏于其中，那么他和荒川隼人拼个你死我活，就等于是为他人做了嫁衣。他问道："你有什么主意，说来听听？”

“斗戏。”荒川隼人张口吐出了两个字。

罗盖穹没想到荒川隼人竟会说出这两个字，冷冷一笑，说道："你刚才说我斗戏出尔反尔，难道现在就不怕我再出尔反尔一次？”

荒川隼人说道："你如果真要那么做，到时候再拼个你死我活，也不算迟。”

罗盖穹哼了一声，说道："你说吧，怎么个斗戏法？”他想听听荒川隼人打算怎么斗戏，再决定是否答应。

荒川隼人侧身一让，介绍站在身边的斋藤骏，说道："这位斋藤骏大人，在我日本国内连夺十五年幻术大赛的冠军，是名震我日本全国的幻术大师。斋藤骏大人此番前来中国，是因为听闻中国有许多厉害的幻戏高手，所以想一一登门挑战，把中国所有的幻戏高手全部击败。罗盖穹，你是‘上海三魁’之一，是全上海最顶尖的幻戏师，人人都说你的幻戏水平登峰造极，你敢不敢与斋藤骏大人来一场中国幻戏和日本幻术的对决？”

罗盖穹素来老谋深算，行事精于算计，但此时听闻这个名叫斋藤骏的日本幻术师竟然如此狂妄，不由得义愤填膺，浑身热血沸涌。他瞪视了斋藤骏一眼，大声说道："我罗盖穹有何不敢？你只管说，怎么个对决法？”

荒川隼人说道："你们中国幻戏师斗戏，讲究同台较量，比拼幻戏技艺，我们日本的幻术师比拼起来却更为直接，叫作破术。较量之时，双方各出一种幻术，如果一方窥破了另一方的幻术秘诀，将对方的幻术原样不改地表演了出来，那就是胜了，被破术的一方即是败者。斋藤骏大人不懂你们中国的幻戏，无法同台较量，所以想以破术的方式，与你一较胜负。到时候胜的一方，便带走这小子，负的一方，自当收手，不可再纠缠对方。”

此时观戏人群尚有数百人没有离开，原本因为罗家戏苑众人和日本人动手而远远躲避，但一听闻又有对决即将上演，便又缓缓地聚拢了过来。

罗盖穹刚刚斗戏输给了易希川，一辈子的名声毁损于此，但若是能击败这个上门挑战的日本幻术师，不仅能在这数百人面前挽回颜面，还能就此声名大震。要知道中国和日本正在打仗，这时候以中国幻戏师的身份击败日本幻术师，势必将成为最振奋国人人心的消息，这一消息必将风传全国，到时候他便能成为全中国最为有名的幻戏师。

想到能够举国闻名，罗盖穹不禁隐隐有些心动，又想哪怕败给了斋藤骏，不过是屎上泼尿，让已经毁损的名声再臭一点，又能有什么损失？于是他看了一眼斋藤骏，大声应道："好，破术就破术，我罗盖穹今天便奉陪到底！"

荒川隼人抚掌说道："那好，就这么说定了。"转头用日语对斋藤骏低声说道，"斋藤骏大人，姓罗的已经接受了您的挑战。待会儿破术之时，还望您不要手下留情，施展幻术之际，趁机取了罗盖穹的性命。罗盖穹一死，这帮支那人必然群龙无首，到时候我们就踏平罗家戏苑，抓走姓易的小子，夺走龙图。"

斋藤骏点了点头，神情和气度丝毫不变。

荒川隼人用汉话说道："罗盖穹，我们上门挑战，客不压主，就请你先出幻戏，由斋藤骏大人来破。"

第六章 破术

罗盖穹回头看了一眼双水戏台，戏台已经浓烟滚滚，火势滔天，关管家带着众护院和门丁拼命救火，却无济于事。这场大火是由那团碧绿色火焰引起的，那团碧绿色火焰则出自斋藤骏之手。罗盖穹转回头来，上下打量了一番斋藤骏，这个能自如掌控火焰的日本幻术师，毫无疑问是一个高深莫测的劲敌。罗盖穹不敢大意，心里暗暗想道：“彩戏法的秘诀太过简单，寻常人都能识破，自然难不倒这个日本幻术师。看来我必须拿出一门最难破解的幻戏，让他难以破术，方能握有胜算。”

暗忖片刻，罗盖穹忽然眉舒目展，低声在一名罗家弟子的耳边吩咐道：“去玲珑楼，把火浣衣取来。”

那罗家弟子点头应了，飞快跑去后园的玲珑楼，不多时折返回来，将一件华美异常的火红色丝绸长衣，交到了罗盖穹的手中。

罗盖穹将火浣衣抖开，一边小心翼翼地穿上，一边说道：“宋朝时江南一带曾经出过一门厉害的幻戏，叫作‘天火焚身术’，在当年的临安百戏盛会上技压群戏，夺得‘戏魁’称号。这门幻戏失传已有数百年之久，机缘巧合为我习得。今天我就以这门‘天火焚身术’，会一会你这位日本的幻术高手。”

说完这话，罗盖穹双手向后一挥，站在他身旁的皮无肉、皮无骨和众罗家弟子立即退开数步，留出一大片空地来。

罗盖穹站在空地的正中央，仰面朝天，高举双手，长呼深吸，仿佛在吸取天地间的精华。

忽然之间，罗盖穹双臂用力一振，大喝一声：“着！”

喝声未落，只见罗盖穹所穿的火浣衣的衣摆剧烈地抖动起来，随即“轰”的一声巨响，衣摆上顿时燃起了一团深红色的火焰。

这团火焰无端而起，仿佛从天而至，是为天火。罗盖穹又疾喝一声：“起！”只见衣摆上的火焰迅速蔓延而上，很快整件火浣衣彻底燃烧起来，罗盖穹除头部以外的身体已然全部着火。

观戏人群全都是第一次目睹这样引火焚身的场景，不知道罗盖穹是在变幻戏，还是真的被大火烧着，因此有的人喝彩不迭，有的人却惊呼连连，现场顿时陷入了一片哄乱的状态。

随着这门“天火焚身术”的展开，易希川的注意力逐渐从双水戏台转移到了罗盖穹的身上。

易希川一向痴迷幻戏，对各门各类的幻戏都有所了解，早就听说过这门失传数百年的“天火焚身术”，但却是头一次见到。他一眼便看出是罗盖穹所穿的丝绸长衣在作怪，但一时之间却想不明白这丝绸长衣的机巧在何处，猜不透这丝绸长衣如何突然起火，又如何阻隔火焰以避免表演者被烧伤。他朝一旁的斋藤骏看了一眼，斋藤骏此时正目不转睛地注视着罗盖穹，似乎不想错过任何细节。

浑身的火焰燃烧了片刻，罗盖穹忽然沉声喝道：“焚！”只见火焰迅速地向上蔓延，将他的头部彻底吞噬。如此一来，罗盖穹浑身上下无一处不着火，彻彻底底地变成了一个火人，所谓“天火焚身”，诚然如此。伴随着火焰的不断燃烧，一股淡淡的烟雾升腾而起，将罗盖穹团团包裹起来。

然而就在这时，似乎出了什么意外，被大火吞噬的罗盖穹忽然发出了一声凄厉的惨叫。紧接着，罗盖穹的惨叫声如潮水般无止无休，他的手脚在烟雾中胡乱地挥舞，到了后来，整个人甚至倒在了地上，来来回回地翻滚，显得痛苦无比。

原本一片嘈杂的观戏人群被这突如其来的变故吓得噤住了声，目瞪口呆地望着浑身着火、满地打滚的罗盖穹，不知道发生了什么意外。

站在近处的皮无肉和皮无骨大惊失色，急忙脱下衣服拍打罗盖穹身上的火焰，却无济于事，于是大声叫道：“快去打水来！”众罗家弟子这才从惊慌当中回过神来，纷纷冲到湖边去打水。其中一个罗家弟子跑得飞快，迅速提来一桶水往罗盖穹的身上泼去。

这桶水一泼下去，火焰立刻被浇灭了，一股白烟翻腾而起，迅速飘散，露出了地上的一团焦黑之物。

然而，那团焦黑之物并不是罗盖穹，而是一截烧焦的木头！

在众目睽睽之下，罗盖穹竟变成了一截烧焦的木头，本人却消失得无影无踪。如此戏剧化的转变，令观戏人群讶然失色，连在场的众多罗家弟子也被这一幕震住了，一个个面露惊色，茫然四顾，不知道究竟发生了什么事。

就在这时，那刚刚泼灭了火焰、手持空木桶站在原地的罗家弟子抬起了头，露出了真面目，赫然竟是罗盖穹！

惊叫声和喝彩声顿时山呼而至，罗盖穹享受着数百人沸腾的场面，露出了志得意满的微笑。他目光一转，落在了斋藤骏的身上。

此时的斋藤骏面无表情，似乎已经被这门“天火焚身术”难住了。

罗盖穹的信心更为充足，说道：“请吧。”言语之间，已然是胜券在握。

所有人的目光齐刷刷地一转，集中到了斋藤骏的身上。所有人都在等这位日本幻术师出场，看他能否破解罗盖穹的“天火焚身术”，当场将这门匪夷所思的幻戏依葫芦画瓢表演出来。

过了片刻，一直原地站立的斋藤骏忽然点了点头，踏前数步，站到了空地的正中央。

易希川暗暗吃惊。虽然师出彩戏名门，但易希川从小就对除彩戏法之外的各门各类幻戏极感兴趣，不仅想方设法去了解，甚至自己也会耍弄一些偏门的幻戏。在幻戏见识方面，他可以说比牧章桐还要广博。许多幻戏，只要在他面前演上一遍，他基本上都能窥破个中秘诀。但罗盖穹的这门“天火焚身术”，燃火自焚方面可以用引火粉做到，但如何在众目睽睽之下偷梁换柱，在烟雾中与一截木头调换而不被发现，却难倒了易希川，可以说是一门极难破解的幻戏。然而，斋藤骏只用了片刻时间来思考，就迈步走到空地的正中央，观其气定神闲之态，似乎已经破解了“天火焚身术”的秘诀，准备当场进行破术，这令易希川不得不感到震惊。

斋藤骏没有罗盖穹的火浣衣，也不用更换其他衣服，仍旧穿着那一身白色的衣衫。他双臂忽然向天一举，衣摆无风而动，伴随“轰”的一声巨响，猎猎摆动的衣摆倏地燃起火来。除了没有大喝一声“着”外，他所表演的这一幕，与罗盖穹的“天火焚身术”竟然完全一致，几乎没有任何差别。

见了斋藤骏这一番初露身手，罗盖穹原本轻松自如的神色，霎时间变得凝重起来。

荒川隼人原本严肃无比的神情，此时却轻松了许多，转头对日本女子说道："久美子小姐，斋藤骏大人的幻术比去年夺冠之时，又精进了一大步，真是一件值得祝贺的事情。"

那日本女子名叫秋本久美子，听荒川隼人这么一说，不禁露出了甜美的微笑，轻声说道："师父的幻术一直都是这么厉害。"

荒川隼人和秋本久美子用日语交流之际，火焰已经蔓延到了斋藤骏的全身。好似感觉不到灼痛一般，斋藤骏竟然面无表情，任由火焰继续向上燃烧，逐渐将他的头部吞噬。淡淡的烟雾开始升腾缭绕，逐渐将斋藤骏围裹起来。

斋藤骏的破术进行到这里，和罗盖穹的"天火焚身术"几乎如出一辙。易希川在惊讶于斋藤骏有如此本事的同时，越发地聚精会神，注视着斋藤骏的一举一动。他错过了罗盖穹偷梁换柱的瞬间，现在不想再错过第二次。他希望能看到斋藤骏如何瞒过众人的眼睛，在烟雾中成功做到偷梁换柱，实现最后的反转。

斋藤骏站在原地一动不动，任凭全身的火焰燃烧了片刻，忽然发出了凄厉的惨叫声，随即倒在了地上，不断地扭曲挣扎，翻来滚去，显得痛苦万分。

这一幕没有引来观戏人群哪怕一丝半毫的惊讶和同情，一是因为斋藤骏非我族类，乃是日本人；二是因为在看过罗盖穹的"天火焚身术"之后，人人都知道眼前这一幕是假的，知道燃烧着大火的不是人身，而是一截木头。

易希川却隐隐觉得奇怪，以他的眼力，竟然完全没有捕捉到斋藤骏偷梁换柱的瞬间，以至于他产生了一丝怀疑，怀疑斋藤骏到底有没有从大火之中脱身。

更让易希川感到奇怪的是，之前罗盖穹倒在地上翻来滚去之时，众罗家弟子纷纷跑去湖边担水灭火，这才引出了幻戏最后反转的那一幕。可此时斋藤骏在地上翻滚挣扎，荒川隼人、黑忍以及其他日本武士却无动于衷，甚至连身为他女徒弟的秋本久美子也只是一直作旁观状。倘若不灭掉火焰，就无法引出幻戏最后反转的一幕，倘若最后反转的一幕不出现，那就不能算作破术。如此一来，斋藤骏岂不是功亏一篑了吗？

易希川不知道这场破术将如何收场，看了看仍在地上翻滚挣扎的斋藤骏，又看了看袖手旁观的荒川隼人和黑忍。

忽然间，易希川看见荒川隼人微微侧过脸来，朝黑忍偷偷地使了一个眼色，黑忍则轻轻地点了一下头，似乎对荒川隼人的意思心领神会。

易希川不知道荒川隼人和黑忍在偷偷地交流什么，只是觉得这场破术透着几分古怪，至于哪里古怪，一时之间却又琢磨不透。

如此思来想去了片刻，易希川的脑中忽然云开雾散，思维一下子变得清晰起来，准确地捕捉到了这场破术的古怪之处。

古怪之处在于斋藤骏所发出的惨叫声。

这阵惨叫声无论是音色还是音调，和罗盖穹的嗓音竟然一模一样。将幻戏依葫芦画瓢地表演出来并不难，只要窥破秘诀就能做到，但是第一次见面就要将对方的声音模仿得完全一致，却不是一件容易的事情。易希川听着这阵惨叫声，只觉不像是斋藤骏在模仿，倒像是真正的罗盖穹在惨叫。

易希川急忙抬头，向空地的对面看去。

他看见了皮无肉和皮无骨，看见了十多个罗家弟子，看见了围拢过来的关管家和一帮护院门丁，但是有一个人却始终没有看到，那就是罗盖穹。他的目光扫视了好几个来回，最终确定没有看走眼，对面罗家戏苑的那群人当中，的的确确没有罗盖穹。

一个奇诡无比的念头忽然从易希川的脑海深处冒了出来：“莫非地上着火之人不是斋藤骏，而是……是罗盖穹？”

就在易希川暗自揣测之际，地上翻滚挣扎的斋藤骏，忽然于惨叫之际发出了一连串的呼救声：“快……快救我……”

这阵呼救声太像罗盖穹的嗓音，以至于众罗家弟子纷纷面露惊色，若非亲眼所见是斋藤骏在进行破术，只怕当真会有人冲上前去救人。而在众罗家弟子站定旁观的同时，关管家却不断地左顾右盼，最终发现罗盖穹竟然不在现场。

“老爷呢？”关管家惊讶地脱口而出。

众罗家弟子急忙左顾右盼，果真没有看到罗盖穹，不由得面面相觑。彼此询问，但每一个人的回答都是一样的，根本没有看见罗盖穹离开过。

关管家突然意识到了什么，盯着地上翻滚挣扎的着火之人，大声叫道：“是老爷！赶快救人啊！”

众罗家弟子这才反应过来，急忙争先恐后地担水救人。

水泼火灭，地上翻滚之人露出了真容，竟然当真是罗盖穹！

经过了一番大火焚烧，罗盖穹浑身焦黑，头发燎光，皮开肉绽，已然奄奄一息，倘若施救再迟个一时半刻，只怕他已经被活活烧死，一命呜呼了。

在场的所有人都被震惊到了，没有任何一个人想到斋藤骏的破术竟会以这样的反转而收场。易希川惊讶无比，扭头四处张望，却不见斋藤骏的身影。

众罗家弟子因斋藤骏的破术神乎其技而心神震慑，又因罗盖穹遍体鳞伤的惨状而胆战心惊。黑忍却在此时一声令下，八个日本武士迅速地抽出忍刀，结成阵势，扑杀而来。众罗家弟子尚且心惊胆战惊魂未定，忽然遭遇八个日本武士的冲杀，竟然全都没了抵抗之心，只顾四散逃命，好些人死于锋利的忍刀之下。

关管家想要阻止众罗家弟子奔逃，但始终喝止不住，于是打算去救被火烧伤躺倒在地的罗盖穹，却被一个日本武士一刀捅穿了肚皮，当场毙命。

皮无肉趁乱杀退了一个日本武士，抱起地上的罗盖穹，由皮无骨护着，向后园退去。

变故发生得太过突然，并且已经出现了死伤，围观的数百人怕被日本武士误杀，纷纷夺路逃命，向苑门方向涌去。

趁此混乱之际，荒川隼人护着秋本久美子，黑忍挟持着易希川，迅速向苑门方向疾行。途中斋藤骏突然从观戏人群之中现身，与荒川隼人和黑忍会合。斋藤骏刚才如何偷梁换柱，将着火之人替换成了罗盖穹，又如何神不知鬼不觉地躲藏进了观戏人群之中，目不转睛从头看到尾的易希川竟然没有发现任何端倪。易希川不由得钦佩不已，斋藤骏的幻术能达到如此匪夷所思出神入化的地步，实在是闻所未闻，见所未见。

退至罗家戏苑的苑门处，因为观戏人群争相夺门而逃，门窄人多，所以拥堵不堪。荒川隼人想快点离开罗家戏苑，大声叫道："敢挡道的人，全都杀了！"黑忍不由分说便举起忍刀，砍杀了两个挡路之人。观戏人群吓得纷纷避让，将苑门让了出来。

易希川一直被黑忍反拧双手，被忍刀架在脖子上，不敢轻举妄动。此时黑忍忽然举刀杀人，易希川的脖子顿时没有了威胁。他深知落入日本人之手，一定会受尽诸般折磨，所以一直在寻觅脱身的机会。此时机会突然出现，他立刻用尽全身力气挣扎，右手猛地挣脱了黑忍的反拧，回手便是一拳，照准黑忍的面部击打过去。

黑忍在国术馆的荟萃室里与易希川有过交手，知道易希川的拳力厉害，不敢硬接，急忙侧头躲避。易希川趁机抽出了另一只手，慌忙向苑门外奔逃。可是黑忍的速度更快，忍刀后发先至，直刺易希川的后背，迫使易希川向侧面避让。

避让之时，易希川的眼前忽然出现了秋本久美子的脸。他想也不想，一把便将秋本久美子抓了过来，拔下她头发上的发簪，抵住了她的咽喉。

“再靠近一步，”易希川大声吼道，“我就杀了她！”

荒川隼人急忙伸手拦住黑忍，冲易希川说道：“你胆敢伤害久美子小姐一丝一发，我定将你千刀万剐，剁成肉泥！”

易希川挟持着秋本久美子，如同挟持着一个冰人一般，只觉秋本久美子浑身奇冷无比。他曾经接触过牧章桐的尸体，尸体没有温度，已经足够冰冷了，可是秋本久美子的身体竟然比尸体还要冷上几分。他能感受到秋本久美子浑身在瑟瑟发抖，似乎惧怕之极。他说道：“只要放我走，我便不伤害她，倘若你们苦苦相逼，我唯有杀了她，再以死相搏！”

秋本久美子遭遇易希川的挟持，被发簪抵住了咽喉，脸色一片苍白，眼泪顺着脸颊流了下来，轻声叫道：“师父……”

斋藤骏现身于罗家戏苑后，一直气定神闲，哪怕破术之时，也不见神情出现任何变化。然而此时秋本久美子受制于人，他的脸色却勃然大变，双掌迅猛地一翻，掌中顿时燃起两团碧绿色火焰。

易希川知道斋藤骏所掌控的碧绿色火焰的厉害，摇头说道：“不要逼我，你们不要逼我动手……”他不愿伤害无辜之人，但此时形禁势格，右手情不自禁地往前伸了几分，发簪的簪尖刺破了秋本久美子的皮肤，一缕鲜血顺着雪白的脖子流淌下来。

秋本久美子感受到了疼痛，极力仰起了头，泪水不住地往下流。

荒川隼人急忙用日语叫道："斋藤骏大人，请您住手！"

斋藤骏凶狠地瞪视易希川，摊开的手掌缓缓握拢，掌中的两团碧绿色火焰逐渐变小，直至最终熄灭，化为了两缕青烟。

"你们不准跟着我，等到了安全的地方，我自会放了她。"易希川一边说着，一边挟持着秋本久美子，往苑门外退去。

荒川隼人伸手拦住斋藤骏和黑忍。秋本久美子的咽喉已经受了轻伤，他不想让秋本久美子再受到更大的伤害。他压低声音，用日语说道："黑忍，等会儿你远远地跟上去，不要让姓易的小子发现，暗中确保久美子小姐的安全。"

黑忍低声应了，心里却暗暗下定了决心，不仅要确保秋本久美子的人身安全，而且还要寻找机会，将易希川一举击杀。

荒川隼人又道："斋藤骏大人，请您不必担心。我向您保证，一定让久美子小姐平安无事地回来，还会把龙图……"话说到一半，却戛然而止，只因他扭过头去，发现斋藤骏并没有站在身后，而且不见了踪影。他急忙往四下里张望，只见斋藤骏的白色身影在苑门外的街道上一闪而过，消失在了围观的行人当中。

此时易希川已经挟持秋本久美子退出了罗家戏苑的苑门，来到了人流密集的街道上。

过往行人见一个男人挟持了一个柔弱女子，纷纷驻足围观。易希川希望尽快远离罗家戏苑，想要从围观的行人中冲出去。然而几个不明就里的男人却跳将出来，将易希川拦住，欲要行见义勇为之事，当一回救美的英雄。易希川没工夫解释，想要硬冲过去，但几个男人却不依不饶，将他团团围住，缠夹不清。

易希川无比急躁，后背却在这时传来了一阵剧烈的灼痛感，好似后背突然着火了一般。

易希川急忙扭头向身后看去，竟真的看见了若隐若现的碧绿色火光。

易希川知道这是斋藤骏所掌控的碧绿色火焰，急忙放开了秋本久美子，欲要将着火的衣服脱下来，以免这火焰迅速蔓延至全身。

易希川的后背突然着火，而且火焰是阴森恐怖的碧绿色，几个见义勇为的男人顿时被吓得退开了几步。斋藤骏却在此时出现在这几个男人的背后，猛地趁隙而入，一把抓住了秋本久美子的手腕，将秋本久美子拉了过来，使秋本久美子远离了易希川。

易希川后背着火，根本顾不得秋本久美子被斋藤骏救走，飞快地脱下衣服，扔在了地上。火焰蔓延开来，衣服很快烧成了灰烬。

易希川的反应已经足够迅速了，但是他的后背还是被烧得一片赤红，火辣辣的灼痛感更是不断地刺激着神经。

易希川根本来不及缓上一口气，因为斋藤骏已经将秋本久美子护在身后，双掌腾起碧绿色火焰，向他攻了过来。易希川不敢与碧绿色火焰接触，只能竭尽全力游走躲闪。

荒川隼人和黑忍见情势突变，双双奔出苑门，抢下台阶，冲进了围观的行人。

黑忍拔出黑色忍刀，毫不犹豫地杀向易希川。荒川隼人则冲向秋本久美子，欲要保护秋本久美子不再受到伤害。

眼看荒川隼人就要冲到秋本久美子的身边，一道灰色的人影忽然从旁杀出，举起一柄明晃晃的匕首，挡在了秋本久美子的身前。荒川隼人去势太猛，险些自个儿撞到匕首上，幸亏他及时止住了脚步，这才不至于自行送命。

拦截之人身穿一件灰布破衣，戴着一顶破旧土帽，将匕首缩了回去，抵在了秋本久美子的颈侧，随即抬起一张尖眉细眼的皱巴脸，咧开嘴骂道：“奶奶的臭日本，还认识老头子吗？”

“是你！”荒川隼人看清了拦截之人，顿时满面怒容，敢情这半路杀出之人，竟是几天前在国术馆里使诈偷袭过他的嘴老。

当日在国术馆正门前一通大闹，最终日军派大批士兵增援，围剿作乱的幻戏师。嘴老眼见形势不妙，便自行开溜，靠着一身日本兵的装扮，最终得以逃脱，躲进了公共租界。他今日在街上见到了易希川约战罗盖穹的斗戏帖，看到了“龙图为注”的字句，于是混进罗家戏苑躲在暗处观望形势，直到此时方才现身。

嘴老嬉皮笑脸地说道：“臭日本，你这么紧张，这日本女娃娃是你的小情人吗？你若是真有本事，就过来救她走。”说罢挟持了秋本久美子，一头扎进了围观人群当中。

荒川隼人拔脚便追，然而刚追了几步，一阵刺耳的枪声突然在近处响起！

这阵枪声密集无比，如同放鞭炮一般，“砰砰砰”地响个不停。荒川隼人惊得直接蹲伏在了地上，不远处围攻易希川的斋藤骏和黑忍也下意识地一起蹲下。围观人群则吓得惊声尖叫，四散奔逃，街道上顿时混乱不堪。

荒川隼人一边蹲伏，一边左顾右盼，却始终只闻枪声，不见开枪之人，那些四散逃命的行人，竟然没有任何一人中枪倒下。

黑忍同样发现了这一奇怪的现象，但枪声分明就响在附近，一时之间倒也不敢贸然站起。

斋藤骏是三人当中第一个站起来的。

他站在街道中央，环望四周，只看见了混乱奔逃的人群。秋本久美子被嘴老挟持，已经不知去向，刚才还在交手的易希川，也已经没了踪影。

这阵枪声来得突然，去得也快，过了片刻，便戛然而止，没有了任何声响。

荒川隼人和黑忍相继站起身来，环顾四周，神情显得诧异不解，仍然没有明白刚才发生了什么事。

“早就听说中国有一门幻戏，叫作口技。”斋藤骏忽然开口了，一直没有任何表情的面部，终于抽动了两下，“中国果然藏龙卧虎，口技幻戏竟能如此逼真。我们上当受骗了。”

第七章 凝烟

“枪声”响起的瞬间，易希川和斋藤骏、荒川隼人、黑忍等人一样，下意识地蹲下了。

然而一只手忽然从旁边伸了过来，一把拽住了他。

易希川转过头去，看见了这只手的主人——宁默息。

“跟我走！”宁默息压低声音说道。他拉着易希川，混进四散奔逃的人群，迅速逃离了现场。

一口气奔逃了三条街，转进一条狭窄的巷道，宁默息才松开了拉住易希川的手，弓弯了腰，大口大口地喘气。

易希川匀了几口气，问道：“刚才那阵枪声是怎么回事？”罗家戏苑门前只有枪响却不见开枪之人，也不见任何人受伤，这一幕不仅令荒川隼人和黑忍感到奇怪，也令易希川疑惑不解。

“你当真以为有人开枪？”宁默息嘿嘿笑了起来，“那是老师哥的口技幻戏，是用嘴模仿出来的枪声，是不是跟真的一模一样？”

易希川回想刚才的那阵枪声，和当日大闹国术馆时听到的枪声，几乎一模一样，一点也不像是人用嘴模仿发出来的，不由得赞叹道：“太逼真了！想不到嘴老竟有这等绝技。”

宁默息不无得意地说道：“老师哥只在国术馆听过一回枪声，就能模仿到这种程度，他的口技幻戏名震江西，可不是胡吹乱擂的。”

“刚才多谢你相救了。”易希川拱手说道，“倘若不是你突然出现，我定然死在日本人的手里了。”

“你不用谢我，倘若要谢，就谢我老师哥，救你是他一个人的主意。”宁默息说道，“老师哥和我约好在这里会合，估计用不了多久，他就能到了。”

说曹操曹操到。宁默息的话音刚落，巷道口便闪出了两道身影，正是嘴老和被挟持的秋本久美子。

秋本久美子原本是一身闺阁小姐的打扮，此时却穿着一件肮脏的男人衣服，头上还戴着一顶破破烂烂的土帽，反观嘴老，却只穿了一层薄薄的单衣。

“奶奶的，带个女娃娃跑路，果然不方便至极！”刚窜进巷道，嘴老就骂咧了起来。

宁默息迎上前去，奇道：“老师哥，你怎么把衣服脱给这日本娘们穿了？”

嘴老原本穿在身上的灰布外衣，此时已经穿在了秋本久美子的身上。他听宁默息这么一问，顿时重重地敲了一下宁默息的脑袋，骂道：“你这榆木脑袋怎么如此不开窍，连老头子为何脱衣服都想不明白？你想想，一个糟老头子拉着一个年轻貌美的女娃娃在大街上飞奔，过路之人看见了，还不纷纷侧目？那不就沿途留下了行踪，让臭日本有迹可循？老头子是故意把衣服脱给她穿，又故意把帽子拿给她戴，让她看起来不惹眼，过路之人自然就不会注意到了。不过脱了衣服，这大冬天的，还真他奶奶的有点冷啊！”

宁默息摸了摸被敲疼的脑袋，竖起了大拇指，说道：“老师哥，你果然心思缜密，考虑得太周全了。”

嘴老得意地笑了起来，说道：“人人都以为老头子疯癫糊涂，其实不然，老头子的心里敞亮着呢！”

易希川拱手说道：“嘴老前辈，刚才在罗家戏苑门前，多谢你出手相救了。活命之恩，希川绝不敢忘。”

嘴老上下打量了易希川一番，没好气地说道：“自打你进入罗家戏苑开始，老头子就一直在暗中看着你。你小子没什么拿得出手的本事，居然敢跑去和罗盖穹斗戏。罗盖穹家大业大，人多势众，你这不是脑袋发蠢，成心去找死吗？”

易希川神色肃然，说道：“罗盖穹杀了我师父，又抢走了师父的遗体，我本事再不济，也非去寻他报仇不可，师父的遗体也必须夺回来，就算死在他手上，那也没什么大不了的！”

嘴老啧啧有声，说道：“年轻人真他奶奶的有脾气！想当年，你师父也很有脾气，可是又能怎样？还不是早早就把小命给送了。只可惜老头子和他久别重逢，原本想找他斗斗戏，较量较量，想不到他竟然死在了罗盖穹的手里。你倒是给老头子说说，你那个一向自以为本事十分高明的师父，到底是怎么被罗盖穹弄死的？”

嘴老的这番话说得大大咧咧，语气中没有对牧章桐的丝毫尊重，反而透着一股幸灾乐祸的意味。易希川有些不悦，说道：“明枪易躲，暗箭难防，师父疏于防备，才着了罗盖穹那奸诈小人的道。”

想到师父枉死，死后尸骨无存，在一场大火中化为灰烬，无法魂归故里，易希川的情绪不由得一落千丈，神情也变得落寞无比。

嘴老撇着嘴说道：“不想说就罢了，老头子还不想听了。”扭头看了看四周，又道："这里不是久留之地，咱们先回住地。"说罢抓了秋本久美子，准备往巷道深处而行。

易希川说道："嘴老前辈，日本人没有追过来，眼下已经安全了，你把这位姑娘放了吧。"

秋本久美子被嘴老挟持，心里惴惴不安，一张小脸长时间苍白无血色，忽听易希川为自己求情，不由得侧过脸看了易希川一眼，眼神里充满了感激。

嘴老说道："臭日本一时没有追来，不代表永远不会追来。眼下这日本女娃娃放不得，倘若那帮臭日本追来了，还须靠这日本女娃娃脱身。"

易希川一听，觉得嘴老所言不错，便道："等到了安全的地方，还请前辈一定要放了她。"

"这事儿到了住地再说。"嘴老挟持了秋本久美子，往巷道深处疾行。行了几步，他忽然回过头来对易希川说道："对了，你跟老头子一起去住地。有一个人很想见你，已经等候你好几天了。"

"想见我？前辈说的人是谁？"易希川远道而来，在上海人生地不熟，实在想不出有什么人会想见自己。

"你奶奶的，话怎么这么多？你去了不就知道了。"嘴老忽地露出神秘无比的笑容，"那人你也认识，待会儿见了面，管保你惊喜万分。"

易希川是第一次来上海，按理说在上海不会有认识的人，但转念一想，莫非是哪位师弟没死，又或是留守师门的双鱼师妹从桐城赶来了，想要见自己？嘴老不肯言明，易希川反而更想知道是谁在等着见自己，于是跟着嘴老和宁默息穿行于街巷之间，往公共租界的北面而行。

易希川本以为嘴老所说的住地是一处旅馆或者民房，没想到嘴老却一路向北，径直来到了吴淞江南岸的码头。

吴淞江西起太湖，向东汇入黄浦江，横穿了整个公共租界，乃是公共租界中区和北区的分界线。易希川身在吴淞江的南岸，属于英美等国控制的公共租界中区，而在一江之隔的北岸，则是处于日军占领之下的公共租界北区。

嘴老大步走下码头，登上了一艘停泊在岸边的篷船。他所说的住地，原来并非陆地上的房屋，而是这艘停泊在码头上的篷船。

登上篷船之后，嘴老解开了船头的拴绳，让宁默息掌桨，将篷船划离了码头。

嘴老抓了秋本久美子进入篷舱，点燃了舱中的烛火。

易希川随后钻进篷舱，抬眼看去，舱中空荡荡的，并没有见到除嘴老和秋本久美子之外的第三个人。

“嘴老前辈，你不是说有人等着见我吗？”易希川诧异地问道。

嘴老说道：“要见你的人是在这船上，就在后舱里。”说着撩起帘布，抓着秋本久美子钻进了篷船的后舱。

易希川紧随其后钻进后舱，只见后舱内摆放了一块床板，床板上睡了一人，五官长相和宁默息十分相似，竟然是在荟萃室里被易希川一拳击断了胳膊肘的宁默声。

宁默声此时脸色苍白，盖了一床厚厚的棉被，折断的右臂露在外面，缠满了厚实的白布。原本沉睡的他，在听见响动后，微微睁开了眼睛。

宁默声的双眼原本空洞无神，但在看见易希川后，却猛然怒目圆睁，露出了凶光，恨恨地说道：“是……是你！”

易希川当日误伤宁默声，使其胳膊肘折断，心里十分歉疚，说道：“那天在荟萃室里，是我对不住你，害你伤成了这样。”

宁默声突然见到断臂仇人，一时气急攻心，一口气接不上来，顿时不停地咳嗽。

嘴老说道：“默声，你这么容易就动气，是不是嫌活得不耐烦，想早点去见阎王？”

宁默声知道此时动气对身体不好，于是深吸了几口气，努力地平复了激愤的情绪。

易希川看了看四周，没有在后舱中见到其他人，问道：“嘴老前辈，你不是说要见我的人就在后舱吗？”

嘴老往床板上一指，说道：“你奶奶的，没有长眼睛吗？要见你的人就在你眼前，难道你看不见？”

易希川诧异不已，说道：“你说要见我的人，是宁默声？”

嘴老右手一推，将秋本久美子推到舱角，随即一个闪身挡住了后舱的出口，邪乎地笑了起来，说道：“默声每天都在念叨你，又是咒你伤，又是咒你死，他想报断臂之仇，自然想见你得很。”

易希川忽有所悟，说道：“你是故意说假话，引我来这里？”

“你奶奶的，老头子何曾说过假话？”嘴老手掌一翻，一柄锋利无比的匕首已握在了掌中，“老头子说默声想见你，这话可没半点虚假，说你认识默声，那也没有说错，说你见了默声会惊喜万分，嘿嘿，老头子所说的惊喜，一向都是有惊无喜，也不算是骗你。”说着手腕翻转，匕首寒芒闪动。

易希川彻底明白过来，冷冷地说道：“你这么做，是为了龙图吧？”

“不怕实话告诉你，老头子就是要你身上的龙图，否则岂会甘冒大险，把你从臭日本的手中救出来？”嘴老不无得意地说道，“倘若任由你被臭日本抓走了，龙图铁定落入臭日本的手里，要从臭日本的手里抢龙图，比起从你手里抢，那可要难上十倍百倍了。”

易希川没想到嘴老的用心竟如此险恶，扭头看了看四周，除了嘴老挡住的出口外，后舱舱壁四立，别无出路。即使他突破嘴老的拦堵，闯了出去，篷船已经划离岸边，处于江面之上，周围全是水，想要逃脱，也绝非易事。

“不用到处看了，老头子为你选的葬身之地，你是万万逃不掉的。”嘴老说道，“等会儿杀了你，龙图一到手，老头子就立马开船驶离上海。臭日本和罗盖穹都想得到龙图，老头子可不想留在此地多生枝节。至于你嘛，捅上几刀，直接水葬了，丢进江里喂王八。听说水葬是藏边一带最为隆重的葬法，老头子用最为隆重的葬法送你上西天，也算是对得起你。”说罢嘿嘿冷笑。

易希川身上的枪伤尚未痊愈，又在双水戏台被罗盖穹砍伤，此时被嘴老堵在狭窄逼仄的篷船后舱里，船头还有一个划船的宁默息，可以说是没有任何胜算。

易希川自知今日绝难幸免，于是说道：“你对付我可以，但这位姑娘与此事无关，你把她放了。”

嘴老仿佛听到了一个天大的笑话，哈哈大笑了一阵，说道：“你奶奶的，死到临头了，居然还有闲心思关心这日本女娃娃。这日本女娃娃长得倒是水灵，你三番五次要我放了她，莫非你是看上她了？嘿嘿，老头子是断断不会放她走的，否则她跑回去透露了老头子的行踪，只怕老头子想回江西，一路上就别指望能顺风顺水了。”

“那你想拿她怎样？”易希川问道。

嘴老嘿嘿一笑，说道：“老头子念在你年纪轻轻就要做鬼，索性把这日本女娃娃也杀了，让她去阴曹地府给你做个小情人，让你尝尝女人的滋味儿，倒也算待你不薄。”

秋本久美子蜷缩在舱角，听了这话，噙着眼泪说道：“我不想做他的小情人……我……我不想死……”

嘴老转头看着秋本久美子，说道：“老头子这辈子最喜欢强人所难，你不想做他的小情人，老头子就偏要你做。你不想死，老头子就偏要你死。”说了这番话，他嘻嘻哈哈地大笑起来。

秋本久美子花容一颤，两行泪水夺眶而出，顺着脸颊流了下来。

易希川见了秋本久美子哭泣的样子，一股男子汉气概顿时油然而生，挪步到了舱角，护在她的身前，说道：“嘴老，你既然铁了心要杀我二人，我自然不能坐以待毙。”他手无寸铁，当即伸手入怀，将黄金圆筒掏了出来，“龙图就在这里，你想要杀我夺图，只怕没那么容易！”他已定下了拼死一搏的决心，就算最终敌不过嘴老死在吴淞江上，那也要让嘴老付出一番血的代价。

嘴老瞧见了黄金圆筒，一对细长的小眼顿时放光，不断地嘿嘿发笑。忽然间笑声中断，他身形一晃，匕首闪烁着寒光，向易希川的胸口刺来。

易希川右手一抬，黄金圆筒竖在胸前，封挡刺来的匕首。

嘴老担心损伤龙图，匕首立刻转向，斜刺易希川的腰侧。

易希川依然是同样的招数，用黄金圆筒护住腰侧，迫使嘴老不敢刺落。

二人你来我往，片刻间便交手了七八个回合。嘴老的匕首每次刺出，都是瞄准易希川的要害部位，去势又快又狠，然而易希川每次反应都很快，总是用黄金圆筒及时封挡住匕首的去向。嘴老怕损坏龙图，每次都不敢刺下，被迫半途收手。

斗了片刻，嘴老忽地跳开两步，指着易希川骂道：“你奶奶的，不准用这种无赖招数！”他一时半会找不到破解之法，便跳开大骂，行为举止浑不似年过半百之人，倒像是小孩子嬉闹打架一般。

易希川说道："嘴老，你我根本没必要在这里生死相搏。我实话告诉你，龙图就藏在这个黄金圆筒之中，可是你抢去了也没用，因为你不可能打开这个黄金圆筒。"

嘴老看了一眼易希川手中的黄金圆筒，问道："你这话是什么意思？"

易希川说道："这黄金圆筒的筒身上有七圈金环，每一圈金环上都刻有一到九的篆文数字。我前天抽空去东街的锁店问过了，这七圈金环是一种叫作数字锁的锁具。这种数字锁十分特别，除非能知道每一圈金环上的正确数字是多少，否则根本不可能解开它，也就根本不可能打开这黄金圆筒。"

这番话并非胡编乱造，易希川前天的确去锁店打听过，得知这种环锁叫作数字锁。数字锁最早出现于清末时候，彼时一些民间锁具匠人打造出了一种新型锁具，聚圆环为锁，以数字加密，取名为数字锁。数字锁没有钥匙，用起来方便至极，只需设定数字加密，唯有知道密码之人，拨转圆环上的数字到正确位置，才能将数字锁打开，倘若不知道加密数字，就只能胡乱尝试，若是运气极好，所有的圆环都碰巧拨到了正确的数字，才能幸运地打开。

易希川从国术馆荟萃室里盗出来的这个黄金圆筒，筒身上共有七圈金环，每圈金环上都刻有一到九的篆文数字，算起来就有数百万种组合，也就是说，碰巧打开黄金圆筒的概率是数百万分之一。为了这数百万分之一的微小概率，易希川尝试了整整两个时辰，把自己弄得头昏脑涨，仍然没能解开七圈金环，算是切身体会到了打开黄金圆筒的难度。为了得到龙图，易希川拼了性命，好不容易才破解了荟萃室里的三重门机关，可是最终得到的只是一个黄金圆筒，而且这个黄金圆筒还用了如此复杂的数字锁进行加密，可见龙图的藏匿者为了保护龙图，是多么煞费苦心。

嘴老听了易希川的这番话，脸上却露出了冷笑，说道："你奶奶的，老头子可没你那么蠢！不就是黄金嘛，熔断便是，何必费那心思去猜解数字？"

请高明的锁具匠人直接将黄金圆筒熔断或者切割开来，这种办法易希川早就想到过。可是他担心的是，龙图的藏匿者想尽办法藏匿龙图，肯定早就想到了这一节，只怕这黄金圆筒另有奇异之处，寻常的熔断或切割之法，多半对之无效，或是一旦熔断或切割，便会触发黄金圆筒内的某个机关，将所藏的龙图损坏甚至销毁。易希川说道："熔断筒身，势必用到高温，万一损坏了龙图，岂不是得不偿失？"

嘴老说道："老头子可不管那么多！只要抢到手，老头子自会想办法将它打开，用不着你这小子来费心！"说罢将匕首插回腰带上，赤手空拳便向易希川扑了过来。

嘴老不使用匕首，就不用担心损坏龙图，易希川挥舞黄金圆筒迎敌，反而被嘴老一把抓住，随即用力抢夺。两人各用一手抓住黄金圆筒的一端，另一只手则快如闪电地拳掌相搏。

易希川右拳狠力击出，被嘴老侧身让过，拳头顿时击中舱壁。舱壁是木板拼接而成，"咔嚓"一响，被易希川的拳头击出了一个大洞。从破洞望出去，四下里夜色茫茫，篷船已经远离码头，行驶到了江心。

易希川继续挥动拳头，每一拳都用上了十成力气。嘴老能侧身避过自然无碍，不能侧身避过时，只能拳掌相接，每接易希川一拳，手臂便一阵酥麻。

嘴老没想到易希川的拳力竟如此巨大，心知再硬碰硬地接上几拳，只怕会步宁默声的后尘，整条手臂都会折断。他不敢再抓住黄金圆筒，只因继续抓住黄金圆筒，与易希川的距离就离得非常之近，便不得不继续硬接易希川的拳头。他被迫松了手，再次跳开了两步，急得吹胡子瞪眼。

嘴老没想到易希川这样一个身形孱弱的年轻小子，竟然如此难以对付，使用匕首，就会碰上黄金圆筒的格挡，赤手空拳，却又抵挡不住匹敌千钧的拳力。更让嘴老郁闷的是，易希川从始至终只守住舱角，决不离开角落，主动发起进攻，如此一来，嘴老无法绕到易希川的背后进行攻击，发挥不了身形矮小速度迅疾的优势，当真拿易希川没有任何办法。嘴老不禁破口骂道："你奶奶的缩头乌龟！敢不敢从角落里出来，和老头子在这里打？"

易希川不受嘴老激将，说道："我偏要守在这里，你若有本事，就过来打赢我！"他死死地守住舱角，既是为了占据地利对抗嘴老，也是为了保护身后的秋本久美子。

秋本久美子被嘴老挟持之后，一直惧怕不已，此时有易希川守护在身前，她心存感激的同时，竟产生了一丝安全感，只觉得眼前的易希川虽然身形瘦削，但背影看起来却是如此高大。这种感觉，在过去的十多年里，她只在师父斋藤骏那里感受过。

此时的嘴老又气又急，想到曾多次与牧章桐交手，每次都处于下风，如今牧章桐死了，对付牧章桐的一个徒弟，竟然还会如此吃力，便不由得气急败坏起来。"默息！"他忽然大声叫喊道，"你奶奶的，赶紧滚进来！"

正在船头掌桨的宁默息听见了嘴老的叫喊声，连船桨都没来得及丢下，便飞快地冲进了后舱。

嘴老说道："你从右侧攻这小子，老头子从左侧攻，就不信拿不下他！"他以幻戏界前辈的身份，久攻易希川不下，居然叫上宁默息左右夹攻，实在是有失身份。但他行事素来疯癫无常，做出这等举动，易希川并不觉得意外。

遭遇嘴老和宁默息的左右夹攻，易希川双拳难敌四手，顿时处处受制。

宁默息挥舞船桨，攻击范围极广，无论斜劈还是横扫，都是势若万钧，威力巨大，易希川坚守原地，大部分注意力都被迫用来应对宁默息。嘴老则趁机使出空手入白刃的功夫，欺近易希川的身前，欲要窥准时机抢夺黄金圆筒。

易希川勉力坚持了一阵，先是被嘴老抓破了一片衣角，随后又挨了宁默息狠重的一桨。他对眼前的形势有着非常清晰的判断，知道落败已成定数。他猛地打出一拳，目标既不是嘴老，也不是宁默息，而是身侧的舱壁。他之前已在舱壁上打出了一个大洞，这一拳照准破洞的右侧打出，顿时将破洞扩大了一倍，已足够一个人从中钻出去。

"姑娘，我护不住你了，你自行跳水逃命吧！"易希川大吼一声，突然挥舞黄金圆筒向前猛冲。

嘴老和宁默息没料到易希川会突然发狂，被冲了个措手不及，脚底下连连倒退。但两人很快就稳住阵势，只退了三步，便站住了脚跟，抵挡住了易希川这一番猛烈的冲击。

易希川突然猛冲，是为了给身后的秋本久美子创造出逃命的空间。但是他冲出舱角，等同于放弃了地利优势，浑身立刻破绽百出。

嘴老当然不会放过这等良机，右手立即拔出匕首，照准易希川的要害部位一通乱刺。

然而，匕首乱刺只是虚招，嘴老的左手悄无声息地扣了一枚燕尾镖，看准时机后，猛地左手一扬，燕尾镖立刻激射而出，正中易希川的小腹。

当日在荟萃室里，荒川隼人正是中了嘴老的燕尾镖，身中麻毒，导致最终大败。此时易希川所中的这枚燕尾镖，镖头同样喂了麻毒。燕尾镖刺中易希川的小腹，麻毒迅速侵入小腹。易希川感觉肚腹麻痹，这种麻痹感很快蔓延至胸前，随后往四肢扩散。

易希川的身体在渐渐地失去知觉。他回头看了一眼，秋本久美子依旧蜷缩在舱角，并没有从舱壁上的破洞逃命。

“你……你怎么没走？”易希川吃力地问道。

“我怕水……我会……会淹死的……”秋本久美子低声应道。

易希川哭笑不得，饶是他身处险境，却也因秋本久美子说出的这个理由而笑出声来。只不过他的笑声不带半点喜意，而是满含着悲怆、愤恨和无奈。

此时的他，浑身麻痹之感愈发强烈，举手抬脚这等简单至极的动作，做起来竟格外吃力，仿佛手脚有千斤重一般。

嘴老得势不饶人，匕首刺击的速度越来越快，渐渐不见匕首之形，只见一团光影在不停地闪动。

嘴老猛地大喝一声：“着！”匕首如芒似电，“噗”的一声，刺进了易希川的腹部。

嘴老一把抓住易希川手中的黄金圆筒，随即飞起一脚，狠狠地踹在易希川的身上。

易希川被这一脚踹得踉跄后退，麻痹的手根本使不上劲，无法抓握住黄金圆筒，手里一空，黄金圆筒已被嘴老夺了过去。

易希川连退数步，后背不偏不倚，正好撞向舱壁上的破洞。他整个身子从破洞中摔了出去，跌向了江面。

秋本久美子惊声叫了起来。原本胆小怕事的她，此时竟下意识地伸出手去，拉住了易希川。她拉住易希川，原本是不想让易希川落水，可是比起易希川来，她的身子要轻很多，易希川则要重得多，再加上易希川倒退跌摔的惯性，使得她非但没能拉住易希川，反而被易希川带出了破洞，“扑通”一声，两个人一起掉进了江水之中。

宁默息冲到舱壁的破洞处，望着夜幕下黑沉沉的江面道：“老师哥，没看见他们浮起来。”

躺在角落里的宁默声急声说道：“老师哥，可别让……别让姓易的小子逃了……”

嘴老原本打算直接取了易希川和秋本久美子的性命，没想到竟阴差阳错让两人摔出破洞，掉进了江中。他说道：“不用去管他们了。姓易的小子中了老头子的麻毒，又被刺中了要害，掉进江里铁定被淹死。那日本女娃娃娇气柔弱，手无缚鸡之力，刚才还说自己怕水，谅她也游不到岸边。”目光一转，落在了手中的黄金圆筒上，“奶奶的，辛苦多日，这件幻戏界的圣物终于落到老头子的手里了，哈哈，哈哈！”

嘴老大笑了一阵，忽地问道：“默息，咱们是不是快到黄浦江口了？”

宁默息从舱壁上的破洞望出去，仔细辨别两岸的景状，说道：“还在吴淞江上，不过再漂一阵，就到黄埔江口了。”

“好得很！”嘴老说道，“你赶紧去船头掌桨，等到了黄浦江口，咱们就沿着黄浦江逆江而上，早早离了上海地界，以免夜长梦多。”

“是，老师哥，我这就去！”宁默息急忙拿起船桨，飞奔到船头去了。

嘴老在后舱里坐下来，将烛火移近，急不可耐地研究起黄金圆筒来，希望能找到打开黄金圆筒的办法。

黄金圆筒的筒身上共有七圈金环，每圈金环上都刻着九个数字。嘴老琢磨了一阵，尝试了好几种办法，始终破解不了七圈金环，打不开黄金圆筒。他皱起了两笔细长的眉毛，骂咧道："奶奶的，姓易的小子果然没有乱讲，这玩意儿的确不好打开。"他把黄金圆筒拿给宁默声看，宁默声摆弄了片刻，同样没能找出打开黄金圆筒的办法。

嘴老骂道："奶奶的，难不成当真要知道正确的数字，才能打得开？当初锁住龙图的人，真他奶奶的是头蠢猪，居然弄了个如此稀奇古怪的锁具！老头子倘若知道是谁干的，定要掘他八辈子祖坟，让他断子又绝孙……"他破口大骂，各种污言秽语层出不穷，将当年藏匿龙图之人骂了个狗血淋头。

嘴老骂不绝口地吵嚷了一阵，船头忽然传来了宁默息的叫声："老师哥，你快出来！"

嘴老听出宁默息的叫声十分惊惶，似乎遇到了什么急事，急忙将黄金圆筒揣进怀里，钻出后舱，飞奔到了船头。

此时篷船已经行驶到了黄浦江上，并溯江而上了一段路程，正经过上海城东的十六铺码头江域。

嘴老顺着宁默息所指，向篷船右侧的十六铺码头方向望去，只见紧靠码头的江面上亮着一团无比明亮的灯火。

那是一艘亮着灯的货船，正在以极快的速度驶离码头，穿破极浓极暗的夜幕，朝着篷船飞速驶来。

嘴老嘀咕道："奶奶的，看这样子，是冲咱们来的啊。"

嘴老所料不错，那货船行驶的方向不偏不倚，果真是冲着篷船而来，而且速度比篷船快了数倍，眨眼之间便追到了近前。货船上的灯火极为明亮，将船头照得亮如白昼，只见船头站立了数人，竟是白衣胜雪的斋藤骏和数个手持忍刀的日本武士。

嘴老看清了来人，暗暗叫骂道：“奶奶的，这群臭日本不是在罗家戏苑吗？怎么如此阴魂不散，又追到这里来了？”

嘴老却不知道，虽然斋藤骏、荒川隼人和黑忍被他的口技幻戏欺骗，让他和易希川趁机逃走，但这三人的反应速度却奇快无比。易希川携带龙图脱逃，秋本久美子被嘴老抓走，斋藤骏和荒川隼人自然不会坐视不理。虽然不知道易希川和嘴老的逃跑方向，但斋藤骏和荒川隼人一合计，认为易希川和嘴老逃脱之后，多半不会在上海久留，极有可能会以最快的速度逃离上海。上海及周边地区已经被日军占领，要从陆路逃离上海十分困难，十有八九会走水路，而从水路逃离上海，无非两种选择，要么是北面的吴淞江，要么是东面的黄浦江。正因为如此，斋藤骏和荒川隼人当即决定分头行事，荒川隼人和黑忍带上几个日本武士赶往北面的吴淞江，斋藤骏则带上几个日本武士赶往东面的黄浦江，同时进行拦截。此举果然奏效，斋藤骏刚赶到黄浦江边的十六铺码头没多久，便远远望见一艘篷船逆江而上，于是征用了一艘码头上的货船，追至江面实施拦截，果真撞上了准备逃离上海的嘴老。

斋藤骏虽然没有和嘴老照过面，但荒川隼人向他描述过嘴老的身形和长相，因此他一眼便认出了站在篷船船头上的人，正是需要拦截的对头。他当即命令船夫提高船速，迅速挨近篷船。

篷船上的嘴老和宁默息拼了命地划桨，无奈船速相差太大，没过多久就被货船追上了，两只船在江面上并排行驶。

货船上忽地飞起数条铁链，每条铁链都带着一副铁爪钩，钉在了篷船的船头。货船随即落锚，停泊在了江心，篷船被铁爪钩拉住，也停了下来。货船上人影闪动，斋藤骏和几个日本武士纵身一跃，跳上了篷船。

“是你抓走了久美子？”登上篷船之后，斋藤骏的目光始终不离嘴老，用还算熟练的汉语问道。

“久美子是谁？”嘴老嘿嘿笑道，“该不会是那娇滴滴的日本女娃娃吧？”

“她人在哪里？”斋藤骏问道。

“没在老头子的船上，老头子早就把她放了。”嘴老说道，“你若是不信，就到船里面去搜，老头子最讲信用，从不骗人。”

斋藤骏手一挥，一个日本武士冲进篷舱，很快拧着宁默声出来，用日语说道：“大人，没找到久美子小姐，船舱里只有这一个人。”

嘴老虽然听不懂日本武士的话，但看样子是在禀报没有发现秋本久美子。他微微冷笑，指着宁默声说道：“这人是老头子的师弟，是个如假包换的男人，可不是你要找的什么久美子。”

“你是幻戏师？”斋藤骏忽然问道。

嘴老将大拇指竖了起来，说道：“老头子当然是幻戏师，而且是鼎鼎有名的幻戏师。”

“你会口技？”斋藤骏语气一扬。

嘴老得意地大笑起来，说道：“你这臭日本居然知道老头子会口技，看来老头子的名气不仅在国内响亮，在国外也一样响亮。原来老头子这么有本事，早他奶奶的名扬海外了！”

斋藤骏一字字地说道：“我要挑战你。”

嘴老之前潜伏在罗家戏苑，听到了荒川隼人介绍斋藤骏的话，说斋藤骏此番前来中国，是要以日本幻术师的身份，挑战中国所有的幻戏高手，并放出狠话来，要将中国所有厉害的幻戏师全部击败。嘴老亲眼看见了斋藤骏与罗盖穹比拼破术的全过程，知道斋藤骏是个厉害无比的劲敌，于是应道："你要挑战老头子，那是你一厢情愿，老头子今天累得很，不接受你的挑战。"

斋藤骏却道："由不得你。"话音一落，双掌立刻挥出，两团碧绿色火焰在空中划过两道弧线，迅疾无比地烧向嘴老。

几个日本武士见斋藤骏动手，立马跟着动手，拔出忍刀，向手持船桨的宁默息杀去。

嘴老骂道："你奶奶的，挑战也要讲个你情我愿，怎么说动手就动手？"说话之间，不停地闪转腾挪，躲避飞来的碧绿色火焰。

斋藤骏不再言语，双手迅速挥动，又幻化出数团碧绿色火焰，隔空烧向嘴老。这些碧绿色火焰仿佛拥有生命一般，随着斋藤骏的控制，不断地在半空中飞来飞去，追着嘴老燃烧。

船头地方狭窄，嘴老难以躲避，一不小心被一团碧绿色火焰击中了肩头，肩头顿时着起火来。

嘴老急忙拍打肩头，试图拍灭火焰。

这时又有一团碧绿色火焰从眼前急速掠过，嘴老急忙仰头，但还是被烧掉了半条眉毛。

嘴老破口大骂："奶奶的，这是什么鬼火？臭日本，竖蛮子，贼老狗，老头子不与你较量，你却向老头子动手，太他奶奶的不讲道理！啊哟……"骂声未落，竟又被一团碧绿色火焰烧中了手臂。

嘴老不停地上蹿下跳，如同山间野猴一般，可谓丑态百出，出尽了洋相。饶是如此，他仍然躲避不过碧绿色火焰的追击，不多时，浑身已多处着火。更令他感到吃惊的是，这些碧绿色火焰竟然拍之不灭。

为了灭掉身上的碧绿色火焰，不至于被火焰活活烧死，嘴老情急之下竟跃出船头，扑通一声，跳进了江水之中。

斋藤骏几步抢到船边，只见江面上水波渐平，嘴老入水之后，便潜于水下，没有立刻露头。

斋藤骏右手一翻，凝聚了一大团碧绿色火焰在掌心，目不转睛地盯住江面，只待嘴老一冒头，便立刻驱火攻击。

几个日本武士乱刀砍死了宁默息和宁默声，手持血淋淋的忍刀，聚拢到斋藤骏的身旁，齐刷刷地盯住了江面。

昏黑的夜幕之下，西北风呼呼地吹刮，江水无声地流动着。嘴老潜入水下之后，始终不再现身，仿佛淹死在水下一般。但是斋藤骏知道，就算是普通人掉进水里，也要扑腾几下才会淹死，嘴老并非普通人可比，断断不可能这么轻易就被淹死。只要嘴老不死，总会有浮出水面换气的时候，因此斋藤骏聚精会神地盯住江面，不放过任何一丝细微的动静。

忽然间，长时间波澜不兴的江面上，出现了一丝异样的动静。

斋藤骏看得真切，江面上渐渐有淡薄的水汽蒸腾而起，好似江水被加热了一般。

这些水汽一开始很少，但渐渐由少聚多，颜色由淡转浓，最终积聚成了一大团白茫茫的烟雾，笼罩住了嘴老消失的那片江面。

按理说烟雾轻如鸿毛，应该随风而走，不可能长时间凝聚不散，但是这团烟雾却古怪得很，任凭夜风吹拂，始终凝聚在一起。

斋藤骏注视着这团古怪的烟雾，却暗自点了点头，心里想道:“这应该是中国幻戏中的‘凝烟术’。”

为了这趟中国之行，斋藤骏早在十五年前就开始做准备了。过去的十五年里，他几乎学会了所有的中国幻戏，因此才有十足的信心，借日军侵华之机来到中国，想要以一己之力，挑战整个中国幻戏界。斋藤骏知道中国有许多厉害绝伦的幻戏，早在宋朝年间，中国的幻戏界便汇总了各门各类的幻戏，形成了“旁门二十八法，左道三十六术”的说法，其中“旁门二十八法”指的是二十八种依靠道具进行表演的大型幻戏，牧章桐的彩戏法、皮无肉的傀儡戏以及皮无骨的灯影戏，都包含在“旁门二十八法”之中；“左道三十六术”则是指三十六种匪夷所思的小型幻戏，罗盖穹在罗家戏苑里表演的“天火焚身术”，便是其中之一。

在“左道三十六术”之中，有一门“凝烟术”，又称“引烟术”，可以凝聚烟雾，使烟雾随意而动。按照此术，于五月中旬左右，在新长出的荷叶上满涂蜂蜜，过一段时日后，荷叶上便会生虫而将荷叶蚀尽，只剩下如同蛛网一般的叶脉。此时将荷叶摘下，取网状的叶脉晒干，研磨成粉，然后与安息香、龙脑香和山苍籽等物融合调制，最终能得到一种褐色的粉末。这种褐色的粉末便是凝烟粉，在燃烧或入水时，能产生一种浓稠的烟雾，烟雾可以凝聚成团，经久不散，若用手引而写字，或成楷书，或成行草，甚至能形成复杂的篆文或图案，凌空幻化成形，令人叹为观止。此时出现在黄浦江江面上的烟雾，凝聚成一团，任凭夜风吹拂，始终没有散开，因此斋藤骏便不由自主地联想到了“左道三十六术”中的“凝烟术”。

这团烟雾的突然出现，定是嘴老在水下捣鬼，这一点斋藤骏是知道的。但是他一开始并不清楚嘴老弄出这团烟雾的目的，过了一会儿才忽有所悟，暗忖道:“这老头弄出这团烟雾，无非是两种目的，要么躲在烟雾里偷偷地换气，要么用烟雾吸引我的注意力，趁机往其他方向逃遁。”

一念及此，斋藤骏立刻转头，向周围宽阔无比的江面望去。

扫望了片刻，斋藤骏忽然看见，在身后极远处的江面之上，有轻微的水波在晃荡，一点黑影正在水中时隐时现，以极快的速度，悄无声息地向岸边游去。

斋藤骏暗道："这老头果然厉害，险些令我第二次上当受骗。"他拔起钉在篷船船头的铁爪钩，使篷船和货船分离，然后命令几个日本武士划动篷船，向远处游动的黑影追去。

追至近处，斋藤骏看清那一点时隐时现的黑影正是嘴老。

斋藤骏当即夺过一名日本武士的忍刀，纵身一跃，跳进了江水之中，以更为迅疾的速度，向逃遁的嘴老游去。

嘴老很快被斋藤骏追上了，两人在江面上扑腾缠斗了一阵，忽地一起没入水下，长时间没有浮出水面。

篷船上的几个日本武士凝神盯住江面，耐心地等待着。

过了片刻，忽听哗啦一响，平静的江面猛然从中分开，斋藤骏率先浮出了脑袋。斋藤骏的口中横叼着忍刀，右手用力一拉，扯着嘴老的头发，将嘴老拉出了江面。

嘴老接连呛了好几口水，不迭声地骂道："臭日本，贼老狗，王八蛋！老头子要杀了你，老头子一定要杀了你……"他叫骂之语虽然阴损，但声音却有气无力，时不时还会发出一声痛苦无比的号叫，似乎受了极重的伤。

几个日本武士急忙伸桨过去，将斋藤骏拉上了船头，斋藤骏则伸手一拽，将嘴老拉了上来。只见嘴老双臂已无，齐肩而断，断口血如泉涌，他脸色苍白，神情无比狰狞，目露凶光地盯着斋藤骏，恨不得立刻将斋藤骏碎尸万段。

斋藤骏却显得气定神闲，把忍刀交还给了日本武士，双手拢了拢头发，抹去了头发上的水，用日语说道："看看他身上有什么东西。"

一个日本武士立刻去搜嘴老的身。

嘴老失去了两条手臂，眼睁睁地看着日本武士的手伸进了自己的怀中，掏出了黄金圆筒，却无能为力，只能不住口地大骂，极尽各种恶毒之语。

斋藤骏对嘴老的骂声充耳不闻，拿过日本武士递来的黄金圆筒，说道："龙图竟然在你身上。"他将黄金圆筒翻来覆去地看了几眼，从来没有露出过笑容的脸上，终于露出了一丝若有若无的笑容。

"你拿到龙图又能怎样？你永远也别想打开它！"嘴老阴恻恻地笑了起来，"还有那个叫什么久美子的女人，你永远也别想见到她了！你是不是想问为什么？嘿嘿，老头子早就把她丢进江里，喂王八去了！"

斋藤骏脸色骤变，一把抓住嘴老的胸口，喝道："你说的是真是假？"

"呸"的一声，嘴老将一口含血的浓痰吐在了斋藤骏的脸上，随即大笑起来："老头子这辈子胡说乱骂，到处骗人，唯独这一句是真话！老头子拿她喂王八去了，就在吴淞江和黄浦江的交汇之处！奶奶的，你又能怎样？"

斋藤骏闪电般伸出右手，拔出了身旁一名日本武士的忍刀。

寒光闪过，嘴老的双腿立刻齐膝而断，如此一来，他四肢全无，如同人彘。斋藤骏随即飞起一脚，踢在嘴老的心口，嘴老倒飞出去，"咚"的一声跌进了江水之中，迅速被卷入水下，消失不见。嘴老四肢全无，无法游水，掉入江中必死无疑，比起一刀来个痛快，如此死法，自然更令人感到绝望和痛苦。

斋藤骏的半边脸上溅满了鲜血，厉声喝道："划船！"

几个日本武士立马用尽全力划桨，依照斋藤骏的指令，将篷船划至吴淞江和黄浦江交汇的地方，随后又沿着吴淞江溯江而上，沿途不停地大喊秋本久美子的名字，寻找秋本久美子的踪迹。

然而江水滔滔，川流不息，四下里夜色茫茫，一派萧索景象，哪里还有秋本久美子的身影？

第八章 擂台

易希川跌进吴淞江中，浑身立刻被冰冷刺骨的江水裹住了。

他想浮出水面，可是有两只手紧紧地抱住了他的脖子，拉着他往水下沉去。他知道那是秋本久美子。秋本久美子不会游水，落水之后，立刻紧紧地抱住了他，无论如何也不肯松手。

沉在水下，无法换气，易希川渐渐感到胸闷窒息。他中了麻毒之后，麻痹感蔓延至全身，仅仅只剩下一丁点儿知觉。靠着这仅剩的一丁点知觉，他奋起余力划动手脚，费了好大的力气，终于带着秋本久美子一起浮出了江面。

秋本久美子不断地呛水咳嗽。她不仅双手紧紧地抱住易希川的脖子，头也紧紧地贴住易希川的脸。易希川能清晰地感受到秋本久美子每一次咳嗽所带来的颤动。

易希川的腹部被匕首刺中，伤势极为严重，再加上浑身麻痹僵硬，原本就没有抱任何活命的希望。倘若他是一个人独自落水，说不定便放弃了求生的欲望。

可是此时此刻，他并非独自一人。

他的身边多了一个柔弱女子，一个为了救他才跌入江中的柔弱女子，一个紧紧抱住了他、将他视作绝境之中唯一依靠的柔弱女子，这使得易希川体内涌出了一股强大的求生力量。他暗暗心想，无论如何也要忍痛挣扎一番，倘若最终不能游到岸边，仍是被淹死在江中，那也算尽了力，对得起秋本久美子，也对得起自己。

就这样，易希川忍受着常人无法想象的剧痛，拖着秋本久美子往岸边游去。他手脚麻木，因此速度极其缓慢，仿佛蜗牛蠕爬一般，一点一点缩短与岸边的距离。他所剩不多的力气在一点一点地被掏空，到最后全凭强大的意志力在苦苦支撑。等到他游近岸边，双脚终于触到实地，能在江水中站立起来时，紧绷的意志顿时一松，仿佛绷了许久的弦终于断了一般，眼前骤然一黑，昏倒在了江水之中。

秋本久美子的脚接触到了满是淤泥的江底，勉强能在水中站立起来。她几乎用尽了全身的力气，才把昏厥不醒的易希川拖到江边，拉上了岸。

秋本久美子瘫坐在岸边喘着气，四顾茫茫，在这陌生至极的异国土地上，一时之间不知道该何去何从。

茫然了好一阵子，秋本久美子才有了一些零零碎碎的念头。她想一走了之，凭着记忆走回罗家戏苑，去寻找师父斋藤骏，可是又不忍心抛下易希川，倘若任由身受重伤的易希川昏迷在岸边，他自然必死无疑。

在走与不走之间反复徘徊，纠结好一阵子之后，秋本久美子最终下定了决心。

她紧紧地握住了易希川的双手，一如先前落水时紧紧地抱住易希川那般。她拖动了易希川的身子，往江边的街道走去。

她不想看到他死，她要救他。

秋本久美子拖着易希川行了一段距离，吴淞江上忽然传来了叫喊声。那是有人在用日语反复地呼喊她的名字。

秋本久美子顿时喜出望外。她望见江面上有船只驶过，心想一定是师父寻她来了。

她正打算出声答应，可是声音到了嗓子眼，却又硬生生地咽了回去。

她咬住了嘴唇，低下头来，静静地看着昏迷不醒的易希川。倘若她出声答应了，她自己当然能够获救，可是以师父和荒川隼人的性格，定然不会放过易希川，易希川不仅难逃一死，恐怕死之前还会遭受师父和荒川隼人的百般折磨。

最终，秋本久美子没有选择出声答应。她从始至终咬着嘴唇，任由江面上的船只从视野里驶过，越去越远。

为了救一个完全陌生、毫不相干的异国男人，眼睁睁地看着师父从眼前经过渐渐远去，这种事发生在自己的身上，秋本久美子觉得真是太奇怪了。她一向胆小怕事，不明白自己今天为什么会有这样的勇气。她的脑袋里只有一个念头："不能让他就这么死了。"这个念头一开始很模糊，但现在却越来越清晰。她的脸上忽然没有了茫然和恐惧，神色变得无比坚定。她继续拖动易希川，将易希川拖到了江边的街道上，然后一个人跑去附近的民居寻求救助。

秋本久美子敲响了附近一户民居的房门，然而房主人拉开了一条门缝，看见她浑身湿透，身上还有斑斑血迹，不等她表明来意，便砰地把门关上了。

她吃了一个闭门羹，又去敲响了第二户、第三户甚至更多户民居的房门，得到的结果却是一样的。在这个烽火连天兵荒马乱的特殊时期，没有人愿意帮助一个来路不明、血迹斑斑的陌生人。

但秋本久美子没有停下求助的脚步。她沿街奔走，不断地求助，却又不断地碰壁。她急得哭了出来，眼泪不断地往下流。

在跑了整整两条街后，她终于遇到了一个愿意帮助她的人。那是一个名叫路德的牧师打扮的英国人。秋本久美子还没有把话说完，路德就着急地用汉语说道："人在哪里？快带我去！"

秋本久美子把路德带到了江边的街道上，路德将易希川背了起来，一路小跑到了圣三一堂。圣三一堂是公共租界内一座英国人开设的基督教堂，路德就是这座基督教堂里的牧师。路德把易希川安置在了自己的卧室，然后跑去找来擅长外科手术的英国医生。英国医生查看了易希川腹部的伤势，随后为易希川做了紧急手术。努力了将近一个时辰，费了九牛二虎之力，终于把易希川从死亡线上拉了回来。

易希川的性命暂时保住了，接下来需要长时间的休息和静养，并时刻观察伤口会不会出现恶化。

路德主动把自己的卧室让了出来，自个儿搬去了其他房间暂住。秋本久美子对路德感激不尽，若非及时遇上了这位好心的英国牧师，她无论如何也救不回易希川的性命。

手术后的第二天，易希川便醒了过来。

秋本久美子为了救易希川，付出了太多的努力，但是她没有对易希川提起过这些，只是把一切都归功于牧师路德和那位英国医生，然后默默地照料易希川的饮食起居。

接下来的数天里，在秋本久美子的悉心照料下，易希川的伤口开始逐渐愈合，慢慢可以下床走路了，虚弱的身体也在一点一点地恢复。

这样的日子一天复一天地过去，很快便过去了整整十天。

在这十天里，尽管易希川和秋本久美子一直朝夕相处，可是两人之间的关系却仍如陌生人一般。秋本久美子性格安静，几乎不怎么说话，易希川从小和一帮师弟一起长大，师门中虽有一位双鱼师妹，但易希川和双鱼师妹接触时，身边总会有师父或者师弟在场，他还从来没有和年轻女子单独相处过，更别说一个日本女子了，因此两人之间很少有面对面的交流。

这一天易希川拆除了腹部伤口的缝合线，躺在床上静养，翻来覆去地回想起以前的生活。他想起了小时候痴迷幻戏的那段日子，天天研究各种小把戏，一旦学会了就表演给师弟们看，以显示自己多么神通广大。他忽然来了兴致，见秋本久美子正坐在窗边，戴着蓝色贝壳手链的右手轻轻托着下巴，沐浴在透窗而入的阳光里，望着教堂外又高又尖的哥特式钟楼发呆，于是他下床找来了纸笔和火柴，走到窗边的桌前，在秋本久美子的正对面坐了下来。

秋本久美子扭过头来，睁着一双大眼睛望着易希川。

易希川咧开了嘴角，笑着说道：“久美子姑娘，看你无聊得紧，我给你表演一个小戏法解解闷吧。”

秋本久美子师从斋藤骏学习幻术，对中国幻戏一直很感兴趣，听易希川这么一说，立马微笑着点了点头。

易希川说道：“我这个小戏法，名字叫作‘死灰复现’，需要姑娘先配合我一下。”

“怎么配合？”秋本久美子轻声问道。

易希川把纸和笔推到了秋本久美子的面前，说道：“请姑娘在这张纸上写一个字。”

“写什么字？”秋本久美子拿起了笔。

易希川说道："你想写什么字，就写什么字，任何字都可以。"

秋本久美子安静地想了一会儿，在纸上落笔，写下了一个清秀的"水"字。"这样可以吗？"她抬起一双又大又明亮的眼睛望着易希川。

易希川说道："可以了，写得很好。"说完便把写有"水"字的纸拿了过来。

紧接着，易希川划燃火柴，将纸点燃。

很快，这张写有"水"字的纸就化为了灰烬。

"久美子姑娘，你仔细检查一下，你写的字是不是已经被烧掉了。"易希川说道。

秋本久美子伸出手指碰了碰纸灰，确定已经成了灰烬，轻轻"嗯"了一声。

"烧掉了不要紧，我可以立马把你写的字变回来，"易希川笑着问道，"你信还是不信？"

秋本久美子眨了眨眼睛，点头应道："我信。"

易希川不由得愣了一下，说道："你怎么能回答信呢？你应该回答不信，我才能接着往下变啊。"

秋本久美子有些茫然，不明白易希川的意思，仍然说道："我真的信。"

易希川心想秋本久美子多半不懂中国人所谓拆台捧场的那一套。他听到秋本久美子说出"我真的信"这句话，竟听出了一种对他绝对信任的意味。他心头一动，不再多说什么，把桌上的纸灰抄在右掌里，握住了，伸到秋本久美子的嘴边。"久美子姑娘，请你吹一口气。"他说道。

秋本久美子依言照做，对准易希川的拳头，轻轻地吹了一口气。

易希川却摇起了头，说道："这可不行，你要吹得用力一些，烧掉的字才能变得回来！"

秋本久美子听了这话，于是认认真真地、用力地吹了一口气。

"好了！"易希川把右手缩了回来，"全靠你吹的这一口仙气，烧掉的字已经变回来了，此刻就握在我的手心里！"说罢摊开右掌，掌心满是黑色的纸灰，并不见任何字。

易希川对准掌心猛地吹了一口气，掌心的纸灰立刻被吹散，但仍有少许纸灰留在掌中，竟拼成了一个黑色的"水"字。

易希川变出"水"字之后，立刻看向秋本久美子，只盼能看到她目瞪口呆的惊讶模样。可是秋本久美子没有流露出哪怕一丝一毫的惊讶之色，只是若有所思地点了点头。

"你为什么点头？"易希川奇道。

"你变字的方法，"秋本久美子说道，"和我想的方法是一样的。"

"是吗？"易希川愣了一愣，"那你倒是说说，我把字变回来，用的是什么方法？"

秋本久美子伸出了右手食指，在桌角的水杯里蘸了一点水，在左掌心写了一个"水"字，然后抓起一些纸灰握在左掌中，随即对准掌心用力地吹了一口气，干的纸灰立刻被吹走，湿的纸灰却贴附在掌心，没有被吹走，赫然便形成了一个"水"字。

易希川的这个名叫"死灰复现"的小戏法，个中秘诀正如秋本久美子所演示的那样。易希川不由得竖起了大拇指，说道："这个小戏法我从小变到大，不知有多少人看过，可是一直以来，没有一个人能这么快看出门道。久美子姑娘，你真是厉害。"

秋本久美子微微一笑，说了声"谢谢"，然后说道："我会变幻术，也给你变一个，好不好？"

“好得很！”易希川自从目睹了斋藤骏控制碧绿色火焰的幻术之后，对日本幻术可以说是大感兴趣，“我也来试试，看看能不能看出你所用的方法。”他被秋本久美子一眼识破了“死灰复现”的秘诀，这时便想看破秋本久美子的幻术，为自己多少挽回点颜面。

秋本久美子微微一笑，拿起了桌上的水杯，倒了一点水在右手的手心，然后将左手覆盖在右手上。她两手相合，闭目等待。她脸上的微笑不见了，原本有些血色的脸蛋，竟渐渐变成了一片苍白，红润的嘴唇更是发青发紫，身子甚至有些轻微地发颤，似乎受到了寒冷的侵袭，被冻着了一般。

“久美子姑娘，你……你没事吧？”易希川问道。

秋本久美子轻轻地点了点头，示意自己没事。

过了片刻，秋本久美子缓缓地睁开了双眼，将手掌慢慢地打开，手心里的水已经不见痕迹，取而代之的竟是一块薄薄的冰片。她将冰片放在了桌上，冰片在阳光下晶莹剔透，闪烁着耀眼的光芒。

易希川突然看见冰片出现，不由得大吃了一惊。这“凝水成冰术”乃是“左道三十六术”之一，早在元朝年间就已失传，他曾试图研究出这门幻戏的秘诀，但几经努力仍是失败。

“久美子姑娘，你……你是怎么做到的？”易希川诧异地问道。他拿起冰片翻来覆去地看了看，的的确确是真的冰片。

秋本久美子伸出了右手，轻声说道：“我的手，你摸摸。”

易希川此时只想弄清楚秋本久美子是如何在片刻间便将水变成了冰，根本没考虑所谓的男女之别，直接伸出手去，握住了秋本久美子的右手，触手便是一种刺骨般的冰寒之感，仿佛握住的不是手，而是一块寒冰。他上次在罗家戏苑挟持秋本久美子时，就发现她浑身奇冷无比，根本不是正常人的体温。

“为什么……为什么你会这么冷？”易希川缩回手，惊讶问道。

秋本久美子轻轻地叹了口气，然后用汉语讲述了她体温奇低的由来。原来她在七岁那年，曾在冰封的河面上接受斋藤骏的教导，练习冰幻术，却突然遭遇河面冰裂，整个人掉进了河水之中。河面虽然冰封，但冰层之下的河水却是暗流汹涌，一下子就把她卷离了裂口。她拼命地向上浮，但头顶是坚硬的冰层，她不断地捶打冰层，冰层却纹丝不动。她能透过冰层看见白色的天空，那天空离她那么近，却又那么远。她恐惧极了，浑身渐渐冻僵，慢慢开始窒息，最终失去了意识。她就那么沉在水下，被暗流卷来卷去，如同漂浮在无边无际的虚空之中。后来是斋藤骏及时砸破了冰层，一下子抓住了从水下卷过的她，这才将她从冰层之下拉了起来。此后她长时间昏迷不醒，斋藤骏请来了全日本最好的医生，想尽一切办法救治她，最终才令她苏醒了过来。不过自那之后，每次遇到危险时，她都会心生恐惧，一旦心生恐惧，体温就会急剧下降，变得奇冷无比。她用双手凝水成冰，并非欺瞒眼睛的幻术，而是她回想曾经困在水下窒息濒死的一幕时，不断变冷的双手，就能把水凝结成冰。

易希川听完了秋本久美子的讲述，总算明白了她为何会全身冰冷，为何会那么害怕水，为何一遇到危险就会极度惧怕。在对秋本久美子的这段经历感到同情的同时，对于她能依靠双手变冷来凝水成冰，易希川仍然觉得不可思议。他忽然想起了秋本久美子的师父斋藤骏，斋藤骏能用双手掌控火焰，师徒二人的幻术一火一冰，都很匪夷所思。“你师父能以双手控火，收放自如，是用的引火粉吗？可是他如何能做到让火焰飞来飞去？他在众目睽睽之下把着火之人变成了罗盖穹，又是怎么做到的？”他试探性地问道。

秋本久美子摇了摇头，脸上露出了为难之色，说道：“我不能告诉你。”

易希川知道日本幻术的秘诀，就等同于中国幻戏的秘诀，当然不能随随便便告诉给外人知道，于是不再追问秋本久美子。他回想起那晚亲眼看见斋藤骏破术的一幕，不禁感叹道：“罗盖穹的‘天火焚身术’已经称得上神妙非凡了，可是你师父只看了一遍，就能立刻原样重现出来，而且罗盖穹只是把自己替换成了一根木头，你师父却是把自己替换成了罗盖穹。比起罗盖穹来，你师父那是要厉害得多了。”

秋本久美子说道：“师父的确很厉害。过去十几年里，师父一直在研究中国的幻戏，罗盖穹的那个幻戏，其实师父早就学会了。”提起斋藤骏，她的脸上立刻流露出了敬仰之色，说道：“你们的幻戏，全都难不倒我师父。”

秋本久美子没有任何心机，心里认为是怎么样，就会怎么说出来，但这话易希川听在耳中，却像被扇了一耳光似的，当下正色说道：“中国幻戏流传千年，博大精深，何止百种千种，你师父未必就能全都破了。远的不说，我便有一门幻戏，你师父不见得就能破得了。”

秋本久美子大感好奇，问道：“你有什么幻戏？”

“这个不能告诉你，总之是一门失传了很多年的厉害幻戏。”易希川肃声说道，“倘若将来有机会，我一定要用这门幻戏向你师父发起挑战，看看他到底如何破术。”

话语中反复提到斋藤骏，秋本久美子不由得有些想念师父了。她凝视着窗外胭脂色的夕阳，好一会儿后，忽然站起身来，对易希川轻声说道：“我该回去了。”

易希川急忙站了起来，方才还无比严肃的他，此时却显得欲言又止。他不知道自己是怎么了，只是在内心深处隐隐有一种盼望，盼望秋本久美子能够留下来。可是他的伤口已经拆线，下床行走已经没有任何问题，自然没有任何理由让秋本久美子继续留下来。十天的朝夕相处，到此刻终是该结束了。他张开了嘴，想说些什么，却又不知道该如何说出口，最后化作了淡淡的一句："我送你吧。"

"不必了。"秋本久美子轻声说道，"你一定要好好养伤。"

易希川点了点头，说道："那……那你路上当心。"

秋本久美子"嗯"了一声，独自一人走出了卧室，离开了圣三一堂。

一种从来没有过的异样情愫，忽然在易希川的内心深处翻涌了起来。他站在窗边，望着秋本久美子步出了教堂，望着她走上了人来人往的街道，望着她柔美的倩影一路向南，渐去渐远，最终消失在街道的尽头。他的视野里只剩下了那座高高耸立的哥特式钟楼，寂寞孤独地伫立在苍茫的暮色之中。钟楼里的八音大钟忽然响了，按着圣诗的音韵，敲打着入夜前的最后一轮钟声。深冬的太阳摇摇欲坠地悬挂在天边，收敛着最后的余光，慢慢地沉入黑夜。

秋本久美子走后，易希川本想离开圣三一堂，但路德却不准他离开，一定要他把伤彻底养好才允许他走。易希川不好推辞，只好答应再多住几日。

接下来的几天里，易希川仔细地考虑了未来的打算。对他而言，有两件事是必须要做的，一件事是替师父报仇，另一件事则是夺回龙图。他只知道龙图被嘴老抢走，却不知道嘴老已被斋藤骏所杀，葬身于黄浦江中，龙图已落到了斋藤骏的手里。他甚至考虑了如何去江西寻找嘴老，寻到嘴老之后又该如何夺回龙图。但是没过多久，他便知道了自己的这些考虑完全是多余的。

那是他离开圣三一堂的清晨，他站在人来人往的街道上，回望这座庄严神圣却又温情脉脉的教堂。死里逃生，安心静养，人生中第一次和一个女子朝夕相处，这十多天的经历，足以令他终生难忘。

就在易希川伫立回望之时，街上走过的报童喊出的叫卖声，吸引了他的注意力。

“卖报，卖报啦！大新闻，大新闻！中日幻戏师对决，外滩擂台决生死！上海已有幻戏师应战，擂台赛明日即将开战！卖报，卖报啦……”

易希川急忙叫住了报童，说道：“给我来一份报纸。”

“好嘞！”报童收取了购报钱，将一份最新的报纸递到了易希川手中。

易希川打开报纸，看了一眼头条新闻的标题，正是报童所说的《中日幻戏师对决，外滩擂台决生死》，急忙问道：“这擂台赛是怎么一回事？”

“不是吧，这么大的事你都不知道？”报童奇道。

易希川摇了摇头，说道：“我真的不知道。”他一连十多天都待在圣三一堂，两耳不闻窗外事，所以这些天发生了什么大事，他根本一概不知。

报童说道：“前几天有一个名叫斋藤骏的日本幻术师，在外滩摆下了生死擂台，扬言要挑战咱们中国所有的幻戏师，说是以什么龙图作为擂台的赛注，任何一个中国幻戏师只要击败了他，就能赢走龙图，若是败给了他，便要把性命输给他。外滩的擂台摆了好几天，一直没有人应战，昨天夜里咱们上海终于有幻戏师应战了，对决时间就定在明天正午。”

易希川听到了斋藤骏，又听到了龙图，顿时对这件事投入了十二分的关注，问道：“上海是哪位幻戏师应战？”

报童不耐烦地说道：“报纸上写的有，你自己看吧，我还要去卖报纸呢！”说罢沿街而走，继续叫喊卖报。

易希川急忙翻开报纸，逐字逐句地读完了头条新闻，擂台赛的来龙去脉和报童所说的基本一致，还刊登了斋藤骏手持黄金圆筒站在擂台上的照片，另外还特别介绍了即将应战的中国幻戏师。这位中国幻戏师是上海本地人，名叫谭素琴，乃是统领上海幻戏界的“上海三魁”之一，与罗盖穹齐名。谭素琴是一个中年女人，常年在法租界的万国千彩大剧院驻台表演，最擅长的幻戏是击听。击听是一种靠耳朵来进行表演的传统幻戏，幻戏师蒙上双眼登台，由助手持细铁棒敲击物品发出声响，幻戏师纯靠听力来判断敲击的物品是什么。击听原本是一种不具备观赏性的幻戏，但谭素琴在万国千彩大剧院驻台表演击听时，扬言若是判断出错一次，便将两只耳朵同时割掉，许多观众盼望着她出错，想亲眼看到她割去耳朵的场景，因此一场接一场地去万国千彩大剧院捧场。然而谭素琴在万国千彩大剧院驻台多年，从未出过差错，足见她的击听已经到了登峰造极的地步。

看完整则新闻，尤其是斋藤骏手持黄金圆筒所拍的照片，易希川不禁大为疑惑。他实在想不明白，明明被嘴老抢走的龙图，如何竟落到了斋藤骏的手里。不过这则新闻的出现，算是帮了他的大忙，省去了他往江西白跑一趟。

易希川不去胡乱猜测了，既然龙图在斋藤骏的手上，那他必须留在上海，想办法将龙图夺回来。明天的中日幻戏师擂台赛，他决定乔装打扮一番，前去外滩的擂台赛现场，看看到底是怎么回事。

翌日正午，易希川黏上了两撇假胡须，戴上了一顶褐布小帽，离开住了一宿的旅馆，准时来到了外滩。

易希川到达时，外滩早已是人山人海，放眼望去，黑压压的一片，至少聚集了上万人。

这些人围住了一处离地面大约三丈高的圆形高台，并且全都抬起了头，目不转睛地望着圆形高台，等待着即将开始的中日幻戏擂台赛。

一个多月前，上海沦陷之后，日军在外滩举行了入城仪式，彼时突生动乱，日军胡乱开枪，以致市民死伤，流血遍地。这片刚刚喋过血的土地上，此时又聚集了成千上万的中国人。与上次被迫前来观看日军入城仪式不同，这次所有人都是自发前来，为应战擂台赛的上海幻戏师谭素琴加油助威。

对于有这么多人主动前来观战，易希川委实觉得有些出乎意料，毕竟不久前外滩才发生了流血事件，又是处在日本人的控制范围内，想不到还有这么多中国人主动前来。

易希川来得太迟，挤不进去，只能站在人群的外围，远远地眺望圆形高台。他清楚地记得昨天报纸上刊登的照片，眼前的这处圆形高台与照片上完全一致，正是斋藤骏摆下的幻戏擂台。此时在擂台的周围，不仅有成千上万的中国人聚集，而且有数百个荷枪实弹的日本兵凝神戒备，还有一部分日本兵在人群外围列队警戒，以防有人像搅乱入城仪式那般趁机闹事。

易希川来到外滩时，已是正午时分。斋藤骏和谭素琴正好登上擂台，一个走到擂台东侧的座椅就座，一个则走到擂台西侧的座椅就座。虽然是隔着擂台相对而坐，但斋藤骏和谭素琴之间已是针锋相对一触即发的态势，只待司仪登台宣布，这场幻戏对决就将开始。

片刻之后，身穿黑色衣服、打扮得油头粉面的司仪匀步走上了擂台，先用日语说了一通话，然后改用汉语复述刚才那番日语的意思，高声宣讲道：“今日擂台之上，即将进行的是一场生死对决，日本幻术师斋藤骏以龙图为注，中国幻戏师谭素琴以性命为凭，双方自愿对决，生死有命，绝不反悔！本场擂台赛实施单方破术规则，即由中国幻戏师谭素琴展示一门幻戏，由日本幻术师斋藤骏进行破术，破术时限为一个时辰。一个时辰之内，破术成功，斋藤骏胜，破术失败，则谭素琴胜！双方可有异议？”

谭素琴朗声应道：“没有！”虽然身为妇人，但她的声音却十分浑厚，像极了中年男人才有的嗓音。

斋藤骏只是缓缓地摇了一下头，此外再无更多的表示。

司仪高声说道：“既然双方都没有异议，那就请上龙图！”

话音一落，一个日本武士拾阶登上擂台，手里捧着一个精致华美的红漆木匣。日本武士将红漆木匣打开，从木匣里捧起一截黄金圆筒，小心翼翼地放在了擎物架上。

台下人群顿时一阵骚动，纷纷指指点点，窃声议论，都在低声说道：“这就是龙图啊！”

日本武士放好龙图后，立即返回台下，坐回了观戏席当中。

易希川虽然离擂台很远，但还是看得分明，紧挨着擂台的那片观戏席，总共设有五十个座位，乃是专门为日本人和洋人所设，观戏席的周围由数十个日本兵持枪守卫，不准任何中国人靠近。那个日本武士的座位附近，还坐了好几个日本人，其中便有口叼香烟的荒川隼人和手按忍刀的黑忍，此外还有秋本久美子。秋本久美子恢复了日本女子的穿着打扮，穿了一身淡粉色的和服，宛如一朵含苞待放的桃花，在芸芸众生之中显得极为纯美脱俗。

易希川多看了秋本久美子几眼，忽听擂台上司仪大声宣布道：“时辰已到，中日幻戏擂台赛第一场，现在正式开始！”说罢朝西侧抬起手臂，“有请中国幻戏师谭素琴！”宣布完后，便匀步退下了擂台。

成千上万的目光齐刷刷射向擂台的西侧，落在了谭素琴的身上。

谭素琴是“上海三魁”之一，此番主动应战幻戏擂台，是因为她听说罗盖穹败给了这个名叫斋藤骏的日本幻术师，坊间更是将斋藤骏传得无比厉害，吹嘘得如同妖魔鬼怪一般。谭素琴虽然身为妇人，却一向有男儿气概，不信坊间传言，要亲自来较量一番，看看斋藤骏是不是真如传言所说的那么厉害。

谭素琴身穿一袭火红色的长袍，猛地从座椅里站起身来，干净利落地走到擂台的中央，大声喝道：“抬上来！”

话音未落，两个红衣女人抬着一张长桌，走上擂台，将长桌放在了谭素琴的身前，随即返回了台下。长桌上搁着一方漆木托盘，托盘用红布严严实实地遮盖着，不知道里面放了什么。

谭素琴上前一步，伸手掀开红布，只见漆木托盘内，整整齐齐地码放了二十颗圆滚滚亮闪闪的细小钢珠。

谭素琴面向斋藤骏，大声说道：“我谭素琴只是一个变幻戏的手艺人，原本没有什么厉害的本事，但是实在看不惯你这日本人如此目中无人，视我中国幻戏界为无物，是以今日赌上一己之性命，以一门‘七窍流血分珠’幻戏，与你一决生死！”她说话中气十足，毫不拖泥带水，眉宇之间更是大放豪气。

斋藤骏依旧面沉如水，只是淡淡地点了一下头。

易希川远远听见了谭素琴的说话声，不由得一愣，暗暗心想：“‘七窍分珠’幻戏，那不是江湖术士的假把戏吗？谭素琴如此有名的幻戏师，怎么会在这种生死时刻，用这门上不了台面的三脚猫幻戏来挑战斋藤骏？”一时之间，他有些猜不透谭素琴的用意。

正当易希川暗暗揣测之际，人群中忽然爆发出了一阵振聋发聩的惊呼声和尖叫声。

易希川急忙停止思考，向擂台上望去。

只见谭素琴如同石化般站在擂台上，浑身上下纹丝不动。但她的眼睛却出现了骇人的变化。她的眼白仿若充血一般，刹那间变得一片通红，一对眼睛竟变成了极浓极深的血红色。这种变化极为妖异，令她看起来仿佛变成了一个阴森恐怖的妖怪。

突然间，有深红色的液体从谭素琴的眼眶中流了出来。

那是鲜血——仿佛双眼被刺瞎了一般，两行鲜血涌出眼眶，顺着谭素琴的脸颊慢慢地往下流淌。

紧接着，谭素琴的鼻孔里也有鲜血流出，嘴角亦开始流血，两只耳朵同样未能幸免，耳孔中流出了鲜血，顺着脖子慢慢地往下流。

在极短的时间内，谭素琴的七窍同时流出鲜血，其状恐怖无比，也难怪台下人群会不断地爆发出震耳欲聋的惊呼声和尖叫声了。

七窍不断流血的同时，谭素琴却似乎没有感觉到任何不适，嘴角竟露出了一抹笑容，方才还英气逼人的她，此时看起来显得阴邪无比，仿佛突然之间就变了个人似的。

谭素琴就那样阴邪地笑着，把右手伸向了漆木托盘，拈起了一颗钢珠，塞进了耳孔之中。她忽然闭上了眼睛，五官开始紧绷，慢慢地扭曲起来，好好的一张脸，变得奇丑无比。这是遭受了生不如死的痛苦时，五官才会出现的急剧变化。那颗塞进她耳孔的钢珠，通过她面部肌肉的推挤，在七窍的内部一点一点地移动，最终抵达了她的嘴巴。她猛地张开了嘴巴，将钢珠吐在了长桌上，发出了“咚”的一声闷响。

亲眼看见谭素琴将钢珠从耳朵变到了嘴巴里，台下人群大感震惊的同时，爆发出了一阵极为响亮的喝彩声。

然而，易希川却并不觉得谭素琴的这门幻戏有多么厉害。

据易希川所知，“七窍分珠”幻戏，只不过是江湖术士装神弄鬼用来糊弄人的假把戏。在表演这门幻戏时，江湖术士事先在嘴里放入珠子，藏在喉道的上端，做好这一手准备后，便当众往耳孔里塞入一颗珠子，随即做出各种各样的痛苦表情，假装珠子在七窍的内部移动，然后等上片刻的时间，忽地将喉道里的珠子吐出来，让人误以为珠子是由耳至嘴走了一遍。不明就里之人，往往会被这门幻戏给唬住，以至于信以为真，对江湖术士的本事深信不疑。“七窍分珠”幻戏用于舞台表演，往往能引得观众大加喝彩，但是用在如此重要的生死对决上，以斋藤骏的能力，只怕一眼便能识破个中秘诀，轻而易举地实现破术。正因为考虑到这些，易希川才隐隐担心，担心谭素琴太过轻视斋藤骏的能力，以至于用这样一门三脚猫幻戏，轻易地输掉了这场幻戏对决，丢掉了自个儿的性命。

但是出乎易希川意料的是，谭素琴的幻戏并没有就此结束。

在吐出一颗钢珠之后，谭素琴又从漆木托盘里拈起了第二颗钢珠，迅速地放入耳孔之中，然后重复刚才的过程，片刻后便将钢珠从嘴巴里吐出。她的表演还在继续，紧接着是第三颗钢珠、第四颗、第五颗……

易希川越看越觉得心惊，只因表演“七窍分珠”幻戏时，由于耳孔里的空间有限，喉道上端的空间同样有限，最多只能容纳三颗珠子，所以这门幻戏的上限便是三颗珠子，绝不能再多了。可是谭素琴的幻戏一直没有停下，一颗接着一颗，竟然将漆木托盘内的二十颗钢珠全部过了一遍。无论是耳孔还是喉道，都不可能容纳二十颗钢珠，因此谭素琴的幻戏绝不是江湖术士那种偷梁换柱的障眼法，而是货真价实的绝技！

二十颗钢珠全部过完一遍之后，谭素琴的幻戏竟然还没有终止。她又将二十颗钢珠拿起，一一塞进了耳孔之中。一只小飞虫钻入耳朵尚且令人难受不已，更何况是半个指甲盖大小的钢珠。因此二十颗钢珠塞进耳朵后，谭素琴的面部便再次挤弄得七扭八歪。

这种痛苦的表情持续了好长一段时间，二十颗钢珠终于相继从谭素琴的鼻孔里滚出，落在长桌之上，发出一连串咚咚咚的闷响声。

至此，谭素琴退开两步，深深弯腰，躬身谢礼。这门“七窍流血分珠”幻戏，便算是结束了。

一开始热闹非凡、喝彩不断的现场，此时却变得寂静无声，所有目睹了这门恐怖幻戏的人，无一例外都被惊呆了，短时间内根本回不过神来。片刻之后，人群中才零零星星地响起了些许掌声，随即山呼海啸般的掌声、喝彩声和议论声便汹涌而至，现场犹如水烧开了一般滚沸起来。

易希川彻底惊呆了，一边情不自禁地鼓掌，一边难以置信地摇头。人的七窍在内部是相互连通的，但是要让一颗钢珠在七窍内部自如地往来，这等绝技绝非寻常人能够练成。易希川无法想象谭素琴私下里练习这门幻戏时，曾经经历过怎样的痛苦。他只能为之深深地折服。

表演完“七窍流血分珠”幻戏后，谭素琴的脸色变得苍白如纸，在她走回擂台西侧座椅的过程中，脚步竟然有些虚浮踉跄，身子有些飘飘摆摆。

连续四十次的七窍分珠，已经达到了一个人所能承受的极限，可以说这已是不顾性命的表演。谭素琴坐回座椅上，抬起双眼，看了一眼擎物架上的黄金圆筒，随即冷冷地望着擂台对面的斋藤骏。她在应战之前，早已听说了斋藤骏在罗家戏苑破了罗盖穹的“天火焚身术”，所以对斋藤骏不敢抱半点轻视之心。她对龙图志在必得，再加上又是赌上性命的生死对决，因此才会表演这样一门从未公开表演过的幻戏绝技，不顾性命安危地连续七窍分珠四十次，心想斋藤骏哪怕能够七窍互通实现流血分珠，也未必能够做到连续分珠多达四十次。她望着斋藤骏之时，心里便暗暗地想，这场中日幻戏擂台赛，自己应该是赢定了。

现场的掌声经久不息，哪怕谭素琴已经回到原位坐下了，掌声也只是减弱了些许，并没有就此中断。对于谭素琴震撼全场的幻戏表演，每一个站在台下目睹了全程的中国同胞，都不会吝啬自己的掌声和欢呼声。

这时，司仪再次走上了擂台，询问谭素琴需不需要把幻戏道具撤到台下去。

“他不是要破术吗？”谭素琴仍旧望着斋藤骏，冷冷地说道，“我这些钢珠就留在台上，他尽管使用便是。”

司仪又询问斋藤骏是打算使用谭素琴的幻戏道具进行破术，还是打算自行准备道具。

斋藤骏选择了前者。

司仪当即招呼一个助手端了一盆清水上台，将谭素琴用过的二十颗钢珠清洗干净，放入漆木托盘内待用。

司仪朝斋藤骏的方向抬起手臂，大声宣布道：“有请日本幻术大师斋藤骏进行破术！”

台下原本还有零零星星的掌声，但这声宣布之后，所有掌声便一起停下了。现场没有哪个中国人，愿意为一个日本幻术师的登场而鼓掌喝彩。观戏席上的日本人也没有鼓掌，只是面带傲气地望着台上，似乎全都认定斋藤骏必胜无疑。

在死一般的沉寂当中，斋藤骏缓缓地离开座椅，站了起来。

依旧是一身白衣，依旧是气定神闲，斋藤骏大步走到擂台的正中央，没有做任何停顿，便直接开始了破术。

斋藤骏首先要进行破术的幻戏，是谭素琴最开始时表演的七窍流血。

斋藤骏没有做任何准备，几乎是刚刚走到擂台的中央站定，眼睛便迅速地充血，变成了深红色。接下来，在成千上万道目光的注视下，斋藤骏的眼睛开始流出了鲜血，随后是鼻子、嘴巴和耳朵，相继有鲜血流出。他成功地实现了七窍流血，所用的时间，甚至比谭素琴还要更短。

目睹了这一幕的谭素琴，整颗心顿时沉了下去。她所表演的七窍流血，其实是暗暗咬破舌尖，将口腔里的血水，用“七窍分珠”的技巧，运送到眼睛、鼻孔和耳孔里，从而实现七窍同时流血的恐怖场景。斋藤骏迅速地表演了七窍流血，所用时间更短，足见七窍互通的本事丝毫不输于她，因此她才会担心不已，担心斋藤骏也能做到用七窍连续分珠四十次。

果不其然，斋藤骏表演完七窍流血之后，不做任何停歇，立刻便开始了“七窍分珠”。一颗又一颗的钢珠放进了他的耳孔，又从他的嘴巴里吐出，二十颗钢珠很快便过完了一遍。第二遍随即开始，二十颗钢珠入耳出鼻，迅速便完成了。整个“七窍分珠”的过程，斋藤骏面色不改，五官只是轻微扭动，分珠均匀流畅，不仅原封不动地重现了谭素琴的幻戏，甚至比谭素琴的表演还要精彩，几乎达到了无可挑剔的程度。

整个现场彻底鸦雀无声了，所有观看了斋藤骏破术的人，都惊得呆若木鸡，包括易希川也是如此。易希川看过斋藤骏破罗盖穹的“天火焚身术”后，便认为斋藤骏的实力极为厉害，但是现在目睹了斋藤骏重现“七窍流血分珠”幻戏的全过程后，他才知道，斋藤骏的实力，比他之前想象的还要厉害得多。

擂台之上，谭素琴冷冷地笑了一笑，身子靠倒在了座椅里。她脸上的英气彻底消失了。斋藤骏用几近完美的表演实现了破术，她知道自己已经输了。

这一战，她输得心服口服。

“你已经胜了，我这条命，你拿去吧！”谭素琴闭上了双眼。

斋藤骏没有打算放过谭素琴。他大手一挥，黑忍立刻带着两个日本武士离开了观戏席，飞步登上了擂台，将谭素琴摁在座椅里，令她动弹不得。伴随着刺耳的铮铮声，黑色忍刀拔了出来。黑忍手起刀落，谭素琴被一刀刺透了胸膛，登时毙命。

台下的尖叫声响成一片，这突如其来的血腥一幕，把现场的所有人都吓傻了。直到谭素琴脑袋一偏，彻底断气之后，许多人仍然没有回过神来。

斋藤骏赢下了与谭素琴的生死对决，但他的神情却一如先前那般淡然，没有流露出丝毫喜悦之色。他取下了擎物架上的黄金圆筒，走下擂台，在秋本久美子、荒川隼人和黑忍等人的陪护下，离开了外滩。

谭素琴被斋藤骏破术，当场殒命，她变幻戏时所使用的道具——装有二十颗钢珠的漆木托盘，被悬挂在擂台的下方，在风中凄惶地飘摆。

第一场中日幻戏擂台赛，以中国幻戏师的惨败而收场。

带着忧心忡忡的心态，易希川回到了旅馆。

斋藤骏表现出来的超强的破术能力，令易希川感到坐立不安。他当日对秋本久美子夸下的海口，并非胡乱吹嘘的虚词鬼话，而是真的有一门幻戏绝技，想用它来挑战斋藤骏。正因为如此，在看到斋藤骏以龙图为注摆下幻戏擂台的新闻后，易希川第一时间便萌生了前去应战的想法，只盼能靠这门幻戏绝技赢了斋藤骏，将龙图夺回来。然而在亲眼看见了第一场中日幻戏擂台赛后，他却生出了些许犹豫。他开始觉得，秋本久美子说斋藤骏几乎学会了中国所有的幻戏，也许不是吹嘘，而是真有其事。他开始有些不自信了，担心被自己视作绝技的幻戏，一旦在擂台上使出来，会被斋藤骏轻而易举便破了术。

犹豫再三，易希川决定再等上几天，看看还有没有其他幻戏师挑战斋藤骏，再做是否应战的打算。

第二位挑战幻戏擂台的中国幻戏师，在首场中日幻戏擂台赛结束后的第三天出现了。

这位中国幻戏师不是别人，正是除罗盖穹和谭素琴之外“上海三魁”中的最后一人——刘老仙。

刘老仙是上海城隍庙的寄居道士，白日里闭门不出，躲在城隍庙里读书修道，一到夜间，就会出现在城隍庙后门外的老戏台上，为过往路人表演幻戏。他表演幻戏只是出于兴趣，从不收任何打赏钱，但这并不代表他的幻戏就是金银铜三戏中的铜戏，是街头假把戏的粗烂水准。恰恰相反，刘老仙的幻戏可谓千奇百怪，神乎其神，每晚都能翻出新花样，是一个集万千幻戏于一身的幻戏鬼才，并且被公认为是“上海三魁”中最为厉害的幻戏师。几乎所有的上海市民，都去城隍庙的老戏台看过他的幻戏表演，在亲眼看见了种种匪夷所思的幻戏后，大部分市民都认为他不是凡人，而是神通广大的神仙，因此以“老仙”相称，刘老仙这个名字便是这么来的。刘老仙每晚在老戏台表演幻戏，总能吸引无数人前去围观，通过这些人口口相传，他的名气越来越大，许多达官贵人花大价钱请他上门表演，上海最有名的几家剧院开出天价酬金请他驻台，都被他断然拒绝了，搞得这些达官贵人不得不屈尊前往城隍庙，与穷苦百姓们挤在一处，方能有机会一睹他的幻戏绝技。

罗盖穹和谭素琴接连败给斋藤骏，作为统领上海幻戏界的“上海三魁”中的最后一人，刘老仙成了上海幻戏界最后的门面。无论出于何种目的考虑，他都必须登上外滩的幻戏擂台，与斋藤骏一决高下。

挑战幻戏擂台的时间是由挑战者决定的，刘老仙像平时表演幻戏一样，选择了晚上。

到了举行擂台赛的这一晚，外滩再度人山人海，围观之人比上一场还要多，几乎到了水泄不通的地步。易希川这一次吸取了教训，易容改装之后，早早便来到了外滩，占据了一处靠近擂台的好位置，擂台上的一切，他都能看得清清楚楚。

刘老仙盘腿坐在擂台西侧的座椅里，身穿一件古朴的土黄色道袍，花白的胡须随风摆动，当真有如神仙一般。他没有看台下成千上万的观众，也没有看坐在擂台东侧的斋藤骏，而是一直闭着双眼，尽显仙风道骨之态。

当司仪走上擂台宣布第二场中日幻戏擂台赛正式开始之后，刘老仙终于睁开了眼睛，一对眼珠子熠熠生光。

刘老仙冲台下挥了一下袍袖，然后走到了擂台的正中央。

台下的几个道士得到了命令，将各种幻戏道具搬到了擂台上。幻戏道具非常多，包括一根鱼竿、一只水壶、一箩筐柑子、一张摆放了刀子、酒杯和笔墨纸砚的桌子，此外还有三个盆，分别是铁盆、铜盆和花盆。

台下的观众一下子见到了这么多的幻戏道具，每件幻戏道具之间几乎扯不上任何联系，因此猜不透刘老仙要表演什么幻戏，不由得目不转睛地望着台上，心里抱着满满的期待。

刘老仙冲台下观众团团抱拳，然后走到铜盆的左侧，伸出食指和尾指，指住铜盆凌空一点，铜盆里顿时燃起了火焰，他的手指又一点，火焰顿时变成了一条直线，高高地蹿起。他的手指再一点，熊熊火焰之中顿时飞起一小团火焰，落在他的指尖上。他手掌一翻，将火焰握住，火焰顿时化为一缕青烟，随风飘散。

刘老仙开场露的第一手，便换来了台下一阵热烈的掌声。

“这一手‘隔空取火’，是咱们老祖宗在汉朝时就创造出来的幻戏。”刘老仙开始说话了，声音又平又稳。他斜目看了斋藤骏一眼，随即转过视线，看着台下的万千中国同胞，大声说道：“咱们中华幻戏向来是博大精深，源远流长，往上追根溯源，上古时期便有‘蚩尤戏’，夏商有‘奇伟戏’，西周有‘吞云吐火’，春秋战国有‘水火双遁’，秦有‘鱼龙蔓延’，汉有‘画地成川’，三国有‘傀儡子’，两晋有‘人划地成’，隋有‘黄龙变’，唐有‘神仙索’，宋元有‘七圣法’，明清有‘九连环’，种种幻戏玄妙非凡，可以说是不胜枚举。至于变幻戏的幻戏师，那就更多了，历史上最有名的便是汉朝的李少翁、三国的左慈、晋朝的郭璞、宋朝的陈抟和杜七圣，这五人并称幻戏界五祖。除了幻戏界五祖之外，还有许许多多厉害的幻戏师，可以说是代代相继，层出不穷。”

刘老仙往旁边走了几步，变换了一下方向，面朝擂台另一边的观众，继续说道：“老道平日里不务正修，闲来喜欢读些歪书杂书，三十岁那年一不小心读到古人的幻戏，就此迷上了，于是一门心思地钻了进去，像刚才所说的那些幻戏，老道都曾研究过，有的研究出来了，有的却是没有。在老道研究过的所有古人的幻戏里，最让老道着迷的，当数左慈的‘戏曹十术’。”

他顿了一下，继续往下讲述：“左慈，那是三国时候大名鼎鼎的方士。相传左慈能让鬼神听从调遣，能凭空招来天界仙食，又有千变万化，不可胜记。他曾经游历四海，用幻戏戏弄天下诸侯，曹操、孙权和刘表等人都曾上过他的当，因此心怀怨恨想要杀他，但是都没能成功。左慈的‘戏曹十术’，是左慈戏弄曹操时所使的十种幻戏，这十种幻戏相互连缀，当真是神乎其技，妙不可言。”

刘老仙说到这里，走回到擂台的正中央，对准铜盆拂动袍袖，一阵劲风顿时扑灭了铜盆中的火焰，一股烟雾立刻笔直如线，袅袅升起。

刘老仙说道：“话说当年魏王宫在邺郡建成，曹操差人向孙权索取温州柑子，孙权便选了温州柑子四十余担，派人星夜送往邺郡。在去往邺郡的途中，负责运送柑子的官员和挑夫们在一处山脚下休息，忽然山道上走来了一个道士。这个道士瞎了一只眼，瘸了一条腿，头戴一顶白藤冠，身穿一件青懒衣，对挑夫们说道：‘你们挑了这许多柑子，实在是太辛苦了，就让贫道来替你们挑一肩吧。’于是每担柑子各挑了五里，凡是这道士挑过的担子，都变轻了许多，护送柑子的官员和挑夫们都觉得很是奇怪。抵达邺郡时，这道士告诉负责护送柑子的官员说：‘贫道乃魏王的同乡，姓左名慈，道号乌角先生，请你代贫道向魏王致意。’说完便拂袖而去。”刘老仙一边讲述，一边用双手引动烟雾。那烟雾便如游动的墨水一般，刘老仙的双手便如蘸墨挥毫的毛笔，在空中绘出了挑夫休息、道士挑担等画面，惊得台下观众目瞪口呆。

易希川知道这是用凝烟粉变幻出来的烟雾幻戏，并不觉得吃惊，继续耐心地往下看。

“四十担柑子很快送入了邺郡的魏王宫，呈给了曹操。曹操拿了一颗柑子剖开，发现里面没有果肉，竟然是空壳，他又接连剖了数颗，无一例外，全都是空壳。”刘老仙一边讲述故事，一边拿起箩筐里的柑子。他向台下翻来覆去地展示了数颗柑子，那些柑子明明完好无损，可刘老仙接连用刀子剖开了好几颗，竟然全都是空壳，和他讲述的故事完全一致。

“所有柑子都是空壳，曹操自然大发雷霆，要治护送柑子的官员和所有挑夫的罪。这时门吏忽然来报，说有一道士自称左慈，在宫门外求见。护送柑子的官员一听左慈这个名字，顿时想起路上发生的奇事，急忙向曹操如实禀报了左慈挑担柑子变轻一事。曹操听完之后，又惊又疑，当即将左慈召入宫中，叱责道：‘你这妖道，究竟施了什么妖法，将果肉全都变没了？’左慈笑着说道：‘大王说笑了，哪有这等事？’拿起一颗柑子剖开，里面竟然满是果肉，又接连剖了好几颗柑子，全都是果肉饱满，味道异常甜美。”刘老仙又拿起了几颗柑子，一一剖开，这一次果然不再是空壳，而是满满的果肉。

刘老仙双手一扬，将这几颗剖开的柑子扔到了台下，一些观众伸手接住了，急忙剥下果肉放进嘴里品尝，吃得满嘴生津，啧啧赞叹。易希川幸运地接住了半颗，分了一瓣果肉放入口中，味道果然香甜无比。

刘老仙继续往下讲述："当时魏王宫正在举行大宴，曹操便命左慈入席。左慈问道：'大王今日大宴群臣，四方异物极多，不知还缺少什么？贫道愿为大王变来。'曹操一听，有意刁难左慈，说道：'我要龙肝作羹，你能变来吗？'左慈笑道：'这有何难？'拿起笔墨在纸上画了一条龙，袍袖从画上拂过，龙腹便打开了，左慈把手伸进龙腹，果真抓出一块龙肝来，龙肝上还流着鲜血。"

刘老仙走到桌前，一边讲述，一边提笔作画，很快将画纸拿起展示，上面寥寥数笔，画就了一条腾云驾雾的巨龙。他袍袖一挥，忽然将手伸进画上的龙腹之中，一下子抓出一块血淋淋的龙肝来，惊得台下阵阵惊呼。

"曹操不相信左慈有这等本事，说道：'你定是事先藏在了袖子里。'左慈说道：'大王既然不信，那现在天寒地冻，草木早已枯死，大王要什么好花，尽管说来，贫道可以立刻献上。'曹操沉思一阵，说道：'只要牡丹。'左慈笑道：'牡丹嘛！容易得很。'让人取来一个大花盆放在筵席前，提起水壶浇上了水。不一会儿，花盆里竟有苗子长出，须臾长高长大，竟然当真是一株牡丹，还开出了两朵艳丽无比的牡丹花来。"刘老仙拧起水壶，浇了一点水在桌子旁边的花盆里，不一会儿，花盆里果真有青苗节节拔高，须臾便开出了两朵鲜艳无比的牡丹花。

这门令草木迅速生长的幻戏，古时候名叫"种瓜植树"，历史上除了左慈表演过之外，与左慈同时代的幻戏师徐光也曾表演过，此事在唐代古籍《法苑珠林》中有所记载。易希川虽然知道历史上有过这门幻戏，但从来没有见过，此时亲眼所见，不免看得吃惊，一时之间想不明白刘老仙是如何做到的，但是有一点可以肯定，那就是花盆里的牡丹一定是假的，绝不可能是真正的牡丹花。

“曹操被这一幕惊住了，有些将信将疑，于是请左慈饮酒。左慈刚坐下饮了一杯，鱼脍便端上了席。左慈说道：‘鱼脍须用松江鲈鱼才是上品。’曹操说道：‘远隔千里，先生难道有法子能立马取来松江鲈鱼？’左慈说道：“贫道这就为大王取来！”叫人拿来钓竿，就在堂下的水池里舀了一盆水，将鱼线垂入了盆中。”刘老仙拿起了水壶，往铁盆里倒了小半盆水，然后拿起鱼竿，将鱼线放入铁盆之中。

“只过了片刻，左慈忽然一提鱼竿，竟然钓上来一尾大鱼，鱼有四腮，当真是松江鲈鱼不假。”刘老仙说到“忽然一提鱼竿”时，自己也猛地提起了鱼竿，装有清水的铁盆中立刻水花四溅，一尾大鱼摇头摆尾，悬挂在鱼钩之上，被他钓了起来。

台下惊呼声和喝彩声顿时爆发，经久不绝。刘老仙微微一笑，冲台下观众抱了抱拳，继续说道：“左慈钓起了松江鲈鱼，说道：‘烹调松江鲈鱼，须用紫芽姜。’曹操问道：‘莫非先生也能变来？’左慈说道：‘容易。’命人取来金盆一个，用衣袍将金盆盖住，口中默念了一阵咒语，忽然揭开衣袍，盆中竟然装满了紫芽姜。”刘老仙拿起刚刚钓起大鱼的铁盆，把盆中的水倒掉，笑着说道：“老道穷得叮当响，拿不出金盆，只好拿铁盆来滥竽充数了。”

这话一出，顿时引来了台下的一片哄笑声。

刘老仙撩起道袍盖在了铁盆之上，念了几句谁也听不懂的咒语，然后猛地扯开道袍，原本空无一物的铁盆里，果真装了满满一盆的紫芽姜。

刚刚还在哄笑的观众，这时立刻把笑声变成了惊呼声。

“左慈把装满紫芽姜的金盆献给了曹操，说道：‘素闻大王文韬武略，著有《孟德新书》，因此贫道斗胆，向大王献书一册。’曹操问道：‘书在何处？’左慈回答：‘就在盆中。’曹操把手伸进满盆的紫芽姜中，果然摸到了一册书，当即拿了出来，果真是《孟德新书》。曹操翻开书一看，书中的内容，竟然和他私下里所著之书一字不差。”刘老仙在讲述的过程中，把手伸进装满紫芽姜的铁盆中，摸索一阵，抽出了一册书，书名赫然便是《孟德新书》。

“曹操惊诧不已，这时左慈向他献酒，说道：‘大王请饮此酒，可助大王安康长寿。’曹操怀疑左慈不安好心，在酒中下毒，于是不敢先饮，让左慈先喝。左慈拔下发髻上的玉簪，伸进酒杯横着一划，酒水顿时分成了两半。左慈饮了其中一半，将另一半献给曹操。曹操仍有疑心，不肯饮酒。左慈淡淡一笑，将酒杯向空中一掷，泼出的酒水，竟变成了一只鸽子，绕殿疾飞。曹操举头去看鸽子，等到他再把头垂下来时，刚才还在筵席上的左慈，竟然已经不知去向。”刘老仙有样学样，端起桌上的酒杯，拔下发簪一划，酒水顿时分成了两半。他饮了其中一半酒水，将另一半酒水泼向了空中。只见酒水刚刚从杯中泼出，立刻变成了一只鸽子，扑腾着翅膀飞上了夜空。

台下观众都高高地举起了头，视线随着那只鸽子飞上了高处。

“曹操被左慈当庭戏弄，自然不会就此罢休，又觉得左慈这等能人异士若不能为自己所用，那就必须杀之，于是立刻派兵前去追杀左慈。这些追兵赶到城门口，望见左慈在前方道路上慢步而行，于是飞马追赶，可是怎么也追赶不上。一直追到了一座山中，山路上有一牧童赶着一群羊，左慈便走进了羊群之中，冒起一阵青烟，竟消失不见了。追兵冲上前去，在羊群中找来找去，始终找不到左慈，但那牧童一数羊群，却发现多了一只。追兵料定左慈也变成了羊，带兵的将官顿时心生一计，对着羊群说道：‘左先生，魏王不过是想见见您，不会为难您，还请您现身，随我等回去，否则我等交不了差，魏王定会降罪责罚。’这话说完，一只羊忽然走到这将官的身前，跪下了前脚，说道：‘这话可当真？’将官立刻叫道：‘这只羊张嘴说话，定是左慈！’拔出刀来，正准备砍下去，却见整群羊全都跪了下来，每一只都开口说道：‘这话可当真？’至于哪只羊是左慈变的，竟无法再分清了。将官一怒之下，命令兵士把所有羊全都砍去了脑袋，方才回去复命。”刘老仙双手指点，空中那团烟雾不断地幻化成形，左慈、追兵、山峦、牧童和羊群相继出现，追兵砍杀羊群的画面更是栩栩如生，逼真至极。

这时台下的观众大部分已经叫不出声来了，都是望着空中幻化成形的烟雾，难以置信地摇着脑袋。

“所有羊被砍死后，牧童守着死羊大哭，忽然一颗羊头在地上呼唤道：‘孩子，你快把我的头拿起来，凑在死羊的脖子上。’牧童惊恐万分，依言照做了，忽见一阵青烟冒起，左慈出现在了身前。左慈说道：‘孩子，你不必伤心，贫道这就还你活羊。’须臾之间，便将死羊全部复活。牧童想要道谢，可是左慈已经拂袖而去，行走如飞，转入山后，消失不见了。”随着刘老仙的讲述，空中的烟雾又接连幻化出了牧童哭泣、左慈现身、死羊复活和左慈消失的场景。

当左慈消失之后，刘老仙袍袖一挥，刚刚还凝聚在一起的烟雾，顿时翻腾四散，消失在了夜空当中。

刘老仙环视了台下观众一圈，大声说道：“‘柑肉不见’‘画龙取肝’‘牡丹开花’‘空竿钓鱼’‘金盆生姜’‘姜盆献书’‘玉簪分酒’‘掷杯化鸟’‘羊群遁身’‘死羊复活’，这十种幻戏彼此连缀，便是三国时候左慈的‘戏曹十术’。贫道的幻戏已经结束了，谢谢诸位赏脸观看！”他冲台下观众抱拳回礼，然后斜了斋藤骏一眼，走回擂台西侧的座椅，冲台下挥了一下袍袖，便盘腿坐下了。

台下的几个道士得到命令，立刻登上擂台，将所有道具搬了下去。

直到“结束”二字说了出来，台下的观众方才如梦方醒，知道刘老仙的幻戏已经彻底结束了，于是欢呼声、惊叹声、叫好声和鼓掌声轰然响起，经久不息。

司仪登上了擂台，宣布接下来将由斋藤骏进行破术，限时一个时辰。

斋藤骏没有立刻进行破术，而是快步走下了擂台，准备了大半个时辰，然后由几个日本武士将相应的道具搬上擂台后，斋藤骏方才重新登台。

易希川的眼睛看得清清楚楚，心里也想得明明白白。刘老仙的“戏曹十术”虽然神奇，但其实分开来看，每一个幻戏的难度都不大，除了“牡丹开花”之外，其他的幻戏易希川都可以运用“凝烟术”、衣袍藏物和快速手法来做到。刘老仙之所以选择难度不大的“戏曹十术”来挑战斋藤骏，是因为他原本就没打算在幻戏技艺上胜过斋藤骏，而是打算利用规则来击败斋藤骏。

中日幻戏擂台赛的规则，是斋藤骏在一个时辰之内，对幻戏师所表演的幻戏进行破术，破术成功则胜，反之则败。表演“戏曹十术”的难度不大，但要在一个时辰之内把所有的道具凑齐，却不是一件容易的事。刘老仙正是打算利用这一点，让斋藤骏在一个时辰之内连道具都凑不齐，自然便无法进行破术，如此一来，斋藤骏便算是败了。

在本场幻戏擂台赛开始之前，刘老仙没有向任何人透露他将表演“戏曹十术”，目的就是想让斋藤骏无法提前做好准备，在表演完“戏曹十术”之后，刘老仙立刻让几个道士把所有道具撤走，目的正是不想让斋藤骏使用他的道具，逼着斋藤骏自行去准备。

刘老仙的这一招几乎成功了，但是斋藤骏走下擂台之后，立刻让荒川隼人、黑忍和众多日本武士分头去准备道具，最终赶在一个时辰之内把所有道具都凑齐了。

等到道具准备齐全，斋藤骏重新登上擂台时，时间只剩下了一刻钟。

但是一刻钟对于斋藤骏而言，已经足够了。

当看见斋藤骏重新登上擂台时，易希川便知道刘老仙败局已定，因为斋藤骏若是没有十足的把握，必定不会再重新登台。

一切都如易希川所料，斋藤骏在一刻钟之内，从最开始的“隔空取火”，到后来的“戏曹十术”，以数倍于刘老仙的速度，全部表演了一遍。

刘老仙败了，败得心服口服。他站起身来，走到擎物架前，伸出手轻轻抚摸着黄金圆筒，然后喟然长叹了一声，仿佛错过了一生当中最为重要的东西。

刘老仙走回戏台的正中央，冲台下的观众大声说道：“老道今日败了。擂台赛以命为注，老道既然应战，就决不会食言。从今往后，世间便再也没有我刘老仙了。”说罢拿起斋藤骏剖柑子时所用的刀，横在脖子上一抹，整个人便倒在了擂台上。

所有观众都被惊骇住了，呆呆地望着倒在擂台上的刘老仙，现场寂静无比，没有任何声响。

忽然之间，只见刘老仙的尸体上飘起了一缕白烟，状若人形，缓缓升空，消融在了夜色当中。

“成仙了……刘老仙成仙了！”台下响起了惊呼声。

方才还沉默无言的观众，刹那间如同滚水乱沸，原本鸦雀无声的现场，顿时喧闹到了极点。身处其间，易希川没有任何激动的感觉，反而觉得无比悲凉。

斋藤骏看着刘老仙的尸体，冷冷地一笑，暗暗心想：“死的时候还要在道袍上动手脚，露这一手幻戏，这支那幻戏师当真可笑。”

与谭素琴的装有二十颗钢珠的漆木托盘一样，刘老仙表演“戏曹十术”的所有道具都被悬挂在了擂台的下方。

斋藤骏走下了擂台，第二场中日幻戏擂台赛至此完结。

刘老仙败阵身死之后，整个上海幻戏界变得死气沉沉，再没有哪位上海本地的幻戏师敢出面挑战斋藤骏。

但此时中日幻戏擂台赛的消息已经风传各省，龙图现世的消息也已不胫而走，不少外地幻戏师不顾兵荒马乱的危险，争相赶到处于日军占领之下的上海。这些幻戏师有的是为了给中国幻戏界争回一口气，有的则是为了赢得龙图。总之，不管目的如何，一个接一个的幻戏师登上幻戏擂台，相继向斋藤骏发起了挑战。

第三位挑战幻戏擂台的幻戏师，是一位刚刚结束了海外表演，归国途经上海准备返川的川剧变脸大师。这位川剧变脸大师在擂台上表演了快速变脸的幻戏，在极短的时间内连续变幻了三十张脸谱，整个过程极其明快，细节上毫无破绽可寻。但是对于斋藤骏而言，依靠背后拉线来扯掉脸谱从而实现变脸的川剧幻戏，实在没有多大难度，他很快便实现了破术。这位川剧变脸大师眼见自己落败，急忙低声下气地讨命求饶，但最终还是没能逃过那致命的一刀。

仅仅隔了一天，第四场中日幻戏擂台赛便到来了，挑战者是一位表演“七圣法”的浙江幻戏师。这位幻戏师的“七圣法”可谓精彩绝伦，由弟子将其脑袋斩下，在满场血腥恐怖的气氛当中，又将脑袋与身子连在一起，竟然重新复活了过来。但是他最终还是被斋藤骏破术了，斋藤骏不仅重现了斩头复活的“七圣法”，而且斩首时是自己动手，没有借助其他人的帮助，足见更胜一筹。表演“七圣法”的幻戏师想要逃跑，但是跳下擂台后没有逃多远，便被黑忍追上，一刀斩落了脑袋。这一回，擅长“七圣法”的他，是真真正正的身首异处，脑袋再也连不回身子了。

接连败了四场，从各地赶来的幻戏师们为了各自不同的目的，仍旧不断地向斋藤骏发起挑战。在接下来的一个多月里，外滩的幻戏擂台总共进行了六场中日幻戏擂台赛，六位幻戏师先后拿出了“书中仙”“入壶舞”“悬浮术”“凤凰衔书”“万人变鬼”和“水中捞月”等匪夷所思的幻戏，但全部被斋藤骏破术，六位幻戏师无一幸免，全都命丧于擂台之上。所有幻戏师的幻戏道具，都像战利品一样被悬挂在擂台的下方，经受风吹霜打，日晒雨淋。

至此，斋藤骏在外滩摆下幻戏擂台长达一个多月，总计有十位幻戏师应战，全都以失败殒命而告终。一时之间，斋藤骏的名字被传得如魔似妖，整个幻戏界万马齐喑，长时间没有幻戏师敢出面应战。

在这一个多月里，易希川一方面在寻找杀师仇人罗盖穹——罗家戏苑经过当日的大乱后，已经人去苑空，罗盖穹、皮无肉和皮无骨等人全都不知去向——另一方面则时刻关注着中日幻戏擂台赛。在一连数日无人应战后，易希川再次冒出了前去挑战斋藤骏的念头。

经过一番考虑，易希川最终做出了决定——正式挑战斋藤骏。

无论最终是胜是败，不管结局是生是死，他都不能再退缩。他已经是春秋彩戏派的戏主，为了夺回中国幻戏界三大圣物之一的龙图，为了替中国幻戏界尽一己之力，他必须踏上斋藤骏摆下的幻戏擂台。

就在易希川准备前往中日幻戏擂台赛报名处报名应战的那一天，上海的各大报纸忽然大肆刊登新闻，报道了中国幻戏师即将第十一次挑战幻戏擂台，时间定在翌日晚间的酉时四刻，挑战者不再是一人，而是两个人。新闻上写得清楚明白，挑战的两位幻戏师是一对亲兄弟，名字分别叫作皮无肉和皮无骨。

从报纸上读到皮无肉和皮无骨的名字时，原本坐在凳子上的易希川，猛地一下便站了起来。皮无肉和皮无骨一直为罗盖穹奔走卖命，两人与罗盖穹一同消失了一个多月，想不到竟在此时突然现身，而且是以中日幻戏擂台赛挑战者的身份现身的。

皮无肉和皮无骨好不容易才现身，易希川绝不能错过这场中日幻戏擂台赛，所以他暂时没有去报名处报名，并在第二天易容改装，早早便来到了外滩，一直守候在擂台的附近。

夜晚徐徐到来，市民们开始聚集。到了酉时，外滩再一次出现了人山人海的壮观场面。

这一次，易希川没有把全部的注意力集中在擂台之上，他知道皮无肉和皮无骨前来挑战斋藤骏，罗盖穹多半也会现身，所以时不时地观察一下四周，希望能捕捉到罗盖穹的身影。

酉时三刻，皮无肉和皮无骨出现了。两人一个提着傀儡戏道具，一个提着灯影戏道具，从人群之中穿过，向擂台走去。

皮无肉和皮无骨现身之后，易希川便一直观察两人的身旁，始终没有见到罗盖穹的身影，心里不由得暗暗纳闷：“挑战斋藤骏这么大的事，罗盖穹没有理由不来现场，难不成他上次烧伤得太过严重，以至于没法来到现场观战？”

皮无肉和皮无骨走到擂台的阶梯处，快步登上了擂台。

皮无肉把铁傀儡取了出来，替铁傀儡穿上了一身童子衣服，再将十根提线一根一根地调整好。皮无骨则拉起了一圈白布，点燃了一盏大油灯，将一个个皮人取出来，摆放整齐。

皮无肉和皮无骨刚刚做好表演傀儡戏和灯影戏的准备，时间便到了酉时四刻。

斋藤骏、秋本久美子、荒川隼人和黑忍等人在一群日本兵的护卫下，准时来到了现场。

秋本久美子、荒川隼人和黑忍等人入座观戏席，斋藤骏则稳步登上了擂台。

斋藤骏没有忘记皮无肉和皮无骨，记得在罗家戏苑见过二人，记得二人是罗盖穹的手下。罗盖穹已经惨败在他的手里，他没有想到皮无肉和皮无骨竟然如此不自量力，还敢前来挑战。

这场中日幻戏擂台赛的流程，和之前十场没有任何区别，仍然是司仪登台，确定双方对规则没有任何异议后，便请上黄金圆筒，放在擎物架上，然后宣布第十一场中日幻戏擂台赛正式开始。

皮无肉提着铁傀儡走到擂台的正中央，向台下团团鞠躬行礼。他手中所提的铁傀儡，穿上了一身土黄色的童子衣服，头部虽然是铁做的，但眼眶里那一对黝黑的眼珠子，却能随意地转来转去，颇有几分真人的灵气。皮无肉弯腰鞠躬之时，铁傀儡也跟着俯身鞠躬，仿佛一个小孩学着大人行礼，顿时换来了台下的一阵掌声和笑声。

就在这时，忽听一个脆生生的小孩声音说道："师父，我怕。"

擂台上只有皮无肉、皮无骨和斋藤骏三个人，三个人一直没有张嘴说话，更不见任何小孩的身影，但这小孩的声音却是的的确确来自于擂台之上。

台下的大部分观众都见过傀儡戏，知道这是皮无肉在用腹语说话，但是能用腹语模仿出小孩的声音，而且模仿得如此之像，实在是一件极其困难的事，因此台下不少观众都流露出了惊诧之色。

“乖徒儿，你怕什么呢？”皮无肉开口了。

在皮无肉开口说话的同时，一旁的皮无骨则开始了灯影戏表演，白布上映出了一个老人和一个小孩面对面说话的画面。

铁傀儡抬起了细小的手臂，偷偷指了一下擂台东侧的斋藤骏，轻声说道：“听说那个日本人可厉害了，我怕师父您赢不了他。要不……要不咱们别和他斗了，下台回家去吧。您说行吗，师父？”

“那可不行！”皮无肉断然说道，“龙图在这日本鬼子的手里，咱们非夺过来不可。”

铁傀儡缓缓张嘴，轻声问道：“师父，龙图是什么东西呀？为什么咱们非夺过来不可呢？”

皮无肉俯眼看着铁傀儡，仿佛当真看着自己的徒儿一般，语气温和地说道：“这龙图啊，是咱们中国幻戏界的圣物，里面藏着一门旷古绝今的神奇幻戏，万万不能落到外族人的手里。你还是不明白吗？那我这么说吧，倘若你有一串糖人儿在手里，你愿意让村口的黄二毛抢去吗？”伴随皮无肉的说话声，旁边的皮无骨飞快地操控皮人，白布上很快出现了一个半大小孩抢夺另一个小孩的糖人儿的画面。

“我才不愿意呢。”铁傀儡侧过身子，摇起了头，“黄二毛每天都欺负我，我自己的糖人儿，我自己吃，才不要让他抢去！”

皮无肉说道：“这就对了，龙图便等同于咱们中国幻戏师的糖人儿，岂能让这日本鬼子抢去？”

这句话说出来，台下不少中国同胞起了同仇敌忾之心，顿时爆发出一阵响亮的掌声，叫好声更是此起彼伏。

铁傀儡不无担心地说道：“可是这日本人已经连胜了十场，我怕师父您斗不过他……”

皮无肉扭头看了一眼斋藤骏，小声对铁傀儡说道：“徒儿啊，你的担心不无道理，这日本鬼子确实厉害得很。我听人说，这鬼子在日本国内连夺了十五年的幻术冠军，一手火幻术早已打遍日本无敌手，可以称得上是日本最为厉害的幻术师了。可他赢遍了日本幻术界，却仍然不知足，于是就跑到咱们中国耀武扬威来了。听说来中国之前，这日本鬼子用了十多年的时间，已经把咱们的‘旁门二十八法’和‘左道三十六术’全都学会了，所以说他这一趟来咱们中国，摆下这劳什子幻戏擂台，其实早已经是稳操胜券。这日本鬼子的野心还远不止如此，听说他打算先击败咱们中国所有厉害的幻戏师，然后再去西方挑战西洋的魔术师。他是想用日本幻术，把咱们中国幻戏和西洋魔术全都踩在脚下，成为世界第一呢。”伴随着皮无肉的讲述，皮无骨熟练地操控灯影戏，变幻出了一个日本人苦练中国幻戏的种种画面，以配合皮无肉的讲述。

台下观众听了这番话，想到斋藤骏如此野心勃勃，就像日本军队所宣扬的那样，三个月内要灭亡中国，以后还要征服全世界，简直是狂妄至极。可是人人又免不了担心，现在不仅上海被日军占领了，连国都南京都已经被日军攻陷，中国真的还能抵挡得住日军的疯狂侵略吗？正如斋藤骏连胜了十场中日幻戏擂台赛，中国真的还有幻戏师能够站出来，一举扭转接连惨败的局面，战胜斋藤骏吗？

就在人人暗自沉思之际，铁傀儡用无比惊讶的语气说道：“‘旁门二十八法’和‘左道三十六术’，那是咱们中国幻戏界最最厉害的幻戏了。这日本人全都学会了，那不就是说，咱们根本没有幻戏能胜过他了吗？”

“能胜过这日本鬼子的幻戏还是有的。”皮无肉说道，“我听说咱们中国的幻戏当中，有一门既不属于‘旁门二十八法’，也不属于‘左道三十六术’的幻戏，这日本鬼子便一直没有学会。”

铁傀儡好奇地问道：“是什么幻戏呀？师父，您快点告诉我。”

皮无肉吐出了三个字：“‘神仙索’。”

“神仙索”三个字一出，台下的易希川心头猛然一跳，情绪急剧地动荡起来，暗暗心道：“这话是真的吗？”他往擂台上的斋藤骏看去，只见斋藤骏一脸淡然，神情丝毫没有变化。

“斋藤骏当真不会‘神仙索’？倘若这是真的，那就是说……”想到这里，易希川的心情难以克制，变得无比激动起来。

这时铁傀儡不无好奇地问道：“‘神仙索’？那是什么幻戏呀？”

皮无肉说道：“‘神仙索’是一种能用绳子送人上天的神奇幻戏，只可惜唐朝时候就已经失传了，咱们中国幻戏界早就没人会使这门幻戏了。”

铁傀儡悠悠然叹了一声，然后缓缓地仰起了脑袋，发出了一阵刺耳的金属摩擦声。它的眼珠子一点一点地往上翻，最后望着皮无肉，问道：“师父，这日本人的来历，您怎么会知道得这么清楚呀？”

皮无肉说道：“知己知彼，方有胜算，师父我早就派人去了一趟日本，把这日本鬼子的底细全给摸清楚了。”

铁傀儡的右臂缓缓抬起，大拇指缓缓上翘，说道：“还是师父厉害！”语气忽又变得犹豫了，“可是徒儿还是担心您……”

皮无肉说道：“有什么可担心的？徒儿切莫怕了这日本鬼子，咱们斗不过他，大不了一死。”

铁傀儡点了点头，说道：“师父说得对，咱们不怕他，大不了一死！”

皮无肉说道：“那好，咱们这就好好地表演幻戏，争取能够赢了这日本鬼子。”说罢扯动十根提线，带着铁傀儡在擂台上来回走动。铁傀儡一边走动，一边手舞足蹈，竟是跳起了舞蹈。

皮无肉表演的这门傀儡戏，在中国可谓源远流长，三国时期的“水转百戏”、北齐时期的“机关木人”，以及隋朝时期的“水饰”，都是见于史书记载的傀儡戏。这门幻戏经过一代又一代幻戏师的改进，到了民国年间，早已不再局限于腹语对话的范围，而是可以利用傀儡进行唱曲、舞蹈、评书和戏剧等各种表演。皮无肉深谙傀儡戏的精髓，此时操控提线，令铁傀儡跳起了舞蹈，当真是惟妙惟肖，仿佛真有一个小孩，在他的指导下认真地跳起舞来。

与此同时，擂台另一侧的皮无骨则操控着皮人和灯光，不断地变幻着灯影戏的画面。这灯影戏和傀儡戏一样，同样是源远流长，早在两千多年前的汉代，汉武帝因思念倾国倾城却染疾病故的李夫人而日夜恍惚，幻戏界五祖之一的李少翁，便用棉帛裁成李夫人的影像，涂上了色彩，并在手脚处装上可供操控的木杆，入夜时分，围方帷，张灯烛，变幻出李夫人的影子，令汉武帝的一腔思念得到了慰藉，这便是最早的灯影戏。灯影戏流传两千多年，风行于大江南北，是最为中国人所熟知的幻戏之一。皮无骨是表演灯影戏的高手，只用灯光和皮人，便在白布上变幻出了一个小孩跳舞的场景，举手投足的每一个动作，竟然和铁傀儡所做出的动作一模一样。皮无肉的傀儡戏和皮无骨的灯影戏彼此呼应，配合得天衣无缝，顿时引来了台下一阵轰天价的喝彩声。

皮无肉操控十根提线，带着铁傀儡不断地跳舞，在擂台上转了一圈又一圈，每一圈都会从斋藤骏的身前经过。

当舞蹈进行到第四圈，铁傀儡又一次从斋藤骏的身前经过时，皮无肉忽然双手一紧，用力地扯动了所有的提线。

铁傀儡突然变了脸，再不是先前那个憨态可掬乖巧可爱的小孩，眉眼口鼻胸腹膝足八孔齐开，八枚钢针激射而出！

八针齐发，威力惊人，当日牧章桐便是栽在了这上面，此时要面对八针突袭的人，变成了斋藤骏。

时值黑夜，擂台上虽然有灯光照明，但光亮集中在擂台的正中央，斋藤骏所坐的擂台东侧略显昏暗。光亮不明，距离又近，斋藤骏坐在座椅里，虽然曾在罗家戏苑看见皮无肉以执刀握剑的铁傀儡为武器，但根本没料到铁傀儡的体内竟然暗藏了钢针暗器。面对这突如其来的八针奇袭，他根本来不及离开座椅，更别说闪身躲避了。

千钧一发之际，斋藤骏猛然向后仰倒，身体倒向了擂台的台面，座椅底部顿时翻转起来。

只听咄咄之声急响，八枚钢针全都钉在了座椅的底部，竟然没有一枚钢针伤到斋藤骏。

皮无肉突然发动偷袭，主要目的不是为了击杀斋藤骏，而是为了给皮无骨制造机会。在八枚钢针激射而出的同时，皮无骨一刀划破了白布，如离弦之箭般从白布上的破洞中窜出，掠向托举着黄金圆筒的擎物架。他飞身一跃，一下子便将擎物架上的黄金圆筒夺在了手中。

观戏席里的黑忍反应速度奇快无比，在皮无骨夺下黄金圆筒的瞬间，他已经如一道黑色闪电般冲到了擂台之上，一轮快如闪电的电忍刀向皮无骨杀了过去。

皮无骨立刻挥动割皮刀，迎战黑忍。擂台上铮鸣之声不断，两人以快打快，眨眼间便交手了二十多刀。

皮无骨抽眼望去，只见斋藤骏没被钢针伤到，此时已经翻身而起，与皮无肉动起了手。斋藤骏操控着数团碧绿色火焰，以火焰攻击皮无肉，将皮无肉逼得狼狈不堪，步步后退。

此时擂台的阶梯急剧震动，数个日本武士拔出黑色忍刀，踏阶而上，冲上了擂台，气势汹汹地杀奔过来。

皮无骨心知再留在擂台上，必然难逃一死，当下蓄足劲力，忽然横三刀竖三刀斜三刀，九刀连珠，将黑忍逼退了一步。

生死时刻，一步的距离，便是足以逃生活命的空间。皮无骨立即转身，纵身一跃，从三丈高的擂台上跳了下去。

黑忍急忙抢上一步，追身劈落一刀，将皮无骨后背上的衣服划破了一道极长的口子，然而却差之毫厘，没能伤到皮无骨的皮肉。

皮无骨纵身跳落地面，随即混入拥挤的人群当中，飞步窜逃。

擂台上突然发生变故，台下的围观人群顿时大乱，人人都变得恐慌不已，担心日本兵会像当日入城仪式上那样胡乱开枪，于是争相逃命，现场顿时陷入一片混乱。

易希川没有选择跟随人群慌张逃命。龙图被皮无骨抢走了，罗盖穹也很有可能会现身，所以易希川决不能任由皮无骨这样逃走。他看准皮无骨逃跑的方向，拨开挡在身前的人，快步追去。

一道黑色的人影忽然从易希川的身边掠过，向皮无骨疾速追去——那是穿着一身黑色西装的荒川隼人。

荒川隼人突然掠过，令易希川不由得吃了一惊，但随即想到自己已经易容改装，荒川隼人不可能一眼认出自己，于是尾随其后，继续追赶。

皮无骨跳下擂台逃走，擂台上便只剩下了皮无肉。皮无肉独自迎战斋藤骏、黑忍和数个日本武士，很快便身中数刀，随即又被一团碧绿色火焰烧中，浑身立刻燃起了大火，最终被活生生地烧死在了擂台上。

斋藤骏和黑忍料理了皮无肉，相继从擂台上跳下，向逃远的皮无骨追去。

皮无骨借着夜色的遮掩，又有无数人在周围争相逃命，只盼能混淆追来的日本人，使得自己能够顺利脱身。然而荒川隼人行动极为迅速，眨眼间便追至他的身后，一根钢扦向他的背心刺去。

皮无骨被迫转身迎敌，使出一轮快刀，想以最短的时间了结荒川隼人，岂料荒川隼人身手了得，一时之间竟然杀之不退。

这么一耽搁，斋藤骏和黑忍相继追到，皮无骨顿时陷入以一敌三的不利局面当中。

易希川追到附近便停住了脚步。论及身手，斋藤骏、荒川隼人和黑忍中的任何一人，易希川都不是其对手，因此只能躲在暗处，不敢贸然现身。

易希川往四周看去。他原本以为罗盖穹一定会躲在人群当中接应皮无肉和皮无骨，然而令易希川大感意外的是，四周始终不见罗盖穹的身影。

皮无骨以一己之力对战三个日本高手，自然不是对手。只不过片刻时间，他便浑身负伤，最终被荒川隼人的钢扦刺穿了胸膛。

最后看了一眼抢到手的黄金圆筒，皮无骨长笑三声，倒在了地上，瞠目而死。

荒川隼人轻蔑地看了皮无骨的尸体一眼，从皮无骨的手中拿过黄金圆筒，交回到了斋藤骏的手中。

秋本久美子慌慌张张地从擂台方向跑来，关心斋藤骏是否受伤，在确认斋藤骏毫发无损后，她脸上的紧张神色才慢慢消失。

随着皮无肉和皮无骨的死去，一场骚乱就此平息，好在变故发生得快，结束得也快，周围警戒的日本兵并未开枪，现场除了一些人因自相践踏而受了轻伤外，并未出现太过严重的伤亡。

围观的市民不敢再在擂台周围逗留，匆匆忙忙便散了。

龙图重新回到了斋藤骏的手中。皮无肉和皮无骨已经毙命，铁傀儡和割皮刀都被悬挂了起来，罗盖穹也没有现身，易希川只好混在人群当中，离开外滩，回到了旅馆。

躺在旅馆房间里，易希川的心情长时间难以平静。

他之所以会心绪起伏，并不是因为刚才突然发生的变故，也不是因为杀师仇人皮无肉和皮无骨的接连毙命，而是因为皮无肉在擂台上所讲述的那番话。

“斋藤骏当真不会‘神仙索’吗？”这个念头一直在易希川的头脑里打转。他不知道皮无肉在擂台上的那番讲述是真是假，但却控制不住心潮的翻涌起伏，因为他当日告诉秋本久美子自己会一门幻戏绝技，甚至想以这门幻戏绝技挑战斋藤骏，并不是一时的玩笑戏语，而是当真会一门幻戏绝技。而他所会的这门幻戏绝技，不是别的，正是“神仙索”。

“神仙索”这门幻戏，曾在唐朝开元年间如昙花一现般出现，随后便彻底失传。唐人皇甫氏著有《源化记》一书，书中记载了开元年间“神仙索”出现的前后始末。这件事发生在江南东道的嘉兴城，当时正值大唐鼎盛时期，为了庆祝当年境内安稳升平，祈求来年风调雨顺，嘉兴的县司和监司打算共同举办一场盛会，双方要各出节目在盛会上进行表演。为了在节目的精彩程度上压过对方，在嘉兴的老百姓面前赚足脸面，县司和监司都是全力以赴地准备节目。在监司这边，监司长下令监狱中的各级下属，无论如何，必须拿出一个震撼绝伦、能彻底压倒县司那边的节目。

命令传达下来后，监狱里的几个狱卒在一次喝酒时谈论到此事，其中一个狱卒说道："监司长和县令大人向来不和，这次咱们的节目若是输给了县司，按监司长的暴脾气，只怕要大发雷霆，咱们铁定没好果子吃，若是能拿出一个厉害的节目胜了县司，定然能得到一番奖赏。可是监司长说得轻松，要拿出一个震撼绝伦的节目，哪能有这么容易啊！"其他狱卒听闻此言后，不由得连连点头，想到个中为难之处，又不由得愁眉苦脸，唉声叹气。

这时，狱房里有一个囚犯忽然笑了起来，说道："原来各位官爷是在为这等小事发愁。不瞒各位官爷，小的倒有一桩本事，虽然不敢保证震撼绝伦，但是绝对够得上精彩二字。只可惜小的现在身在狱中，不能一显身手，无法替各位官爷排忧解难了。"

几个狱卒急忙异口同声地问道："你有什么本事？"

那囚犯回答道："小的会耍弄绳技。"

几个狱卒觉得绳技还算有趣，于是跑去禀报了监司长。

监司长正在为此事发愁，听了几个狱卒的话，不免勾起好奇之心，于是亲自来到狱房，试探那囚犯所言是真是假。他说道："绳技嘛，许多人都会玩，没什么大不了的，算不得一桩好本事。"

那囚犯却说道："不瞒大人，小的所要弄的这门绳技，与别人的绳技，却是大有不同。"

监司长问道："怎么个不同法？"

那囚犯回答道："别人耍弄的绳技，是将绳子的两头系在树上，然后横持一根竹竿，在绳子上面来回行走。小的耍弄的绳技，却是用一根手指粗细的长绳，并不系住，直接抛向空中，绳子便不会再垂落下来，反而像柱子一般直立在空中，而且还能腾掷翻覆，有万千变化。”

监司长闻言大惊，又有些怀疑，于是命令狱卒将那囚犯带到狱房外的空地上，命其即刻演练一番。

那囚犯捧了一大团长绳，放在空地上，拿起长绳的一头，猛地掷向空中，其劲如笔，初时抛起两三丈，后来加至四五丈，一条长绳直升上天，就像半空中有人拉住了一般，竟不垂落。

监司长和众狱卒瞧见了这一幕，全都骇然变色。

就在这时，那囚犯忽然抓住长绳，开始向上攀缘。只见那囚犯手脚并用，身子迅速离地，渐渐爬高。突然间长绳在空中荡出，那囚犯便如一头大鸟，从旁边飞出，落在了监狱的围墙外面。长时间直立的长绳，这时候仿佛失去了牵引，猛地从空中掉落了下来。

监司长和众狱卒急忙追出围墙外，那囚犯早已不见了踪影，竟是以这种匪夷所思的方式，在众目睽睽之下越狱逃走了。

此事迅速在民间传开，人人都认为那囚犯是神仙所变，“神仙索”之名就此名扬四海。

此后不久，大唐都城长安举行百戏盛会，“神仙索”突然出现于盛会之上，顿时震惊了整个长安城。表演这门幻戏的幻戏师，在长安城中接连表演了三个月，每一场“神仙索”表演，都能造成万人空巷的盛况。

然而自那之后，“神仙索”这门幻戏便彻底湮灭了，从此再也没有幻戏师表演过。

到了清朝年间，蒲松龄曾在《聊斋志异》中写下一篇《偷桃》，讲述了一对父子在衙门的演春盛会上表演“神仙索”，由父亲抛绳升空，再由儿子援绳而上，消失在云端，摘了天上的蟠桃，从云上丢下来的故事。至于这故事是真是假，那就不得而知了。

易希川最初得知“神仙索”这门幻戏，正是从《聊斋志异》上读到的，立即被深深地吸引住了。尽管牧章桐曾劝他说这种援绳升天的故事，只是以讹传讹的谣传，不能当作真正的幻戏，但他还是一门心思陷入其中，并设想了各种方法，试图还原这门失传了千余年的神奇幻戏。

当日在瑞丰旅馆听牧章桐讲述，陈抟老祖用龙图变幻出真龙绕天的故事时，易希川曾在心里感慨，这世上竟有比“神仙索”还要厉害的幻戏。事实上在过去的几年里，易希川一直将“神仙索”视为世上最不可思议的幻戏，并且一有空闲便构想如何还原这门幻戏。他用了数年时间，绞尽脑汁才想透了几个关键点，最终可以做到将这门幻戏还原六七成。仅仅只是还原了六七成，当易希川表演出来时，牧章桐仍然觉得大为震惊。

如今斋藤骏以龙图为注摆下了幻戏擂台，所有应战的中国幻戏师全部落败，并因此身死殒命，但易希川还是决定用“神仙索”去挑战斋藤骏，希望能击败斋藤骏，夺回龙图。在听完了皮无肉在擂台上所说的那番话后，易希川的这种想法就更加坚定了。倘若斋藤骏真的不会“神仙索”，那他以这门幻戏向斋藤骏发起挑战，获胜的可能性将会变得非常之大。

一整个晚上，易希川都在激动难安的情绪当中辗转难眠，到天亮之时，他的决心已经不可动摇。

他决定以“神仙索”幻戏，正式向斋藤骏发起挑战！

第九章 绝技

想法定下来后，易希川不再胡思乱想，好好地睡了一觉，醒来时已是正午时分。

穿戴整齐后，易希川简单吃了一些东西，便离开了旅馆，向外滩的幻戏擂台走去。报名应战的地方，就在擂台以东的一间三层楼房里。

来到外滩，经过幻戏擂台时，易希川情不自禁停了下来，驻足仰望。擂台高高地屹立在苍穹之下，各式各样的幻戏道具挂满了擂台的下方，每一件道具都代表着一位幻戏师的性命，在空中无力地来回飘摆。易希川已经仰望过擂台无数次，但如今下定决心挑战斋藤骏，意味着不久的将来他就要登上这个擂台，所以这一次仰望擂台，他的心境却是全然不同。

忽然之间，易希川稍稍地皱起了眉头。

他的视线集中在擂台下方悬挂的各种幻戏道具上，目光不断地左右搜寻，最终确定悬挂的幻戏道具的的确确少了一件——皮无肉的铁傀儡不见了。他昨晚亲眼看见日本兵将铁傀儡和割皮刀悬挂在擂台的下方，可一夜过去，割皮刀还悬挂在那里，其他各种幻戏道具都悬挂在原来的位置，唯独铁傀儡不见了踪影。

“是谁把铁傀儡取走了吗？”易希川的脑海里闪过了这个疑惑，但是他没有把这个疑惑放在心上。他迈开脚步，向擂台以东的报名处走去。

易希川抵达报名处时，那里已经等候了不少人。这些人全都是上海各大报社的记者。中日幻戏擂台赛已经成为上海地界的头等大事，记者们日夜守在这里，只等有中国幻戏师前来应战，便立即进行采访，在第一时间加以报道。

易希川在报名处写下了自己的姓名，写下了应战的时间，但是在幻戏名目那一项，却留下了一列空白。

报名处的负责人指着空白处说道：“这一项必须写明。”

易希川却把笔放回了桌上，说道：“后天天黑时分，我必到擂台，以何种幻戏挑战斋藤骏，到时候便知。”说完扭头就走，不理会负责人的叫喊，径直走出了报名处。

守候已久的记者们立刻围了上来，一边拍照，一边向易希川提出各种早已准备好的问题。

若是换作以往，被这么多记者围住采访，易希川必定激动万分，记者有多少问题，他就能回答多少问题。可是如今，他不仅不以为喜，反而心生厌倦，一个问题都不想回答。他只简单说了姓名、师门和擂台赛的时间，其他的问题一概不予回应，尤其是幻戏名目，自始至终绝口不提。

一个记者不客气地问道：“易先生，你不肯透露自己的幻戏是什么，是不是因为你惧怕斋藤骏，怕斋藤骏知道后会提前做好准备？”

“是的，我非常怕。”易希川直接给出了回答，目光扫过了围住自己的每一个记者，“可是怕又能怎样？我们之中，又有谁不怕呢？”他不再多说什么，快步离开了报名处，消失在了街道的尽头。

第十二场中日幻戏擂台赛，定于后天入夜时分举行，易希川还有整整两天进行准备。

时间非常充足，易希川把表演“神仙索”所需要的道具准备齐妥后，便开始养精蓄锐，静静地等待最后一刻的到来。

两天后的傍晚，易希川穿上那件海蓝色的大褂，走出了旅馆大门，向外滩的幻戏擂台走去。这条路他已经来回走了十多遍，但以前都是去外滩观看别的幻戏师挑战斋藤骏，而今天，站上擂台的，将会是他自己。

落日悬在天际，橘红色的余晖倾洒在街道上，世间万物皆被镀上了一层浓艳的色彩，仿佛一幅上了色的水墨画。易希川一边慢行，一边安静地欣赏着这些平日里习以为常的景致。

——多看几眼总是好的，也许明天还会有相同的景致，但是他不知道自己还能否有机会再看到。

外滩的幻戏擂台周围，早已是接踵摩肩，拥挤不堪。上一场中日幻戏擂台赛突然发生骚乱，竟然没有对这一场中日幻戏擂台赛造成任何影响，反而吸引了更多的市民前来观看。

穿过熙熙攘攘的人群，易希川来到了擂台的阶梯处，准备登台。

天尚未黑，中日幻戏擂台赛的时间还没有到，不远处的观戏席上空空荡荡的，斋藤骏、荒川隼人和黑忍等人尚未到来，但是秋本久美子却早早地等候在观戏席。除了秋本久美子外，观戏席上只有一个头戴黑色高帽、身穿硬翻领的黑色燕尾服的洋人神态悠闲地坐在那里。

看见易希川出现在擂台的阶梯处，秋本久美子立刻离开观戏席向阶梯处跑来，伸手拉住了易希川，轻声说道："你不要上去。"

易希川早就看见秋本久美子坐在观戏席上，但是没想到她会突然跑过来阻止自己登台。他转过头去，略带诧异地望着秋本久美子。

"上了擂台，你就活不成了。"秋本久美子说道。

易希川说道："擂台赛尚未开始，你怎知我必败无疑？"

秋本久美子说道："你败了，师父会杀你，你胜了，带走了龙图，师父和荒川隼人同样不会放过你。"她朝远处看了一眼，"趁师父和荒川隼人还没有来，你赶紧走吧。"

易希川抬头仰望着落日余晖下的擂台，说道："今天我敢来这里，就是下定了决心，决不会弃台避战。久美子姑娘，你的好意，我心领了。"说罢，抬脚踏上了阶梯。

秋本久美子见易希川穿了一身大褂，只拿了一张毯子，除此之外没有任何别的道具，急忙问道："你是准备用彩戏法挑战我师父吗？"

易希川说道："久美子姑娘，你请回座吧。是不是彩戏法，过一会儿擂台赛开始后，你便知道了。"

秋本久美子说道："师父的彩戏法，已经练到三十五件，你用彩戏法和他对决，是必定胜不了的。"

易希川说道："谢过姑娘提醒。"说完便撩起大褂的一角，拾阶而上，义无反顾地登上了擂台。

秋本久美子望着易希川的背影，咬了咬嘴唇，叹了一口气。她无法阻止易希川登上擂台，只好重新走回观戏席坐下了。

站在擂台之上，易希川放眼望去，众生百态，尽收眼底。

前来围观的市民成千上万，有的在点头，有的在摇头，有的在东张西望，有的在木讷发呆。那些抬头望着易希川的目光，有的空洞无神，有的满是轻蔑，有的充满期待，有的却满含悲悯和同情。现场的声音无比嘈杂，说话声闹哄哄地响成一片，一些近处的议论声钻进了易希川的耳朵：

“你快看，那不是在罗家戏苑找罗盖穹斗戏的小子吗？”

“就是他！怎么斗完了罗盖穹，又跑来斗日本人了？”

“那日本幻术师是何等厉害，简直就是妖魔鬼怪，这小子如此年轻，怎么可能是那日本幻术师的对手？可惜了，这么年轻，就跑来送死……”

初登擂台之时，易希川的心里十分紧张，毕竟他很少登台表演幻戏，更别说这种上万人瞩目的生死擂台。但此时耳闻目睹了众生百态后，他的心情不知为何竟一下子平静了下来。

站在将夜的暮色之中，他闭上了眼睛，静静地等待着。

落日一点一点地沉入了天际，夜幕一点一点地降临人间。斋藤骏、荒川隼人和黑忍等人在一群日本兵的护卫下，穿过暮色，准时抵达擂台。

荒川隼人看见秋本久美子坐在观戏席上，急忙快步走到秋本久美子的身前，用日语说道：“久美子小姐，你突然不见了，斋藤骏大人和我找了很久，一直没有找到你。你怎么不说一声，一个人就跑来了这里？”

秋本久美子一直望着擂台上的易希川，头也不转，说道：“我在国术馆闷得慌，想早一点过来透透气。”

荒川隼人说道：“支那人居心叵测，你没人保护，一个人跑来这里，会很危险的。”

秋本久美子仍然没有转头，说道："我对别人没有恶意，别人也不会对我有恶意，你不必担心我。"

"上次在国术馆，你不打招呼就到处乱走，差点被支那人杀了，这次居然还不吸取教训。"荒川隼人的脸上露出了一丝不悦的神色，"无论如何，你下次不能再这样了，否则我就把你送回东京去。"

秋本久美子这时转过头来，望着荒川隼人，脸上露出了一丝极为少见的坚毅神色，说道："你只不过是奉命保护我师父的卫队长，你没有权力要求我回东京。"

"你不要忘了，你是我未来的妻子，我是你未来的丈夫，"荒川隼人严肃地说道，"我自然有权利，也有责任保护你。"

秋本久美子摇头说道："你在国术馆为保护我受了重伤，师父这才会答应你的求亲，可是我并没有答应。"

荒川隼人冷冷地笑了笑，说道："久美子，求亲一事，斋藤骏大人答应就行了，你答不答应，根本不重要。无论如何，到了开春后的三月，你都会成为我的女人。"说罢叫来两个日本武士，命令道："你们好好地保护久美子小姐。"随即不再理会秋本久美子，往站在擂台阶梯处的斋藤骏走去。

秋本久美子望着荒川隼人的背影，脸上的坚毅神色慢慢地消失，随即扭过头来，继续怔怔地望着擂台上的易希川。

荒川隼人走到斋藤骏的身边，见斋藤骏准备登台，便低声说道："斋藤骏大人，姓易的小子不肯透露幻戏名目，当心他有什么古怪。"

"无论有什么古怪，他都胜不了我。"斋藤骏说完这句话，大步登上了擂台，根本没有正眼看易希川一下，便直接走到擂台东侧的座椅坐下了。

易希川看了斋藤骏一眼，走向擂台西侧的座椅，也坐了下来。

过了片刻，灯光缓缓地亮起，司仪匀步登上擂台，交代了一遍中日幻戏擂台赛的规则，确定双方均无异议后，便请上龙图，置于擎物架上，然后高声宣布道：“各位请安静！中日幻戏擂台赛第十二场，现在正式开始了！首先有请中国幻戏师易希川！”

在一片热烈的掌声当中，易希川站起身来，稳步走到了擂台的正中央。

现场逐渐安静下来，前来观战的每一个中国同胞都在屏息以待，想看看易希川到底会拿出什么样的厉害幻戏来挑战斋藤骏。

易希川用了片刻时间平复心情，调整好了呼吸，然后猛地展开毯子，搭在了肩膀上。

手随身转，易希川斜着一撩，忽地从毯子底下变出了一个铜盆。

现场顿时响起了阵阵嘘声，台下观众都以为易希川一直不肯透露幻戏名目，定然是要拿出一门厉害无比的幻戏，想不到竟是各家戏苑都能见到的彩戏法。与前面十一场擂台赛的神妙幻戏相比，彩戏法显得太过普通了，略懂幻戏的人都知道彩戏法的秘诀所在，更别说用来挑战斋藤骏了。尽管身为一国同胞，但台下的众多中国人还是觉得上当受骗，失望无比，一时间竟然嘘声不断，纷纷喝起了倒彩。

易希川没想到开场所露的第一手彩戏法，竟会换来一阵倒喝彩。但他对各种嘘声和骂声充耳不闻，继续旁若无人地变着彩戏法，很快又从毯子底下变出了一个竹篓和一只盛满了清水的斗大海碗。

现场的倒彩声依然持续着，某些愤激的市民甚至大声叫喊了起来：“滚下去，滚下去！”

易希川冷冷地一笑，忽然中断了彩戏法，猛地将毯子从肩上扯下来，用力地揉成了一团。

现场围观之人都以为易希川被持续不断的倒喝彩激怒了，不料易希川猛地双手一扬，手中被揉成一团的毯子，一下子抖了开来，竟然变成了一根又细又长的绳子。

这一手变幻来得太过突然，现场的倒彩声顿时戛然而止。

易希川将绳子丢在了擂台上，整了整大褂，朝台下观众双手作拱，大声说道："在下姓易名希川，师从'安徽彩戏王'牧章桐，打小便跟随师父学习彩戏法。师父不久前在上海惨遭横祸，死于小人之手，今日擂台对决，我不敢忘却师恩，所以先献上一段彩戏法，以告慰师父的在天之灵。"说罢举起双臂，诚心诚意地向天一拜。

现场一阵寂静，一些刚才喝过倒彩的市民，听了易希川这番话，不禁暗觉愧疚。

易希川向前走了两步，说道："在下年幼之时，曾在《聊斋志异》中读到一个关于上天偷桃的故事，对故事里的偷桃幻戏惊为神技，后来经师父告知，方才知道这是一门叫作'神仙索'的古老幻戏，只可惜这门幻戏早在唐朝时就已经失传。此后的数年里，我一直痴迷于'神仙索'，潜心研究这门幻戏的诀窍，希望能够还原这门幻戏，好在苍天不负有心人，总算让我通悟了个中关键，学会了这门幻戏。我曾经私下里表演'神仙索'给师父看过，师父看完后就再三叮嘱我，说这门幻戏太过神妙，一旦现世，带来无穷名利的同时，也必定会带来无穷祸患，只因幻戏界的每一名幻戏师，都会渴望得到这门幻戏的秘诀，一定会用各种手段来偷、来骗、来抢，所以这些年来，我牢记师父的叮嘱，从没有在公开场合表演过'神仙索'。"

易希川停顿了一下，继续说道："可是如今情势不同了，龙图落在了日本人的手里，不少同道前辈为夺回龙图，在这个擂台上丢掉了性命。龙图是我们中国幻戏界的圣物，师父当初之所以惨死，也是为了保护龙图。师父临死之前，曾叮嘱我一定要护住龙图，所以我才会前来应战，站在了这里。我今天便以这门‘神仙索’幻戏，向日本幻术师斋藤骏发起挑战。事在人为，胜败天定，生死有命，死而无憾！”说完这番话，他扭过头去看着斋藤骏，神色坚毅刚硬，目光无比坚定。

斋藤骏仍旧是一副气定神闲的模样，始终面不改色，但是他抓握座椅扶手的双手手背上，血管却一根一根地暴突起来，出卖了他内心深处正在发生着的剧烈变化。

台下成千上万的市民沉浸在易希川的这番话语当中，好一阵子鸦雀无声，但很快便沸腾起来，又是鼓掌又是叫好，惊呼之声此起彼伏，几乎到了震耳欲聋的地步。

秋本久美子原本安安静静地坐在观戏席上，当易希川表演彩戏法时，她的心里竟有些替易希川暗暗担心，但此时听了易希川的这番话，她却再也坐不住了，情不自禁地站了起来。她仍旧担心着，只是担心的对象不再是易希川，而是变成了斋藤骏。她知道当日皮无肉与铁傀儡的那番对话大体上没有差错，斋藤骏的确学会了几乎所有的中国幻戏，唯独只有一门幻戏没有学会，那就是失传了一千多年的“神仙索”。此时易希川宣称要以“神仙索”挑战斋藤骏，这是她事先万万没有想到的。

易希川深深地吸了一口气，拿起刚才用彩戏法变出来的竹篓，将竹篓的圆口翻转过来，对准台下，来回地展示。

借助擂台上的灯光，台下观众可以清楚地看见竹篓里面是空的，什么东西都没有。

易希川刻意将竹篓的圆口对准了斋藤骏，让斋藤骏能够看清竹篓里面空无一物，然后才将竹篓放置在了擂台的正中央。

易希川捡起刚刚丢在台面上的绳子，来回地抖动，绳子逶迤如蛇，跟着扭动起来。在让所有人看到绳子质地柔软，并无其他异常后，易希川便将绳子放进了竹篓之中。

接下来，易希川蹲低了身子，双手缓慢地伸出，在竹篓的圆口上方来回地拂动，嘴里念念有词，仿佛正在对竹篓施展法术。

忽然之间，易希川大喝一声："起！"

声音未落，只见竹篓的圆口之中，一截绳头缓缓地升起，好似一条蛇般探出了脑袋，轻微地来回摆动。

台下的上万人顿时齐声惊呼起来，全都目瞪口呆地盯着擂台上的这一幕奇景，再不敢轻易移开视线。

易希川的双手没有停止，继续在绳头的周围来回拂动。忽然他双手朝天一举，拖长了声音喝道："升——"

伴随着这一声长喝，绳头开始摇头晃脑地拔高，好似拥有了生命一般，不断地升向空中。

"升……升起来了！"现场又是一阵震耳欲聋的惊呼声。

易希川重复着双手上举的动作，绳子不断地升高，不断地向天空伸去，仿佛空中藏了一个人，正偷偷地抓着绳子向上拉升。可是擂台上方是空旷无比的夜空，自然不可能藏得有人，即便有，那也只可能是神仙。

所有人都屏住了呼吸，目不转睛地望着升空的绳子。上万人的现场竟然寂静无声，针落可闻。

只不过片刻时光，绳子已经升到了两个人的高度。

这时易希川伸出右手，轻轻地抚摸绳子的中段。绳子便似被挠了痒痒一般，竟左右扭动起来。

台下有人惊呼道："动……在动！"

“嘘，别吵！”不远处有人压低了声音呵斥道。

易希川停下抚摸绳子的动作，双手再次向天空举起，又一次长声喝道：“再升——”

绳子立刻停止了扭动，笔直挺立，继续向空中攀升，好似藤蔓的触须一般，不断地向天空生长。绳子越升越高，到最后竟升到了十余丈的高度，绳头融入了漆黑的夜幕，几乎看不清了。好似一根细长的柱子一般，绳子竟不坠落，就那样笔直地立在擂台之上。

这时易希川放下了高举的双臂，手掌猛然一翻，利用引火粉在掌心燃起了一小团火。他仿佛感觉不到灼痛一般，将这团火在掌心来回滚动，从左手滚到右手，又从右手滚到左手。最后他双手倾斜，将这一小团火丢进了先前用彩戏法变出来的铜盆之中。铜盆里早已放好了浸过油的衣物，遇火即燃，大火立刻高高地蹿起。

易希川向台下展示双手，双手空无一物，随即双手相合，再分开时，两只手中已各捧了一小把褐色的粉末。

斋藤骏在一旁看得清楚，心里暗道：“凝烟粉。”

易希川手中的褐色粉末的的确确是凝烟粉。他将两把凝烟粉洒进了燃火的铜盆当中，火焰立刻变了颜色，忽红忽绿，看起来神幻无比。

安静了一阵的观众，因火焰突然出现的神奇变化，顿时爆发出了一阵惊叹声和喝彩声。

易希川端起一只盛满清水的斗大海碗，那也是他之前表演彩戏法时变出来的。

他将海碗倾斜过来，把一整碗水全都倒进了铜盆之中。

铜盆里的火焰被水一淋，顿时熄灭了，大股大股的浓稠烟雾立刻翻腾而起。这些烟雾裹住笔直挺立的绳子往上飘升，最终升至绳子的顶端，竟不飘散，反而凝聚成了一团，长久地停留在空中。烟雾越聚越多，浑似在绳子的顶端凝聚起了一团厚厚的乌云。

当烟雾聚集得已经足够多时，易希川便将铜盆反扣了过来，使得烟雾不再产生。

台下成千上万的观众全都瞪大了眼睛，只觉得眼前这一幕太过匪夷所思。每个人都痴痴地仰头望着，犹如堕入了云雾之中，分不清眼前的景象到底是梦境还是现实。

就在这时，令所有人震撼的一幕发生了。

易希川伸手拉了拉绳子，似乎在试绳子会不会掉落下来。在确定绳子始终保持直立后，他忽然用双手攀住绳子，身足离地，快速地向上攀爬。绳子承受了一个人的重量，却并不垂落，依旧保持笔直。

易希川如一只猴子般迅速地攀爬绳子，爬到一半的位置，刻意探头望了望下方的观众。他冲观众咧嘴一笑，随即手脚并用，快速爬入绳子顶端的那团烟雾中，消失不见了。

现场一时鸦雀无声，每个人的脸上都是惊怖至极的表情，明明知道这是幻戏，可又不愿相信它是假的，明明知道表演即将结束，可又希望这一刻能永远定格。一瞬之间，什么上海陷落，什么国破家败，全都抛到了九霄云外。

对于每一个人而言，眼前的这一幕，必将成为永生的记忆，至死难忘。

在场的所有中国人都惊呆了，所有的日本人和洋人同样惊呆了，那个头戴黑色高帽、身穿黑色燕尾服的洋人同样流露出了惊讶神色，连那些荷枪实弹负责在周围警戒的日本兵，也全都以一种呆傻的神态，怔怔地望着擂台，一时之间竟忘记了自己的职责所在。

忽然之间，直立的绳子出现了弯曲，从空中掉落了下来，重重地摔在擂台上，发出了“咚”的一声巨响。

伴随着绳子的掉落，无数的残肢断体忽然从烟雾中掉落了下来，纷纷落在了擂台上。鲜血如同一阵急雨，肆意地淋洒而下，把好好一个擂台溅成了一片血红。

四下里满是惊恐无比的尖叫声，观众当中的绝大部分人，都以为易希川在烟雾中被肢解了。

站在擂台上的斋藤骏却看得清清楚楚，掉落下来的残肢断体是稻草扎成的，淋洒下来的鲜血也是假的。他在易希川援绳而上的时候，就已经离开了座椅，站在了擂台的边缘，仰头望着那团如乌云般凝聚的烟雾，脸上满是吃惊、迷惑以及肃然起敬。

站在观戏席上的秋本久美子同样仰头望着擂台上的场景，嘴唇微张，神情似水，早已痴了。

绳子掉落下来后，擂台上方的那团烟雾开始逐渐飘散，不大一会儿便彻底散尽了。空中一片空空荡荡，明明爬入烟雾的易希川，此时竟消失了踪影，不知去向。

台下的上万观众仍然目不转睛地望着擂台，惊叹声和议论声有如潮水，喧闹无比地响成了一片。

“人呢？怎么会不见了？”

“刚才掉下来的那些碎块，不会真的是他吧？”

“这不是幻戏吗？人应该出来才对啊！”

“幻戏幻戏，世上怎么可能有这样神奇的幻戏？这是神仙才会有的神通啊！”

长久不见易希川现身，人人都不免在心中有所惊异：“神仙索，神仙索，难不成易希川当真攀爬绳索上了天界，做了神仙？”

在一片喧嚣当中，供日本人和洋人就座的观戏席的西北角，突然亮起了一团微小的火光。一个人平举着双手，一团火焰正在他的掌心来回滚动。这个人从座位里站了起来，火光映照在他的脸上，赫然便是易希川！

秋本久美子就坐在不远的地方，她是第一个看到易希川现身的。她难以置信地轻轻摇头，脸上一忽儿喜悦，一忽儿担忧，喜悦的是易希川的“神仙索”幻戏表演得太成功了，担忧的是师父斋藤骏恐怕无法破解“神仙索”这门幻戏，今天多半是败了。

附近有观众看见了突然现身的易希川，当即惊声大叫起来：“在那里！”

越来越多的人朝观戏席扭头，越来越多的人看见了易希川，惊叹声、叫好声和鼓掌声轰然响起，犹如山呼海啸一般席卷而来。

易希川熄灭了掌中的火焰，走下观戏席，重新登上擂台。

望着站在擂台东侧的斋藤骏，易希川的心里仍不免有些担心，担心斋藤骏有能力当场破解“神仙索”。

恰在此时，司仪登上了擂台，准备宣布由斋藤骏进行破术。

斋藤骏却挥了挥手，不等司仪张口，便示意司仪退下了。

斋藤骏走到擎物架前，取下了黄金圆筒，然后走到易希川的面前，将黄金圆筒交到了易希川的手里，随即一言不发、头也不回地走下了擂台。

易希川愣了一下，随即反应过来，斋藤骏如此举动，等同于主动认输。一时之间，他心神恍惚，又惊又喜，竟有些回不过神来。

台下成千上万的中国市民同样愣了一下，片刻后才反应过来。

刹那之间，现场的中国人全都沸腾了，欢呼声铺天盖地而至，压抑了整整十一场的憋屈和郁闷，忍受了两个多月的战败耻辱和悲痛愤怒，终于在这一刻得到了酣畅淋漓的宣泄。

站在擂台之上，易希川享受着万人山呼的场面。他看了看手里的黄金圆筒，又看了看台下沸腾的人群，终于可以确信自己是真的战胜了斋藤骏，是真的赢下了这场中日幻戏擂台赛……

第十章 龙图

易希川走下了擂台，一大群记者立刻围了上来，一边拍照一边进行采访，无数的围观市民也立刻拥了过来，每个人都把易希川视作英雄，毫不吝啬地给出了他们的叫好声和称赞声。

另一边，斋藤骏带着荒川隼人、黑忍和秋本久美子等日本人，在一群日本兵的护卫下，迅速地退场。许多中国人围在两侧，对着这群匆匆退场的日本人不断地发出各种刺耳的嘘声。荒川隼人和黑忍脸色阴沉，满脸都是杀气。斋藤骏输掉了这场中日幻戏擂台赛，以一己之力挑翻整个中国幻戏界的野心落空，但他仍然面色镇定，既不显出任何气馁之态，也不显出丝毫愤怒之情。秋本久美子则默默地跟随在斋藤骏的身后，低着头快步前行，间或扭过头去，朝远处已经被人群团团围住的易希川望上一眼。

易希川被兴奋的市民们围住，想挪动一步都很困难。

突然之间，一个半大孩子从人群的腿脚缝隙中挤了进来，拉住了易希川的手，把什么东西交到了易希川的手里，随即便挤进人群跑掉了。

易希川摊开手掌一看，手中的东西是一张字条，上面写了四个字："速离上海。"

易希川微微一愣，随即认出了这四个字的笔迹十分清秀，和当日秋本久美子写下的那个"水"字极为相似。

易希川朝远处望了一眼，日本人离去的方向人山人海，根本看不见秋本久美子身在何处。

"速离上海？"易希川看着字条上的四个字，默默地在心里念了一遍。他忽地想起，在他登上擂台之前，秋本久美子曾经跑过来阻拦他登台，并告诉他即使他在这场幻戏擂台赛中获胜了，夺回了龙图，斋藤骏和荒川隼人依旧不会放过他。现在擂台赛刚刚结束，秋本久美子便写下字条提醒他速离上海，那就是说，斋藤骏和荒川隼人极有可能已经对他动了杀心，说不定很快就会来追杀他。

按照之前的打算，倘若胜了斋藤骏夺回了龙图，易希川便继续留在上海，打听罗盖穹的下落，寻找机会为师父牧章桐报仇。但是现在斋藤骏和荒川隼人不打算放过他，所以他必须重做考虑了。

短暂的权衡之后，易希川决定先暂时离开上海。留在上海，未必就能打听到罗盖穹的下落，反而还要时刻警惕日本人的追杀，不如先离开上海暂避一段时间，等风头过了，再回来寻罗盖穹报仇。

眼下上海周边已经被日军占领，连国都南京也已经被日军攻陷，离开上海的陆路已彻底被日军封锁，唯有走水路才行。易希川当即决定赶往离擂台最近的外滩码头，连夜坐船离开上海。

易希川想走，可是兴奋的记者和市民们依旧水泄不通地围着他，一时之间竟无法挪动分毫。

易希川忽然灵机一动，大声说道："各位请看！"右手一抖，那张写有“速离上海”的字条立刻燃起火来。他抬手一扬，着火的纸条立刻飞向了空中。团团围堵的人群全都齐刷刷地仰起头来。

然而，着火的纸条并没有出现任何变化，很快从空中落下，掉在了地上，烧成了灰烬。

“咦，人呢？”

“人不见了！”

“跑哪里去了？”

惊呼声顿时响成了一片，每个人都在东张西望。方才还站在人堆之中的易希川，仅仅是众人一抬头的工夫，便已经消失不见，不知去向。

摆脱层层包围的人群后，易希川迅速向外滩码头赶去。

虽然已是夜间，但时辰还不算太晚，易希川赶到外滩码头时，尚有一艘夜船停泊待发。零零星星的旅人在码头上来来往往，一些脚夫候在道路的两旁，一旦有拖箱带包的旅人经过，便立刻上前招揽生意，询问需不需要搬抬行李。

易希川经过路边时，有脚夫见他背着一个包裹，便立刻凑上前来询问是否需要帮忙。

“不用了。”易希川摇了摇头。他的包裹里装的是刚刚赌上性命夺回来的龙图，自然不会轻易交到旁人的手上。

脚夫有些失望，悻悻地走回路边，一屁股坐回了地上。

就在易希川准备继续迈步前行时，身后忽然有一群人快步跑来，纷纷从他的身边飞速跑过。

易希川的肩膀突然被一股猛力勒住了，一个从他身边跑过的人，伸手抓住了他背上的包裹，试图抢夺。好在易希川听见身后响起脚步声时，便立即提高了警惕，下意识地抓住了包裹，此时用力地往回一夺，总算将包裹夺了回来。

来者不善，善者不来。这群人约莫十来人，见没有把包裹抢到手，立刻团团围了上来，将易希川围在了中间。

路边的几个脚夫见势不妙，本着多一事不如少一事的心理，迅速爬起身来，躲到了远处。

夜色漆黑无比，易希川看不清楚这群人的面目。他将包裹护在身前，大声喝问道："你们是什么人？"

这群人立刻给了易希川回答，只是这回答并非言语，而是凌厉无比的拳脚。

易希川突然遭到一群来历不明的人围攻，当即护紧了包裹，或闪或避，与这群人周旋。

这群人身手都很厉害，不像是寻常的地痞流氓，倒像是会拳脚的练家子。易希川边跑边打，打倒了三个敌人，倒也挨了不少拳脚，好不容易才挪到了码头的外沿，再往前几步，便是连接夜船船头的踏板。

这群人故意挡在了易希川和踏板之间，不让易希川有机会登上夜船，随即更加卖力地围攻易希川，看样子不抢到龙图誓不罢休。

来往旅人见码头外沿有一群人殴斗，当即躲得老远，不敢靠近。

易希川被这群人围在码头外沿，进退不得，唯有全力拼斗。

俗话说双拳难敌四手，更何况易希川此时面对的何止四只手，连十四只手都不止，他自然不是对手。

勉力拼斗了片刻，易希川挨受的拳脚更多，包裹眼看就将守不住了。

就在这时，远处忽然有几道人影朝码头疾步跑来。那方向上的脚夫和旅人看清了来人的穿着打扮，急急忙忙躲到两旁，似乎对来人惧怕之极。

这几道人影跑到了码头外沿，竟全都是背着步枪的日本兵。

这些日本兵取下背上的步枪，咔嚓上膛，挺起枪口，对准了身前正在殴斗的这群人，用日语大声地呵斥着。

围攻易希川的十几人被枪口指住，顿时住了手，不敢再轻举妄动。易希川同样不敢乱动，但总算是得到了一丝喘息的机会。

夜船上有几个乘客，急忙聚拢到船头观望。码头上有几个准备登船的旅人，此时被吓得躲在老远的地方，不敢靠近分毫。

易希川朝持枪警戒的几个日本兵看去，忽地看见这几个日本兵的身后，站着一个熟悉的身影。这身影十分苗条，从几个日本兵的身后走了出来，竟然是身穿粉色和服的秋本久美子。

“久美子姑娘！”易希川又惊又喜。

秋本久美子用日语对几个日本兵说了几句话，几个日本兵立刻呼喝不止，将围攻易希川的十几个人赶到旁边，迫使这十几个人全都抱头蹲下。

易希川走到秋本久美子的身前，说道：“久美子姑娘，我以为这些日本兵是来抓我的，想不到竟然是你……”

秋本久美子说道：“我留下的字条，你看到了吗？”

“‘速离上海’……我看到了。”易希川应道，随即又问，“对了，你怎么会来这里？”

秋本久美子用简短的话语，解释了起来。

原来易希川从擂台上走下来时，荒川隼人便和黑忍用日语低声商量如何对付易希川，一来报当日的割颈之仇，二来重新将龙图夺回。秋本久美子在一旁听到了，不知怎么竟暗暗替易希川担心，情急之下便写了“速离上海”四个字，托一个半大孩子交给易希川。后来在回国术馆的途中，荒川隼人料想易希川得到龙图后，或许会立刻离开上海，于是决定立即对易希川进行追杀。和当日拦截嘴老一样，荒川隼人猜想易希川十有八九会走水路，于是由他和黑忍带上几个日本武士，前往吴淞江进行拦截，斋藤骏则带上几个日本武士，前往黄浦江进行拦截。在出发拦截之前，荒川隼人让几个日本兵护送秋本久美子回国术馆。

秋本久美子原本留下字条提醒易希川离沪，此时却担心这张字条反而害了易希川，使得易希川在离开上海的途中被师父和荒川隼人拦截个正着。这种担心越来越强烈，以至于秋本久美子无法坐视不理，于是她在回国术馆的半路上，让几个护送她的日本兵跟随她赶来外滩码头。她猜想易希川倘若听从她的提醒，一定会从离擂台最近的外滩码头动身，这才急急忙忙地赶来，想不到正好撞见易希川遭遇一群来路不明的人围攻，当即命令几个日本兵冲上前去控制住局面，将易希川救了下来。

“对不起，我不该让你马上离开上海。你现在不能走。”秋本久美子匆忙赶来，就是为了阻拦易希川，她将师父和荒川隼人已经分头拦截的情况告诉了易希川。

易希川得知此事后，思绪急转，摇头说道：“我若是现在不走，留在上海只会更加危险。我今天胜了擂台赛，赢回了龙图，此事明天就会见报，全上海的人都会知道我得到了龙图。上海这地方藏龙卧虎，有很多厉害的幻戏师，这里面总有一部分人会心怀叵测，为了龙图来追杀我，你师父和荒川隼人自然也不会放过我……我不能留在这儿。他们去黄浦江和吴淞江进行拦截，倘若我即刻动身，说不定能赶在他们到达之前先通过江面，我必须赌上这一回！”

秋本久美子没有想过那么多，听易希川这么一说，方才明白了易希川的处境，知道他留下反而会遭遇更多强敌，会变得更加危险。

“那我和你一起走，等通过了江面，我再回来。”秋本久美子话一出口，心里却一动，暗暗想道：“我和他只不过见了几次面，为什么却要这般担心他的安危？”脸上不由得微微有些泛红。

“不必了。”易希川说道，“我上次受了那么重的伤，都没有死成，想必自有天助，这次也不会有事的。”心里却说：“你和我一起走，当然再好不过，但是你一个日本姑娘，回来的路上若是出了什么事，我这辈子岂能心安？”

秋本久美子的脸上略显失望，轻轻地点了点头，正准备说：“那你快走吧。”

然而她话未出口，身后极远之处忽然传来了叫喊声，隐隐然竟是荒川隼人的声音。

秋本久美子急忙回头，望见远处又有几道黑影快步跑来，说道：“是他们追来了，我们快走！”想也不想，拉着易希川便踩上了踏板。

易希川被秋本久美子拉住了手，顿时感觉到秋本久美子的手心一片冰冷，仿若寒冰一般。他知道这是秋本久美子心急万分时才会出现的状况，心知远处赶来的人一定对自己不利，于是迅速踩过踏板，登上了夜船。

易希川弯下腰来，准备立马抽去踏板。

这时码头上几个原本准备登船的旅人，急急忙忙向夜船跑来，大声叫道：“等等我！”这是今天的最后一艘夜船，倘若错过了，就必须等到明天才能出发。

远处的几道黑影越追越近，易希川心急如焚，但他还是等这几个旅人登上了夜船，才将踏板抽走。

秋本久美子一登上夜船，便找到船家，让船家开船。

船家亲眼看见秋本久美子是和几个日本兵一起来的，几个日本兵甚至听从秋本久美子的吩咐，心知这日本女子得罪不起，于是不等时间到点，便立刻拉起铁锚，撑篙开船。

夜船渐渐离开了码头，远处赶来的几道黑影冲到了码头外沿，正是荒川隼人、黑忍和几个日本武士。

夜船的船头挂着灯火，荒川隼人一眼就望见易希川站在船头，除此之外，竟还看见了他的未婚妻秋本久美子。

荒川隼人的第一反应是秋本久美子被易希川挟持了，但随即看清两人并肩站在船头，神态举止根本不像是挟持，秋本久美子的脸上更是没有任何遭遇挟持时应有的那种恐惧和慌乱的神色，刹那间皱起眉头，有些迷惑不解。

忽然之间，荒川隼人想起先前擂台赛进行之时，秋本久美子一直关切无比地望着台上，他原本以为秋本久美子是在担心斋藤骏，但现在亲眼看见秋本久美子和易希川并肩站在一起，顿时意识到了什么，脸色陡然一变。他的嘴里原本叼着一根香烟，这时却猛地将香烟吐在地上，对着夜船愤怒地叫道：“久美子，这是为什么？”

秋本久美子不说一言，只是咬住嘴唇，轻轻地摇头。

荒川隼人脸色铁青，左右一望，见码头右侧还停泊了一艘早已收工的小型篷船，当即冲过去跳上船头，一把扯掉拴绳，拿起船桨便开划。船家从船篷里冲了出来，想要质问荒川隼人干什么，但话刚出口，便被荒川隼人一桨扫中脑袋，顿时惨叫着跌入了江中。

荒川隼人此举太过突然，黑忍急忙冲过去，飞身一跃，堪堪跳上了篷船。随后追来的几个日本武士，却慢了几步没能赶上，只能站在码头上，望着荒川隼人和黑忍划动篷船，向没有驶出多远的夜船迅速追去。

“他们追上来了！”秋本久美子站在船头，声音略微发颤。

易希川望着码头方向飞速驶来的篷船，脸色暗沉下来，如同阴云密布。

荒川隼人抡起双臂，飞快地划动船桨，脸上横眉怒目，愤怒不已。他原本和黑忍一起赶往吴淞江进行拦截，但是没走多远，一个奉命保护秋本久美子的日本兵便追赶上来，说秋本久美子不肯回国术馆，带着其他日本兵往外滩码头去了。

荒川隼人不知道秋本久美子为何要突然赶去外滩码头，但因为担心秋本久美子的安危，所以和黑忍一起改变方向，赶来了外滩码头，哪知竟撞见了准备坐船离开的易希川，以及随同易希川一起登船的秋本久美子。他不是傻子，一眼便看出秋本久美子和易希川之间的关系非同一般。秋本久美子是他的未婚妻，这令他顿时有一种被自己的女人背叛的感觉，是以雷霆震怒，把所有的力气用在划船上，拼命地追赶前方的夜船。

篷船船体较小，夜船船体较大，同是人力撑划，篷船的速度自然更快。

没用多长时间，两艘船之间的距离便荡然无存。

当篷船最终追上夜船时，荒川隼人和黑忍一前一后，相继跃离篷船，跳上了夜船的船头。

易希川下意识地护着秋本久美子，退到了船舱的舱门前。

“久美子，”荒川隼人一踏上夜船，愤怒的目光便直视着秋本久美子，用日语喝问道，“你告诉我，你和这小子，究竟是什么关系？”

“我不想看到他死，请你放过他吧。”秋本久美子答非所问。

荒川隼人满脸的难以置信，问道：“为什么？”伸手指着易希川，

“这小子只不过是个低贱的支那人，你为什么要替他求情？”

“他曾经救过我的命，”秋本久美子说道，“我不想看到他死。”

“他曾经救过你？”荒川隼人忽然意识到了什么，问道，“你老老实实地告诉我，你失踪的那十天里，是不是一直和他待在一起？”

秋本久美子微微仰起了头，应道：“是。”

荒川隼人无法相信地摇了摇头，说道：“你说你落水后被牧师所救，一直在圣三一堂养伤，难道都是在骗我？”

秋本久美子说道：“我对你的确有所隐瞒，但我确实是在圣三一堂……”

荒川隼人喝道：“不用再说了！”他阴鸷凶狠的目光忽然一转，落在了易希川的身上，随即右手拔出了腰间的钢扦，语气凶狠地说道：“你不想看到他死，我就偏要他死在你面前，你求我放过他，我今天偏要杀了他！”话音一落，便举起钢扦，向易希川的胸口疾速刺去。

黑忍见荒川隼人动手，立刻拔出了黑色忍刀，刀势走之字形，从右侧砍向易希川。

易希川躲避钢扦和忍刀，带着秋本久美子疾步后退，退进了夜船的船舱。

夜船上有七八个乘客，在荒川隼人和黑忍登船之时，全都躲进了船舱里。这时见两个凶神恶煞的日本人杀进了船舱，这七八个乘客立刻仓皇逃避。一个乘客避之不及，被追进船舱的荒川隼人抬手一刺，钢扦立刻从侧面刺穿了颈部，当场惨死。

荒川隼人怒火中烧，肆意地泄愤，逮住从身前跑过的一个女乘客，钢扦一送，便将其刺翻在地。

接连有两个无辜的乘客被杀死，其余乘客吓得蜷缩在船舱的角落里，一动也不敢动。

荒川隼人和黑忍继续围攻易希川，钢扦和忍刀每一次刺出，都是十足的阴狠毒辣，招招直取易希川的要害。

易希川知道荒川隼人一心要杀的只是自己，当即将秋本久美子推开，独自一人迎战。他抓起一只木凳，抵挡了几下，被黑忍的忍刀劈成了两半，随即又抓起几只土陶罐子，朝荒川隼人和黑忍一通乱扔乱砸。荒川隼人直接用拳头挥击，黑忍则用忍刀劈砍，土陶罐子在空中哗哗碎裂，碎片落了一地。

易希川将身边能够够到的物品全都抓了过来，或封挡，或扔掷，但还是抵挡不住荒川隼人和黑忍的疯狂围攻。

渐渐地，易希川被逼到了船舱的角落里。秋本久美子见易希川遇险，竟不顾自身安危，冲上前来，试图阻拦荒川隼人和黑忍。

“贱人！”荒川隼人一声厉喝，反手便是一耳光，扇在秋本久美子的右脸颊上。

秋本久美子顿时一个趔趄，扑倒在了地上，手被土陶罐子的碎片划破，鲜血顿时流了出来。她只觉头晕目眩，右脸颊火辣辣地疼痛，竟然肿起了一大片。

换在以往，受了如此疼痛，秋本久美子早已流出泪来，然而此时的她却一脸倔强，用手扶着舱壁，强撑着身体又站了起来。

荒川隼人回手怒扇秋本久美子之时，身前顿时露出了空当。

易希川没有放过这个来之不易的机会，右拳鼓足了十成力气，击中了荒川隼人的肋部。

咔嚓嚓两响，荒川隼人的肋骨竟断了两根，被易希川这一拳打得噌噌噌后退了三步。

受此重击，荒川隼人不仅没有倒下，反而变得更加狂暴，怒吼声中，钢扦如同狂风骤雨一般，朝易希川的全身疯狂刺去。

易希川竭尽全力躲闪，但还是被钢扦刺中了右臂，霎时间鲜血直流。

黑忍趁机使出了电忍刀，刀势快若闪电。

易希川躲避不过，又接连受了好几道刀伤。

荒川隼人越来越疯狂，几乎不再守御自己，任凭易希川的拳头落在身上，只管将钢扦朝易希川一通猛插猛刺。

易希川完全抵挡不住，只能勉强让要害部位不被刺伤，但身体的其他部位却防守不住，片刻间便伤痕累累，浑身的衣服逐渐被鲜血浸透。

荒川隼人体内的怒火积聚有如火山，通过钢扦疯狂地喷薄出来，誓要将易希川毙于当场。

忽然之间，钢扦静止在了空中，所有的动作都停止了下来。

荒川隼人面露惊恐，低下头去，难以置信地看着自己的腹部。

一截明晃晃的刀尖，刺穿了他的腹部，刺破了他的黑色西装露了出来，刀尖上兀自滴落着鲜血。

在荒川隼人身旁，高举着忍刀的黑忍，动作同样彻底静止住了。

黑忍的腹部同样有一截满是鲜血的刀尖刺了出来。他低下了头，看着这截刀尖，额带刀疤的脸上，神情惊怖到了极点。

在荒川隼人和黑忍的身后，一个乘客低垂着脑袋，双手猛地一抽，两柄尖刀登时透体而出。

荒川隼人和黑忍扶住舱壁缓缓地软倒，浑身因为剧烈的疼痛，开始不断地颤抖。

两人吃力地转过头来，看见那手握尖刀的乘客摘掉了帽子，缓缓地抬起了头，露出了一张血丝密布的鲜红色的脸，紧接着扯去了满脸的假络腮胡子和一头的假发，露出了嘴角的一颗肉痣，竟是销声匿迹了一个多月的罗盖穹。

罗盖穹嘴角歪斜，冷笑了起来，说道："我这张脸被火烧成了这副模样，人不像人，鬼不像鬼，全都是拜你们这些日本人所赐。今日总算苍天开眼，叫你们二人闯上这艘船来，终于让我得报此仇！"说罢放声大笑，笑声响亮却又阴邪，如同来自阴曹地府。

罗盖穹的突然出现，令易希川始料未及。易希川惊声说道："你……你居然在船上？"

罗盖穹冷冷地笑了起来："是你抓住踏板，让我上的船，不记得了吗？"

易希川回想起刚才抽离踏板之前，曾让码头上的几个乘客登上了夜船，但他当时所有的注意力都集中在追来的荒川隼人和黑忍身上，慌乱之中根本没有留意几个登上夜船的乘客，没想到罗盖穹竟混在其中，就此登上了夜船。

当日罗盖穹被斋藤骏破术，浑身严重烧伤，幸亏有皮无肉和皮无骨拼死保护，才不至于死在日本武士的乱刀之下。皮无肉和皮无骨救了罗盖穹逃出罗家戏苑，因为担心日本人追杀不放，所以不敢再回罗家戏苑，只能寻隐僻的地方落脚，让罗盖穹治伤养伤。

罗盖穹虽然保住了性命，但是浑身都是被烧伤后留下的疤痕，头发和胡须被烧光了，一张脸更是变成了恐怖的鲜红色，并且坑坑洼洼，血丝密布，仿佛癞蛤蟆的皮肤。罗盖穹深恨荒川隼人、黑忍和斋藤骏，同时夺取龙图之心依旧不死。他得知斋藤骏以龙图为注，在外滩摆下幻戏擂台后，便起了夺回龙图的念头。他和斋藤骏对决过一次，知道斋藤骏是个无比强大的对手，在破术方面尤为厉害，又因身遭焚烧而对斋藤骏产生了极度的恐惧心理，是以不敢再轻易应战。罗盖穹派了两名罗家弟子赶往日本，想方设法打听斋藤骏的底细，希望能够知己知彼，获知斋藤骏在哪些幻戏上是弱项，然后用斋藤骏并不擅长的幻戏，向斋藤骏发起挑战，这样方能握有胜算。

两名弟子用了将近一个月的时间，摸清楚了斋藤骏的底细，返回上海告诉了罗盖穹，说斋藤骏已经学会了几乎所有的中国幻戏，只有一门幻戏没有学会，那就是“神仙索”。罗盖穹诧异不已，不知道斋藤骏用了什么法子，竟能学会几乎所有的中国幻戏。他不会“神仙索”这门幻戏，深知用其他幻戏去挑战斋藤骏，定然是必败无疑，所以要想得到龙图，唯有动手硬夺。于是他派皮无肉和皮无骨前去应战，以傀儡戏和灯影戏挑战斋藤骏，在擂台上看准时机动手，试图抢夺龙图。彼时罗盖穹和十几个罗家弟子就躲在台下的人群当中，准备接应皮无肉和皮无骨。当时易希川曾在人群里仔细搜寻过罗盖穹的身影，但罗盖穹和易希川一样，也乔装打扮了一番，是以两人离得并不远，但都没有认出对方。

皮无肉和皮无骨抢夺龙图失败，当场被杀，罗盖穹只能带着十几个罗家弟子再次躲藏起来。后来得知易希川挑战幻戏擂台，罗盖穹便再一次乔装打扮，带领十几个罗家弟子来到外滩观战，没想到易希川竟使出了失传千余年的“神仙索”幻戏，一举击败了斋藤骏，拿到了龙图。

易希川得到龙图后，迅速赶往外滩码头，罗盖穹自然不会放过这等大好机会，于是带着十几个罗家弟子暗中尾随。在码头上围攻易希川的那群人，正是这十几个罗家弟子，只不过秋本久美子忽然带了几个日本兵赶到，这才无意中破坏了罗盖穹在码头上抢夺龙图的计划。

当易希川和秋本久美子登上夜船后，罗盖穹假装是乘客趁机登上了船，原本打算潜伏在船上偷袭易希川抢夺龙图，没想到荒川隼人和黑忍却紧随而至，跳上夜船围攻易希川。罗盖穹假装恐惧不已，和其他乘客躲在船舱的角落里，暗中窥探着机会。当易希川被逼至绝境接连负伤，荒川隼人和黑忍杀得兴起，一门心思要击杀易希川却疏于自身的防备之时，罗盖穹掏出了随身携带的两柄尖刀，迅速从背后接近荒川隼人和黑忍，一举刺穿了两人的腹部。

黑忍受此致命一刀，自知活不长久，拼了最后的力气，举起忍刀向罗盖穹砍去。但他身受重伤，刀势失去了以往的凌厉，被罗盖穹一刀架住忍刀，另一刀则刺进了他的胸膛。

黑忍呼出了最后一口气："荒川大人，快走……"

他紧紧地抓住罗盖穹的握刀之手，令罗盖穹不能立刻向荒川隼人动手。荒川隼人则趁此机会，挣扎着爬起身来，一只手捂住血如泉涌的腹部伤口，另一只握着钢扦的手抵住舱壁，向船舱外跌跌撞撞地走去。

"还想逃吗？"罗盖穹肆意地冷笑着，想朝荒川隼人追去，却被黑忍抓住了手腕，连续抽了两下都没能抽出来。他目露凶光，喝道："找死！"抬脚猛踹黑忍，连踹了三脚，才将黑忍踹开。尖刀从黑忍的胸膛里抽出，黑忍被踹得连退数步，后背撞上舱壁，又扑倒在地，身下流出大摊鲜血，再不动弹。

罗盖穹反握着两柄血淋淋的尖刀，向荒川隼人追了过去。

因为黑忍的拼死阻拦，荒川隼人得以跌跌撞撞地走出了船舱。他扑倒在船头上，扔掉手中的钢扦，颤抖的手伸进西装的口袋里，摸出了一根细长的烟火筒，然后用嘴巴咬掉了筒口的软塞。他向来爱抽香烟，随身必带一盒火柴，此时擦燃火柴将烟火筒的引线点燃了，然后将筒口对准了夜空。

罗盖穹冷笑着追出船舱，突然看到这一幕，脸色顿时大变。他飞扑上去，想要阻止，却已经来不及了。

“砰”的一声巨响，一束烟火冲上了漆黑的夜空，在空中炸裂开来。

荒川隼人圆睁着眼睛，眸子里映出了绚烂的烟火景象。他笑了一笑，笑容在烟火之下倍显凄凉。他不想死在罗盖穹的手上，身子翻过船头，滚落进了江水之中。

秋本久美子扶着浑身是伤的易希川走出船舱，看见了在夜空中炸裂开来的烟火。这烟火是荒川隼人和斋藤骏约定好的信号，两人带领日本武士分头进行拦截，若是遇到危险，便放此烟火为号，用以通知对方赶来救援。

“师父要来了。”秋本久美子望着烟火，轻声说道。

罗盖穹在国术馆盗图之时，曾让牧章桐以烟火为号，此时自然知道荒川隼人放飞升空的烟火意味着什么。他知道很快便会有日本人赶来，所以现在必须速战速决，用最短的时间杀死易希川，抢走龙图，然后迅速靠岸逃离。

想到这里，罗盖穹立刻转过身来，举起两柄闪烁着寒光的尖刀，向易希川杀了过去。

易希川在过去的一个多月里，一直在寻找罗盖穹的踪迹，始终没能找到，想不到竟会在这里和罗盖穹照面。他一心为师父牧章桐报仇，所以在走出船舱之前，已将黑忍的忍刀捡了起来握在手中。一走出船舱，他所有的注意力便集中在罗盖穹的身上，当罗盖穹突然转身扑来时，他立即将秋本久美子推开，扬起忍刀，与罗盖穹交上了手。

一个是为了报杀师之仇，一个是为了抢夺龙图，易希川和罗盖穹的这一次交手，刀一对上便是拼命的架势，每一刀砍向对方，都用上了十成的力气。

然而，易希川的身手原本就比不上罗盖穹，再加上刚刚与荒川隼人和黑忍恶斗了一场，浑身受了太多的伤，因此很快落了下风，被罗盖穹彻底压制住了。

秋本久美子看着荒川隼人翻落入水，心里竟没有丝毫的哀痛之感，要知道斋藤骏已经答应了荒川隼人的提亲，荒川隼人已经是她的未婚夫，反而是看到易希川遇险后，她的心里一阵阵地着急。她想上前帮助易希川，可是易希川和罗盖穹这一轮斗刀太过激烈，刀光闪动，劲风呼啸，根本无法靠近，她只能站在一旁，默默地祈祷易希川能够取胜。

易希川和罗盖穹拼命厮杀了片刻，在船头翻翻滚滚，你来我往，船舷、船板和舱门上很快留下了许多刀痕，悬在船头的灯火也被易希川的忍刀砍中，顿时熄灭了，船头陷入了一片昏黑。

刀口无眼，在昏黑的环境中，斗起刀来更加凶险。两人再斗片刻，各自都受了不少刀伤。

但是两人不会就此停下，这一场厮杀必须分出生死，才能结束。

秋本久美子暗暗祈祷之际，看到了船头上被荒川隼人扔掉的钢扦。她急忙跑过去，将钢扦捡了起来。她记得荒川隼人的钢扦暗藏机括，扦头可以作为暗器发射出去。她摆弄了片刻，发现了藏在钢扦底部的机括，于是将扦头对准了罗盖穹，猛地按下机括，扦头立刻激射而出。

罗盖穹正与易希川拼命厮杀，没料到会有暗器袭来，等到他发现时，急忙错身躲避，虽然避过了要害，但肩膀还是被扦头射中，霎时间一阵剧痛。

罗盖穹恼怒之极，破口骂道："小娘们儿，待我砍死了这小子，再来好好地炮制你！"他不敢分心，只骂了这一句，便继续集中精神，与易希川拼命厮杀。

易希川想要报杀师之仇，却有心无力，被罗盖穹逼得险象环生，再这样斗下去，他不仅杀不了罗盖穹，反而会死在罗盖穹的两柄尖刀之下。要想扭转局面，他必须令罗盖穹分心旁顾，才有可乘之机。

易希川念头急转，忽地连劈数刀，猛然跳开两步，说道："罗盖穹，你费尽心机，不过是为了得到龙图。好，我现在就把龙图给你，遂了你的心愿！"说着竟取下背上的包裹，将黄金圆筒拿了出来。

罗盖穹本想继续扑杀上去，但被易希川的这番言行举止弄得一愣，没明白易希川的葫芦里到底卖的是什么药，突然看见易希川手臂一扬，当真将黄金圆筒扔了过来。

罗盖穹顿时吃了一惊。他的双手都握着尖刀，见黄金圆筒飞向自己的右侧，下意识便扔掉了右手所握的尖刀，身子一斜，右手迅速探出，堪堪接住了黄金圆筒。

从策划盗图开始，到后来杀死牧章桐，再与易希川斗戏，和斋藤骏对决，罗盖穹可谓费尽周折，直到此时此刻，方才第一次真正地接触到龙图，长久以来的付出终于得到了回报。刹那之间，一股狂喜之情涌上了罗盖穹的心头。但是罗盖穹没有被突如其来的喜悦冲昏头脑，没有忘记正在与易希川生死搏杀。他看了一眼到手的黄金圆筒，旋即抬起头来，准备继续与易希川拼杀。

罗盖穹这一抬头，却忽地看见易希川立在黑暗之中，两手微举，掌中各有一团火焰在跃动燃烧。恍惚之间，罗盖穹仿佛看见了斋藤骏手托两团碧绿色火焰站在身前，仿佛看到了熊熊的火焰正在自己的身上燃烧。

罗盖穹被斋藤骏破了“天火焚身术”，惨遭烈焰焚烧，身受极刑之苦，留下了无法磨灭的心理阴影，在他的内心深处，实则对斋藤骏恐惧到了极点，若非如此，几天前登上幻戏擂台挑战斋藤骏的就不会是皮无肉和皮无骨，而是他罗盖穹了。刹那间，深藏心底许久的恐惧情绪汹涌而出，罗盖穹的精神顿时崩溃了。当然，这种崩溃只是瞬息之间的事，只需定一定心神，他就能看清眼前掌控火焰的人不是斋藤骏，而是易希川，便会迅速重新恢复斗志。

但是易希川没有给罗盖穹这个机会。

看见罗盖穹的脸上突然闪现出恐惧神色后，易希川立刻双手一扬，将两团用引火粉制造出来的火焰，扔向了罗盖穹。

亲眼看见两团火焰隔空飞来，罗盖穹变得更加慌乱了。他手忙脚乱地拍打两团火焰，却没有注意到隐藏在两团火焰后面的黑沉沉的刀锋。他拍落了两团火焰，心口却猝然一凉，已被黑色忍刀透体而入，刺穿了身体。

罗盖穹圆瞪着双眼，惊诧地看着刺穿了自己身体的黑色忍刀。

他登船潜伏，一出手便杀死了黑忍，又令荒川隼人跳水自尽，本以为再杀死遍体鳞伤的易希川已是十拿九稳，想不到竟会是这样的结局。

他再一次因为龙图而犯了疏忽大意的错误。

在双水戏台与易希川斗戏时，他便因为龙图而分神，最终落了个败局，想不到这一次又犯下了同样的错误。只是这一次，他没有重来一遍的机会了。

罗盖穹倒下了，他最终死在了易希川的手上，头向右侧歪斜着，眼睛仍旧注视着刚刚到手的黄金圆筒。

易希川接连恶斗了两场，浑身都是伤口，几乎无法保持站立，只能扶着船舷坐下来，不断地喘着粗气。

但是无论受多少伤，受多少痛，这一切都是值得的。他终于手刃了罗盖穹，替师父牧章桐报了大仇。

易希川抬起头来，怔怔地望着漆黑的夜空，此时此刻，他的心里竟是从未有过的宁静。

夜船上的几个乘客，在易希川和罗盖穹拼杀之时，一直躲在船舱里不敢出来，直到船头彻底恢复平静后，方才小心翼翼地出来察看。但是他们仍然心怀恐惧，不敢靠近浑身是血的易希川。

易希川站了起来，是秋本久美子将他扶了起来。

易希川指了一下罗盖穹的手。秋本久美子立刻明白了易希川的意思，将罗盖穹手中的黄金圆筒拿起，然后扶着易希川走进船舱，让易希川在椅子上坐了下来。

易希川身上受了太多的伤，秋本久美子想要替易希川包扎伤口，却被易希川阻止了。

“久美子姑娘，你赶紧去叫船家开船，”易希川说道，“船速一定要快，越快越好。”他没有忘记荒川隼人跳水之前发射升空的烟火，没有忘记秋本久美子说的那句“师父要来了”，倘若这时候斋藤骏追来了，他已经没有力气再与之拼杀一场。

秋本久美子明白易希川的用意，急忙去找到船家，让船家开船。斋藤骏在黄浦江上进行拦截，倘若他看见烟火进而追来，必定是从黄浦江上而来，所以秋本久美子让船家立刻开船，朝吴淞江而行。

荒川隼人和黑忍杀上夜船后，船家就停止了撑划，一直躲在船尾不敢出来。船上死了那么多人，船家心慌神乱，不知道该怎么办，经秋本久美子再三催促，并告知他还有日本人正在追来的路上，他才急忙开船，准备往吴淞江驶去。

有乘客听到了秋本久美子和船家的对话，一听说还有日本人正在追来，顿时不愿意了，要船家立刻靠岸停船。这些乘客登上夜船，只是为了离开上海，不想死得不明不白，方才船舱里有两个乘客被荒川隼人刺死的一幕犹在眼前，因此这几个乘客无论如何都不愿意再留在船上。船家同样担心自己的身家性命，于是改变了主意，开始往岸边撑划。

秋本久美子回到船舱，对易希川说道："我已经让船家开船了，可是……可是他们一定要靠岸。"

易希川听到了船舱外传来的吵闹声，知道秋本久美子话中的"他们"指的是船上的几个乘客。他点了点头，说道："他们都是无辜之人，本不该牵扯进来，由他们去吧。"

易希川身上的伤口极为疼痛，有几处大的伤口一直流血不止。他让秋本久美子去找乘客要来了两件干净的衣裳，用刀割成长条状，然后指明身上哪几处伤口比较严重，让秋本久美子一一包扎了。

秋本久美子认真地做完了该做的一切，但是她不知道这样做有没有用，苍白的脸上满是担忧之色。

"全都是皮外伤。"易希川故作轻松地笑了一笑，"你放心，我死不了的。"

秋本久美子却丝毫笑不出来，在易希川的身边坐下，仍是一脸的关切和担忧。

易希川从舱壁的缝隙望出去，见夜船正在偏离江心，向岸边靠去。他再向岸上望去，只见岸上一片灯火通明，依稀能看出是公共租界的地盘。

"久美子姑娘，岸边是租界，等会儿船靠岸后，你就上岸去。"

易希川说道。

“那你呢？”秋本久美子睁着一双大眼睛，极为关切地望着易希川。

“我就不上岸了。”易希川咳嗽了两声，说道，“船家肯定不会再送我走了，我到时候另雇别的船，今晚就离开上海。我乔装打扮一番，你师父就算追来了，也不会认出我来。”

秋本久美子想不出其他更好的主意，只好点了点头，轻轻地“嗯”了一声。

默然了片刻，秋本久美子忽然摘下右手腕上的蓝色贝壳手链，轻声说道：“这串贝壳手链，我从小就戴着，是我最最心爱的东西。今晚过后，我们或许永远不会再见面了。我把它送给你，做个留念吧。”

易希川听到“永远不会再见面了”这句话时，不知怎么，竟略微有些心痛。但是他知道这句话说得一点也没错。中国和日本正在打仗，他此番离开上海，会先回到安徽桐城，也许很快日军就会打到那里，那么他只能背井离乡，往更西边的省份逃难，很可能再也没有机会来到上海，而秋本久美子是日本人，此番来到中国只是追随师父斋藤骏，在中国不可能停留太久，不久之后就将返回日本，两人从此天各一方，是真的再也不可能相见了。

易希川接过了那串蓝色贝壳手链。他能感受得到，手链上还有秋本久美子的温度。他凝视了手链片刻，轻声说了一句：“真漂亮。”说罢将蓝色贝壳手链小心翼翼地放入了怀中。

两人各怀心事，默然不语，只听见船尾传来的撑船的水声，在寂静无声的夜里，一下一下地响着。

良久，秋本久美子才轻声道：“你乔装打扮后，我师父若是追来，认出了你呢？”

易希川想了想说道：“我大仇已经报了，龙图也已经夺回，再没有什么缺憾了。倘若你师父当真追来，又认出了我，我定然是斗不过他的，唯有抱着龙图投水而死。龙图是中国幻戏界的圣物，我师父和众位师弟都是为了保护龙图而死，我也理当为了保护它而死。总之无论如何，我决不能让你师父将龙图夺去。”说着低下头来，凝视着手里的黄金圆筒，“我宁愿让龙图永沉江底。”

说完这句话后，两人再次陷入了沉默。

好一阵子时间，易希川就这样沉默不语，一直静静地凝视着手里的黄金圆筒，脑袋里思绪万千，各种往事在眼前一一浮现。所有的事情，都是因为龙图而开始的，离开桐城来到上海，在罗家戏苑的暗室里密会，进入国术馆表演彩戏法，溜进荟萃室破三重门，逃至肇嘉浜师父惨死，到后来斗戏罗盖穹，挑战斋藤骏，易希川回想这些不久前才经历过的事，竟有一种恍如隔世的感觉。

易希川微微侧过头去，看了一眼安安静静坐在自己身边的秋本久美子。

他忽然想起了第一次见到秋本久美子时的场景，在荟萃室里，一个和服女子蜷缩在墙角，睁着一双大大的眼睛，无比惊恐地望着自己。紧接着，易希川又想起了第一次和秋本久美子说话时的场景，她跟随自己爬进了荟萃室里的暗道，抓住头顶上弹出来的石块，帮助他通过了三重门的第二关，然后当他小心翼翼地爬到第三关，看见了地上被割裂开来的汉字方块毒阵时，听见了她害怕地询问是否可以放手了。过了这么久，这些场景，包括其中的每一个细节，易希川竟然都记得清清楚楚。想到秋本久美子那时挂着泪珠的模样，他不禁露出了微笑。

忽然之间，易希川脸上的微笑僵住了。一个以前从来没有想到过的念头，突然从他的脑海深处冒了出来。

“原来是这样！”易希川脱口说道。

“怎么了？”秋本久美子问道。

易希川看着手里的黄金圆筒，说道：“我知道怎么打开这个黄金圆筒了。”

原来他方才回想和秋本久美子第一次说话时的场景，眼前不由自主地浮现出了三重门第三关的汉字方块毒阵的模样，那上面刻了陈抟老祖的七句诗：“涉世风波真险恶，曾折松枝为宝栉，九重特降紫泥宣，唐李监应留后迹，出即凌空跨晓风，枕上人心弄未闲，图南抟姓陈。”这七句诗各取一字，便组成了陈抟画像上的那句“播为九流出龙图”，这是他当时通过三重门第三关的方法。此时此刻，易希川看着手里的黄金圆筒，筒身上是七圈刻着篆文数字的金环。三重门机关是用来保护龙图的，黄金圆筒也是用来保护龙图的，前者有七句诗，后者则有七圈金环，同样都是七，这里面会不会暗藏了某种联系？

这样的念头一冒出来，易希川很快就彻底明白过来。

七句诗各藏一字，或取其字，或取谐音，可以组成陈抟画像上那句“播为九流出龙图”。第一句“涉世风波真险恶”，取“波”字，乃是这句诗中的第四个字；第二句“曾折松枝为宝栉”，取“为”字，是诗句中的第五个字；第三句“九重特降紫泥宣”，“九”字是诗句中的第一个字；第四句“唐李监应留后迹”，“留”字是第五个字；第五句“出即凌空跨晓风”，“出”字是第一个字；第六句“枕上人心弄未闲”，“弄”字是第五个字；第七句“图南抟姓陈”，“图”字是第一个字。四五一五一五一，这是“播为九流出龙图”

这七个字在各自诗句当中的位置。

易希川急忙把黄金圆筒摆正，旋转第一圈金环，将篆文数字“四”旋转到了正面，对准了筒身两端的龙嘴里所含的珠子。紧接着，他飞快地旋转第二圈金环，将篆文数字“五”旋转到了相同的位置，接下来是第三圈金环、第四圈、第五圈、第六圈和第七圈。

当第七圈金环上的篆文数字“一”被旋转至正确位置时，只听“咔嚓”一声脆响，黄金圆筒两端的龙头竟向外弹出了一截。

黄金圆筒打开了！

易希川曾经琢磨过无数打开黄金圆筒的方法，但是绞尽脑汁也没能成功。他实在没有想到，解开黄金圆筒筒身上七圈金环的密码，竟然藏在三重门机关的第三关当中，更没有想到自己竟会在这种时刻，机缘巧合地破解了黄金圆筒的密码。

一瞬之间，狂喜、激动、惊讶、难以置信，种种情绪和念头混杂在一起，轮番冲击着易希川的头脑。

易希川定了定神，将松开了一条缝隙的龙头拧开，从筒身里取出了一卷暗黄色的绢帛。

易希川将绢帛徐徐展开，竟是一幅陈旧无比的古图，上面用白线绣满了各种祥云图案，又用金丝在古图的正中央绣了一条首尾相衔的龙，龙鳞龙须皆清晰可见，当真是栩栩如生，巧夺天工，仿若一条真正的巨龙正在腾云驾雾，在广袤无比的天地之间翻腾翱翔。

易希川被彻底震惊住了，双手竟有些微微颤抖。中国幻戏界的三大圣物之一，无数幻戏师拼死抢夺的龙图，此时此刻就在他的眼前，他如何能不震惊呢？

“这就是龙图吗？”易希川还有些没回过神来，不禁暗暗心想，“当年陈抟老祖就是用这幅龙图引火，给宋朝的开国皇帝赵匡胤变幻出了真龙绕天的幻戏吗？可是……可是为什么龙图没有烧过的痕迹？”易希川仔仔细细地观察龙图，的确没有发现任何被火烧过的痕迹。他情不自禁地伸出了手，缓缓地触摸龙图，竟有种出乎意料的光滑感。他再次仔细凝视，发现龙图的表面似乎涂抹了某种油脂。

龙图上的这层油脂，莫非就是变幻出真龙绕天幻戏的关键所在？他暗自疑惑。

龙图出现后，易希川便忘却了一切，彻底沉浸在了对龙图的琢磨当中。

就在这时，船舱外忽然传来了船家和乘客慌乱至极的叫声。

“我出去看看。”秋本久美子知道一定出了什么事，急忙跑出船舱，来到了船头。

秋本久美子放眼望去，只见远处江面上出现了一艘灯火明亮的船只，正穿破暗沉沉的夜色，如离弦之箭般飞速驶来。

“那艘船冲我们过来了！”

“不会……不会是日本人吧？”

“快……快点靠岸啊！”

几个乘客心惊胆战，不住口地胡言乱语起来。此时离岸边尚有一段距离，以远处船只驶来的速度，夜船根本来不及靠岸，就会被追上。

果不其然，远处那艘船来势迅疾，片刻之间，便追至只剩下一箭之地的距离。

秋本久美子依稀能看见那艘船上立了几人，观其身影，正是斋藤骏和几个日本武士。

秋本久美子急忙跑回船舱，把看到的情况告诉了易希川。

易希川一直聚精会神地盯着龙图，此时缓缓将龙图放下，叹了一口气，说道：“是祸躲不过，该来的终究还是来了。”

易希川深知斗不过斋藤骏，但不想就这么坐以待毙。他知道斋藤骏追来，一是看到烟火后赶来救援荒川隼人和黑忍，二是为了抢夺龙图，所以他很快心生一计，将龙图卷好，藏进怀里。他拿起黄金圆筒，把拧开的龙头又拧了回去，使得黄金圆筒恢复如初，看起来像是从来没有打开过一样。他将黑忍的尸体从船舱拖至船头，又将两个乘客的尸体也拖到船头，全都放在了罗盖穹尸体的旁边。

易希川看清了那艘追来的船上，站着斋藤骏和几个日本武士。他也看清了身边的几个乘客和船家已然吓得心胆俱裂，手足无措。

“看见了吗？那艘船上站着的人，全都是日本武士。”易希川对几个乘客和船家说道，“这些日本武士杀人不眨眼，你们若是想保住性命的话，就不能继续留在这艘船上。这里离岸边已经没有多远了，你们赶紧跳进水里，自行游上岸吧。”

几个乘客和船家早已心慌意乱，听了易希川的这番话，更是六神无主，一时之间面面相觑，不知道到底应该留在船上，还是应该立刻跳进水里。

“还不快跳！”易希川喝道，“全都打算留下来等死吗？”

易希川这样一吼，船家原本舍不得自己的船，但这时深知保命要紧，一咬牙，纵身跳进了江水之中，然后向岸边拼命游划。几个乘客见船家跳水逃命，当下也不再犹豫，纷纷跳进江里，向岸边奋力游去。

易希川捡起罗盖穹的尖刀，对秋本久美子低声说道：“久美子姑娘，委屈你一下了，我现在必须要假装挟持你。”

秋本久美子知道易希川不会真的伤害自己，轻轻地“嗯”了一声。

易希川将秋本久美子挟持在身前，然后冲着追来的船，扯开嗓子叫喊道：“斋藤骏，你要找的人是我，只管冲着我来！跳水的人全都是无辜的乘客，你不要为难他们！”

夜船船头的灯火，在易希川和罗盖穹拼杀时就已经被打灭，此时船头是一片昏黑。斋藤骏循着烟火炸开的方向追来，原本看不清夜船上站着的是什么人，正打算将跳江逃命的人全都捉住，没想到忽然听见了易希川的喊话声。斋藤骏立刻改变了主意，直奔夜船而来，抛出铁爪钩将夜船钩住，随即率领几个日本武士跳上了夜船。

秋本久美子故作害怕，颤着声音叫道：“师……师父……”

斋藤骏看见易希川挟持了秋本久美子，又看见了黑忍的尸体横在船头，此外还有三具尸体趴卧在船板上，看不清楚是谁。船上随处可见刀痕和血迹，不难想象不久之前，这里刚刚发生过一场惨烈无比的恶斗。

斋藤骏不知道原本回国术馆的秋本久美子为何会出现在这里，他此时也不想去追问这些并不重要的事情。他看了一眼黑忍的尸体，问易希川道：“人是你杀的？”

易希川应道：“这个日本人是罗盖穹杀的，罗盖穹则是我杀的。”说着指了一下罗盖穹的尸体。

斋藤骏看了一眼那具呈趴卧姿势的尸体，依稀能辨认出是曾在罗家戏苑里有过一次对决的罗盖穹。他知道罗盖穹的能力不容小觑，想不到竟死在了易希川的手里。他抬头看着易希川，擂台上那惊世骇俗的“神仙索”幻戏，忽然又浮现在了眼前。

“你是我来到中国之后，见过的最为厉害的幻戏师，”斋藤骏说道，“有能力胜过我的人，过去十五年里，你是第一个。”

易希川说道：“我可没有你说得那么厉害，中国藏龙卧虎，比我厉害的幻戏师还有很多。”

斋藤骏问道："你的幻戏如此厉害，莫非你是云机社的人？"

易希川不知道斋藤骏为何会突然问起云机社，应道："我不是云机社的人。"

斋藤骏颔首说道："嗯，那就是了，我料想云机社中，不可能有人会'神仙索'。"

斋藤骏以龙图为注摆下幻戏擂台，目的就是想利用龙图的吸引力，将中国厉害的幻戏师全都引出来，然后将其一一击败，这也是他此番来到中国的真实意图。他原本以为中国没有幻戏师能胜得了他，想不到竟会遇到易希川的"神仙索"。"神仙索"是他唯一没有学会的中国幻戏，他心里对"神仙索"这门幻戏的渴求，与他对龙图的渴求，几乎是不分上下的。

斋藤骏冷冷道："放了久美子，交出龙图和'神仙索'的秘诀，我可以放你一条生路。"

易希川说道："我无意伤害无辜之人，人我可以放，龙图原本非我所有，也可以给你，但是'神仙索'的秘诀，那是我花费数年时间好不容易才想出来的，绝不可能告诉你。试问你任意操控火焰的手法，是否肯说与我知道呢？倘若你有真本事，那就该自己去想出来，而不是抢夺他人的幻戏秘诀。"

斋藤骏知道易希川说得很对，以他在日本幻术界的身份和地位，本不该抢夺他人的幻戏秘诀，但是"神仙索"这门幻戏太过神妙，他苦思多年不得其法，现在好不容易遇到了，当然不想轻易错过。

就在斋藤骏暗自权衡之际，秋本久美子忽然轻声叫道："师父，救我……"

斋藤骏已经年过四十，一直没有娶妻育子，唯有秋本久美子这一个徒儿跟随着他，朝夕相伴了十多年。在他的心中，早已将秋本久美子视作亲生女儿一般，是以秋本久美子遇到危险之时，一向镇定自若的他，竟会显露出焦急之态。听到秋本久美子的求救声，斋藤骏不再犹豫，说道："'神仙索'的秘诀我不要了，你放了久美子，交出龙图，我任由你离开。"

易希川怕斋藤骏出尔反尔，问道："我如何信得过你？"

斋藤骏朗声说道："倘若我食言，下次我施展火幻术时，必引火自焚，被火烧死。"

秋本久美子知道斋藤骏这辈子最引以为傲的幻术便是火幻术，他能以火幻术立誓，那就是决计不会食言了。易希川深知每一个幻戏师最为重视的便是自己的幻戏，生平最不能容忍的事情，便是表演幻戏时出现失误，只因一次失误，便会葬送一辈子积累起来的名声。幻术师和幻戏师虽然称谓有别，但其实是同一类人，斋藤骏将火幻术出现失误立为毒誓，在易希川看来，那已经算是最为狠毒的誓言了。

"好，你既然如此立誓，我就权且信你一回。"易希川说道，"龙图在这里，你拿去吧。"说罢取出黄金圆筒，隔空扔给了斋藤骏。

斋藤骏伸手接住黄金圆筒，平静的脸色却陡然一变。

"我以火幻术立下毒誓，"斋藤骏森然说道，"你却拿假的龙图来骗我？"

易希川说道："你仔细看清楚了，这黄金圆筒是我从擂台上赢走的那个，怎会有假？"

斋藤骏拿起黄金圆筒，故意在易希川的注视之下掂量了两下，说道："变轻了。"他曾持有黄金圆筒一个多月，早就熟悉了黄金圆筒握在手里的感觉，此时一接住黄金圆筒，便发现比以前轻了一点点。虽然这种变化极其微小，但他还是一下子就觉察了出来。易希川赌上性命才赢走的龙图，如此轻易便肯交出来，他原本就有些怀疑，此时突然发现黄金圆筒的重量变轻，顿时明白过来。

“这里面的龙图，”他直视着易希川，“想必已经被你取出来了。”

易希川原本想利用空的黄金圆筒来骗过斋藤骏，没想到斋藤骏竟然心细如发，并不上当，一下子就识破了个中机巧。

计谋被识破了，易希川却并不显慌乱，反而镇定无比。

斋藤骏一脸肃杀，沉声说道：“我立下毒誓，坦诚相待，你却根本没有当回事。”语气之中，已透出了令人胆寒的森森杀意。他猛地将黄金圆筒扔在了船板上，双掌一翻，两团碧绿色的火焰立刻燃起。碧绿色的火光映照在他的脸上，整张脸一片青绿，在肃杀之中增添了几分阴森恐怖之感。

易希川亲眼看见过斋藤骏这门火幻术的厉害，还曾被碧绿色火焰烧伤过后背，知道斋藤骏一旦出手，自己绝对没有抵挡的能力。他不等斋藤骏出手，说道：“想不到你如此心细，竟然骗不过你。龙图的确被我取出来了，就在这里。”说罢伸手入怀，将龙图取了出来。

易希川将龙图徐徐展开，说道：“争来抢去，无非是为了这张龙图里暗藏的神奇幻戏。当年陈抟老祖用龙图引火，变幻出真龙绕天之景，这传言在幻戏界流传了近千年，也不知道是真是假。”说完这话，易希川将龙图平放在地上，然后从怀中取出一包引火粉，用引火粉变出了一团火焰，将这团火焰挨近龙图，轰的一声，龙图顿时燃起了大火。

易希川的这一举动来得太过突然，斋藤骏霎时间一愣，将目光定格在了着火的龙图上。

龙图着火之后，立刻出现了变化，原本明黄色的火焰，突然幻化成了五彩斑斓之色。这火焰如同活物一般，见风就长，笔直上蹿，竟直接蹿上漆黑的夜空，在夜空中飞舞盘旋。

易希川、秋本久美子、斋藤骏和几个日本武士全都仰起头来，望着夜空中盘旋的五色火焰。变化莫测的火光映照在每个人的脸上，仿若流光溢彩一般。

那盘旋升空的火焰继续着神妙非凡的变化，忽地变幻出了狰狞可怖的龙头，接着是威武雄壮的龙身，随后是摇摆扇动的龙尾，最后是锋利无比的龙爪。这条火龙扭曲着身体，在空中翻腾了一阵，忽然以口衔尾，首尾相连，飞快地盘旋游弋。火龙在夜空中盘旋，江水中则倒映出了另一条龙，两条龙一条在天上，一条在水中，交相辉映，场面恢宏壮观，震撼绝伦。

斋藤骏望着这匪夷所思的奇异幻景，一时之间头脑一片空白，只觉浑身都在发麻，每一处皮肤都在冒鸡皮疙瘩。

然而一声突如其来的尖叫，却将斋藤骏游离的心神拉了回来。

那是秋本久美子的尖叫声——斋藤骏急忙低下头来，只见易希川挟持着秋本久美子，已经跃离了船头，一头扎进了江水之中。

斋藤骏急忙冲到船边，见秋本久美子的脑袋冒出了水面，手脚胡乱地拍打，正在不断地扑腾。他急忙探出半截身子，伸长了手臂，一把拉住了秋本久美子胡乱挥舞的手，将秋本久美子拉上了夜船。

秋本久美子连连咳嗽，呛出了好几口水。她衣发尽湿，脸色苍白，模样狼狈至极，也可怜至极。

斋藤骏救起秋本久美子后，再抬头看时，夜空中的火龙已经彻底消失了。他立刻低下头来，紧紧地盯住江面，只待易希川冒出头来，便立刻取其性命。

但是易希川仿佛在水里消失了一般，江面逐渐恢复了平静，却始终不见易希川冒出头来。

斋藤骏紧盯了片刻，忽然看见有东西浮出了水面。

那是淡淡的白色烟雾。

这些烟雾自江面上升腾而起，起初很淡，但越聚越多，最终凝聚成浓厚的一团，笼罩在易希川入水的那片江面上。

这一幕斋藤骏再熟悉不过了。

一个多月前，嘴老曾经使用过这一招，当时嘴老试图声东击西，吸引住斋藤骏的注意力，然后朝相反的方向偷偷游走，只可惜被斋藤骏识破，最终没能逃脱，反而被断去手脚，踢入江中丢掉了性命。

相同的一幕再次出现了，斋藤骏自然不会上当。他急忙向四周看去，却始终不见周围的江面上有任何波浪涌动的痕迹。他自己观察周围江面的同时，命令几个日本武士仔细地盯住烟雾笼罩的那片江面。

斋藤骏和几个日本武士紧盯了一刻多钟，江面上始终没有出现任何动静，那团长时间凝聚的烟雾竟渐渐地消散了。

然而，易希川始终没有浮出水面。

斋藤骏不敢大意，心想易希川是会变“神仙索”的幻戏师，说不定还有其他厉害的幻戏绝技。但是与此同时他也非常清楚，无论幻戏再怎么厉害，易希川终归是肉体凡胎，不可能一直潜沉在水下不换气。一刻多钟已经足够长了，早已超出了一个人憋气的极限，斋藤骏不相信易希川还能继续潜沉在水下，于是死死地盯着江面，一刻也不敢走神。

如此又过了一刻多钟，易希川还是没有出现。

斋藤骏不由得暗暗疑惑：“难道姓易的小子已经溺了水，被淹死了？”

秋本久美子一直怔怔地望着江面，这时候轻声说道：“师父，你赶来之前，他已经受了很重的伤，说不定……说不定这时候已经淹死了。”

斋藤骏想起了易希川遍体鳞伤浑身是血的模样，不由得暗暗思虑了片刻，说道：“这么长时间不浮出水面，绝无生还的可能，他既然已经受了重伤，一定是淹死在水下了。只是可惜了龙图，也可惜了‘神仙索’幻戏，终究还是失传了。”说着竟极为惋惜地长叹了一口气。

秋本久美子浑身湿透，被寒冷的江风一吹，冻得瑟瑟发抖。“师父，我好冷……”她用双手紧紧地环抱住了自己，“我们回去吧……”

斋藤骏料定易希川已经淹死，于是不再把时间浪费在江面上。他扶着秋本久美子，登上了自己来时所乘的船。

秋本久美子走进船舱，刹那间花容失色，只因她看见船舱的角落里，铺开了一方被褥，被褥上躺了一个人，竟是身受重伤昏迷不醒的荒川隼人。她惊讶道：“他……他怎么会……”

斋藤骏说道：“我赶来之时，在江面上发现了他，将他救了起来。他腹部受了重伤，性命危急，需要尽快送往医院救治。”说完这话，他立刻命令几个日本武士将黑忍的尸体抬上了船，又在夜船上放了一把火，这才拔起连接两艘船的铁爪钩，然后让船夫开船，调转了船头，向外滩码头的方向驶去。

秋本久美子看着昏迷不醒的荒川隼人，心里一片茫然，不知道该怎么办。她颤巍巍地走出船舱，望着远处已经燃起大火的夜船，心里又是喜悦，又是惆怅，又是担心……

没有了铁爪钩的抓扯，燃烧着大火的夜船随着流动的江水，慢慢往夜幕深处漂去。

火光之中，船头上一具趴卧着的尸体忽然动了，已经死去多时的罗盖穹，竟用双手撑住船板，缓慢地站了起来。

然而那并不是罗盖穹，而是易希川。

原来易希川用龙图引火，变幻出真龙绕天的壮观景象时，趁着斋藤骏和几个日本武士全都仰望出神，迅速地将罗盖穹的尸体拉起来，将变“神仙索”幻戏时剩下的一包凝烟粉塞进了罗盖穹的怀里，然后由秋本久美子抱着罗盖穹的尸体，跳进了江水之中。

在秋本久美子抱着罗盖穹的尸体跳江的同时，易希川则将着火的龙图压在了身下，火焰顿时熄灭了，夜空中的火龙迅速消失。易希川趴卧在罗盖穹原先趴卧的位置，一动不动，假装成了罗盖穹的尸体。

易希川的衣服染透了鲜血，罗盖穹的衣服同样染透了鲜血，从衣服的颜色看起来相差无几，再加上还有黑忍和两个乘客的尸体躺在船头，使得罗盖穹的尸体显得不那么引人注目，斋藤骏一心救秋本久美子，竟没有注意到船板上罗盖穹的尸体已经换了人。

救起秋本久美子后，斋藤骏又被江面上逐渐凝聚成团的烟雾吸引住了。

易希川往罗盖穹的怀里塞进一包凝烟粉，为的就是让凝烟粉遇水，产生这样一团烟雾，牢牢地吸引住斋藤骏的注意力，以免斋藤骏发现他假装成尸体，趴卧在船板上。

以斋藤骏的能力和见识，原本是不会上当的，只因他曾在嘴老那里经历过类似的一幕并险些上当受骗，又在擂台上亲眼见到易希川将烟雾凝聚于“神仙索”之上，所以先入为主，认定这团烟雾是易希川在水下捣鬼，是以一直认定易希川潜沉在水下，始终牢牢地紧盯江面，却全然没有想到易希川从始至终根本就没有下水。秋本久美子适时地说出易希川已经身受重伤的话，让斋藤骏认定易希川已经淹死在了水下，这才彻底绝了抢夺龙图和“神仙索”秘诀的心，接着秋本久美子又说怕冷，斋藤骏对秋本久美子十分关心，又想着快些送荒川隼人去医院，这才决定离开。

易希川这一条急切之间想出来的保命之计，在秋本久美子的协助之下，最终成功骗过了斋藤骏，令自己逃过了这一死劫。

易希川站了起来，把压在身下的龙图展开，只见龙图上除了染上一些血迹之外，没有任何燃烧过的痕迹，也没有任何被压坏的地方，算是完好如初，这才放了心。

夜船已经燃起大火，易希川不能再多有耽搁。他捡起被斋藤骏扔掉的黄金圆筒，将龙图装入其中，又将黄金圆筒放进怀里揣好。他用尖刀撬起一块船板，随后抱着船板跳进了江水之中。

易希川趴在船板上，借助船板的浮力，奋力地游划，不多时便游到了岸边。他赶忙拿出黄金圆筒检查了一下，确认并未进水，里面的龙图也并未打湿，这才松了一口气。

易希川双手捧着龙图，就那样怔怔地站在江边，不禁回想起了与师父和众位师弟刚来上海时的那种轻松愉快，那时他还曾满怀兴致地围在街边，和众位师弟一起观看徐鬼手的“画骨术”幻戏。可是如今离开上海时，他却是孑然一身，师父和众位师弟全都去了另外一个世界，再也不能和他一起同归故里了。

想到这里，站在四下无人的黄浦江边，易希川不禁悲从中来，眼泪竟不受控制地流了出来。

过了好一阵子，易希川才抹去眼泪，将龙图包好，放入了怀中。

手伸进怀中之时，他的指尖忽然触碰到了一丝冰凉，那是秋本久美子送给他的蓝色贝壳手链。

易希川将那串蓝色贝壳手链拿了出来，放在手心里长久地凝视，眼前仿佛又出现了秋本久美子那清秀纯真的笑容。

易希川和秋本久美子相处的时日并不多，但是他能清晰地感受到自己对她的别样情愫，也能清晰地感受到她待自己的与众不同。

可是易希川的心里十分清楚，自己是中国人，秋本久美子却是日本人，如今日本正在侵略中国，华夏大地一片疮痍，无数同胞生灵涂炭，这是国仇，亦是家恨，他永远不可能和一个日本女子走到一起。

可是他的心里还是曾有过期待。

黄浦江上一别，也许终此一生不会再相见，这份曾经有过的期待，终将永远深埋在他的心底。

怔忡了良久，易希川轻轻地叹了一声，将那串蓝色贝壳手链，戴在了自己的手腕上。

忽然之间，他的手腕有了一丝奇怪的感觉，只觉整条蓝色贝壳手链都是冰冷的，唯独有一小块地方是温热的。

易希川心生疑惑，从怀中取出了一包引火粉。引火粉用油纸包着，并未被水打湿。他用引火粉燃起了一团火焰。

火光之下，他看清手腕温热之处的那一颗贝壳，与其他贝壳略有些不同。其他贝壳都是纯蓝色的，唯独这一颗贝壳，壳面上有一抹细小的红色，如同一根血丝一般，再加上其他贝壳都是冰冷至极，唯独这一颗贝壳略有温热，这不禁让他对这颗贝壳产生了极大的兴趣。他再仔细观察，发现这颗贝壳略微有些开口，其他贝壳则是完全闭合的，似乎这颗贝壳曾被打开过。

易希川诧异不已，将这颗贝壳轻轻地掰开，只见两片内壳上分别歪歪扭扭地刻了一个字。字是汉字，并非日文，其中一个字是“我”，另一个字是“救”。

“救我！”

刹那之间，易希川心头一颤，猛地抬起头来，望向远处的江面。秋本久美子乘坐的船，早已消融在夜色深处，不知去向。

出 品 人：许　永
责任编辑：许宗华
特邀编辑：朱若愚　王菁菁　王佩佩
封面设计：郭　子
封面插画：光影摇曳
印制总监：蒋　波
发行总监：田峰峥

投稿信箱：cmsdbj@163.com
发　　行：北京创美汇品图书有限公司
发行热线：010-59799930

创美工厂
微信公众平台

创美工厂
官方微博

魔术会 2

绝技争锋

巫童　著

中国友谊出版公司

幻戏师

易希川：春秋彩戏派现任戏主，为从日军手中盗取“龙图”，随师父牧章桐前往上海，参与盗图行动。之后为了重振师门，在万国千彩大剧院驻台演出。

牧章桐：春秋彩戏派前任戏主，人称“安徽彩戏王”。在盗图行动中意外抽到“盗”字，因此改变了自己和整个门派的命运。

双鱼：春秋彩戏派女弟子，易希川的师妹，来到上海协助其重整旗鼓。

秋本久美子：斋藤骏的传人，最年轻的日本幻术大赛冠军，随斋藤骏前来中国，与中国渊源极深。

斋藤骏：来自日本的幻戏师，实力深不可测，在上海滩摆下生死擂台，立志击败所有中国的幻戏师。

罗盖穹：罗家戏苑当家人，名震上海的幻戏高手，“上海三魁”之一，在盗图行动中扮演重要角色。

罗慕寒：罗盖穹之子，年轻一代幻戏师中的佼佼者，立志纵横幻戏界，扬名海内外。同时寻找易希川，为父报仇。

鲁鸿儒：万国千彩大剧院的老板，深谋远虑，深藏不露。

蒋白丁：和鲁鸿儒、谭素琴是同门关系，之后放弃幻戏，投身青帮，成了一名青帮头目，替鲁鸿儒做事。

金童：“魔圣”朱连魁的传人，从海外归来，曾是巴黎魔术馆的首席魔术师，因意外失手致残而被抛弃。

袁木火：蒋白丁的手下，梦想在万国千彩大剧院演出，因易希川的出现而向其发出挑战。

维克多：来自巴黎的魔术师，和“上海三魁”分庭抗礼。

伊莎贝拉：巴黎魔术馆老板的女儿，对中国幻戏非常着迷。

嘴老：性格不定、目的不明的怪异老者，武艺高强，和陆章桐是旧相识。

徐傀儡：绰号“鬼手”，上海街头的神秘之人，曾在易希川面前使用过“画骨术”。

依山慕丁：来自印度尸罗门的幻术师，擅长“通天绳”和傀儡幻术。

韦恩：美国魔术师，擅长“倒行”魔术。

斯莱迪尼：号称“神手”的魔术师，最擅长手法魔术。

幻戏组织

云机社

创立于南宋年间，存在了数百年之久的幻戏组织，每个幻戏师都渴望加入其中。曾与日本幻戏团进行惨烈角逐，声震寰宇，拥有幻戏界三大圣物之一的“云机诀”。

幻画门

曾经能够与云机社分庭抗礼的幻戏组织，由秋家统领，掌握了神秘的幻术“画骨术”。

春秋彩戏派

原本位于安徽桐城，随着易希川在上海扬名立万而迁至上海，成为上海地界最为有名的彩戏法流派。

巴黎魔术馆

法国人贝特朗创建的魔术馆，首席魔术师是维克多，与万国千彩大剧院长期竞争并占据上风。

万国千彩大剧院

前身是上海刘家戏苑，鲁鸿儒成为老板后，改名万国千彩大剧院，与巴黎魔术馆隔街相望，互为竞争对手。

上海国术馆

上海地界的国术表演圣地，收藏了众多国术珍宝，幻戏界三大圣物之一的“龙图”便藏在馆内。

扶娄派

传于扶娄古国的幻戏流派，极为神秘，云机社的创始人林遇仙便是出自该派，秘密守护着幻戏界三大圣物之一的“骷髅傀儡”。

尸罗门

印度的幻术门派，将两千多年前的天竺幻术师尸罗奉为祖师，擅长“通天绳”和傀儡幻术。

目录

自序

大学毕业后，我逐渐走上了职业作家的道路，并萌生了要为几近消亡的中国幻戏创作一部小说的想法。因为上海是中国最后一批幻戏师叱咤风云的地方，所以我专程去了一趟上海，希望亲自探寻一番那些与中国幻戏相关的人和事。

罗晴毕业后没有留在成都，也没有回家乡杭州。为了追寻心中的魔术梦，让世人重新认识中国幻戏，她一如自己的曾祖父那般，只身一人去往上海，在魔术圈里闯荡。得知我到了上海，她特地赶来见我，并在随后的五天里，担当我此次探寻之旅的向导。

最初四天，罗晴带我拜访了几位对中国幻戏颇为了解的魔术师，探寻了一些曾经的幻戏遗迹，比如当年密谋盗图行动的罗家戏苑、外滩摆下中日幻戏擂台的地方，还有易希川扬名的万国千彩大剧院旧址等等。对于我而言，这样的行程大同小异，并没有什么特别的收获，直到最后一天的晚上。

最后一天，恰好是上海国际魔术节举办的日子，我跟随罗晴走进会场，观看魔术道具展览，聆听魔术专场讲座，欣赏国际魔术大师的舞台秀。白天的时间很快过去，到了夜幕降临时分，本次国际魔术节的自由展演环节正式开始。一个又一个年轻人自告奋勇地登上舞台，这些人要么是渴望崭露头角的新人魔术师，要么是资深的魔术爱好者，表演的魔术虽然差强人意，但全都是现代魔术，没有一个是中国的传统幻戏。

我多少有些失望，又想起罗晴曾在大学联谊会上的那场表演，于是对身边的罗晴感慨了一句，如果是她的那门“流火”幻戏，想必一定能够震惊全场。

我只是随口一说，罗晴却冲我一笑，趁着一个新人魔术师刚刚结束了表演，她直接拉着我的手，穿过围观人群，径直登上了舞台。

一切发生得太过突然，等到站在舞台上，面对上百道目光的注视，我不免有些手足无措。罗晴的举止却落落大方，脱下米色的外套，交到我的手里，示意我将外套举在身前。她穿着白色衬衫，站在舞台的正中央，指尖轻轻一弹，一束暗红色的火焰倏忽而现，再一弹，火焰顿时一分为二，在她的双手之中燃烧跳动。这简简单单的开场，立刻引来舞台周围一片惊呼，附近观看道具展览的人纷纷聚拢过来，连几位正在接受记者采访的国际魔术大师也向舞台投来了目光。

大学联谊会之后，我再也没有见过罗晴表演“流火”幻戏，于是在惊愕之余，不禁满怀期待。我以为罗晴接下来会让流火游走全身，可是她并没有这么做，而是右手一握，暗红色的火焰顿时熄灭了，一支笔凭空出现在她手中。那是一支古旧的毛笔，笔管蜡黄如玉，笔头干净雪白，唯有毛尖微微泛紫。

罗晴的左手依旧托着暗红色的火焰，右手则举起毛笔，在我身前举着的外套上轻描淡写地画了几下。毛笔没有蘸墨，自然什么也画不出来，米色的外套依旧洁净如初，毫无变化。就在我不明就里之时，罗晴示意我将外套放平，随即倾斜左手，暗红色的火焰倾泻而下，落在了外套上。她接过外套，轻轻地来回抖动，暗红色的火焰没有引燃外套，反而如流水一般，在外套的表面流来淌去。火焰流过之处，原本米色的外套上，竟然有黑色和红色的墨痕慢慢显现。一条条墨痕彼此相连，最终变成了一张人脸。这张人脸从中一分为二，黑色的左半边带着冷笑，红色的右半边带着怒容，如同川剧变脸中的脸谱，显得极为怪异。

我被这一手突如其来的变化震惊了，还在愣神之际，罗晴忽然扬起带着暗红色火焰的外套，盖在了我的脸上。我的脸顿时有一种十分舒适的温热感。几秒钟过后，罗晴揭开外套，我低头看去，暗红色的火焰已经熄灭，外套的表面恢复了干净，那张怪异的人脸已经消失不见了。舞台之下，围观者已有数百人之多，人人目瞪口呆，所有目光都冲我而来，笔直地射在我的脸上。我隐约猜到发生了什么，下意识地摸了摸自己的脸，却感觉不到任何变化。我转头望向舞台侧面的大屏幕，屏幕中的那个人分明是我，然而我却压根不认识我自己。我的脸已经彻底变了，不再是原本的面目，而是半边黑色笑脸，半边红色怒容，一如外套上那张怪异的人脸。

罗晴没有让这惊奇的一幕持续太久，扬起外套罩住了我的脸，我又感到脸上一阵温热。等到外套揭开时，我再次望向大屏幕，总算看见了自己那张再熟悉不过的面孔。

表演就此结束，围观的人群沸腾了，许多记者向舞台聚集，罗晴却放弃了这个一举成名的大好机会。她穿上那件米色外套，忽然转过脸来问我，是否想知道刚才的幻戏是怎么变的。我当然毫不犹豫地给出了肯定的答复。她当即拉着我走下舞台，穿过人群，急匆匆地离开了会场，仿佛还有更为重要的事情等着她去完成。

“想知道，那你就跟我去一个地方，见一个人。”

在匆忙迈步的同时，罗晴如此说道。

我心中立刻明白，该来的，终于要来了。

第一章 驻台

第十二场中日幻戏擂台赛结束后，作为胜利者的易希川匆匆离去，现场围观的中国市民却精神振奋，欢呼雀跃，久久不愿离开。

万般喧哗之中，观戏席上的日本人和洋人纷纷退场，那个头戴黑色高帽、身穿黑色燕尾服的洋人站起身来，穿过人山人海，快步向南而行。

外滩以南是上海法租界，那洋人很快进入法租界内，来到了爱多亚路。爱多亚路原本不是街道，而是一条名叫洋泾浜的河流，因为河水污染严重难以治理，在二十多年前被填浜筑路，又与南岸的孔子路和北岸的松江路合并，成了如今的爱多亚路。爱多亚路是法租界内首屈一指的通衢大道，呈东西走向的街道极为宽阔，街道两侧林立着富丽堂皇的西式建筑。那洋人走到了爱多亚路的东段，这里有两幢建筑隔街相对，其中位于街道南侧的西式风格建筑辉煌时尚，闪烁着三圈彩灯，“巴黎魔术馆”的霓虹招牌璀璨夺目；位于街道北侧的建筑则雕梁飞檐，悬挂着两串大红灯笼，映出“万国千彩大剧院”的漆金招牌，带有东方建筑的传统美感，在一堆西式建筑中尤为显眼。

此时入夜不久，整条爱多亚路灯火通明，电车往来，行人不断，正是开门营业的大好时候。然而，巴黎魔术馆和万国千彩大剧院明明门面敞亮，招牌惹眼，却都紧闭着大门，没有营业。

那洋人径直往巴黎魔术馆走去，绕到巴黎魔术馆的背后，取出钥匙打开后门，进入馆内，来到二楼临街的会客房。会客房内的灯光不算明亮，巴黎魔术馆的老板贝特朗正站在窗前，一边抽着雪茄，一边望着街对面的万国千彩大剧院，眼神微微怔忡，眉宇间颇有愁意。

听见脚步声响，贝特朗转过身来，喷出一大团烟雾，用法语说道：“维克多，你回来了？今晚的擂台赛怎么样？”

那头戴黑色高帽、身穿黑色燕尾服的洋人正是巴黎魔术馆的首席魔术师维克多。他摘下黑色高帽，露出了一张年轻英俊的面孔。他把黑色高帽挂在角落里的帽架上，脸上带着一抹轻松悠闲的微笑，说道：“今晚是擂台赛的第十二场，也是最后一场。一切都结束了。”

满脸的络腮胡子遮住了贝特朗的神情变化，但他双眼却突然一亮，说道：“那个名叫斋藤骏的日本魔术师终于败了吗？”他虽然没有亲自去外滩观看这场中日幻戏擂台赛，但他知道，斋藤骏若是没有被中国的幻戏师击败，中日幻戏擂台赛便会继续下去，第十二场擂台赛便不会成为最后一场，一切也就不会结束。

维克多向窗户走去，来到贝特朗的身边，用简洁的话语，将易希川用“神仙索”击败斋藤骏的经过讲述了一遍。

贝特朗的目光中流露出惊讶和不解，说道：“利用一条绳子升上天空的魔术，那不是印度的通天绳吗，原来中国也有魔术师会这个魔术？去年我女儿旅居印度时，曾经亲眼见过通天绳魔术，表演通天绳的印度魔术师叫什么名字？我女儿说过的，可我想不起来了。”

“依山慕丁。”维克多说道，“伊莎贝拉在印度见过依山慕丁的通天绳后，一直对这个魔术念念不忘。她多次对我提起，说那是她一生当中见过的最伟大的魔术。只可惜她为了去美国邀约魔术师韦恩，昨天刚刚离开上海，正好错过了今晚的擂台赛。她没能目睹中国的通天绳魔术，实在是太可惜了。”

贝特朗深深地吸了一口雪茄，缓慢地吞吐烟雾，一脸的舒适自得，说道：“自从擂台赛开始以来，我们的观众全都去了外滩观看擂台赛，魔术馆的生意越来越差，以至于到了举行擂台赛的日子，就不得不关门歇业。对面的万国千彩大剧院也是如此。现在好了，这一切总算结束了，我们的观众就要回来了！”

维克多若有所思，暗自想了片刻，忽然对贝特朗说道：“魔术比赛在上海这么火爆，引起了全上海所有人的关注，既然如此，我们为什么不抓住这个机会呢？”

“什么机会？”贝特朗有些不明白。

“趁着魔术在上海风靡大热的时机，我们何不自己举办一场魔术比赛？”维克多说道，“一场比中日魔术擂台赛更加声势浩大的世界性魔术大赛。”

贝特朗立刻停下了抽雪茄的动作，双眼光彩熠熠，兴奋地说道：“维克多，你这个主意真是太棒了！一场中日魔术擂台赛能引起如此轰动的效应，如果我们举办一场规模更大的国际魔术大赛，邀请世界各地的著名魔术师前来参赛，相互对决，巴黎魔术馆一定会因此享誉全球，从此座无虚席，一票难求！”

"这个想法虽然好，但现在高兴还是太早了些。"维克多转头对着窗外，望向街对面的万国千彩大剧院，"我们能想到这个主意，难保对面的鲁鸿儒不会想到。"

贝特朗急忙说道："对对对，鲁鸿儒如此精明，他迟早会想到的。我们必须抓紧时间，尽快举办这场魔术大赛，绝对不能让他抢占了先机！"说话之时，他也转过头去，望向街对面的万国千彩大剧院。

就在维克多和贝特朗隔窗眺望万国千彩大剧院的时候，一辆黑色轿车沿着爱多亚路远远驶来，停在了万国千彩大剧院的大门前。除了黑色轿车外，另有二十多个黑衣人一路小跑而至，聚集在黑色轿车的两侧。

黑色轿车的车门打开，一个身形魁伟的中年男人走了下来。这个中年男人浓眉阔嘴，脸带伤疤，竟是当日在公共租界亲身试过徐鬼手的"画骨术"，并被徐鬼手断言前世是位将军的伤疤男人。

伤疤男人抬头望了一眼万国千彩大剧院的漆金招牌，大手一挥，身边一个黑衣人急忙上前拍打大门。

剧院的大门很快打开了，伤疤男人在几个黑衣人的簇拥下，大摇大摆地走了进去，其余黑衣人则一字排开，威风凛凛地守在剧院的大门前。

伤疤男人穿过门厅和走廊，走进了偏厅，直接往沙发上大大咧咧地一坐，张口就说，嗓音极为粗沉："哥，我正在大世界逍遥快活呢，你的人慌慌张张就找来了。这么急着叫我来，是不是摊上了什么大事？你只管说，哪怕是天大的麻烦，做兄弟的也一定替你摆平！"

伤疤男人的对面，身体略微发福、头发有些花白的鲁鸿儒正坐在一张老旧的藤椅里。鲁鸿儒的右手握着一张泛黄的手帕，抵住嘴巴咳嗽了两声才开口说话，嗓音四平八稳，语气徐而不急："没什么大事，只是想让你帮忙找一个人。"

"那还不是小事一桩！"伤疤男人说道，"要找谁？你只管说，我一定把人抓来见你。"

"白丁，这次不抓人，只找人。"鲁鸿儒说道，"此人名叫易希川，是春秋彩戏派的新任戏主。"

那伤疤男人姓蒋名白丁，听了鲁鸿儒这句话，不由得微微皱起眉头，说道："易希川……这个名字有点耳熟，我好像在哪里听过……"

鲁鸿儒说道："就是今晚登上外滩擂台挑战斋藤骏的幻戏师。"

蒋白丁恍然大悟，一拍脑门，说道："这两天手底下的人一直在说擂台赛的事，多半提到了这个叫易希川的人，难怪名字听起来这么耳熟。"又问，"哥，你找这人做什么？他有什么厉害的能耐吗？"

鲁鸿儒又用手帕捂嘴，咳嗽了两声，说道："我片刻前才从外滩回来，这个易希川刚刚在擂台上击败了斋藤骏。他击败斋藤骏所用的幻戏……是'神仙索'。"

蒋白丁吃了一惊，靠倒在沙发上的后背立刻直了起来，说道："'神仙索'？这门幻戏不是……不是早就失传了吗？"

鲁鸿儒点了点头，说道："正因为如此，我才想找到此人。你身在青帮，手下人多势众，找起人来更为容易，所以我才想请你帮我这个忙。"

蒋白丁说道："哥，你我可是同门师兄弟的关系，对我说这些客气话做什么？"说着站起身来，拍着自己的胸口，"不出三天，我一定把这个叫易希川的人抓来见你！"

“白丁，我方才说了，这次不抓人。”鲁鸿儒又连咳数声，缓过一口气，才徐徐说道，“你找到易希川后，就说我的剧院失去了谭素琴，没有了驻台幻戏师，无法对抗巴黎魔术馆的首席魔术师维克多，所以希望能聘请他来万国千彩大剧院驻台撑场，至于酬金方面，可以任由他开价。”

蒋白丁说道：“那好，你放心就是！不出三天，我一定把易希川抓……不，是客客气气地带到你面前来。”

说完这话，蒋白丁转身就要离开。鲁鸿儒忽然问道：“白丁，那个叫徐鬼手的幻戏师，可有什么消息？”

蒋白丁说道：“此人在公共租界露了一手‘画骨术’，被我碰巧撞见之后，就再也没有露过面，我的人找遍了大大小小的旅馆客栈，始终没有找到他的半点踪迹。此人多半早就离开了上海，用不着再找他了。”

鲁鸿儒若有所思地点了点头，说道：“那你去吧，我等着你的好消息。”

蒋白丁迈着阔步离开了偏厅，走出万国千彩大剧院，乘坐着黑色轿车，率领二十多个黑衣人返回了大世界。

大世界地处法租界的中心地段，从外观上看是一幢极具规模的西式建筑，但内部却颇多中国传统形式，设有许多小型戏台，轮番表演各种幻戏魔术、戏曲歌舞和游艺杂要，引得上海地界的众多名角和名妓轮流献艺。此外，还设有剧场、书场、赌场、商场、电影院和中西餐馆等，令国内外无数游客流连忘返乐在其中，乃是上海地界最为有名的娱乐场所，号称“远东第一俱乐部”。

大世界是二十年前由大商人黄楚九创办，七年前转由上海青帮头领黄金荣经营。蒋白丁是黄金荣手下的一个小头目，因早年是幻戏师出身，因此被黄金荣安排管理大世界内的戏台片区。蒋白丁的手底下有不少青帮混混，他一回到大世界，立刻安排了二三十个青帮混混，前往外滩一带打听易希川的下落，若是有了消息，无论用什么办法，都要把人带回来。

蒋白丁手底下的这群青帮混混领了命令后，很快便来到外滩，向那些尚未离开的中国市民打听易希川的去向，却一无所获。

这群青帮混混当即分成了几拨，拿着两天前的报纸，对照着报纸上易希川在报名处拍下的照片，到外滩和公共租界一带四处寻找易希川的踪迹，其中一拨人寻到了紧挨黄浦江的一条街道上。

忽然之间，街边响起了大呼小叫之声，过路的行人纷纷涌向黄浦江岸。这拨青帮混混跟着跑到黄浦江岸，只见几个人正在江水之中奋力游划，不断地呼喊救命。一些行人奋不顾身地下到水中，将几个落水之人拉了上来。这几个落水之人，正是易希川乘坐的夜船上的船家和几名乘客，因斋藤骏率领日本武士乘船追来，不得不跳江逃命。

围观行人七嘴八舌地询问他们为什么掉进了江水之中，几个落水之人便心惊胆战地讲述了夜船上发生的事。那拨青帮混混的领头听过之后，忙拿起报纸上易希川的照片上前询问。几个落水之人急忙点头，都说照片中的人就在夜船上。

费了好大的劲，总算找到了易希川的下落，那领头脸上一喜，抬头向江面上的夜船望去。

此时易希川乘坐的夜船和斋藤骏乘坐的船只被铁爪钩在一起，正停在江心。

猛然间光亮大作，只见夜船上凭空燃起了一团火焰。这团火焰笔直地蹿上夜空，幻化成一条五彩斑斓的巨型火龙，扭动着龙身，首尾相衔，在空中飞快地盘旋游弋。江水中倒映出了另一条火龙，与夜空中的火龙交相辉映，气势恢宏，撼人心魄。

江岸上围观的行人或惊声大叫，或目瞪口呆，其中有一个洋人，正是当日救过易希川性命的英国牧师路德。路德惊讶之余，忽地想起胸前挂着一部相机，急忙将相机举起来，把镜头对准江面上的火龙，拍下了这一幕匪夷所思、震撼绝伦的奇景。

没过多久，江面上的火龙忽然熄灭，眨眼之间便消失得无踪无影。

围观的行人交头接耳，议论纷纷，那拨青帮混混的领头则一言不发，目不转睛地盯着江面上的夜船。

过了一阵，连在一起的两艘船忽然分开，一艘是斋藤骏乘坐的船只，向外滩码头的方向驶去，另一艘则是易希川乘坐的夜船，慢慢地燃起了大火，顺着江水往夜幕深处漂行。

那领头急忙率领手下的青帮混混，从围观的人群中挤出，顺着江水的流动方向沿岸疾行，紧跟着江面上漂行的夜船。

夜船不断漂行，离江岸越来越远，但夜船上燃起的火光极为明亮，隐约可以看见船头有一道人影摇摇晃晃地站了起来，猛地一下跳进了江水之中。

那领头远远望见跳水之人快速游向江边，很快爬上了岸。他担心那人上岸后会立即离开，急忙加快脚步，率领手底下的那拨青帮混混一路追去。

易希川怔怔地看着手中的那串蓝色贝壳手链，看着那颗已经掰开的贝壳，看着内壳上那两个歪歪斜斜的刻字。

“救我！救我？救我……”他抬起头来，望着暗沉沉的江面，心中惊疑难定，“她当真遇到什么危险了吗？可方才在夜船上独处之时，她为什么不亲口告诉我呢？她一定是遇到什么危险了，而且一定有什么难言之隐，不便当面对我说，才留下了这串手链。可她已经随斋藤骏去了，斋藤骏的本事那么厉害，又是她的师父，有斋藤骏在身边，无论遇到何种危险，她都会平安无事的，我又何必在这里胡乱担心……”转念却想，“可是她有那么厉害的师父，为什么还要特意把手链留给我，叫我去救她呢？万一……万一她遇到的危险，正是来自她的师父呢？她一个日本女子，在上海无依无靠，孤身无助，倘若斋藤骏真要对她不利，她又能有什么办法？不行，我不能就这么离开上海，我必须回去找她，回去救她……”

各种纷繁复杂的念头在脑海中交错，易希川如同一尊石像，一动不动地立在江边。

他全身湿透，夜风从江面上吹来，顿时冰寒刺骨，他却神情凝滞，浑然不觉，直到那拨青帮混混赶到，将他团团围住，他才回过神来。

一束刺眼的灯光照在了脸上，易希川不得不侧过了脸，眯起眼睛，一时之间看不清围上来的是些什么人，只听见一个尖锐的声音问道：“你就是易希川？”

易希川被灯光照住，眼睛难以完全睁开，只能隐隐约约看见灯光来自正前方一个人的手中，应该是手电筒的光。

“把光挪开。”易希川有些不悦地说着话，一只手举起来挡住灯光，另一只手则迅速将那串蓝色贝壳手链放进了怀中。

手电筒的灯光移向了一边，易希川这才睁开眼来环视周围，看清来人全都身穿黑衣，面目不善。他的目光落在方才说话之人的身上，问道：“你们是什么人？”

方才说话的正是这拨青帮混混的领头，他没有回答易希川的问题，而是对比了报纸上的照片和眼前的真人，再次问道："你是易希川吧？"

易希川应道："是又怎样？"

那领头说道："是就对了，跟我们走一趟。"大手一挥，几个青帮混混立即踏步上前，不由分说便一把抓住易希川的手臂。

易希川下意识地甩动手臂，他的臂力极大，瞬间就挣脱了抓拿。几个青帮混混被他的臂力一掀，脚下趔趄，竟险些跌翻在地。

易希川不知道这群人是什么来历，但一见面就动手，势必来者不善，没安好心，说不定便是冲着他怀中的龙图而来。他反手推倒一个青帮混混，冲出包围圈，撒腿就往远处奔逃。那领头急忙带领青帮混混拼命追赶。

易希川在黄浦江上经历了连番恶斗，负伤多处，身体早已疲惫不堪，没有跑出多远，就被这群青帮混混重新追上。这群青帮混混收紧包围圈，想要把他再次擒住。易希川虽然冲不破包围圈，但困兽犹斗，仗着双臂极大的力量，与这群青帮混混纠缠，让这群青帮混混难以得逞。

忽然"砰"的一声巨响，所有人的动作同时停住。

那是一声枪响。

那领头高举着一支手枪，对准夜空，大声说道："姓易的，你再反抗，别怪我下狠手了！"说着放下手臂，枪口对准了包围圈中的易希川，"我们大哥要见你，识相的，就乖乖跟我们走一趟。"

易希川曾经受过枪伤，知道枪支弹药的厉害，哪怕他双臂力大无穷，终究只是肉体凡胎，休想挡住子弹。他心中念着秋本久美子的安危，又有圣物龙图在身，岂能在这里枉自送了性命？他垂下了手臂，不再做无谓的抗争了。几个青帮混混立刻围拢上来，将他反拧了双臂，令他难以动弹。

这群青帮混混押着易希川离开江边，一路疾行，没多久便来到了大世界。

易希川没来得及看清这幢号称“远东第一俱乐部”的恢宏建筑是哪般模样，便被押入其中，来到了戏台片区。

此时的蒋白丁坐在观众席首排正中的座位上，正听一个脑后梳着小辫的年轻人说着什么。他看见一群手下押着易希川走了进来，立刻摆手，示意那梳着小辫的年轻人别再往下说了。那年轻人一脸恳求，又带着几分焦急神色，说道：“鲁老板那里，还望蒋老板能行个方便。袁木火的下半辈子，就全仰仗您了！”

蒋白丁不耐烦地点了点头，挥手道：“知道了，去吧，去吧。”

名叫袁木火的年轻人对蒋白丁深深地鞠了一躬，转身离开之时，正好遇上被押来的易希川。袁木火斜着看了易希川一眼，以为是某个得罪了青帮的人，所以没怎么在意。他从衣兜里摸出一个四四方方的扁酒壶，拧开盖子，仰起头来，急不可耐地喝了一口。烈酒入喉，他顿时露出一脸舒服受用的神情，脚底下加快步子，离开了戏台片区。

这群青帮混混的领头走到蒋白丁的身前，向蒋白丁禀明了情况。蒋白丁拍了拍那领头的肩膀，说道：“阿潘啊，你做事很是利索，不错不错，很有前途。”

阿潘急忙躬身说道：“只要跟着蒋大哥走，人人都有前途。”

蒋白丁哈哈大笑，满意地点了点头。他抬起眼来，打量了易希川一番，不禁微微皱起了眉，说道：“你就是易希川？我们是不是在哪里见过？”他的确见过易希川，在徐鬼手表演“画骨术”的时候，只不过时隔多日，他早已想不起来了。

易希川却记得清清楚楚，但他不清楚蒋白丁是什么来头，派人抓他来大世界又有什么目的，因此并不点破，只是冷声冷气地说道："是你要见我？"

蒋白丁说道："听说你在外滩的擂台上，用'神仙索'击败了斋藤骏？看你乳臭未干瘦不拉几的样子，想不到竟有这等本事。不过据我所知，'神仙索'应该早就失传了，你小子是从哪里学来的？"

易希川说道："你见我，就是为了问这个？"

蒋白丁伸出两根手指，说道："我蒋白丁平生只有两个爱好，一是女人，二是钱财，至于'神仙索'嘛，任它有多么神奇，也就那么回事，我可没多大兴趣。要见你的，另有其人。"说着站起身来，吩咐阿潘去备车，随即领着一拨青帮混混，押了易希川，连夜前往万国千彩大剧院。

再次来到万国千彩大剧院时，夜已经很深了，剧院门前的两串灯笼已经熄灭，周围其他建筑的霓虹彩灯也大都关掉，只剩下几盏极为昏暗的路灯亮着，四下里瞧起来黑乎乎的。

一个青帮混混上前叩开了大门，蒋白丁亲自押着易希川，走进了万国千彩大剧院，来到了偏厅。鲁鸿儒听说蒋白丁连夜将易希川带来了，原本已经睡下的他，急忙穿戴整齐，离开卧房，来到偏厅相候。

眼见蒋白丁押着易希川进来，鲁鸿儒急忙从藤椅里起身，迎上前去，说道："白丁，易戏主是贵客，别怠慢了人家。"

蒋白丁咧嘴一笑，说道："知道了。"话音一落，手便松开了。

鲁鸿儒见易希川衣服湿透，浑身伤痕累累，血迹斑斑，于是冲站在角落里的一个管家模样的老人说道："贵叔，你带易戏主去浴房沐浴更衣，再叫人去请医生来，给易戏主治伤。”

贵叔头发花白，精神却极为矍铄。他走到易希川的身前，抬起一只手，恭敬有礼地说道：“易戏主，这边请。”

易希川的双臂长时间被反拧在身后，直到蒋白丁松开手，方才重获自由。他活动了一下早已麻木的手臂，狐疑地瞧了一眼鲁鸿儒。蒋白丁对他动手动脚，鲁鸿儒却对他如此客气，一见面就让他沐浴，还要请医生来给他治伤，他不知对方的葫芦里卖的是什么药，因此一直站着，并不移步。

蒋白丁不耐烦地说道：“这位是万国千彩大剧院的鲁鸿儒鲁老板，要见你的正主便是他。鲁老板叫你去洗澡，你就赶紧去，耳朵是不是聋了？”

鲁鸿儒急忙说道：“白丁，不可对易戏主无礼。”转头对易希川拱手见礼，说道，“易戏主，我与尊师牧先生乃是故交好友，只因看了外滩的擂台赛，知道易戏主人在上海，这才让白丁请你一回，若有怠慢得罪之处，还望你多多海涵。”

易希川的眼睛顿时一亮，问道：“你认识我师父？”

鲁鸿儒点了点头，说道：“易戏主身上有伤，耽搁不得，还请先去沐浴治伤，待会儿我们再慢慢细聊。”

易希川仍有些迟疑，犹豫了一下，最终还是跟随贵叔去了浴房。他虽然不知道鲁鸿儒为什么要见他，也不清楚鲁鸿儒是不是真的认识牧章桐，但他浑身又湿又脏，更有多处负伤，能够沐浴治伤，自然有益无害。

易希川走后，鲁鸿儒轻咳了两声，问蒋白丁道：“他身上的伤，是你所为？”

蒋白丁一屁股坐在了沙发上，说道：“哥，你也太小瞧我了。

我虽然是个粗人，但向来说一不二，既然答应了你，要把他客客气气地带来，又怎会伤他？我的人找到他时，他就已经是这般模样了。”

鲁鸿儒舒了口气，说道：“那就好。”

蒋白丁打个哈哈，说道：“放心吧，做兄弟的自有分寸，不会坏了你的大事。”

鲁鸿儒微微颔首，坐回藤椅上，不再言语。

过了很长一段时间，易希川沐好浴更好衣，浑身的伤口全都上药包扎，终于在贵叔的引领下，再次来到了偏厅。

鲁鸿儒早已吩咐下人备好了清茶，朝沙发抬手，说道：“易戏主请，我们坐下说话。”

易希川在沙发上坐了下来。蒋白丁不愿挨着易希川坐，从沙发里站起身来，叫贵叔搬来一把椅子，在侧首大大咧咧地坐下。

鲁鸿儒从藤椅旁的小桌上拿起一叠信件，让贵叔递给易希川，说道：“易戏主，我与尊师牧先生交好已有十多年，这些都是过去十多年里，牧先生寄给我的书信，易戏主过过目，便知究竟。”

易希川一听是牧章桐的书信，急忙从贵叔手中接过信件，一封封拆开，只见字迹圆润饱满，果然是牧章桐的手笔。于是他一字一句地看下去，看了一封又一封，信的内容大都是朋友间的寻常问候，没有什么特别之处，但他却看得眼眶湿润，视线模糊。这些信件总共有十五封，最早的一封已是十二年前所写，每一封都保存得极为完好。易希川看到最后一封信时，信中竟有几句话提到了他，写道：“余技平艺寡，不敢受兄之邀，便是执掌一派，亦常感乏力。首徒希川，于古今幻戏多有研习，彩戏技艺已远胜于我，他日振兴春秋一派，必系于他一人之身。一派之事尚不能自全，余岂敢僭越雷池？

兄之好意，实是愧不敢受。”

易希川看到“首徒希川”四个字，泪水再也控制不住，一滴滴地涌出眼眶，落在信纸上，打湿了牧章桐留在信尾的落款。

鲁鸿儒缓声说道：“我去外滩看了擂台赛，易戏主在擂台上曾提起牧先生，说牧先生已经离世了。唉，与牧先生一别十余载，一直盼着哪天能再叙，想不到竟已无缘再见。”一边说话，一边拿起手帕捂住嘴巴，沉重地咳嗽了几声。

易希川听了这话，心中愈加悲痛。

鲁鸿儒长叹一声，说道：“生死无常，逝者已矣，易戏主还请节哀。”

易希川抹去眼泪，将信件仔细封还，说道：“鲁前辈，你是先师的故交好友，我便是你的晚辈，你往后别再以戏主相称，晚辈万万受不起。”他看过牧章桐的亲笔信件，心中疑虑全消，对鲁鸿儒满怀敬意，言语极为恳切。说话之时，他更是站起身来，冲鲁鸿儒深深地鞠礼一拜。

鲁鸿儒急忙起身，说道：“易戏主，这可使不得，快快请坐。”

易希川说道：“鲁前辈，这是晚辈应该的。”待鲁鸿儒坐回藤椅后，他才重新坐下。

鲁鸿儒说道：“你是春秋彩戏派的新任戏主，我以戏主相称，实是理所应当。”他捂嘴咳嗽了两声，往下说道，“我请易戏主来，虽说是为了一叙旧情，却也有着不情之请。”

易希川正色道：“鲁前辈言重了，若有差遣吩咐，只管说来，晚辈定当竭力而为。”

鲁鸿儒咳嗽了几声，说道：“我想请易戏主屈尊驾临，来我万国千彩大剧院驻台演出。”

“驻台演出？”易希川不由得一愣。

鲁鸿儒郑重点头，说道：“实不相瞒，这些年里，我这万国千彩大剧院，与街对面的巴黎魔术馆一直相互竞争，暗中较劲。巴黎魔术馆的首席魔术师维克多是一个非常厉害的西洋魔术师，以前有谭素琴在，仰仗‘上海三魁’的名头，尚能与之一争，如今谭素琴擂台败北身死，我这剧院失去了驻台幻戏师，再也无人与维克多相抗。眼下战祸纷争，世道离乱，上海地界能请到的一流幻戏师少之又少，我勉强聘请了几个幻戏师，都是技艺平平，难堪大用。长此以往，我这剧院愈发敌不过对面的巴黎魔术馆，怕是要关门歇业，从法租界搬离出去了。”

说到此处，他目光一明，看着易希川：“易戏主在外滩擂台上，以一手‘神仙索’击败斋藤骏，如此神妙非凡的幻戏，实是百年难遇。鲁某人斗胆请易戏主来万国千彩大剧院驻台演出，有易戏主在，便是十个维克多、百个巴黎魔术馆，那也不在话下。”说到最后，他呼吸越发急促，用手帕捂住嘴连连咳嗽。

易希川听完这番话，一时间思绪飞转，脸上露出了迟疑之色。

一旁的蒋白丁大声说道：“你还考虑什么？这地方是全上海数一数二的大剧院，多少人做梦都想来这里驻台，远的不说，就说我大世界戏台片区的那些幻戏师，别说驻台了，便是来这里演出一回，那也是求之不得。”

鲁鸿儒急忙说道：“白丁，各人有各人的难处，易戏主有所顾虑，那是理所当然的事。”

蒋白丁哼了一声，说道：“能有什么顾虑？不过是装模作样，自抬身价罢了。说白了，还不是钱的事。”说着撮起手指，连打了几个响指。

鲁鸿儒皱起了眉头，咳声连连。

易希川说道：“我并不在乎钱财回报，能在这样的大剧院驻台演出，那是每一个幻戏师梦寐以求的幸事。只不过师父仙逝，春秋彩戏派重任在肩，本派又有多位师弟师妹留守桐城，我不敢久留上海，必须尽快赶回桐城才行。”

鲁鸿儒面露担忧之色，说道：“易戏主，日军早已进犯安徽，听说广德、芜湖、滁县等地皆已沦陷，桐城只怕也是难保。你眼下回桐城，必是危险重重。”

易希川说道：“正因为桐城危险，我才更要回去。师弟师妹们留守桐城，我继任春秋彩戏派戏主之位，理应带他们离开桐城，另寻安全之地，重振师门。”

鲁鸿儒稍微想了想，说道：“眼下战火蔓延，全国各地都不安全，唯一的安全之地，便是此处。上海的租界是洋人的地盘，日本人绝不敢乱来，可保长久太平。易戏主想要重振师门，上海乃是繁华都会，更是首选之地。易戏主有伤在身，不便远行，若是信得过鲁某人，那就留在这里养伤，我会派人星夜赶去桐城，通知贵派弟子前来上海与你会合。易戏主，你看如何？”

易希川有伤在身，的确不方便赶路，再加上心中念着秋本久美子的安危，本就不想离开上海，听了鲁鸿儒这番话，顿时动心。

鲁鸿儒看到易希川的神情变化，便已猜到易希川的心思转变，说道：“易戏主想要重振师门，我这万国千彩大剧院，正好可以助你一臂之力。想当年我途经桐城，见识了尊师牧先生出神入化的彩戏绝技，一直想邀请牧先生来我这里驻台撑场，只可惜未能实现。如今在我剧院困顿之际，能遇上易戏主，当真是天赐的机遇，还请易戏主答允我的邀请，不要再推辞了。以易戏主的本事，我这万国千彩大剧院一定能起死回生，易戏主也可大展拳脚，他日必定名震上海，声闻全国，春秋彩戏派之名，也定会享誉海内外。”

易希川听闻此话，一颗心不禁怦怦狂跳，浑身热血沸涌，激动万分。鲁鸿儒说得太对了，以眼下的时局，举国上下再没有什么地方比上海租界更安全，再没有什么地方比上海更能大展拳脚。上海风云际会，藏龙卧虎，不仅有众多国内的幻戏师，更云集了不少外国魔术师。只要能在上海闯出名堂，春秋彩戏派就不单单是享誉安徽一省之地，而且能够名动全国，声震海外了。

易希川不再犹豫了。

鲁鸿儒是牧章桐的故交好友，易希川对他已无半点怀疑，万国千彩大剧院是上海最好的剧院之一，正是他梦寐以求的大舞台。以前因为身形瘦削，牧章桐不让他登台表演彩戏法，可是他钻研了古往今来那么多幻戏，最渴望的，便是能拥有一方专属于他的舞台，能肆意挥洒那些千变万化，能闭上眼睛张开双臂，尽情享受山呼海啸般的掌声。对他而言，这又何尝不是天赐的机遇呢?

易希川眉宇间神色坚毅，霍地一下站起身来，拱手执礼，朗声说道：“鲁前辈，你如此盛情厚爱，晚辈若再推辞，那就太不识抬举了。晚辈一定竭尽所能，助万国千彩大剧院重振雄风！”

鲁鸿儒用手帕抵住嘴巴，剧烈地咳嗽了几声，脸上露出了和蔼亲近的笑容。他站起身来，对易希川执手回礼，说道：“有易戏主这句话，鲁某人便放心了。就请易戏主手书一封，我立刻派人带手书赶往桐城，通知贵派弟子前来上海。这几日就请易戏主好好休息养伤，我万国千彩大剧院，往后就仰仗易戏主了。”

贵叔立刻取来了纸笔，易希川给师妹双鱼写了一封信，告诉她师父逝世一事，又告诉她桐城危急，让她带着诸位师弟离开桐城，前来上海万国千彩大剧院会合。

信写好后，易希川亲手将信封好。鲁鸿儒接过信封，交给了蒋白丁，蒋白丁命令阿潘找几个干练的手下，将信星夜送往桐城春秋彩戏派，阿潘立刻照办去了。

鲁鸿儒介绍坐在侧首的蒋白丁，向易希川说道："这位是蒋白丁，他和我，还有谭素琴，本是师出同门。如今他身在青帮，往后少不了要打交道，你们二位认识认识。"

易希川对蒋白丁没有任何好感，冲着鲁鸿儒的脸面，向蒋白丁拱了一下手。

蒋白丁没有起身，依旧大大咧咧地坐在椅子里，只是哈哈一笑，随口应道："好说，好说。"

第二章 身世

在易希川和鲁鸿儒交谈之际，贵叔早已吩咐下人为易希川布置好了卧房。卧房在主楼的二层，位于剧院的侧后方，临着一条僻静的小街。贵叔带着易希川来到卧房。房间很大，干净整洁，各种生活用品一应俱全。

贵叔一走，易希川立刻关好房门，拉上了窗帘。他把房间的角角落落查看了一遍，最后掀开了墙角的一块天花板，将装有龙图的黄金圆筒藏在其上，然后将天花板回归原位。龙图是幻戏界三大圣物之一，带在身上太过显眼，也太过危险，藏起来更为稳妥。藏好龙图后，他连衣服都没脱，便直接躺倒在又宽又软的床上，盖上了又柔又暖的被子。

这大概是他二十年来住过的最好的房间，睡过的最好的床，可是他却没有丝毫睡意，哪怕他的身体早已疲惫到了极点。

秋本久美子相赠的那串蓝色贝壳手链被他握在手中，放在胸前。他的身体已经安定，心却一直悬着，脑中更是浑浑噩噩，思绪万千。

不知过了多久，辗转反侧的他才迷迷糊糊入睡，恍惚中看到秋本久美子满脸是血的样子，一下子惊醒了过来，竟已是翌日天明。

明明休息了一整晚，然而他遍及全身的疲惫感却没有得到多少缓解。

易希川草草地整理了一下衣服，下楼吃过贵叔为他准备的早餐，让贵叔转告鲁鸿儒一声，说他有事要外出一下，随后便独自一人离开了万国千彩大剧院。

易希川穿过法租界，进入上海城区，来到了上海国术馆。秋本久美子住在这里，他想找机会见她一面，问清楚她的情况。若是没事，自然再好不过，若是当真遇上了危险，那他便是豁出性命，也要救她脱离险境。

盗图风波早已过去，国术馆周围不再戒备森严，只有零星的几个人在大门前值守。这几个人并不是荷枪实弹的日本兵，而是手按武士刀的日本武士。

易希川不敢轻易靠近，远远地躲在街角巷弄里，只盼秋本久美子能从国术馆里自行出来，如此见她一面，要方便得多。

可是事与愿违，易希川等过了整个白天，秋本久美子始终没有现身。国术馆大门紧闭，自始至终没有一个人从馆内走出来。

天色渐渐昏黑，易希川心中的不安逐渐加剧。

“她多半是真的身处险境，才一整天都没露面。我无论如何也要进到国术馆里，把她救出来。”这个念头越来越强烈，到最后占据了易希川脑海的全部。

他悄悄地溜出巷弄，趁着漆黑的夜色，绕到国术馆的后门。后门无人把守，可是门却紧闭着，从里面上了锁闩。牧章桐能用藏在怀表里的铁片开锁，易希川却没有这样的本事。他无法打开后门，只能重新绕回大门附近。

入夜之后，值守大门的日本武士减少了人数，只剩下两人。

易希川不敢打草惊蛇，悄无声息地潜伏在不远处的小树丛中，暗暗地思索着办法，想把两个看门的日本武士引开，趁机溜进国术馆内。

他的办法还没有想出来，街道远处却出现了两点亮光，一辆轿车匀速驶来，停在了国术馆的大门前。

一个军医装束的人从轿车里走出，冲两个值守大门的日本武士说了几句日语。两个日本武士“嗨”了一声，推开国术馆的大门，亮起大展厅内的电灯，快步小跑而入。

两个日本武士离开了值守的岗位，那日本军医侧过身子倚靠车门，点燃了一支香烟，对着夜色缓慢地吞吐烟雾。

如此天赐良机，易希川岂能错过？他当即从地上捡起一块石头，朝街道远处用力掷了出去。

石头划过漆黑的夜空，砸在街面上，发出了清脆的响声。那日本军医吓了一跳，急忙停止吸烟，转过身来对着街道，眉头微皱。轿车上还有一个司机，此时也把头探出车窗，望着传来响声的地方。两人都没注意到身后国术馆的大门，那里闪过了一道人影，易希川已神不知鬼不觉地溜进了国术馆。

易希川刚进入国术馆，还没来得及松一口气，大展厅右侧的一条通道内便有脚步声传出，有人正在快步走来。

易希川急忙藏身于一片展台背后，听见这阵脚步声从大展厅中穿过，去到了大门方向。

他微微探头，向大门偷眼望去，只见一身白衣的斋藤骏正站在大门口。在斋藤骏的身边，原本看守大门的两个日本武士正抬着一副担架，担架上躺着一个昏迷不醒的重伤之人，竟是荒川隼人。

两个日本武士小心翼翼地将荒川隼人抬上了轿车，斋藤骏对两个日本武士叮嘱了几句，便和那日本军医一起上了轿车。轿车匀速驶向远处，消失在了街道转角。两个日本武士关掉大展厅内的电灯，拉拢大门，继续在大门外值守，丝毫没有觉察到已经有人溜进了国术馆。

易希川目睹了这一幕，不禁暗暗惊疑，惊的是荒川隼人居然没死，疑的是斋藤骏出现了，秋本久美子却没有现身。

他越发担心，等两个日本武士刚把大门拉拢，便轻手轻脚地穿过大展厅，溜进了右侧的通道。他不知道秋本久美子住在哪个房间，但斋藤骏是从右侧的通道里走出来的，因此他决定先沿着这条通道寻找一番。

国术馆内还住着其他日本武士，易希川摸黑前行，不敢弄出半点声响。他只盼能寻到一两间透着灯光的房间，可走完了整条通道，所有的房间都是房门紧闭，漆黑无光。

易希川沿着楼梯转上了二楼，遍寻无果后，又转上了三楼。国术馆总共只有三层楼，他沿着通道转了一圈，终于在通道的尽头，看见了一间门缝里漏出些许灯光的房间。

易希川靠近房门，俯身贴地，想从底部的门缝往内窥望，可是视线太窄，几乎看不到任何东西。他一路寻来只有这间房里亮着灯光，但房内是否住着秋本久美子，他却不敢肯定。他想要敲门碰碰运气，可又怕寻错了地方，因此站在房门前，进也不是，退也不是，一时之间犹豫不定。

就在易希川犹豫犯难之际，眼前的灯光陡然变亮，耳边响起了吱呀之声，身前这扇紧闭的房门，竟突然向内拉开了！

房门开得太快，易希川毫无准备，根本来不及躲避。

一声短促的惊呼声戛然而止，一本厚厚的书掉在了地板上，砸出重重的响声。开门之人用双手捂住了嘴巴，却难掩一脸惊色，正是易希川心心念念的秋本久美子。秋本久美子穿着小巧的粉色棉绒和服睡衣，搭在两肩的长发微微湿润，一对明亮的眼睛睁得大大的，望着出现在房门外的易希川，一句话也说不出来。

这样的见面太过突然，易希川惊喜莫名，同样说不出话来。

就在两人对视之际，二楼传来了脚步声和叫喊声，几个日本武士听见秋本久美子的惊呼声和书本落地砸出的声响，正快步往三楼赶来。

秋本久美子不敢相信自己的眼睛，怔怔地望着易希川，对越来越近的脚步声竟毫无反应。易希川倒是反应极快，捡起掉在地上的书，迅速钻进房内，将房门关拢上锁。

几个日本武士很快赶到，用力地敲打房门，用日语叫道："小姐，小姐！"

易希川急忙冲秋本久美子摇头，示意秋本久美子不要说破。秋本久美子深深吸了一口气，尽可能地平复情绪，用日语轻声说道："我没什么事，只是一只虫子飞了进来。你们不必担心，回去休息吧。"此时天气寒冷，几乎不会有任何飞虫，但她心慌意乱，一时之间想不出别的借口。

门外的几个日本武士却不疑有他，一起远离秋本久美子的房间，回二楼去了。

秋本久美子望着易希川，目光中依旧满是惊讶。她忽然想起自己不久前才结束了沐浴，此时正穿着睡衣，脸上顿时一红。她在床沿坐了下来，不再向易希川投去目光，也不知该对易希川说些什么，甚至忘记了询问易希川为什么会来到这里。

易希川一直没有说话，直到日本武士的脚步声完全消失，门外再无响动，他才松了一口气，低声说道："刚才真是好险。"

秋本久美子没有应话，只是轻轻点了点头。

易希川花了整整一天的时间，费尽周折才见到秋本久美子，可见到她时，却又把此行的目的抛到了九霄云外，只想着自己来得太过唐突冒昧，此刻孤男寡女夜间共处一室，气氛当真是极为尴尬。

易希川看了一眼方才捡起来后一直握在自己手中的书，竟是一本厚厚的《民国上海县志》。这是去年才印刷出版的一套书，总共有六册，记录了民国建立以来上海的疆域、政治、田赋、交通、工程、艺术和人物等内容。

易希川不知道这本书的来历，但随手翻开两页，看了几眼，只觉得内容枯燥无趣。他想要打破此刻沉默无言的尴尬氛围，于是把书递还给秋本久美子，说道："久美子姑娘，你的书。"

秋本久美子开口了，声音轻细："这书我已经看完了，你放在桌上吧。"

易希川将书放在了一旁的书桌上，说道："这种书枯燥乏味，你当真厉害，竟能把它看完。"

秋本久美子说道："我已经看完四本了，还有两本放在荟萃室里。我本想去荟萃室重新拿一本，可是一开门就……"抬起头来看了一眼易希川，旋即又把头低了下去。

易希川笑道："一开门就吓了你一大跳，是吧？那我可要郑重地向你赔个不是了。"说着便学戏台子上唱戏那般，装模作样地欠过身子，彬彬有礼地一揖到地。

秋本久美子忍不住露出了微笑，气氛也就不再那么尴尬了。她这时才想起该询问易希川的来意，于是问道："你怎么来了？"她以为瞒过斋藤骏后，易希川会一刻不停地离开上海，没想到仅仅过了一夜，居然会和他在国术馆，在她的卧室里，再次相见。她经历过易希川潜入国术馆盗取龙图一事，因此暗自心想，他再次潜入国术馆，多半也是为了什么藏在国术馆里的物什吧。

易希川猛地一拍脑门，心中叫道："易希川啊易希川，一见到久美子姑娘，你怎么就把正事给忘了？"当即收起笑容，看着秋本久美子的眼睛，认真地说道："我是来救你的。"

"救我？"秋本久美子略显诧异。

"是你让我来救你的……"易希川说道，"你……你难道没遇上什么危险吗？"

秋本久美子摇了摇头，睁大的眼睛里透着疑惑不解。

易希川急忙从怀里取出那串蓝色贝壳手链，掰开那颗点缀着一抹红色并有些温热的贝壳，挨近秋本久美子的身前，让她能够清楚地看见内壳上的两个刻字。

秋本久美子看见了刻字，恍然明白过来，说道："这两个字不是我刻的。"见易希川面露诧异，于是解释道，"这串手链是我娘亲的遗物。这两个字，是我娘亲在十多年前刻下的。"

易希川仔细观察内壳上的两个刻字，果然刻痕陈旧，应该已刻了许多年月。他初见这两个刻字时，一心担忧秋本久美子的安危，竟连这么显而易见的细节都没有注意到。

秋本久美子并未身陷险境，这让易希川悬吊着的心放了下来。

可是他随即又皱起了眉头，简简单单的"救我"二字，无论是谁所刻，背后的故事必定不简单。他按捺不住心中的惊讶和好奇，问道：“久美子姑娘，你娘亲为什么……为什么要刻下这两个字？”

秋本久美子欲言又止，咬了咬嘴唇，问道：“你真想知道吗？”

“我当然想知道。”易希川应道，“不过你若不方便说，那就不必说，千万不要为难自己。”

秋本久美子却轻声道：“我不为难，我把一切都说给你听。”她眨了眨眼睛，眼眸深处泛起了一丝哀伤，说道：“我娘亲姓秋，是上海人，她刻下这两个字的事，还要从十八年前讲起。那时候她还在幻画门，人人都叫她秋娘……”

秋本久美子开始讲述的第一句话，便让易希川大吃了一惊。

“幻画门？”易希川知道幻画门是中国的幻戏流派，忍不住打断了秋本久美子的讲述，“你不是日本人？你……你是……”

秋本久美子认真地点了一下头，说道：“我和你一样，也是中国人。”

秋本久美子的语气平静自然，易希川听在耳中，却犹如惊雷炸耳。有那么片刻的时间，他的眼前天旋地转，脑中一片空白，但紧随而至的，却是情难自禁的狂喜。

“你不是日本人，你是中国人，那真是太好了！”他几乎叫出声来，又赶紧捂嘴，生怕惊动了留守在国术馆内的日本武士。好在他的叫声不大，二楼的日本武士并没有察觉。

秋本久美子不知道易希川为什么会突然这么高兴。她想起娘亲的故事，一点也高兴不起来，轻轻叹息一声，接着往下讲述。易希川心中欢喜畅快，早把男女之别抛在了脑后，径直在床沿坐了下来，紧挨着秋本久美子，认认真真地听着她的讲述，生怕漏听了一句话、一个词、一个字……

十八年前，统领上海幻戏界长达数十年之久的幻画门秋家，终于走到了穷途末路。云机社南迁上海后声势越发浩大，越来越多的幻戏师选择依附于云机社门下。与之相比，秋家的掌门人秋成海身患重病，膝下只有一女，没有男丁子嗣，可谓家道中落，后继乏人。云机社取代秋家统领上海幻戏界，已成必然之势。

秋成海的独女名叫秋娘。作为秋家唯一的传人，身负“画骨术”这一独门幻戏的她，原本应该担负起振兴幻画门的重任。可是她从小天真烂漫，活泼好玩，又因母亲早逝无人管束，到了二十岁的年纪，仍然玩心未泯。

秋成海盼着秋娘能早日成亲，最好能择一良婿入赘秋家，承继幻画门的家业。他为秋娘挑选了许多上海本地的青年才俊，逼着秋娘去相亲见面，可是秋娘倔强至极，总是不肯去，有几次迫不得已去了，却当着他的面，让男方出丑难堪，非但没有谈成，反而结下仇怨，最后不欢而散。父女之间，为此闹出了许多不愉快。

秋成海的病情渐渐加重，秋娘却依旧整天往外跑，观影听曲，逛街置物，踏青嬉戏，想怎么玩便怎么玩。在她看来，父亲生病了就去医院看医生，病情自然会好转。那时她还没意识到，秋成海病得有多么严重，甚至已经离死不远了。

有一次秋娘早晨出门，一直玩到第三天的深夜才归家。秋成海自然大发脾气，各种数落和责备。秋娘面对雷霆大怒的父亲，却没有像往常一样争辩吵闹，反而一直盈盈带笑，仿若一朵刚刚绽放的鲜花。等到秋成海骂够了不说话了，她才笑着告诉秋成海，自己遇上了一个男人，她要嫁给这个男人。

秋成海一下子觉得宽慰了，这个不省心的女儿终于可以让他不用再操心了。可是他还没来得及高兴，秋娘却告诉他，她要嫁的这个男人，不是中国人，而是一个日本人。

秋成海顿时勃然大怒，幻画门的独门幻戏，还有祖宗创下的这份家业，怎能让一个日本男人来承继？秋娘却让他不用担这个心。她笑着说，她会追随这个男人去往日本。

秋成海彻底绝望了，就此精神委顿，一病不起。

云机社的首领林神通却在此时找上门来。

林神通突然登门造访，不是要趁机挑战幻画门，而是向秋成海提亲，希望秋成海能将秋娘许配给他的儿子林天成。云机社南迁上海已有二十年之久，在这二十年里，林神通多次向秋成海发出邀请，希望秋成海能够加入云机社，但秋成海始终不买云机社的账，一直与云机社划清界限，分庭相抗。如今秋家势力衰微，家道中落，后继无人，林神通没有趁机落井下石，反而向秋成海郑重提亲，并再次提出邀请，希望秋成海能加入云机社。

这一次秋成海没有再拒绝。

他已经没有拒绝的本钱了，若不依附于云机社，在他死后，幻画门将在上海无立锥之地，而且林神通如此诚心待他，他实在不好再次拒绝。他没有询问秋娘的意愿，便直接答应了这门婚事。他希望能借助这次联姻，一来让幻画门重获生机，二来将秋娘拴在上海，不让她有机会跟着那个日本男人去往日本。

秋娘得知此事后，与秋成海大吵一架，不顾所有人的阻拦，离家出走了。

秋娘一走便是三个月，直到幻画门的下人在码头寻到她，告诉她秋成海已经快不行了，想见她最后一面时，她才再次踏入了家门。

秋成海已经病入膏肓、奄奄一息了。以前秋成海卧病在床，秋娘始终认为秋成海是在装病吓唬她，这次看见父亲眼窝深陷，身体骨瘦如柴，才知道父亲是真的不久于人世了。

秋成海颤颤巍巍地伸出手来，握住了秋娘的手，用虚弱喑哑的声音，说起了她小时候的一些趣事，说起了去世多年的苦命妻子。秋娘跟着父亲的讲述泛起了回忆，眼泪像断线的珠子，不住地往下滴落，打湿了被褥的一角。这时，秋成海提出了他最后的愿望，希望秋娘能承继家业，联姻云机社，重振幻画门。也许是一时心软，也许是不想让父亲抱憾离世，也许只是为了暂时搪塞父亲，秋娘长长地犹豫之后，竟轻轻地点下了头。

秋娘刚一点头，秋成海就挥动了手。下人们开始熟练地奔走，早已备好的红幔拉了起来，红彤彤的喜字四处张贴，躲在后堂的锣鼓队大张旗鼓地吹奏起了刺耳的喜乐。秋娘还没回过神来，凤冠霞帔已经穿戴在了她的身上，云机社的迎亲队伍也不知从何处冒了出来，几乎是连拉带拽地将她弄上了花轿。她被强行抬到了云机社，与林天成叩拜了天地，成了林家的女人。当天深夜，就在她被灌了让人浑身无力的药酒，又被强行推进洞房之时，远在幻画门的秋成海落下了最后一口气。一日之内，红白两事，草草收场。

秋娘成亲的那天夜里，手握着两张船票的斋藤骏，带着无尽的失落和失望，独自一人登上了驶往日本的轮船。吹着冰冷刺骨的海风，望着波浪掀天的大海，过去三个月里如梦似幻的经历，一幕又一幕地在他脑海之中掠过。

作为日本新一代幻术师中的佼佼者，斋藤骏因为仰慕中国幻戏，只身一人远渡重洋，来到上海，足迹踏遍了各大戏苑剧院，观看了一场又一场幻戏表演。正是在一场小型的幻戏表演中，他目睹了秋娘表演的“画魂”，这是秋家“画骨术”中最为厉害的幻戏。他心醉于如此梦幻绮丽、神秘难解的幻戏，散场后主动去后台找到了秋娘。两人自此相识，又在交流中国幻戏和日本幻术的过程中，很快彼此相恋。

斋藤骏总是一身胜雪的白衣，在清晨日出之前，来到秋家门外的一株梧桐树前，将一张卷好的字条，放进一处小小的树洞。秋娘每次出门，都会趁无人注意之时，从梧桐树的树洞中偷偷地拿出字条。字条上总会写着一个新的地址，斋藤骏会在那个地址等着她，带给她新的惊喜。

短短数日的热恋之后，秋娘把身心一并交给了斋藤骏。后来她置秋成海订下的婚约于不顾，离家出走，与斋藤骏携手相伴，走遍了上海周边的山山水水，拜访了不少隐姓埋名的幻戏师，见识了许多从未见识过的趣事。甜蜜逍遥的日子过得太快，三个月的时间转瞬即逝，日本一年一度的幻术大赛举行在即，斋藤骏必须赶回日本参赛，秋娘答应与他同行。

在临行前的码头上，秋娘遇到了秋成海派出来寻她的下人。得知秋成海已是命在顷刻，秋娘不禁有些犹豫了。斋藤骏鼓励她回去，毕竟那是养育了她二十年的父亲，无论如何也要见这最后一面，否则那会成为她一生的遗憾。她听从了他的话，决定回去见父亲最后一面。轮船到了晚上才会启航，斋藤骏答应秋娘，会在码头上一直等她到来，然后目送她的背影远去。

斋藤骏在码头等了整个下午，直到天黑时分，仍不见秋娘出现。他担心秋娘出了什么事，于是赶到秋家，却看见满府的张灯结彩，喜气冲天。他问了几个奔忙的下人，都说秋娘在秋成海的病榻前答应了婚事，已经嫁入云机社的林家了。

也是在秋娘被推进洞房的那一刻，失魂落魄的斋藤骏登上了轮船，踏上了返回日本的归途。

就当做了一场梦吧，只不过如今梦醒了而已。斋藤骏最后看了一眼无边无际的大海，转身步入了舱房。

这的确是一场梦。

只是斋藤骏没有想到的是，这场梦并没有结束，而是刚刚开始。也许终其一生，他都会深陷于这个梦中，不得醒来。

一晃三年过去，已经摘得日本幻术大赛桂冠的斋藤骏，率领日本幻术团来到上海访问演出。

他回忆起往事，于是在来到上海后的第二天清晨，独自一人离开住宿的旅馆，去往秋家。他原本只是为了故地重游，却发现原来的宅邸已经变成了印染厂。他向早起的路人打听，得知秋娘早在两年前便患病去世，秋家的宅邸被云机社变卖，成了如今的厂房。

一别三年，伊人竟已香消玉殒，斋藤骏想起与秋娘度过的那段欢乐时光，心中不禁哀婉痛惜。他看见那株梧桐树依旧直挺挺地立在门前，那处小小的树洞依旧位于树干上同样的位置，仿佛一切都没有改变，当真是时过境迁，物是人非。

看着那株梧桐树，当年在树洞中留字传信的场景如在眼前，斋藤骏不禁泪湿眼眶，情难自禁地伸出手去，摸进了树洞之中，却意外发现满是污泥的树洞深处，竟藏着一团物什。他将那团物什取了出来，抹去污泥，拆开油纸，却是一沓裹好的极为陈旧的羊皮古卷。

在这沓裹好的羊皮古卷当中，包裹着一串手链，一串蓝色的贝壳手链。

斋藤骏一眼便认了出来，那是三年前他与秋娘相识那天，离开剧院之时，他在街边的首饰店里买来送给她的见面礼。

这串有着特殊意义的蓝色贝壳手链，出现在这处有着特殊意义的树洞当中，令斋藤骏的心中生出了些许疑惑。他仔细查看了整串蓝色贝壳手链，最终在一颗贝壳里发现了两个歪歪扭扭的刻字：“救我！”

一瞬之间，斋藤骏仿佛听见秋娘的声音，在他耳畔哀声呼喊，这令他心堕冰窟，背脊发寒。

他第一时间赶去云机社，寻人打听，都说秋娘是在两年前诞下一个女婴后，患了一场大病去世的。

有秋娘的刻字在眼前，斋藤骏绝不相信这样的回答。

他选择了最为直接的方式，在云机社的门外潜伏半日，终于等到林天成带着女儿乘马车外出。他挟持车夫，夺了马车，一举抓走了林天成及其女儿。

林天成是秋娘的丈夫，堂堂七尺男儿，却是一个十足的软骨头，斋藤骏只用了一团碧绿色火焰，才烧伤了他一根小指，他便如竹筒倒豆子一般，将一切都吐露了出来。

原来云机社是由林家一位名叫林遇仙的先祖，在南宋年间云集了一群厉害的幻戏师后创建而成，林遇仙顺理成章地成为云机社的第一代首领，自那以后，云机社的每一代首领，都是从林家的后人当中选出。从林遇仙起，云机社的每一代首领都致力于收罗九州四海各式各样的幻戏秘诀，择取其中神妙非凡者，记载于羊皮古卷中，是为云机诀。每一个加入云机社的幻戏师，都必须把自己最为厉害的幻戏秘诀献出来，并将自己的幻戏能记载在云机诀上，视作一种至高无上的荣耀。

到了民国年间，云机社南迁上海，林神通成了云机社新一代首领。他盯上了统领上海幻戏界的幻画门秋家，希望能邀请秋成海加入云机社，从而得到秋家的“画骨术”秘诀。秋成海不肯加入云机社，反而处处与云机社对着干，林神通一再忍让，二十年间始终以礼相待，终于在秋成海临死之前，取得了秋成海的信任，并让秋成海同意了联姻，使得“画骨术”的唯一传人秋娘，成了林家的女人。

秋娘一入林家，林天成见秋娘姿色姣好，原本暗怀几分喜意，但洞房当晚，发现秋娘已非处子之身，顿时产生了怨恨之心，只不过尚未得到“画骨术”秘诀，林天成不敢发作惹恼秋娘。林家人一直对秋娘以礼相待，秋娘却并不领情，哪怕林神通和林天成多次好言商量，她始终不肯将“画骨术”秘诀交出来。

敬酒不吃，那就只能吃罚酒了。林天成对秋娘的态度逐渐转变，变得越来越差，慢慢将秋娘软禁在府中，禁止她踏出府邸半步，并从最初的辱骂，变成后来的殴打，哪怕秋娘怀上了身孕，他仍然想骂就骂，想打就打。秋娘怀胎辛苦，为了肚中孩子，以她倔强又要强的性子，竟然生生忍下了这一切。后来孩子出生，是个女婴，并非男丁，林天成更加不待见秋娘，骂秋娘水性杨花不知检点，说那女婴不是他的骨肉，而是外来的野种，还三天两头逼秋娘交出“画骨术”秘诀。

日子已经过得如此艰难，秋娘却遭遇了更大的打击。她无意间偷听到了林神通和林天成的秘密对话，得知当初秋成海并非自然患病身死，而是林神通买通了幻画门中掌管饮食的下人，在秋成海每日的饭菜里下了极难察觉的慢性毒药，又买通了给秋成海看病的医生，让医生不给秋成海真正医治，使得秋成海的身体每况愈下，最终身死丧命。

林神通原本认为秋成海太过顽固，这才想从秋娘的身上下手，没想到秋娘一个年纪轻轻的女子，却比秋成海还要顽固。秋娘不仅偷听到了这些秘密，还偷看到了林神通藏匿云机诀的地方。

秋娘心中悲愤至极，痛恨万般。她痛恨林家父子，痛恨父亲秋成海，痛恨身边的每一个人，更加痛恨她自己，恨自己当初在码头之时，没有选择跟随斋藤骏登上轮船。她想要报仇，可是她刚刚生下孩子不足半月，身体虚弱，林家父子又一直当她是外人，处处提防着她，她难以找到下手的机会。她想要逃走，却又心有不甘。她如同深陷苦海炼狱，不知如何才能重获新生。她在那串蓝色贝壳手链中刻下“救我”二字，心中盼着斋藤骏有一天能从天而降，救她脱离苦海。可这终究只是幻梦，能救她的，只有她自己。在一次林家父子外出之时，她偷偷盗走了云机诀，顾不得身体状况，竟抱着孩子深夜爬墙出逃。

林家的人发现了她，不断地在后面追赶，她拼尽全力，逃到了自己的家门口，最终还是被抓了回去。但是在被抓之前，她将云机诀连同那串蓝色贝壳手链，一并塞进了秋家门外那株梧桐树的树洞之中。

没有得到“画骨术”秘诀，反倒丢失了云机诀，还被秋娘知道了谋害秋成海的秘密，一直假装和善的林神通也彻底撕破了脸皮。他将秋娘关押起来，严刑折磨，想尽法子逼问“画骨术”秘诀和云机诀的下落，甚至以伤害女婴来威胁，秋娘却始终紧咬牙关，不肯吐露只语片言。

秋娘嘴上倔强，心却已经死了。趁林家父子不备之时，她对准身前摆满各种刑具的桌子边角，将头狠狠地撞了上去……

斋藤骏听完林天成的讲述，素来沉稳持重的他，立即燃起成团的碧绿色火焰，当场将林天成活活烧死在马车之中。那个两岁大的女童被斋藤骏抱在怀中，听着父亲的惨叫，看着眼前的大火，吓得号啕大哭。那是林天成的女儿，却也是秋娘的骨肉。斋藤骏看着怀中的女童，不禁悲从中来。他将女童放在一边，伏在地上，捶地痛哭。火光照在他的身上，光影重乱，如魔似狂。直到手掌破裂，血流满地，他才停止捶打，以手撑地，摇摇晃晃地站了起来。

满是鲜血的双手握成了拳头，他发誓要为秋娘报仇雪恨！

他率领整个日本幻术团，向云机社发起了生死挑战，不但要取林神通的性命，还要覆灭整个云机社，方能告慰本心，慰藉秋娘的在天之灵。

一场生死大战，从最初的公开斗戏，到最后的嗜血厮杀，能人异士云集的云机社，付出了极为惨重的代价，连首领林神通也身受重伤险些丧命，最终击败了斋藤骏率领的日本幻术团。

整个日本幻术团，只剩斋藤骏一个人活了下来。他身受重伤，杀出重围，带着秋娘的孩子逃离上海，回到了日本。他给秋娘的孩子取名为秋本久美子，一边抚养她长大，一边潜心研究秋娘留给他的云机诀。他用了整整十五年的时间，学会了云机诀上所有的中国幻戏，然后借着日军侵华占领上海之机，带着已经长大成人的秋本久美子重返上海，欲要覆灭云机社，杀死林神通，一雪心中的深仇大恨。

斋藤骏来到上海，却发现云机社早已销声匿迹多年，林神通更是不知所踪。他为了逼云机社的人现身露面，这才夺走幻戏界三大圣物之一的龙图，并以龙图为注，在外滩摆下生死擂台，向整个中国幻戏界发起挑战。

即便如此，一个多月的擂台赛下来，云机社的人仍然始终不见踪影，仿佛早已不存在于这世上了……

秋本久美子讲到这里，易希川算是了解了所有事情的来龙去脉。

他早年听牧章桐讲述云机社击败日本幻术团的故事时，浑身热血沸涌，对云机社仰慕至极。此时通过秋本久美子之口，得知当年云机社击败日本幻术团竟是这么一番原委，他对云机社的仰慕之情顿时消失得无影无踪，反倒生出了厌恶之感，而对原本被他视作外敌的斋藤骏，却暗暗生出了些许同情。

秋本久美子说道：“师父一直找不到云机社，直到今天才有了一些消息。他方才出门去了，说是要去见一个人，那个人很有可能知道云机社的下落。我问他是去见谁，他却没有告诉我。”

易希川想起溜进国术馆时，曾看见斋藤骏外出，说道：“我看到你师父出去了，还有荒川隼人，他居然没死。他们是坐同一辆车走的。”

秋本久美子点了点头，说道：“他受了很重的伤，上海的医生医不好他，一直昏迷不醒，情况越来越差，所以才被送回日本救治。”想到荒川隼人若是救回了性命，自己和他还有婚约在身，实在不知该怎么办才好，秋本久美子不禁幽然叹了口气。

易希川不知道秋本久美子心中所想，还以为她是在为一直找不到云机社而叹气。他看了一眼书桌上那本《民国上海县志》，说道：“难怪你要看这本县志，是想找到关于云机社的内容吗？”

秋本久美子应道：“我想多了解一些秋家的过去，可惜没有找到。”

易希川说道：“只可惜我不是上海本地人，对幻画门秋家的过去不太了解，不然就能讲给你听了。唉，真想不到你是幻画门秋家的后人……”他脑中忽然电光一闪，“啊”了一声，说道，“对了，我刚来上海之时，曾在租界遇见一个叫‘徐鬼手’的幻戏师，当时他在街边表演幻戏，表演的正是‘画骨术’。你说‘画骨术’是你家族的独门幻戏，那个叫徐鬼手的幻戏师，说不定与你家族有所关联。”

秋本久美子从未听说过徐鬼手这个人，不禁大感好奇，询问究竟，易希川便把当日所见毫无遗漏地讲了出来。秋本久美子听完之后，说道：“他的‘画骨术’，和秋家的‘画骨术’的确有相似之处，只可惜不能与他见上一面。”

易希川说道：“我会帮你留意此人，若是再见到他，一定带他来见你。云机社的下落，我也会想法子帮你打探。”

秋本久美子说道：“你要离开上海，我们以后多半不会再见面了，你可以不用帮我的。”

易希川说道：“久美子姑娘，我已经决定不走了。法租界的万国千彩大剧院邀请我驻台演出，我已经答应了。以后我会一直留在上海，徐鬼手和云机社的事，我一定尽全力帮你打听。”

秋本久美子听到易希川会一直留在上海，内心竟隐隐有些高兴。她面露微笑，说道：“你驻台演出之时，我会亲自去看的。”

易希川笑道：“那我必须勤加练习，可不能演砸了，还要把最好的座位给你留着！”他格外开心，说道：“既然你没遇到什么危险，那我就放心了。时已经这么晚了，我……我也该走了……”这话一出口，原本高兴的心情，突然生出了无尽的失落。

易希川站起身来，向房门走去，秋本久美子也起身相送。

房门离床沿很近，原本几步就可以走到，然而易希川的脚步却很慢很慢，似在犹豫，又似不舍。走到门前，他的手伸出去了，握住了门把手，却始终没有拧开。

秋本久美子不知他怎么了，不好意思询问，只是静静地站在他的身后。忽然之间，易希川转过身来，将站在身后的秋本久美子一把揽入怀中，紧紧地抱住了。秋本久美子吃了一惊，浑身僵住，一动也不敢动。

良久，秋本久美子才发出了声音：“你……”

易希川紧紧地拥着秋本久美子，嘴里说着话，有些语无伦次：“久美子姑娘，你我分别之后，我……我就一直想着你，念着你……我看见贝壳上的刻字，以为你出了事，时刻都在担惊受怕……你不是日本人，你是中国人，那真是太好了！我……我……”他咬了咬牙，猛地松开怀抱，握住秋本久美子的双肩，凝视着秋本久美子的眼睛，心中泛起了这辈子从未有过的真诚，一字一字地说道：“久美子姑娘，我心中爱你，不想离开你，我想要照顾你一生一世！”

秋本久美子睁大了眼睛，怔怔地望着易希川。此时此刻，不知为何，她的脑海里竟浮现出了自己的娘亲。她早已忘记了秋娘的模样，那只是一个模糊的身影，如捉摸不定的光影一般，在她的眼前忽闪忽现。

她无父无母，在异国他乡孤独长大，心中所承受的那些痛苦的过去，从未对任何人提起，直到今天，方才第一次说出来。秋娘的身影渐渐幻散，她望着眼前这个陌生又熟悉的男人，心中觉得悲伤，却又觉得甜蜜。她慢慢地抬起了双手，轻轻地环住易希川清瘦却又厚实的身躯，把头埋进了易希川的胸膛。

“我把手链送给你的那一刻，心就已经在你这里了。”她的声音如水一般轻柔。

这世上最动听的声音萦绕在耳畔，这世间最美妙的感觉融化了全身。刹那之间，易希川如在仙天云海，身心皆醉。他明白秋本久美子的这句话意味着什么。他一生追寻着各种千变万化，然而直到此时此刻，方才寻到了人生中最为美好的幻戏。

他低头亲吻了秋本久美子，先是短短浅浅的一下，然后是长长久久的又一下。他情难自禁，竟转动着脚步，拥她入床。她没有任何抗拒，依从了他。落红如瓣，云雨巫山，尘世间光影流转，此夜似真似幻……

易希川再次睁开眼睛时，第一时间向身边看去。清晨的阳光透过窗纱，倾洒在秋本久美子纯美的脸上，显得万般梦幻却又无比的真实。

快乐的时光总是十分短暂。天明之后，一切又要重归现实。

斋藤骏外出后一夜未归，但他随时都有可能回来。易希川还没有做好让斋藤骏知晓这一切的准备，秋本久美子同样没有做好这样的准备，所以趁着斋藤骏尚未归来之时，易希川不得不尽早离开国术馆。

“久美子，你看见那棵树了吗？”易希川站在窗前，将远处街角的一株洋槐树指给秋本久美子看，“你想见我了，可以直接到万国千彩大剧院来找我。我想见你了，就去那棵树下等着你，你站在窗前就能看到我。我等你时，可能会乔装打扮。若是要给你带什么东西，我会直接埋在那棵树下。”

“我记下了。”秋本久美子说道，“我每天都会去那棵树下翻一翻、看一看的。”

易希川说道：“这辈子我一定会娶你为妻，等到了合适的时候，我就会来拜会你师父，求他成全我们。”

秋本久美子想到了自己和荒川隼人的婚约，那正是斋藤骏亲口答应下来的。她犹豫着要不要告诉易希川，但不知该如何开口，最终把这件事藏在了心底。她点了点头，说道：“我去支走馆内的武士，这样你就能平安地出去了。”

秋本久美子先行下楼，以帮忙搬抬重物为由，把留守馆内和看守大门的日本武士全都叫去了荟萃室。易希川趁此机会，轻而易举地离开了上海国术馆。

第三章　锋芒

易希川回到了万国千彩大剧院。

接下来的几天里，他心情大好，白天筹备各种幻戏道具，晚上好生休养，准备迎接即将到来的首场驻台演出。

时间过得飞快，转眼已是驻台演出前的最后一天。

这一天，易希川计划先去万国千彩大剧院的演厅，在正式的演出舞台上进行彩排，到了晚上再去街对面的巴黎魔术馆，亲眼看一看维克多的魔术演出，了解一下这位竞争对手的真正实力。

中午用完午餐后，易希川换上了崭新的墨黑色大褂，提上一只正反两面均刻有“易”字的箱子，那里面装有各种幻戏道具，然后在鲁鸿儒的陪同下，走进了万国千彩大剧院的演厅。置身于恢宏古朴的演厅之中，眼前是红幕开阔、灯光闪亮的巨大舞台，虽然只是彩排，易希川的内心却已是激动万分。

几个杂工正在舞台上进行最后的布置，鲁鸿儒叫来其中一个矮个子中年男人，对易希川介绍道：“易戏主，这位金童师傅，是负责演厅和舞台的场工。你对演厅和舞台有任何要求，都可以直接告诉他。”

金童身材矮短，只能仰起头来，用一只灰浊的右眼看着易希川，说道：“易戏主，多指教。”声音异常低沉，几乎让人听不清楚。

易希川打量金童。此人脸色蜡黄，左眼只有眼白没有眼珠，竟是瞎的，说话之时，坑坑洼洼的脸上没有一丝表情。

“见过金师傅，”易希川拱手说道，“以后要多劳烦您了。”

金童不作回应，竟不再理会易希川，转过身去，拖着一条微跛的右腿走上舞台，继续布置舞台去了。

“金师傅生性如此，对谁都这样，但他做起事来极为负责。”鲁鸿儒拿起手帕捂嘴，一边轻声咳嗽，一边说道，“易戏主，可别见怪。”

易希川望着金童的背影，忍不住多看了几眼，总觉得此人身上透着几分说不清道不明的古怪。

片刻之后，舞台布置妥当，易希川对鲁鸿儒说道：“鲁前辈，我这就开始彩排吧。”

鲁鸿儒向舞台抬手，说道：“易戏主，那就请了！”

易希川一手提着道具箱子，一手撩起大褂摆角，拾阶而上，走向舞台。

就在这时，演厅的厅门处忽然一阵嘈杂，有人大声叫道：“慢着！”伴随着这声大叫，一个人突破了好几人的生拉硬拽，强行闯了进来。

易希川只差一步就能登上舞台，当即停住脚步，转头望去。鲁鸿儒原本已经在观众席的首排坐下了，这时也站起身来，望向入口处。金童、贵叔和其他杂工也都纷纷转头。

虽然隔了一段距离，但易希川一眼便认出了闯进演厅之人，竟是几天前在大世界的戏台片区有过一面之缘的袁木火。

袁木火满脸通红，跌跌撞撞地冲进演厅，身后几个阻拦他的人，同样满面红光，显然都喝了酒，只不过袁木火醉得厉害，其他几人醉得稍浅。袁木火叫道：“你们都别拦着我！”推开身后的几人，踉踉跄跄地冲到舞台前。他抬起手来，一根食指指向易希川，叫道：“听说你小子要在这里驻台？”语气中大有愤懑之意。

易希川应道：“是又如何？”

袁木火手臂一挥，喝道：“如何？我袁木火不服！”

鲁鸿儒认出闯进来的这几个人，包括袁木火在内，都是在大世界戏台片区混饭吃的幻戏师。眼见这几人喝醉了酒前来闹事，他顿时露出不悦之色，朝贵叔挥了挥手，示意将这些人撵出去。贵叔立即叫来几个杂工和下人，准备上前撵人。

易希川却伸手拦住贵叔，问袁木火道：“你有何不服？”

袁木火身后的几个幻戏师，纷纷追到舞台前，拉着袁木火，劝他别闹事。有人说道：“袁老弟，这里是鲁老板的地盘，你莫在这里使性子。”又有人说道：“酒桌子上的事，就在酒桌子上说，你怎么一说就上头，一上头就乱来？”还有人说道：“鲁老板是蒋老板的把兄，你来闹鲁老板的场子，那就是和蒋老板过不去，你还想不想要饭碗了？快跟咱们回去！”更有人冲鲁鸿儒点头哈腰，不断地赔着不是。

袁木火却叫道：“你们都放手，别拦着我！”一双因充血而通红的眼睛，恶狠狠地瞪着易希川，说道：“咱们这些兄弟，各个在上海摸爬滚打了这么多年，吃了多少苦头，哪个不想出人头地？如今这大好的驻台机会，给名家名角也就罢了，凭什么给你一个外地来的毛头小子？你小子有什么本事，敢站到这舞台上去？”

易希川尚未应话，台下的鲁鸿儒连咳数声，说道：“易戏主以‘神仙索’击败斋藤骏，赢下了中日幻戏擂台赛，这是天大的本事，你们岂能相提并论？”

袁木火说道：“这小子击败斋藤骏又如何，会‘神仙索’又怎样？区区一个变彩戏的，能撑得起万国千彩大剧院这么大的场子？鲁老板，五湖四海的幻戏，我袁木火都会变，我不比这毛头小子差，你就给我个机会，让我来你的剧院驻台吧！”

鲁鸿儒说道：“胡闹。”再次挥手，示意贵叔将袁木火等人撵走。

贵叔正要动手，却又一次被易希川阻拦下来。

幻戏师驻台演出，都要图个彩头，讨个吉利，眼下易希川首次登台彩排在即，明日就将正式驻台演出，被袁木火这么一闹，不仅坏了彩头，更是大大的不吉利。袁木火一口一个“毛头小子”，易希川听在耳中颇为不爽，那句“区区变彩戏的”，更是辱没了彩戏法，贬损了易希川的师门，易希川顿时心头火起，脱口说道：“那你又有什么本事，能撑得起这里的场子？”

“我自然有的是本事。”袁木火说道，“你小子敢不敢和我斗戏一场？你若是赢了，我袁木火就服了你，你若是输了，就立马卷铺盖走人，滚出万国千彩大剧院，滚出上海！”

鲁鸿儒说道：“易戏主，不必和这人一般见识。”

易希川却道：“鲁前辈，我要在你这里驻台演出，若是别人登门挑战，欺负到了眼皮子底下，我却避而不战，那还拿什么来和巴黎魔术馆的维克多斗？”转眼直视着袁木火，朗声说道：“袁木火，你想怎么斗戏，尽管说来，我易希川一定奉陪到底！”

袁木火等的便是易希川这句话，怕易希川反悔食言，当即说道：

“我袁木火平生除了幻戏，最爱的便是喝酒，你若是有种，就和我以酒为题，公开斗戏。今晚戌时，咱们大世界戏台上见！”

易希川应道：“好，今晚戌时，我必登门拜会！”

袁木火上门挑衅，正是为了激易希川一战，要知道易希川击败了斋藤骏，乃是眼下风头最盛的幻戏师，若是他能将易希川击败，定然出尽风头，名声大噪。他知道易希川的“神仙索”太过神妙，不敢与这门幻戏相斗，于是以自己最擅长的酒类幻戏为题，提出斗戏，逼迫易希川应战。此时目的达到，他心中大快，当即掏出衣兜里的扁酒壶，仰头灌了一大口烈酒，哈哈大笑几声，说道：“兄弟们，咱们走！”

大世界的几个幻戏师有的对袁木火竖起了大拇指，有的却暗自摇头叹息，纷纷跟在他的身后，一起离开了演厅。

易希川说道：“鲁前辈，今天的彩排就此作罢吧。今晚的斗戏我若是赢了，明天便直接登台演出，我若是输了，不敢再叨扰宝地。”

“易戏主，你当真要去大世界戏台应战？”鲁鸿儒问道。

“自然要去。”易希川说道，“已经接下的斗戏，岂有退缩之理？”

鲁鸿儒点了点头，说道：“既然如此，我今晚一定亲自去大世界，为你助威。”

易希川拱手说道：“那就谢过鲁前辈了。”

袁木火离开万国千彩大剧院后，用最快的速度回到大世界的住处，端起一盆冷水，当头浇落，顿时酒意全消。他借酒壮胆，登门下了战书，此时要做的，便是恢复清醒，好好地准备今晚的斗戏。他让其他几个幻戏师，帮忙去法租界和公共租界的大街小巷，宣传今晚的斗戏之约，尤其要说清楚他挑战的对象是在外滩擂台上击败了斋藤骏的易希川，好让更多的人来见证这场斗戏。至于他自己，则留在大世界的戏台片区，仔细地准备各种幻戏道具，任何一个细节都不敢遗漏。今晚的斗戏，将是他人生中最为重要的一战，也将是他改变人生的最好机会，他必须倾尽所有，全力以赴。

很快白昼逝去，夜幕降临，大世界逐渐彩灯齐明，灯火辉煌。

往日里，戏台片区通常是大世界最为冷清的片区，一是驻台表演的幻戏师并非顶尖人物，二是来此消费的人大都非富即贵，要么观影购物享受美食，要么流连赌场一掷千金，若是观看幻戏和魔术表演，多半会选择去巴黎魔术馆、万国千彩大剧院和罗家戏苑等地，很少会光临大世界的戏台片区。

然而，今晚却大不一样，戏台片区的观众席上聚集了众多富人名流，其中不少都是居住在租界的各国洋人。这些人都是为了同一个人而来，那就是易希川。易希川击败斋藤骏后，上海的各大报纸争相报道了此事，使得易希川一时之间名噪上海，许多富人名流看到报纸上神乎其神的报道，对于没能目睹失传千年的“神仙索”幻戏而大感遗憾，无不希望能有机会再次看到易希川的表演。然而接下来的几天里，易希川却销声匿迹，没人知道他去了哪里，直到袁木火斗戏易希川一事传出，易希川才算是擂台赛后第一次正式亮相，这些富人名流纷纷赶来大世界，只为眼见为实，一睹为快。

袁木火站在戏台上，眼见戏台片区如此盛况，不由得情绪高涨，暗自兴奋。他已经做好了一切准备，只等易希川的到来。

戌时刚到，易希川在鲁鸿儒的陪同下，准时抵达了大世界的戏台片区。蒋白丁早就为鲁鸿儒准备了观众席中最好的位置，见鲁鸿儒到来，当即从观众席的首排座位里起身，带领一拨青帮手下，亲自上前迎接。

现场有些人看过外滩的擂台赛，认出了易希川，立即开始鼓掌喝彩。易希川向鼓掌的观众微笑致意，穿过人群，来到了戏台前面。他没有立即登上戏台，而是往观众席的左侧走去，与站在那里的一个洋人握了手。那洋人正是圣三一堂的英国牧师路德，对易希川有过救命之恩，他听说易希川将在大世界与别人斗戏，于是抛下一切俗务，赶来观看。路德面带笑容，冲易希川竖起了大拇指，用汉话说道："朋友，祝你好运！"

易希川与路德打过招呼后，返身踏上台阶，大步登上了戏台，现场的掌声和喝彩声立即变得热烈起来。

自打易希川现身戏台片区开始，戏台上的袁木火便一直冷眼看着这一切。他在大世界的戏台片区演出了整整两年，观众席上最多的时候只坐过一半人，从没有这么多人前来捧场，然而，这些人却不是为了他而来。他望着眼前的盛况，暗暗心道："终有一天，这些人的掌声只会献给我一个人！终有一天会的……一定会的！"

袁木火打起了十二分的精神，向登台的易希川迎上两步，说道："姓易的，你果真来了。"

"我说了会奉陪到底。"易希川说道，"不仅是今晚的斗戏，将来任何时候，但凡你要挑战我，我一定奉陪。"

"不会再有以后了，只有今晚。"袁木火说道，"今晚我就会击败你！"

易希川说道："那就请吧。"

袁木火整了整衣服，捋了捋脑后的辫子，大步走到戏台的前侧，面朝台下座无虚席的观众席，团团拱手作揖，大声说道："在下袁木火，先谢过各位贵客来大世界赏脸捧场！今晚我与易希川以酒为题，相约斗戏，只分胜败，不论生死，还请各位共同见证！"他说完这话，再一次团团拱手，接着说道，“在下要弄幻戏已有十年时间，十年里踏遍五湖四海，见识了不少神奇的幻戏，也认识了不少厉害的幻戏师，但平生最为仰慕之人，却是一个永远不得谋面的幻戏师，那便是‘魔圣’朱连魁。朱连魁出自中国最为古老的幻戏流派——扶娄派，扶娄派最为有名的幻戏，便是酒类幻戏。听说朱连魁当年旅居美国之时，一手酒类幻戏曾令无数美国人拍案叫绝，只可惜他在十五年前便已去世，他的酒类幻戏，世间再也无从得见。”

台下的大部分观众没听说过朱连魁，大都不为所动，倒是有几个洋人频频点头。这几个洋人正来自美国，当年曾有幸目睹过朱连魁的幻戏表演，此时听袁木火说起朱连魁，不由得纷纷点头赞同。

袁木火提及的朱连魁和扶娄派，虽然现场观众不太了解，但是在中国幻戏界却声名赫赫，可谓如雷贯耳。扶娄派是最为古老的幻戏流派，已经有三千年的历史。在三千年前的周成王时期，南疆有一个扶娄国，那里的人极擅变幻之术，可以吐气为云、喷水为火、鼓腹为雷，还能改变身体大小，操控飞禽走兽。扶娄派传及后世，影响深远，据说云机社的创始人林遇仙便出自该派。到了清末年间，扶娄派最为有名的幻戏师便是朱连魁。朱连魁曾是清宫中专为慈禧太后献艺的御用幻戏师，因为幻戏太过神奇，被人称作“魔圣”。

后来朱连魁离开中国，带领戏班远赴美国，参加在美国奥马哈举办的万国博览会，他在万国博览会上表演中国幻戏，震撼全场。原本万国博览会结束后，根据当时美国的排华法案，朱连魁和他的戏班必须立即返回中国，但美国人却想方设法将他留了下来。朱连魁本人也乐于留在美国，率领戏班在美国各地巡回演出，只用了短短几个月的时间便令中国幻戏风靡全美，后来他又去欧洲各国演出，同样令中国幻戏风靡整个欧洲，他本人也成了名震欧美魔术界的第一位中国幻戏师。

当时有一些西洋魔术师，看到朱连魁和中国幻戏在欧美如此受欢迎，认为有利可图，于是乔装打扮，冒充中国人，变起了中国幻戏。其中有一个叫威廉·罗宾森的美国人，化名程连苏，穿起清朝服饰，假装不会英语，四处表演中国幻戏，竟然名声大噪。有一次朱连魁和程连苏都在英国演出，朱连魁看不惯程连苏假扮中国人四处招摇撞骗，于是公开提出斗戏，程连苏毫不示弱，宣布应战，只可惜这一场斗戏最终未能实现。此事轰动了整个欧美魔术界，一直为人津津乐道。后来朱连魁返回中国，金盆洗手归隐市井，直到十五年前去世，结束了他传奇的一生。

“在下仰慕‘魔圣’朱连魁的酒类幻戏，想方设法找来了不少当年刊载过朱连魁事迹的报纸，根据报纸上的报道，几经努力，总算还原了朱连魁的几个酒类幻戏。”袁木火说到这里，转身面向易希川，“今晚的斗戏以酒为题，我就以这几个酒类幻戏，与你一较高下。你我的幻戏表演结束之后，谁赢得的掌声更为热烈、更为经久，谁便是今晚的胜者。”

易希川并不多言，只道一声：“请！”返身走到戏台的角落，在一把事先准备好的椅子上坐了下来。

袁木火冲戏台的侧后方点了一下头，早已等候在那里的杂工立刻敲响铜锣，宣告本场斗戏正式开始。

一张铺有红布的桌子被抬上戏台，桌面上摆放着两只崭新的小酒碗、一支干净的毛笔和一只陈旧的铁酒壶，那是袁木火今晚表演酒类幻戏所要用到的道具。桌子前面摆放了三只凳子，袁木火请上了鲁鸿儒和蒋白丁，又在现场任意挑选了一位金发洋人，让三人在三只凳子上就座。

袁木火拿起两只崭新的小酒碗，一手一只，来回翻转，以示小酒碗中空无一物，说道：“如各位所见，这两只酒碗都是空的。今晚我要表演酒类幻戏，空碗无酒，那可不行。”他话音一落，将一只小酒碗放在桌上，另一只小酒碗则倒扣于其上，随即伸手往空中一抓，作势往两只小酒碗的方向一送，叫道：“酒来了！”将倒扣在上的小酒碗揭开，下面那只小酒碗中，果真清汤洌洌，装了小半碗白酒。袁木火托起小酒碗，先后送到鲁鸿儒、蒋白丁和金发洋人的身前，三人凑近闻了，果真酒香扑鼻。那金发洋人甚至自作主张尝了一口，顿时烈酒烧喉，不由得皱起眉头，面露苦笑，冲袁木火竖起了大拇指。

易希川在一旁瞧得分明，这是在掌中藏了一团浸透白酒的棉球，倒扣小酒碗的那一刻，快速地挤压棉球，让白酒流进下面那只小酒碗中，只能算是寻常的幻戏。但观众席中有不少人不明白这种手法，顿时为袁木火献上了掌声。

袁木火得意地一笑，说道：“空中取酒，算不得什么好本事。我还可以神笔请酒。”

他拿起桌上那支干净的毛笔，请鲁鸿儒、蒋白丁和金发洋人检查了一番，确定是一只普通的毛笔，没有任何异样。他将毛笔高举过头，似在向天请示，忽地高叫一声：“酒又来了！”接着放下手臂，将毛笔握在右手，笔尖对准那只空的小酒碗。只见干燥的毛笔渐渐湿润，笔尖出现晶莹剔透的水珠，一滴滴地落入小酒碗中。片刻之后，他放下毛笔，小酒碗中已盛了小半碗白酒，让鲁鸿儒、蒋白丁和金发洋人闻了气味，确定是白酒无疑。

观众席中又响起了一阵掌声，坐在戏台边角上的易希川却淡淡一笑。袁木火的这一手“神笔请酒”，可谓换汤不换药，仍是将一团浸透白酒的棉球藏在掌中，握笔时挤压棉球，让白酒顺着笔杆流下，再经过笔尖滴入酒碗之中。

袁木火继续表演幻戏，拿起铁酒壶开始倾倒。铁酒壶几乎整个颠倒了过来，壶嘴却并无酒水流出，可见是一只空壶。然而袁木火摆正铁酒壶，随即再一次倾倒，壶嘴里却有白酒泻出，注入小酒碗中，直到将两只小酒碗倒满为止。这一手“空壶来酒”，立刻博得了现场观众的阵阵喝彩。

袁木火的幻戏仍未结束。他揭开壶盖，将两只小酒碗中的白酒全部倒回铁酒壶中，再将壶盖扣好，说道：“鸳鸯分酒，一壶二味！各位，请看好了！”慢慢倾斜铁酒壶，壶嘴里再次倒出白酒，将一只小酒碗装满，接着再往另一只小酒碗倾倒时，壶嘴里流出的酒水却变成了红色，竟是葡萄酒。

袁木火将两碗酒送到鲁鸿儒、蒋白丁和金发洋人的面前，三人各自尝了，果然一壶二味，分别是白酒和葡萄酒。那金发洋人大感神奇，拿起两只小酒碗，走下戏台，让观众席上的一些观众品尝了，确实是不同的味道。

袁木火结束了幻戏表演，走到戏台前侧，冲观众席团团拱手。现场掌声热烈，不少人高声叫好。袁木火志得意满，转过身去，冲易希川一笑，说道：“姓易的，该你了。”随即走到戏台另一个角上的椅子落座。几个杂工快步登上戏台，将幻戏道具全部收走，只留下那张桌子和三只凳子。

“鸳鸯分酒”，只不过是在酒壶中暗藏机巧的小把戏，易希川一眼便瞧破了。他望着袁木火，暗暗想道：“你这四个幻戏表演得颇为流畅，足见功力不俗，但仅凭这样四个酒类幻戏，却是胜不了我。你心高气傲，目中无人，我唯有尽显本事，方可让你心服口服。”

想到这里，他站起身来，提上那只刻有“易”字的道具箱子，大步走到戏台中央，将道具箱子平放在桌上，又请上了鲁鸿儒、蒋白丁和那位金发洋人，同样让这三人作为见证，以示公允。

易希川不说开场话，直接打开道具箱子，从里面拿出一只白瓷酒杯和一柄匕首。他四处看了看，似乎在寻找什么，随后走到戏台的边角，在一根立柱前站定。他指了指立柱，冲台下的观众微笑点头，似乎已经找到了自己想要的东西。就在现场观众迷惑不解之时，易希川忽然举起匕首，用力地插向立柱，刃尖顿时没入一截，匕首钉在了立柱上。易希川举起另一只手中的白瓷酒杯，放在匕首的正下方。只见匕首的柄端有液体快速流下，注入杯中，须臾即满。现场观众目睹这一手幻戏，顿时掌声不断。

一旁观看的袁木火却不以为然，将匕首的柄端掏空，塞入一团浸湿的棉球，匕首插入立柱时，藏在内部的棉球遭遇挤压，液体自然流出，实属雕虫小技。

易希川拔出匕首，端着白瓷酒杯回到桌前。那金发洋人不等易希川示意，便急不可耐地拿过易希川手中的白瓷酒杯，闻了几下，又尝了一小口，顿时皱眉摇头，用生硬的汉话说道：“这不是酒，是……是水！”

易希川点了点头，从金发洋人的手中取回盛满水的白瓷酒杯，放在了桌上。他又从道具箱子里取出四个同样大小的白瓷酒杯，展示给所有人看，杯中都是空的，然后一字排开，将四只白瓷酒杯倒扣在桌上。易希川抬手示意，让鲁鸿儒、蒋白丁和金发洋人将四只白瓷酒杯翻开。

鲁鸿儒和蒋白丁各自翻了一只，那金发洋人性子急，双手齐用，同时翻了两只。四只原本空无一物的白瓷酒杯翻开来，只见下面都罩了东西，分别是一颗金橘、一颗玉米粒、几粒稻谷和几粒高粱米。现场响起了一阵掌声，但掌声稀疏零落，并不怎么热烈。

袁木火看得分明，这是掌中藏物，倒扣酒杯时，趁机将物品放入杯下，只因手法太快，让旁人看不出来，传统幻戏中的“三仙归洞”和西方的杯球魔术，都是这种手法，同样也是雕虫小技。袁木火冷冷发笑，忍不住大声说道：“姓易的，今晚斗戏是以酒为题，你这又是变水，又是变些毫不相干的东西出来，是打算直接投降认输吗？”

易希川淡然一笑，长时间默然不语的他，此时终于开口说话了：“酒之一物，在咱们中国源远流长，早在上古神农时代就已出现。上古先民造酒，是以水为源，以果实谷物为料，浸果实谷物入水，封存酿制而成。今晚既是以酒为题，自然该当追根溯源。咱们为人处世，最紧要的一点，便是不能忘本，忘了自己的根。”他一边娓娓道来，一边从道具箱子里取出一只空无一物的土陶碗，将白瓷酒杯中的清水倒入碗里，又拿起金橘、玉米粒、稻谷和高粱米，全部放入碗中，最后取出一块白布盖上，拿起土陶碗轻轻地摇晃了几下。

他面带微笑，慢慢揭开白布，只见土陶碗中的清水和果实谷物全都消失不见了，取而代之的竟是一碗浑浊的液体。

易希川将土陶碗中的浑浊液体倒满了三只白瓷酒杯，说道：“古时酿酒，大都未滤，乃是浊酒。古人悲欢离合，喜怒哀乐，尽在这浊酒当中，既有‘浊酒一杯歌一曲’的快意，也有‘一壶浊酒喜相逢’的欢喜，更有‘浊酒一杯家万里’的愁情。正所谓‘客来浊酒两三杯’，‘不辞浊酒三杯醉’，三位，请吧！”他原本没有什么学识，别说吟诵古人的诗词，便是复杂一点的汉字，也认不得几个。但接下袁木火的斗戏后，他用了一个下午的时间，准备各种幻戏道具的同时，还翻找了不少诗词集子，挑出了这五句关于浊酒的诗句，强迫自己背了下来。此时他一脸轻松自然，从容道来，倒显得腹有诗书、学识渊博一般。

观众席上坐着几个颇有名气的文人，听他这五句诗用得如此恰当，竟忍不住频频点头赞许。实则易希川只会这五句诗，便是要他再多背出半句关于浊酒的诗来，他也必定黔驴技穷，只能搔头抓耳，束手无策了。

鲁鸿儒、蒋白丁和金发洋人各自端起一杯浊酒，进行了品尝，的确酒味醇厚，不再是清水。那金发洋人回头冲观众席竖起大拇指，以示这浊酒味道不错，很合他的口味。观众席上顿时掌声雷动，喝彩声四起。

袁木火没看明白易希川这一手“清水变酒”是如何做到的，再听见台下观众如此热烈的反响，原本不以为然的神情渐渐消失，脸色开始变得凝重起来。

易希川的酒类幻戏进行到这里，仅仅算是开了一个头。

只见他从道具箱子里取出一颗小小的莲子，轻轻丢入了土陶碗中。土陶碗中还剩下一小半没倒完的浊酒，莲子顿时沉入碗底，被浊酒淹没，看不见了。他伸出一根手指，弹了一下碗身，只见碗中的浊酒荡起一圈细细的涟漪，一个小小的花苞突然探了出来，徐徐绽放，竟是一朵手指大小的莲花，莲花下面还托起了两片细小的莲叶。这一手变化，惊得现场鸦雀无声，片刻后才爆发出雷鸣般的掌声。

易希川根本不给现场观众喘气定神的机会，飞快地取出莲花丢进道具箱子，从鲁鸿儒那里借来手帕，将浊酒直接倒在手帕上。他拿起手帕的四个角，左右倾斜，只见酒水在手帕中来回流动，既不被手帕吸收，也不透过手帕漏出，当真是大违常理，匪夷所思。易希川倒掉酒水，将手帕还给鲁鸿儒，手帕竟干燥如初，没有打湿分毫。近距离观看了这一幕的金发洋人，已然神情惊滞，目瞪口呆。

土陶碗中还剩下一点点浊酒，易希川拿起土陶碗轻轻地摇晃，碗中的那一点点浊酒竟渐渐由浑浊变得清澈。他仰头举碗，将变清澈的酒水一饮而尽，随即两腮鼓起，微微张嘴，只见丝丝缕缕的烟雾从他的嘴里不断地往外冒。他的嘴巴越张越大，冒出的烟雾成股成团，渐浓渐厚。在浓厚的烟雾之中，只见他的嘴里逐渐明亮，竟有火星溅出。火星越来越多，最后他的口中一片猩红，“呼”的一声，竟喷出一束长长的火焰来。火焰一直往外喷，一直燃烧着，仿佛永远不会熄灭，直到他的嘴巴猛然闭上，烟雾和火焰才同时消失。只略微停顿了一下，他便再次张开了嘴巴，嘴里竟空无一物，没有半点烧伤。

这一手“吞酒喷火”，正是扶娄派的绝技之一，袁木火看到这里，已然面沉似水。台下的大部分观众情不自禁地站了起来，因为看得太过入神，以至于忘了鼓掌，现场竟然寂静无声。

易希川一刻也不停歇，继续着他的幻戏表演。

他从道具箱子里拿出一只酒壶，倒出白酒，将五只白瓷酒杯一一斟满。他先后拿起五只白瓷酒杯，凑到嘴边，分别吹了一口气，然后放回桌上。只见第一杯白酒并无变化，仍是原色，第二杯白酒却变成了黄色，第三杯白酒变成了红色，第四杯白酒变成了绿色，第五杯白酒变成了黑色。一口气吹出了五种颜色，这一手“酒变五色”，顿时赢得了满堂彩。

易希川这一手幻戏其实并不难变，只需用到四种药末——姜黄末可以让酒变成黄色，碱末可以让酒变成红色，皂矾末可以让酒变成绿色，皂矾和五倍子的混合末，可以让酒变成黑色。他预先将四种药末藏在四根手指的指甲里，拿起白瓷酒杯吹气之时，用极其细微却又无比迅疾的手法，将四种药末分别弹入酒中，至于第一杯白酒，则不做手脚，令其保持原色。然而，袁木火并不知道这个秘诀，脸色如阴云密布，变得极为难看。

易希川将五杯酒全部倒掉，再次拿起酒壶，斟满了五只白瓷酒杯。说来奇怪，他之前斟酒时，壶嘴里倒出来的都是白酒，可这一次斟酒，明明是同一只酒壶，却分别倒出了一杯白酒、一杯葡萄酒、一杯米酒、一杯啤酒和一杯香槟。鲁鸿儒、蒋白丁和金发洋人相继进行了品尝，都是频频点头。蒋白丁原本不怎么待见易希川，这时看易希川的眼神，已是多了几分佩服。

袁木火已然面如死灰，他的“鸳鸯分酒”不过一壶二味，可易希川的这一手变幻，同样是在酒壶里分格钻孔，按孔出酒，却是一壶五味，自然远胜于他。

到了这个地步，易希川的表演竟然还没有结束。他握着一只白瓷酒杯，拿起酒壶，走下戏台，来到观众席，询问一位洋人观众想喝方才五种酒中的哪一种。那洋人观众回答想喝啤酒，易希川立刻倾斜酒壶，果真倒出了一杯啤酒，那洋人观众一饮而尽，喜笑颜开的同时，又难掩满脸的惊色。易希川沿着过道继续前行，不断地选择观众，只要观众回答想喝什么酒，他立刻便能倒出。观众纷纷高举手臂，大呼小叫，现场顿时如滚水沸涌，热闹喧天。易希川手中的酒壶明明十分小巧，装不了多少酒，可他先后满足了十几位观众的要求，倒出的酒早已超出了酒壶可以容纳的量，酒壶却还能不断出酒，仿佛源源不绝一般。

易希川以这一手“壶酒不竭”结束了他的幻戏表演。他走回戏台上，将道具一一放回道具箱子里，然后冲观众席鞠躬谢礼。现场人人站起，掌声如雷，经久不息，相比之下，袁木火之前赢得的掌声，几乎不值一提。

袁木火表演的酒类幻戏共有四个，分别是“空中取酒”“神笔请酒”“空壶来酒”和“鸳鸯分酒”；易希川表演的酒类幻戏却有整整十个，分别是“柱中取水”“空杯来物”“清水变酒”“酒中生莲”“手帕包酒”“浊去清来”“吞酒喷火”“酒变五色”“一壶五味”和“壶酒不竭”。无论是酒类幻戏的数量还是质量，易希川都远胜于袁木火，今晚以酒为题的斗戏，胜负已是十分明了。

袁木火垂头丧气，不发一言，转身就要下台。蒋白丁却命令两个手下，上前将袁木火抓住，带到他的身前。他冷声冷气地说道：“姓袁的，你小子还真是吃里爬外，在我这里混饭吃，却天天想着去万国千彩大剧院驻台。你今晚这么丢人现眼，算是把我大世界戏台片区的脸面都给丢光了。赶紧给我滚吧，以后别再让我看见你！”

袁木火脸色灰白，转身就往外走，走到半途时，从衣兜里摸出扁酒壶，想要灌一口烈酒消愁解恨。可他一看见扁酒壶，便想起方才以酒为题的斗戏，顿时怒从心生，将扁酒壶狠狠地摔在地上，头也不回地离开了戏台片区。

易希川仍在戏台上团团拱手，答谢观众。鲁鸿儒趁机走到易希川的身边，举起双手，示意现场观众安静，然后咳嗽两声，大声说道：“各位贵客，这位易希川乃是春秋彩戏派的新任戏主，前几日在外滩擂台上击败斋藤骏的幻戏师，便是他。如今易戏主驻台万国千彩大剧院，首场演出便在明天晚上。我代表万国千彩大剧院，恭请各位贵客明晚大驾光临！”

现场观众看过了易希川今晚的幻戏表演，大都意犹未尽，听到易希川将在明晚驻台演出的消息，顿时欢声雷动，不少人已经下定决心，明晚一定要带上亲朋好友，一起去万国千彩大剧院，观看易希川的演出。

斗戏结束后，蒋白丁安排了一辆轿车，送鲁鸿儒和易希川回万国千彩大剧院。

轿车驶离大世界后，车内的鲁鸿儒轻咳两声，说道："易戏主，我已经打点好了几家报社，明早会同时刊登你在万国千彩大剧院驻台演出的消息，再加上你刚才在大世界初露锋芒，震撼了全场观众，想必明晚的首场驻台演出，一定会宾客如流，座无虚席。以易戏主的本事，来日必定名满上海。只是树大招风，你又在外滩擂台上胜了斋藤骏，赢走了龙图，往后少不了会有居心叵测之人前来找你的麻烦。你一定要多加防范，不可轻信他人，切莫着了小人的道儿。"

"鲁前辈提醒得是，晚辈记下了。"易希川说道，"明晚的首场演出，晚辈一定倾尽所能，让每一个走进剧院的观众，都不会失望而归。"

鲁鸿儒应道："有你这句话，我尽可放心。"

人流徐徐，车轮滚滚，轿车穿过满街的霓虹光影，向万国千彩大剧院驶去。

第四章 傀儡

翌日天明，易希川起了个大早，在街边购买了一份报纸，上面果真刊登了他在万国千彩大剧院驻台，并将在今晚进行首场演出的消息。

易希川拿着这份报纸，离开法租界，进入上海城区，来到了上海国术馆外。他远远望去，只见秋本久美子的房间窗帘遮挡，想必她还在梦乡之中，尚未醒来。趁着四下里无人，他拿出事先准备好的一张今晚首场驻台演出的戏票，裹在报纸里，埋在约定好的那棵洋槐树下，算是对秋本久美子的邀请。埋好戏票后，他便回到万国千彩大剧院，在演厅进行了简单的彩排，然后开始等待夜晚的到来。

从早晨埋下戏票起，易希川便一直满怀期待。

到了入夜时分，万国千彩大剧院灯笼高照，客流如织。宾客们排着队购票入场，一个接一个地走入演厅，寻到戏票上的座位就座。易希川躲在舞台幕布的后面，远远瞧着观众席上的情况。他看着一个个座位等来了自己的主人，可第三排最中间的那个位置，始终空在那里。周围已经坐满了人，那个空着的座位，显得是那么的孤独落寞。

“也许她没去洋槐树下，所以不知道我给她留了戏票……又或许她临时有什么事，所以来不了现场……”易希川低下头来，暗暗宽慰自己，但内心深处，仍不免感到些许失落。

易希川失落神伤之时，忽然有人拍了拍他的肩膀。他急忙回头，只见是负责舞台的场工金童。金童一言不发，只是抬手指了一下后台，意思是让他赶紧去后台做准备，演出就要开始了。

易希川收整情绪，强迫自己不去想秋本久美子没来的事，去往后台准备登场。

司仪宣布今晚的幻戏表演正式开始，幕布缓缓拉升，灯光渐渐明亮，剧院中的几个杂工换上演出服饰，首先登台。几个杂工都会要弄幻戏，平时负责处理演厅和舞台的各种繁杂事务，演出时则要登台进行表演。他们变了几个常见的小幻戏，逗得观众一乐，也为随后登场的易希川热场。

几个杂工完成了热场的任务，迅速走下舞台。幕布降下，灯光调暗，各种幻戏道具趁机摆上了舞台。等到幕布再次拉开时，就轮到易希川登场了。

司仪用汉话大声宣布道：“接下来，有请万国千彩大剧院驻台幻戏师、春秋彩戏派新任戏主易希川易先生登台，为大家献上精彩的幻戏表演！”

现场观众顿时掌声雷动，一部分观众甚至站起身来鼓掌相迎。

易希川身穿墨黑色的修长大褂，在渐渐明亮的灯光聚焦之下，稳步登上了舞台。

整个演厅几乎座无虚席，可留给秋本久美子的座位仍旧空着。

易希川原本不想被秋本久美子没来的事所影响，但登台后的第一反应，还是情不自禁地先往第三排最中间的位置看了一眼，顿时心情失落。他深吸了一口气，迅速调整好了心情，先面向所有观众微笑谢礼，待现场掌声平息之后，忽然大袖一挥，原本空无一物的肩上已多了一块红布。

易希川师出彩戏门派，自然不会忘本，如同挑战斋藤骏时先表演一段彩戏法那般，这一次他也准备了一段彩戏法作为开场幻戏。

寻常的彩戏法，变出的彩物大都是杯盘碗碟，到了精彩之处，便会变出火盆和水缸等大件彩物。这些彩物必须事先藏在大褂之中，可易希川身形清瘦，携带这些彩物，尤其是火盆和水缸这样的大件彩物，会显得太过明显，这是他几乎从未登台表演过彩戏法的原因。这一次他敢在首场驻台演出的一开始就表演彩戏法，是因为他对彩戏法做了一些改变。

只见易希川红布一撩，手上已多了一个鸡蛋大小的物什，竟是一件用彩纸包好的小礼物。他将小礼物用力地抛向观众席，被一个中年妇女接住了。那中年妇女急不可耐地拆开彩纸，见里面竟是一串五彩斑斓的玻璃彩珠项链，顿时喜笑颜开。易希川再次抖动红布，又变出一个用彩纸包好的小礼物，向左侧的观众席抛去，被观众接住拆开，却是一小盒胭脂水粉。易希川不断地变着彩戏法，变出了一件又一件小礼物，有木梳、书籍、发簪、日历、佩饰、玩具、饼干盒等等。他没有携带任何大件彩物，甚至没有携带各种杯盘碗碟，藏在他大褂里面的彩物，全都是各式各样的用彩纸包好的小礼品，既小巧又便于携带，藏在大褂之中根本看不出来，出彩之时比变出火盆和水缸要轻松得多。同时这些小礼品又很便宜，值不了几个钱，街边店铺随手便可以买到，但作为礼物抛给观众，一是给观众带去了惊喜，二是引得观众争相接抢，令现场变得极为热闹。这样的彩戏法既容易变，又让观众耳目一新，立刻带来了极为火热的现场效果。

易希川对彩戏法的改变收到了如此热烈的反响，令他十分高兴。更让他激动的是，在变彩戏法的过程中，他期盼已久的那个人，终于出现了。

秋本久美子来到了现场。她身穿中国服饰，打扮成了一个闺阁小姐，好不容易才从情绪高涨的观众群中挤过，在第三排最中间的座位上坐了下来。

两人一个在台上，一个在台下，趁着变彩戏法的间隙，彼此对望一眼，各自一笑。

易希川加快速度，从原来的一次出彩一件礼物，变成了一次出彩数件礼物，全都抛向了观众席，笑道："小小礼物，不成敬意，谢过各位了！"随即衣摆一甩，迈着轻快的步子，走回早就摆放在舞台中央的桌子前，把暂时不用的红布放在桌上，然后打开了桌子上那只刻有"易"字的道具箱子。

易希川从道具箱子里取出一张白纸，拈在手中，展示给现场观众看。

现场观众逐渐安静下来，注意力全都集中到了易希川手中的白纸上。

易希川展示完白纸后，双手来回交错，将白纸撕成了一条条的碎纸条。他将碎纸条全部塞进嘴里，咀嚼了片刻，将手指伸进嘴里往外拉拽，拽出来的却是一条完整的纸条。纸条非常长，源源不断地往外拽，最终竟拽出了十几丈长。这是一个名叫"口吐百丈"的传统幻戏，立即赢得了现场观众的阵阵掌声。

易希川拿起刚刚拽出来的纸条，揉成了一个纸团。他对准纸团吹了一口气，随即小心翼翼地拆开纸团，里面竟多了一根黑色的丝线和十几枚绣花针，在灯光的照射下星芒点点。他张开嘴巴，拿起绣花针，一枚一枚地放进嘴里，最后拿起那根黑色丝线，卷成一团塞进嘴里。他闭上了嘴巴，再次咀嚼起来。现场观众纷纷面露惊恐之色，生怕易希川咀嚼之时，会被绣花针刺穿了嘴巴。

片刻之后，易希川停止咀嚼，将手指伸进嘴里，拽出来了一截线头。他捏住线头往外拉扯，那根黑色的丝线渐渐又被拽了出来，上面穿着一枚又一枚的绣花针。等到黑色丝线全部拽出后，他拈住丝线的两头，只见十几枚绣花针已经整整齐齐地穿挂在了上面，微微地摇摆晃动。

这一门"口内穿针"幻戏，同样是极为传统的中国幻戏，乃是源自佛家高僧鸠摩罗什的"吞针术"。当年鸠摩罗什从西域来到后秦译经说法，深得后秦皇帝器重，以国师之礼相待。后秦皇帝认为鸠摩罗什这样的圣僧若是不能留下后代，会是极大的遗憾，竟然赏赐宫女，逼迫鸠摩罗什接纳，并生育了后代。对于佛家而言，娶妻生子乃是破戒之举，鸠摩罗什实在是不得已而为之，但他是国师圣僧，此事一经传出，顿时四方轰动，无数僧侣争相效仿，竟纷纷娶妻育子。鸠摩罗什大感心痛，于是召集僧侣，来到一口盛满铁针的钵前，说道："各位若能像我一样，将这钵中铁针尽数吞下，便可破戒婚娶，如若不然，便请谨守戒律，勿再滋生妄念。"说罢，竟将满钵的铁针吃进嘴里，咀嚼吞下，宛如寻常吃饭一般轻松自然。众僧侣目瞪口呆，不敢效仿，于是纷纷断了娶妻生子的念头。

鸠摩罗什吞针的故事，易希川很早便知道了。坐在观众席上的秋本久美子虽然不知道这个故事，但非常清楚易希川的"口内穿针"

幻戏是怎么做到的。将磁石研磨成粉，均匀涂抹在黑色丝线上，绣花针也有机巧，只有针尾是铁制的，将丝线和绣花针一并放进嘴里，如此一来，等到将黑色丝线拉扯出来时，针尾便牢牢地吸附在丝线上，远远看去，就好似穿好的一样。但现场观众并不知道个中秘诀，见易希川只用嘴巴便做到了穿针引线，而且嘴巴没有丝毫受伤，顿时惊呼连连，掌声不断。

易希川将针线放进道具箱子，顺手取出一只瓷碗、一瓶墨水和一把小刀，一一放在桌上。他拿起先前变彩戏法用的红布，罩在瓷碗上，再揭开时，原本空无一物的瓷碗中已然盛满了清水。易希川拿起小刀，往瓷碗中竖着一划，再将墨水倒进清水之中。只见一碗水唯有倒入墨水的右半边变黑了，左半边仍是清水，竟然黑白分明，两不相犯，仿佛小刀那一划，已将一碗清水分割成了两半。他又一次拿起小刀，沿着黑白两色的分界线一划而过，这一次黑白互通，整碗水全都变成了黑色。这一手“抽刀断水”之后，他再次用红布罩住瓷碗，等了片刻方才揭开，碗中的黑水竟然恢复如初，重新变回了清水。

现场观众毫不吝啬地献上了掌声和喝彩。

易希川不太在意现场观众的反应，目光直接落在了秋本久美子的身上。秋本久美子正面带微笑，一边轻轻地鼓掌，一边深情地凝望着他。

易希川冲秋本久美子一笑，大声说道：“接下来的这个幻戏，我需要现场一位观众上台来协助我完成。”抬起手臂，朝舞台侧面招了一下，早已等候在那里的司仪，立即抱着一个纸箱子快步走上舞台。易希川指着纸箱子说道：“这里面装着观众席的座位排号，我会任意抽选一位观众，上台来协助我。”说着将手伸入纸箱子，搅动了几下，摸出了一张写有座位排号的纸片，交给司仪。

司仪看着纸片上的排号，大声说道："第三排十八号座位，有请这位观众上台！"

现场灯光立刻来回扫动，最终照定在秋本久美子的身上。

秋本久美子吃了一惊，随即明白过来，第三排十八号座位是易希川专门给她留的位置，易希川一定在抽取排号时动了手脚，无论如何都会抽到写有这个排号的纸片。想到这里，秋本久美子不禁微红了脸，把头低了下去。

易希川面带笑容，大声说道："这位小姐，有请！"

司仪很适时地招呼现场观众，给秋本久美子送上了热烈的掌声。

秋本久美子不知道易希川要她上台协助什么，只知道他既然希望她上台，那她依从了便是。她站起身来，第三排的观众纷纷侧身收脚，给她让出了过道。她走出观众席，通往舞台的台阶出现在了眼前。她是日本国内最年轻的幻术大赛冠军，早就有过多次登上舞台的经历，即便现场观众再多上数倍，她也不会觉得紧张。然而此时的她，心却一直怦怦跳个不停。她在全场观众的注视之下，在易希川炽热的目光之中，微微低着头，一步步登上了舞台。

易希川望着一身中国闺阁小姐打扮的秋本久美子，望着她柔美的身姿，望着她微红的脸颊，在灯光的映照下，是那么的纯美恬静，不可方物。

司仪快步退台离场，将舞台交给了易希川和秋本久美子。

"这位小姐，您贵姓？"易希川微笑着问道。

秋本久美子没想到易希川会突然这样发问，不由得愣了一下，回答了一个字："秋。"

"秋小姐，你好。"易希川搬来一把椅子，放在身前，"请你在这里坐下。”

秋本久美子不知道易希川要变什么幻戏。她依言坐了下来，一双大大的眼睛满含期待，目不转睛地望着易希川。

易希川端起桌子上的那碗清水，放在秋本久美子的手中，说道：“秋小姐，请你拿好这碗水，然后洒些水在我的手心。”说着伸出右手，摊开在秋本久美子的面前。秋本久美子一只手拿碗，另一只手掬了些许清水，淋洒在易希川的右手手心。

易希川立即右手握拳，将手心里的清水握住，一滴也没有洒漏出来。他将右拳高高地举在空中，被灯光直直地照着，让秋本久美子和现场的每一个观众都可以清楚地看到，以示他绝不可能在这只握紧的拳头上动手脚。

这时，他面向观众席，大声说道：“在中国幻戏的‘左道三十六术’之中，有一门早在元朝年间就已失传的幻戏，名叫‘凝水成冰术’。然而不久之前，我遇到了一位美丽的姑娘，就在我的眼前，她握住一点水，只用她的双手，便将水凝结成了冰。这一幕让我永生难忘。从那以后，我一有空闲，便会自己琢磨这门幻戏，琢磨到底要怎么做，才能只用手，便将水凝结成冰。”说到这里，他转回身来，将举起的右拳垂放下来，停在秋本久美子的眼前，说道：“秋小姐，请你对准我的右手，吹一口气。”

在旁人听来，易希川说的只是一个真假不明的故事，然而对于秋本久美子，这却是人生中一段永难忘记的时光。凝水成冰，是她为他表演的第一个幻术；对着握拳的手吹一口气，则是他为她表演第一个幻戏时所提出的请求。时隔多日，恍惚之间，仿佛回到了往昔，一切重新经历了一遍。秋本久美子想起二人在圣三一堂朝夕相处的十日时光，又想到如今已对易希川身心相许，心中顿时满是感动，眼中竟略微噙泪。她凑近易希川的右手，轻轻地吹了一口气。

如同当日那般，易希川立刻摇起了头，微笑着说道："秋小姐，你这口气太轻了，一定要用力吹出来才行。"

秋本久美子微微一笑，也如当日那般，果真认认真真地、用力地吹了一口气。

易希川说道："有秋小姐的这一口仙气，我手里的水，已经变成冰啦！"他慢慢摊开手掌，只见一块薄薄的冰片，静静地躺在他的掌心。他小心翼翼地拈起冰片，展示给全场观众看。在舞台灯光的照射之下，冰片晶莹剔透，光芒闪耀，令现场观众惊叹不已。

秋本久美子不禁嫣然一笑。她一下子就看了出来，易希川并非像她那样，是真的用手将水凝成了冰，而是提前准备好了冰片，用快如闪电的手法，在握拳的时候，就已经将冰片握在了掌心之中。即便如此，她仍是感动不已，开心至极。

易希川的"凝水成冰术"还没有结束。

他将冰片放进秋本久美子手捧的那碗清水之中，然后拿起桌上的红布，平摊开来，说道："秋小姐，请你将碗里的水，全部倒在这块红布上。"

秋本久美子依言将水倒在了红布上，明明倒出的都是水，可是一接触红布，却纷纷凝结，全都变成了冰屑。这一下是货真价实的凝水成冰了。一碗水倒完，红布上的冰屑积聚在一起，宛如一座小山。这时易希川将红布一裹，裹成了一团，用力地抛向空中。

秋本久美子下意识地抬头望去，只见红布在空中展了开来，原本被包裹起来的冰屑，竟全都变成了纯白色的雪花，漫天飞舞，翩翩飘落。灯光暗了下来，飘飞的雪花却散发出了辉光，璀璨如星，一颗颗落在她的身上，落在她的脚边，落在她的身子周围，白茫茫、亮闪闪的一片，好看到了极致。

整个演厅寂静无声，目睹着如此美轮美奂的场景，没有一个观众愿意去打破这如梦似幻的美好氛围。

秋本久美子的目光越过飘飞的雪花，痴痴地望着站在身前的易希川。

明明早已相识，甚至已经身心互许，此时却假装不认识对方，仿佛初次见面一般，他给她变了一个如此梦幻浪漫的幻戏。他的这个幻戏，虽然有那么多人目睹，却是只为了她一人而演。在过去的十七年里，从来没有一个男人这么对待过她。她以往遇到神奇的幻戏，总会在第一时间去思考背后的秘诀，但这一次，她什么也不愿去想。对她而言，这已经不再是单纯的幻戏了。她万般惊喜，又万般感动，倘若不是有这么多现场观众看着，她一定早已扑了上去，投入他的怀中。

可是她不能这么做。

她只能安安静静地坐在那里，痴痴地望着他，泪水慢慢地流了下来。

灯光缓缓亮起，易希川的首场驻台演出，至此结束。全场观众直到此时方才纷纷站立起来，为易希川献上了最为热烈的掌声和欢呼声。

在漫天的掌声之中，易希川上前扶起秋本久美子，送她走下舞台，轻声说了一句："等着我。"

秋本久美子轻轻地点了一下头。

易希川大步返回舞台之上，面向全场观众鞠躬谢礼。首场驻台演出能够如此成功，他不由自主地松了一口气。

演出结束后，易希川回到后台，万国千彩大剧院的所有人，包括鲁鸿儒在内，全都拥上前来，向他道喜祝贺。但他知道秋本久美子还在演厅里等他，于是心不在焉地草草应付过，飞快地收拾好各种幻戏道具，换上了一身轻便的衣服，又戴上了一顶帽子。等他从后台走出来时，演厅里的观众已经走了大半，只剩下一小部分观众还在慢慢退场。

秋本久美子正默默地等候在演厅的厅门旁边。

易希川压低帽檐，以免被正在退场的观众认出。他走上前去，与秋本久美子相视一笑。两人暂不说话，轻轻地牵了手，并肩而行，随在散场的人流之中，穿过长长的通道，走出了万国千彩大剧院的大门。

易希川有帽子遮面，又换了一身衣服，一路上都低着头，总算没有被散场的观众认出。他像做了一回贼似的，长吁了一口气。

抬眼望去，爱多亚路霓虹璀璨，车水马龙，正是情人约会的最好时候。

可是易希川和秋本久美子刚走到街边，脸上的笑容便骤然凝住了。

就在两人的身前，就在万国千彩大剧院的大门外，就在人来人往的街边，一身白衣的斋藤骏立在那里，目光阴沉，直直地看着两人。

秋本久美子原本微红的脸，刹那间变得一片苍白。她下意识地松开了与易希川相互牵着的手，往旁边挪开一步，像一个做了错事的孩子，低下了头，不敢去看斋藤骏。

易希川根本没想到斋藤骏会在此时此地突然出现，一时之间惊惶无措，僵立在了原地。

斋藤骏冷声命令道："带小姐回去。"

“嗨！”身后几个扮作市民模样的日本武士，立即上前，强行带秋本久美子离开。

“师父，”秋本久美子被迫挪动脚步，心急之下说道，“你不要为难他，好吗？”

斋藤骏看见了秋本久美子和易希川相互牵手的场景，又听见秋本久美子说话维护易希川，自然明白了两人之间的关系。“你背着我偷跑出来，原来是为了这个支那人。”他失望地看了秋本久美子一眼，随即对几个日本武士说道，“你们保护好小姐，以后没我的命令，不准她踏出国术馆半步。”

几个日本武士齐声应了，强行护送秋本久美子离开万国千彩大剧院，往上海国术馆的方向而行。

易希川想要上前阻拦，但只踏出了一只脚，便被斋藤骏横身拦住了去路。

两人四目相对，易希川的目光极为复杂，斋藤骏的目光却阴冷至极，充满了敌意。

“你没有死，很好。”斋藤骏说道，“久美子让我不要为难你，我今天就暂且放过你。以后离久美子远点，再敢纠缠久美子，我绝不饶你性命！”说完这话，转身便走。

易希川热血沸涌，鼓起勇气，大声说道：“我和久美子是真心相爱，哪怕不要这条性命，我这辈子也要和她在一起！”

斋藤骏骤然停下脚步，说道：“支那人没有一个是好人，我不会把久美子交给一个支那人，你死了这条心。龙图在你的手上，我早晚会来找你。”话音一落，再不停留，往走远的秋本久美子去了。

易希川立在原地，视线穿过茫茫人海，望着去远的秋本久美子和斋藤骏，心潮翻涌，思绪混乱。

眼看秋本久美子和斋藤骏先后转入远处的巷口，消失在一幢洋房背后，他猛地咬了咬牙，快步追了过去。他必须向斋藤骏说清楚一切，必须用尽全力去争取，哪怕豁出性命，也不能错过这一时一刻。有时候一时一刻的错过，便是一生一世的遗憾，他不想像斋藤骏在码头错过秋娘那样，为之抱憾终生。

易希川追出去的同时，在万国千彩大剧院的门口，金童不知何时出现在了那里，正悄无声息地站着，一只右眼目光阴鸷，冷冷地望着易希川远去的背影。

易希川追进了那条巷子，望见斋藤骏正好向左一转，消失在了巷子的另一头。

他急忙追赶过去，快到巷子尽头时，忽然听见不远处“啊呀”之声大作，似是一群乌鸦啼鸣，声音极其嘶哑苍凉。

易希川没工夫理会这阵奇怪的乌鸦叫声，飞奔到巷子尽头，往左一转，立刻心头一惊，戛然止步，缩回身来。

就在前方十余丈开外，斋藤骏一动不动地立在一处三岔巷口，头部微微向右侧着，举止十分怪异，像是在聆听这阵乌鸦啼鸣之声。乌鸦啼鸣之声，正是从他右侧的一条狭窄巷子里传出。

忽然之间，所有的“啊呀”之声全部消失了，取而代之的是一阵低沉的“呜呜”之声，仿佛许多女人同时低声哭泣，在这黑乌乌的巷子深处，听起来尤为阴森恐怖。易希川手臂一阵发麻，竟起了一层鸡皮疙瘩。

斋藤骏转身面朝右侧那条狭窄巷子，忽然开口说道：“是你。”

“呜呜”的哭泣声立时中断，一声“嘿嘿”的阴笑，从黑暗的巷子深处传来。

斋藤骏立刻双掌一翻，燃起一团碧绿色的火焰，动若疾风迅雷，追入了右侧那条狭窄巷子。

易希川听见这声“嘿嘿”阴笑，刹那间想起一人，浑身汗毛不由自主地倒竖了起来。他紧跟着冲到三岔巷口，抬眼向前方望去，隐约可见极远处有几道黑影正在疾行，那是几个日本武士护着秋本久美子在快步而走。斋藤骏已经追进了右侧的狭窄巷子，没人再来阻拦他靠近秋本久美子，但他想起了那声“嘿嘿”阴笑，略微犹豫了一下，最终选择往右一转，继斋藤骏之后，也追入了那条狭窄巷子。

狭窄巷子里一片漆黑，伸手不见五指，不时有其他巷道纵横交错，前方的斋藤骏速度奇快无比，若非有那团碧绿色火焰在远处闪现，只怕片刻之间，易希川便会追丢方向。

一路向前追赶，穿街过巷，很快出了法租界，进入上海城区，最终追进了一处废弃厂房。

废弃厂房内极为空旷，易希川刚一踏足其中，立刻缩身藏在几个废弃铁桶的后面，从铁桶上锈烂的破洞中偷偷窥望。只见前方绿火凝动，斋藤骏已经停下追赶的脚步，伫立在空旷开阔的废弃厂房中央。在斋藤骏的身前，十六道黑影状若人形，一动不动地悬在半空，如同上吊而死的死人，没有半点生气。

斋藤骏用汉话说道：“别再装神弄鬼，出来。”

伴随着“嘿嘿”一声阴笑，在火光照射不到的黑暗角落里，一道极为高大的人影慢慢立了起来，一字字地说道：“奶奶的，好久不见了啊，臭日本！”

这句话一出，易希川的心里再无半点怀疑。这样的嗓音和语调，尤其是那句“奶奶的”，只可能出自一个人之口，那就是嘴老。初次听到那声“嘿嘿”阴笑时，易希川便想到了嘴老，也只有嘴老那出神入化的口技，才能将乌鸦啼鸣之声和女人哭泣之声模仿得那么逼真。虽然对嘴老的声音再无怀疑，但易希川却暗觉奇怪，嘴老明明身形单薄瘦小，可是角落里站起来的那道人影，身形却魁梧高大，两者全然对不上。

斋藤骏早就辨认出是嘴老的声音，这才一路追赶至此。他说道："你当真命大，居然没有死。"说话之时，心中略感诧异，当日他明明将嘴老的手脚全部斩断，然而眼前的这道人影，有手有脚，四肢健全，身形也全然不同，偏偏说话的嗓音又和嘴老一模一样。

那人影又发出了一声阴笑，说道："奶奶的，老头子洪福齐天，自然福大命大，你区区一个臭日本，就想杀了老头子？倒是你这个臭日本，一只脚已经踏进了鬼门关，很快就要做个短命鬼了。"

"想要报仇，"斋藤骏沉声说道，"你的本事还不够。"

"奶奶的，你杀了老头子的师弟，又断了老头子的手脚，这等深仇大恨，那是一定要报的。只不过为了报仇，老头子在巷子里直接动手便是，何必这么大动干戈，把你引来这里？"那人影一边说话，一边往前迈步，每走一步，地上都是哐啷一响，渐渐走入了绿火的光照范围之内。只见来人尖嘴小眼，细眉相连，确是嘴老无疑，但他手长脚长，与身躯格格不入，竟然不是真的四肢，而是铁铸的假手假脚。

嘴老阴恻恻地一笑，说道："臭日本，要见你的人，就在这里。"话音一落，在他高大的身影背后，两个人缓步转了过来。

易希川在暗处偷眼瞧见了，顿时大吃一惊，原来从嘴老背后转出来的两个人，一个是有眼无珠、双目俱瞎的老头，另一个是眉清目秀、面含笑意的少年，竟是当日在公共租界街边表演过"画骨术"的徐鬼手爷孙二人。

徐鬼手爷孙二人行踪诡秘，销声匿迹多日，突然现身于此，易希川不禁大感疑惑，完全猜不透这爷孙二人是什么来路，见斋藤骏又是为了什么目的。

那少年搀扶着徐鬼手，将耳朵挨近徐鬼手的嘴边，听徐鬼手低语了几句，抬起头来对斋藤骏说道："日本人，爷爷让我代他向你问一声好，随便再问你一句，幻戏界三大圣物之一的云机诀，是不是在你的手上？"

斋藤骏不予答复，反问道："你们是谁？"

少年应道："我爷爷姓徐，认识他的人，都叫他徐鬼手。至于我嘛，无名小卒一个，不提不提。"语气微微一扬，说道："日本人，你还没回答我的问题呢！"

"云机诀？"斋藤骏说道，"没听说过。"

少年说道："你在擂台上破尽幻戏，任何幻戏一看便会，怕是神仙也没这本事。我爷爷说了，你多半早就学会了所有幻戏。能学会所有幻戏，只有一种可能，那就是有云机诀在手。你若不是靠着云机诀学会了中国的所有幻戏，岂敢在外滩摆下擂台，扬言挑战全中国的幻戏师？"

斋藤骏说道："除了'神仙索'，其他支那幻戏在我眼中，都是雕虫小技，不堪一击。"

徐鬼手低声说话，言语含混。少年附耳听了，对斋藤骏说道："日本人，我把一切都说破了，你居然还不承认。也罢，爷爷让我再问你，你可认识这里是什么地方？"说罢抬起手来，指了指所处的这间废弃厂房。

斋藤骏环眼一望，心中顿时一动。夜色太过漆黑，一路追赶至此，倒没有注意这里是什么地方，此时仔细一瞧，他立刻认了出来。

但他不作回答，只是目光阴寒，冷冷地看着徐鬼手爷孙二人。

少年面露微笑，说道：“这里是曾经名震上海的幻画门。十八年前，有一个名叫秋娘的女人，曾经住在这里。”

斋藤骏的脸色陡然一变，喝问道：“你们到底是什么人？”

易希川在暗处听见了，不由得抬头看了看四周，各种废弃杂物东倒西歪，灰尘蛛网四处密布，空气中弥漫着一股泛酸的霉味，心里暗道：“原来这里就是幻画门秋家的府邸。听久美子说，秋娘死后，这里被云机社变卖，变成了一处印染厂，想不到如今破败至此，竟是这般荒废景象。”

少年尚未应话，一旁的嘴老忍不住插嘴说道：“秋娘嘛，老头子倒是记得这个女人。这女人长得水灵，她出嫁那会儿，老头子赶巧正在上海，还去云机社喝过她的喜酒。喜酒一喝完，接着就跑去幻画门喝秋成海那老儿的丧酒。不错，老头子那天喝丧酒，就是在这个地方。”说着扬起头来，一边环顾四周，一边频频点头。

少年说道：“日本人，你默不作声，想必已经认出了这地方，那就好。十五年前，云机社曾与一个日本幻术团进行过一场生死斗戏，而你，便是当年那个日本幻术团的领头人。听说你当年是为了一个名叫秋娘的女人，才不惜一切与云机社一战。那一战过后，云机社就此销声匿迹，云机诀也不知所踪。你亲历了当年的生死斗戏，又得到了云机诀，想必也应该知道云机社的下落吧？”

斋藤骏脸色阴沉，说道：“我最后再问一次，你们到底是什么人，和云机社有什么关系？”说话之时，右手一挥，空中那团一直寂静燃烧的碧绿色火焰，顿时嗞嗞作响。

徐鬼手缓缓抬头，两只黑洞洞的眼窝，直直地对着斋藤骏。那少年看了一眼空中的碧绿色火焰，面无惧色，说道：“我刚才已经说过了，我爷爷名号徐鬼手，与云机社嘛，自然大有关系，否则何必引你来此，谈论云机社的事？”

“这么说，你们是云机社的人？”斋藤骏不想听到“大有关系”这种模棱两可的回答，他想要的是一个明确的答复，是即是，非即非。

徐鬼手又一次低声说话，那少年凑近听了，抬头说道：“日本人，爷爷让我答复你，他正是云机社的人。当年他人在海外，无法参加那场生死斗戏，没能与云机社的同道同生共死，他一直负疚至今。如今好不容易寻到你这个罪魁祸首，一是要你交出云机诀；二是要你说出云机社首领林神通的下落；三嘛，那就是弥补当年的缺憾，尽到云机社成员的本分，与你一战，分个生死！”

这时，嘴老“嘿嘿”一笑，两只铁胳膊一抖，十根铁手指笔直伸出，指尖寒光闪闪，锋利如刀，说道：“臭日本，别忘了老头子还在这里。奶奶的，老头子和你有着血海深仇，今天正好一并了结！”

斋藤骏亲历过十五年前与云机社的那场生死大战，比眼下的处境要凶险得多，因此他虽是孤身一人，却丝毫没把身前的三个人放在眼里。他苦寻云机社这么久，一直没有任何消息，想不到云机社的人竟会主动找上门来，只不过听对方所言，似乎和他一样，也不知道云机社首领林神通的下落，倒是有些可惜。他决意要找林神通复仇，虽然无法得知林神通的下落，但能先杀一两个云机社的人，也是解恨之极。

他说道：“你们三人前来送死，我正是求之不得。”双掌猛然一翻，只听“轰”的一声异响，空中那团碧绿色火焰顿时变大数倍，烈焰翻腾，嗞嗞狂响。

嘴老当先动手，踏步上前，铁脚踩得地面哐啷作响。他挥动右臂，五指如刀，刺向斋藤骏的面部。

斋藤骏双手一分，空中那团碧绿色火焰立刻裂为三团，其中一团射向嘴老，另外两团掠向徐鬼手爷孙二人。

嘴老早就领教过这种碧绿色火焰的厉害，当即缩回右臂，与左臂交叉一挡。碧绿色火焰击中了他的手臂，可他的手臂是铁铸的，根本不惧火烧，也丝毫不会感觉到疼痛。嘴老毫发无损，哈哈大笑，说道："姓徐的，你给老头子安上的这对手臂，真他奶奶的太好使了！臭日本，你的火不管用了，看你还有什么本事，能奈何得了老头子！"铁臂哐呲巨响，指尖疾速刺出。

另外两团碧绿色火焰飞快掠至徐鬼手和那少年的身前。只见徐鬼手的右手微微一抬，空中立刻有两道人形黑影急坠而下，不偏不倚地挡住了两团碧绿色火焰的攻击。两道人形黑影，正是一直悬吊在半空中的"死人"。两个"死人"触火即燃，身上的衣物迅速燃尽，火焰紧跟着便熄灭了，露出了两副钢铁骨架，竟是两个铁铸的人形傀儡。

斋藤骏又迅速燃起数团碧绿色的火焰，再次烧向三人，仍是毫无效果。

嘴老更加肆无忌惮，大笑声中，十指交替乱刺。他的铁铸手脚虽然不惧斋藤骏的火焰，但运使起来，终究不及真手真脚灵活。斋藤骏几个闪转腾挪，便躲过了嘴老的攻击，闪到嘴老的身后，一拳打出，结结实实地击中了嘴老后背正中的脊骨。

骨头喀喇喇脆响，嘴老背心剧痛，急忙转身。然而他一动，斋藤骏跟着便动，始终躲在他的身后，又是一拳打出，再次击中了同一位置。

嘴老的脊骨几乎折断，剧痛之下，破口大骂道："臭日本，去你奶奶的！"猛然间双臂一扭，竟然反拧过来，疾刺身后。他的手臂既是铁铸，便不受方向限制，反拧过来攻击身后亦是轻而易举。

斋藤骏正好打出第三拳，见状急忙缩回手臂，险些自行将拳头撞上锋利如刀的铁指尖。

嘴老的一对铁臂极长，攻击范围极广，一顿狂挥乱刺，迫得斋藤骏接近不了他的后背。

斋藤骏思变极快，既然攻击不到嘴老的后背，那就立刻转至侧面，趁嘴老的铁臂尚未回转过来，一拳击中嘴老的肩臂交接之处。这个部位虽然不是要害，但嘴老运转铁臂，全靠这个部位发力。斋藤骏这一拳使上了全力，嘴老肩部吃痛，一只铁臂顿时抬不起来。斋藤骏依样画葫芦，又攻击了嘴老另一侧的相同部位，嘴老的两只铁臂顿时失灵。

剧烈的疼痛只是瞬间的感觉，痛感一缓，嘴老立刻便能运臂反击。但就是这短短的一瞬间，对于斋藤骏而言，已然绰绰有余。他手掌翻转，一团绿火燃在掌心，迎面拍出，击向嘴老的面部。

嘴老的两只铁臂一时之间抬不起来，只能眼睁睁地看着带火的手掌拍到眼前，不由得挑眉竖眼，面露惊恐之色。这一掌若是拍实了，他必定头部着火，就算侥幸不死，也会被烧得面目全非。就在这千钧一发之际，三道人形黑影忽然从天而降，从前、左、右三个方向同时突袭斋藤骏。斋藤骏被迫撤掌，疾退数步，避开了这几道人形黑影的突然袭击。

“嘴老，你不是日本人的对手，退下！”那少年的声音忽然从嘴老的背后传来。

嘴老逃过一劫，却置若罔闻，不退反进。他缓过一阵，肩部已经可以发力，两只铁臂运转如常，当即攻向斋藤骏，嘴里哇哇叫道：“贼老狗，臭日本！老头子要你的狗命！”眼看即将攻到斋藤骏的身前，他的四肢忽然向后反扭，仿佛被一股无形的力量往后拉拽，身不由己地连连倒退，仰身朝天，摔倒在了地上，激起了一大片尘埃。

斋藤骏踏步上前，想要趁机取嘴老的性命，但徐鬼手双手微动，半空中的十六道人形黑影顿时上下翻飞，四面群起，八方围攻。斋藤骏腾挪避闪，燃起十几团碧绿色火焰，将所有的人形黑影尽数烧中。然而火焰一燃即灭，所有的人形黑影纷纷露出钢铁骨架，尽是铁铸傀儡。

十六个铁铸傀儡大小不一，有的手脚磨尖，有的执刀握剑，有的浑身带刺，在空中忽上忽下，飞来掠去。斋藤骏从未遭遇过如此怪异的对手，碧绿色火焰毫无作用，一时之间身陷重围，难以脱身，被逼得手忙脚乱，虽然没有受伤，但却是从未有过的狼狈之态。

嘴老爬起身来，一心想要报仇雪恨，可是十六个铁铸傀儡飞来掠去，密如天罗地网，里面的斋藤骏难以冲出重围，外面的嘴老同样无法挨近。嘴老气急败坏，尖声骂道："去你奶奶的！姓徐的，你拦着老头子做什么！"走回到徐鬼手和那少年的身边，气愤难平地瞪了两人一眼。

徐鬼手对嘴老毫不理会，双手不断地轻微扯动，十六个铁铸傀儡如同具有生命一般，听从他的操控，不断地围攻斋藤骏。

斋藤骏左支右绌，险象环生，忽然间血光飞溅，他的肩膀已被一个铁铸傀儡击伤。自从十五年前与云机社一战身受重伤以来，他无数次与人对敌，再没有受过一次伤。此时肩膀负伤，他不敢再小瞧徐鬼手，立刻收起轻视之心，凝聚心神，应对十六个铁铸傀儡的围攻。

斋藤骏潜心研究中国幻戏十余年，对各门各类的中国幻戏皆了然于胸，对傀儡戏自然也是知之甚深。他知道中国的傀儡戏门类繁多，所使用的傀儡各不相同，大体可划分为机发傀儡、走丝傀儡、杖头傀儡、侧支傀儡、药发傀儡、指傀儡、肉傀儡和水傀儡等类别。这些傀儡类别是按照傀儡运转方式的不同来划分的，比如机发傀儡是利用机械的运转来带动傀儡，走丝傀儡是利用丝线的牵引，药发傀儡是利用火药的助推，水傀儡则是利用水的浮力。此时出现在斋藤骏眼前的十六个铁铸傀儡，既然能够悬吊在半空之中，那便是悬丝傀儡，乃是走丝傀儡中最为常见的一种类型，是利用丝线的牵引来带动傀儡上下移动、左右飞掠。斋藤骏闪转腾挪之际，仔细地观察十六个铁铸傀儡的上方，隐隐约约能看见数十根极细的丝线悬垂在空中。他立即用碧绿色火焰攻击丝线，却丝毫不起作用，料想这些丝线事先用“辟火术”进行过防火处理，无法用火将之烧断。他顿时明白过来，徐鬼手必定早就处心积虑要对付他，因此傀儡是铁铸的，丝线是防火的，正是处处克制他的火幻术。火幻术虽然不起作用，但他已然看穿这些铁铸傀儡皆是悬丝傀儡，立刻便有了破解之法。

斋藤骏闪避之时，猛地大手一探，抓住了一个铁铸傀儡的身子。铁铸傀儡的身上立刻生出了一股反拉之力，想要脱出斋藤骏的抓握，但斋藤骏死力抓牢，绝不放手。他抓着铁铸傀儡四处闪避疾走，与其他十五个铁铸傀儡不断地进行交错，使得连接铁铸傀儡的丝线四处缠绕。片刻之间，数十根丝线彼此交缠，十六个铁铸傀儡聚在一处，哐啷的金属撞击声响成了一片。十六个铁铸傀儡缠在一起，无法分开，再也难以运转，只能成为一堆废铁，一动不动地悬吊在空中。

丝线最怕缠绕，斋藤骏只用如此简单的一招，便破了徐鬼手的傀儡杀阵。

斋藤骏看了一眼自己的肩膀，那里鲜血淋漓，整整十五年来，这是他第一次在对敌时负伤流血。没有了铁铸傀儡的阻挡，他双掌一翻，托起两团碧绿色的火焰，向徐鬼手、嘴老和那少年大步走去。

徐鬼手的傀儡杀阵被破，双手立刻停止操控，缓缓地垂落下来。寻常的傀儡幻戏师，比如皮无肉，大都只能熟练地操控一个傀儡，能同时操控两个傀儡的幻戏师，已不多见，而徐鬼手竟能同时操控十六个，当真是闻所未闻。徐鬼手看着斋藤骏大步走来，却一动不动，只是将一张蜡黄色的老脸微微扬起。他全身上下死气沉沉，被碧绿色的火光一照，仿若阴曹地府里的厉鬼阴魂。

眼看斋藤骏杀气腾腾地逼近，嘴老叫道："姓徐的，你别再阻拦老头子！"抡动两只铁臂，向斋藤骏攻去。

斋藤骏知道嘴老的弱点在哪里，又一次用相同的手段，躲过两只铁臂的攻击，狠狠地击打嘴老的肩臂交接之处。

嘴老的一只铁臂顿时抬不起来，破口骂道："臭日本，真他奶奶的奸诈，有种你就别使这种下三烂的手段！"

斋藤骏置若罔闻，趁嘴老叫骂之际，又是一记重拳打出，准确无误地击中嘴老另一侧的相同部位，令嘴老的两只铁臂同时失去作用。他大手一挥，两团碧绿色火焰立刻一上一下，分击嘴老的面部和胸口，直取嘴老的要害部位。

可就在这时，嘴老那两只明明抬不起的铁臂，却忽然十指伸出，快如闪电地向前一送。斋藤骏猝不及防，顿时被十根手指刺破了腹部。好在他反应神速，腹部吃痛立刻后跃，铁指尖只刺入一分，并未伤及腑脏。

虽然只是皮外伤，但斋藤骏的腹部多了十个血淋淋的小洞，鲜血染红了半身衣服，每一次吸气呼气，肚腹一起一伏，立刻牵动伤口，疼痛至极。他抬眼看去，只见嘴老的两只铁臂后侧，各自连接着一根极细的铁丝，铁丝的另一端，握在徐鬼手的双手之中，无怪乎嘴老抬不起来的两只铁臂会突然攻击，原来是徐鬼手在背后进行操控。

两只铁臂击伤斋藤骏的同时，嘴老急忙缩头，躲过了一团碧绿色火焰的攻击，但另一团击向胸口的碧绿色火焰，却无论如何也躲不过去，他的胸口顿时被击个正着，燃起了大火。嘴老胸口灼烧，痛得哇哇惨叫。徐鬼手立即扯动铁丝，带动嘴老转身，与此同时，那少年一只手抄起地上的一桶水，朝嘴老迎面泼去，顿时将嘴老胸口的火焰泼灭。在那少年的脚边，地面上摆放了十几只木桶，全都装满了水，正是为了对付斋藤骏的火幻术而准备的。

嘴老虽然击伤了斋藤骏，却是受制于徐鬼手，并非自己所为，反而还被碧绿色火焰烧伤了胸口，顿时吹胡子瞪眼，尖声骂道："姓徐的，奶奶的，叫你别拦着老头子，你怎么又来碍手碍脚！"

徐鬼手面无表情，两只黑洞洞的眼窝，始终不偏不倚地对着斋藤骏。

斋藤骏的腹部血涌不止，当即脱下半红半白的外衣，围着腹部紧紧地缠绕了一圈，再将两只袖子用力系在一起。他抬起头来，目光阴冷肃杀，盯住了徐鬼手。嘴老有铁铸手脚，那少年年富力强，可这两人都不足为惧，唯独这个双目俱瞎、骨瘦如柴的徐鬼手。这个看起来病入膏肓，行将就木，甚至连站立都需要那少年搀扶的老头，才是真正的劲敌。

斋藤骏脱下外衣后，露出了腰间悬挂的一柄银鞘匕首和两只白皮口袋。他的双手伸入两只白皮口袋当中，抓出两大把碧绿色的粉末，在手中用力一捏，随即掌心一翻，将粉末抛向空中。只听轰鸣声不断，整个厂房里霎时间绿光大亮，斋藤骏的周围竟同时燃起了数十团碧绿色的火焰。

躲在暗处的易希川看得心惊肉跳，大气都不敢透一口。突然大亮的绿光已经照射到他藏身的地方，足见斋藤骏已不做任何保留，势要在这处废弃厂房之中，与徐鬼手一决生死。

数十团碧绿色的火焰群起而动，旋转疾飞，密如急雨，射向徐鬼手、嘴老和那少年，其中只有三两团火焰是攻击嘴老和那少年，其余火焰皆是直扑徐鬼手而去。

十六个铁皮傀儡缠在一起，无法再进行操控。眼看碧绿色火焰漫天而来，已是挡无可挡，避无可避，徐鬼手索性一动不动，仿佛自知逃避不了，是以束手待毙，坦然就死。

那少年一直搀扶着徐鬼手，这时见一团碧绿色火焰对准自己飞来，又不可能再有铁铸傀儡进行抵挡，刹那间面露惊色，竟缩身一躲，藏到了徐鬼手的身后。

嘴老刚刚才被碧绿色火焰烧伤了胸口，眨眼之间又有两团火焰飞来，当即倒退数步，抓起地上的一桶水，迎面泼去，两团火焰被泼个正着，顿时熄灭。

徐鬼手仍旧立在原地，纹丝不动。数十团碧绿色火焰疾速飞至，即便如嘴老那般拿起水桶泼水，也不可能把这么多团碧绿色火焰同时泼灭。眨眼之间，数十团碧绿色火焰便纷纷击打在徐鬼手的身上，只听“噗噗噗”的响声不断，他浑身猛然着火，整个人彻底被碧绿色火焰吞噬了。

斋藤骏再也不敢小觑徐鬼手，在操控碧绿色火焰攻击徐鬼手的同时，他腰间的银鞘匕首也已经出鞘。他见识过罗盖穹的“天火焚身术”，也早就从云机诀里看到过各种门类的“辟火术”，眼见徐鬼手面对飞来的碧绿色火焰不闪不避，顿时想到徐鬼手的衣物多半和操控铁铸傀儡的丝线一样，早已用“辟火术”做过防火处理。徐鬼手是云机社的人，是极为罕见的劲敌，斋藤骏不会再犯大意轻敌的错误，当即手持匕首，紧随在漫天的碧绿色火焰之后，以雷霆万钧之势，刺向徐鬼手的胸口。

那少年躲在徐鬼手的背后，看见了徐鬼手浑身着火，也看见了斋藤骏的决命一刺，顿时惊声大叫："爷爷！"

徐鬼手双目俱瞎，看不到随在火焰之后杀来的斋藤骏。他身躯一颤，已被匕首刺入胸口，直没至柄！

躲在铁桶后面的易希川瞧见了这一幕，惊得以手捂嘴，险些叫出声来。

斋藤骏一击得手，却双眉一凝，面露惊讶之色。匕首一刺即入，直没至柄，然而他手上的感觉却是空空荡荡，全无着落，仿佛匕首根本没有刺到任何实物，而是刺了个空。

就在这时，风声暗响，火焰微晃，斋藤骏的手臂和大腿猝然剧痛，脚底下连退数步，整个人向后一仰，"咚"的一声栽倒在了地上。

明明是徐鬼手被刺中了要害，倒下的却是斋藤骏，暗处的易希川瞧得惊讶万分，根本不知道发生了什么事。

徐鬼手仍旧一动不动，身上原本熊熊燃烧的碧绿色火焰迅速消减，很快彻底熄灭。只见徐鬼手浑身的衣物已经被彻底烧光，面部的皮肉和头顶的白发也全都燃尽，只剩下一副光秃秃的骨架立在那里。斋藤骏的那柄匕首，正插在他的两根肋骨之间。

在碧绿色火焰完全熄灭之前，嘴老便点燃了早就准备好的火盆。火光照耀之下，那少年从徐鬼手的骨架后面缓步走出，手中提着一个状若孩童的铁傀儡，铁傀儡的眼口胸腹四处略微开口，显露出四个黑黢黢的小洞。

"皮无肉的铁傀儡！"暗处的易希川心中大惊。当日皮无肉在外滩擂台上败北身死，他的铁傀儡被悬挂在擂台下方，后来易希川去报名参赛之时，却发现铁傀儡不见了踪影，想不到竟会在此时出现，而且是出现在那少年的手中。

斋藤骏仰躺在地，两只手臂和两条大腿上，各被刺入了一枚钢针，深入骨中，剧痛万分。他的四肢难以动弹，再也无力抵抗。他微微抬起头来，看见了那少年提着铁傀儡缓步走出，也看见了徐鬼手变成了一副骨架，立在原地一动不动。他念头一转，顿时什么都明白了，嘴里吐出了四个字："骷髅傀儡……"

那少年面露微笑，说道："日本人，你很有见识，几百年鲜有露面的幻戏圣物，你能一眼就看出来。"

徐鬼手化作的那副骨架，正是幻戏界三大圣物之一的骷髅傀儡。那少年所言不假，在过去的几百年里，骷髅傀儡很少在世人面前出现，只是相传那是一个状若骷髅、可以变傀儡戏的傀儡。南宋的大画师李嵩曾有幸得见骷髅傀儡的真容，并画就了一幅名为《骷髅幻戏图》的千古名画，画中的骷髅傀儡戴着幞头，穿着透明纱袍，席地而坐，用手操控着一个小小的白骨骷髅，为路人表演傀儡戏，极为神秘诡异。骷髅傀儡不像云机诀那般，世人都知道它在云机社的手里，也不像龙图那般，在过去的几百年里完全湮没无闻，而是偶有现世露面的时候，只不过出现之时，往往会像《骷髅幻戏图》里所描绘的那般，穿上衣服，甚至贴上脸皮，戴上面具，因此即使露面，也很少有人能识破它的真身。

斋藤骏看了骷髅傀儡几眼，忽然摇了摇头，放声一笑，笑声极尽苍凉。他一直以为徐鬼手是劲敌，没想到徐鬼手只是一个傀儡，是一个引诱他自投罗网的诱饵，真正操控一切的傀儡幻戏师，竟是那个躲在徐鬼手背后的少年！他早就应该想到的，自从在废弃厂房里现身后，徐鬼手极少张口说话，每次说话都是含混不清，总是由那少年转述，显然是那少年在暗中使用腹语装神弄鬼。除此之外，那少年还一直在侧后方搀扶着徐鬼手，从始至终没有放开过手，哪怕那少年用左手抄起水桶泼灭嘴老胸口的火焰时，右手也是一直扶住徐鬼手的后背，一刻也没有离开过。单凭这两点，斋藤骏就应该想到徐鬼手不是活人，而是傀儡。可是他没有。他陷入了那少年设下的重重圈套，先是十六个铁铸傀儡组成的杀阵，然后是嘴老这个活人傀儡，接着是徐鬼手这个骷髅傀儡，最后是皮无肉的铁傀儡发射钢针突施偷袭，傀儡的背后不断出现新的傀儡，实在令他防不胜防。

他败了，如此彻底地败了，败给了眼前这个看起来只不过十六七岁的少年，而且败得心服口服。

嘴老“嘿嘿”阴笑了几声，说道：“徐傀儡，老头子这辈子从没服过任何人，今天算是彻底服了你！”忽然走上两步，狠狠地踹了斋藤骏一脚，骂道，“臭日本，你断了老头子的手脚，想不到你也会有今天！奶奶的，老头子现在就砍断你的手脚，让你也尝尝当根人棍的滋味！”说罢嘿嘿大笑，举起两只铁臂，十根锋利如刀的铁手指伸了出来。

笑声戛然而止，嘴老眉毛倒竖，叫道：“姓徐的，你放开我，别碍着我动手！”

那个名叫徐傀儡的少年说道：“嘴老，我的事情还没有做完，你先退下。”他手握铁丝，轻描淡写地拉拽两下，嘴老立刻在“奶奶的”叫骂声中，接连倒退了数步，站立在地上，浑身动弹不得。

徐傀儡俯眼看着斋藤骏，说道：“日本人，你把云机诀交出来，再说出林神通的下落，我立刻送你回上海国术馆。我没有伤你的要害，只伤了你的手脚，已是手下留情。你的伤势虽重，但只要尽快取出钢针，将养数月，便可痊愈。”

斋藤骏冷冷一笑，不作答复。

“你不肯吗？”徐傀儡问道。

斋藤骏仍然默不作声。

“你是要逼我杀了你吗？”徐傀儡说道。

斋藤骏终于开口了，只冷淡地吐出了两个字：“动手。”

嘴老手脚受制，在一旁动弹不得，叫道：“姓徐的，臭日本自己求死，你还留他性命做什么？你这么婆婆妈妈，真他奶奶的像个娘们，干脆放开老头子，让老头子来动手！”

徐傀儡对嘴老的话充耳不闻，说道：“日本人，你以为不交出云机诀，不说出林神通的下落，就可以有恃无恐，我便当真不敢取你性命吗？”

“动手。”斋藤骏仍是这简短的两个字。他闭上了眼睛，面色不动，恢复了一贯的气定神闲。

徐傀儡左手提起铁傀儡，右手轻轻扯动一根提线，铁傀儡的嘴巴立刻微微张开。他将铁傀儡张开的嘴巴对准斋藤骏的咽喉，说道：“日本人，这是最后的机会了。”

斋藤骏不为所动，坦然待死。

徐傀儡说道：“好，活路我已经给过你了，是你自己不走。”他的手指一弯，正要用力扯动提线发射钢针，忽听侧前方“咚咚咚”连响了数声。他抬眼望去，只见几只锈迹斑斑的铁桶倒在了地上，正向他快速滚来。

徐傀儡急忙闪身避让铁桶，与此同时，手中的铁傀儡迅速提起，对准了几只铁桶的后方。他以为有敌人来袭，然而几只铁桶的后方却是空空荡荡，不见任何人影，这倒令他微微愣了一下。

就在这时，厂房内的火光忽然昏暗。徐傀儡立即转头，只见一旁的火盆火光暗弱，大股大股的烟雾自盆中翻腾而起，迅速弥漫开来，遮挡住了眼前的一切。

“凝烟术！”徐傀儡心头一动，凭着记忆中的方位，快速奔至骷髅傀儡站立的地方，伸手摸到了骷髅傀儡，这才松了口气。他又凭着记忆，摸到斋藤骏倒地的位置，地上却什么也没有，斋藤骏已然不知去了何处。

徐傀儡不知道过去的片刻之间，到底发生了什么事，但一直被定在后方的嘴老，却看得一清二楚。

就在徐傀儡避开滚来的铁桶，抬眼盯着铁桶的后方之时，嘴老看见从徐傀儡身旁滚动的一只铁桶之中，忽然钻出来一道人影。这道人影动作极快，往大火熊熊的火盆里扔了几包黑乎乎的东西，随即趁着烟雾弥漫的机会，拖着斋藤骏钻进了烟雾之中。

嘴老看清楚发生了什么，但是没看清楚那道人影是易希川。他嘿嘿笑道：“姓徐的，枉你这么聪明，原来也有被人当猴耍的时候！”

眼前烟雾弥漫，徐傀儡看不见嘴老在哪里，但这句话却清清楚楚地听见了。他一只手提着骷髅傀儡，另一只手提着铁傀儡，穿过重重烟雾，冲到废弃厂房的门口，往门外的巷子里望去，不见任何人影。他心里清楚，在这么短的时间内，倘若有人要救走动弹不得的斋藤骏，不可能走得这么快，既然巷子里不见人影，那么制造烟雾的人和斋藤骏，一定还躲在废弃厂房之中。厂房只有一个出口，他守住这个唯一的出口，直面烟雾弥漫的厂房，大声说道：“朋友，烟雾一会儿就会散开，我倒要看看，你能躲得了多久？”

徐傀儡的话，易希川清清楚楚地听见了。他看见斋藤骏遇险，原本可以见死不救，毕竟斋藤骏是日本人，而徐傀儡又是如此厉害的一个对手，但不知为什么，他还是选择了出手相救。此时护着斋藤骏藏身在废弃厂房的一个角落里，他才暗暗心想，或许是因为知道斋藤骏和秋娘的过去，或许是因为斋藤骏是秋本久美子的师父，他才会出手相救。只不过救是救了，却没能救得彻底，眼下被徐傀儡封住了唯一的出口，受困在这废弃厂房之中，一旦烟雾消散，与徐傀儡面对面地动起手来，还有嘴老在旁为敌，势必凶多吉少。

易希川暗暗思索脱身之策。他先前躲在铁桶后面时，就已经仔细观察过整个废弃厂房，发现上方的瓦顶破了几个洞，洞的大小足够一个人爬出去，此时若要脱身，恐怕只能往瓦顶上的几个破洞那边想办法。他若是只身一人，借助烟雾的遮掩，悄无声息地攀缘立柱而上，穿过破洞出逃自是轻而易举，但眼下要救斋藤骏出去，斋藤骏的手脚偏偏又受了重伤，整个人动弹不得。他要把斋藤骏弄上瓦顶，还要不弄出半点声响，以免被徐傀儡和嘴老发现，显然是极其困难的事。

瓦顶上的几个破洞虽然可以视作逃生之路，却也使得废弃厂房内的烟雾消散得更快，一股股的烟雾从破洞中飘出，废弃厂房内的烟雾变得越来越稀薄。

先前烟雾浓厚，斋藤骏没看清施救之人是谁，此时近在咫尺，烟雾又逐渐变淡，借助不远处火盆里的火光，他顿时认出了易希川。“是你！”他立刻冷然说道，“我不需要你这个支那人来救。”

易希川正看着身侧的一根立柱，苦苦思索如何把斋藤骏弄上瓦顶，忽然听见斋藤骏说话，不由得大吃一惊。斋藤骏一开口说话，便彻底暴露了方位，立即风声破空，数枚钢针疾速射来。

好在易希川一听见斋藤骏说话，立刻做出反应，将身旁的一只铁桶横拖过来，只听咄咄之声不绝于耳，钢针全都钉在了铁桶之上。易希川若是反应慢上一分，此时必定被钢针射出几个血窟窿。

徐傀儡听声辨位，手持骷髅傀儡和铁傀儡，穿过烟雾，随在钢针之后，飞步杀来。

易希川冒死救斋藤骏，斋藤骏却毫不领情，还大声说话引来了徐傀儡，令他暗暗叫苦。他原本打算和秋本久美子约会的，因此换了一身轻便衣服，没有带任何防身的武器，仅有的几包凝烟粉也已经全部用光。此时手上没有武器，他念头急转，猛地将手伸进斋藤骏腰间的白皮口袋，抓出一大把碧绿色的粉末来。

他先前在暗处躲藏之时，曾亲眼看见斋藤骏如何使用这种碧绿色的粉末来制造和操控火焰，于是依葫芦画瓢，将碧绿色粉末握在手中用力一捏，随即手掌一翻，掌心顿时燃起了一团碧绿色的火焰。

易希川心中一喜，可是这份喜悦还没来得及表露在脸上，便眉头大皱，连连甩手，哎哟直叫。原来碧绿色的火焰燃起之后，他的手掌立刻灼痛难忍，仿佛被火烧燃了一般。斋藤骏瞧见了，饶是身受重伤剧痛难忍，脸上却也露出一丝讥讽。斋藤骏的手上戴了一副用“辟火术”处理过的手套，手套的质地非常薄，颜色与皮肤相近，若非近距离观察，根本瞧不出来。他有辟火手套护住双手，这才可以任意操控火焰而不被烧伤。易希川不知道这一点，徒手燃火，自然是引火自焚。

易希川不断地甩手，将燃起的那团碧绿色火焰甩到了地上，但手掌上仍有残留的碧绿色火焰在燃烧。他飞快地拍打手掌，最终将手紧紧地压在地面上，才压灭了掌上的火焰。他抬起手掌一看，掌中一片乌黑，灼痛感如撕如裂，痛得他眉头紧皱。

徐傀儡飞步杀来，原本立刻便要动手，却被易希川引火自燃的举动弄得一愣。此时近在咫尺，尽管还有些许烟雾弥漫在眼前，但他还是认出了易希川。

“原来是你。”徐傀儡不禁有些讶异。他记得易希川是当日他在公共租界表演“画骨术”时戏弄过的那个年轻幻戏师，也知道易希川后来在外滩擂台上击败了斋藤骏，他实在想不明白，明明是敌对的二人，易希川为什么会出手救斋藤骏。

一旁的嘴老也认出了易希川，顿时尖声叫道：“姓易的臭小子，你奶奶的，居然吃里爬外，救起臭日本来了！”

易希川强忍剧痛，说道：“嘴老，当日在吴淞江上，你夺我龙图，出手杀我，若非我被人救起，只怕早已命丧江中。这笔账，我还没和你算呢！”

嘴老说道：“你一说起龙图，老头子心里就恨得要命！姓徐的，你快放开老头子！老头子今天一定要杀了臭日本！”想起断手断脚之恨，双目顿时充血，苦于铁铸手脚受制，无论如何挣扎，始终难以动弹。

徐傀儡对嘴老置之不理，向易希川说道：“你是不是在外滩擂台上挑战过这个日本人，用‘神仙索’击败了他？”

易希川应道：“不错。”

“那你现在为什么要护着他？”徐傀儡说道，“他是一个日本幻术师，十五年前挑起与云机社的大战，害得无数云机社同道身死丧命。前段时间的外滩擂台上，他又杀了那么多位幻戏界同道，这些事你难道不知道吗？”

“你说的这些事，我比你知道得更加清楚。”易希川断然说道。

“那你还要救他？”徐傀儡皱起了眉头，一脸讶异之色。

十五年前斋藤骏挑战云机社一事，是因云机社图谋秋家的“画骨术”秘诀而引起，此事关乎云机社数百年的声誉，又关乎秋本久美子的身世秘密，而徐傀儡与云机社大有关联，易希川尚不清楚徐傀儡是好是坏，因此不敢轻易将此事说出来；他与秋本久美子私下里相爱一事，更加不敢向外人提起。他给不出任何解释，只能无奈地摇了摇头，最终说道：“我要救便救，不需要任何理由。”

徐傀儡喝道：“好一个不需要任何理由！”他将手中的骷髅傀儡和铁傀儡移至身前，“既然如此，我只能当你是投靠外敌，卖国求荣。那就休怪我不客气了！”

易希川没有武器在身，于是忍着手掌灼痛，再次从斋藤骏腰间的白皮口袋里抓出一大把碧绿色的粉末来。

徐傀儡不禁暗觉奇怪，易希川方才使用这种碧绿色的粉末，却反过来烧伤了自己，显然是不会运用，没想到居然还要尝试第二次。他说道：“你这区区磷火，别说不会运使，就算像这日本人那般操控自如，也照样奈何不了我。你还是拿出其他本事吧。”

易希川却道：“谁说这区区磷火，就奈何不了你？”话音未落，抬手便是一抹。

但他这一抹，既没有往徐傀儡的身上抹去，也没有往骷髅傀儡和铁傀儡抹去，而是往身侧的那根立柱抹去。

第五章 重逢

易希川的手上满是碧绿色的粉末，如此用力一抹，立柱上顿时燃起了碧绿色的火焰。他连抹数下，立柱的表面便燃起了一圈火焰。立柱废弃多年，表面的漆皮早已剥落，内部虫蛀腐朽，干燥至极，被碧绿色的火焰一烧，很快整根燃烧了起来。

徐傀儡原本防备易希川出手，见易希川不来攻击他，反而去燃烧一旁的立柱，略觉诧异，不明白易希川这么做的目的是什么。

易希川在立柱上燃起大火，随即在地面上压灭了手掌上的碧绿色火焰。他抓起地上的铁桶，守在斋藤骏的身前，防备铁傀儡的钢针突袭。

废弃厂房内渐渐火光大盛，立柱上的火焰越烧越高，很快蔓延至高处，引燃了横梁，再沿着横梁向其他立柱扩散。再这么燃烧下去，用不了多久，整个废弃厂房都会燃起冲天大火。

徐傀儡的眼前火光明亮，心中也跟着明亮起来，说道：“你燃起大火，是想把城里的日本兵引来？”

易希川不置可否，心中却暗暗惊讶："此人如此精明，这么快就明白了我的用意。"上海城区被日军占领，每晚都会有日本兵列队巡逻，一旦废弃厂房燃烧大火，势必会引来巡逻的日本兵，这正是易希川的目的。只要荷枪实弹的日本兵一到，徐傀儡纵有天大的本事，也只能选择逃走，到时候他也趁乱逃出废弃厂房，将斋藤骏留在这里，日本兵自会救走斋藤骏。

然而，易希川的这番打算，却被徐傀儡迅速识破。

"这里地处城区边缘，等到大火烧起，日本兵赶来，尚需一段时间。你以为你能撑得到那时候吗？"徐傀儡识破了易希川招引日本兵的目的，更加认定易希川与日本人暗中勾结，于是再不迟疑，话音一落，立即出手。他将骷髅傀儡和铁傀儡弃置一旁，绕过铁桶，挥起右拳攻击易希川。

易希川抬起拳头格挡，两人拳头对撞，徐傀儡的右臂顿时一颤，喝道："好大的力气！"说话之时，他猛地飞起一脚，踹向铁桶，同时左手翻转，五指箕张，凌空一抓一提。

易希川抵挡徐傀儡的右拳时，刻意留了几分注意力在徐傀儡的左手上。徐傀儡的左手腕上缠着几根极细的丝线，丝线的另一端连接着骷髅傀儡，骷髅傀儡则臂骨高举，指骨上挂有提线，将铁傀儡提在了空中。徐傀儡踢踹铁桶的同时，左手忽然抓提丝线，通过操控骷髅傀儡拉扯提线，催动铁傀儡身上的机关，立刻射出了钢针。好在易希川早有防备，他也飞起一脚，踢向铁桶的另一侧。两人脚力相抵，铁桶并没有被徐傀儡踢开，而是停留在原地，铁傀儡身上激射而出的钢针，被铁桶不偏不倚地挡下，没有射中易希川。

易希川臂力惊人，丝毫不惧徐傀儡的拳脚，但对铁傀儡发出的钢针极为忌惮。要知道他的师父牧章桐，便是死在铁傀儡的钢针之下，斋藤骏也是被铁傀儡的钢针射成了重伤。他只用一只右手应对徐傀儡的攻击，左手始终抓住铁桶的边缘，让铁桶随着他的脚步移动，始终挡在他和铁傀儡之间，以免被钢针射中。

嘴老在一旁叫道："姓徐的，你赶紧放开老头子！老头子与你联手，不费吹灰之力，便能杀了姓易的臭小子！"

嘴老的话刚说完，徐傀儡便向后跃开了两步。

但他不是要去放开嘴老，而是左手一掷，将几根丝线扔向了空中。丝线越过横梁，从横梁的另一边掉落下来，被徐傀儡抄在手中。横梁上火焰翻腾，但几根丝线全都用"辟火术"做了防火处理，不惧火烧。徐傀儡用力一拉丝线，骷髅傀儡和铁傀儡顿时被吊到了空中。徐傀儡旋即用力一拽，铁傀儡的眉眼口鼻胸腹膝足八处部位孔洞齐开，八枚钢针激射而出。

这一下铁傀儡居高临下，易希川顿时暴露在攻击范围之内。易希川来不及举起铁桶封挡，只能贴地一滚，身后响声不断，八枚钢针全部钉在地上。易希川尚未起身，徐傀儡的拳脚已经攻到，虽然急切之间挡住了徐傀儡的拳头，胸口却挨了一记重脚，被踢得滑出丈远，后背狠狠地撞在立柱上。立柱上火焰燃烧，易希川的后背立刻着火，急忙翻爬起身，将着火的衣服脱掉。徐傀儡趁机将附近的几只铁桶踢飞老远，让易希川彻底暴露在空旷的废弃厂房之中，随即扯动丝线，第三轮钢针凌空射落。

易希川急忙横身一扑，想要躲开钢针，但右脚慢了半拍，猝然一痛，已被一枚钢针贯穿了脚掌。他翻身而起，右脚不敢着地，只能扶着墙壁，勉强用一只左脚站立。

他痛得龇牙咧嘴，此时右脚受了重伤，别说救斋藤骏离开了，便是他自己想要逃走，一时也难以做到。

徐傀儡扯动丝线，半空中的骷髅傀儡移动臂骨，将铁傀儡调整方向，再次对准了易希川。

眼见铁傀儡转动眼珠子，张开了嘴巴，钢针的针尖微微探出，易希川却已难以抵挡，也已无处躲逃。

“你在擂台上大扬国威，世人都当你是英雄，谁能想到你竟是投敌卖国的小人。这出擂台大戏，你演得可是真好。我今日若不除你，必会留下大患。只是可惜了‘神仙索’，这等千古幻戏，要永绝于世了。”徐傀儡眉清目秀的脸上，满是阴冷肃杀之色。他一边说话，一边弯曲五指，几根丝线迅速绷直。

忽然之间，废弃厂房的门口响起了一声又锐又粗的尖叫：“师父来啦！”

徐傀儡猝然一惊，急忙转头望向门口，却不见任何人影。

易希川原本在劫难逃，面色凝重，陡然听见这声尖叫，顿时面露惊喜之色。

这声“师父来啦”，他再熟悉不过了，那是小哥的叫声。小哥是他养的一只长尾鹦鹉，极通人性。小时候他和师弟们被牧章桐逼着练习各种枯燥的出彩动作，每当牧章桐有事外出时，他便将小哥拴在院门前的桃树上，教它远远看见牧章桐来了，就大叫“师父来啦”，他和师弟们趁机偷懒。师弟们每次都各自玩耍去了，他则是钻研各种奇奇怪怪的幻戏。一旦听见小哥大叫“师父来啦”，他和师弟们立马回归原位，摆出一副勤奋练习出彩动作的样子，倒是多次瞒过了牧章桐。从那以后，“师父来啦”这句话，便成了小哥的口头禅，无论它要表达什么，一旦张口，叫来叫去，总是这四个字，只不过调子略有区别，易希川依据调子的不同，便能知道小哥在表达什么。此时易希川一听见这声尖叫，正是小哥的叫声，心里顿时一喜："是师妹！"

易希川的第一反应是惊喜，但随即心中感伤，接着又焦急万分。感伤的是，牧章桐已经不在人世了，"师父来啦"永远也不会再发生了；焦急的是，徐傀儡是一个如此厉害的对手，师妹双鱼若是到来，必定也是凶多吉少。他当即望着空中，大肆地挥动手臂。

空中火焰翻腾，横梁已然燃起熊熊大火。在火焰的空隙之间，一只绿头红喙、身青尾蓝的长尾鹦鹉，轻轻地振动着翅膀，停在半空之中，两只漆黑如豆的眼睛，紧紧地盯着易希川，正是小哥。

易希川随牧章桐前来上海时，将小哥留在桐城师门之中，托双鱼帮忙照看。此时小哥突然出现在废弃厂房之中，意味着双鱼一定来到了上海，而且极有可能就在附近。方才小哥的那声尖叫，调子前高后哑，正是在通风报信，想必是在通知附近的双鱼赶到废弃厂房。易希川一个人死了不要紧，但他不希望连累双鱼前来送死，于是趁着徐傀儡和嘴老都转头望着门口，还没发现小哥已经飞了进来，一边将左手食指竖在唇边，示意小哥不要发出叫声，一边急切地挥动右手，让小哥赶紧飞走，飞得越远越好。

小哥理解了主人的意思，不再发出叫声，掉头向门口飞去。易希川不敢张口叫喊，怕自己的声音把双鱼引来，于是用力拍手，弄出一阵刺耳的掌声，吸引徐傀儡和嘴老转过头来，小哥趁机神不知鬼不觉地飞出了门外。

徐傀儡因为刚才的那声尖叫，原本就有些惊疑，此时又见易希川鼓掌不止，更加迷惑不解。但他脸上的迷惑之色转瞬即逝，说道："你再怎么装神弄鬼，终究难逃一死。"五指弯曲，便要扯动丝线。

"师父来啦！师父来啦！师父来啦……"一连串聒噪至极的叫声，突然在废弃厂房的门口响起。

徐傀儡一惊之下再次回头，这次门口不再是空空荡荡，而是站着一个年轻女子。那年轻女子眉眼之间颇有英气，留着一头齐肩的短发，穿着一身天蓝色的棉绒斜襟衫，背着一个包袱，肩上立着一只长尾鹦鹉，“师父来啦”的尖叫声，正是出自那长尾鹦鹉之口。

那年轻女子则是易希川的师妹双鱼。小哥的第一声尖叫，加上废弃厂房的火光，早已经将她吸引了过来。易希川看见双鱼现身，眉头一皱，暗叫糟糕。

借助漫天火光，双鱼看见了被困在角落里的易希川，看见了易希川脚底下的血迹，也看清楚了废弃厂房内的局势。但她神色不动，一点也不着急，反倒伸出手去，轻轻摸了摸小哥的头。小哥立刻住嘴，不再发出叫声，用头磨蹭双鱼的耳朵，显得亲昵不已。

易希川冲双鱼挥手，示意双鱼赶紧离开。双鱼看见了，却不退反进，踏步走入废弃厂房之中，径直从徐傀儡和嘴老之间经过，来到易希川的身前，竟是完全没把徐傀儡和嘴老放在眼里。

“师妹。”易希川压低声音叫道。

“你刚才挥手是什么意思？都伤成这样了，还要在我面前逞强吗？”双鱼有些埋怨却又极为关切地看了易希川一眼。她俯身查看了易希川右脚的伤势，说道：“会很痛，你忍着。”不等易希川反应过来，她便捏住钢针的针尾，猛地一下将钢针拔了出来。

剧痛突然袭来，易希川紧咬牙关，牙齿好似咬碎了一般，却没有哼唧一声。

双鱼迅速地脱去易希川的鞋袜，让伤口显露出来。她将背上的包袱取下，从中取出干净的衣裳，擦干净伤口周围的血污，再取出伤药上药止血，最后挑了一件轻柔的里衣，撕成条状，给易希川的右脚进行了包扎。

“多谢了，师妹。”易希川说话之时，已是痛得满头大汗。

“对我还这么客气？”双鱼没好气地看了易希川一眼。她站起身来，目光扫过徐傀儡和嘴老，说道：“我师哥都伤成这样了，你们还两个打一个，人多欺负人少，好不要脸。”声音清脆，明快有力。

嘴老骂道：“奶奶的，老头子动也动不了，连手都没出，怎么叫两个打一个，人多欺负人少？”

双鱼瞪着嘴老，说道：“一大把年纪了，张口就是骂人的脏话，好没教养。”

嘴老“咦”了一声，细眉倒竖，叫道：“老头子就是爱骂人，老头子就是没教养，奶奶的，去你奶……”

“嘴老！”徐傀儡一声低喝，打断了嘴老的叫骂。他听见双鱼称呼易希川为师哥，于是伸手指着地上躺着的斋藤骏，说道：“姑娘，想必你还不知道，你这位师哥投敌卖国，暗中与这个日本人勾结……”

徐傀儡的话才说了一半，双鱼便打断了他，说道：“我师哥与日本人勾结，那是他自个的事，与你们有什么干系？你们把我师哥伤得这么重，我今天决不会轻饶了你们！”话一说完，她便从包袱里取出一件裹成团状的衣衫，然后摸了摸小哥的头，轻声道，“你去外面等着。”小哥大叫一声：“师父来啦！”振翅飞起，从徐傀儡的头顶掠过，飞出了废弃厂房。等到小哥飞走，双鱼便举起那件裹成团状的衣衫，猛地凌空抖开。

刹那之间，双鱼的身前五彩斑斓，纷纷点点，出现了无数细碎的彩色纸片，有如万千彩蝶，漫天飞舞。她挥动抖开的衣衫，带起一阵阵的大风，吹得彩色纸片随风而走，纷纷飘向徐傀儡和嘴老。她叫道：“师哥，我们走！”

但她嘴上这么说，脚下却没有移动，反而伸手拦住易希川，示意易希川留在原地，不要乱动。易希川猜不透她这么做是何用意，也从没见过她变出这么多的彩色纸片，但他知道这位师妹向来心思缜密多变，行事往往出人意料，所以依从她的意思，站在原地，不移不动。

彩色纸片漫天飘转，铺天盖地一般扑面飞来，徐傀儡只觉眼花缭乱，根本看不见纸片后面的易希川、双鱼和斋藤骏。他初时不明白双鱼使出这一手“彩蝶漫舞”的幻戏是何用意，看见无数纸片飞来，不由自主地往后退了两步。但他随即听见双鱼的说话声，顿时明白过来，原来这是障眼法，双鱼想浑水摸鱼，趁机救走易希川。他脚下一蹬，身如离弦之箭，一头扎进漫天纸片之中。他知道易希川的右脚受了重伤，行动迟滞，就算想逃，也走不了多远，只要他迅速穿过纸片，看清易希川的方位，便能操控头顶的铁傀儡发射钢针，将易希川轻而易举地射杀。

然而，徐傀儡一冲进漫天的彩色纸片之中，眼睛猝然酸麻，如同针刺一般剧痛。他痛呼一声，立即闭眼，霎时间泪如泉涌，眼睛竟痛得难以睁开。他心中一惊，猛然间明白过来，这些纸片之中多半夹杂了某种毒粉，纸片翻转飞舞，毒粉便如尘埃一般，弥漫在了空中，只是彩色纸片太多，让他眼花缭乱，根本无法事先察觉。一旁的嘴老动弹不得，被飞来的彩色纸片湮没，刹那间惨叫连连，各种痛骂、诅咒之声不绝于耳。

正如徐傀儡的猜想，那些裹在衣衫里的彩色纸片之间，的确藏有毒粉。双鱼抖出漫天纸片，不断地挥动衣衫带起大风，将彩色纸片连同毒粉吹向徐傀儡和嘴老。她怕徐傀儡躲避，于是故意说出要逃走的话，引诱徐傀儡上当受骗。她伸手拦住易希川，不让易希川乱动，也是因为身前毒粉弥漫，怕易希川当真听她的话向外逃走，被毒粉所害。

徐傀儡和嘴老双双发出了惨叫声，易希川听在耳中，惊在心头：“师妹行事虽然出人意料，但向来光明正大，这等用毒的手段，我可从来没有见她使过。”看着身前的双鱼，一段时间不见，竟有了一丝陌生感，仿佛有些不认识了。

废弃厂房里的火势越来越大，热浪滚滚，脸皮已被烤得发烫，但双鱼一击得手后，仍旧将易希川护在身后，一动也不动。

徐傀儡双眼剧痛，眼前一片漆黑，不知道自己的眼睛是一时不明，还是永远瞎了。他的脑海里掠过了师父徐鬼手双目俱瞎的模样，心里顿时感到了一阵钻心的恐惧。他看不见东西，不知道双鱼和易希川身在何处，怕两人趁机下杀手，于是松开手中的丝线，骷髅傀儡和铁傀儡立刻从空中掉落，摔落在了地上。他听声辨位，冲上前去抓起骷髅傀儡和铁傀儡，抱在身前。他凭着失明前的印象，向废弃厂房的门口奔去，奔跑之时，飞快地拉扯提线，催动铁傀儡向身后连发了三轮钢针，防止易希川和双鱼趁机追杀。他难以辨清方位，撞在了紧挨门口的墙壁上，摔倒在地，随即摸到了门口，翻爬起来，冲了出去。

嘴老的惨叫声和咒骂声戛然而止。三轮钢针总共二十四枚，有的射中了地面，有的钉上了墙壁，有的射穿瓦顶不知去向，竟没有一枚钢针射中易希川、双鱼和斋藤骏，反倒有一枚钢针从侧面射中了嘴老的脑袋，没入颅骨，正中要害。嘴老脑袋一偏，气息断绝，这次是真的死去，再也活不过来了。

双鱼怕徐傀儡眼瞎后发狂拼命，因此始终一动不动，不弄出半点声响，以免暴露方位。直到徐傀儡逃走，嘴老丧命死，所有飘飞的彩色纸片全都落了地，她才从包袱里抓出两件衣衫，分别拿来捂住自己和易希川的口鼻，避免吸入身前空气中残留的毒粉，然后扶着易希川向门口走去。

易希川走了两步，却突然停下，转头看了一眼地上的斋藤骏，说道："师妹，你帮我一把，拉他起来，背在我的背上。"

斋藤骏听闻此话，冷冷地哼了一声。

双鱼不知道斋藤骏是谁，方才徐傀儡说斋藤骏是日本人，但她心中并不相信。此时火势滔天，热浪逼人，容不得她详细询问，当即和易希川一起，将斋藤骏拉了起来。她不想加重易希川的脚伤，说道："你别逞强，我来背他。"于是将斋藤骏背了起来。

斋藤骏身形魁梧，双鱼背着他极为吃力，慢慢向门口走去。易希川单脚跳步，紧随其后，帮忙托举着斋藤骏，三人一起出了废弃厂房。

来到厂房外的小巷子，对面一间房屋的屋顶上立刻响起一声"师父来啦"的尖叫声，小哥从空中疾飞而下，落在易希川的肩上。这声"师父来啦"前高后哑，易希川立刻明白小哥是在通风报信。他凝耳细听，果然隐隐听见远处有脚步声传来。这阵脚步声越来越响，像是有不少人正在快步跑来，还夹杂了一些叽里呱啦的大呼小叫之声，不是汉话，而是日语。易希川知道十有八九是巡逻的日本兵向起火的厂房赶来了，于是说道："师妹，日本兵就要来了，你把这人放下，我们赶紧离开。"

"把他留在这里，就不管他了吗？"双鱼略显诧异。

"放心吧，他不会有事的。"易希川说道。

双鱼一听易希川的这句话，立刻明白了过来，脸色顿时变得有些难看。她将斋藤骏放在小巷子里，再看斋藤骏时，目光中已露出一丝厌恶。斋藤骏丝毫不理会双鱼，冷眼看着易希川，说道：“别以为救了我一命，我以后就会放过你。”

“随你吧。”易希川说道，“师妹，我们走。”

双鱼扶着易希川快步而行，转入不远处的一条岔道，尽可能迅速地远离了废弃厂房。

两人怕招惹来日本兵，一路上不敢言语，一直到出了上海城区，进入法租界的地界，易希川才松了一口气，说道：“师妹，今晚幸亏你及时赶到，不然我就再也见不到你啦！对了，你什么时候来了上海？怎么会找到这么偏僻的地方来？”

双鱼说道：“三天前有几个人找上门来，自称是上海万国千彩大剧院的人，说是你派来找我的，还带来了你的信。你的字写得那么难看，没人冒充得了，我看完信就跟着那几个人来了上海，今晚才到万国千彩大剧院，可你正好不在剧院里。剧院里有一个姓金的师傅，说看见你往城区那边去了，我见你好半天不回，就带了小哥出来寻你，一进入城区，远远望见火光，便找了过来。”

易希川说道：“姓金的师傅？是金童吗？”心中不禁想道：“金童若是瞧见我去了城区，那我和久美子在街边牵手，还有对斋藤骏说的那些话，岂不是都被他看见和听见了？”

双鱼应道：“我只听见万国千彩大剧院里的人叫他金师傅，至于他叫什么名字，我却不知。他瞎了一只眼睛，腿脚也有些残疾。”

易希川点头说道：“那就是金童了。”提及金童眼瞎腿残，他便不禁想起昨天贵叔对他讲述的关于金童的故事。

原来昨天彩排之时，易希川在变冰屑为雪花的幻戏上遇到了一些困难，表演起来总是过于生硬，不够流畅。他想了好几个法子，始终没能解决这个难题。就在他发愁之时，金童从他的身边经过，随意指点了他一句，竟令他茅塞顿开。他这才知道，金童虽然只是负责舞台一切事务的场工，却深藏不露，在幻戏方面有着极高的造诣。他不禁对金童大感好奇，于是在彩排结束之后，抽空找到贵叔，问起了金童的来历，贵叔便把金童的过去，一五一十地讲给他听了。

在贵叔的讲述当中，金童原本是一位极其厉害的幻戏师，年轻时曾经留洋美国，拜“魔圣”朱连魁为师，成了朱连魁的唯一传人，不仅学会了朱连魁的许多成名绝技，还学会了不少风靡欧美的西洋魔术。后来他学成归国，来到上海，受到贝特朗的高薪礼聘，成为巴黎魔术馆的首席魔术师。那时巴黎魔术馆和万国千彩大剧院刚刚形成竞争关系，金童的幻戏中西合璧，让人耳目一新，顿时大放异彩，巴黎魔术馆的生意迅速火爆起来，压过了万国千彩大剧院一头。鲁鸿儒为了对付金童，于是请已经金盆洗手的师妹谭素琴出山。谭素琴是“上海三魁”之一，由她驻台演出，很快便扭转了局势，万国千彩大剧院反过来占据了上风。

贝特朗眼看巴黎魔术馆的生意一天不如一天，于是逼着金童表演他并不擅长的逃脱魔术。当时脱逃魔术因为魔术师哈里·胡迪尼的名声大噪而风靡欧美，成了最为火热的西洋魔术，可是在中国，却一直没有幻戏师表演这个魔术。金童虽然在美国留洋时学习过逃脱魔术，但一直不擅长此道，此时为了让巴黎魔术馆重振声势，他只好硬着头皮开始表演逃脱魔术。最开始表演逃脱魔术时，倒是吸引了不少观众追捧观看，但金童的逃脱魔术不够惊险刺激，而且花样单一，缺乏新的变化，观众便渐渐失去了兴趣，不再买他的账。贝特朗三番五次逼着金童增加难度，金童明知增加难度便意味着增加危险，却也不得不这么做。他每晚都冒着性命危险，从绳索、镣铐、水箱和钢铁巨钳之下一次次地逃脱，最终在一次难度极大的表演过程中出现了失误，被戳瞎了一只眼睛，压断了一条腿。

眼睛瞎了，腿脚残废，这对于任何一个幻戏师而言，都是致命的打击，意味着演出生涯将就此报销。金童是在贝特朗的逼迫之下，为了巴黎魔术馆的生意而增加逃脱魔术的难度，这才受了如此重伤，然而贝特朗却翻脸不认人。在金童受伤的第二天，贝特朗便以金童表演失误令巴黎魔术馆的名声大为受损为由，与金童强行解约，将金童赶出了巴黎魔术馆。随即聘请从巴黎来到上海的维克多，让其成为巴黎魔术馆新的首席魔术师。

金童落难之际，曾经的竞争对手，万国千彩大剧院的老板鲁鸿儒，却向他伸出了援手，为他治伤，并且收留了他。虽然他因为身体残疾，不能再登台表演幻戏，但鲁鸿儒将舞台的大小事务全部交给他负责，也算是对他极为看重了。从此，金童便作为场工，在万国千彩大剧院留了下来。

易希川想起金童过去的凄惨遭遇，不禁叹了口气，随即又想：“他若是看见了我和久美子走在一起，只盼他不要说出去才好。”

双鱼问道：“师哥，你叹什么气呢？”

“没什么。”易希川回过神来，说道，“只有你一个人来了吗，其他几位师弟呢？”

“全都散了。”双鱼说道，“日本鬼子快要打到桐城了，师弟们害怕，好几天前就全都逃走了，只有我一个人还留在桐城。”

易希川又叹了口气，说道：“世道纷乱，战祸不断，怪不得他们。只盼几位师弟都能平安无事，大家以后还能相见。”

双鱼“嗯”了一声，脸色显得有些不悦，不再多言。

易希川见双鱼神色有些奇怪，问道：“师妹，你怎么了？”

双鱼默不作声，只管扶着易希川前行，走了好一阵子，到了一条僻静无人的巷子，她忽然止步，抬起双眼，直视着易希川的眼睛，问道：“师哥，刚才你救的那个人，是不是日本人？”之前易希川让她把斋藤骏放下，还说日本兵就算赶来了，斋藤骏也不会有事，那时她便猜到斋藤骏是日本人了，只不过她要听易希川亲口说出来，才会相信。

易希川点了点头，说道：“我不瞒你，他的确是日本人。”

双鱼难以置信地摇了摇头，说道：“别人说你投敌卖国，勾结日本人，那也是真的了？”

易希川立刻摇头否认，说道：“我没有勾结过日本人。我可以指天发誓，师妹，我真的没有。”

“那你为什么要救他？”双鱼质问道。

易希川说道：“我……”一个字说出，后面的话却无论如何也说不出口。他不敢说出真正的原因。他心里藏了秘密，目光变得有些躲闪。

双鱼却一直盯着他的眼睛，一点也不退让。

易希川犹豫了半天，最终从嘴里挤出了一句话：“这里不是说话的地方，等回到了万国千彩大剧院，我再跟你说吧。”

双鱼盯着易希川的眼睛看了片刻。她心思敏锐，知道易希川一定有难言之隐，然而以她的性子，就算是难言之隐，也必须问个明白。但她分得清轻重缓急，知道易希川的脚伤只是简单上药包扎了，还须请医生仔细治疗，一直在这里耽搁下去不是办法，于是说道：“好，师哥，我相信你没有勾结日本人，也盼你不要有事隐瞒我。”说罢，重新扶着易希川，往万国千彩大剧院的方向走去。

两人回到万国千彩大剧院时，已是深更半夜。

易希川长时间外出未归，鲁鸿儒一直放不下心，让贵叔留着大门，终于等到易希川归来。得知易希川的右脚受了重伤，鲁鸿儒立刻派贵叔去医院请来了医生，对易希川的脚伤进行了医治，又让金童准备了歉告，连夜张贴在万国千彩大剧院的大门外，以易希川生病为由，取消了未来几天的演出。鲁鸿儒没有过多地询问易希川是如何受的伤，只是让易希川安心养伤即可，其他一切事情都不用操心。

到了后半夜，鲁鸿儒、金童和贵叔等人忙完之后，相继回房睡下了，整个万国千彩大剧院漆黑一片，唯独易希川的房间还亮着灯光。

易希川半躺在床上，对着坐在床侧的双鱼，讲述了他来到上海后的各种遭遇。从盗取龙图，到师父被杀，然后和罗盖穹斗戏，与斋藤骏擂台对决，再到杀死罗盖穹为师父报仇，接受鲁鸿儒的邀请来万国千彩大剧院驻台演出，一直到今晚与徐傀儡生死较量，除了与秋本久美子相关的事以外，他把一切都告诉了双鱼。至于冒死救斋藤骏的原因，他犹豫再三，最终还是不敢说出真话，只解释为斋藤骏拥有幻戏界三大圣物之一的云机诀，倘若斋藤骏死了，云机诀的下落将无人知晓，因此他才会出手相救。

双鱼听到牧章桐被罗盖穹所杀、众师弟死在黑忍手上时，悲恸难抑，泪水夺眶而出，后来听到罗盖穹已被易希川杀死，黑忍也已身死丧命，大仇得报，心中才稍感安慰。她听到易希川讲述与徐傀儡交手一事，忍不住说道："此人拥有骷髅傀儡，傀儡戏又是如此出神入化，想不到竟然这么年轻。若不是担心来上海的途中遇到日本鬼子，我提早备了毒粉纸蝶用于防身，多半对付不了他。他今晚中毒逃走，说不定往后还会找上门来，我们要多加提防才行。"她听了易希川关于为何要救斋藤骏的解释，又说道，"这个日本幻术师几乎会变所有幻戏，自然是有云机诀在手，他若是死了，云机诀只怕再也难以找到。可即便如此，师哥，你也不应该救他的。这个日本幻术师今日不死，将来必成幻戏界的大敌，不知还会有多少幻戏师死在他的手上。以后再想除掉他，可就难了。”

说到这里，双鱼不禁忧心忡忡地叹了口气。

易希川暗暗心想：“师妹一向疾恶如仇，眼里揉不得沙子，哪怕她知道斋藤骏和秋娘的过去，知道斋藤骏和云机社的仇怨，可就冲着斋藤骏在外滩擂台上害死了那么多位幻戏师，她也必定不会出手相救。唉，久美子虽是中国人，但她毕竟从小在日本长大，而且她的身世干系重大，我不能随随便便就说出来。哪天师妹知道了我和久美子的事，那可如何是好？”如此一想，同样忍不住叹了口气。

双鱼以为易希川是在担心放走斋藤骏一事，说道：“师哥，你不必自责。将来斋藤骏若是兴风作浪，我们豁出性命，与他拼了便是。”

易希川点了点头，应道：“你说的是，正该如此。”

双鱼站起身来，从包袱里取出一幅画卷，铺展开来，挂在了墙上，只见画中绘有五个神态各异的人像，每个人像的旁边都注有姓名，从右至左，分别是李少翁、左慈、郭璞、陈抟和杜七圣，乃是幻戏界五祖的画像。她将桌子收拾干净，推到画像的正下方，抵住了墙壁，然后从包袱里取出一方灵牌，竖在了桌子的正中，灵牌上墨痕犹新，写有“先师牧章桐之灵位”的字样。

“师妹，”易希川奇道，“你这是做什么？”

双鱼说道：“我看了你的信，知道师父已经去世了，所以离开桐城时，就提前准备了师父的灵位。正堂里的五祖像，我也取来了，还有香烛，我也提前备好了。”说着取出两根红头烛和六支土香，全部点燃了，插在桌面上的缝隙之中。她回头看着易希川，正色道：“师哥，虽然师弟们去的去了，散的散了，春秋彩戏派只剩下你我二人，但你继任戏主，此乃师门大事，一定要为你举行仪式才行。”

易希川说道：“等到他日重振师门之后，再来祭告五祖和师父吧。”

双鱼却摇了摇头，说道：“继任戏主是一派大事，可以简便，却不能草率。你脚伤不便，我扶你起来。”不由分说，便将易希川扶下了床，一起在五祖像和牧章桐的灵位前跪下。

易希川的目光落在牧章桐的灵位上，牧章桐的音容笑貌立即浮现在眼前，他不觉泪湿眼眶，心中想道：“师父是因守护龙图而死，他临死之前，嘱咐我护住龙图。师父的遗命，我可永不敢忘。”于是抹去眼泪，抬手指着藏匿龙图的那块天花板，说道，“师妹，你去把那上面的东西取下来，放在师父的灵位前面。”双鱼依言取来了龙图，放在牧章桐的灵位之前，重新回到易希川的身边跪下。

易希川严色肃容，双臂交叉于胸前，向五祖像和牧章桐的灵位伏地三拜，朗声说道：“五祖在上，弟子易希川，承师父遗命，继任春秋彩戏派戏主之位。从今往后，弟子一定尽心竭力，守护圣物，重振师门，将中国幻戏发扬光大！”

双鱼同样伏地三拜，抬起头来，说道：“师父灵位在上，弟子双鱼，一定尽心辅佐师哥，振兴师门，必不令师父失望。”她虽是女子，这句话却声音清朗，说得铿锵有力。

起誓之后，两人一起伏地再拜三次，简单的继任戏主仪式便算结束了。

双鱼扶易希川躺回床上，将龙图藏回天花板上，把画像、灵位和香烛收捡好了，方才说道：“师哥，从现在起，你就是本门戏主了。重振师门一事，往后你可有什么打算？”

关于今后的计划，易希川在过去几天里已经想了不少，当即应道：“眼下全国各地都不安全，唯有上海租界还算太平。我打算暂时留在上海，先在万国千彩大剧院驻台演出，积攒名声和钱财。等将来名气大了，钱也攒够了，我便租一处场馆，开馆收徒，再改进本派的彩戏法，定能将师门发扬光大。”

“这么说，你不打算回桐城了吗？”双鱼的语气略微有些失望。

“上海再怎么热闹繁华，终究是他乡异地，桐城却是本派扎根之处，这一点我绝不敢忘。”易希川说道，“等将来撵走了日本人，天下安稳太平了，师妹，我们就一起把师门迁回桐城去。”

双鱼的眸子里顿时流光溢彩，接着脸上露出了笑容，说道：“师哥，你能这么想，那真是太好了。”

易希川说道：“重振师门之路，说起来容易，做起来却是困难重重。先不说远了，就说在万国千彩大剧院驻台演出，若是抗衡不了街对面的巴黎魔术馆，一切努力都将是白费。巴黎魔术馆的首席魔术师名叫维克多，听说此人的魔术神奇无比，过去几年里，一直压制着‘上海三魁’之一的谭素琴。如今我在这里驻台，想要声名鹊起，必须胜过维克多才行。谭素琴的幻戏技艺，我在外滩擂台上见识过，已是极为罕见了，她的‘七窍流血分珠’幻戏，已经到了出神入化的地步，维克多却比她还要厉害几分，自然是一个十足的劲敌。维克多的西洋魔术我还没有亲眼见过，听说他明晚要公开表演亡灵魔术，我打算去巴黎魔术馆瞧一瞧，心里也好有个底。”

双鱼说道：“你行走不便，明晚我陪你去。”

“如此再好不过。”易希川应道。

两人一整天没有得到片刻的休息，一个驻台演出，一个奔波赶路，然后在废弃厂房里与徐傀儡恶斗了一场，又聊到如此深夜，早已是疲惫不堪。双鱼的房间就安排在易希川的隔壁，她告别易希川，回到了自己的房间。两人隔了一堵墙，在行将天明的清晨，各自沉沉睡去。

第六章 较量

作为巴黎魔术馆的首席魔术师，今天维克多极为难得地起了一个大早。

易希川在外滩擂台上表演“神仙索”幻戏时，维克多就坐在擂台底下的观戏席里，从始至终目睹了“神仙索”幻戏的全过程。从那一刻起，他便知道易希川是一个极为厉害的中国幻戏师，只是没想到短短数日之后，易希川竟会在万国千彩大剧院驻台演出。这对于巴黎魔术馆而言，绝不是什么好事。

昨晚易希川在万国千彩大剧院的首场驻台演出，维克多混在观众之中，亲自去现场看了，全场观众极为热烈的反响，给他留下了十分深刻的印象。原本以为没有了谭素琴，万国千彩大剧院从此便会一蹶不振，再加上罗家戏苑已经倒闭，上海地界顶尖的幻戏师包括刘老仙在内，全都在外滩擂台上丢了性命，巴黎魔术馆将在上海一枝独秀，再也没有敌手，没想到易希川突然横空出世，一场驻台演出，便出尽了风头，让万国千彩大剧院声势重振。竞争对手死灰复燃，这是维克多不愿见到的。

他看完易希川的首场驻台演出后，立刻回到巴黎魔术馆，让贝特朗连夜张贴广告，宣称他将在翌日晚间表演世界上最为恐怖的魔术——亡灵魔术。演出广告刚刚张贴出去，便引来了众多路人的围观，人人都对亡灵魔术大感好奇，这一消息在一夜之间传遍了整个上海。

表演亡灵魔术，是维克多的临时决定，事先并无准备，所以他才会一改往常睡懒觉的习惯，一大早便起了床，开始着手准备表演亡灵魔术所需要的各种道具。

这一忙就忙到了下午，维克多这才准备好了一切道具。他回到房间躺下休息，静心等待夜晚的到来。

同样躺在房间里休息，静心等待夜晚到来的人，还有万国千彩大剧院的易希川。

得知易希川和双鱼要去巴黎魔术馆观看维克多的亡灵魔术后，鲁鸿儒早早就让贵叔去街对面的巴黎魔术馆，买来了两张位置上佳的演出票，交到了易希川的手里。

好不容易等到天色昏黑，易希川黏上假胡须，简单乔装打扮了一番，拄着一根拐杖，在双鱼的搀扶下，走出万国千彩大剧院的大门，穿过爱多亚路，来到了巴黎魔术馆的大门前。

虽然距离演出开场还有一段时间，但巴黎魔术馆早已亮起霓虹璀璨的招牌，大门前更是人影攒动，拥堵不堪。今晚万国千彩大剧院取消了易希川的驻台演出，维克多在巴黎魔术馆的演出却是闻所未闻的亡灵魔术，因此许多人早早便来到这里排起了长队，依次购票入场。

易希川和双鱼随在入场的队伍之中，持票进入了巴黎魔术馆。

比起万国千彩大剧院来，巴黎魔术馆的演厅更加恢宏时尚，舞台更为开阔，观众席也更加庞大，分为上下两层。易希川和双鱼的座位位于一层观众席的第三排正中，能近距离地观看维克多的魔术，乃是视角极佳的座位。

易希川和双鱼落座之后不久，观众们陆陆续续入场，整个演厅很快座无虚席。许多观众都在小声地交头接耳，有的在谈论昨晚易希川的驻台演出如何神奇，有的在议论即将开演的亡灵魔术到底是什么，英语、法语和汉话夹杂在一起，演厅内乱哄哄的，一片嘈杂。

忽然"叮叮当当"的铃声响起，演厅内的灯光骤然变暗，一束白光直直地射向舞台。白光照耀之中，一个头戴黑色高帽、身穿黑色燕尾服的洋人，出现在了舞台之上。

维克多正式登台亮相了。

他的左手握着一个小巧的铃铛，铃铛开口朝上，正在轻轻地摇晃，"叮叮当当"地响个不停。

现场观众立刻停止了交谈和议论，全都摆正目光，望向舞台上的维克多。

全场观众的注意力已经被吸引了过来，维克多的左手立刻停止摇晃，清脆的铃铛声戛然而止。

他将铃铛颠倒过来，让开口对准了自己的右手，竟从铃铛里倒出来了些许清水。他将清水握在掌中，对准拳头吹了一口气，随即摊开手掌，清水已经不见踪影，变成了一块冰。他将冰块放进铃铛之中，摇晃了两下，随即往头顶一掷，铃铛脱手飞起，发出一声清脆的铃响，在空中炸裂开来，幻化成漫天白点，如雪花一般飘零而落。漫天雪花之中，维克多向全场观众脱帽致意，英俊无比的脸上露出了一抹迷人的微笑。

现场有不少观众看过昨天易希川的驻台演出，一下子便看出维克多是在模仿易希川的幻戏，只是少了那种美轮美奂的浪漫，表演得更为简洁明快。

易希川同样看了出来，不禁微微皱起了眉头。维克多刚一登台，便模仿他昨天表演过的幻戏，显然是说他的幻戏并不稀奇，实乃一种变相的挑衅。他昨天的幻戏虽然是当众表演，却是专门为了秋本久美子一个人而准备的，此时被维克多当众模仿，而且表演得如此索然无味，他心里自然不大高兴。

维克多将黑色高帽向观众席一扔，黑色高帽脱手飞出，竟化作了一只乌鸦，扑棱棱地飞向高处，消失在了演厅的黑暗角落里，引得全场观众情不自禁地发出了“哦”的一声惊呼。他面带微笑，用法语感谢了全场观众的到来，然后说道：“我从法国来到中国，在巴黎魔术馆表演魔术，已经有好几年了。我表演魔术，一向坚持一个原则，那就是不表演重复的魔术。可是几年下来，前前后后已有上百场魔术演出，我虽然想尽办法不断创新，但心力终有穷尽的时候，还是不可避免地出现了重复。我打破了自己坚持多年的原则，这让我感到非常难受。可即便如此，有一个魔术却一直被我私藏，从没有公开表演过。各位想知道原因吗？因为这个魔术太过恐怖，我怕观众观看之时会承受不了，所以始终不敢公开表演。”

维克多刻意停顿了一下，接着继续往下说道：“然而任何魔术，如果没有观众欣赏，就失去了存在的价值。所以在长时间的纠结之后，我最终决定在今天公开表演这个魔术。这个魔术的名字叫作‘亡灵魔术’。在我接下来表演的过程中，如果现场有哪位观众不敢看，或是感到身体不适，巴黎魔术馆的大门时刻为你敞开着，你可以随时选择离开。”

维克多说话之时，用的是法语，站在舞台边角处的司仪现场进行翻译，先是翻译成英语，再翻译成汉话。维克多每说一段话，司仪便翻译一段话，现场观众大多是来自欧美的洋人，还有一部分是中国人，自然听得明明白白。

易希川看到这一幕，不禁有感而发："说话也是幻戏的一部分，表演彩戏法便有登台后先说段子的习惯，话说得漂亮，幻戏才会更加传神。来万国千彩大剧院观看驻台演出的人，有不少都是洋人，其中肯定有一部分人不通汉话，若是能请来一两位翻译，将我演出时说的话当场翻译成洋人的话，想必我的驻台演出对租界里的各国洋人，会更加有吸引力吧。"

易希川暗自思虑之时，舞台上的维克多继续往下说道："亡灵魔术，那是一种可以招来死者的亡灵，与生者进行对话的黑暗魔术。这种黑暗魔术，以前被称作黑魔法，在数千年前就已经出现，并且在世界各地都有存在，只是形式各有不同而已。古希腊的死灵师，能够通过召唤魔神来驱使亡灵；古埃及的祭司，能够阅读亡灵书上的咒语来复活尸体；古老的印第安人，会放飞风筝来召唤亡灵；英国的巫师，会在死尸的胸部画上符咒来唤醒亡灵；中国的术士，则会用死者的衣服或刻上死者名字的人偶进行招魂，还会借用活人的身体来让亡灵附身说话。年轻的时候，我为了学习这种黑暗魔术，只身一人离开法国，走遍了整个欧洲，最后在北欧的边陲地带，遇到了一个遭世人唾弃的死灵师。在一个没有月亮和星星的夜晚，这个死灵师当着我的面，在森林里画出了一个由同心圆和古老符号组成的法阵，他操纵一根镶嵌了绿宝石的权杖，从法阵里召唤出了我死去多年的母亲。我跟随这个死灵师，服侍了他整整三年，直到他临死之前，才将这个黑暗魔术教授于我。"

维克多说完这番话，舞台上“嗵”的一响，白色的灯光猛然一扩，照亮了他的周围，只见舞台的地板上红漆刺眼，围绕他绘就了一个同心圆，同心圆内五线交叉，出现了一个倒置的五角星图案，五个星角上分别标示了各种奇异难解的古老符号，便如他话中提及的那个死灵师所画出的法阵一般。

维克多抬起右手，在空中晃动了两下，好似凭空取物一般，手中忽然多了一根权杖，权杖的顶端镶嵌着一颗绿色的石头，在灯光之下光芒耀动。他竖起权杖，往法阵的中心一点，舞台上的灯光立刻变幻色彩，由白光变成了绿光，将整个舞台映得阴森诡异。

维克多说话了，声音也变得阴沉起来，如同变了一个人似的：“现场有哪位观众，愿意亲自上台来，试一试我的亡灵魔术？”

话音一落，全场鸦雀无声，所有观众因为舞台上那阴森诡异的法阵而心震神慑，没有一个人出声，也没有一个人自告奋勇。

维克多缓步走到舞台的正前方，目光慢慢游移，扫过上下两层观众席，似乎是在挑选观众。他环顾了片刻，手中的法杖忽然一抬，指着坐在一层观众席左侧的一个形容消瘦的金发女人，问道：“这位女士，你那位已经死去三年的女儿，你就不想再见她一面吗？”

一束灯光横移了过来，照住那个金发女人。那金发女人面露惊惶之色，目光变得躲躲闪闪，不敢直视维克多。她摇起了头，喃喃说道：“不，我不想见她……不、不要……”

对于那金发女人的拒绝，维克多却置之不理，说道：“女士，就是你了，请你上台来。”

那金发女人惊吓不已，连连摆手摇头，拒绝离开座位，登上舞台。

维克多说道：“不愿上台，那也无妨。”他大步走回舞台的中央，在法阵的后方站定，挥动起了手中的权杖。那根权杖仿佛拥有魔法一般，法阵里的同心圆和符号，慢慢地燃烧起了火焰。

维克多拖长了嗓音，口中念念有词：“伟大的黑暗之神啊，世人总是迷失于生死之间，你曾为这些迷失之人指明方向，告诉他们死亡是生命的延续，也是生命的回照。如果死去毫无意义，何必长留在死亡的国度？所以，请你归来吧！所以，复活的亡灵，请你穿越生死，出现在我的面前吧！”他的手臂猛然抬高，权杖往法阵的中心一指，同心圆和符号上的火焰顿时蹿高数尺，只见倒置的五角星之中，一道惨白色的人影，慢慢从地下钻了上来！

全场观众尽皆变色，不少人惊诧万分，不由自主地站起身来。

出现在法阵中心的那道人影，起初是半透明状的，如同抓握不住的烟雾一般，随即渐渐凝聚成形，最终变成了一个披头散发的小女孩。小女孩的头发很长，成条成缕，看起来湿漉漉的，仿佛在水里浸泡过，整张脸几乎被头发遮住，看不清五官长相，被绿光一映，如同地狱冤鬼，阴森至极。

在一层观众席的左侧，那个金发女人看着突然出现的小女孩的亡灵，双手竟紧张地握成了拳头，颤颤巍巍地站了起来，脸上满是惊恐和慌乱的神色。

小女孩的亡灵慢慢抬起了头，一对藏在头发后面的阴惨惨的眼睛，定定地望着台下的金发女人，缓缓地叫了一声：“妈妈……”

那金发女人听见了这声叫唤，顿时用双手捂住了大半个脸，用哀求的口吻叫道：“不要……求你了，不要……”

“妈妈，你为什么要丢下我？妈妈，你为什么不救我？”小女孩的亡灵缓慢说道，“妈妈，我一个人困在水里，我好害怕……妈妈，水里好冷……我好难受……”她的语速虽然缓慢，但声音就像维克多摇出的那阵铃铛声一般，清脆而又好听，然而说出来的话，却让全场观众背脊发寒，浑身汗毛倒竖。

那金发女人流下了泪水，忽然抱着脑袋，尖叫了一声，仿佛发狂一般，掩面冲出了观众席。她一边放声哭叫，一边踉踉跄跄地奔出演厅门外，哭叫声渐去渐远。

小女孩的亡灵还在不断地呼唤道：“妈妈，你回来！妈妈，妈妈……”声音回荡在整个演厅之中，令所有观众心生忐忑，恐惧难安，却又为之难受心碎。

维克多挥动权杖，命令道：“去吧，回到黑暗之神所指定的国度吧！”

法阵中的火焰渐渐变弱，小女孩的亡灵停止了呼唤，慢慢地没入地下，不一阵子便彻底消失不见了。

演厅内一片死寂，没有掌声，没有喝彩，许多观众还沉浸在刚才那一幕阴森诡异的场景当中，目瞪口呆地望着舞台上的法阵。

幻戏和魔术称谓不同，本质却是一样的，身为幻戏师，易希川自然知道刚才的那一幕只是维克多的魔术，绝不是什么黑魔法。他向来痴迷幻戏，一旦遇到神奇难解的幻戏，总会第一时间进行琢磨，思考背后的秘诀。他望着舞台上的维克多，忍不住暗自心想：“维克多的亡灵魔术，与五祖李少翁的灯影招魂幻戏，倒是有异曲同工之妙。当年李少翁为皇帝表演幻戏，将死去的妃子变幻出来，用的是灯影和人偶来制造幻象，方才维克多召唤出亡灵，多半也是相似的道理，是利用光影加上烟雾，从而制造出了幻象。亡灵说话，可以使用腹语或口技做到，也可以运用‘藏瓮传声术’来传声，甚至可以直接把一个女童藏在舞台底下，由女童说话即可。至于那个跑出去的洋女人，既是维克多亲自挑选，极有可能是事前串通好了，当众演了这样一出戏。不过我的这些想法，终究只是自己的猜测，维克多或许另有妙法，亦未可知。”

易希川暗自揣测之时，维克多手拿权杖，大步走到舞台的正前方，环顾上下两层观众席，再次问道：“现场有没有观众，自愿上台一试？”

和先前无人响应的局面不同，这次维克多话音刚落，一层观众席的后排便站起来一人，举手说道：“我。”声音低沉有力。

维克多看见了那位自告奋勇的观众，说道：“后排那位先生，有请！”

一束灯光移照到那位站起来的观众身上，乃是一个身高偏矮、身形肥胖的中国男人，剃了一头寸发，生得满脸横肉，观其五官长相，应当在二十到二十五岁之间。他沿着台阶大步走下了观众席，又沿着台阶大步登上了舞台，每走一步，都踩得地板咚咚作响，体重之沉，实属罕见。

维克多走回法阵的后方，抬起权杖，指着法阵的左侧，说道：“先生，请你站到这个位置来。”

那胖子依言走到法阵的左侧，站住了不动。

“先生，在你逝去的亲友当中，一定有一个人，是你最想见到的。”维克多说道，“请你闭上双眼，用心去回想这个人。”

那胖子当即闭眼，沉心回想，身体稳若大山，纹丝不动。

维克多也闭上了眼睛，微微侧着头，似乎在感应那胖子心中所想。

现场极为寂静，寂静到连每个观众的呼吸声都显得那么清晰。

片刻之后，维克多眼皮一翻，说道：“好了，先生，你可以睁开眼睛了。我已经知道你最想见的人是谁了。”说话之时，他慢慢地挥动权杖，法阵中的火焰由小变大，片刻之间，便燃烧成了熊熊大火。

那胖子睁开一对细长的小眼，目不转睛地望着法阵的中心。

维克多拖长了嗓音，缓慢地念道："伟大的黑暗之神啊，死亡既然是生命的延续，那么枉死的灵魂，怎能断尽心中的怨恨？所以，请你归来吧！所以，枉死的灵魂，请你穿越生死，出现在我的面前吧！"他的权杖猛然指住了法阵的中心，一道白影，从权杖所指之处慢慢钻出，向空中飘升而起。

那胖子登台之后，一直表现得极为冷静，直到看见升起的亡灵，刹那间身躯一震，情不自禁地往前踏了一步，脱口叫道："爹！"短短的一个字，声音里既有惊疑，又有高兴，还有掩藏不住的悲痛之情。

全场观众尽皆惊讶，易希川惊讶得尤为厉害，一对眼睛鼓瞪起来，若非右脚受伤，只怕他早已身不由己地站起身来。

只因他认得那道升起的亡灵。

他永远也不会忘记。

一缕长长的胡须缀在下巴，一颗大大的肉痣凸在嘴角，法阵中出现的那道亡灵，竟然是罗盖穹！

震惊之余，易希川转眼向那胖子望去。他清清楚楚地听见那胖子对着罗盖穹的亡灵叫了一声"爹"。那胖子满脸横肉，比罗盖穹胖了何止一圈，但五官神态，竟与罗盖穹有许多相似之处。

易希川猛然想了起来，从上海国术馆里盗出龙图的那天晚上，罗盖穹在老西门接应他和牧章桐时，曾要求亲眼看一下龙图，当时罗盖穹言语之间，提到让儿子带着一家老小提前回了杭州老家。此时看着这个把罗盖穹的亡灵叫作"爹"的胖子，易希川暗暗心想："罗盖穹的确有一个儿子。此人的长相与罗盖穹颇为神似，无论是那一声‘爹’，还是神情的变化，都不像是故意装出来的。罗盖穹已经被我杀死，倘若此人真是罗盖穹的儿子，那他从杭州来到上海，只怕是为了替罗盖穹报仇。若真是如此，那可就麻烦了。”

易希川刚刚这样猜想，那胖子便对着罗盖穹的亡灵问道：“爹，我寻了你这么久，却毫无音讯，原来你当真已经不在人世了……你告诉我，是谁害死了你？”问话之时，他全身发抖，声音也跟着颤抖起来。

“他果真是为了报仇而来。”易希川暗暗想道。

罗盖穹的亡灵一言不发，只是缓缓地抬起双眼，静静地看着那胖子。

“爹，你为什么不说话？”那胖子说道，“几位门人赶来杭州找到了我，说你在外滩码头上了船，就一去不回，他们还告诉我那艘船上除你之外，还有些什么人。这些我都已经知道了。我只要你告诉我，是那臭小子害了你，还是那些日本人害了你？”

罗盖穹的亡灵仍旧不说话，只是凝视那胖子之时，露出了一抹慈祥的微笑。

那胖子转头看着维克多，问道：“方才那小女孩明明说话了，我爹为什么不说话？”

维克多说道：“先生，我只能召唤出亡灵，其他的事，不是我所能掌控的。”

那胖子又回头盯着罗盖穹的亡灵，忽然膝盖一曲，“咚”的一声跪在了舞台上，用恳求的口吻说道：“爹，难道你就没有什么话想对儿子说吗？”

这一次罗盖穹的亡灵终于开口了。它面带着微笑，声音极为平静：“有你在，我可安心离去。一家之业，以后就靠你了。”

易希川尚未听完，已经难以置信地摇起了头。亡灵说起话来虽然平静，但嗓音与罗盖穹竟一模一样，没有任何差别。

那胖子听见罗盖穹的声音，顿时眼睛泛红，几乎流下泪来。他强忍泪水，竖起右手，三指朝天，大声说道：“我罗慕寒指天发誓，有生之年，一定会照顾好家人，一定会重振罗家戏苑。爹，你不肯告诉我凶手是谁，但我终有一天会查到的。我一定会替你报此大仇！爹，你安心地去吧。”说罢伏地而拜，重重地磕了三个响头。

“原来他叫罗慕寒。”易希川暗道，“世间的仇恨，全都是冤冤相报。我虽然杀了他爹，但那是他爹行不义之事在先，他若要找我报仇，我自然不能坐以待毙。”

舞台之上，维克多挥动权杖，罗盖穹的亡灵渐渐消失在了法阵之中。

直到罗盖穹的亡灵彻底消失，罗慕寒才站起身来。他冲维克多拱手抱拳，留下一声“谢了”，转身快步走下舞台。他神色冷峻，大步而行，头也不回地离开了演厅。

现场观众之中，虽然没有人认识罗慕寒，但认识罗盖穹的人却不在少数，纷纷认出了那亡灵便是罗盖穹。先前维克多召唤出小女孩的亡灵，还可以说是与那金发女人串通演戏，毕竟那小女孩和金发女人，都是现场观众素未谋面的陌生人，但召唤出罗盖穹的亡灵，这可是“上海三魁”之一的幻戏大家，租界里几乎人人都认识，再有罗慕寒认父下跪，指天起誓，怎么看都不像是演出来的。

现场有不少观众看到这里，心里已经信了，信了维克多拥有神力，信了他召唤出来的亡灵都是真的。

易希川虽然知道维克多的亡灵魔术只是障眼法，但对于刚才召唤出罗盖穹亡灵的那一幕，他始终觉得难以置信。他对于幻戏可谓痴迷至深，方才还在为罗慕寒报仇一事而担忧，此时却又把全部心思投入到亡灵魔术之中，苦思维克多是如何在不串通罗慕寒的前提下，知道罗慕寒想见的人便是罗盖穹，并且将罗盖穹的亡灵变出来。他暗暗想道："维克多若是就此停手，不再继续表演亡灵魔术，那也就罢了，若是他还要继续表演，再问现场有谁愿意登台，那我须亲身一试才行。离得越近，越能看出究竟，这样的机会，我可不能错过。我还要看看他在不串通我的前提下，是不是当真能变出我想见的人来。"

易希川目不转睛地望着台上，果然维克多又一次走到舞台的正前方，面向全场观众，问道："我会再表演一次亡灵魔术，这将是今晚的最后一次。还有没有哪位观众，愿意上台来试一试？"

易希川要的便是这句话，不等司仪把话翻译完，便高高地举起了右手，生怕被他人抢了先。双鱼坐在易希川的身边，急忙拉扯易希川的衣服，压低声音说道："师哥，你的伤还没有……"

易希川淡淡一笑，说道："一点小伤，不碍事。"右手仍旧高高地举在空中。

现场除了易希川之外，还有好几位观众也举起了手。维克多环视一圈，目光落在了易希川的身上，说道："第三排的这位先生最先举手，有请。"

一束灯光照定在了易希川的身上，全场观众纷纷向他投来目光。他拄着拐杖站了起来，因为脸上黏了胡须，一时之间倒没有观众认出他来。双鱼知道易希川痴迷幻戏的性子，于是不再劝阻，起身搀扶着他。两人走上台阶，一起登上了舞台。

"先生，请你站到这个位置来。"维克多走到法阵的后方，抬起权杖，指向罗慕寒先前站立的地方。

易希川在双鱼的搀扶下，依言走到法阵的左侧，站住了不动。

维克多说道："先生，请你闭上眼睛，在你逝去的亲友之中，用心去回想你最想见到的人。"

易希川点了点头，闭上了双眼。他从小便是个孤儿，不知道父母是谁，在他还未记事之时，牧章桐便收留了他，将他抚养长大。在这世上，除了师父和师弟外，他再没有别的亲友。师父和多位师弟在盗图过程中牺牲了性命，这些人里他最想见到的，自然是师父牧章桐。他按照维克多所言，开始用心去回想牧章桐的样子，回想与牧章桐有关的种种往事。

维克多也闭上了眼睛，仿佛在感应易希川心中所想。片刻之后，他翻开眼皮，说道："先生，我已经知道你最想见的人是谁了。你可以睁开眼睛了。"

易希川当即睁开眼睛，心中不禁大感诧异。他和维克多素不相识，而且刻意乔装打扮了一番，也没有说出自己最想见的人是谁，甚至连半点线索都没有透露，维克多却声称已经知道他最想见的人是谁了。"难道他当真有未卜先知的能力？不可能，这压根便不可能。"他情不自禁地暗想，"他与我师父从没见过面，根本不可能知道我师父长什么模样，难道这样他也能把我师父变出来吗？"

维克多慢慢地挥动权杖，法阵中的火焰徐徐燃烧起来。他深深吸了一口气，用极为缓慢的语速念道："伟大的黑暗之神啊，死亡既然是生命的回照，那么不甘死去的亡灵，又怎么能断去复活的念头？所以，请你归来吧！所以，不甘死去的亡灵，请你穿越生死，出现在我的面前吧！"

易希川压根没去听维克多念的是什么，只是目不转睛地盯着法阵的中心。恍惚之间，他竟隐隐有些期待，期待维克多的亡灵魔术是真的，期待师父真的能够出现，期待还能与师父再见一面，还能再说上几句话。

在易希川的注视之下，一道白影从舞台的地板下缓缓钻出，出现在了法阵的中心。

如同烟雾一般，这道白影缓慢升起，左右飘转，渐渐在空中凝聚成形，最终幻化成了一个人。

易希川的眼睛瞪大了，嘴巴张了开来，身边的双鱼也露出了惊讶之色，只因出现在法阵中心的亡灵，不是别人，正是他们的师父牧章桐！

眼前的这一幕犹如幻觉，易希川仿佛置身于梦境当中，忍不住用力掐了一下自己的手臂，他感受到了清晰无比的疼痛，方知眼睛看到的这一幕并非幻觉，而是现实。他多少次深夜梦回，梦到师父的音容笑貌，从没想过，竟能在现实生活当中，再次见到这张熟悉的面孔。

“师父……”两个字一出口，易希川的眼泪一下子涌了出来。他的手一松，任由拐杖摔在舞台上，双膝一曲，“咚”的一声跪下了。

双鱼急忙弯下腰来，架住易希川的胳膊，说道：“师哥，那不是真的。”她看见观众席里有不少观众站了起来，正密切注视着舞台上发生的一切，于是低声说道，“师哥，你别再跪着了。周围这么多人看着，你快些起来。”

易希川已经听不见双鱼在说什么了，只是痴痴地望着牧章桐的亡灵，声音不断地发颤：“师父，你……你还好吗？”

牧章桐的亡灵面露微笑，轻轻点了点头。

易希川又道：“师父，你叮嘱我的事，我一直牢记在心，从不敢忘。我已经承继了戏主之位，师妹也从桐城赶来帮我了，还有鲁前辈也在支持我。我和师妹一定会将师门发扬光大，决不会让你失望的。可是……你若是还在我们身边，那该多好啊……”

牧章桐的亡灵说话了，声音一如既往的和蔼亲切：“那些都不重要，重要的是，你们一切安好。记住了，一定要好好地活下去。”

易希川流着眼泪，重重地点了点头，应道：“我记住了。”

双鱼却站在易希川的身旁，盯着牧章桐的亡灵，一言不发。她知道出现在眼前的这一幕，乃是维克多制造出来的魔术幻象。她斜眼向维克多看去，只见维克多正望着跪在地上的易希川，嘴角隐隐带着一丝笑意。她心中暗道：“你拿死去的师父来捉弄我师哥，还在那样扬扬自得。这等羞辱，总有一天，我要让你悉数奉还！”

维克多抬起头来，与双鱼的目光对上了。他感受到了双鱼目光中的敌意，于是收起了嘴角的笑意。他觉得差不多了，于是挥动权杖，说道：“去吧，回到你该去的地方吧。”牧章桐的亡灵抬起右手，看了一眼手中的怀表，仿佛在看是否已经到了该离去的时候了。他的身形渐渐涣散，慢慢地没入了地下，消失不见了。

看着牧章桐的亡灵缓缓消失，易希川伤痛至极，双手交叉于胸前，伏在地上，重重地叩了三个头。

双鱼低声说道：“好了，师哥，快起来吧。”手臂用力，好歹将易希川搀扶了起来。

维克多走上前来，轻轻拍了拍易希川的肩膀。在台下的观众看来，维克多这是在安慰易希川，但维克多轻拍易希川的肩膀时，却微动嘴唇，用轻细到极致的声音说了一句话：“易先生，你还好吧？”

易希川一愣，猛地抬起头来，怔怔地看着维克多。

维克多微微一笑，不再理会易希川。他径直从易希川的身旁经过，走到舞台的正前方，向观众挥手致意。全场观众起立鼓掌，维克多享受着漫天而至的掌声，右手横在身前，极为绅士地鞠躬谢礼。

易希川看着维克多的背影，心里暗道："他能叫出我的姓，显然早就认出了我。我为了替师父报仇，与罗盖穹斗戏赌生死一事，上海有不少人都知道，他只需一打听，便能知晓。难怪不用我说，他便知道我最想见的人就是师父。只是他从来没见过我师父，如何能变得出我师父的模样？甚至连师父翻看怀表的习惯，他竟也知道。若非熟知师父的生活习性，岂能知道这一点？这到底是怎么一回事？"

双鱼捡起拐杖，塞到正在出神的易希川手中，说道："师哥，我们走。"

双鱼搀扶着易希川，走下舞台，步出演厅，离开了掌声喧天的巴黎魔术馆。

在穿过街道，向万国千彩大剧院走去的途中，双鱼忽然说道："师哥，刚才那洋鬼子是在故意捉弄你。"

易希川点了点头，说道："这个我知道。但他的魔术是真的厉害，对光影和烟雾的掌控已到了极致，对声音的模仿更是一绝。我跪地的时候有所留意，他不是用腹语在发声。声音是从地板底下传上来的，至于这声音为什么既可以模仿罗盖穹，又可以模仿师父，而且模仿得如此像，几乎跟真的一样，我一时之间倒是想不明白。"

双鱼说道："原来你留了个心眼，我看你哭着跪在地上，还以为你是真的在伤心呢。"

易希川说道："师妹，刚才我是真的很难过。但维克多一登台就模仿我的幻戏，有意挑衅我，我近距离观察他的魔术，自然要多留个心眼。"他脸色一振，眉宇间愁容不再，英气勃发，说道，"他虽然不是摆明了挑战我，却故意当众破解我的幻戏，这等挑衅，我决不能置之不理。他的亡灵魔术，我大概知道是怎么回事了，我明天就驻台演出，也要当众破了他的亡灵魔术，挫一挫他的锐气。”

听到易希川要回应维克多的挑衅时，双鱼的脸上顿时一喜，但随即露出了些许担忧，说道：“师哥，你右脚有伤，不能乱动。驻台演出的事，等过几天你的脚伤好些了，再说吧。”

“那可不行！”易希川断然说道，“维克多只用一天便破解了我的幻戏，我若是过几天再破解他的亡灵魔术，在旁人看来，岂不是比他多费时日，显得不如他了。万国千彩大剧院和巴黎魔术馆历来是敌对关系，我要想在上海闯出名堂，非得胜过维克多不可。我只可以比他快，不可以比他慢，驻台演出必须定在明晚，推迟一刻都不行。我的右脚虽然有伤，但双手没有问题，我坐在凳子上表演幻戏，不走动便是。”

双鱼略略一想，点了点头，说道：“师哥，你说的是。明晚你破解那洋鬼子的亡灵魔术后，是不是还要表演新的幻戏？”

易希川应道：“当然要，否则时长不够，撑不起一场驻台演出。”

“既要让你坐着表演，还要足够精彩好看，这样的幻戏可不多。”双鱼不无担忧地说道。

易希川面露微笑，说道：“师妹，幻戏方面的事，你就不用费心了。我好生琢磨一晚，总能想到适合的幻戏。”

双鱼轻轻一笑，说道：“幻戏方面，我当然远不如你，便是想费心，那也费心不起来。”

两人回到万国千彩大剧院，找到鲁鸿儒，说明了将在明晚驻台演出一事。鲁鸿儒担心易希川右脚的伤势，好言相劝，但易希川执意不改，鲁鸿儒只能同意，于是吩咐金童撤下门口的歉告，贴出了明晚驻台演出的广告。广告一出，立刻引来了众多路人的围观，易希川将在明晚驻台演出的消息，顿时不胫而走。

一夜过去，到了第二天早上，易希川已经想好晚上要表演什么幻戏了。

想到驻台演出，易希川立刻便想起了秋本久美子。他很想去一趟上海国术馆，看看秋本久美子怎样了，还想给她再送一张戏票，邀请她来观看自己的第二场驻台演出。可是他的右脚伤势太重，行走不便，如此私密之事又不能让别人代劳，这样的想法最终只能作罢。尽管如此，他还是暗暗期待着。他将在晚上驻台演出的消息，已经传遍了整个上海，秋本久美子若是听到消息后自行来了，那该有多好！

大多数时候，期待都是会落空的，越是希望发生的事，越是会事与愿违。

入夜时分，易希川站在万国千彩大剧院演厅的舞台上，环顾座无虚席的观众席，心中满是失落。

“她会不会像斋藤骏说的那样，不经允许，以后再也不能出来了？”易希川这般暗想之时，不禁摇了摇头，暗自叹了口气。

不过他很快就把这些消极情绪藏在了内心深处，然后在凳子上坐了下来，开始表演维克多的亡灵魔术。

利用“凝烟术”，再控制光影的变幻，易希川制造出了亡灵，这一点和维克多的手法如出一辙。只不过在挑选观众时，易希川动了一点手脚，无论是他亲自挑选的观众，还是举手自荐的观众，都是蒋白丁手底下的青帮混混，该怎么说，该怎么做，事先早已沟通好了，到了台上一演，自然没有任何破绽。

易希川的亡灵魔术与维克多相比，虽然大同小异，似是而非，却已足够瞒天过海，让现场观众信以为真。三段亡灵魔术一结束，全场观众鼓掌喝彩的同时，心里也都亮堂起来。他们昨晚看到维克多模仿易希川的幻戏，今晚又看到易希川反过来模仿维克多的魔术，于是明白了过来，易希川和维克多这是在暗中较劲呢。他们心里都想："如今上海最厉害的两个魔术师对上了，这下可有好戏看了。"

易希川破解完维克多的亡灵魔术后，接着便开始表演他自己的幻戏。

他比画手势，示意观众们安静下来，然后将手指嘬进口中，用力一吹，一声嘹亮的口哨声顿时响彻了整个演厅。

只听空中响起了刺耳的"师父来啦"的叫声，小哥不知何时已出现在空中，在观众席的上方振翅飞翔，往来盘旋，引得观众们纷纷抬头仰望。一些眼力好的观众，很快便看得分明，小哥盘旋飞翔之时，爪子上一直抓着一只小巧的铁盒子。

易希川不断地改变口哨声，或尖或沉，时断时续。小哥依着主人的指令，在空中时而高飞，时而低翔，时而蹿升，时而俯冲，有时飞得正疾，忽然一个翻身，竟在半空之中掉头，飞往相反的方向。它不停地在观众席的上方盘旋，做出各式各样的超乎想象的飞行动作，优雅之时，像是在凌空舞蹈，变化之时，又像是在表演杂技。几百个观众就那样高仰着头，看得神迷目眩，惊呼连连。

表演到精彩之处，易希川连吹三声短促的口哨，小哥顿时如一箭冲天，抓着铁盒子笔直蹿上了厅顶。它的爪子猛然一张，铁盒子脱离抓拿，从最高点急坠而下。正下方的几个观众，眼见铁盒子凌空砸落下来，惊吓不已，有的急忙起身躲避，有的赶紧俯首抱头。周围的观众看见这一幕，纷纷发出了惊呼声。

眼看铁盒子就要砸中一个抱头的观众，只听一声刺耳的尖叫，小哥已从空中俯冲而下，凌空抓住了铁盒子的提手，随即疾速振翅，翻转身子，向舞台飞去。铁盒子离那观众的头，只有毫厘之差，若是再慢上一分，那观众势必头破血流。现场观众的惊呼声，随着小哥的成功救险，霎时间变作了喝彩声。

小哥飞到舞台上，将铁盒子搁在易希川的身前，随即飞向舞台左侧的角落。那里摆放着一张桌子，双鱼正站在桌前，守着桌上的一盘鱼肉丸子。小哥落在桌子上，双鱼便扔给它一颗鱼肉丸子。它飞快地啄而食之，随即冲双鱼连连尖叫：“师父来啦，师父来啦！”显然不满意只有这么一丁点奖励。双鱼又扔给它一颗鱼肉丸子，它吃了仍不满足，一边摇头晃脑地尖叫，一边在桌上来回踱步，活脱脱像一个气愤不已的人。双鱼又接连奖励了它两颗鱼肉丸子，它方才满足，飞到双鱼的肩上，眯着眼睛，亲昵无比地用嘴壳磨蹭双鱼的侧脸。台下的观众看见这一幕，大感有趣，不禁笑出声来。小哥听见哄笑之声，顿时飞到舞台的前沿，来回走动，两只豆子大小的眼睛瞪着台下的观众，显得极为不满。

这时易希川说道：“各位，这只鹦鹉将是我今晚的得力助手，我即将表演的幻戏，必须得到它的帮助，才会显得成色十足。不过它向来高傲，听不得别人笑话它。还请各位给它点掌声，否则它一罢工，今晚的幻戏可就表演不下去了。”

观众们大觉莞尔，强忍着不笑出声来，纷纷鼓起了掌。小哥听见掌声，这才频频点头，振翅飞起，落到了易希川的肩上。

易希川坐在凳子上，不移不动，朗声说道：“古往今来，咱们中国的幻戏师层出不穷，其中最著名的五人，被幻戏界尊为五祖。五祖之中，有一人名叫郭璞，生活在一千六百多年前的晋朝，所会的幻戏包罗万千，神鬼莫测。他的幻戏如‘撒豆成兵’和‘死马复活’，都记载在正史当中。不过他最厉害的能耐，却是‘未卜先知’之术。

“那时晋朝的大将军名叫王敦，领军镇守武昌，有叛乱造反的迹象。朝廷里有几个大臣担心此事，偷偷找到郭璞，让郭璞为朝廷占卜凶吉。郭璞不经占卜，便直接断言大吉，于是几个大臣力劝皇帝先下手为强，提前发兵讨伐王敦。在此之前，郭璞逢人便说起一句话：‘杀我者山宗。’听到这句话的人，都不明白是什么意思。到了郭璞断言朝廷大吉之后，果然有一个姓崇的人，偷偷跑到武昌，向王敦告发了此事。王敦听说郭璞断言朝廷将会大吉，于是派人把郭璞抓来，言明即将起兵，也让郭璞为他占卜凶吉。郭璞同样不经占卜，直接回答道：‘不会成功。’王敦心中不悦，又说道：‘那你再为我占卜一卦，看我寿命长短。’郭璞直接回答说：‘你若是起兵，不久便将大祸临头，若是镇守武昌，将寿长不可限量。’王敦大怒，喝问道：‘那你自己的寿命长短，你可知道？’郭璞淡然回答道：‘我会死在今日正午。’王敦恼怒至极，当即命人将郭璞押出去处死。郭璞被处死之时，果然便是这天的正午。后来王敦起兵叛乱，不到两个月便战败，愤惋而死，也早在郭璞的预料之中。

“‘未卜先知’之术，传到后世，变成了一门极为罕见的幻戏。我今晚要表演的幻戏，正是‘未卜先知’。不过我没有郭璞那等辨天下气运、断世人生死的大能耐，只会预知市井之间一些鸡毛蒜皮的小事。所以过会儿我表演完后，还请各位观众不要见笑。”易希川说到这里，面带微笑，冲全场观众团团拱手。

全场观众听了易希川的这番讲述，不禁满怀期待，纷纷以掌声回应。

易希川收起笑容，从大褂的口袋里摸出一沓纸，分开来，一共是五张，每张纸上皆是墨痕点点，写的有字。他大声说道：“我有五个非常简单的问题，想问一问在场的各位观众。”他将五张纸一一拿起，展示给全场观众看，每张纸上都只有一个字，写得特别大，极为显眼，分别写着“人”“城”“色”“诗”和“寿”。

“这五个问题分别是，”他一一解释道，“你最喜欢的人叫什么名字？你最喜欢哪一座城？你最喜欢的颜色是什么？你最喜欢的诗句是什么？你的诞辰是在哪一天？请各位观众在心中想好这五个问题的答案。”

全场观众默默想着答案，其中有一部分想到自己最喜欢的诗句，忍不住小声地念了出来，现场顿时一片窸窸窣窣之声。

易希川将五张纸一一揉成团状，扔在了舞台上。他说道：“对于这五个问题，我也有我自己的答案，并且早就把答案写在了一张纸上，”伸手指着搁在身前的那只铁盒子，“就放在了这只盒子里。”

全场观众纷纷转移视线，把目光投向了那只由小哥带上舞台的铁盒子。

“这只盒子上了锁，唯一的钥匙，便在我的手里。”易希川一边说着，一边从衣兜里摸出一把钥匙，展示给全场观众看，然后将钥匙穿上细绳，拴在了小哥的爪子上，“从此刻起，我不会再接触盒子，也不会再接触这把钥匙。我会让我的鹦鹉，随意挑选写有问题的纸团，从空中丢向观众席。去吧！”最后两个字，却是侧过头对着肩膀上的小哥说的。

小哥立刻带着爪子上的钥匙，飞离易希川的肩头，落到了舞台上，随意抓起一个纸团，向观众席飞去。它高高地飞在空中，盘旋了大半圈，忽然爪子一松，将纸团丢了下去。纸团从空中坠落下来，几个观众同时伸出了手，其中一个洋人高高跃起，抢在其他观众之前，一把抓住了纸团。

“请这位观众展开纸团，看看上面写了什么？”易希川说道。

那洋人听得懂汉话，当众展开纸团，只见上面写着一个“城”字。

“‘城’字对应的问题，是你最喜欢哪一座城。”易希川说道，“这位观众，请你说出你的答案。”

那洋人大声应道：“我是法国人，最喜欢的城市，当然是巴黎。”出口是不太流利的汉话，声音却响亮至极，震得演厅内回音不断。

“巴黎！”易希川重复了一遍，“很好，非常感谢，你请坐。接下来，我们进行第二次选择。”

全场观众向小哥望去，却见小哥丢下纸团后，便飞到了双鱼身前的桌子上，守着那一盘鱼肉丸子。双鱼奖励了它一颗鱼肉丸子，它这才飞回舞台上，重新抓起一个纸团，从空中丢向了观众席。

这一次接住纸团的是一位中国妇女，她展开纸团，上面写着一个“诗”字。

易希川问道：“请问这位观众，你最喜欢的诗句是什么？”

那妇女露出一脸为难之色，说道：“我没怎么读……读过书，不知道什么诗句，更……更说不上有什么喜欢的……”这句话一出，顿时引得现场一些观众哄笑起来。

易希川正色说道：“读书少，那是常有的事，我也是大字不识几个，这可没什么好笑的。”现场的哄笑声戛然而止。易希川又对那妇女说道：“你若是记得起一些诗句，随便说出一句即可，若是实在说不上来，那也不必为难。”

那妇女想了一想，应道：“倒是记得一两句……”

“但说无妨。”易希川鼓励道。

那妇女犹豫了一下，念道：“鹅鹅鹅……白毛……白毛……”她念到这里，想不起来后面的，便念不下去了。一些观众听她连三岁小孩都知道的诗也背不出来，实在忍耐不住，放声大笑。那妇女脸色涨红，摇了摇头，坐回了椅子上。

“虽然不完整，却也是如假包换的诗句，谢谢这位观众。”易希川说道，“好了，我们继续下一个问题。”

小哥和先前一样，飞到双鱼那里讨要了奖赏，这才从舞台上抓起一个纸团，丢向了观众席。

这个纸团被众人一通哄抢，结果谁都没能抢到，掉到了座椅底下，被一个四五岁大的中国小孩钻到座椅下面，捡了起来。那小孩飞快地展开纸团，看见是一个“人”字，当即望着台上的易希川，脆生生地叫道：“人！是人！”

易希川微微一笑，问道：“小朋友，请问你最喜欢的人是谁？”

那小孩朝身边一个穿着打扮极为优雅大方的女人看了一眼，大声回答道：“我最喜欢我的娘亲。”

“你娘亲叫什么名字？”易希川又问道。

那小孩又看了一眼身边的女人，女人盈盈含笑，轻轻点头，示意他可以说出来，他方才回答道：“我娘亲名叫李莹儿。”

“小朋友，具体是哪三个字？你能说得更清楚些吗？”易希川又问。

那小孩应道：“桃李的李，晶莹的莹，儿女的儿。”他年纪虽小，吐字却极为清晰，表述更是一清二楚，倒是有些出人意料。现场有一部分观众，情不自禁地为他送上了掌声。

“李莹儿。”易希川点头说道，“很好，小朋友，你请坐。”

在此之后，小哥又相继抛出了第四个和第五个纸团，分别被一位中年洋人和一位中国老人接住了。两个纸团写着“色”字和“寿”字，问题分别是最喜欢的颜色和生辰日，中年洋人给出的答案是紫色，中国老人给出的答案是九月六日。

至此，五个问题的提问全部结束。

易希川嘬出一声口哨，在双鱼那里讨要奖赏的小哥，吃掉了最后一颗鱼肉丸子后，飞到易希川的身前，落在了铁盒子上。

易希川看了一眼自己的右脚，抬起头来看着观众席，说道："不瞒各位，前日我的右脚受了伤，行动不便，因此只能一直坐在这里表演幻戏。不过这样也好，各位便能清楚地看见，我与这只盒子一直保持着距离，从登台开始，就没有发生过接触，盒子的钥匙也拴在鹦鹉的脚上，因此我不可能有机会打开这只盒子。我方才已经说过了，关于这五个问题的答案，我提早就写在一张纸上，锁到了这只盒子里，只不过那并非我自己的答案，而是我未卜先知，写下了方才那五位观众的答案。现在，这只盒子将会被打开。因为行动不便，所以我有请师妹双鱼代劳，也请在场的所有观众俱为见证！"

话音一落，角落里的双鱼轻步快行，来到易希川的身前，取下小哥爪子上的钥匙，插入了铁盒子正面的锁孔。

钥匙刚刚插入，还没来得及拧动，易希川忽然说道："请我师妹代劳，似乎也不妥，各位观众难免还是会有所怀疑。这样吧，为了避嫌，有请方才回答问题的五位观众上台，由你们共同来打开这只盒子，揭晓答案。"

双鱼立即住手，任由钥匙插在锁孔里，带着小哥退至一旁。

与此同时，五位回答问题的观众相继起身，陆陆续续地登上舞台。

"请吧。"易希川做了个请的手势，示意五位观众打开铁盒子。

五位观众围住铁盒子，拧动钥匙，掀起盒盖，将盒内的情况展示给全场观众看，里面果真放着一张卷纸。他们一起将卷纸取出，展开来，顿时大惊失色，急忙将卷纸举起，展示给全场观众看，只见上面写有五列汉字，从右至左，依次写着“巴黎”“鹅鹅鹅白毛白毛”“李莹儿”“紫色”和“九月六日”，不仅毫无偏差，连先后顺序都完全一致。

答案一出，全场震惊。观众们纷纷起身，人人目瞪口呆，心中疑云密布。他们看得清清楚楚，易希川从始至终没有接触过铁盒子，钥匙也一直拴在小哥的爪子上，连打开铁盒子，也是由五位观众共同完成，与易希川毫无关系，而这五位观众，则是完全随意选出。要知道小哥抓起纸团后，是在飞翔的过程中从半空丢下，纸团的重量很轻，会跟随惯性有所飘摆，使得坠落的位置无法控制，若是串通一两位观众，倒还有些可能，但要串通五位观众，还要将这五位观众全部挑选到，却是难于登天。不仅五位观众是随意挑选，舞台上的五个纸团，也是小哥随意抓起，因此五个问题也是任意挑选的。五位观众的回答更是千奇百怪，尤其是那位中国妇女，背出的诗句次序颠倒，有头无尾，甚至将“白毛”二字重复读了两遍，也被易希川未卜先知，分毫不差地写在了卷纸上。此情此景，怎不让全场观众震惊呢？

双鱼走上前去，扶起易希川，向全场观众拱手谢礼。

全场观众直到此时才回过神来，立刻爆发出了山呼海啸般的热烈掌声，震得整个演厅好似颤抖起来了一般。许多观众即便鼓着掌喝着彩，却还是沉浸在震惊和疑惑当中，人人心里都在琢磨，易希川到底是如何变得这个幻戏？他当真有未卜先知的能力吗？

第二场驻台演出圆满结束，易希川破解了维克多的亡灵魔术，同时还给维克多出了一道难题。他相信维克多不会就此罢休，必定还会尝试破解他的幻戏，所以他出了这道“未卜先知”的题目。其实这个幻戏的秘诀十分简单，易希川并没有未卜先知的能力，只是暗中耍了一点小手段。他作为表演这个幻戏的幻戏师，从始至终坐在凳子上，没有离开过半步，通过讲述和询问来控场，又让小哥飞来飞去，挑选纸团抛给观众，把注意力全部吸引到了自己和小哥身上，然而这个幻戏的关键，却是站在舞台角落里的双鱼。双鱼表面上只是一个助手，作用仅仅是给小哥喂食鱼肉丸子作为奖励，实则她在桌子的遮掩下，每当有观众说出问题的答案时，她便一字不差地记在纸上。等到五个问题的答案全都记好了，便卷成一根细小的纸卷，塞进事先准备好的一把钥匙当中。当小哥最后一次飞到她那里讨要奖赏时，趁着全场观众被易希川的言语所吸引，迅速地将小哥爪子上的钥匙偷梁换柱。铁盒子是专门打造的幻戏道具，藏有纸卷的钥匙插入锁孔，在拧动的过程中，纸卷便会从钥匙的细管里推出，掉进铁盒子里面。为了避免钥匙里的纸卷被观众发现，因此需要双鱼亲手将钥匙插入锁孔，再由易希川喊停，换观众来拧动钥匙打开铁盒子。如此一来，一出“未卜先知”的好戏，便得以圆满完成。

然而，被易希川视作难题的“未卜先知”幻戏，对于维克多而言，却并不是什么困难的挑战。这一类幻戏，在国外早有魔术师表演过，被称作读心魔术，又叫心灵魔术。维克多对这类魔术早就有所了解，再加上他乔装打扮来到万国千彩大剧院，观看了演出的全过程，因此略加思索，便想明白了易希川这个“未卜先知”幻戏的秘诀。

第二天晚上，维克多在巴黎魔术馆当众破解了易希川的“未卜先知”幻戏，然后表演了双箱魔术，反过来给易希川出了一道题目。这种在两个箱子之间让人反复消失和出现的魔术，与中国古代的“入壶舞”幻戏极其相似。易希川对“入壶舞”幻戏颇为了解，甚至还在外滩的中日幻戏擂台赛上，亲眼见过一位幻戏师用这门幻戏挑战斋藤骏。

于是他隔天便破解了双箱魔术，又再次给维克多出了一道新的题目。

接下来的一个月里，易希川和维克多就这样彼此出题，相互破术。两人虽然没有挑明了是在公开斗戏，却一直在暗中较量。两人之间心照不宣，观众们却是一清二楚，将此事传得沸沸扬扬，甚至引来了各大报纸的公开报道。一时之间，万国千彩大剧院和巴黎魔术馆之间的对抗，易希川和维克多之间的较量，成了全上海关注的焦点。

前来观看两人演出的观众越来越多，这些观众之中，既有中国市民，也有旅居洋人，既有文人雅士，也有娱乐明星，既有商帮大佬，也有警界巡捕，甚至连租界当局的一些政要人物，也会偶尔现身于观众席上。万国千彩大剧院和巴黎魔术馆的票价跟着水涨船高，尽管如此，仍是一票难求，每晚都是座无虚席，每一个观众都盼着亲眼见证分出胜负的那一刻。但易希川和维克多可谓棋逢对手，将遇良才，两人一中一西，都是年轻有为，都是从小便痴迷幻戏和魔术，都对各门各类的幻戏和魔术了然于胸，一时之间你来我往，竟是难分伯仲。

在此期间，易希川的脚伤恢复得很快，渐渐可以丢掉拐杖，小心翼翼地独立行走。在他可以独立行走的第一天，便乔装打扮了一番，在天色刚刚放亮的清晨，趁着双鱼还没起床，独自一人离开万国千彩大剧院，去了一趟上海国术馆。

上海国术馆大门紧闭，秋本久美子的房间窗帘遮掩。两个日本武士守在门外，警惕着每一个从国术馆外经过的人。易希川没敢靠近大门，就远远地站在约定的那棵洋槐树下。他趁着两个日本武士看向别处时，把亲笔写的一封短信和一张明晚的戏票快速埋在了洋槐树下，然后站起身来，一会儿看看国术馆的大门，一会儿又望望秋本久美子的房间。他站了一段时间，秋本久美子的房间始终窗帘紧闭，国术馆的大门也始终没有打开，包括秋本久美子、斋藤骏和其他日本武士在内，没有一个人走出大门。把守大门的两个日本武士对远处长时间站立观望的易希川起了疑心，其中一个日本武士离开值守岗位，向易希川走了过来。

易希川脚伤未愈，不想招惹麻烦，于是不再停留，转身便走，消失在了街道转角。那日本武士停住脚步，犹豫了一下，最终还是没有追上去，返身走回大门处继续值守。易希川回到万国千彩大剧院，双鱼问他去了哪里，他只说醒得太早，便出去四处走了走，有益于脚伤的恢复。

此后易希川又去了上海国术馆几次，每次都是瞒着双鱼，趁着天未亮时去的，每次都发现洋槐树下的信和戏票仍旧埋着，没有被取走。尽管如此，他还是把新写的信和下一场驻台演出的戏票埋在那里。国术馆的大门前始终有日本武士把守，易希川只要看见这一幕，便多多少少觉得安心。只要有日本武士看守上海国术馆，就表明斋藤骏还在馆内，斋藤骏将秋本久美子看得那么重，绝不可能让秋本久美子轻易离开他的身边，只要斋藤骏还在馆内，就表明秋本久美子也在。那晚与徐傀儡交手，斋藤骏所受的伤远比他严重，所以斋藤骏始终不露面，想必是在国术馆内安心养伤，秋本久美子不露面，自然是被斋藤骏看管了起来，不能自由出入国术馆。

“久美子不能出来，那就只有我进去。等我的脚伤好了，哪怕将国术馆闹个天翻地覆，我也一定要见到她。无论斋藤骏如何阻止，也无论师妹会如何看我，就算众叛亲离，这辈子我也终是要和久美子在一起！”易希川暗暗下了决心。

第七章 铜门

易希川和维克多的暗中较量，已经持续了整整一个月，两人破尽了对方的魔术和幻戏，始终不分胜负。到了这个地步，两人从最初玩笑般的彼此挑衅，演变成了使出全力来相互较劲。无论如何，双方都不愿输掉这场万众瞩目的较量。

对于双鱼而言，这场势均力敌的较量持续的时间太过长久了。在她看来，易希川其实完全用不着这么费劲，便可以轻松地战胜维克多。

这天夜里，在又一场驻台演出结束之后，双鱼私下里建议易希川，让易希川再次表演“神仙索”幻戏，这一门难倒了斋藤骏的幻戏，想必维克多也无法破解。

然而这一建议，却被易希川断然拒绝了。

“我用‘神仙索’战胜了斋藤骏，上海尽人皆知，我若是再用这门幻戏来对付维克多，倒显得我山穷水尽，拿不出别的本事了，更显得中国幻戏除了‘神仙索’外，再没有别的幻戏能抗衡西洋魔术了。”易希川显露出了他年轻气盛的一面，说道，“我所会的幻戏还有很多，不到万不得已之时，我绝不会再表演‘神仙索’。”

双鱼又提了新的建议，让易希川拿出龙图，直接表演龙图里的真龙绕天的幻戏，维克多必败无疑。

易希川不假思索，便直接摇起了头，说道：“龙图是咱们中国幻戏界的圣物，岂能轻易示于旁人？师妹，我知道你是为了我好，希望我能一举战胜维克多，尽早结束这场较量。但我心意已决，我会用其他幻戏来击败维克多，一定会的！”

双鱼有些难以理解，换作她，只怕第一场便会使出“神仙索”幻戏或者龙图幻戏，一劳永逸地击败维克多，何必再费这么多周折？她当然不能理解，易希川和维克多在过去一个月的较量之中，尽管家国不同，语言不通，但其实早已把对方视作平生难得一遇的劲敌。遇到这样的劲敌，两个年轻气盛的男人，自然要倾尽所学，酣畅淋漓地斗到底，就算战胜对方，也必须让对方心服口服，必须让旁人无闲话可说。双鱼理解不了这些，她只知道易希川是本门戏主，戏主一定要固执己见。她就算觉得不妥，也只能选择依从。

与此同时，看完驻台演出的维克多，回到了巴黎魔术馆，坐在会客房里，正听贝特朗滔滔不绝地说着话。

“五位评委已经到了上海，接到邀请的各国魔术师，大部分已陆陆续续抵达，还没有来到上海的，只剩下伊莎贝拉邀请的几位美国魔术师，还有那位名叫依山慕丁的印度魔术师。不过依山慕丁已经在来上海的途中，几天内就能到达。伊莎贝拉和几位美国魔术师乘坐的客轮，今晚也已抵达码头，我已经派车去接了，应该过会儿就能回来。等伊莎贝拉回来了，我们最后确定一下比赛规则，这场万国魔术大赛的消息，就可以在明天见报了。”贝特朗的声音里透露着兴奋，说完之后，神情舒畅地抽了一口雪茄。

维克多点了点头，却并不显得兴奋，而是凝神望着窗外，一脸若有所思的样子。

过了不久，一辆轿车从远处驶来，停在了巴黎魔术馆的大门外。贝特朗已经离开二楼的会客房，亲自来到大门外迎接。他本以为几个受邀前来的美国魔术师都在车上，但最终只有伊莎贝拉一个人从车里下来。“几位客人旅途劳顿，我已经安排他们住进了大世界，那里有全上海最好的客房。”伊莎贝拉拥抱了贝特朗，然后用法语说道。

“伊莎贝拉，你这一趟美国之行，不仅邀请到了韦恩，连‘神手’斯莱迪尼也请来了，真是干得太漂亮了！”贝特朗面带笑容，对伊莎贝拉竖起了大拇指。

伊莎贝拉说道：“本来只是为了邀请韦恩来巴黎魔术馆做客表演，但我在船上接到你发来的电报，要举办一场国际性魔术大赛，那我当然要把美国最好的魔术师请来。斯莱迪尼是继哈里·胡迪尼之后，全美国最受欢迎的魔术师，他本来不愿意来中国，但我告诉他大赛的奖品有轻重箱子，他立刻就改变了主意。”

贝特朗哈哈一笑，说道：“罗贝尔·乌丹的轻重箱子，比十根金条的奖金可要有吸引力多了。如果没有轻重箱子，这次万国魔术大赛，不可能吸引这么多著名的魔术师不远万里前来参赛。”

贝特朗言语中提到的罗贝尔·乌丹，是一位已故去六十多年的法国魔术大师。罗贝尔·乌丹一生精于各种魔术，在欧洲声名远扬，曾多次为法国国王表演魔术，英国的维多利亚女王也曾邀请他去做专场演出，他在巴黎建造了罗贝尔·乌丹剧场，后半生一直在这个剧场演出，使这个剧场成为欧洲的魔术中心。在罗贝尔·乌丹之前，魔术在欧洲被教会视作妖魔作怪，受到残酷的抵制和打压，一些魔术师甚至受到教会的审判，被处以重刑，严重的还会被直接处死。在罗贝尔·乌丹之后，魔术开始被欧洲各国逐渐接受，成了一个合法的行业，魔术师不再像以前那样遭受各种污辱、轻贱和审判，反而受到世人的追捧，越来越多的年轻人开始投身于魔术行业。罗贝尔·乌丹不仅让魔术风靡整个欧洲，他的影响力也蔓延到了大洋彼岸的美国，美国最著名的魔术师哈里·胡迪尼，便是读了罗贝尔·乌丹的自传后，才选择了魔术这条道路。正因为如此，罗贝尔·乌丹被欧美魔术界誉为“现代魔术之父”。

罗贝尔·乌丹最为著名的魔术，便是轻重箱子魔术，这个魔术不仅神奇难解，而且改变了一段历史。当年法国统治着阿尔及利亚，一群阿拉伯人发动反叛，誓要将法国人驱逐出境。拿破仑三世看过罗贝尔·乌丹的魔术，以为罗贝尔·乌丹拥有神力，竟将时年五十一岁的罗贝尔·乌丹召入宫中，命他前往阿尔及利亚平息这场叛乱。罗贝尔·乌丹没有推辞，提着一只箱子前往阿尔及利亚，孤身一人来到反叛者的阵营之中。面对气势凶煞的阿拉伯反叛者，罗贝尔·乌丹镇定自若，当众展示了手中的那只箱子，让在场最强壮的反叛者上前提起它。最强壮的反叛者只用了一根小指，便轻而易举地提起了箱子。这时罗贝尔·乌丹说道：“我是一名伟大的魔术师，我的能力强大到可以夺走你的力量。你的力量正在衰退，你现在已经变成了手无缚鸡之力的孩童，甚至提不起这只箱子。”最强壮的反叛者试图再次提起箱子，然而用尽了全身的力气，箱子却重若万钧，纹丝不动。罗贝尔·乌丹一上来便压制住了最强壮的反叛者，这种强大而未知的力量，令其他阿拉伯反叛者不寒而栗，纷纷落荒而逃。

一个政府求助于一位魔术师来镇压殖民地发生的叛乱，这个魔术师只身一人吓退了一支军队，罗贝尔·乌丹的这段传奇经历，成了魔术历史上最为瞩目的事件之一。他的轻重箱子魔术，更是魔术历史上最神秘难解的魔术之一。他变这个魔术所使用的轻重箱子，在欧美魔术界地位尊崇，好比中国幻戏界的圣物一般。只不过在罗贝尔·乌丹去世之后，轻重箱子便下落不明，如今突然作为万国魔术大赛的奖品再次出现，自然引得许多著名魔术师不远万里，前来上海参加比赛。

贝特朗一想到邀请发出，立刻吸引了这么多魔术师自发前来上海，不禁大为得意。他对伊莎贝拉说道："走，我们上楼再接着聊，维克多还在会客房里等着你呢。"

伊莎贝拉抬起头来，向二楼会客房的窗户望去，正看见维克多倚在窗前望着她。

伊莎贝拉冲维克多高兴地挥了挥手。她只有二十岁，但金发碧眼，身材高挑，一笑起来更是风情万种，浑身上下散发着一种迷人的魅力。她所到之处，不知有多少男人为她沉醉。她能邀请来美国最有名气的几位魔术师，除了轻重箱子和奖金的吸引力外，与她自身的魅力也大有关系。

贝特朗和伊莎贝拉走上了二楼，维克多已经来到会客房的门口迎接。

伊莎贝拉上前拥抱了维克多，然后兴奋地说道："听说你和那个名叫易希川的中国幻戏师一直在较量，到现在还没有分出胜负，是这样吗？"

维克多笑道："你刚刚回到上海，怎么就知道了这件事？"

"我回来的路上，司机一直在说这件事，大世界也有很多人在谈论。”伊莎贝拉的眼睛里光彩熠熠，“易希川真的有那么厉害吗？听说他还会通天绳魔术，这是真的吗？”

维克多点了点头，郑重其事地说道：“这人是我遇到过的中国魔术师当中最为厉害的一个，他的魔术能力，远远胜过之前的谭素琴。”

“他的下一场演出是在什么时候？我一定要亲自去现场一睹为快。”伊莎贝拉难掩激动之情，话语中满是迫不及待。

维克多面露微笑，说道：“你离开上海的第二天，他就表演了通天绳魔术，你回来的前一刻，他的驻台演出才刚刚结束，表演了一个关于灰烬的魔术。至于他的下一场演出，应该是在后天晚上。不过这一个月里，他表演了许多神奇的魔术，有些魔术甚至是我从没见过的，可惜这些神奇的中国魔术，你全都错过了。你这次离开得太不是时候了。”

伊莎贝拉却不觉得遗憾，反而笑道：“那就要辛苦你了，易希川表演的那些神奇魔术，你可要一个一个地重演给我看。”

维克多听闻此言，不由得哈哈一笑。

“别再说这些无关紧要的事了。”贝特朗坐在了椅子上，打断了两人的对话，“我们应该坐下来，好好聊聊万国魔术大赛的事，这才是当务之急。”

待维克多和伊莎贝拉坐下后，贝特朗将一张纸递给伊莎贝拉，说道：“伊莎贝拉，这是万国魔术大赛的具体规则，你先看一看。”

伊莎贝拉快速浏览了一遍规则，抬起头来说道：“我从没见过这样的比赛规则，这是谁想出来的？”

贝特朗拿起手中的雪茄，指了一下坐在旁边的维克多。

维克多说道：“以往的魔术比赛，全都是魔术师自行表演魔术，由评委进行打分，分数高的人获胜。我觉得这种规则非常无聊，所以想来些不一样的规则。那就是在我们所知的从古至今世界各地的所有魔术当中，选出最神奇也是最难做到的一部分魔术，作为万国魔术大赛的题目。每场比赛开始之前，当众进行抽签，先抽选出魔术题目，再抽选出两位魔术师，给两位魔术师一天的时间来准备，然后同台对决，胜者晋级，败者淘汰。每一轮比赛都是这样的规则，一轮一轮地两两对决，直到决出最后的冠军。”

伊莎贝拉说道：“按照这样的规则，同一道魔术题目，如果一位魔术师表演出来了，另一位魔术师没有表演出来，自然能够分出胜负，但如果两位魔术师都表演出来了呢？那该怎么决定胜负？”

维克多说道：“如果是这样，胜负就交给五位评委来决定。五位评委都是魔术界大名鼎鼎的人物，相信他们一定会依据魔术表演的完整性和精彩程度，公正客观地做出评判。”

伊莎贝拉低头看了一眼手中的大赛规则，上面关于评委的那一条，清楚地写着五位评委的名字，分别是戴·弗农、哈利·布拉克斯通、瑟维斯·罗伊、约翰·斯卡耐和张慧冲。这五个人在魔术界声名显赫，可谓是大师级的人物，其中戴·弗农是以纸牌魔术“阴魂不散”击败了哈里·胡迪尼的魔术大师，哈利·布拉克斯通是享誉全美的幻象魔术师，瑟维斯·罗伊是名震欧洲的比利时魔术师，约翰·斯卡耐是一位美国的作家魔术师，张慧冲则是名满南洋的中国幻戏师。其中张慧冲更与上海有着一段不解之缘，八年前德国魔术师聂哥拉远渡重洋来到上海，以一门“腰斩美人”的魔术挑战中国幻戏界，彼时正在上海的张慧冲愤然应战，在一场万众瞩目的对决当中，一举击败了聂哥拉，自此声名鹊起。随后张慧冲组织幻戏团，远赴南洋各国演出，表演了许多极具中国色彩的神奇幻戏，使南洋各国的华侨和当地人惊喜若狂，每到一个地方表演，都是万人空巷，尤其在印尼泗水演出时，争相购票的人群被挤掉的鞋子竟然要用车来装运清除。张慧冲长期在南洋各国巡回演出，此次接受贝特朗的邀请担任万国魔术大赛的评委，方才回到上海。

伊莎贝拉知道，这五位评委拥有这样的资历和声誉，在评判胜负之时，自然会保持客观公正，不会徇私舞弊。她点了点头，又问道：“如果魔术题目太难，两位魔术师都没能表演出来呢？”

“那就一起淘汰，无人晋级。”维克多应道。

“维克多，你也是要参赛的。”伊莎贝拉看着维克多的眼睛，“如果是这样的规则，你就不怕抽到的魔术题目，会把你自己也难住吗？”

维克多尚未回答，一旁的贝特朗忽然喷出一口烟雾，说道：“伊莎贝拉，这个你就不用担心了。我们是大赛的举办方，如果抽出了像通天绳这样的难题，在抽选魔术师时，我们动点手脚，不抽到维克多就行了。”

话音刚落，维克多却脸色一沉，说道：“如果是这样，那这场万国魔术大赛，就没有任何举办的意义了。”他转头看着贝特朗，声音朗朗，“我最初提议举办这场万国魔术大赛，既是为了能让巴黎魔术馆声名远扬，也是为了自己能和世界各国的著名魔术师同台对决，这是我作为一个魔术师的毕生心愿。如果为了让我成为大赛冠军而暗中操控比赛，即使我最终成为了冠军，我也不会感到高兴，只会觉得这是一种极大的耻辱。”

“不这样做，如果你当真抽到通天绳魔术，被淘汰了呢？”贝特朗直起了后背，语气有些不悦。

维克多应道：“即使第一场比赛我就被淘汰，我也心甘情愿，坦然接受。”

伊莎贝拉听了这话，倍感欣慰，脸上露出了一抹微笑。

贝特朗却觉得不可理喻，不禁皱起了眉头。他是一个商人，举办万国魔术大赛，自然是为了有利可图。

他既要让巴黎魔术馆成为闻名世界的大剧院，也要将维克多捧为世界冠军。一来他早已和维克多签下了长达十年的表演合约，维克多成为世界冠军，也无须担心维克多身价上涨后索要更多的演出酬劳，二来就算将来日本对英、法、美等国宣战，日军占领了上海租界，驱逐各国洋人，巴黎魔术馆被迫迁离上海，无论是去到美国还是欧洲，只要打出世界冠军维克多这一块响亮的招牌，就能迅速东山再起。可一旦维克多落败，没能成为万国魔术大赛的冠军，那他的这些深谋远虑，就将全部落空。

贝特朗虽然不高兴，但很快便眉头舒展，将不悦的情绪藏在心里，不再表露。“维克多，我理解你的心愿，也尊重你的选择，所以我向你道歉。”他说道，“不管怎样，就算抽到了最厉害的对手，抽到了最困难的题目，你也不能轻言放弃，一定要全力应战。我们巴黎魔术馆是本次大赛的主办方，你又是巴黎魔术馆的首席魔术师，你可不能丢脸。”心中却暗暗想道：“我无论抽签时怎么动手脚，只要背着你做，不让你知道就行了。”

维克多站起身来，说道：“谢谢你能理解我。这场大赛，我一定倾尽所有，全力以赴！”

贝特朗戳灭了手中的雪茄，从伊莎贝拉的手里拿过那张写有大赛规则的纸，然后拍了拍维克多的肩膀，说道：“时间很晚了，你们都好好休息吧。我去安排新闻报道的事情。明晚演出的时候，我们就正式公布万国魔术大赛的消息。”说完这话，便快步离开了会客房。

伊莎贝拉虽然旅途劳顿，却一点倦意也没有，反而满是兴奋。她热爱魔术，对中国幻戏更是极度痴迷，贝特朗刚刚离开，她就缠着维克多讲述易希川表演过的各种幻戏。维克多只好耐心地讲了起来，有时还会亲自动手表演一下。会客房的灯一直亮着，直到快要天亮的时候，方才熄灭。

就在巴黎魔术馆会客房的灯熄灭之时，躺在床上的易希川睁开了眼睛。

他起了床，给小哥喂了食，然后草草地洗漱一番，黏上假胡须，拿上明晚驻台演出的戏票，悄悄从后门出了万国千彩大剧院。

天色将明未明，四下里灰蒙蒙的。易希川的脚已经没什么大碍了，步伐轻快地走上了爱多亚路。此时整条街道上人影寥寥，只有几个黄包车夫，拉着车候在一家旅馆门口，还有两个清扫大街的人，以及刚刚从报社领了报纸，准备送报卖报的报童。

那报童远远看见易希川穿戴还算齐整，一看就不是那种连报纸都买不起的穷苦人，于是一溜小跑过来，推销他手中的报纸。因天色尚早，报童怕扰了周围住户的清梦，不敢大声叫卖，只能放低了声音说道："先生，来一份报纸吧，今天有大新闻呢。"

易希川知道这些报童的辛苦，当即拿了一份报纸，却付了十份报纸的钱。

"谢谢先生，您好人有好报！"报童千恩万谢，对易希川深深地鞠了一躬，欢天喜地地去了。

易希川原本打算去一趟上海国术馆，但他只走出几步，双脚就猛地定住了。

只因他打开了报纸，第一眼便看到了巴黎魔术馆举办万国魔术大赛的头条新闻，看到了新闻中刊登的一张照片。

这张照片拍的是一张长桌，贝特朗一手拿着雪茄，一手撑着桌角，脸上满是笑容。而在长桌之上，摆放着三样东西，位于中间的是十根码放好的金条，位于左边的是一只棱角浑圆的手提箱，位于右边的，却是一具骷髅。

“骷髅傀儡！”易希川一眼便认了出来。

他急忙往下看，很快看完了整则新闻，原来照片里的三样东西，是巴黎魔术馆为本次万国魔术大赛所设置的奖品，最终夺得大赛冠军的魔术师，可以赢走这三样奖品，也就是十根金条、轻重箱子和骷髅傀儡。

“骷髅傀儡怎么会在贝特朗那里？”易希川大觉疑惑。他清楚地记得，那晚废弃厂房一战，徐傀儡中毒逃走之时，是将骷髅傀儡带走了的。后来究竟发生了何事，以致幻戏界三大圣物之一的骷髅傀儡，竟落入贝特朗之手，他自是无从得知。

易希川对西洋魔术不甚了解，不知道轻重箱子是什么东西，但骷髅傀儡的出现，势必会像龙图那样，引起中国幻戏界的震动，甚至像外滩的中日幻戏擂台赛那样，最终演变成一场腥风血雨。斋藤骏当初以龙图为注，在外滩举办擂台赛，是为了引出云机社的幻戏师，如今贝特朗以骷髅傀儡为奖品，举办这样一场万国魔术大赛，是不是也有什么不可告人的目的，易希川一时之间想不明白。他担心此事，于是打消了去上海国术馆的念头，当即转身，快步返回了万国千彩大剧院。

易希川敲开了双鱼房间的门，把报纸拿给双鱼看了。对于贝特朗举办这场大赛的目的，双鱼也揣摩不透。

“我们去找鲁前辈。”易希川说道，“他和贝特朗打了这么多年交道，说不定能看穿贝特朗的心机。”

两人当即下楼，去往鲁鸿儒的房间，然而敲响房门，却无人回应。两人又去了贵叔的房间，想问问贵叔是否知道鲁鸿儒去了何处，然而贵叔也不在。

“这么早，怎么人都不在？”易希川暗暗奇怪，“我天还没亮就出了门，没见到鲁前辈和贵叔出去，那他们会去哪里？”

两人当即分头寻找，易希川寻找了住楼和偏厅，不见人影。与此同时，双鱼则去往演厅寻找。

双鱼来到演厅门口，只见厅门紧闭，一把铁锁挂在门上。演厅里的舞台和后台，设置了一些不能被外人看到的幻戏机关，也放置了不少幻戏道具，所以每场驻台演出结束后，都会关闭演厅，锁上厅门，以免闲杂人等入内，等到下一次彩排或演出时，才会再次打开厅门。双鱼看了一眼铁锁，心想厅门从外面上了锁，自然不会有人在里面，于是打算离开，去别处寻找。但她刚准备转身，却一下子愣住了。她凑近细看，原来铁锁只是挂在门上，锁头并没有扣住，竟是打开了的。

双鱼记得非常清楚，昨晚驻台演出结束后，当杂工打扫完了演厅里的卫生，贵叔便用铁锁锁上了演厅的厅门。铁锁的钥匙只有两把，分别掌管在鲁鸿儒和贵叔的手中，此时铁锁已经打开，显然是鲁鸿儒或贵叔所为。“看来我找对了地方。”双鱼暗暗心想，伸手推开厅门，走了进去。

演厅内没有亮灯，一片昏黑。双鱼放眼望去，隐约可见整个观众席空空荡荡，并无人影。于是她登上舞台，绕到幕布背后，推开了后台的门，然而后台里面黑乎乎的，寂无声息，同样空无一人。

“原来鲁前辈不在演厅，看来多半是有事外出了，只有等他回来后，再作商议了。”双鱼这样想着，打算回住楼那边找易希川。

她拉上了后台的门，走下舞台，来到演厅的厅门前，正打算走出去，却忽然听见后台方向传出一声咳嗽。

双鱼立即回头，满脸皆是惊诧。她刚刚才看过后台，那里面明明空无一人，为何转眼之间，就有咳嗽声传出，而且像极了鲁鸿儒的咳嗽声？

刹那之间，不知道为什么，双鱼的后背竟一阵发寒。

咳嗽声又响了几下，双鱼几乎可以肯定是鲁鸿儒的声音，而且咳嗽声越来越清晰，似乎鲁鸿儒本人正从后台往外走。双鱼张开了嘴巴，正打算叫一声“鲁前辈”，然而话到嘴边，却猛地住了口。她心中总觉得有些蹊跷，于是轻轻掩好厅门，迅速地躲进观众席的中段，蹲了下来，藏身在一排座椅的背后。

双鱼暗暗心想：“后台明明没人，却突然有鲁前辈的咳嗽声传出，此事颇为古怪。我刚才只是打开门看了一眼，并没有进后台去寻找，只怕鲁前辈是身在瞧不见的暗处。后台瞧不见的地方，只有通往舞台底部的那条暗道，想必当时鲁前辈就在暗道之中。可是这么一大早，鲁前辈到舞台底下的暗道里去做什么呢？”她越想越觉得奇怪，于是稍稍抬头，透过两个座椅之间的缝隙，朝舞台方向偷偷窥望。

只见一道人影从幕布后面走了出来。那人手持一只手电，往身后照明，竟是贵叔。继贵叔之后，幕布背后很快又走出来两人，一人正是鲁鸿儒，另一人却是蒋白丁。

三个人一言不发，默然走下舞台，来到厅门前，其间鲁鸿儒用手帕捂嘴，又咳嗽了两声，正是双鱼方才听见的咳嗽声。

贵叔正要拉开厅门，鲁鸿儒忽地拦住了他，抬手指了一下厅门，原来厅门没有关严，开着一道缝隙。贵叔低声说道："怕是我进来时太过匆忙，没有关得严实。"

鲁鸿儒低声说道："把照明灯打开。"

贵叔走向一旁的电灯开光，将照明用的电灯全部打开了，演厅内顿时一片通明。双鱼急忙缩回头来，不敢再探头窥望。

鲁鸿儒环眼一望，整个演厅空空荡荡，不见任何人影。

蒋白丁忽然说道："哥，你就是疑心病太重了，还怕有人溜进来了不成？"

"白丁，说话别这么大声。"鲁鸿儒微微皱起了眉头。

蒋白丁打了个长长的哈欠，声音仍然不知收敛，说道："一宿没有睡了，我可要回大世界困觉去了。下次再有这种事，你就别叫我了，对付这种老顽固，什么招都没用。"说着拉开厅门，大摇大摆地走了出去。

鲁鸿儒对贵叔说道："下次你就别进来了，把门锁好，回房休息，等天亮之时再来给我开门就行了。"

贵叔点头应道："是，老爷，我记下了。"

鲁鸿儒咳嗽了两声，缓步走出了厅门。

贵叔关掉电灯，拉拢厅门，锁好铁锁，也跟着离开了。

黑暗之中，双鱼藏在座椅背后，一动也不敢动，心中满是惊疑。等了片刻，确定鲁鸿儒、蒋白丁和贵叔是真的离开了，她才小心翼翼地站起身来。她不知道蒋白丁说的那些话是什么意思，只是听起来他们三人似乎在这后台里面待了一宿，至于他们待在后台干什么，她自然一无所知。

她想起蒋白丁对鲁鸿儒说的那句话："哥，你就是疑心病太重了，还怕有人溜进来了不成？"这句话里，多多少少透着见不得人的意思，似乎他们三人去后台这件事，不希望被任何外人知道。

双鱼走到厅门前，将耳朵贴在门上，听了听外面的动静。确定外面毫无声响后，她才伸手去拉门。然而厅门竟从外面上了锁，根本无法打开。她放弃了开门，往演厅里环眼一望，并没有其他出口。她忽然心头一动："他们三人是从后台出来的，反正眼下出不去，我何不去一趟后台，看看他们到底在搞什么鬼？"

这个念头一冒出来，双鱼立刻走上舞台，转进幕布背后，推开了后台的门。

双鱼怕鲁鸿儒或贵叔去而复返，因此没有打开电灯，从梳妆台上取来一只烛台，用火柴点燃了，用来照明。她擎着烛台，走到后台的角落里，拉开了一扇小小的木门。木门内是一条暗道，斜通向下，直抵舞台的正下方。

任何一家戏苑和剧院，舞台底下都会修建这样一条暗道，用于表演幻戏中的遁术，这在中国幻戏界和欧美魔术界，几乎是人人皆知的规则。之前易希川和维克多暗中较量，曾各自变过"入壶舞"幻戏和双箱魔术，都用到了舞台底下的暗道。双鱼来万国千彩大剧院已有一个月的时间，在易希川彩排的时候，她曾经多次来过这条暗道，并没有发现任何异常。此时她再次踏入这条暗道，从头到尾极为仔细地寻找了一遍，仍是没有任何发现。

"这条暗道只有十几丈长，什么东西也没有，鲁前辈他们不大可能在这里待上一宿。"双鱼退出暗道，环顾整个后台，暗暗揣测起来，"说不定这里还有其他机关……"

于是她开始在后台搜寻起来。

双鱼搜寻得十分仔细。她拉开了梳妆台下的每一个柜子，检查了每一块地板，敲打了每一寸墙壁，仍是毫无发现。她暗自奇怪，转头瞧了一眼梳妆台上的镜子，正巧看见了镜子中一脸疑惑的自己。

“镜子！”她忽然心头一动，急忙把身子一转，对准了门口右侧的一面大镜子。这面大镜子用于表演者登台之前，对照镜子检查自己全身的装扮是否齐整。但寻常的大镜子，是以木脚支撑，靠墙壁而立，但这面大镜子却有些特别，没有使用木脚支撑，而是整个嵌进了墙壁之中。寻常的大镜子，若是不小心打碎了，直接重买一块新的即可，但这种嵌在墙壁里的大镜子一旦打碎，想要买到一块形状和大小一模一样的镜子重新嵌入墙壁，却是极为困难的事情。

双鱼这些年去过不少戏苑剧院，还是头一回见到嵌入墙壁的镜子。她初次看到这面大镜子时，觉得很是新奇，但此时再看，却总觉得有些怪异。

她擎着烛台挨近，仔细地观察这面大镜子。大镜子四四方方，周围镶嵌了一圈铜镜框，再整体嵌入墙壁之中。在铜镜框的四个角上，各有一个铜楔子从墙壁中伸出来，将铜镜框固定住。双鱼先是伸手摸了摸铜镜框，没有发现什么异样，又摸了摸左下角的铜楔子。她的手指略微用劲，铜楔子竟一下子被按进了墙壁之中。她又试了另外三个铜楔子，发现左上角的铜楔子也可以缩入墙壁，右侧的两个铜楔子则固定死了，纹丝不动。

左侧的两个铜楔子可以按进墙壁，右侧的两个铜楔子却固定死了，这和门的道理是一样的，一侧保持活动，另一侧则固定不动。

双鱼顿时意识到了什么。

她扣住铜镜框的左侧边缘，用力地往外扳，但不起作用。她又试了多种方法，最终按了一下镜面，整个大镜子顿时被按进去了一寸，等到她手上的劲力一松，大镜子连带着铜镜框，顿时反弹回来，好似一扇自动门一般，竟自行打开了。

“果然是一道暗门！”双鱼暗暗惊讶，却又隐隐有些兴奋。

镜子暗门打开了，出现在双鱼眼前的，却并不是暗道，而是又一扇门，一扇铜铸的门。

双鱼的视线一下子集中在铜门的右侧，那里开有锁孔。寻常的门，锁孔只有一个，然而这扇铜门的锁孔，却横三纵四地排布，总共有十二个之多。

“十二方锁？”双鱼念头一转，心中大吃一惊。

十二方锁是孔明锁的一种，原本只是益智的木玩，但唐代的民间匠人将它改造成了锁具。这种锁的机簧分为十二块，每一块之间都有齿轮勾连，打开一块便会牵动另一块，必须把十二个锁孔按顺序依次打开，才能将十二方锁完全解除，若是开错了锁孔的顺序，或是打开某个锁孔失败，所有的齿轮便会重置，恢复到最初的模样，必须重头再开一遍。这种锁最适合用来防盗，盗贼要将十二把钥匙全部弄到手，已是极难办到的事，哪怕得到了十二把钥匙，也必须知道锁孔开启的顺序，否则仍是无法将锁打开。但这种锁制造起来极为复杂，需要极高的制锁工艺，一般的锁具匠人根本打造不出来，因此这种锁在民间极为罕见，通常皇家重地。才会用它来防盗。十二方锁还不是孔明锁中最复杂的锁具，更复杂的还有十八插钩锁和二十四连环锁，最为复杂的则是三十六阎罗天王锁。

双鱼之所以知道十二方锁，是因为牧章桐曾给弟子们讲述过孔明锁的来历。牧章桐虽是变彩戏法的幻戏师，但一生修文练武，不仅武功高强，而且博览群书，见识广博，正因为他将很大一部分时间花在了与幻戏不相干的文武修为上，他的彩戏法技艺才算不上绝顶，比卢重阳和罗盖穹等人差了一截，甚至连易希川也比不上。但牧章桐在教导弟子们习练彩戏法的同时，偶尔也会讲一些江湖轶事和民间趣闻，丰富弟子们的见识，孔明锁的来历便是从他口中讲出，双鱼从此便记在了心里。

双鱼虽然没有亲眼见过十二方锁是什么模样，但此时看见十二个锁孔，便猜到这是孔明锁中的十二方锁。

“鲁鸿儒他们三人，极有可能是在这扇铜门背后待了一宿，只是不知这扇铜门背后到底有什么。”双鱼试了几下，铜门浇筑牢固，纹丝不动，想来只有得到十二把钥匙，并且知道锁孔的开启顺序，才能将这扇铜门打开。她虽然不知道铜门后面有什么，但十二方锁如此罕见，竟出现在万国千彩大剧院的后台，想必被锁在铜门后面的东西，定是极为贵重之物。

双鱼忽然想起蒋白丁离开演厅之前，曾提到了对付什么老顽固。“老顽固？”她暗暗心想，“莫非这扇铜门背后，不是藏了什么东西，而是关着什么人？”想到这里，她不禁一阵惊骇。

“不管是藏了什么东西，还是关了什么人，总之是见不得人的事情。师哥对鲁鸿儒极为信任，我必须赶紧出去，把这件事告诉师哥才行。”双鱼这么一想，立即关上镜子暗门，将按进去的铜楔子扯出来，再将烛台熄灭，放回梳妆台上。在将一切还原之后，她又检查了一遍，确定没有留下任何马脚，这才关上后台的门，回到演厅之中。

她在演厅里走了一圈，除了厅门之外，再没有别的出口。通常来讲，戏苑和剧院的演厅，会有多个出口，像巴黎魔术馆的演厅，便有三个出口，分别开在一层观众席的左右两侧，以及二层观众席的后侧，一旦发生紧急情况，可以尽快疏散观众。但万国千彩大剧院的演厅，不仅只有厅门这一个出口，连换气的气窗，都开在数丈高的高处。气窗一共有数十个，排成了三排，但每个气窗只有碗口大小，哪怕是身形瘦小的孩童，也无法从中钻过去。其实万国千彩大剧院的演厅最初并不是这样。万国千彩大剧院以前叫刘家戏苑，二十年前被鲁鸿儒买下之后，不仅将戏苑更了名，还对演厅进行了改建，更换了气窗，又将两个出口改成了如今的一个出口。

“这么大的演厅，却只有一扇门，看来这里面的确藏有不可告人的秘密。”双鱼环望整个演厅，心中暗暗想道。

作为唯一的出口，厅门早已从外面上了锁，双鱼被困在演厅之中，无法离开。她不会傻到大声呼喊外面的人，因为钥匙在鲁鸿儒和贵叔的手上，无论是谁在外面听见了，哪怕是易希川听见了，也必须告知鲁鸿儒或贵叔，才能拿来钥匙打开厅门放她出去。可这样一来，她偷偷溜入演厅一事，就会被鲁鸿儒和贵叔知道。为今之计，只有耐着性子等待，等到下次彩排或驻台演出，当厅门再次打开时，她才有机会溜出去。

双鱼在先前藏匿过的那排座椅上坐了下来，一边揣测那道被十二方锁锁住的铜门背后到底有什么，一边耐心地等待。

她没有等多久，就听见演厅外传来了易希川的声音。她长时间没有回去，易希川担心她出事，于是四处寻她，一声又一声地喊着“师妹”。

双鱼急忙起身，来到厅门前。她怕易希川的身边还有别人，于是趴在地上，从最底下的门缝往外望，望见门外有且只有一双脚经过。她知道门外只有易希川一个人，因此便低声叫道：“师哥。”声音透过门缝，传了出去。

易希川听到了声音，转头望着厅门，语气一扬：“师妹？”

“师哥，”双鱼低声说道，“我在演厅里。”

易希川急忙奔到厅门前，发现厅门已经上锁，说道：“你怎么被锁在里面了？我这就去找贵叔拿钥匙，你等着。”说着便要离开。

“师哥，你回来！”双鱼急忙叫住了易希川，问道，“没人跟着你来吧？”

“只有我一个人。”易希川应道。

“那就好。”双鱼说道，“我被锁在演厅里这件事，你就当没有发生过，更别去找鲁鸿儒和贵叔拿钥匙。别人若是问起我，你就说我在上海还有亲戚，一早就出去找亲戚了。”

易希川大为不解，问道：“这是为什么？”

双鱼说道：“我一时之间没法跟你解释清楚。总之我在演厅一事，只能你一人知道，对外人绝不能提起，尤其不能让鲁鸿儒和贵叔知道。”

易希川更加疑惑，再一次追问原因。

双鱼有些急了，说道：“你别再问了，只管按我说的做便是。等到你下午彩排之时，演厅的门就会打开，你进来后别找我，也别让任何人知道我在里面，到时候我会趁所有人不注意时，悄悄地溜出去。你赶紧离开这里，别再来这里找我。”

双鱼既然一再这么要求，易希川虽然满脑子疑问，却也不再多问。他知道双鱼这么做，自有她的道理。他低声说道：“好，等中午一过我就来彩排。我会把所有人引去后台，到时候你找机会悄悄开溜。”

“太好了，师哥。”双鱼喜道，“你快走吧。”

易希川不再迟疑，当即快步离开了演厅。

等易希川的脚步声逐渐去远，到最后听不见了，双鱼这才起身，重新回到观众席坐下，继续耐心等待。

就这样，整个上午在双鱼的等待中成了过去。待到中午一过，厅门外响起了成片的脚步声，随即有开锁的声音传来，易希川果然提前来彩排了，随他一同前来彩排的，还有贵叔、金童和几个杂工。

双鱼藏身在一排座椅背后，等到易希川将所有人叫去了后台，她才偷偷起身，趁机溜出了演厅。她没敢回房间，而是悄悄从后门出了万国千彩大剧院。既然说了是出去找亲戚，她自然要装得像一点。她在法租界和公共租界四处转悠，等到了傍晚时分，方才重新回到万国千彩大剧院。

进入万国千彩大剧院后，双鱼有意和贵叔等人打了招呼，打招呼的时候，她故意显露出疲惫之态，以示她外出了一整天，是刚刚才从外面回来。她回到了房间，与易希川碰了头。易希川问起白天的事，她打开门看了看外面，确定没有人，方才小声地讲述了她被锁在演厅里的来龙去脉。

“十二方锁？”易希川奇道，“师父以前讲过这玩意儿，说是稀有至极，帝王家的人才用得起。你会不会弄错了？”

“决计错不了。”双鱼说道，“师哥，鲁鸿儒一定有什么不可告人的秘密，你可不能轻易相信他。”

易希川摇了摇头，说道：“鲁前辈是师父的故交好友，过去这段时间，他对我们帮助极大。他为人善良，贵叔也是好人，便是曾经的对手金童，在其落难之时，他们非但没有落井下石，反而出手相助，足见他们的为人。我不信他们会做什么坏事。”

“师哥！”双鱼顿时蹙起了秀眉。

“你说后台有一道被十二方锁锁起来的铜门，这个我信。我想那铜门背后，多半只是一口存放财物的地窖。有地窖的人家，天底下可多得是。”易希川说道，“若是说那铜门背后有什么见不得人的勾当，这个我是难以相信的。师妹，鲁前辈当真是一个好人，你就别胡思乱想了。”

双鱼说道：“师哥，我知道一时之间难以说服你，但不管怎样，你一定要多留个心眼。罗盖穹一代宗师，人前有模有样，不也是个卑鄙小人吗？你得到了龙图，又有‘神仙索’幻戏在身，难保他人不打你的主意。”

易希川想了想，说道：“你说的是，我以后会留有戒心，多加提防的。”他顿了一下，又说，“对了，师妹，我已经拿万国魔术大赛的事问过鲁前辈，他说贝特朗只是一个成天想着赚钱的商人，以骷髅傀儡为奖品，无非是想吸引更多的幻戏师前来参赛。他还说，贝特朗应该是看到我驻台演出以来，令万国千彩大剧院声势大噪，这才想出了举办万国魔术大赛这一招，要把风头给抢过去。”

双鱼听到易希川仍然口称鲁鸿儒为“鲁前辈”，在转述鲁鸿儒分析贝特朗的那些话时，更是一脸的深以为然，心里不禁一凉，想道：“你答应说要留有戒心，多加提防，看来也只是随口敷衍我。师哥啊师哥，你在罗盖穹那里吃了这么大的教训，怎么还不知警醒？”

易希川不知道双鱼心中所想，继续往下说道：“鲁前辈还说了，万国魔术大赛一旦举办，各国厉害的魔术师同台对决，我的驻台演出势必会被压下去，所以他让我驻台演出之时，也抽出时间去参加比赛，一来可以和各国魔术高手切磋较量，这是极为难得的机遇；二来赢回骷髅傀儡，不让圣物落入洋人之手；三来我可迅速扬名，比起一场又一场驻台演出慢慢积累名声，直接赢下世界冠军的头衔，那可要快得多了。师妹，一旦我摘下桂冠，十根金条可以用来租下一间颇具规模的场馆，开派收徒想必也会从者如流，重振师门便指日可待了。”说到这里，他双目熠熠，流光溢彩。

双鱼看着易希川的模样，竟觉得有些陌生，心里想道：“以前在桐城时，师哥极少登台表演，常常一个人闷头钻研幻戏，一向将名声看得极淡，只是个痴迷幻戏的普通人。如今他战胜了斋藤骏，然后又是一个月的驻台演出，时刻被众人夸赞追捧，身边从不缺少掌声和喝彩，倒将他变了个人似的。他竟会将名声看得如此之重，心气也变得如此之高。”

想到这里，双鱼开口说道：“师哥，万国魔术大赛必定高手云集，摘下桂冠谈何容易？你参赛可以，但不能小瞧了各国高手，多几分谨慎，总没有坏处。”

易希川应道：“你说的是，我知道了。”转头看了一眼窗外的天色，“天快黑尽了，维克多的表演就快开始了，我倒要看看他怎么破我的‘死灰术’幻戏，又会给我出一道怎样的难题。师妹，我们收拾收拾，这就过去吧。”

双鱼点了点头，心里却暗暗叹了口气。

两人简单乔装打扮了一番，再一次来到了巴黎魔术馆。

作为“左道三十六术”之一的“死灰术”，是用浸泡过盐卤后再晒干的棉线来悬挂物品，然后点火燃烧棉线，变成灰烬的棉线却不断开，物品仍旧悬挂在下面并不掉落。除了棉线之外，还可以用浸泡过盐卤的纸张、干草等物来变这个幻戏。易希川出的这道题目，没有难倒维克多。维克多用棉线穿起一串钢珠，燃尽棉线后，钢珠没有散落，仍旧串在一起。只不过维克多破解了“死灰术”后，没有再表演新的魔术来与易希川较量，而是向观众谢礼，直接退场，改由美国魔术师韦恩登台献艺，表演了几个大型的道具魔术。

现场观众大都觉得奇怪，维克多和易希川的较量还没有分出胜负，维克多怎么就退场了？人人心中都在期盼，韦恩的魔术表演只是一段插曲，维克多还会再次登台演出。

然而事与愿违，韦恩表演完魔术之后，登上舞台的却是巴黎魔术馆的老板贝特朗。贝特朗当众宣布了巴黎魔术馆即将举办万国魔术大赛的消息，详细介绍了比赛规则，将未来的一个月定为大赛的报名时间，有意参赛的魔术师均可到巴黎魔术馆进行报名。他宣称已有二十多位来自世界各地的魔术师报名参赛，所以在未来一个月的报名期间，比赛也将同时展开。

衣着艳丽的伊莎贝拉随即登台，进行首场比赛的抽签仪式。她身材高挑，曲线婀娜，竟引得不少观众欢呼叫好，一些好事者甚至嘬指入嘴，吹起了口哨。她理了理颈侧的几根发丝，一笑置之，当场从签箱之中抽选出了“接子弹”的魔术题目，又从另一只签箱中抽选出了两位进行对决的魔术师，分别是来自美国的魔术师“神手”斯莱迪尼和来自英国的光头魔术师汉斯。贝特朗当场宣布，首场比赛将在明晚进行，欢迎各位观众到场观看。

现场观众这时才明白过来，维克多和易希川持续了整整一个月的较量，原来就这样不分胜负，以不了了之而收场。虽然多少有些遗憾，但因为规模更为宏大的万国魔术大赛的举办，以及即将在明晚进行的首场比赛，绝大多数观众仍是满怀期待。

易希川知道万国魔术大赛很快就将举行，但没有料到竟会来得这么快。贝特朗出手快如闪电，丝毫不给万国千彩大剧院做出反应的机会，直接将首场比赛定在了明天，而且按照宣布的比赛规则，每场比赛结束之时，将现场进行下一场比赛的抽签，给两位被选中的魔术师一天的准备时间，次日便进行下一场比赛。也就是说，往后的每天晚上，巴黎魔术馆都会有万国魔术大赛的比赛，当真是不给万国千彩大剧院留下任何回旋的余地，连一丝喘息的机会也没有。

易希川很清楚，他和维克多的暗中较量自此将告一段落。他已经决定了要报名参加万国魔术大赛，未来两人之间若是再进行角逐，极有可能会出现在接下来的万国魔术大赛当中。倘若真有那么一天，那将不再是你来我往的挑衅和暗中较量，而是真正意义上一场定胜负的对决。

第八章 变容

万国魔术大赛的首场比赛，题目是“接子弹”，这是在欧洲流行了将近四百年的一种古老魔术。这个魔术的表演过程，通常是魔术师将一颗子弹交给现场观众检查，然后在子弹上做上记号并压进枪膛，再由一名助手或者观众拿起枪，直接瞄准魔术师开枪射击，魔术师会用手接住子弹，甚至用牙齿叼住子弹。完成表演后，魔术师将接住的这颗带记号的子弹交给观众验明正身，以示绝对没有弄虚作假。

然而子弹的速度奇快无比，威力强劲至极，根本不可能用手接住，更别说用牙齿叼住了。表演这个魔术，有多种方法可以做到，如果让助手配合，可以让助手开枪时故意射偏，如果让现场观众配合，则可以用面粉或肥皂做成的假子弹，这种假子弹一旦受到压力，即会通体粉碎，一经射出便立刻自行散掉，不会对魔术师造成任何伤害。除此之外，还可以在子弹放入枪膛后，用一根中空的铁棍插入枪膛，假装将子弹填塞紧实，实则将子弹挤入铁棍的空管之中，再抽出铁棍，将子弹带出枪膛，如此一来，枪膛中没有子弹，开枪之时自然不会对魔术师造成伤害。至于那颗做了记号的真子弹，魔术师会用极快的手法进行调包，将它夹藏在手中或嘴里，等到枪响之后，再从手中或嘴里展示出来。

尽管如此，“接子弹”仍是极为危险的魔术，没有哪个魔术师敢保证助手就一定能在开枪时射偏，也不敢保证观众不会偷偷放一颗真子弹、硬币或纽扣在枪膛之中，因此在过去将近四百年的时间里，有多位魔术师曾在表演这一魔术时出现失误，并为此葬送了性命，比如波兰魔术师德林斯基、法国魔术师爱波斯坦和“黑巫师”萨特尔等人，连那个身为美国人却假扮成中国幻戏师的程连苏，也是在表演这个魔术时被子弹射中胸膛而死。

“接子弹”魔术在欧洲极为流行，在美国也较为常见，但从未在中国出现过。因此斯莱迪尼和汉斯以这一题目进行对决的首场比赛，一下子吸引了众多观众来到巴黎魔术馆观战，不仅观众席全部满座，连过道都站满了人。

比赛的最终结果，是斯莱迪尼用双手和嘴巴接住了三颗子弹，汉斯却只用双手接住了一颗子弹。斯莱迪尼极为张扬，不等五位评委宣布胜负结果，便直接在舞台前沿来回走动，高举双手，大肆庆祝，仿佛已是必胜无疑。随后五位评委给出的结果，果然是一致判定斯莱迪尼胜出，斯莱迪尼就此晋级第二轮。

易希川和双鱼也在这一天到巴黎魔术馆一起报了名，正式参加了万国魔术大赛。但首场比赛结束后的抽签仪式上，写有两人名字的纸球都没有被伊莎贝拉抽中，被抽中的魔术师是维克多和埃及巫师德迪。次日举行的第二场比赛围绕斩头魔术展开，德迪斩掉鹅头再使之复原，还原了在埃及流传了四千多年的古老巫术，维克多却是斩掉自己的头颅，再将头颅安回脖子之上，令自己死而复活。最终维克多技高一筹，获得了胜利，晋级下一轮比赛。

易希川和双鱼的名字，在接下来的五场比赛里，始终没有被抽中，直到又一场比赛结束后，双鱼的名字终于被伊莎贝拉从签箱之中抽出。

当现场司仪用汉语念出双鱼的名字时，易希川和双鱼长出了一口气，随即相视一笑。双鱼从来没有参加过这种大赛，笑容中带着一丝紧张。易希川却笑得有些顽皮，说道："接下来若是抽中我，那可就有意思了。"

伊莎贝拉很快抽出了双鱼的对手，当司仪用汉语宣读名字时，易希川脸上的笑容顿时僵住了。

"秋本久美子——来自日本的女子魔术师，最年轻的日本幻术大赛冠军获得者！"

这句话振聋发聩，长时间震荡在易希川的耳中。他压根不知道秋本久美子也报名参赛了。他下意识地站起身来，左右顾盼，却不见秋本久美子人在何处。

双鱼说道："师哥，想不到我的对手居然是个日本人，这场比赛我可不能输。"说话之时，她秀眉之间英气显露，心中已开始琢磨起明晚比赛的魔术题目——变容。

易希川没有看见秋本久美子，暗暗心想："看来她并没有到现场来。抽签结果会在明天的报纸上刊登，她即便在国术馆，也自然是能看到的。只是不知道她什么时候来巴黎魔术馆报了名。万国千彩大剧院离巴黎魔术馆这么近，她却没来找我。"想到这里，不禁有些黯然神伤。

易希川当然不会知道，秋本久美子其实并没有亲自来巴黎魔术馆报名，而是斋藤骏安排了一个日本武士前来替她报了名。

得知万国魔术大赛即将举办的消息时，斋藤骏原本对这次大赛并不在意，但在得知大赛的奖品有骷髅傀儡后，他立刻改变了想法。骷髅傀儡和龙图一样，也是中国幻戏界的圣物，斋藤骏已经有云机诀在手，若是能得到骷髅傀儡和龙图，集齐三大圣物，云机社无论隐藏得多深，势必会露面。但他被徐傀儡伤得太重，休养了一个月仍未痊愈，参加不了这次大赛，即便强行参赛，受制于手脚皆伤的情况，恐怕也难敌各路高手。

他思来想去，最终决定让秋本久美子前去参赛。秋本久美子深得他的真传，不仅学会了他的各种幻术，还从他那里学会了秋家的“画骨术”，那是当年秋娘私下里教会他的。秋本久美子已在去年获得日本幻术大赛的冠军，他相信以秋本久美子的实力，足以击败各国高手，问鼎万国魔术大赛的冠军，赢下骷髅傀儡。

秋本久美子一直被软禁在上海国术馆内，一个多月没能外出一步。她无比思念易希川，不求朝夕相伴，便是能见上一面，也成了一种难以企及的奢望。以她的性子，绝不会主动参加万国魔术大赛，连去年的日本幻术大赛，也是斋藤骏逼她参加的。但一想到参赛就能离开上海国术馆，去往离易希川咫尺之隔的巴黎魔术馆，甚至有可能在比赛现场见到易希川，她立刻便答应了。她主动向斋藤骏提出，希望能亲自去巴黎魔术馆报名，但斋藤骏一眼便看穿了她的心思，拒绝了她的要求，让一个日本武士去巴黎魔术馆替她报了名。

“别说报名，就算是参加比赛，我也会亲自去现场，时刻看着你。久美子，你和那个支那小子，不会有任何可能。”斋藤骏断然说道。

秋本久美子心中难过，却默默心想：“我不求别的，只要能够见到他，我就心满意足了。”

报名之后，秋本久美子每天都在等候报纸上的消息，希望能早点看到自己的名字出现在报纸之上。

终于，她的名字出现在了新闻报道之中。她看到魔术题目是变容，立刻开始思索该在比赛中表演怎样的幻术。她对胜负极其在意，因为只有获得胜利，她才能参加第二轮的比赛，才能有更多见到易希川的机会。她花了整个白天来准备晚上的比赛，然后在镜子前面坐下，仔细地梳妆打扮起来。她以前极少这么打扮自己，但女为悦己者容，时隔一个多月，终于有机会能见到心上人，她自然要打扮得漂亮一些才行。

天快黑时，斋藤骏带上几个日本武士，乘坐轿车，与秋本久美子一同前往巴黎魔术馆。他之所以带上几个日本武士，既是为了帮扶手脚受伤的自己，也是为了保护秋本久美子的安全，更是为了阻止秋本久美子和易希川见面。

来到巴黎魔术馆，秋本久美子走下轿车，第一时间扭过头去，望向街对面的万国千彩大剧院。

“走吧。”随后下车的斋藤骏，忽然用日语说道。

秋本久美子跟随着斋藤骏，在几个日本武士的贴身护卫下，向巴黎魔术馆的大门走去。

巴黎魔术馆内外早已聚集了无数观众，几乎到了人满为患的地步。许多观众正在排队入场，其中绝大多数都是中国人。这是万国魔术大赛开赛以来，第一次有中国幻戏师登台出战，对手恰恰又是一位日本幻术师，值此国难当头之际，作为同胞，许多中国人自发前来为双鱼助威，甚至不乏一些穷苦人，将数月的积蓄掏出，购买站票入场观战。这些中国观众，大都去过外滩观看中日幻戏擂台赛，因此一眼便认出了斋藤骏，纷纷指指点点，窃声议论起来。

斋藤骏脚伤未愈，走路微跛，但他首昂身挺，气度森然，周围人的议论指点，被他视若无物。秋本久美子却低下了头，不敢看四周的人，紧紧地跟在斋藤骏的身后，快步往前走。

巴黎魔术馆早就派人在大门前等候参赛的魔术师，当即将斋藤骏和秋本久美子一行人领入后台。为了这次万国魔术大赛，贝特朗临时搭建了一堵墙，将整个后台一分为二，参赛的两位魔术师各用一边，比赛之前互不照面，以保证双方的赛前准备、临场练习和魔术道具，都不会被对方看到。

秋本久美子进入后台不久，易希川和双鱼便走出万国千彩大剧院，穿过爱多亚路，来到了巴黎魔术馆的大门前。

一看到易希川和双鱼出现，许多中国观众立刻热烈地鼓起了掌，欢呼声此起彼伏。在中日交战的特殊时期，一场中国幻戏师和日本幻术师的对决，自然被赋予了更多的意义。

双鱼虽是女子，却满脸英气，显得极为精神和自信。一旁的易希川，神情却颇为复杂。一个是他心爱的女人，一个是他至亲的师妹，两人即将同台对决，当真令他心情微妙，很不是滋味。

“师哥，你是不是哪里不舒服？”进入巴黎魔术馆后，在走向后台的路上，双鱼忽然问道。

易希川微微一笑，说道：“没有，我好得很。”

双鱼说道：“你不必为我担心，我一定能赢下这场比赛。”她以为易希川神情恍惚，是在担心她的比赛，所以说出这句话时，她心中竟隐隐有一丝喜悦。

易希川看了一眼双鱼抱在手中的一页折叠起来的屏风，那是她即将在今晚比赛中用到的幻戏道具，说道：“你为今晚比赛准备的幻戏，连我都不肯透露，我能不担心吗？”

“我要变的幻戏是个秘密，你若是提前知道，可就没意思了。”双鱼笑容浅露，说道，“你别急，待会儿就能看到了。”

来到后台，双鱼将屏风打开，立在地上，将一些小道具挂在屏风的几个折角上。她忙活之时，易希川的一腔心思却飞到了后台的另一侧。他知道秋本久美子与自己只有一墙之隔。他很想走出去，绕到后台的另一侧去看看，但想到今晚是陪双鱼前来比赛，终究还是忍住了。他帮双鱼把屏风抬到舞台的幕布后放好，然后退到舞台的角落里，耐心地等待司仪宣布比赛开始。

在昨晚的抽签仪式上，双鱼的名字比秋本久美子先一步抽出，所以按照抽签顺序，双鱼将率先登台表演。

当司仪宣布比赛开始，幕布缓缓拉升，灯光直射而下，一页屏风出现在了舞台之上。屏风上彩墨勾连，绘有一幅溪云初起、双鱼戏水的山水图画。忽然之间，图画中的两条鱼竟然动了，从溪水中一跃而起，消失在了水面上的云雾之中。就在全场观众惊讶之时，舞台上黑影晃动，身穿黑衣、面戴黑色脸谱的双鱼从屏风背后转了出来，出现在了舞台之上。

现场观众知道双鱼是一位女幻戏师，而且在双鱼进入巴黎魔术馆时，不少观众曾亲眼见到过她，知道她容貌姣好，然而她这般穿着打扮出场，着实出人意料，尤其是她脸上的那张黑色脸谱，绘着黑面獠牙，凶恶可怖。这场比赛的题目是变容，一些对幻戏有所了解的观众，眼见双鱼面戴脸谱，不禁猜测双鱼是不是要表演川剧中的变脸幻戏。

双鱼在舞台上游走了一圈，右手忽然从腰间抹过，手中多了一把撑开的黑色纸伞。她将黑色纸伞举在身前，旋转了几下，只见伞面猛然一抖，原本黑色的纸伞，刹那间变成了白色。不仅纸伞突然变了颜色，她脸上的黑脸谱也变成了白脸谱，连她身上的黑色衣服，也变成了一套白色衣服。电光火石之间，伞、脸、衣三者齐变，惊得全场观众一阵惊呼。许多洋人从未见过这种戏法，不禁双手抱头，脸上写满了难以置信，连评委席上除了张慧冲之外的四位洋人评委，也全都流露出了惊讶之色。

变脸、变伞和变衣合而为一，组成了一套名叫“巴蜀三变”的幻戏，乃是川剧变脸幻戏的最高境界。寻常的川剧幻戏师，通常只会变脸，能表演“巴蜀三变”者，少之又少。双鱼的这套幻戏一使出来，后续变化便源源不断，手中的纸伞瞬间又从白色变成了红色，脸谱和衣服也在刹那间变成了红色。红色之后，紧接着便是绿色、黄色、蓝色、褐色和紫色，每一次变化，都会引来全场观众的一阵惊呼。

易希川站在舞台的角落里，躲在收拢的幕布后面，看着双鱼的一次次变化，也不禁暗暗惊叹。他与双鱼从小一块儿长大，竟不知道她何时学会了“巴蜀三变”。这套幻戏原理简单，变脸是一层层地扯掉脸谱，变伞是从伞顶的小洞之中一层层地扯走带有颜色的伞面，变衣也是一层层地扯走衣服表面带有颜色的布料，扯走三者的丝线要么藏在左手衣袖之中，要么藏在后背之上，表演之时只需将左手背在身后，暗中一扯，变化即生。原理虽然简单，却鲜有人知晓，而且这套幻戏表演出来，效果极为震撼，自然引得全场惊叫连连。

等到全身变成了紫色，双鱼的“巴蜀三变”便结束了。“巴蜀三变”的巅峰是九次变色，叫作“九变化身”，双鱼虽然总共只有七次变色，未至巅峰，却已足够惊艳全场。

“巴蜀三变”虽然结束了，但双鱼今晚的表演却才刚刚开始。

她将紫色纸伞收拢，轻轻地挂在屏风上，身子忽然往右侧一转，藏到了屏风背后。眨眼之间，她又从屏风的左侧走了出来，脸上的紫色脸谱已经消失，露出了原本的容貌，身上的紫色衣服也不见了，取而代之的是一件天蓝色的斜襟衫。

在一阵掌声之中，双鱼伸出右手，掌心朝下，以示掌中空无一物，忽然间她手腕扭动，翻转朝上的掌心之中，已多了一块天蓝色的绢丝手帕。她将左手摊开，手中同样空无一物，然后将手帕覆盖在左手之上，又立马揭开，左手中已多了一把精致小巧的红木梳子。她拿起红木梳子，微微侧过身子，在全场观众的注视之下，轻轻地梳起了头发，好似大家闺秀清晨梳妆一般，显得端庄而又秀美。

双鱼的这一手变化，乃是小型的彩戏法，以手帕代替红布，在一掌之内出彩，最适合女子进行表演。她梳了几下头发，将红木梳子放在左手掌心，覆盖手帕并再次揭开，红木梳子便不见了踪影，变成了一朵小小的红花。她将红花送到鼻前，轻嗅花香，微微一笑，然后将红花插在发间，原本的端庄秀美，顿时平添了一分娇俏。

看到这里，许多观众仍不明白双鱼要变什么幻戏，但站在舞台角落里的易希川，却明白了过来。他面带微笑，心中想道："师妹这是要变着彩戏法来为自己梳妆打扮，如此变容，当真是让人耳目一新。"

双鱼款款抬起左手，抚摸发间的红花，轻轻摘下了一片花瓣。她将花瓣拈在指尖，纤细的手指微微一错，花瓣顿时一分为二，由一片变成了两片。她将两片花瓣放在手帕上，轻轻地包裹起来，等到再次展开手帕时，两片花瓣已经变成了两朵红花。她将两朵红花插在鞋尖上，原本普普通通的布鞋，顿时变成了一双绣花鞋。

那张绢丝手帕如同拥有魔力一般，在双鱼的手上一过，立刻多了一对精美别致的鱼饰耳坠。她将鱼饰耳坠戴在耳垂上，便如两条小鱼贴着侧脸游弋，双鱼双鱼，当真是人如其名。随后手帕再一次揭起，她的手中已多了一片鲜红色的胭脂纸。她拿起胭脂纸，轻轻含在唇间，双唇微微一抿。她面含浅笑，唇红齿白，被明亮的灯光一映，顿时光彩夺目，引得台下惊叹连连。

易希川看到这里，脸上除了微笑，更多了一丝惊讶，心中想着："与师妹相处这么多年，从没认真看过她，原来她竟生得这么好看。先是'巴蜀三变'，又是彩戏法变妆，师妹表演得这么好，久美子要想在变容这个题目上胜过师妹，只怕也不容易。"一想到秋本久美子，他嘴角的微笑便立刻消失了。

双鱼的幻戏还在继续，又从手帕里变出一只翠玉手镯，戴在了手腕上，接着又用手帕变出一条鱼纹玉坠项链，挂在了胸前，最后变出一把绘有游鱼图案的团扇，遮住了半侧容颜，显露出了闺阁少女娇羞的一面。

这时双鱼缓缓转动屏风，将屏风的背面转到了正前方，只见整页屏风以红色打底，绘有大红花轿的图案。她走入屏风背后，忽然又露出半边身子来，花容带笑，显得颇为俏皮。正当全场观众发出笑声之时，她忽地收回身子，整个人藏到了屏风背后，随即又从屏风的另一侧现身。演厅里的笑声顿时变成了潮水般的惊叹声，只见眨眼之前还是身穿天蓝色斜襟衫的双鱼，此时已然凤冠霞帔，一身新娘子的穿着打扮。她拿起手中那块天蓝色的绢丝手帕，轻轻一抖，天蓝色幻化成了大红色，竟变成了一块红盖头。她将红盖头盖在了凤冠上，遮住了自己的容颜。灯光就此变暗，双鱼的幻戏至此结束。

双鱼表演的幻戏虽然原理简单，但切题至极，效果极佳。表演刚一结束，全场观众无论是中国人还是洋人，都自发起立为她鼓掌喝彩；五位评委一边点头鼓掌，一边小声交流；一些参赛的魔术师也来到现场观战，同样为之惊叹。现场的所有人，都被双鱼的精彩幻戏给震撼了。

趁着灯光暗淡下来，易希川走上舞台，冲双鱼咧嘴一笑，竖起了大拇指。两人把屏风折叠起来，将所有道具收捡好了，一并搬离舞台，放到了后台。双鱼将凤冠霞帔脱下，露出了穿在里面的天蓝色斜襟衫。她和易希川一起走出后台，重新来到幕布遮掩的舞台角落，等着观看秋本久美子的表演。

尽管自己的表演惊艳了全场，但双鱼听说秋本久美子是斋藤骏的传人，又是最年轻的日本幻术大赛冠军获得者，心中不禁暗觉紧张。站在双鱼身边的易希川同样心情忐忑，只不过不是因为担心比赛的胜负，而是因为很快就能见到秋本久美子了。

“来了。”双鱼忽然低声说了一句。

在舞台对侧的幕布背后，斋藤骏率先出场，几个日本武士护着秋本久美子，出现在他的身旁。

隔着一片舞台，易希川和秋本久美子相互望见了对方。易希川顿时露出了笑容，秋本久美子却脸蛋一红，低下了头。斋藤骏对易希川毫不理会，只是冷冷地看了一眼，便低声说道：“久美子，不要分神。”秋本久美子轻轻地“嗯”了一声。

司仪走上舞台，大声宣布接下来将由秋本久美子进行魔术表演。

舞台上的灯光全部熄灭，陷入了一片漆黑。几个日本武士趁机搬起四个支架走上舞台，每个支架上都立有一个灯罩，原来是四盏灯。四盏灯呈口字形摆放在舞台之上，形成了一块三丈见方的空间，在这块空间的正中心，又摆放了一个支架，上面立有一面镜子。除此之外，还有一页纯白色的画屏放在这块空间之中，在画屏的边角上，悬挂了一条薄薄的纱巾和一支洁白干净的紫毫笔。

几个日本武士快步退下，秋本久美子则缓步走上舞台，在放置镜子的支架和画屏之间站定。

秋本久美子双手微抬，忽然之间黑暗驱散，四个支架上的灯同时亮了起来，发出淡黄色的光芒，代替了舞台上的灯光，照亮了站在正中心的她。她身穿粉色和服，轻挽发髻，妆容淡雅，微微低眉垂首，被淡黄色的灯光一映，当真万般纯美，不可方物。

易希川霎时间看入了迷，哪怕秋本久美子不变幻戏，就那么往舞台上一站，他亦是戏不醉人人自醉。双鱼一心关注秋本久美子将要变什么幻戏，丝毫没注意到身旁的易希川此时正怔怔地望着秋本久美子，望得目醉神痴。

四个支架上的灯罩绘有云纹，云纹是镂空的，当灯光亮起后，便有淡淡的青烟从镂空的云纹中缓缓飘出，若有若无地弥漫在舞台上。青烟缭绕之中，秋本久美子从画屏边角上取下紫毫笔，直接在白色的画屏上轻轻作画。紫毫笔干净洁白，没有蘸任何墨水，自然什么也画不出来，画屏上空无一物，保持着一片空白。这时秋本久美子放下紫毫笔，取下那条薄薄的纱巾，覆盖在画屏上，随即揭开纱巾，画屏上赫然多了一朵开得正艳的牡丹，另有一只蝴蝶在牡丹旁边做飞舞状。

现场观众顿时响起了一阵掌声。

秋本久美子伸出纤纤细手，从画屏中的牡丹上轻拂而过，竟将牡丹从画中摘了下来，只剩那只蝴蝶留在画屏上，显得形单影只。现场的掌声顿时止住，取而代之的是一阵惊呼。秋本久美子将牡丹凑近鼻尖，浅浅一嗅，仿佛闻到了醉人的花香，不禁嫣然一笑。她将牡丹放在镜子前，然后将画屏轻轻地一扳，画屏的底部嵌有滑轮，当即原地转动起来。只见转动的画屏之中，一只蝴蝶振翅飞出，围着秋本久美子盘旋飞舞。等到画屏缓缓停下，上面已是纯白一片，什么也没有留下。

秋本久美子抬手轻挥，那只围绕她飞舞的蝴蝶，立刻向台下的观众席飞去。蝴蝶在观众的头顶来回飞动，引得人人抬头仰望。忽然间翅膀一收，那只蝴蝶从空中缓缓坠落，轻飘飘地左飘右摆，最终飘落在了一位观众的肩膀上。周围的观众定睛一看，那只蝴蝶竟不是真的蝴蝶，而是纸做的，刹那之间，惊呼声和掌声此起彼伏地响起。

这时秋本久美子向舞台边角上的司仪轻轻点了一下头。司仪立即大声说道："有请接住纸蝶的这位观众上台！"

那位观众是一个中国女人，年龄看起来在三十左右，浓妆艳抹，一身富家太太打扮。她被灯光照住，顿时尴尬地笑了笑，随即整理了一下鬓角，又摸了摸头上的金饰簪子，生怕自己打扮得不好看似的。她收起手中的折扇，放入提包之中，将提包交给身旁的丈夫看管，随即走出观众席，款步登上舞台。她脚下穿的是高跟鞋，顿时踏得台阶咚咚作响。

秋本久美子并不说话，只是冲那富家太太微微一笑，向画屏的旁边轻轻一抬手，示意她站到画屏的旁边。那富家太太照做了，在画屏旁边站住，面对台下成百上千的观众，更加觉得尴尬，脸上露出了颇为僵硬的笑容。

秋本久美子拿起紫毫笔，在画屏上轻描淡写了一阵，用纱巾轻轻盖住，随即再揭开纱巾，只见原本空无一物的画屏上，竟出现了一幅女子的画像。画像中的女子身姿曼妙，穿着一身艳美的旗袍，斜倚台阶而坐，明眸善睐，顾盼生辉，嘴角浅笑，百媚皆来。

观众席中顿时议论声起，不少人出声叫道："是阮玲玉……"

画像中的女子，正是前些年上海最为著名的女影星阮玲玉，因为情感上的纠葛和打击，她在三年前服药自尽，年仅二十五岁。阮玲玉生前名满天下，在她香消玉殒之后，她的灵车从殡仪馆移往墓地，沿途竟有多达三十万上海市民走上街头，自发为她送葬，甚至有五位影迷，听闻她离世的消息，哀痛之下竟选择了自杀，追随自己的偶像而去。阮玲玉去世三年之后，上海仍有许多市民怀念她，难以忘却她的音容笑貌，此时她的画像一出现在画屏上，顿时被不少观众认了出来。

就在众多观众窃声议论画像中的阮玲玉之时，秋本久美子转动画屏，带起了弥漫在空中的淡淡青烟，顿时烟雾涌动。她挥动纱巾，带起一阵风，将青烟往那台上的富家太太脸上吹送过去，那富家太太的脸顿时被青烟笼罩住了。等到画屏停止转动，上面已是空无一物，阮玲玉的画像消失无踪。就在这时，青烟也迅速四散开去，只见那富家太太的脸已然幻变，成了另外一个人。

“啊！阮……阮玲玉！”

“阮玲玉活了！”

现场许多观众倏地站起身来，惊叫声如滚滚潮水一般，一浪高过一浪。

那富家太太的身形和穿着毫无变化，发型和首饰也一如先前，但她的脸却变成了画像中阮玲玉的模样。那富家太太尚不明白发生了什么事，等到秋本久美子示意她照一下身旁支架上的镜子时，她急忙转过头去，看见了镜子里的自己，这才吓得捂住嘴巴，惊声尖叫起来。

就在所有人万般惊诧之际，秋本久美子又提手落笔，在画屏上描绘了几下。她用纱巾盖住画屏，再揭开时，画屏上又出现了一位女子的画像。

“胡蝶！是胡蝶！”不少观众惊呼起来。

画像中的女子，同样是一位名闻天下的女影星，名叫胡蝶。秋本久美子再次转动画屏，挥动纱巾，带起一阵青烟裹住了那富家太太的脸。画屏上的胡蝶消失了，那富家太太的脸再次发生幻变，由阮玲玉变成了胡蝶。这一次对照镜子时，那富家太太虽然没有再惊叫出声，但脸上仍是写满了难以置信。

此后秋本久美子数次变幻，艾霞、英茵、李绮年等女影星的容貌，相继出现在那富家太太的脸上。这些女影星，个个都是红极一时的美人，可谓倾国倾城，迷倒了万千众生，甚至是现场部分观众心中爱慕的对象，是以每次变幻，都能引来一阵震耳欲聋的惊叹声。那富家太太一开始惊讶万分，到后来照镜子时，脸上的惊讶之色渐渐消失，变作了顾盼含笑。她的笑容不再显得僵硬别扭，反而显得十分自然，也极为自信，神情更是沉醉无比，显然十分享受这样的变幻，更觉得台下的阵阵惊呼，与那些女影星毫无关系，而是全部送给她一个人的。

双鱼作为本场比赛的对手，却因为秋本久美子的表演而惊叹连连。易希川微微张着嘴巴，早已看入了迷。他不知道秋本久美子的幻戏是怎么变的，也压根不去思索，只管心无旁骛地享受这美妙绝伦的时刻。

斋藤骏同样看得心醉神迷，眼角甚至湿润了，隐隐噙着泪水。秋本久美子表演的幻戏，是他亲自所授，正是秋家“画骨术”中的画魂绝学。他看着舞台上的秋本久美子，看着她的举手投足，恍惚之间，仿佛看到了十八年前的秋娘。当年秋娘也是在舞台之上，表演画魂幻戏，在请观众上台之时，纸蝶落在了他的身上。他登上舞台后，秋娘轻轻地抚摸他的脸，说他的前世是一位英俊潇洒的书生，并在画屏上绘出了书生的容貌，随即变幻到了他的脸上。两人就此结识，也就此结下了一段不解之缘。往事历历，如在眼前，斋藤骏回忆起秋娘，不禁黯然神伤，抬起衣袖，轻轻地擦拭了一下眼角。

秋本久美子在画屏上落笔，画出了那富家太太原本的容貌。只见画屏翻转，青烟掠过，那富家太太顿时恢复了本来的面容。那富家太太急忙对照镜子，看见是自己的脸时，立刻流露出失望至极的神色，竟幽幽然叹了一口气。

秋本久美子结束了表演，向台下欠了欠身，然后退下舞台，回到了斋藤骏的身边。她从始至终一言不发，表演的画魂幻戏比双鱼的幻戏更为短暂，也更为单一，却赢得了更加热烈的掌声和喝彩声。五位评委一边低声交流，一边暗自摇头，以五人在魔术方面的造诣，竟没有一人能看明白秋本久美子的幻戏是如何变出来的。

隔台对望，秋本久美子冲易希川嫣然一笑，旋即便低下了头。斋藤骏不想让秋本久美子和易希川过多地相见，等几个日本武士将道具搬下舞台，便立刻带着秋本久美子走回了后台。

易希川和双鱼仍旧等在幕布背后，等待司仪宣布本场比赛的最终结果。

虽然题目都是变容，但双鱼和秋本久美子的表演却完全不同，一个丰富有趣，一个神秘莫测，各有各的精彩。五位评委经过了很长时间的商议，仍然没能统一意见，只能各自投票。最终戴·弗农和张慧冲把票投给了双鱼，哈利·布拉克斯通、瑟维斯·罗伊和约翰·斯卡耐则选择了秋本久美子。三对二，一票之差，秋本久美子最终战胜双鱼，晋级万国魔术大赛的第二轮。

司仪宣布胜负之后，斋藤骏立刻带着秋本久美子走出后台，出了巴黎魔术馆，乘坐轿车离开了。易希川没有机会接近秋本久美子，只能目送她走出后台，离开了演厅。

他还要等待下一场比赛的抽签结果，于是一直站在幕布背后。抽签结果很快出来了，易希川仍然没有被抽中，两位即将对决的魔术师，是来自南洋的女幻人严水吉，以及罗家戏苑的新主人罗慕寒。

对于比赛落败的结果，双鱼坦然接受。尽管输给了一个日本幻术师，她却没有丝毫不服气，甚至觉得只输一票，已是评委厚爱了。“我到现在也想不明白她的幻戏是怎么变的。”在走出巴黎魔术馆的大门后，双鱼还在回想秋本久美子的幻戏，忍不住感慨了一句。

易希川听了这句感慨，念头转了数下，对于秋本久美子的幻戏，却始终没有琢磨出半点门道。他能肯定秋本久美子表演的不是日本幻术，也猜到了那是秋家的“画骨术”。他曾经见过徐傀儡的“画骨术”，但在领教过徐傀儡出神入化的傀儡戏后，他便能大概知晓，当初徐傀儡表演“画骨术”时，他之所以会手脚受制，仿佛被一股无形的力量牵制，被迫做出一些违背他意愿的动作，多半是徐傀儡某种操控傀儡的手段，而并非真正的“画骨术”。秋家的“画骨术”已经销声匿迹了十多年，易希川也是第一次看见。寻常的幻戏，只需看上一眼，他便能看破门道，但秋本久美子表演的“画骨术”，他仔细看了全程，却是毫无头绪。

他不禁暗暗心想：“难怪秋家能以一门之力，统领上海幻戏界那么久，也难怪云机社的首领林神通，想尽了办法也要得到‘画骨术’的秘诀。这么神奇的幻戏，试问天底下又有哪个幻戏师会不想得到呢？”

易希川和双鱼走出巴黎魔术馆后，原本打算直接穿过街道，返回万国千彩大剧院。但附近忽然传来了一阵吆喝声，易希川不禁转头望去，只见十余丈开外，爱多亚路的路边聚了一群路人。吆喝声来自人群之中，听起来有些耳熟，易希川念头一转，顿时想到了一个人，于是对双鱼说道："师妹，我们过去瞧一瞧。"

两人走到人群外围，朝里面望去，只见人群之中留有一小片空地，空地上蹲着一个男人，正在拨弄地上的几只瓷碗。那男人的脑后梳着一根小辫，竟是当日与易希川斗戏落败后，被蒋白丁赶出大世界戏台片区的袁木火。

与一个月前相比，袁木火消瘦了整整一圈，脸色灰败暗淡，衣服破了几道口子，形神落魄至极，唯独一对眼睛还算有神。他正拨弄地上的三只瓷碗，嘴里吆喝道："来来来，全都看过来！下注猜碗啦，猜中了十倍返注，真金白银，童叟无欺，绝不骗人！"

一个脖子上文了虎面文身的男人从人群中走出，在瓷碗前蹲下身来，说道："当真猜中了，就可以赢十倍的钱？"

袁木火说道："就这三只碗，一颗石子，你只要下了注，猜中石子在哪只碗底下，我立刻付你十倍的钱。"

那文身男当即掏出一张十元法币拍在地上，说道："好，那老子来试试！"

袁木火叫一声："好嘞！"当即将三只瓷碗排成一线倒扣在地上，捡起一颗石子，放在中间那只碗底下。他的双手飞快地左右晃动，将三只瓷碗的位置拨乱，片刻后双手一抬，三只瓷碗位置落定。"兄台，请吧！"他笑吟吟地看着文身男。

那文身男初时还能盯住罩有石子的瓷碗是哪只，但袁木火的手越拨越快，后来他便彻底看花了眼。此时不知石子在哪只瓷碗底下，他皱了皱眉，最终伸出手去，翻开了左边的那只瓷碗，碗底下却空无一物。

袁木火翻开中间的那只瓷碗，石子赫然躲在下面。他拿起地上那张十元法币，揣进自己的兜里，笑道："兄台，多谢了。"

那文身男不服输，又掏出一张十元法币，叫道："再来！"

袁木火依样画葫芦，等三只瓷碗落定位置后，那文身男选择了右边的瓷碗，结果还是没有猜中，石子依然在中间那只瓷碗底下。他不信邪，又赌了第三局，猜了中间那只瓷碗，结果还是错了，石子是在左边的瓷碗底下。他骂了一句"妈的"，站起身来，拨开人群，气冲冲地走了。

袁木火赚了三十元法币，继续吆喝，引来了不少看客，却鲜有人再上前与他对赌。

袁木火的这套把戏，乃是中国幻戏中最传统的"三仙归洞"，在市井之间十分常见。他将石子放入瓷碗底下，在扣拢瓷碗的瞬间，拇指和小指将石子拈出，藏在了手中，如此一来，三只瓷碗底下都没有石子，无论那文身男人如何猜选，最终的结果必定是猜错。等到揭晓答案时，袁木火翻开瓷碗的瞬间，用拇指和小指将石子搁入碗下，只因他手法太快，那文身男人根本瞧不出来。

易希川自然明白这套把戏是怎么回事，只是没想到一月不见，袁木火竟然落魄至此，沦落到在街头耍把戏骗钱的地步，不禁喟然一叹。这年头世道混乱，想靠变幻戏出人头地，实非易事，想成为风光无限众人追捧的幻戏大家，更是难于登天，许多幻戏师只能跑江湖卖艺，求几个赏钱，混一口饭吃。

袁木火被撵出大世界戏台片区后，因他与易希川斗戏当众落败，自然没有戏苑和剧院肯聘用他这个手下败将，他只能沦落到街头卖艺。可一连数日，几乎没人肯给打赏，他走投无路，这才想出了猜碗骗钱的法子，又因巴黎魔术馆举办万国魔术大赛，一到晚上便人流聚集，他这才来到巴黎魔术馆附近要把戏骗钱。

易希川虽然被袁木火挑衅过，但并无宿怨旧仇，谈不上有什么恨意。此时见袁木火落魄到这般地步，他反倒生出了些许同情之心。他唏嘘感慨，不想被袁木火认出，于是摇了摇头，与双鱼一起默默地远离人群，返回了万国千彩大剧院。

翌日晚上，在以帽子魔术为题目的比赛中，罗慕寒轻松击败南洋女幻人严水吉，成功晋级第二轮。隔了一天，比赛题目变成了分身魔术，来自印度的幻术师依山慕丁与来自法国的魔术师纳塞利展开对决。依山慕丁自称是古印度尸罗门的传人，以流传了两千多年的尸罗门绝学——苦行术，表演了截舌、抽肠、自断手足和续断身躯的恐怖魔术，令全场观众惊骇莫名，毫无悬念地击败了表演大变活人魔术的纳塞利。

这两场比赛，易希川都亲自去巴黎魔术馆看了，尤其是依山慕丁的表演，给他留下了极为深刻的印象。那种血流满地的舞台效果，那种直击人心的惊悚恐怖，在中国各门各类的幻戏当中，竟是从来没有过的，即使斩头续接的“七圣法”，其惊悚程度，也远远比不上依山慕丁的苦行术。

万国魔术大赛进行到这里，一个月的报名期限已过去了将近一半，易希川早早便报了名，可名字始终没有被抽选出来。一些主要的竞争对手，比如维克多和罗慕寒，早已晋级下一轮，他却只能继续耐心地等待。一直到报名期限的最后一天，几乎所有参赛的魔术师都已亮相，只剩下最后两位魔术师和最后一场比赛时，他的名字才出现在了伊莎贝拉抽出来的纸球上。他的对手，是万国魔术大赛开赛之前，曾在巴黎魔术馆做客演出过的美国魔术师韦恩。两人将要比拼的魔术题目，叫作倒行魔术。

当魔术题目被抽出来的那一刻，易希川不禁大感诧异。他精通各类幻戏，却从来没有听说过倒行魔术。他当场询问了双鱼，回到万国千彩大剧院后又询问了鲁鸿儒和金童，三个人都是一概不知。鲁鸿儒通过自己的人脉关系，托人向几位参赛的洋人魔术师打听，方才得知倒行魔术是一个百年前流行于欧美各国的魔术，有着一个极为通俗易懂的名字，叫作“倒走天花板”。据说在一百年前，美国有一位名叫桑兹的魔术师，曾通过研究苍蝇的脚，发明了一种气动靴子。这种气动靴子的底面有几个圆形凹槽，只要用力踩踏下去，将几个凹槽中的空气挤压出去，就能产生极强的吸附力，便可以在天花板上倒着走路。桑兹通过表演这个“倒走天花板”魔术，在美国红火了一段时间，但后来在一次表演中，天花板突然陈腐断裂，桑兹坠落到地上，摔断了脖子。此后法国女魔术师埃梅改良了桑兹发明的气动靴子，使靴子底面的吸附力更强，在悬挂起来的木板底下倒着行走，赢得了“人蝇”的绰号。在埃梅之后，这一魔术几乎没有魔术师再表演，逐渐销声匿迹。

易希川知道这一消息后，总算明白了倒行魔术的含义。但在中国幻戏当中，没有任何倒立行走的幻戏，而且倒立行走之时，必然需要脚部发力，偏偏易希川的右脚掌被徐傀儡的钢针射穿，虽然休养了一个多月，伤势已经恢复了大半，但终究没有痊愈，不敢发力过猛。正因为如此，对于易希川而言，倒行魔术可谓是一项极具挑战性的题目。他当然不明白气动靴子是什么东西，就算明白这种靴子的原理，但他只有一个晚上和一个白天的时间，根本不可能造出一双气动靴子来。他只有另想办法，并且很快便想到了——让一块木板待在空中，代替天花板，在木板底面刻出一条暗槽，然后穿上嵌有暗钩的鞋子，钩住暗槽，便能在木板下方倒着行走。除了这个办法，他绞尽脑汁却再也想不出其他可以实现倒立行走的法子。只是这种办法能不能在比赛中胜过韦恩，他心中没有丝毫把握。

到了比赛的这天晚上，因为易希川将要登台亮相，巴黎魔术馆聚集了许多中国观众。易希川是时下风头最盛的中国幻戏师，许多中国同胞认为他最有可能赢下万国魔术大赛的冠军，他的首场比赛，自然要大力捧场才行。

按照抽签顺序，易希川首先登台表演。

一块巨大的木板被四根绳索吊起，悬停在了半空之中。木板的底面暗设了一条寸宽的夹槽，由于木板通体涂上了黑漆，又背对高处的灯光，因此观众席上的人根本看不见这条夹槽。在木板的侧面，从高处垂下来两根绳索，横铺了一块木板，搭成了一架秋千。为了让表演更加惊险刺激，悬空木板的下方，没有铺设安全网，不加任何防护，表演时一旦失手，从高空倒摔下来，势必跌成重伤。

灯光缓缓亮起，易希川大步登上了舞台。抱拳见礼后，他直接踏上秋千，用力猛荡了几下，迅速让秋千荡得又快又高。在秋千向悬空木板荡去，并荡至最高点时，他猛然向上方纵身一跃，在空中来了半个鹞子翻身，头下脚上，左脚倏地探出，鞋底的暗钩毫厘不差地钩住了悬空木板底面的夹槽。他整个人一跃而起，惯性极大，顿时带动悬空木板晃荡起来。他一只左脚倒挂在悬空木板上，扭过头来，正面对着观众席，一边微笑，一边挥手。

现场的中国观众顿时轰天价鼓掌叫好起来。

易希川不等悬空木板完全静止下来，便在来回晃荡之中，伸出右脚，让鞋底的暗钩钩住夹槽。这时他的左脚一侧，使暗钩从夹槽中脱离，然后往前迈出一小段距离，重新勾住夹槽，便如同倒立着行走了一步。此后他的两只脚彼此交替，从悬空木板的这一头，走到了另一头，接着又倒退着行走，回到了起步的位置。只是每当迈出左脚，只剩右脚挂在悬空木板上时，右脚掌的伤口便会传来撕裂般的疼痛。他只能强行忍住，脸上露出微笑，装出极为轻松的样子。

一个来回当然不够，要想拥有更大的胜算，易希川的表演必须更加惊险刺激才行。他加快了出脚的速度，在悬空木板下方越走越快，很快又走了数个来回。尤其是最后一个来回，走到悬空木板尽头时，他不再倒退行走，而是在空中直接转身，顺着走了回来，顿时赢得了极为热烈的掌声。

表演到这里，易希川事先练习的倒立行走的招数，便全部用尽了。但他觉得这些招数太过普通，韦恩多半也能表演出来，因此他念头一转，临时冒出了一个极为大胆的想法。人在地面上时，不仅可以行走，还可以跳跃。

为什么不试一下倒着跳跃呢？这个想法一冒出来，他便彻底按捺不住了。

“无须跳跃多远，只要双脚同时离开木板，又迅速向前伸脚勾住夹槽，看起来便如同倒立着跳跃了一步，这并非难事。只要我跳跃时不动用右脚，而是用左脚去钩夹槽，就像开场时露的那一手，完全是可以做到的！”他这么一想，顿时暗暗定下了决心。

倒立着跳跃，这是他白天练习倒行木板时没有尝试过的，因此当他决定冒险一试时，心里多少还是有些紧张。

但为了获胜，他必须冒这个险。

他深深地吸了一口气，左脚抬起来后，不等钩住夹槽，右脚便猛然一侧，脱离了夹槽。他的两只脚同时离开了悬空木板，然后左脚迅速地向前探出，脚尖触碰到了夹槽。然而重力令他的身体下坠了些许，脚尖虽然触碰到了夹槽，却已是极限，暗钩无法再钩住夹槽，他整个人顿时失去支撑，从空中急坠而下。

现场立刻惊呼四起，许多观众吓得一下子站了起来，有的观众则下意识地侧头闭眼，不敢再往下看。

失误的那一刻，易希川心中骤然一凉。他来不及做任何思考，便头朝下疾速坠落，舞台飞快地迎面扑来。

千钧一发之际，易希川的右脚横着一扫，竟堪堪碰到了旁边那架秋千的一根绳索，随即脚尖一钩，脚踝一拧，膝盖一弯，整条右腿盘在了绳索上。他的右脚用尽全力盘紧绳索，脚掌伤口剧痛至极，但好歹止住了下滑的惯性，随即松开右脚，一个凌空翻身，让身子正立过来，双脚朝下，落在了舞台上。右脚一触地，顿时剧痛钻心。他的右脚下意识地收力，整个人往右侧歪斜了一下，好在最终稳住了平衡，没有摔倒在舞台上。

虽然避免了摔伤，最后的落地勉强还算体面，但易希川方才的那个失误，却是众目共睹，无论如何也遮掩不了。现场观众的反应也说明了一切，没有喝彩，掌声寥寥，甚至有不少哀叹之声，在开阔的演厅之中，听来极为刺耳。

在万国千彩大剧院驻台表演以来，一个多月的时间里，这还是易希川第一次出现失误，可这次失误，偏偏出现在如此重要的比赛当中，一时间他面如死灰，垂头丧气。他不想面对众多观众冷淡的神情，于是草草地鞠躬谢礼，有些一瘸一拐地快步走下了舞台。

双鱼一直等在幕布背后，易希川一走下舞台，她立刻迎上前去，关切地问道："师哥，你的右脚是不是又伤着了？要不要紧？"

易希川摇了摇头，一句话也没说，径直往后台走去。

双鱼急忙上前搀扶着他，一起走回了后台。

双鱼扶易希川在凳子上坐下，然后脱下易希川右脚的鞋子，只见鞋底红了一片，袜子更是被鲜血浸染了大半。

她小心翼翼地替易希川除下袜子，只见右脚掌心正在流血，愈合的伤口重新撕裂开来。

自打易希川的右脚受伤之后，双鱼便一直把止血的伤药和包扎的布条带在身上，以备不时之需。这时她急忙打来一盆清水，将易希川右脚掌的伤口清洗干净，然后取出伤药和布袋，仔细地上药包扎。她叹了口气，说道："师哥，你的脚伤没好，却偏要强自己所难。最后那个动作，你实在不该冒险尝试的。"

易希川心中却没有一丝后悔，说道："倘若再来一次，我还是会这么做。"

双鱼摇了摇头，说道："以前师父在时，常说你入戏太深，让你不要痴迷过了头。这话当真一点也没有说错。"

提及师父，易希川不由得想到今晚表演失误，当真是丢尽了师门的脸面，顿时心情黯然，沉默不言。

双鱼处理好了易希川的伤口，说道："师哥，你好好待在这里，别四处走动。我出去看看那个洋人魔术师的表演。你不必气馁，比赛尚未结束，胜负还没有定论呢。"她说完这话，便快步走出后台，来到幕布背后，向舞台上望去。

韦恩已经登上舞台，倒行魔术也已经开始表演。因为易希川出现了失误，韦恩显得极为放松。他表演倒行魔术时，脚上穿的鞋子正是气动靴子。他几乎不费吹灰之力，在悬挂起来的钢板下方随意走动，不时冲着观众席挥手致意，引来许多洋人观众的阵阵欢呼。现场众多中国观众却是低头耷脑，鸦雀无声。

忽然之间，如死水般沉寂的中国观众，一下子喧闹了起来。那些方才还在欢呼的洋人观众，却骤然噤声，面露惊恐之色。

也许是因为太过放松了，韦恩在行将结束表演之时，竟然和易希川一样，也出现了失误。他一只脚踏出，气动靴子没有踩实，靴底凹槽里的空气没有排尽，尚未完全吸附住钢板，他便迈动了另一只脚，气动靴子顿时从钢板上脱落，整个人从半空中倒栽坠落。他不像易希川那样，身边有秋千的绳索可以救急，当即重重地摔在了舞台上。他的脑袋先着地，脖子斜着一扭，身子歪着一横，当场昏死了过去。

一些洋人观众急忙冲上舞台，将韦恩小心翼翼地抬起，送往附近的医院进行紧急救治。好在韦恩伤势虽重，出现了轻微骨折，却没有危及性命，倒是不幸中的万幸。

易希川和韦恩双双出现了失误，但易希川巧妙地化解了失误，韦恩却是直接从空中摔落了下来，并且身受重伤，想来短时间内无法再参加比赛，因此五位评委经过一番商议，一致判定易希川胜出。

胜负结果一出，观众席上有一小部分中国观众显得垂头丧气，觉得这种靠对手失误而幸运获胜的方式不够光彩，但大部分中国观众还是欢呼雀跃，击掌相庆。

至此，万国魔术大赛的报名期限截止，第一轮的比赛竟不多不少，恰好也在今晚全部结束。司仪当场将写有易希川名字的纸球，投回到签箱之中，由伊莎贝拉进行第二轮比赛的抽签。伊莎贝拉登上舞台，和往常一样，引得一些男性观众热情叫好，口哨连连。她面带微笑，先从一只签箱中抽选出了魔术题目“飞天”，紧跟着从另一只签箱里先后抽出了两个纸球，前一个纸球上写着依山慕丁的名字，后一个纸球上的名字，竟然又是易希川。

依山慕丁在第一轮比赛中表演的苦行术，至今还在许多观众的脑海深处挥之不去，易希川将和这位印度幻术师展开对决，顿时引来了观众们的一阵热议。

一直等在幕布后面的双鱼，当即将易希川获胜以及与依山慕丁对决的消息带到了后台。颓然坐着的易希川，没有因为自己获胜而显露出丝毫高兴，反而觉得这样的胜利对一个幻戏师而言，是一种莫大的耻辱。

“如此获胜，倒不如输了的好……”他叹着气说道。

双鱼却道：“师哥，眼下可不是唉声叹气的时候。是实力也好，是运气也罢，能够晋级，便是好事。你这场比赛没能表现好，但明天就有第二次弥补的机会。你要在明天的比赛中拿出最好的表现，一举击败那个印度幻术师，才对得起今天这场胜利。”

易希川神色一振，说道：“师妹，你说的是。今天我能晋级，全是运气使然，可谓是极大的耻辱。明晚与依山慕丁的比赛，我必须全力以赴，一雪今日之耻才行！”

双鱼说道：“你能这么想，我便放心了。”顿了一下，又看着易希川的右脚，说道：“只是明天比赛之时，你不可再逞强了，无论如何，一定不要再伤到这只右脚。”

易希川点了点头。他看着双鱼，心中想道：“师妹之前说的对，我不可小瞧了各路高手。我知道的幻戏虽然多，但世界之大，神奇罕见的幻戏还有很多，总有一些幻戏是我不了解的，甚至是我听都没听说过的。万国魔术大赛的赛制如此特别，若是抽到不熟悉的题目，那便是极大的挑战。明晚比赛的题目是飞天，能够实现飞天的中国幻戏，怕是只有‘神仙索’了。我明晚若是能击败依山慕丁晋级下一轮，可要抽空多了解一下西洋魔术，多了解一下参赛的各路高手，不可再掉以轻心。”

易希川虽然振作了精神，但还是觉得依靠对手的失误而获胜，显得太过丢人现眼。他不敢面对众多中国观众的目光，等演厅里的观众全部散尽了，才在双鱼的搀扶下走出后台，默默离开了巴黎魔术馆。

出了巴黎魔术馆的大门，两人正要穿过爱多亚路，忽然听到不远处传来了叫骂之声。

易希川扭头望去，只见叫骂之声响起的地方就在路边，那里已经聚集了不少散场的观众。过去十多天里，那个位置一直是袁木火要把戏骗钱的地方。易希川原本不想与散场的观众照面，但听见叫骂声中夹杂了一两声袁木火的惨叫，当即让双鱼扶着他向人群走了过去，想看看袁木火出了什么事，自己能不能帮上什么忙。

人群之中，袁木火抱着头蜷缩在地，几个流氓模样的男人，正对他恶狠狠地拳打脚踢，其中一人的脖子文有虎纹，正是十多天前被袁木火骗走了三十元法币的那个文身男人。

只听那文身男人叫道："妈的，老子盯了你十多天，没见一个人猜中过，就知道这里面有鬼。你他妈的出老千，把石子藏在手里，碗底下什么都没有，居然骗到老子头上来了！老子这人最讲道理，你骗老子的钱，老子也不要多了，十倍还来就是！"

袁木火一边挨打，一边说道："我没钱……一个子儿也没有……"

"那就给我打！"那文身男人厉声叫道，"给我往死里打！"

这伙人殴打得更加凶狠，袁木火虽然惨叫连连，却没有一句讨命求饶，只是不断地重复自己没有钱。他的确没有钱，每晚耍把戏骗的那点钱，只够他勉强糊口，有时骗的钱稍微多一点，也都被他拿来买酒喝了。他只要一天不出来骗钱，就得挨一天的饿，身上从来没有一丁点多余的闲钱。

那文身男人哪管这些，只管招呼这伙人大肆殴打，下手越来越重，越来越狠。

围观之人大都是从巴黎魔术馆散场出来的中国观众，却没有一个人出手制止，全都事不关己地瞧着热闹。

袁木火很快被打得满脸血污，眼看再打下去，要不了多久，就要出人命了。

易希川实在看不下去了，不顾右脚的伤势，拨开人群冲了进去，一把拽住那文身男人的手，大声叫道："全都住手！"双鱼紧跟着冲入人群，护在易希川的身侧。

那文身男人转头瞧了易希川一眼，见易希川身单势孤，唯一的帮手还是一个女人，当即骂道："妈的，哪里冒出来的小杂碎？去你……"他另一只手握成拳头，向易希川的面门挥去，却被易希川一把抓住，反着一拧，手腕顿时剧痛难当。他后面没说完的话，立刻化作"啊啊啊"的叫痛之声。

其他几人当即向易希川扑了过来。易希川右脚有伤，不便闪避，直接挥拳打出，击在几人挥来的拳脚上。他的臂力极大，几拳下来，这一伙人全都捂着痛处，一时之间不敢再上，但盯着易希川的眼神，仍是凶狠至极。那文身男人指着易希川，喝道："你小子到底是什么人？"他对幻戏毫无兴趣，易希川这一个多月出尽风头，他竟是丝毫不知。也正因为对幻戏一无所知，他才会被袁木火用最常见的"三仙归洞"幻戏戏弄了一番。

易希川看着那文身男人，说道："我只是一个过路人，看不惯你们下手如此狠毒。如今世道不堪，人人都有难处，他骗了你的钱是不对，可你们也用不着下手这么狠。"

那文身男人哼了一声，恶狠狠地瞪着袁木火，说道："有人替你出头，老子拳脚没他厉害，惹不起！可他护得了你今天，护不了你明天后天。你骗了老子的钱，这笔账老子记下了，迟早要你小子连本带利吐出来！”说着招呼几个手下，便要离开。

“他骗了你多少钱？”易希川忽然问道。

“不多，就三十。不过他说了，猜中就返注十倍，老子猜中了石子在他的手上，那他欠的钱就是三百了。”那文身男人斜眼看着易希川，“怎么？你要替他还钱吗？”

易希川从衣兜里摸出一叠法币，数了三百递给那文身男人，说道：“钱你拿去，以后别再来找他麻烦。”

那文身男人在易希川的手底下吃了苦头，原本心里就有些发虚，嘴上放着狠话，那是打肿了脸充胖子。此时见易希川竟然真的肯替袁木火付十倍的钱，他当即眉开眼笑，伸手便来拿钱。

蜷缩在地上的袁木火忽然大声说道：“姓易的，有几个臭钱很了不起吗？把你的臭钱拿走，我不要你来可怜！”

易希川置之不理，对文身男人说道：“拿去。”

那文身男人生怕易希川反悔，当即拿了钱，哈哈一笑，带着几个手下快步去了。

易希川弯下腰来，想要搀扶袁木火起来，却被袁木火一把推开。

双鱼顿时不高兴了，瞪着袁木火，说道：“我师哥好心救你，你却当是驴肝肺，毫不领情，真是莫名其妙。”

袁木火看了一眼双鱼，见她是个容貌姣好的少女，便不予还口，只是瞧着易希川冷冷发笑。

易希川说道：“师妹，算了，我们走吧。”

双鱼没好气地哼了一声，转过身来，搀扶着易希川，往人群外面走去。

两人方才走出几步，忽听身后传来袁木火的声音：“姓易的，我说了不要你来可怜。区区三百法币，我袁木火迟早会靠幻戏出人头地，迟早会把钱还给你，一个子都不会少！”

易希川听了这话，顿时停下脚步，转身看着袁木火。袁木火已经从地上爬了起来，脑后的小辫已然散开，头发极为凌乱，面部被打得青一块紫一块，嘴角流出来的血，顺着下巴滴落在了地上，他却不管不顾，只是埋头收拾地上的瓷碗。

易希川看见这一幕，不由得感慨万千。这世上有许多落魄的幻戏师，在生活困顿之时，往往会选择放弃幻戏，要么去学点别的手艺赚钱，要么去找活路卖苦力，能一直坚持幻戏这条道路的，几乎百不足一。正因为幻戏师越来越少，中国幻戏才会日渐式微，反倒是西洋魔术大行其道，长此以往，幻戏一词，怕是迟早要被魔术取代。在如今这个世道，袁木火落魄到这般田地，却不受易希川的恩惠，而且坚守初心不改，一心想着靠幻戏出人头地，倒是令易希川生出了些许敬佩。

易希川说道：“你我之间虽然有过不愉快，却没有什么深仇大恨，斗戏输赢，那都是幻戏界常有的事。其实那日斗戏，你的酒水幻戏已经很是厉害，你的幻戏技艺早已在许多幻戏师之上，你所缺的，不过是一方舞台。倘若你不嫌弃与我共事，我希望能邀请你来万国千彩大剧院。你我白天切磋技艺，晚上同台演出，相互精进，共同将幻戏发扬光大，如何？”

袁木火听了这番话，收拾瓷碗的双手猛地定住了。他长时间凝住不动，忽然有泪水顺着脸颊流下，混融了血污，一滴滴地落在瓷碗之中。他斗戏落败，被蒋白丁撵走，活得越来越不堪，却从来没有流过一滴泪，此时被易希川的一番话击中内心，一时竟难以自已。

易希川说道：“三百法币，自然不是白送给你，算是提前付给你的酬劳。你若是肯来万国千彩大剧院，先头几天，那是一分钱也没有的。”他知道袁木火将尊严看得极重，当着这么多人的面，就算心中愿意，只怕也会难以启齿，于是说道，“你考虑一下吧，若是愿意，可以随时来万国千彩大剧院找我。”说完这话，他拉了一下双鱼的手臂。双鱼扶着他，缓步穿出围观人群，向万国千彩大剧院去了。

见没有热闹可看，围观人群迅速便散了。

袁木火却依旧僵坐在地上，长时间凝住不动。

良久之后，易希川和双鱼已经走进万国千彩大剧院好一阵子了，袁木火方才缓缓地抬起头来。

他望着万国千彩大剧院的大门，藏在头发后面的眼睛，忽然闪过了一丝狡黠。

他捡起方才挨打时掉落在地上的扁酒壶，那是他被赶出大世界戏台片区后，重新买来的一只涂抹了黑漆的新酒壶。他拧开扁酒壶的盖子，将壶中最后一口烈酒一饮而尽，然后横起手掌，抹了一下嘴巴。一抹若有似无的冷笑，爬上了他刚刚抹去酒水和血污的嘴角。

第九章 尸罗

“没有别的选择，只能用‘神仙索’了。”

回到万国千彩大剧院的易希川，躺在床上辗转反侧。他思来想去，除了“神仙索”外，能够实现飞天的幻戏，便只有杂技中的飞天术。然而这种飞天术是在几根绳子之间飞来荡去，哪怕是老江湖的杂技幻戏师，没有经年累月的练习，也绝不敢轻易表演。他右脚重伤未愈，今晚表演倒行魔术时，一个看起来并不难的跳跃动作，却出现了致命的失误，更别说杂技中极为困难的飞天术了。所以他犹豫再三，最终别无选择，只能决定表演“神仙索”。

然而“神仙索”已经当众表演过一次，既然要重复表演，那就不能一成不变，总要添加一些新花样才行。易希川在床上翻来覆去，苦思着该如何求变。他脑子里冒出了很多稀奇古怪的想法，却没有一个合适的。想着想着，他的思绪渐渐发生偏转，开始去想依山慕丁会怎样演绎飞天这个魔术题目。

依山慕丁自称是古印度尸罗门的传人，对于尸罗门这个流派，易希川不甚了解，但是尸罗这两个字，他却是知道的。

尸罗是一个人名，其人生活在两千多年前，乃是燕昭王时期的一位幻戏师。据说尸罗来自天竺一带的沐骨之国，他带着锡杖和花瓶离开天竺，花费了整整五年的时间，才来到燕国的都城。他自称已有一百四十岁的高龄，在燕国都城表演幻戏，上至王公贵族，下至平头百姓，尽皆为之震惊。他从嘴里喷出水来，可以立刻化作雾气，使数里之内昏暗不明。顷刻之间，他又吹出一阵疾风，弥漫的雾气便迅速消散。他的手指尖上能够现出三尺高的十层尖塔，天上的各路神仙，纷纷从天而降，显露仙姿，绕着尖塔来回飞舞。这些神仙全都只有五六分高，唱歌的声音如同真人一般。接着，他再冲着尖塔吹一口气，尖塔便飞上天去，钻进云彩消失不见了。随即，他的左耳之中钻出一条青龙，右耳之中钻出一只白虎，青龙和白虎刚钻出来时不过一二寸，一会儿就长到了八九尺。忽然风至云起，他只用一只手轻描淡写地挥了一下，青龙和白虎便又钻回他的耳朵之中。他张开嘴巴向着天空，只见有仙人乘着羽盖，驾着龙和鹤从天而降，钻入他的嘴里，很快又从他的嘴里飞出。他用手按住胸口，可以听见他的肚子里传出轰鸣的雷声。他坐在太阳底下，身形渐渐变小，一会儿变成了老头，一会儿又变成了婴儿，最后呼吸断绝，竟然当场死去。这时，清风徐徐吹来，一股清香随风而至，他渐渐苏醒过来，竟然死而复活，整个人慢慢变大，模样和身形都恢复如初。

尸罗的来历，以及他表演的各种神奇幻戏，在《拾遗记》和《太平广记》等古籍当中都有记载。易希川当然不知道这些古籍的记载，只是听牧章桐讲述过尸罗的故事。空手出塔，可以用彩戏法做到；神仙起舞，可以用傀儡戏做到；腹鼓雷鸣，可以用腹语和口技做到；立兴云雾和吐纳龙鹤，可以用“凝烟术”做到；至于身体变形和死而复活，易希川倒是苦思许久也想不明白。尸罗门是古印度的幻戏流派，离中国万里之隔，除了尸罗来到燕国都城表演的这些幻戏外，这个流派还拥有哪些神奇的幻戏，易希川自然是一概不知。只不过看过依山慕丁表演的苦行术后，易希川便可以认定，依山慕丁是一个深不可测的幻戏高手。这样的劲敌，再加上尸罗门如此神秘，或许还拥有其他飞天幻戏，易希川更是丝毫不敢轻敌。他必须为“神仙索”加入更多的花样，力求更为丰富的变化，方能在与依山慕丁对决之时，拥有更大的胜算。他已经思索了许久，始终想不出合适的点子，直到此时念及尸罗的故事，才猛然间头脑清明，冒出了一个再合适不过的想法。他暗暗心道：“不错，既然依山慕丁是尸罗门的传人，那我唯有这般变化，才能压得住他。”

想法一定，易希川便放心睡去，一夜无梦，天明而起。

整个白天，易希川一直都在忙碌之中，准备表演“神仙索”所需的各种道具，仔细地琢磨晚上表演的每一个流程，以免出现破绽，更不能出现任何失误。

夜幕降临之时，上海的天空黑云密布，下起了绵绵阴雨，冷风刮过大街小巷，一片天寒地冻。

如此糟糕的天气，却丝毫阻却不了观众的热情，巴黎魔术馆门前很快雨伞聚集，彼此挤压，连绵不绝，如同一片波涛涌动的海洋，几乎堵塞了整条爱多亚路。因为下雨打伞的缘故，观众入场变得更加拥挤和困难，巴黎魔术馆甚至增开了后门供观众检票入场，即便如此，也是直到比赛开始前的最后一刻，才勉强让所有购票的观众进入了演厅。

易希川的右脚旧伤撕裂，为避免与观众发生拥挤，早早便和双鱼一起进入了巴黎魔术馆，来到后台等候。

按照昨晚抽签的顺序，依山慕丁将率先进行表演。易希川对依山慕丁的表演大感好奇，于是提上那只刻有“易”字的道具箱子，和双鱼来到了幕布背后。他的右脚有伤，不能长时间站立，于是把道具箱子平放在地上，当作凳子，与双鱼并肩而坐。他望着一步步走到舞台中央的依山慕丁，心中没有半点面对对手时应有的那种剑拔弩张之感，反而像一个痴迷幻戏的观众，对依山慕丁即将表演的幻戏充满了期待。

依山慕丁盘腿坐在舞台中央一块五彩斑斓的方毯之上，双手合十，双眼紧闭。如此冷的天气，他的下身穿着一条极为单薄的彩纹长裤，头上裹着一条橙色的包头巾，上身竟没有穿任何衣服，只裹了一块宽幅的白布，白布的一端斜着撩起，搭在他的肩上。白亮的灯光照在他的身上，他静坐在方毯上，一动不动，仿佛入定一般。

片刻之后，依山慕丁的身子忽然动了。

他的身躯和手脚并没有做任何动作，眼睛也没有睁开，身子依然坐在方毯之上，但整个人开始向上抬升。原来他身下的那块方毯，渐渐拱起了最中间的部分，托着他向上缓缓升起。

升至一尺来高，方毯静止了下来。这时依山慕丁眼皮翻开，露出一对蓝色的眸子，目光迷离，深邃难测。

依山慕丁缓缓地站起身来，抓住方毯的一角，徐徐揭开。只见方毯之下，出现了一个一尺来高的圆形竹篓。先前方毯是平铺在舞台上的，现在却凭空冒出来一个竹篓，并且竹篓微微晃动着，似乎里面装了什么活物，只是竹篓上方罩了盖子，根本看不见里面有什么东西。

依山慕丁摘下了腰间悬挂的一支笛子，凑到嘴边，轻轻地吹奏了起来。笛声悠扬，煞是好听，只见竹篓的盖子缓缓抬升，仿佛凭空飞起来了一般。一部分观众情不自禁地站起身来，定睛细看，却见竹篓之中出现了一条纹色鲜艳的巨蛇，巨蛇跟随笛声慢慢地抬起脑袋，顶着盖子向上抬升，吓得一些观众惊声尖叫起来。依山慕丁的笛声忽然一断，巨蛇顿时把头缩回竹篓之中，盖子失去了支撑，重新落下，罩住了竹篓。

依山慕丁竖起食指，冲台下做了一个噤声的手势，示意全场观众不要发出任何声音。他再次吹响笛子，巨蛇听见悠扬的笛声，再次缓缓探头，盖子又一次被顶了起来。笛声渐渐变化，出现了更多的高低起伏，巨蛇扭动着身子，竟跟随笛声的高低起伏跳起了舞蹈。它头上顶着盖子，如同戴了一顶帽子，这顶帽子伴着它的扭动，轻轻地左摇右摆。

依山慕丁的笛声骤然变得急促起来，巨蛇扭动身躯的速度加快，头上的盖子很快倾斜，掉落在了地上。巨蛇仿佛受到了笛声的刺激，不断地吐出信子，身子越探越高，扭动得越来越快，模样也越来越凶厉可怖。

这一幕笛声蛇舞的离奇景象，乃是印度幻术师特有的控蛇术。中国幻戏门类众多，其中也有驭兽幻戏，但大多是虎豹戏、禽鸟戏、马戏、犬戏和鱼戏，很少能见到蛇戏。中国古代那些敢于表演蛇戏的幻戏师，大多是从西域远道而来的胡人。此时现场上千名观众，无论是中国人还是各国洋人，几乎都没有去过印度，所以从来没见过控蛇术。此时看见巨蛇随着笛声扭动身子，许多观众惊得张大了嘴巴，但因为依山慕丁之前提醒过不要出声，所以不少观众下意识捂住了嘴，以免发出惊呼之声。唯有坐在观众席首排的伊莎贝拉曾经去过印度，并且亲眼见过依山慕丁的幻术，此时非但没有惊色，反而一直面带微笑。

忽然之间，依山慕丁停止了吹奏，笛声中断，巨蛇的身子立刻一屈，缩回到了竹篓之中。

等到依山慕丁第三次吹奏起悠扬的笛声时，竹篓中又一次有东西探了出来，但这次却不再是巨蛇，而是一截手腕粗细的麻绳。麻绳同样跟随笛声轻轻扭动，如同活物一般摇头晃脑，不是巨蛇，却胜似巨蛇。

易希川看到这里，心中的期待顿时变成了惊疑："难道依山慕丁要表演的幻戏，也是'神仙索'吗？"

依山慕丁手按笛孔，笛声的音调渐渐拔高。只见竹篓中的那截麻绳，伴随笛声的节奏，不断地向上拔起，片刻之间便高过了依山慕丁。这时依山慕丁停止吹笛，双手抓住竹篓，轻轻举起，只见竹篓底下空空荡荡。许多观众正在怀疑竹篓底部的那片舞台是不是暗藏了机关，怀疑麻绳是不是从舞台底下伸上来的，这一下自然疑虑全消。

依山慕丁将竹篓放回舞台之上，那根麻绳仍旧直立在竹篓里。他伸出右手，轻轻地抚摸麻绳，原本笔直的麻绳顿时一软，落回到竹篓之中。

依山慕丁很快第四次吹起了笛子，只见麻绳又一次探出，不断向高处攀升，顷刻之间便立起了五六丈高。他停止吹笛，伸出右手，抓握住那根麻绳，用力地掰扯。麻绳却像钢铁铸就的一般，竟然纹丝不动。他抬起右手，凌空弹了一个响指，指尖顿时燃起了一束细小的火苗。他将火苗挨近麻绳，麻绳仿佛用火油浸过一般，竟然一触即燃，火焰沿着麻绳迅速地向上燃烧。

火焰一起，烟雾即生。一股又一股的烟雾向上飘升，升至麻绳的顶端，便凝住不动。烟雾不断地聚集，越聚越浓，越积越厚，最终竟形成了一团黑云，笼罩在舞台的上空。

就在全场观众因这一幕异象而震惊之时，依山慕丁第五次吹奏起了笛子，只不过这次笛声不再悠扬，而是急促至极。

只见竹篓之中，那条巨蛇又一次探出了脑袋，缠绕着麻绳，飞速地向上爬去。麻绳上燃烧着火焰，巨蛇却根本不惧火焰的灼烧，很快爬到了麻绳的顶端，钻进那团黑云中，消失不见了。

依山慕丁停止吹奏，伸出右手，握住了火焰翻腾的麻绳。他的手仿佛感觉不到灼烧之痛，又仿佛拥有某种神力，麻绳上的火焰竟然从他触手之处开始熄灭。熄灭之势向麻绳的两端迅速蔓延。眨眼之间，整根麻绳上的火焰便全部熄灭了。这时他松开右手，长时间直立的麻绳顿时出现弯折，从空中掉落下来，砸在了舞台上，发出“咚”的一声巨响。

麻绳是掉落了下来，但那条巨蛇却没有跟着落下，全场观众的目光不由得纷纷集中在半空中那团凝聚的黑云之上。

幕布后面的易希川却目不转睛地望着依山慕丁，心中再无半点怀疑。“果真是‘神仙索’！”他暗暗惊异。依山慕丁虽然没有援绳升天，但是让巨蛇升上了天空，并且没有跟随麻绳掉落下来，这的确是“神仙索”幻戏。

易希川原本以为，这个失传千年的古老幻戏，世上只有他一个人会变，想不到居然还有别的人会。实则“神仙索”在中国虽然早已失传，在印度却是一直流传着，千年以来从未断绝。只是这门幻戏是尸罗门一脉单传，其秘诀在千年岁月之中保守严密，从未对外泄露，因此除了尸罗门的传人外，再也没有别的幻术师会这门幻戏。这门幻戏是尸罗门的独门绝学，尸罗门的传人又非常神秘，极少露面演出，因此便是在印度，能有幸目睹“神仙索”幻戏的人，也是少之又少。伊莎贝拉唯一一次去往印度，便在一个小镇上见到了依山慕丁表演的“神仙索”幻戏，实在是幸运之极。

依山慕丁将手中的笛子横举在身前，右掌对准笛身连斩了数下。他的手掌如刀锋一般，笛子顿时断成了五截，噼噼啪啪地掉落在了舞台上。只见半空中那团黑云翻涌起来，有东西扑簌簌地往下掉落，摔在舞台之上，竟是蛇的身躯。蛇身的花色和粗细程度，与先前那条巨蛇一模一样，而且蛇身的腹部有明显可见的灼烧痕迹，确实是那条钻入黑云后消失不见的巨蛇。只不过巨蛇不再是完整的一条，而是如笛子一般，断成了五截，断口平整，像是快刀斩切而成。蛇血溅满了舞台，甚至溅到了依山慕丁的身上和脸上，其状极为恐怖骇人。

在全场观众的惊恐注视之下，依山慕丁也不擦拭血迹，直接弯腰将五截蛇身捡起来，放入竹篓之中，又将烧得一片漆黑的麻绳盘拢起来，同样放进了竹篓。他给竹篓盖上了盖子，然后拾起那块五彩斑斓的方毯，覆盖在竹篓之上，接着盘腿坐了上去。看起来一压便会塌陷的竹篓，却承受住了他整个人的重量。

依山慕丁抬起右手，冲空中那团黑云轻轻一招，那团黑云竟慢慢飘了下来，聚在他的周围。他双手合十，闭上眼睛，凝坐不动，身体逐渐被黑云笼罩，彻底看不见了。

待到黑云散去，舞台上空空荡荡，依山慕丁不见了踪影，连竹篓和方毯也消失不见了。

全场观众诧异不已，左顾右盼，面面相觑。

就在这时，灯光一转，照射到了二层观众席的最高处。只见那里平铺着一块五彩斑斓的方毯，依山慕丁闭眼合十，赫然坐在方毯之上。

全场观众彻底惊呆了，一时之间竟忘记了鼓掌。片刻之后，方才有零零星星的掌声响起，随即所有观众回过神来，霎时间掌声大作，惊呼之声如同山呼海啸，一浪高过一浪，震得整个演厅嗡嗡发颤，好似要被震塌一般。

依山慕丁睁开眼睛，站起身来。他的脸色极为平静，默默地将方毯卷起，沿着楼梯走到一层，回到舞台之上，向全场观众合十鞠躬。他走下舞台，在幕布后面铺开方毯，席地而坐，与易希川隔着舞台彼此相对。他看了易希川一眼，随即闭上了眼睛，静坐不动。

轮到易希川登场了。

上一场比赛靠着韦恩的失误侥幸晋级，本场比赛又有依山慕丁神奇的幻戏表演在前，易希川登场之前，不禁倍感压力。双鱼拍了拍他的肩膀，冲他竖起了大拇指。他点了点头，整理了一下大褂的衣摆，然后深吸一口气，提着那只刻有“易”字的道具箱子，从幕布背后走出，大步登上了舞台。

易希川来到舞台的正中央，打开了道具箱子，将道具箱子倾斜过来，展示给全场观众看。只见道具箱子之中，放着一根盘成一团的绳子，除此之外别无他物。

绳子的出现，让许多观众瞬间明白了过来，易希川和依山慕丁一样，也是要表演“神仙索”幻戏。幕布后面的依山慕丁，长时间闭眼静坐，这时也睁开眼睛，开始观看易希川的幻戏表演。

易希川伸出双手，往空中一抓，顿时在手中凭空变出了一捧清水。他倾斜手掌，将清水淋洒在道具箱子之中和那条盘成一团的绳子之上。绳子沾满了凝烟粉，凝烟粉遇水生烟，立刻有烟雾飘升而起。

他又接连往空中抓了几把，变出了好几捧水，全都淋洒在绳子上，烟雾顿时源源不断地升起。

这些烟雾往高处飘升，到达五六丈高的空中时，便不再往上飘，而是凝住不动。烟雾越来越多，渐渐凝聚成形，如同一片厚厚的云团。这一幕与依山慕丁的幻术极其相似，只不过依山慕丁变出的云团是乌黑色的，易希川变出的云团却是浓白色的。

易希川不像依山慕丁那般，是通过吹奏笛声，让麻绳慢慢攀升。他直接抓起绳子的一头，向空中的云团用力掷去，绳头立刻笔直飞起，蹿入云团之中，竟不再掉落下来。整条绳子立在空中，扽得笔直。

这时易希川抓住绳子，用力地拉扯了几下，绳子直立不动，没有出现任何弯折。他用双手握住绳子，双脚猛然一收，整个人攀附在了绳子上，绳子承受着他的体重，却没有出现丝毫晃动。

易希川紧紧抓着绳子，开始向上攀爬。他的右脚有伤，不敢发力，全靠双手的力量向上攀缘，因此速度变得颇为缓慢。他花了好一阵子时间，方才攀爬了五六丈的距离，来到云团的下方。他转过头来，冲全场观众挥了挥手，又向头顶的云团指了一下，意思是自己即将爬到云团里面去。他双手交替一拽，整个人向上攀爬，一下子钻进了云团之中。

上次在外滩擂台上表演“神仙索”时，易希川钻进云团后，绳子很快垂落下来，云团也迅速消散，他本人则出现在了观戏席上。这次他钻进云团之后，绳子同样很快垂落下来，掉入道具箱子之中，但云团始终没有消散，他本人也一直没有从其他地方现身。

全场观众原本以为易希川会现身于演厅的某个角落，但左顾右盼了片刻，始终不见易希川出现，最终只能将视线转回到半空中的云团上。

就在这时，云团忽然一动，如同有风吹拂一般，渐渐翻涌了起来。只见一缕烟雾从云团的底部涌出，垂落下来，飘浮在云团的正下方。

这缕烟雾自行扭动，渐渐凝聚成形，幻化成了一个人，这人的双脚交替迈出，呈现出行走之态。在人形烟雾的旁边，很快又有四缕烟雾涌出云团，垂落下来，纷纷幻化变形。这四缕烟雾没有再变成人形，而是变成了汉字，虽然字形模糊，但勉强能看出是“尸罗”和“燕国”的字样。

现场观众看不明白这是什么意思，全都一脸疑惑。坐在幕布背后的依山慕丁，乃是尸罗门的传人，对本门先祖尸罗极为了解，看到“尸罗”和“燕国”这四个字，顿时神色一动，一双蓝色的眼睛之中，透露出了些许痴迷之色。

四个烟雾汉字存在了片刻时间，然后迅速消散，人形烟雾也在同一时间涣散开来。五缕烟雾一起向上飘升，融入云团之中。

忽然之间，又有几缕烟雾从云团的底部垂落下来，其中一缕烟雾幻化成了一座尖塔，其他几缕烟雾则幻化成了衣袂飘飘的仙人，绕着尖塔盘旋飞舞。这一幕仙人绕塔起舞的幻景持续了片刻，渐渐消散开来，几缕烟雾重新回归云团之中。

紧接着，一团龙形烟雾、一团虎形烟雾和一团鹤形烟雾从云团的底部分离出来。这三团烟雾在空中飞来掠去，如同龙奔虎跃，鹤翔云底，彼此之间往来追逐，煞是有趣。很快，龙虎鹤纷纷形散，三团烟雾彼此融合，凝聚成了一团。这团凝聚起来的烟雾凌空转动，很快幻化成了一个人。这个人一会儿变大，弓弯着背，长出了大把胡须，瞧起来像个老头；一会儿又变小，身子横躺，胡乱摆动着手脚，瞧起来像个婴儿。

全场观众看得惊奇不已，纷纷发出了惊叹之声。

这团忽大忽小的人形烟雾渐渐消散，融回云团之中，只见原本浓白色的云团，渐渐变成了黑色，如同密布的乌云一般。突然之间，云团中有白光闪动，如流光闪电一般，紧接着轰隆声炸响开来，竟是滚滚雷声。雷声过后，云团的黑色开始消退，渐渐恢复了最初的白色，又缓缓变淡，直至烟消云散，一切消弭于无形。

云团彻底消失了，易希川也跟着消失了。全场观众面面相觑，没人知道易希川去了哪里。

就在这时，搁放在舞台上的道具箱子忽然抖动了起来，一个脑袋从箱子里探出，赫然便是易希川。易希川面带笑容，从道具箱子里爬了出来，走到舞台的前沿，向全场观众拱手谢礼。

全场观众顿时报以极为热烈的掌声，不少观众交头接耳，议论易希川和依山慕丁的表演到底谁更精彩。两人虽然表演的都是“神仙索”幻戏，但细节不同，各有千秋，精彩程度难分伯仲。

易希川谢礼完毕，提起那只刻有“易”字的道具箱子，向幕布后走去。

他尚未走下舞台，依山慕丁却自行登台，走到易希川的身前，双手合十，向易希川深深地鞠了一躬。

易希川急忙鞠躬回礼。他不知道依山慕丁这是什么意思，回礼之时，心中颇为不解。

依山慕丁却不做任何解释，只是微微一笑。他对易希川鞠躬之后，便向站在舞台侧面的司仪走去。他对司仪说了几句话，转过身来，沿着台阶走下舞台，向演厅的出口而去。

司仪顿时大惊失色，急忙翻译了依山慕丁的话，说道：“依山慕丁说，他来中国不是为了参加比赛，而是听说中国也有人会通天绳幻术，这才想来中国亲眼看一看，除此之外，他别无所求。他的愿望在今晚实现了，再留下来已经没有任何意义，所以他要回印度去了。他就此退出本次万国魔术大赛，不再参加剩余的比赛。”

此言一出，全场哗然，观众们的目光纷纷投向正朝演厅出口走去的依山慕丁。

坐在观众席首排的伊莎贝拉露出了些许惊讶之色，心中想道：“依山慕丁是个不求名利的魔术师，我还奇怪他为什么会来参加万国魔术大赛，原来竟是为了这样的原因。”

她身旁的贝特朗却霍地一下站了起来，望着从身前走过的依山慕丁，既万分惊诧，又纳闷至极，暗暗想道：“我当你是个极为厉害的魔术师，这才故意安排抽签，让你和易希川进行比赛，还指望你能击败易希川，没想到你居然中途弃赛。”

依山慕丁面带微笑，神情安详，头也不回地走出了演厅。

贝特朗转过头来，望着舞台上的易希川，心中暗道：“第一轮给你安排了韦恩，你却侥幸晋级，第二轮给你安排了依山慕丁，没想到你的运气还是这么好，看来下一轮必须给你安排一个更加厉害的对手才行。你是对面万国千彩大剧院的人，在我的地盘上比赛，居然能连胜两轮，已经走得够远了，是时候止步了。”

易希川诧异无比地站在舞台上，目送依山慕丁走出了演厅。他将尸罗的故事加进了“神仙索”幻戏，原本是为了压过依山慕丁，多一分胜算，没想到依山慕丁不等决出胜负，竟主动退出比赛，自行离开了。依山慕丁一弃赛，本场比赛的胜负便显而易见。五位评委简单讨论了一下，便将结果告诉了司仪，司仪立刻大声宣布道：“本场比赛的获胜者，是春秋彩戏派戏主易希川，恭喜！”

现场观众顿时掌声雷动，尤其是那些冒雨前来支持易希川的中国同胞们，更是欢呼雀跃，兴奋之情溢于言表。

易希川成了第一位晋级万国魔术大赛第三轮的幻戏师。虽然今晚的胜利来得格外轻松，但他的“神仙索”幻戏极为精彩，丝毫不逊色于依山慕丁。昨晚比赛给他带来的郁闷，刹那间一扫而空。他满面笑容，走回舞台前沿，再次向全场观众拱手谢礼。

易希川下台之后，伊莎贝拉登上舞台，进行下一场比赛的抽签。维克多的名字被抽了出来，对手名叫加斯帕德，同样是一位来自法国的青年魔术师。在晋级第二轮的所有魔术师当中，加斯帕德的名气最小，实力也是最弱的。

贝特朗点燃了一支雪茄，抽了一口，缓和了依山慕丁退赛所带来的郁闷。维克多对决加斯帕德，这是他事先安排好的一组对阵。他知道五位评委都是名声显赫的魔术大家，很难用金钱收买，哪怕能够全部收买，也必定会花掉他一大笔钱，这等同于在他的心头割肉，他自然不愿意这么做。于是他便在抽签上动了手脚，给易希川安排极为厉害的对手，想让这位万国千彩大剧院的竞争对手尽早落败，给维克多则安排最弱的对手，几乎是保送维克多晋级，其他比赛的抽签则不加干预。维克多始终不知道，竟是贝特朗在幕后暗中操控，命令司仪在签箱中增设暗格，又让伊莎贝拉将暗格中提前准备好的纸球抽出。

“第三轮之后是第四轮，第四轮之后就是最终的决赛，易希川必须停下来，不能再继续前进了。如果斯莱迪尼能够晋级第三轮，我就安排斯莱迪尼来对阵易希川。斯莱迪尼号称‘神手’，只要是比拼手速的魔术，他就是最厉害的。我只需把比赛题目定为手法魔术，让莱迪尼发挥他最强的优势，一定能让易希川止步于第三轮。”贝特朗想到这里，抽了一口雪茄，满是络腮胡的脸上，露出了一抹悠闲自得的微笑。

易希川和双鱼走出巴黎魔术馆，打着伞穿过爱多亚路。一些退场的中国观众，寸步不离地簇拥着两人，不断为易希川送上夸奖和赞誉。

穿过爱多亚路，来到万国千彩大剧院的大门前，易希川忽然停下了脚步。

他扭头看着大门的右侧。那里有一个人站在雨中，没有打伞，浑身早已湿透，正是袁木火。

看见易希川出现了，袁木火当即快步走来，拨开簇拥易希川的观众，来到易希川的面前。他猛地弯曲膝盖，一下子跪在了湿漉漉的地上。

这一下倒是出乎易希川的意料，他急忙扔掉雨伞，弯腰搀扶袁木火，说道："袁兄弟，你这是做什么，快些起来！"

袁木火却跪着不起，说道："我是来向你赔罪的，你就让我跪着吧。"

易希川奇道："你赔什么罪？"

袁木火说道："你昨天说的话，我想了一整天，也纠结了一整天。我很想到万国千彩大剧院来帮你做事，但是我以前不自量力，与你为敌，还公然挑衅你，与你斗戏。我以前太过愚蠢，得罪了你，希望能求得你的原谅！"

易希川说道："斗戏较量，那是再平常不过的事，这能算什么罪？你快起来。"说着又要去扶他。

袁木火推开易希川的手，说道："你原谅了我，我才起来，否则我一直长跪在这里！"

易希川拗不过袁木火，只好说道："好，我原谅你了，不管以前有什么过节，都一笔勾销了。你快些起来吧。"

袁木火说道："易兄，你是春秋彩戏派的戏主，又是万国千彩大剧院的驻台幻戏师，你幻戏超群，早已是幻戏界的顶尖人物，我袁木火以后就鞍前马后，追随于你。易兄在上，请受袁木火一拜！”说着不顾易希川的阻拦，叩首一拜，方才站起身来。

易希川听了袁木火的这番话，明知道是恭维吹捧之辞，却颇觉舒服受用，竟有些飘飘然。他说道：“袁兄弟，你肯来万国千彩大剧院，我正求之不得。”向着万国千彩大剧院的大门抬起了手臂，“走，我们这就进去，我去向鲁前辈引荐你。”

袁木火对易希川和双鱼说道：“易兄和姑娘先请，我在后面跟着就行。”

易希川极为高兴，捡起方才扔掉的雨伞，当先而行。双鱼却是一脸冷淡，瞧了一眼袁木火，这才扶着易希川往前走。袁木火跟在两人的身后，进入了万国千彩大剧院。

一进入剧院，三人便遇上了迎面走来的贵叔。贵叔看见了袁木火，想起来是当日喝醉酒后擅闯演厅闹事之人，不由得面露诧异。易希川说明了来意，贵叔更觉得惊讶。但他尽可能不把心中的惊讶表露出来，说道：“老爷正和蒋二爷谈事，就在偏厅里。易戏主若要见老爷，我这便去向老爷通报一声。”

“蒋白丁也在吗？”易希川问道。

贵叔点头应道：“蒋二爷过来好一阵子了。”

蒋白丁曾是袁木火的老板，袁木火正是被蒋白丁赶出了大世界戏台片区，这才居无定所落魄不堪，如今易希川要引荐袁木火来万国千彩大剧院演出，若是让袁木火和蒋白丁照面，袁木火自然会十分尴尬。易希川转头看了一眼袁木火，袁木火得知蒋白丁正在万国千彩大剧院里，脸色果然变得有些难看。

易希川简单考虑了一下，说道：“袁兄弟，你来万国千彩大剧院这件事，迟早会让蒋白丁知晓。既然蒋白丁就在偏厅，不如现在就去见他，把事情当面说清楚，免得他以后再来找你的麻烦。”

袁木火点了点头，应道：“易兄说的是。”

易希川说道：“贵叔，那就劳烦你去偏厅通传一声了。”

贵叔应道：“易戏主太客气了。”

贵叔领着三人来到偏厅门外，独自一人敲门入内，向鲁鸿儒通报了一声，说易希川有事求见。

鲁鸿儒咳嗽了两声，说道：“快请。”

贵叔立刻打开厅门，易希川、双鱼和袁木火相继进入了偏厅。

蒋白丁大大咧咧地半躺在沙发上，看着走进来的袁木火，嘴角冷冷发笑。

易希川说明了来意，希望能邀请袁木火进入万国千彩大剧院，与他同台演出。

鲁鸿儒考虑了一下，说道：“既然易戏主这么开口了，我自然没有异议。”转眼看着袁木火，说道：“易戏主宽宏大量，捐弃前嫌，希望你能铭记在心，知恩不忘。从今往后，你就是万国千彩大剧院的驻台幻戏师了，还望你控制好自己的脾气，少喝酒惹麻烦，好好地协助易戏主，为我万国千彩大剧院多争些光彩。”

袁木火急忙躬身一拜，说道：“多谢鲁老板成全！鲁老板提醒得是，我袁木火一定时刻谨记在心。”

蒋白丁一直半躺在沙发上冷眼旁观，这时忽然鼓起了掌，说道：“恭喜啊恭喜！”他连说了两个“恭喜”，慢慢站起身来，说道：“恭喜袁先生另攀高枝，希望你那点微末本事，不要给我哥的剧院丢脸才是。”说完便哈哈大笑了起来。

袁木火听了这话，脸色顿时一阵青一阵白，显得极为尴尬。

易希川冷冷地说道："蒋先生尽管放心，袁兄弟定然不会叫你失望。"

蒋白丁冷笑道："易戏主慧眼识人，想必是不会看走眼的。"

鲁鸿儒拿起手帕，抵住嘴咳嗽了几声，说道："白丁，今天时候不早了，我们的事以后再谈，你先回去吧。"

蒋白丁说道："那好，哥，我就先行告辞了。"他往厅门走去，明明有宽阔的空间不走，偏偏要从袁木火的身边挤过去，故意用肩膀撞了一下袁木火，说道，"不好意思，借过借过。"说完便打个哈哈，大摇大摆地走出了偏厅。

蒋白丁走后，鲁鸿儒向易希川说道："易戏主，今晚的比赛，想必你又赢了吧？我在这里先恭喜你了。我和白丁有要事商量，所以没能去巴黎魔术馆现场观看你的比赛，还望你不要多心。"

易希川说道："鲁前辈哪里话，晚辈不敢有其他想法。"

鲁鸿儒拍了拍易希川的肩膀，说道："比赛很重要，我们的驻台演出也不能耽搁，这段时间就只能多辛苦你了。"

易希川说道："晚辈有师妹帮忙，又得袁兄弟相助，表演幻戏是乐在其中，一点也不觉得辛苦。"

鲁鸿儒点了点头，随和地一笑，说道："这样就好。时候不早了，你们都回房去休息吧。贵叔，你去给袁木火安排一个房间。"

贵叔说道："老爷，房间我早已经安排好了，我这就带袁先生过去。"他之前领着易希川等人进入偏厅后，便料到易希川引荐袁木火一事，一定会得到鲁鸿儒的同意，于是提前吩咐下人为袁木火准备好了房间。

易希川、双鱼和袁木火离开演厅，在跟随贵叔去往住楼的路上，遇到了拖着一口箱子迎面走来的金童。

易希川当即向袁木火介绍了金童，又向金童介绍了袁木火。

袁木火拱手说道：“见过金师傅。”

金童抬起灰浊的右眼，冷漠地看了袁木火一下。他一言不发，对袁木火毫不理睬，直接错身而过，拖着箱子自行走了。

易希川说道：“袁兄弟，金师傅待人一向如此，你别放在心上。”

袁木火回过头去，望着金童一瘸一拐的背影，目光中透出了一丝敬重之色。易希川、双鱼和贵叔都站在袁木火的身前，没人能看到他目光的变化。

来到住楼，贵叔带袁木火去了一楼的房间，易希川则在双鱼的搀扶下走上二楼，向自己的房间走去。

双鱼长时间没有出声，这时身边只剩下易希川，再没有其他人，她才低声说道：“师哥，袁木火这人有些奇怪，你不要轻易相信他。”

易希川奇道：“师妹，你又发现什么了吗，为什么这样说？”

双鱼说道：“袁木火昨天死活不领你的情，我瞧他性情孤傲，刚愎固执，还以为他不会来万国千彩大剧院。可仅仅隔了一天，他的性子却转变得这么快。他想来万国千彩大剧院驻台演出也就罢了，居然还当着那么多人的面，向你下跪赔罪，这可不是他那种性子的人会做出来的举动。你对他要多留个心眼，不可轻信于他。”

易希川应道：“师妹提醒得是，我知道了。”心里却想：“师妹没体会过流落市井的苦处，袁木火虽然性子孤傲，可吃了一个多月的苦头，性子有所转变，那也是再正常不过的事。师妹心思缜密，这是好事，只不过有时太过谨慎了些。”

双鱼扶着易希川进入房间，向易希川道了晚安，自行回房休息去了。

这天过后，袁木火常常来向易希川请教幻戏方面的各种疑问，易希川除了一些重要幻戏的秘诀外，往往是知无不言，有问即答。到了驻台演出之时，袁木火便作为助手，协助易希川表演幻戏，有时也会独自登台献艺，撑一会儿台面，让易希川能多一些休息时间。

与此同时，万国魔术大赛的第二轮比赛继续进行。维克多轻松击败加斯帕德，进入第三轮。秋本久美子和罗慕寒也都战胜了各自的对手，成功晋级。贝特朗为易希川挑选的下一位对手——“神手”斯莱迪尼——同样在第二轮的比赛当中获胜。

第二轮的比赛全部结束后，算上第一轮的比赛，已有四十多位魔术师出局，大部分比赛都分出了胜负，也有不少比赛是因为题目太难，两位魔术师都没能表演出来，竟然双双遭到淘汰。只有八位魔术师，晋级了万国魔术大赛的第三轮。

在接下来的第三轮比赛当中，维克多、罗慕寒和秋本久美子分别在前三场比赛当中出战，各自获胜晋级。还没有出战的魔术师，只剩下斯莱迪尼和易希川，两人将在第三轮的最后一场比赛中展开对决。伊莎贝拉先抽选出了斯莱迪尼的名字，后抽选出了易希川的名字，定下了两人登台表演的顺序。在此之前，她已经为两人抽选出了比赛题目，那是贝特朗事先安排好的题目——手法魔术。

单纯用双手来表演的魔术，统称为手法魔术。这类魔术考验的是魔术师双手的速度，双手速度越快，表演就越没有破绽，魔术也就越精彩。斯莱迪尼号称“神手”，最擅长的便是手法魔术。他坐在观众席的首排，看到伊莎贝拉抽选出这个题目时，不由得面露微笑，与坐在身边的助手击掌相庆，仿佛已是胜券在握。

自侥幸战胜韦恩后，易希川更多地了解了参赛的各国魔术师，斯莱迪尼“神手”的称号，他早前已经知道了。比赛题目抽出来时，易希川同样坐在观众席的首排，与斯莱迪尼之间只隔了几个座位，斯莱迪尼与助手击掌相庆的场面，被他清清楚楚地看在了眼里。

不仅如此，在散场之时，斯莱迪尼还特意走到易希川的身前，用英语说了一长串的话。他身旁的助手充当翻译，用汉话对易希川说道："斯莱迪尼先生说了，明天晚上的比赛，他会在表演手法魔术时，点名叫你上台比试一下。你如果害怕，现在就说出来，他明晚可以不点你的名，免得你上台出丑。"这话说得一点也不客气，满是看不起人的轻蔑口吻。

袁木火就坐在易希川的身边，听了这话，霍地一下站起身来，喝道："你们把嘴巴放干净一些！"

双鱼坐在易希川的另一边，同样大为恼怒，瞪着一脸轻蔑的斯莱迪尼。

易希川却没有动怒，反而微微一笑，说道："那敢情好，我也正有同样的想法。明晚的比赛，我也准备在表演幻戏之时，请斯莱迪尼先生上台切磋一下。斯莱迪尼先生若是觉得不妥，我也大可以取消这一环节。"

助手将易希川的话，翻译成英语，说给斯莱迪尼听了。斯莱迪尼冷冷一笑，冲易希川竖起了大拇指，忽然手腕一翻，大拇指倒转过来，直指地面。

易希川仍是一脸微笑，冲斯莱迪尼抱了一下拳。

斯莱迪尼冷哼一声，转过身去，与助手一起，大步走出了演厅。

易希川知道斯莱迪尼在手法魔术上极为厉害，但他一点也不惧怕这位对手。要知道他从小练习彩戏法，彩戏法中最重要的一环便是出彩，出彩靠的正是双手的速度，因此比拼手法魔术，他是毫不畏怯。

在中国传统幻戏之中，手法类幻戏非常多，除了“三仙归洞”之外，还有“仙人摘豆”“九子仙棋”“八仙过海”“二仙传道”“霸王卸甲”“李公接带”等幻戏，共有数十种之多，统称为“手法门”。只不过“手法门”幻戏都是小型幻戏，在舞台上表演供人一乐，那是颇为有趣，拿来参加比赛，却是小题大做，撑不起台面，显得不太够格。彩戏法是“旁门二十八法”之一，属于大型幻戏，足以撑起大场面，然而秘诀太过简单，又极为常见，拿来参加比赛，吸引力显然不足，而且易希川身形瘦削，并不适合表演彩戏法。正因为如此，尽管丝毫不惧斯莱迪尼，但最终使用什么幻戏来与斯莱迪尼对决，倒令易希川颇为头疼。

袁木火向易希川建议，在众多“手法门”的幻戏当中，挑选几个最精彩的，串起来进行表演。

易希川却摇了摇头。他已经放了话，要在表演幻戏之时，请斯莱迪尼上台较量一下，“手法门”幻戏虽然有很多，精彩的也有不少，但表演难度都不大，只怕不会给斯莱迪尼造成太大的麻烦。面对斯莱迪尼这样的对手，易希川虽然不惧，却也不敢轻敌，而且斯莱迪尼趾高气扬地挑衅他，丝毫没把中国幻戏放在眼里。因此他要出招，就必须出最狠的招，让斯莱迪尼没有丝毫还手之力，将斯莱迪尼彻底击败，这才是最好的回击。

“你们无须担心，我好好想一晚，明天自有对策。”易希川对双鱼和袁木火说道。

第二天一早，易希川已经想好了要表演什么幻戏，并将他的想法告诉了双鱼。

“这么简单的幻戏，能胜得了那个洋人吗？”双鱼不免有些诧异。

“据我这段时间的了解，这个幻戏虽然简单，却是西洋魔术里从来没有过的，一些参加万国魔术大赛的洋人魔术师，甚至听都没听说过这个幻戏。用它来对付斯莱迪尼，必定能有奇效。”易希川胸有成竹地说道。

易希川找到金童，给了一份清单，让金童帮忙准备道具。金童一句话也不说，只是接过清单看了一眼，便吩咐剧院里的杂工各自去采购和准备了。

到了傍晚时分，易希川、双鱼和袁木火走进了巴黎魔术馆，金童指挥几个杂工合力抬着一口大箱子，跟随在三人身后。大箱子里装着易希川今晚比赛要用到的幻戏道具，为了防止消息泄露，大箱子封得严严实实。

一行人来到演厅，在走向后台的路上，遇到了贝特朗。

贝特朗对大箱子里装了什么压根不感兴趣，反而看着随行而来的金童，笑着用汉话打了声招呼：“金先生，好些年不见，看来你的身体好了不少嘛。我还以为你窝在万国千彩大剧院里，再也不会来巴黎魔术馆了。”

金童直接从贝特朗的身前走过，连正眼都没瞧贝特朗一下，竟是毫不理睬。

贝特朗吃了个闭门羹，笑容顿时一收，说了一句：“脾气还是这么大。”哼了一声，转身走了。

易希川知道金童和贝特朗之间的过节，想起金童在巴黎魔术馆的凄惨遭遇，不禁暗暗叹了口气。

金童被贝特朗害得那么惨，此时被贝特朗奚落了一番，神色却没有丝毫变化，微跛着脚，继续往后台走去。

大箱子抬进了后台，一行人开始休息等待。等了好长一段时间，观众才全部入座，比赛终于正式开始。

易希川来到幕布后面，观看首先登场的斯莱迪尼将要带来什么手法魔术。斯莱迪尼说过要在表演过程中，请他上台比试一下，他好整以暇，耐心地等待着。

斯莱迪尼站在舞台的最前沿，在全场观众的注视之下，拆开了一个四四方方的牌盒子，从中抽出了一副崭新的扑克牌。他一边将扑克牌洗乱，一边用英语说道："我今天为大家带来一个非常简单的手法魔术，叫作抓 A 魔术。抓 A 魔术是魔术师之间用来比拼手速的小魔术，我一个人表演未免太过无趣，如果能有一个竞争对手，那就有意思多了。所以我想请本场比赛的对手易希川先生上来，与我同台比试一下。"

司仪当场翻译了斯莱迪尼的话，全场观众顿时热议起来。在此之前，万国魔术大赛进行了一个多月，所有的比赛都是两位魔术师先后进行表演，相互之间从来没有面对面地同台比拼过。斯莱迪尼直接点名要易希川上台比拼手速，倒是令全场观众颇感意外。

易希川听见了司仪翻译过来的话。他知道斯莱迪尼会请他上台比试，只是没想到会这么快。他镇定自若，直接从幕布背后走出，登上舞台，来到斯莱迪尼的身前。现场的中国观众顿时齐声鼓掌，为易希川叫好助威。

斯莱迪尼将扑克牌托在掌中，问道："易先生，你以前有玩过扑克牌吗？"

易希川摇了一下头。他知道扑克牌，但是从来没有玩过。

斯莱迪尼轻蔑地一笑，说道："那也难怪，对你们中国人而言，扑克牌是新鲜的洋玩意儿，你们自然是不会玩的。"

现场顿时嘘声四起，不少中国观众难忍愤怒，出声叫骂起来。

易希川朗声说道：“中国的‘叶子戏’有上千年的历史，几百年前漂洋过海，传到了你们洋人那里，你们如获至宝，这才照着‘叶子戏’发明了扑克牌。说起来，你这所谓的新鲜洋玩意儿，若是要认祖归宗，还得回到咱们中国来才行。”

现场的中国观众大都不知道扑克牌的来历，听了这话，顿时觉得出了一口恶气，齐声喝彩叫好。

斯莱迪尼冷冷一笑，随即又问：“那你知道什么是抓A魔术吗？”

易希川又摇了一下头，说道：“愿闻其详。”

斯莱迪尼用右手托起那副扑克牌，左手一个弹指，眨眼之间，只见最上面的四张扑克牌自行跳起，翻转了过来。他拿起这四张扑克牌，像扇面一样打开，分别是黑桃A、红心A、梅花A和方块A。

“看见这四张牌了吗？这就是四张A。我把这四张A插回牌堆，扔向空中，在所有扑克牌落地之前，你我二人谁抓到的A更多，谁就是获胜的一方。”斯莱迪尼说话之时，将四张A插进牌堆之中，重新洗乱，随即用力一扬手，将整副扑克牌扔向空中。只见他从漫天飘转落下的扑克牌中迅速穿过，双手抬起，指尖竟已拈住了四张牌，正是四张A。他出手奇快无比，如何在瞬间抓住了四张A，现场所有人包括易希川在内，都没有看清楚。

斯莱迪尼将手中的四张A扔在了舞台上，仿佛双手被弄脏了一般，轻轻地拍了拍，然后一脸扬扬自得，笑着说道：“易先生，懂了吧？”

易希川点了点头，说道：“直接开始吧。”

斯莱迪尼说道：“好！”冲舞台角落招了一下手。

助手立刻抬了一张小桌上台，摆放在斯莱迪尼的身前，桌上放着五副包装完好的崭新扑克牌。

“你我比试五局，五局之内定输赢。你没玩过扑克牌，更没玩过抓 A 魔术，如果是五局三胜，别人会说我欺负你这个无知新手。这样好了，五局之中，你若能胜得一局，就算我输。”斯莱迪尼冷笑着说道。

易希川听了这话，感觉像被人重重地扇了一耳光。比起那些赤裸裸的挑衅话语，斯莱迪尼的这番话更加羞辱人。

易希川点了点头，冷笑道：“好啊，那就来吧。”心中暗道：“你如此目中无人，任你有千般厉害，我便是脚伤未愈，也要拼尽了全力，胜你一局才行！”

斯莱迪尼说道：“易先生，既然是你我之间较量，如果再由我来扔牌，别人会说我太不公平。”他转头望向台下的观众席，目光一转，落在了坐在首排的伊莎贝拉的身上，说道，“伊莎贝拉小姐，请你上台来帮一下忙，可以吗？”

伊莎贝拉点头同意了，站起身来，款步走上台阶，来到舞台之上，微笑着问道：“我该怎么做？”

斯莱迪尼说道：“请你从桌上拿起一副扑克牌，拆开包装，将牌洗乱，洗得越乱越好。然后你站在我和易先生的中间，用你最大的力气，把扑克牌扔到空中。”

伊莎贝拉按照斯莱迪尼所说，从桌上拿起一副扑克牌，拆开牌盒子，将扑克牌抽了出来。她将扑克牌呈扇形打开，展示给斯莱迪尼和易希川看，又展示给台下的观众看，只见扑克牌按照花色的不同和点数的大小排列，四张 A 也在其中，确实是一副崭新的扑克牌。展示完后，她将整副扑克牌洗乱，然后站到了斯莱迪尼和易希川的中间，把手中的牌举了起来。

斯莱迪尼和易希川相隔了两丈的距离。易希川的神色逐渐紧张起来，目光集中在伊莎贝拉手中的扑克牌上，斯莱迪尼却神色轻松地看着易希川，显得成竹在胸。

伊莎贝拉双手一扬，将扑克牌扔上了空中，随即快步退开。扑克牌在空中四散开来，如同雪花一般，漫天翻转，飘落而下。

易希川踏前两步，举头仰望，目光在漫天的扑克牌之间游移，迅速地搜寻着四张A的位置。然而扑克牌翻转飘落之时毫无规律可言，易希川只觉得眼花缭乱，连一张A都没有看见。与此同时，斯莱迪尼迅速地从他旁边掠过，双手在身前快如闪电般抓了几下。待所有扑克牌落地，易希川两手空空，斯莱迪尼却抬起双手，四张A无一遗漏，尽在其手。

现场的中国观众鸦雀无声，洋人观众却欢呼雀跃，高声叫好。斯莱迪尼将手中的四张A扔掉，走到舞台前沿，得意地向观众挥手致意。

易希川站在原地一动不动，心中不禁暗暗惊诧："'神手'斯莱迪尼，果然名不虚传，速度竟快到这等地步，当真是不可思议。"他原本以为，受伤的右脚会影响自己抓A时的速度，没想到这一顾虑竟是多余了，斯莱迪尼的速度快到他还没看见四张A在哪里，就已经将四张A全部抓住，他连伸手抓一下的机会都没有。

斯莱迪尼走回到易希川的身前，得意地笑道："易先生，可以开始第二局了吗？"

易希川暗道："还有四局，我可不能就此气馁。"当即重拾信心，大声说道，"来吧！"

易希川和斯莱迪尼再次相隔两丈站立，伊莎贝拉拿起第二副扑克牌拆开，展示牌面之后洗乱，然后走到两人之间，用力将扑克牌抛向了空中。

易希川立即抢前两步，目光在翻转的扑克牌之间迅速扫动，忽地看见了一张黑桃A一闪而过。他右手急探，向这张黑桃A抓去。然而他的手刚刚探出一半，斯莱迪尼却后发先至，从他身前飞速掠过，黑桃A顿时从他的视线范围内消失了。斯莱迪尼往身前连抓几下，不等扑克牌全部落地，便高高地举起了双手，四张A又一次被他全部抓在了手中。

斯莱迪尼再一次走到舞台前沿，享受着洋人观众的掌声和欢呼。众多中国观众见易希川连败两阵，而且败得极为彻底，几乎毫无还手之力，不禁纷纷唉声叹气。

易希川心中想道："比起第一局，我至少看到了一张牌，总算有所进步。"这么一想，当即大声说道："再来！"

两人再次隔了两丈，相对而立。伊莎贝拉将第三副扑克牌拆开，洗乱，抛上了半空。

这一次易希川没有再率先移动。在前面两局之中，他观察到斯莱迪尼都是先站在外围不动，想来当局者迷，若是冲入牌堆之中，反而视线受阻，倒不如站在外围，纵览全局，或许能更快捕捉到四张A的位置。

两人凝立不动，数十张扑克牌如雪似雨，在两人之间翻转飘落。

忽然之间，斯莱迪尼箭步蹿出，一头扎进牌堆之中。

易希川心中一惊。和第一局一样，他尚未看见四张A位于何处。眼看斯莱迪尼已经出手，他虽然吃惊，却保持着冷静，继续一动不动地站在外围。他没有看到四张A的位置，就算冲进去，也是毫无用处，不如站在原地，耐心观察。

他没有再观察四张A的位置，而是观察斯莱迪尼的一举一动，试图看清楚斯莱迪尼到底如何将四张A抓入手中。

只见斯莱迪尼伸出双手，在身前一尺的范围内，迅疾无比地连抓了数下。

易希川看到这一幕，不由得眉头一皱。扑克牌是从空中落下，若要抓牌，应该往空中抓取才是，然而斯莱迪尼从第一局到现在，每次伸手抓出，都是抓向身前，而且双手伸出的距离极短，没有一次是手臂完全探出，仿佛四张A是自行落到他的面前，他伸手一抓，只不过举手之劳，一点也不费劲。

第三局易希川没有出手，又一次完败于斯莱迪尼。

斯莱迪尼举起手中的四张A，正打算走到舞台前沿，再次享受观众的欢呼声，却听易希川大声说道："再来！"

"无论再来多少次，你都是必败无疑。"斯莱迪尼轻蔑地看了易希川一眼。

易希川对斯莱迪尼的讥讽置若罔闻，心中暗忖："斯莱迪尼如此轻而易举地伸手，便能抓住四张A，难不成是他动了什么手脚，能让四张A自行飞到他的身前？这一次我不再看牌，只需从头到尾，一直盯住斯莱迪尼即可，一定要看穿他的手段。"

伊莎贝拉将第四副扑克牌抛向了空中。

易希川仍是一动不动，看着斯莱迪尼冲进漫天纸牌之中。他死死地盯住斯莱迪尼，忽见斯莱迪尼闪转奔行之时，一张原本垂直下落的红心A，在斯莱迪尼的身前忽然转向，贴在了斯莱迪尼的胸前，斯莱迪尼左手一探，将红心A从胸前迅速摘下。这一幕发生在电光火石之间，可谓转瞬即逝，若非易希川一直目不转睛地盯着斯莱迪尼，绝难发现得了。

易希川看到这里，刹那间恍然大悟。他立刻左脚蹬地，一个蹿步，跃至斯莱迪尼的身前。他的目光死死地盯住斯莱迪尼的胸口，在看见又一张牌贴住斯莱迪尼的胸口时，当即疾伸右手，抢在斯莱迪尼的手伸到之前，将这张牌摘了下来。

所有的扑克牌都落在了舞台上，斯莱迪尼举起双手，这一次他抓住了三张 A，还有一张方块 A，却出现在了易希川的手中。

三对一，这一局仍是斯莱迪尼获胜。但易希川不再像前三局那样一无所获，总算抢到了一张 A，偃旗息鼓了许久的中国观众，顿时爆发出了欢呼声。

斯莱迪尼的神色不再像先前那般悠闲自得。易希川则面浮笑意，将手里的方块 A 扔在了舞台上，大声说道："再来！"

伊莎贝拉拿起桌上的最后一副扑克牌，拆开洗乱，站到两人的中间，提醒道："两位，这是第五局，也是最后一局了。"

易希川点了点头，眉宇间大有兴奋之色。他已经看穿了斯莱迪尼的把戏——事先在五副扑克牌上动了手脚，将所有的 A 牌涂刷了磁粉，再在胸前的衣服夹层里暗藏一片磁石，只需冲进落下的扑克牌中，四处一蹿，四张 A 自然吸附在其胸口，这时只需双手轻探，便能将四张 A 轻松地抓在手中。看穿了这一点，易希川立刻有了获胜的信心。在最后一局的较量中，他打算更进一步，从一开始便片刻不离地贴住斯莱迪尼，紧盯着斯莱迪尼的胸口，一旦有扑克牌吸附其上，立刻伸手抢夺。此时要比拼的，便是两人的手速了。

斯莱迪尼的脸色明显变得严肃了许多。他知道易希川已经识破了他的手段。他深吸了一口气，目光变得锐利起来。易希川在第四局抢到了一张 A，足见手速惊人，最后一局他不敢再疏忽大意，必须全力以赴，决不能让易希川绝地翻盘。

伊莎贝拉双手扬起，最后一副扑克牌飞上了半空。

斯莱迪尼和易希川都没有随着扑克牌的飞起而抬头。两人的目光一直平视身前，盯着两丈之隔的对方。

扑克牌飞上空中，在最高点四散开来，纷纷下落。

斯莱迪尼抢先出手，冲进了下落的扑克牌中。易希川紧随而动，冲到斯莱迪尼的身前，紧紧贴住。斯莱迪尼无论如何闪转移动，易希川始终紧追不舍。易希川要跟上斯莱迪尼的速度，不能再像之前几局那样只用左脚发力，右脚也必须动起来，伤口顿时疼痛无比。他强行克忍，寸步不离地紧贴在斯莱迪尼的身前。

忽然一张扑克牌贴在了斯莱迪尼的胸口。两人几乎同时出手，但斯莱迪尼不愧有“神手”之称，还是快了分毫，抢在易希川的手伸到之前，先一步摘下了这张扑克牌。然而就在这时，第二张扑克牌凌空转向，接着飞到斯莱迪尼的胸前，易希川原本为了抢夺第一张扑克牌而伸出的手，恰好伸到了这个位置。他看见第二张扑克牌翻转之时，显露出了 A 字，不等这张牌吸附在斯莱迪尼的胸口，当即一把抓了过来。

两人各自抢到一张，暂时打成了平手。

就在这时，在两人身前飘飞下落的扑克牌中，有两张忽然方向偏转，一左一右地向斯莱迪尼的胸前飞去。

这一次两人出手的速度更快。

两张扑克牌的下落方向刚一出现偏转，两人便各自把抢到的扑克牌含在口中，双手迅速一左一右地伸出，向这两张扑克牌抓去。

两人的手不分先后，同时抓了这两张扑克牌，随即用力一拽，只听两声撕裂轻响，两张扑克牌同时从中裂开。两人因为太过用力，各自因为惯性后退了几步，然后又同时站住了脚跟。

周围的扑克牌纷纷落下，只见易希川的口中含着一张黑桃 A，斯莱迪尼的口中含着一张方块 A。两人的双手之中，则一手抓着半张红心 A，一手抓着半张梅花 A。

最后一局抓 A 魔术至此结束，两人打成了平手，未能分出胜负。然而按照斯莱迪尼事先放出的话，五局之中，易希川只要胜得一局，便算易希川获胜。易希川输了四局，打平一局，没有一局获胜，因此按照事先说好的规则，最终的胜负结果，是易希川败了。

斯莱迪尼松了一口气，虽然极为惊险，但他最终还是胜了。他咬着方块 A，高举着两张残缺的 A 牌，走到舞台前沿，享受众多洋人观众为他献上的欢呼和喝彩。

易希川扔掉了手中的 A 牌，吐掉了嘴里的黑桃 A。他心中暗觉可惜，若是能早一点看穿斯莱迪尼的手段，或是再多一局抓 A 魔术的比拼，或许他就能战胜斯莱迪尼。他转过身来，看着得意至极的斯莱迪尼，一边咬着牙，一边露出了笑容。斯莱迪尼的抓 A 魔术已经结束，接下来该轮到他出招了。

司仪登上舞台，宣布接下来将由易希川表演幻戏。

斯莱迪尼这时才结束欢庆，得意地看了易希川一眼，穿过舞台，向后台走去。

“请留步，斯莱迪尼先生。”易希川忽然大声叫道。

斯莱迪尼当即停住脚步，转过身来看着易希川。

“我接下来要表演的幻戏，也需要有人比试，方才显得有趣。”易希川说道，“斯莱迪尼先生，你敢留在台上，继续和我较量吗？”

万众瞩目之下，先前易希川是慨然应战，此时斯莱迪尼当然也不能退缩，当即走回易希川的身前，笑着应道：“当然，我乐意之极。”

易希川立刻冲幕布方向挥了一下手，金童指挥几个杂工，将那只放在后台的大箱子抬上了舞台。几个杂工打开大箱子，从里面取出几块石板，铺在了舞台上，又取出少许砖头，在石板上砌成了一个简单的灶坑，然后抱出一捧干柴，丢在了灶坑之中。几个杂工又从大箱子里拿出几根铁管，拼接成了一个铁架子，架在灶坑之上，接着拿出一口铁锅，搁放在铁架子上，再从大箱子里取出一只木桶，撬开盖子，往铁锅之中倾倒，顷刻之间，便倒了满满一锅油。

斯莱迪尼看到这里，脸上露出了些许疑惑，不知道易希川要搞什么鬼。

易希川手掌一翻，用引火粉燃起了一束火苗，将火苗弹入灶坑，点燃了干柴，火焰渐渐在铁锅下方燃烧起来。

这时易希川抬起目光，看着斯莱迪尼，问道："斯莱迪尼先生，请问你知道下油锅是什么感觉吗？"

斯莱迪尼眉头一皱，反问道："你这话是什么意思？"

易希川微微一笑，说道："看来斯莱迪尼先生没有过这样的经历。那也难怪，'油锅捞物'，那是中国独有的幻戏，你们洋人自然是不会的。"他一字一句，与先前斯莱迪尼挑衅他的话语极为相似，竟是分毫不差地给予了还击。

斯莱迪尼看着燃烧的火焰，看着铁锅中的油翻起了些许白色泡沫，脸色渐渐变得难看起来。

易希川摊开右掌，展示给全场观众看，以示他的掌中是空无一物。他将右掌捏成拳头，朝拳眼里吹了一口气，再摊开手掌时，四枚亮闪闪的银圆，已经躺在掌心之中。他将四枚银圆一一放在指尖，轻轻弹击，发出"噌"的轻响之声。他看着斯莱迪尼，说道："斯莱迪尼先生，我手中拿的这四枚钱币，叫作银圆。待会儿锅里的油烧滚之后，我会将这四枚银圆扔进油锅，你我不借助任何工具，只用双手，伸进油锅之中，看谁的手更快，捞出的银圆更多。"

他刻意停顿了一下，继续说道："斯莱迪尼先生，你我也在五局之内定胜负，如何？我知道你以前没有来过中国，没有接触过这个幻戏，因此我不会占你的便宜。五局之中，你不用胜我一局，只需有一局与我打成平手，便算你获胜，你觉得怎样？”

油锅之中渐渐有白烟冒起，斯莱迪尼看着升起的白烟，脸色变得铁青，再也没有先前的得意神态。他根本不会“油锅捞物”，也压根不想与易希川比拼这个幻戏，但形禁势格，此时幻戏还没开始，便当众认输，面子上实在太过难看。他只能硬着头皮，点下了头。

易希川说道：“你我之间比拼‘油锅捞物’，若是由我来丢这四枚银圆，只怕旁人会以为我暗中捣鬼，故意把银圆丢在油锅中的某个位置，方便我自己捞取。”转头看着台下的伊莎贝拉，“未免有失公允，我希望伊莎贝拉小姐能够再次登台，由伊莎贝拉小姐来将四枚银圆丢入油锅之中。”他说的话，依然是在还击斯莱迪尼先前的各种挑衅言辞。斯莱迪尼目中无人，对易希川和中国幻戏没有半点尊重，对付这样的对手，易希川丝毫不讲客气，无论是话语还是选择的比拼方式，都是以眼还眼，以牙还牙。

伊莎贝拉没有拒绝易希川的请求。她刚刚回到观众席坐下，这时便又面带微笑，重新登上舞台，从易希川的手中接过了四枚银圆。

易希川和斯莱迪尼一左一右站在油锅两侧，伊莎贝拉手握四枚银圆，站在油锅的后方静心等待。没一阵子，只见铁锅中烟雾升腾，油面翻涌，满锅的油渐渐滚沸起来。这时易希川摊开右手，往空中一抓，原本空无一物的手中，顿时多了些许清水。他将清水洒入锅中，登时嗞嗞作响，油渍飞溅，一溜子白烟翻腾而起。他这种做，是为了证明锅中的油是货真价实的真油，绝对没有弄虚作假。但斯莱迪尼没有料到易希川会突然这么做，眼见油渍乱溅，顿时吓得倒退了一步，伊莎贝拉更是急忙避开，唯有易希川本人凝立不动。

“伊莎贝拉小姐，请吧。”易希川说道。

伊莎贝拉不敢靠得太近，一是油温太热，气味极为呛人，二是怕银圆入锅之时，会有油渍溅到自己身上。她隔了几步远，看准油锅，轻轻地抛出了四枚银圆。四枚银圆在空中翻转数下，划过四道弧线，纷纷掉进了油锅之中，随即晃悠悠地沉到锅底，被油色遮住，看不见位于何处。

斯莱迪尼望着锅中翻起的滚滚油烟，心也像这油烟一般，忽左忽右，飘忽不定。他没想到易希川会和他比拼如此凶险的魔术。眼看四枚银圆已经丢进油锅之中，他却心生惧怕，一动不动。

易希川见斯莱迪尼不敢出手，因此也就不慌不忙。他面带微笑，转身向全场观众拱手见礼，说道：“各位，在下这就献丑了！”说完这话，他笑容一收，凝神盯住油锅，将右臂上的衣袖一圈圈地捋了起来。他伸出左手，掐住右臂腋下，随即右手五指屈伸，指骨之间咯咯作响。整个演厅之中寂静无声，所有观众都看入了神，连斯莱迪尼也目不转睛地盯着易希川，要看易希川是否真的敢把手伸进油锅，将四枚银圆捞出来。

忽然之间，只听易希川一声喝叫，右手犹如蛟龙探海，迅疾地插入锅中，淹没至手肘位置，随即倏地缩回。全场观众还没瞧清是怎么回事，一枚沾满油渍的银圆已拈在易希川的二指之间。他的右臂油液涔涔，微微泛出被烫红的颜色，脸上眉头紧皱，似乎正在强忍剧痛。他将银圆放在灶坑边缘，随即接二连三地伸手入锅，片刻之间，便将剩余的三枚银圆一一捞出。全场观众顿时轰天价地鼓掌叫好，连一些洋人观众也忍不住发出了惊叹声。

斯莱迪尼看着易希川被烫得通红的右臂，暗暗心道：“疯了！这人真是疯了！”

易希川等四枚银圆冷却之后，用袖子将银圆一一擦拭干净，递给伊莎贝拉。伊莎贝拉接过四枚银圆，看着易希川的右臂，面露担忧之色，轻声问道：“易先生，你没事吧？”

易希川微微一笑，说道：“我没事，谢谢小姐关心。”

伊莎贝拉难以置信地摇了摇头，抬手一抛，四枚银圆再次坠入油锅之中。

易希川看着站在油锅对面仍然无动于衷的斯莱迪尼，说道：“斯莱迪尼先生，现在是第二局了，你还不打算出手吗？”

斯莱迪尼面对热气腾腾的油锅，一时之间进也不是，退也不是，真不知该如何是好，额头很快汗珠涔涔。

就在斯莱迪尼进退两难之时，易希川再次用左手掐住右臂腋下，右手疾速探入油锅之中。这一次他虽然快进，却没有快出，而是用右手在滚油之中来回搅动，似乎在摸寻银圆的位置。片刻之后，等到他从油锅中抽出右手时，四枚银圆已全部抓在他的手中，没有一枚遗漏。

满场欢呼声中，易希川迅速将四枚银圆揩拭干净，待银圆不那么烫手时，交到伊莎贝拉的手中，伊莎贝拉第三次将银圆抛进了油锅。

易希川没有迅速出手，而是站立不动，冷眼看着斯莱迪尼。全场观众的目光，纷纷集中到了斯莱迪尼的身上。斯莱迪尼连续两局吓得不敢出手，这时被所有人盯住，有如芒刺在背，咬了咬牙，慢慢地卷起了袖子。他看着锅中滚油，心中暗想：“这只不过是个魔术，魔术都是假的。他多次伸手进去，也不见伤得多么厉害，或许我可以大胆一试，说不定这油只是看着吓人，其实根本就不烫。”他慢慢将手伸到油锅上方，一下子就感受到了滚滚热气，顿时转念又想：

“就算是魔术，那也要有经验才行。他以前肯定变过这个魔术，即便如此，他的手臂也被烫得通红。我可从来没有练过这个魔术，贸然把手伸进油锅，整条手臂说不定从此就残废了。”这么一想，伸出的手顿时僵在油锅上方，迟疑不前。

就在斯莱迪尼犹豫之时，忽听“轰”的一声巨响，铁锅中的油竟猛地燃起了大火。他猝不及防，急忙缩手，仍被蹿起的火焰燎到，手掌顿时灼痛万分。他吓得接连退开了数步，痛得连连甩手。

原来易希川悄悄伸出左脚尖，故意往前一踏，踩在灶坑中一根烧着的柴棍上，柴棍的另一端翘起，撞在锅底，顿时溅起了几粒火星。他袖子轻轻一拂，火星被风一荡，飘入油锅，锅中的油早已滚热，一遇火星，满锅子的油顿时燃起大火来。

伴随火焰的轰然大作，全场观众也发出了震耳欲聋的惊叫声。

就在这时，易希川大吼一声，右手抬起，猛地穿过大火，扑通一声，插进油锅之中，溅得油渍四散飞溅。他的右手飞快地搅动一圈，随即抽了出来，高高地举起，四枚银圆赫然出现在他的手指之间。他的右手虽然抽出，整条手臂却兀自燃烧着火焰，他始终高举右臂，竟任其燃烧，没有想要灭火的意思。

全场观众看见这一幕，如睹天人，尽皆惊骇莫名，目瞪口呆。斯莱迪尼也全然愣住了，眼前的这一幕，已经远远超出他的想象。

只听脚步声飞快响起，双鱼从幕布后面冲了出来，抖开一件厚厚的大褂，卷住易希川的右臂，层层裹紧，火焰失了空气，登时灭了。

不等所有人回过神来，易希川便将裹住右臂的大褂解开，说道：“还有两局，伊莎贝拉小姐，请吧。”

伊莎贝拉一脸惊骇地看着易希川已然被烫成鲜红色的右臂，说道：“易先生，你真的还要继续吗？”

易希川将手中的四枚银圆递出，丝毫没有退缩的意思。伊莎贝拉只好接过四枚银圆，第四次将银圆抛入了油锅之中。

油锅中大火燃烧，易希川也不灭火，直接抬起了鲜红色的右臂。烈焰在油锅中跳动，也在他眼睛里翻腾。

斯莱迪尼看到这里，再也无心恋战，叹道："易先生，你真是一个彻彻底底的疯子，我认输了。"说完这话，垂首丧气，不断地摇着脑袋。

现场的中国观众顿时欢呼起来，喧声冲天，整个演厅嗡嗡震颤。

易希川抬起的右臂缓缓地放了下来。他看着油锅中燃烧的大火，内心却没有任何高兴的感觉。

"油锅捞物"这门幻戏，在中国极为古老，也颇为常见，一些跑江湖的卖艺人，往往会在人群密集的地方架起油锅，表演这门幻戏。这其中的手段通常有两种，一种是在锅里装上大半锅的醋，再在醋的表面漂浮一层油，因为醋的沸点很低，所以温度稍稍升高时，满锅的醋便会滚沸起来，而表面又是漂浮的油，很容易造成白气氤氲、油锅滚滚的假象，这时候伸手入锅，自然不会有任何危险；另一种则是往锅中倒入真油，却提前在手上涂抹一层蜡，伸手入锅之时，皮肤和沸油被蜡层隔离开来，同样不会受伤。

易希川没有选择第一种方法，因为醋一旦滚沸起来，气味也会四处飘散，他的把戏就会被拆穿。他准备的是一锅货真价实的真油，但也没有选择第二种方法，因为他的手臂上根本没有抹蜡。如此"油锅捞物"，考较的就是真本事了。易希川在伸手入油锅之前，事先掐住了腋下，把手臂的痛觉降到最低，然后以最快的速度，探手入锅，拈取银圆。这份本事，需要手臂十分耐烫，拈取银圆时必须一次到位，否则须迅速将手臂抽出，不然便会导致极为严重的烫伤。

不过易希川要了一点手段，他并没有真正的拈取银圆，而是事先准备了多余的银圆，在伸手入锅之前，掌纹之间已经夹藏了新的银圆，手一入锅，立刻抽出，将夹藏的银圆展示出来。那些被伊莎贝拉抛进锅中的银圆，全都躺在锅底，被油色遮掩，根本无法看见。但易希川为了震慑斯莱迪尼，竟然将右臂伸入油锅之中来回搅动，后来又穿透大火探入锅中，右臂已经受了极为严重的烫伤。因此他虽然获胜，却灼痛钻心，一点也顾不上高兴。

易希川强忍灼痛，没有向为他欢呼呐喊的观众拱手谢礼，而是走到斯莱迪尼的身前，向斯莱迪尼伸出了手。

斯莱迪尼原本以为易希川会第一时间走到舞台前沿，尽情享受观众的欢呼和掌声，没想到易希川却直接来到他的面前。他有些诧异，但仍然伸出手去，与易希川握了手。

易希川在双鱼的陪同下，走向了后台。金童招呼几个杂工上台灭了油锅中的火，用最快的速度，将所有道具撤下了舞台。

评委席上，五位评委小声地讨论起来。斯莱迪尼和易希川已经完成了手法魔术的表演，斯莱迪尼在抓 A 魔术中完胜易希川，易希川则在“油锅捞物”中逼得斯莱迪尼主动认输，两人最终谁会在本场比赛中获胜，五位评委还需要商议一番。

坐在观众席首排的贝特朗，心中却十分清楚，本场比赛的胜者，一定会是易希川。虽然斯莱迪尼和易希川都在各自的表演中胜出，但斯莱迪尼在抓 A 魔术中胜得极为惊险，在“油锅捞物”中却是败得一塌糊涂，毫无还手之力。两相比较，胜者当然是易希川。因此不等五位评委宣布结果，贝特朗便走到舞台的侧面，将司仪叫到身前，小声地叮嘱了几句。司仪有些诧异，贝特朗却低声道：“你只管照做就行了。”然后走回观众席首排坐下。

片刻之后，五位评委商议结束，一致评定易希川获胜晋级。结果一经宣布，现场的中国观众自然又是一阵山呼海啸般的欢呼庆贺。

接下来，司仪宣布第三轮比赛结束，将进行第四轮比赛的抽签仪式，随即又宣布了在抽签规则上的一些改变。因为只剩下四位魔术师，意味着第四轮只有两场比赛，所以接下来的抽签，将会把两场比赛的题目和对手同时抽选出来，两场比赛的胜者，将晋级万国魔术大赛的决赛，决赛将时隔三天举行，并且不设题目，两位魔术师可以自由发挥，最终由五位评委和邀请来观看决赛的多位名人一起进行投票，决出最终的冠军。

宣布完抽签规则后，司仪将两只签箱拿上舞台，由伊莎贝拉抽选第四轮比赛的题目和对手。

伊莎贝拉先抽选题目，抽出的第一个纸球上写着“火焰”，第二个纸球上写着“时间”，因此下一场比赛的题目是火焰魔术，再下一场比赛的题目是时间魔术。她接着抽选比赛的对阵双方。剩下的四位魔术师当中，秋本久美子的名字第一个被抽出，罗慕寒的名字紧随其后，第三个抽出的是维克多的名字，最后抽出的名字则是“易希川”。如此一来，明晚的下一场比赛，将由秋本久美子和罗慕寒围绕火焰魔术展开较量，后天晚上的再下一场比赛，将由维克多和易希川围绕时间魔术展开对决。

看着抽签仪式按照自己的安排而进行，贝特朗平静地抽起了雪茄。他在第三轮比赛中为易希川安排了斯莱迪尼这个强劲的对手，甚至安排了斯莱迪尼最擅长的手法魔术，可最终还是易希川获胜晋级，这令他大为光火。他原本打算在第四轮当中，安排维克多对阵名气并不大的罗慕寒，以此来保证维克多进入决赛，但如今易希川晋级，他立刻改变了想法，改由维克多来对阵易希川。他当然不会让易希川夺冠，甚至不希望看到易希川出现在决赛的舞台上。要知道决赛是万众瞩目的终极对决，届时会请来上海各界最有名的人物到场观看，全世界的报纸都会加以报道，他不希望竞争对手的驻台幻戏师能站上这样盛大的舞台，就算是给出世界亚军的名头，他也无法接受。在他看来，剩下的四位魔术师当中，唯一有能力击败易希川的，便是维克多了，两人曾经有过整整一个月的较量，不分胜负，足见实力相当。因此他直接安排维克多在第四轮中对决易希川，到时候再暗中使一些手段，无论如何也要保证维克多击败易希川，让维克多晋级最终的决赛，让易希川止步于决赛门口。

第十章 流火

离下一次比赛还有两天时间，易希川右脚的伤势尚未痊愈，整条右臂又被严重烫伤，两天时间对于伤势的恢复实在短暂到可以忽略不计。他唯有在两天后带伤出战，与维克多对决。

但在此之前，他还须关心即将在明晚进行的比赛，秋本久美子将与罗慕寒展开对决。罗慕寒是罗盖穹的儿子，秋本久美子则是斋藤骏的徒弟，罗盖穹曾和斋藤骏围绕“天火焚身术”比拼破术，如今两人的传人，又将以火焰魔术为题目展开对决，仿佛冥冥之中自有天意安排。前一代的对决，又将在下一代之间展开，甚至都是围绕火来进行。

让易希川担心的是，罗盖穹被斋藤骏击败，被烧得遍体鳞伤，此事在上海尽人皆知，罗慕寒来到上海已有两个月，四处打听杀死罗盖穹的凶手，想必早已得知罗盖穹被斋藤骏击败并烧成重伤一事。在维克多表演亡灵魔术时，罗慕寒当众对罗盖穹的亡灵下跪叩头，足见对罗盖穹极是敬重，想必明晚与秋本久美子的对决，会被他视作复仇雪耻之战。秋本久美子没有斋藤骏那样的城府和心机，与罗慕寒一战，败了也就罢了，可易希川担忧的是，罗慕寒会得寸进尺，耍什么阴险手段。秋本久美子若是没有提防之心，在火焰魔术的对决当中，说不定会出什么意外，甚至像罗盖穹那样被烧伤，也是有可能的。

易希川想到这些，当真是辗转反侧，夜不能寐。他必须在比赛开始之前，让秋本久美子得知罗慕寒的来历，提前有所防备才行。他本可以在洋槐树下埋书传信，可是秋本久美子被软禁在国术馆内，一直没法去洋槐树下，这一法子是行不通了。他必须另想办法。

转眼便是次日傍晚，易希川早早便来到了巴黎魔术馆。他若是孤身一人，一定会站在巴黎魔术馆的大门前，等候秋本久美子的到来。但双鱼担心他的伤势，寸步不离地陪着他。双鱼以为他只是来观看比赛的，他若是长时间站在巴黎魔术馆的大门外，以双鱼的缜密心思，一定会起疑。他只好在双鱼的陪同下，进入巴黎魔术馆的演厅，在观众席上就座。

易希川想要提醒秋本久美子提防罗慕寒，但有双鱼守在身边，他无法与秋本久美子接触。即使他找借口撇开双鱼，可秋本久美子被斋藤骏看管极严，始终有几个日本武士护在身边，不让他有接近秋本久美子的机会，更别提和秋本久美子交谈说话了。

他思来想去，正暗暗犯愁之时，忽然看见一个熟悉的人走进了演厅。他念头一转，立刻想到了一个法子。

没过多久，秋本久美子乘坐的轿车，驶抵了巴黎魔术馆的大门外。

秋本久美子一下车，斋藤骏和几个日本武士便护着她，一起穿过排队入场的人群，走进了巴黎魔术馆，旋即进入演厅，往后台而去。

就在这时，一个早已在演厅入口处守候多时的洋人，捧着一支纸折的红色玫瑰，向秋本久美子走去，笑着招呼道："久美子小姐，你好！"出口却是颇为流利的汉话。

几个日本武士当即抬起手臂，拦住了那个洋人，不让他靠近秋本久美子。

秋本久美子认出了那个洋人，脸上顿时露出了笑容，说道："路德，好久不见了。"

那个洋人的胸前挂着一部相机，正是圣三一堂的英国牧师路德。

"久美子，"斋藤骏说道，"你认识这个洋人？"

秋本久美子应道："师父，他就是我对你说过的，那位救过我性命的英国牧师。"

斋藤骏瞧了路德一眼，挥了一下手，示意几个日本武士不必再行阻拦。几个日本武士放下了阻拦的手，路德走到秋本久美子的身前，将手中的玫瑰送给了秋本久美子，说道："听说今晚的比赛题目是火焰魔术，我非常期待你即将表演的魔术，也希望你一切都好，表演火焰魔术时注意安全，不要受伤。"

秋本久美子接过玫瑰，微笑道："谢谢你，我一定好好表演，也一定会注意安全。"

"久美子，我们该去后台准备了。"斋藤骏说道。

秋本久美子与路德道了别，跟随着斋藤骏，往后台走去。她一边走，一边转头望向观众席，看见了坐在观众席首排的易希川。易希川手里拿着一张纸，一边翻来折去，一边冲她轻轻点头。她一下子明白过来，手中那支纸折的红色玫瑰，原来是易希川托路德送给她的。她也冲易希川微微点头，示意她已经明白了。

秋本久美子来到后台，趁着在屏风背后换衣服的机会，仔细地观察着那支纸折的玫瑰。她没有在玫瑰的表面发现什么异样，于是将玫瑰拆开，平展成了一张纸，顿时在纸的背面发现了一行细小的文字。文字歪歪斜斜，是易希川的笔迹，写着："罗慕寒是罗盖穹之子，比赛时务必当心。"

秋本久美子的脸上立刻露出了甜美的笑容。罗慕寒是罗盖穹的后人，这一点其实她早就知道了。斋藤骏行事极为缜密，秋本久美子每场比赛之前，他都会派人打探清楚对手是何来历。在知道罗慕寒就是罗盖穹的儿子后，斋藤骏也产生了和易希川一样的顾虑，于是特意叮嘱了秋本久美子，在比赛时一定要多加小心，以免罗慕寒公报私仇，暗中对她不利。

秋本久美子虽然早就知道罗慕寒的来历，但看到易希川的留字，想到易希川如此担心自己，心里顿时一阵甜蜜。她想起当初易希川在外滩擂台上表演完"神仙索"后，因为担心易希川的安危，自己曾写过一张"速离上海"的字条，托人交到易希川的手里。如今易希川也是用了同样的方式，把担心写在了纸上，托路德转交给了她。她想起路德说的那句话："希望你一切都好，表演火焰魔术时注意安全，不要受伤。"她这时才明白过来，原来这句话是易希川要对她说的。

她将这张有易希川亲笔留字的纸小心翼翼地折好，放在了贴身里衣的口袋里。她心情极好，换好了衣服，清点了所有将要用到的道具，然后在斋藤骏的陪同下来到幕布背后，等待登台。

一页纯白色的画屏摆放在了舞台的正中央，画屏的边角上挂着一支干净的紫毫笔，画屏的左右两边则立着四个支架，这一幕与当日秋本久美子和双鱼比赛时的开场极为相似，只不过四个支架不再呈口字型摆放，而是横着排成了一条线，支架上摆放的也不再是灯，而是四个圆形的玻璃水缸，玻璃水缸里全都装满了清水。

秋本久美子身穿粉色和服，轻步走上舞台，来到画屏的旁边。她取下紫毫笔，不用蘸取墨水，直接在画屏上轻描淡写了几笔，然后转动画屏，等到画屏静止下来时，上面凭空显画，出现了一支彩绘的蜡烛。

蜡烛是熄灭的，烛芯直立，没有火苗。秋本久美子拿起紫毫笔，如同画龙点睛一般，在烛芯上轻轻地涂抹了一下，随即转动画屏，只见画屏上飘起了一缕淡淡的青烟。等到画屏再次静止下来时，那只彩绘的蜡烛上，原本熄灭的烛芯，竟燃起了明黄色的火苗。火苗并非画出来的死物，而是轻轻跳动着，竟是真的火焰，那缕淡淡的青烟，正是从火苗所在之处飘升而起。更为神奇的是，画屏明明是纸质的，然而火苗只在蜡烛的烛芯上燃烧，竟始终没有蔓延开去，引燃整页画屏。

全场观众看得目瞪口呆，即便是那些前来为罗慕寒助威的中国观众，也难掩满脸的惊讶之色。

秋本久美子微微抬起双手，将紫毫笔插在了发髻之上，然后伸出纤细的手指，拈住了烛芯上的火苗。她的手慢慢地离开画屏，火苗竟被她从画屏上摘取了下来，在她的指尖上静静地燃烧。画屏上没有了火苗，只剩下了一支熄灭的蜡烛画像。

秋本久美子仿佛感觉不到灼痛，用手指小心翼翼地拈着火苗，走到了最左侧的玻璃水缸前。

她的指尖轻轻一弹，火苗在空中划过一道美妙的弧线，落入玻璃水缸之中。玻璃水缸盛满了清水，按理说水火不容，火苗一旦落入水中，势必会立即熄灭。但奇怪的是，她弹出的这束火苗，却漂浮在水面上，兀自燃烧着。

在无数道惊讶目光的注视之下，秋本久美子取下插在发髻上的紫毫笔，伸出笔尖，极轻极慢地触碰了一下水面上的火苗。只见火苗微微一动，颜色渐渐变化，从明黄色变成了绿色。秋本久美子对准绿色的火苗轻轻吹了一口气，火苗向周围炸裂，火焰一下子蔓延开来，整缸清水顿时着火，绿色的火焰熊熊燃烧。火焰是绿色的，并且在水面燃烧，这已是大违常理之事，更为怪异的是，燃烧的火焰竟像极了一朵花，花瓣层层叠叠，每一片花瓣的形状都极为清晰。

现场观众顿时爆发出一阵震耳欲聋的惊呼声。易希川也吃了一惊，“哇”地叫出了声，引得双鱼转头看了他一眼。他浑然不觉，依旧目不转睛地望着舞台上的秋本久美子，难以置信地摇了摇头。

秋本久美子容颜沉静，丝毫不受现场观众热烈反应的影响。她伸出手指，从花朵般的绿色火焰上拈取了一小束火苗，随即走到第二只玻璃水缸前。她指尖轻弹，火苗落入玻璃水缸中，仍在水面上漂浮燃烧，并不熄灭。

秋本久美子用紫毫笔轻触火苗，只见原本绿色的火苗，竟渐渐变成了红色。她朝火苗轻轻吹了一口气，红色的火焰顿时蔓延开来，玻璃水缸中的清水全都燃烧了起来。红色火焰的形状颇为浑圆，周围有细小的火苗不住地蹿动，仿佛一轮悬挂在天空中光芒四射的太阳。

秋本久美子从红色火焰上拈起一小束火苗，走向第三只玻璃水缸。她像先前那样进行了表演，玻璃水缸中燃起了金色的火焰，火焰的形状如同一片片树叶，微微晃动着，仿佛有轻风吹拂一般。

紧接着，秋本久美子又拈起一小束金色的火苗，走到最后一只玻璃水缸前。这一次，玻璃水缸中燃烧起来的火焰，变成了白色，形状如同雪花一般。

四只玻璃水缸之中，火焰同时翻腾燃烧，颜色不同，形状各异。易希川一眼望去，顿时看明白了这些火焰的含义。第一只玻璃水缸中的火焰是绿色的花朵，象征着叶绿花开的春天；第二只玻璃水缸中的火焰是红色的太阳，象征着骄阳似火的夏天；第三只玻璃水缸中的火焰是金色的落叶，象征着落叶流金的秋天；最后一只玻璃水缸中的火焰是白色的雪花，象征着大雪茫茫的冬天。用火焰来描绘四季之景，如此新奇的创意，如此神妙的变化，令易希川叹为观止，也令他百思不得其解。

现场许多观众都看明白了这个幻戏是在表现四季之景，顿时惊叹连连。不少中国观众明知秋本久美子是一个日本女子，却也忍不住为她献上了掌声。

秋本久美子结束了幻戏表演，向台下轻轻欠身施礼。她看着台下的易希川，浅浅一笑，然后转身走下舞台，回到了幕布背后。几个日本武士快步跑上舞台，熄灭了火焰，将所有道具撤了下去。

司仪随即走上舞台，宣布接下来将由罗慕寒登台表演。

演厅里的灯光全部熄灭了，舞台上变得一片昏黑，隐约可见一道人影从幕布后面走出，站到了舞台的正中央。

全场观众安静下来，纷纷望着舞台上的那道人影。

黑暗之中，只听一声清脆的响指，一束火焰忽然出现在了舞台之上。

火焰是暗红色的，在一只右手的食指尖上跳动，这只右手的主人，正是舞台上的那道人影。火焰的红光照在那道人影的脸上，映出了满脸的横肉，映出了一头的短发，正是罗盖穹的儿子罗慕寒。

罗慕寒手腕一翻，指尖的那束火焰滑落下来，绕着他的手臂游走。火焰如同一条暗红色的火蛇，从他手臂游走到了肩膀，又从肩膀游走到了胸前，再从胸前游走到了腹部。火光映照之下，只见他身上穿着一件华美艳丽的火红色丝绸长衣。易希川看得分明，那火红色的丝绸长衣，正是当日罗盖穹与斋藤骏比拼“天火焚身术”时穿过的那件火浣衣。

罗慕寒操控火焰绕着他的全身游走，忽然双臂朝天一振，沉声喝道：“着！”只见他身上的火浣衣无风而动，随即“轰”的一声炸响，那束暗红色的火焰正游走至火浣衣的衣摆位置，猛然间向左右蔓延开来，火浣衣的衣摆顿时着火，燃烧起了暗红色的火焰。

罗慕寒疾喝一声：“起！”只见衣摆上的火焰向上燃烧，迅速蔓延开来，刹那之间，整件火浣衣都燃起了大火。

这时罗慕寒又是一声喝叫：“焚！”只见火浣衣上的火焰向上蹿升，顷刻间便吞噬了他的头部。他浑身上下尽皆着火，却始终一动不动地立在原地，任凭身上的火焰肆虐燃烧。

易希川看到这里，眼前景状恍惚，仿佛看到了罗盖穹在大火燃烧的双水戏台前表演“天火焚身术”的场景。

罗慕寒登台后表演的这个幻戏，正是从罗盖穹那里学来的“天火焚身术”。他身上所穿的火浣衣，正是几名罗家弟子赶到杭州找他时，给他带去的罗盖穹的遗物。

全身的火焰燃烧了片刻，罗慕寒忽然沉声一喝：“灭！”火焰立刻从他的头部开始往下熄灭，脚上的火焰也开始往上熄灭，最终熄灭到只剩下衣摆上那一小束暗红色的火焰。这束暗红色的火焰开始绕着他的全身游走，慢慢游走到他的右臂，最终回到了他的指尖之上。他打了一个响指，暗红色的火焰倏地熄灭，一切归于黑暗。

这时舞台上亮起了一束灯光，照亮了罗慕寒的全身。

罗慕寒环顾了一眼台下的观众，大声说道："在下罗慕寒，是'上海三魁'之首罗盖穹的儿子，也是他毕生幻戏的唯一传人。我方才表演的幻戏，叫作'天火焚身术'，原本已经失传了数百年，但被我爹重新习得，成了他生平最为得意的幻戏。我爹把这门幻戏传给了我，可我一直认为这门幻戏不够精彩，离了我身上的这件火浣衣，便无法进行施展。"

罗慕寒说到这里，将身上的火浣衣脱了下来，露出了穿在里面的黑色大褂，然后举起手中的火浣衣，说道："这件火浣衣是我爹的遗物，从今往后，我再也不会穿上它，方才也是我最后一次表演'天火焚身术'。这门幻戏，从此将永绝于世。"

话音一落，一名罗家弟子立刻手捧一个精美的木匣登上舞台，罗慕寒将火浣衣小心翼翼地折叠起来，放入木匣之中，封匣上锁，交给那名罗家弟子带下了舞台。这时罗慕寒右手一抬，轻轻一个弹指，只见一团暗红色的火焰突然凭空燃起，出现在他的掌心之中。

"我曾潜心研究'天火焚身术'，以这门幻戏为根基，自创了一门新的幻戏，我为它取名为'流火'。"说话之时，罗慕寒微微倾斜手掌，只见那团暗红色的火焰竟如流水一般，沿着他的指尖往下流淌。他的左手伸到右手的正下方，接住了缓缓流淌下来的火焰。火焰像水一般轻柔，如同一道瀑布倾泻而下，全部流入他的左手之后，旋即凝聚在了一起，竟重新变回了一团暗红色的火焰，在他的掌心之中燃烧跳动。

这神奇非凡的一幕，看得全场观众尽皆变色。先前秋本久美子变的幻戏，不过是在水面上燃烧火焰，此时罗慕寒的"流火"幻戏，却是将火焰变得如同流水一般，显然更加玄妙神奇。

易希川在幻戏方面算得上是见识广博，可即便如此，他也是头一次见到这样的幻戏，也完全想不明白罗慕寒是如何实现这般变化的。中国幻戏门类众多，易希川几乎通晓所有幻戏，已是极为罕见了，但像罗慕寒这样能自创一门新的幻戏，而且是一门神奇至极的新幻戏，自然更加困难。从这一点上来讲，罗慕寒比起易希川来，可要高明多了。易希川看到这里，竟暗暗对罗慕寒生出了由衷的敬佩之心。

站在幕布后面的斋藤骏和秋本久美子，同样是第一次见到这样的幻戏。

斋藤骏有云机诀在手，对中国幻戏的了解，甚至比易希川还要全面，可即便如此，他一时之间也看不穿罗慕寒这门“流火”幻戏的秘诀。他不禁暗暗心想，如果当初在罗家戏苑破术之时，罗盖穹变的不是“天火焚身术”，而是这门“流火”幻戏，那当时落败的极有可能不是罗盖穹，而是自己了。

秋本久美子看到这门“流火”幻戏时，心中不禁暗暗惊叹，想道：“他这么厉害，我今晚一定是败给他了。”她这样想时，心里却没有丝毫的不高兴。她已经晋级到万国魔术大赛的第四轮，先后出战了四场比赛，每场比赛易希川都到现场来观看了，等同于她与易希川前前后后一共见了四次面。她已经很满足了，没有任何遗憾，也没有任何不开心。

罗慕寒的双手反复倾倒了几下，让火焰如同流水一般，在他的双手之间流转了几个来回，然后蹲下身来，将手掌摊开在舞台上。只见火焰缓缓流出他的手掌，在舞台上缓慢流动，如同拐弯的河流一般，竟渐渐首尾相连，流淌成了一个圆。一个暗红色的火圈，就此出现在了舞台之上。

罗慕寒站起身来，望着台下瞠目结舌的观众，沉声说道：“我需要邀请两个人来到舞台之上，协助我继续表演这门‘流火’幻戏。”

观众席中当即有不少人举起了手，“我、我、我”的叫喊声更是此起彼伏，不绝于耳。

罗慕寒嘴角轻斜，说道：“不劳各位观众费神，我会直接点名两人上台，希望这两人不要胆战心惊，畏怯退缩，不敢登台。”他陡然提高了音量，“第一位，日本幻术师斋藤骏的传人，也是我本场比赛的对手——秋本久美子！”他顿了一下，目光下移，落在了坐在观众席首排的易希川身上，大声说道，“第二位，春秋彩戏派戏主，万国千彩大剧院驻台幻戏师——易希川！”

此言一出，易希川不禁心头一跳。坐在他周围的人，无论是贝特朗和伊莎贝拉，还是其他观众，甚至包括双鱼在内，全都转过头来，向他投来了目光。

双鱼知道易希川杀死了罗盖穹，此时罗慕寒点名要易希川登台协助表演，极有可能没安好心，要对易希川不利。因此她看向易希川的同时，轻轻伸出手去，握住了易希川的手，对他摇了摇头，示意他不要登台。

易希川微微点了一下头，算是回应了双鱼。他知道罗慕寒来到上海之后，一直在追查杀父仇人是谁，此时点名要他上台，自然不会有任何好意，而且罗慕寒的“流火”幻戏极为神奇，舞台上的那个火圈只怕就是为他而准备的，想必定是凶险重重。他没与罗慕寒交过手，不清楚罗慕寒的实力，因此不会傻到主动登台，将自己陷入危险境地。

易希川站起身来，正准备对罗慕寒抱拳拱手，以自己手脚有伤为由，委婉拒绝罗慕寒的邀请。哪知就在此时，舞台角落的幕布背后却粉影一闪，秋本久美子竟走了出来，不紧不慢地登上舞台，来到了罗慕寒的身前。

罗慕寒看着秋本久美子，说道："很好，请你站到流火圈里。"说着抬起手臂，朝舞台上的流火圈做了一个请的手势。

秋本久美子挪动脚步，果真依照罗慕寒所言，站到了流火圈内。

易希川看到这一幕，不禁大惊失色。他明明已经把罗慕寒的底细写在纸上，通过路德之手，将那张纸交到了秋本久美子的手中，秋本久美子若是知道了罗慕寒的底细，就该想到个中危险，拒绝登台才是。他一时之间想不明白秋本久美子为什么还要主动登台，甚至听从罗慕寒的安排，径直走进了流火圈中。

"还有一位，是心生惧怕，不敢登台了吗？"罗慕寒目光一转，盯住了台下的易希川。

易希川已经站起身来，原本准备出声拒绝的他，这时却迈开脚步，向通往舞台的台阶走去。

双鱼吃了一惊，急忙伸出手去，拉住了易希川，说道："师哥，你做什么？"

秋本久美子站在了流火圈当中，很可能已是身陷险境，易希川决不能袖手旁观，置之不理。

"师妹，放手。"他望着秋本久美子，没有回头看双鱼，声音却低沉至极，不怒自威，大有一股命令的意味在里面。

双鱼从没有听过易希川用这样的语气对她说话，心中一惊，下意识地放开了手。

易希川立即往前迈步，毫不犹豫地登上了舞台。

现场观众不知道易希川和罗慕寒之间有深仇大恨，见易希川和秋本久美子双双登上了舞台，罗慕寒的"流火"幻戏即将继续进行，顿时爆发出了一阵极为热烈的掌声。

漫天掌声之中，易希川走到罗慕寒的身前，低声喝道："你到底想干什么？"

罗慕寒的嘴角冷然一抽。他没有回答易希川的喝问，直接向流火圈抬起手臂，大声说道："易戏主，请吧！"

现场观众的掌声逐渐平息了下去，一道道目光投射而来，落在了易希川的身上。

易希川盯着罗慕寒看了片刻，忽然咬了一下牙，转过身来，踏入了流火圈中，与秋本久美子站在了一起。

万众瞩目之下，两人虽然站到了一起，却不敢有过多的接触。秋本久美子低下了头，脸上微微露出了一丝喜悦，易希川却是盯着罗慕寒，神色严肃，如临大敌。

罗慕寒说道："二位都是幻戏高手，想必知道幻戏界有句古话，叫作'十幻九不真'。二位大可不必担心，我这'流火'也是幻而不真，不会伤到你们一根汗毛。"说话之时，他双手举起，同时打了个响指，只见红光一闪，两团暗红色的火焰立刻无声无息地出现在他的双掌之中。

罗慕寒托着两团暗红色的火焰，走到易希川和秋本久美子的身前，说道："二位，请把手伸出来。"

秋本久美子依言伸出了手。易希川稍微犹豫了一下，也把手伸了出去，心中暗道："我倒要看看，你到底要耍什么花样？"

罗慕寒说道："这两团流火，二位大可随意把玩。"说着双掌倾斜，两团暗红色的火焰倾泻而下，如水一般，流进了易希川和秋本久美子伸出的手中。

流火入手，易希川却没有一丝灼烫之感，反而觉得掌心有些冰冷。他的手掌向左倾斜，流火立刻向左流动，手掌向右倾斜，流火又立刻向右流动。他看着手中的流火，神色诧异至极，实在想不明白，世间怎会有如此奇怪的火焰，不仅没有一丝温度，反而像冰一般寒冷，而且如同流水一般，柔软至极，来回流动，可以任意改变形状。秋本久美子同样神色惊讶，微微倾斜手掌，让流火从一只手流到了另一只手中，不禁轻轻地发出了一声惊叹。

罗慕寒看着两人把玩流火的模样，不禁嘴角一斜，得意地笑了一笑。这时他抓住大褂的衣摆，斜着一撩，随即退开一步，原本他站立的地方，立刻出现了一只铜盆。罗慕寒出身彩戏世家，深得罗盖穹的彩戏法真传，这一手出彩，当真是利落之极，易希川看在眼中，也忍不住暗暗喝了声彩。

罗慕寒抬起右手，打了一个响指，流火圈中顿时飞起一团流火，落入到铜盆之中，竟是露了一手“隔空取火”。

流火一入铜盆，铜盆里顿时火焰高蹿，熊熊燃烧起来。与此同时，舞台上的流火圈，也猛然蹿高了火焰。秋本久美子身在流火圈中，被突然蹿起的火焰吓了一跳，情不自禁地向易希川身边靠了一下。易希川却是面色不为所动，目不转睛地盯着流火圈外的罗慕寒，看他接下来要搞什么鬼。

罗慕寒挥动左手，穿过铜盆中燃烧的火焰，已抓起了一团火球。他对准火球吹了一口气，只见火球在他掌中流转，渐渐变形，最终变成四四方方的形状。这时他又抬起右手，同样从铜盆的火焰中抓起一团火球，然后吹了一口气，火球慢慢改变形状，变成了一只船的模样。他将左右手并在一起，左手中那团四四方方的火焰，好似一片码头，右手中那团船形的火焰，便如同一只停靠在码头旁边的小船。

易希川看到这一幕，下意识联想起了夜船停靠在外滩码头的画面，眉头不禁微微皱了一下。

罗慕寒的左右手慢慢分开，火船逐渐驶离了码头。他的左手忽然打了一个响指，码头形状的火焰顿时消失了。接着他的右手一抖，只见火船上蹿起了三道火苗。这三道火苗直立起来，犹如人形。三道人形火苗彼此交缠，便如三个人在船上激烈打斗一般。

易希川看到此处，再也没有任何怀疑，罗慕寒正是在用流火还原当日罗盖穹登上夜船后的一幕幕场景。那三道在火船上缠斗不休的人形火苗，毫无疑问指的便是他自己、秋本久美子和罗盖穹。

罗慕寒继续操控流火，只见三道人形火苗缠斗了一阵，其中一道人形火苗忽然倒下了，几经挣扎，却始终立不起来，渐渐不再挣扎，没有了动弹。

易希川的眼前，顿时出现了罗盖穹倒地毙命的画面。秋本久美子看到这里，也已经看明白了罗慕寒在表达什么。

罗慕寒的右手打了一个响指，火船连同人形火苗一起熄灭，化作一道青烟，迅速消散在了空中。

这时罗慕寒抬起双眼，看着易希川和秋本久美子，沉声问道：“二位，看明白了吗？”

易希川反问道：“你这是什么意思？”

“我来上海已有两个多月，日夜苦寻，好不容易才找到了一位与我爹同船的乘客。我一直想知道，杀害我爹的凶手究竟是谁，直到找到了这位乘客，才终于有了答案。”罗慕寒盯着易希川，声音变得阴冷起来，“易戏主，我是什么意思，难道你还不明白吗？”

易希川心知肚明，罗慕寒既然找到了夜船上的乘客，自然知道杀死罗盖穹的人便是他，秋本久美子当时就在他的身边，也曾帮忙对付过罗盖穹，难怪罗慕寒要以协助表演幻戏为由，点名他和秋本久美子一起登台。易希川当即说道：“这世上有些人，无恶不作，丧尽天良，就算是死了，也是死有余辜。你一定要来找麻烦，那好，冤有头债有主，你冲我一个人来，不要伤及无辜。”言下之意，是要罗慕寒只管找他报仇，不要对秋本久美子出手。

罗慕寒听到易希川说这世上有人无恶不作，丧尽天良，虽然没有指名道姓，却显而易见在说罗盖穹。他对父亲一向极为敬重，听易希川如此污辱罗盖穹，顿时面露怒容。他嘴角一斜，双手猛地打起了响指，只见燃烧在易希川和秋本久美子手中的两团流火，陡然间流转起来，如同火蛇一般，绕着两人的身体快速游走。流火圈中的火焰，也同时蹿高了整整一倍，与易希川的胸口齐平。刹那之间，易希川和秋本久美子便感受到了一阵热浪袭来，流火圈中原本冰冷的火焰，竟翻起滚滚烟雾，变得热气逼人。

观众席上的双鱼猛地站了起来，幕布背后的斋藤骏也握掌成拳，只待罗慕寒再有更进一步的异动，便要抢上舞台，对罗慕寒出手。

罗慕寒目光阴冷地盯着易希川和秋本久美子，说道：“好一个冤有头债有主！”他通过几个罗家弟子之口，知道当晚与罗盖穹一起登上夜船的人，有易希川和秋本久美子，还有随后追上去的荒川隼人和黑忍，但几个罗家弟子当时都在外滩码头上，没有跟随罗盖穹登上夜船，因此最终罗盖穹是如何而死，又是被谁所杀，几个罗家弟子均不知情。罗慕寒为了追查杀父仇人而来到上海，在两个多月的时间里费尽了周折，总算找到了夜船上的一位乘客，那位乘客一五一十地讲述了当晚夜船上所发生的事。罗慕寒这才知道，当晚罗盖穹在船舱里偷袭了荒川隼人和黑忍，随后便以一敌二，与易希川、秋本久美子在船头厮杀，当时所有乘客都躲在船舱里，没人敢去船头，等待船头没了动静，所有乘客走出船舱时，罗盖穹已经死了。罗慕寒认定罗盖穹是被易希川和秋本久美子联手所杀，如今要报杀父之仇，自然要找易希川和秋本久美子，一个都不会放过。他的双手猛然朝天一振，大喝一声：“焚！”

喝声未落，只见易希川和秋本久美子身上游走的流火突然炸开，在两人的全身上下焚烧起来。流火圈中的火焰，也在同一时间冲天而起，迅速向中间收拢，一下子便将站在圈内的易希川和秋本久美子一起吞没！

这一变故发生得太快，双鱼和斋藤骏根本来不及阻止。

“师哥！”双鱼惊叫一声，一个飞步跃上了舞台，冲到流火圈前，却被热浪滚滚的火焰阻住，无法救易希川。

双鱼当即拔出随身携带的一柄匕首，向站在一旁操控流火的罗慕寒刺去，叫道：“快放了我师哥！”

与此同时，斋藤骏不顾脚伤，从幕布背后一瘸一拐地冲了出来，燃起数团碧绿色的火焰，隔空烧向罗慕寒。几个日本武士提着几桶水，紧随在斋藤骏的身边，从幕布背后冲出，试图冲向流火圈，泼灭吞噬了秋本久美子的熊熊火焰。

原来秋本久美子明知罗慕寒是罗盖穹的后人，却仍然不顾危险登上舞台，正是出于斋藤骏的命令。

斋藤骏一心希望秋本久美子赢得万国魔术大赛的冠军，如今在通往最终决赛的舞台上，罗慕寒点名要秋本久美子登台协助幻戏，在评委和观众看来，那是一种挑战和比试，类似于易希川和斯莱迪尼之间你来我往的较量，若是临阵退缩，不敢登台，秋本久美子这场比赛便输定了，因此他命令秋本久美子必须登台。秋本久美子登上舞台后，他吩咐几个日本武士去后台提了几桶水来，若是罗慕寒胆敢用流火伤害秋本久美子，几个日本武士便立刻提水冲上舞台，浇灭流火，保护秋本久美子不受伤害。

然而，罗慕寒一看见几个日本武士提着几大桶水从幕布背后冲出来，当即燃起数团流火，隔空烧向几个日本武士。他操控流火的能力，与斋藤骏操控碧绿色火焰的能力，几乎不相上下，几个日本武士竭尽全力躲避，却仍然被流火烧中。流火一旦接触身体，立刻绕着全身流转，几个日本武士顿时浑身着火，惨叫不止，只好纷纷将提来的水往自己身上浇落，迅速灭了身上的流火，以求自保。没有了水，便无法从流火圈中救出秋本久美子，几个日本武士不顾身上的烧伤，当即抓着空桶冲回后台，欲要重新提水，再次营救秋本久美子。

双鱼和斋藤骏一前一后，同时向罗慕寒攻去。罗慕寒迅速燃起数团流火，分击二人，其中一团流火用来缠住双鱼，令双鱼难以近身，其余几团流火，则用来对付斋藤骏操控的碧绿色火焰。

几团暗红色的流火与几团碧绿色的火焰在空中飞来掠去，短时间内连续撞击，嘭嘭嘭地炸裂开来，无数火星飞溅四散，落在了舞台之上。舞台是用木板搭建而成，乃是易燃之物，火星落在舞台之上，不仅没有熄灭，反而迅速就地燃烧起来。

眼见罗慕寒的流火与自己的碧绿色火焰势均力敌，斋藤骏不禁暗自惊叹：“此人虽是罗盖穹的后人，控火之术却比罗盖穹厉害了数倍，中国当真是藏龙卧虎，竟还有如此高手。”他脚伤未愈，移动速度受到了影响，不利于近身搏斗，于是燃起更多的碧绿色火焰，操控火焰纵横飞掠，不断地攻击罗慕寒。

全场观众看着舞台上火焰纷飞、星火四溅的大场面，不禁惊呼连连，掌声雷动。大多数观众都以为这是罗慕寒“流火”幻戏的一部分，是极为精彩的火焰魔术表演，只有极少数观众心中惊疑不定，不确定眼前这一幕究竟是不是幻戏，只不过别人都在鼓掌叫好，自然也就不去多想。贝特朗也是惊疑不定的人之一，但他没有听见被流火吞噬的易希川和秋本久美子发出任何惨叫声，因此还是更多地认为这是罗慕寒的幻戏表演，并不是真的在焚火烧人。现场所有人都沉浸在火焰翻飞的神奇幻象当中，竟没有一个人离开座位去灭火救人。

舞台之上，罗慕寒以一敌二，一开始尚且势均力敌，但逐渐却落于下风。双鱼被流火缠住，好几次闪出空当，冲到罗慕寒的身前，都被追身而来的流火逼退。但斋藤骏燃起碧绿色火焰的速度越来越快，碧绿色火焰的数量也越来越多，罗慕寒的流火渐渐受到了压制，有时一两团碧绿色火焰穿透流火的防御，烧到了他的身前，被他堪堪避过，险些便被烧伤。

几个日本武士已经再次打来了水，相继冲出后台，朝流火圈飞奔而去。

罗慕寒要的是易希川和秋本久美子被流火活活烧死，岂能让两人轻易获救？他当即操控数团流火，隔空烧向几个日本武士。斋藤骏反应极快，迅速操控几团碧绿色火焰进行阻击，拦住了大部分的流火，却仍有零星的流火没被拦住，掠向试图救火的日本武士。不少日本武士当场被流火烧中，只能泼水自救，但有两个日本武士却躲过了流火的攻击，一口气冲到了流火圈的旁边。

流火圈已经燃烧成了一个巨大的火球，易希川和秋本久美子被包裹在内，看不见半点身形。

两个日本武士正要扬起水桶，将水泼向流火圈，但罗慕寒却如鬼魅一般出现在了他们的身后。两道黑芒一闪，两个日本武士顿时倒在了地上，一道血淋淋的伤口从背心刺透到了胸前，鲜血流淌了一地。

罗慕寒原本操控着流火抵御斋藤骏的碧绿色火焰，这时偷袭两个日本武士，背后顿时露出了空当。斋藤骏绝不会放过这样的大好机会，当即双手一挥，空中的几团碧绿色火焰俯冲而下，快如闪电，烧向罗慕寒的后背。

但罗慕寒应变极快，在两个日本武士毙命倒地之时，一把夺过了两人手中的水桶。他也不转身，直接将水桶举过头顶，往身后浇落。几团碧绿色火焰离他的后背只有咫尺距离，只差一步便能烧中他，却被水当头浇灭，顿时功亏一篑。

罗慕寒刚刚躲过一劫，双鱼便已经避开流火，从侧面杀到。

双鱼挥动匕首连刺了数下，都被罗慕寒闪身避过。忽然之间，她握住匕首的右手一紧，手腕已被罗慕寒的大手擒住。

罗慕寒身体臃肿肥胖，力气自然大得惊人，立刻翻转手腕，欲要折断双鱼的腕骨。

岂料双鱼右手一松，丢弃了匕首，掌心顿时有了收缩的空间，极为轻巧地一收一缩，右手便从罗慕寒的抓拿之下抽脱出来。与此同时，匕首正向地面落去，双鱼飞起右脚，准确无误地狠狠踢中匕首的柄端，匕首顿时斜飞而起，一下子插进了罗慕寒的腹部。

罗慕寒原本没有把双鱼放在眼里，这一下突生变故，当真是令他始料未及。他连退数步，燃起数团流火，挡住追击而来的双鱼，随即拔出了腹部的匕首。他身体肥胖，腹部皮厚肉粗，匕首只刺入了三分之一，没有伤到内脏，不会危及性命，但伤口极为疼痛，喷涌出来的鲜血，瞬间洒了一地。

舞台上不仅见了血，而且还死了人，那些一直以为这是幻戏的观众，这时才回过神来，意识到这不是演戏，而是真正的拼杀。此时舞台上已经星火燎原，到处都燃起了熊熊火焰，木头烧焦的气味弥漫开来，观众们这才明白过来，这哪里是“流火”幻戏，分明是真正的大火！

刹那之间，全场观众惊恐无比，万般慌乱，纷纷离开座位。一层的观众向演厅左右两侧的出口涌去，二层的观众往后侧的出口涌去，彼此之间你推我挤，大呼小叫，现场顿时如滚水乱沸，混乱到了极点。

贝特朗这时也反应了过来，知道舞台是真的着火了。他急忙招呼巴黎魔术馆中的所有工人担水救火，可现场一片混乱，人人都往出口拥挤，出口自然是有出无进，那些冲出去的工人提来了水，却无法再次进入演厅。眼看舞台上的火势越来越大，火焰沿着幕布烧向高处，连演厅的顶部也燃起了大火，贝特朗不禁心急如焚，急得连连跺脚。维克多和伊莎贝拉知道继续留在演厅会极为危险，当即生拉硬拽，好不容易才拉着贝特朗挤入人群，一起逃出了演厅。

大火燃烧的舞台之上，罗慕寒仍旧操控着流火，与斋藤骏和双鱼缠斗不休。但他腹部受伤，在斋藤骏和双鱼的夹攻之下，渐渐只有招架之功，没有还手之力。

剩余的几个日本武士，不顾舞台上大火滔天，竟又一次冲回后台，提来了几大桶水。这一次罗慕寒无力阻拦，几个日本武士顿时冲到流火圈前，纷纷扬起水桶，将水泼向了流火圈。

流火圈聚拢狂烧，如同一个巨大的火球，被几桶水一泼，顿时破裂开来。

双鱼、斋藤骏和罗慕寒同时扭头，向流火圈望去。双鱼想看到易希川平安无事，斋藤骏想看到秋本久美子尽量不要受伤，罗慕寒则想看到二人浑身着火，被烧成两具焦尸的场面。然而令三人意想不到的是，破裂开来的流火圈中，却是空空荡荡，易希川和秋本久美子竟然不在里面，双双不见了踪影！

双鱼和斋藤骏大吃了一惊，不禁停下了对罗慕寒的攻击。罗慕寒也暂时停止了防御，望着空无一人的流火圈，脸上露出了一丝诧异，显然易希川和秋本久美子的消失，并不在他的计划之中。

从流火圈将易希川和秋本久美子彻底吞噬，到此时流火圈破裂开来，其间所有人的目光都集中在舞台之上，流火圈一直处于所有人的视线范围之内，没有任何人见到易希川和秋本久美子从流火圈中逃出来。几个日本武士被流火击中，片刻之间便被烧伤，易希川和秋本久美子却是被流火长时间裹住燃烧，只怕早就被烧得遍体鳞伤，体无完肤。可即便是遍体鳞伤，体无完肤，甚至是被大火杀死了，也总该活要见人、死要见尸才对，绝不可能像现在这样消失得无影无踪，仿佛人间蒸发了一般。

流火圈被水浇灭了一部分，但很快便重新燃起来，烈焰翻腾，向中心聚拢，再次燃烧成了一个巨大的火球。

双鱼妙目圆睁，盯着罗慕寒，喝问道："你把我师哥变到哪里去了？"

罗慕寒心中也是大感奇怪，嘴角却微微一斜，冷冷地应道："早就灰飞烟灭了。"

双鱼秀眉倒竖，当即出手，又向罗慕寒攻去。斋藤骏立即操控碧绿色火焰，隔空烧向罗慕寒。几个日本武士见秋本久美子不在流火圈中，于是扔掉水桶，纷纷拔出黑色忍刀，向罗慕寒围攻而去。

火光流转，罗慕寒在身子周围燃起了一圈流火，抵挡众人的围攻。他腹部受伤之后，面对斋藤骏和双鱼的前后夹击，已是只有招架之力，这时又有几个日本武士拔刀杀来，他顿时难以应付，险象环生。

舞台上火势滔天，演厅顶部的一些横梁，甚至已经烧断，掉落了下来，砸在了舞台之上。罗慕寒勉力抵挡了一阵，知道再这么斗下去，不死在这些人的手上，也会被大火烧死。易希川和秋本久美子离奇消失，不知去向，他当然想查清楚两人去了哪里，但此时形势危急，容不得他有别的想法。他力求保命，猛然间双手狂挥，流火大作，逼得双鱼和几个日本武士退开了数步，把斋藤骏的碧绿色火焰也全部挡在了外围。他趁势冲出了包围圈，一跃而起，跳下舞台。他整个人尚在空中，已燃起两团流火，射向演厅的出口，烧得出口处拥挤退场的众多观众哇哇惨叫，纷纷避让开来。他趁机冲出出口，飞奔到了巴黎魔术馆外。几个罗家弟子依照他事先的命令，带着装有火浣衣的匣子，早早便离开后台，来到巴黎魔术馆外等候。他与几个罗家弟子会合，迅速穿过爱多亚路，往公共租界的方向去了，消失在了夜色之中。

斋藤骏带着几个日本武士，在演厅中一边叫喊秋本久美子的名字，一边四处搜寻，始终找不到秋本久美子人在何处。双鱼也同样四处寻找易希川，却遍寻无果。

演厅中的观众越来越少，逐渐走空。斋藤骏面对大火滔天的演厅，眼看着再不离开，就要葬身火海，只好带领几个日本武士冲出演厅，来到了巴黎魔术馆外。

双鱼是最后一个退出演厅的人。她穿过大火，奔出巴黎魔术馆，只见无数观众和路人聚集在爱多亚路上，围观着被大火吞噬的巴黎魔术馆。这些围观之人当中，有一部分是刚刚从火海中逃出来的观众，脸上满是慌乱惊恐之色，但更多人的脸上却是看热闹不嫌事大的悠闲神情。贝特朗看着自己经营多年的巴黎魔术馆化为一片火海，一时之间气急攻心，竟当场晕了过去，维克多和伊莎贝拉急忙一左一右地搀扶住他。斋藤骏在几个日本武士的护卫之下，抬眼望着大火，目光中透着疑惑和担心。

巴黎魔术馆烈焰冲天，已成熊熊火海，在舞台上消失的秋本久美子，却始终没有出现，和她一同消失的易希川，也同样不知去向。

双鱼怔怔地望着火海，心中暗道："师哥，你到底去了哪里？"

出 品 人：许 永
责任编辑：许宗华
特邀编辑：朱若愚 王菁菁 王佩佩
封面设计：郭 子
封面插画：光影摇曳
印制总监：蒋 波
发行总监：田峰峥

投稿信箱：cmsdbj@163.com
发 行：北京创美汇品图书有限公司
发行热线：010-59799930

创美工厂
微信公众平台

创美工厂
官方微博

魔术会③

秘术现世

巫童 著

中国友谊出版公司

幻戏师

易希川：春秋彩戏派现任戏主，为从日军手中盗取“龙图”，随师父牧章桐前往上海，参与盗图行动。之后为了重振师门，在万国千彩大剧院驻台演出。

牧章桐：春秋彩戏派前任戏主，人称“安徽彩戏王”。在盗图行动中意外抽到“盗”字，因此改变了自己和整个门派的命运。

双鱼：春秋彩戏派女弟子，易希川的师妹，来到上海协助其重整旗鼓。

秋本久美子：斋藤骏的传人，最年轻的日本幻术大赛冠军，随斋藤骏前来中国，与中国渊源极深。

斋藤骏：来自日本的幻戏师，实力深不可测，在上海滩摆下生死擂台，立志击败所有中国的幻戏师。

罗盖穹：罗家戏苑当家人，名震上海的幻戏高手，“上海三魁”之一，在盗图行动中扮演重要角色。

罗慕寒：罗盖穹之子，年轻一代幻戏师中的佼佼者，立志纵横幻戏界，扬名海内外。同时寻找易希川，为父报仇。

鲁鸿儒：万国千彩大剧院的老板，深谋远虑，深藏不露。

蒋白丁：和鲁鸿儒、谭素琴是同门关系，之后放弃幻戏，投身青帮，成了一名青帮头目，替鲁鸿儒做事。

金童：“魔圣”朱连魁的传人，从海外归来，曾是巴黎魔术馆的首席魔术师，因意外失手致残而被抛弃。

袁木火：蒋白丁的手下，梦想在万国千彩大剧院演出，因易希川的出现而向其发出挑战。

维克多：来自巴黎的魔术师，和“上海三魁”分庭抗礼。

伊莎贝拉：巴黎魔术馆老板的女儿，对中国幻戏非常着迷。

嘴老：性格不定、目的不明的怪异老者，武艺高强，和陆章桐是旧识。

徐傀儡：绰号“鬼手”，上海街头的神秘之人，曾在易希川面前使用过“画骨术”。

依山慕丁：来自印度尸罗门的幻术师，擅长“通天绳”和傀儡幻术。

韦恩：美国魔术师，擅长“倒行”魔术。

斯莱迪尼：号称“神手”的魔术师，最擅长手法魔术。

幻戏组织

云机社

创立于南宋年间，存在了数百年之久的幻戏组织，每个幻戏师都渴望加入其中。曾与日本幻戏团进行惨烈角逐，声震寰宇，拥有幻戏界三大圣物之一的“云机诀”。

幻画门

曾经能够与云机社分庭抗礼的幻戏组织，由秋家统领，掌握了神秘的幻术“画骨术”。

春秋彩戏派

原本位于安徽桐城，随着易希川在上海扬名立万而迁至上海，成为上海地界最为有名的彩戏法流派。

巴黎魔术馆

法国人贝特朗创建的魔术馆，首席魔术师是维克多，与万国千彩大剧院长期竞争并占据上风。

万国千彩大剧院

前身是上海刘家戏苑，鲁鸿儒成为老板后，改名万国千彩大剧院，与巴黎魔术馆隔街相望，互为竞争对手。

上海国术馆

上海地界的国术表演圣地，收藏了众多国术珍宝，幻戏界三大圣物之一的“龙图”便藏在馆内。

扶娄派

传于扶娄古国的幻戏流派，极为神秘，云机社的创始人林遇仙便是出自该派，秘密守护着幻戏界三大圣物之一的“骷髅傀儡”。

尸罗门

印度的幻术门派，将两千多年前的天竺幻术师尸罗奉为祖师，擅长“通天绳”和傀儡幻术。

目录

自序

罗晴要带我去见的人，不在上海，而是在她的家乡，位于杭州市富阳区的一处乡镇。我们抵达那里时，是一个细雨蒙蒙的上午。

罗晴撑着一把红伞，带我走到了镇上一处保存完好的古建筑前。

那是一处祠堂，匾额上写有“罗家祠堂”四个大字。

罗家祠堂的正门敞开着，我跟着罗晴直入其内，迎面便是正殿。正殿的房顶上四角斗翘，殿中立着四根大柱，柱脚石墩上雕刻的花草鸟兽仍清晰可见。罗晴没有在正殿停下脚步，而是走进了正殿背后的殿堂，那里供奉着罗家历代祖宗的牌位。

“你不是说要带我见一个人吗？”我跟着走进殿堂，来到罗晴的身旁。

“我要带你见的人，就在这里。”罗晴抬起了手，指着身前的灵架。

灵架置于一块写有“星焕四海”的牌匾之下，总共分成了五排，上面供奉着数十块牌位。罗晴所指的地方，位于灵架第四排的正中，那里供奉着一块牌位。牌位上黑漆金字，虽然已有些斑驳，却仍能看清是什么字——“罗氏罗慕寒之神位”。

“罗慕寒？”我低声念了一遍，有些不解地看着罗晴。

“罗慕寒，就是我的曾祖父。”罗晴的指尖轻轻一弹，一束暗红色的火焰凭空燃起，“这门‘流火’幻戏，就是从他那里传下来的。”

“你要带我来见他？”我诧异无比，“难道他……还活着？”

“牌位立在这里，他当然早已不在人世。”罗晴叹了口气，随即转过身来，正面对着我，直视着我的眼睛，说道，“你还要继续装下去吗？”

我没有回避她的目光，而是与她对视了一阵，才露出了微笑：“原来你早就知道了。”

“你不也早就知道了吗？”罗晴说道。

我收起了脸上的笑容。我环顾整个殿堂，心中颇为感慨，没想到自己有朝一日居然能来到这个地方。我的目光落在了罗慕寒牌位的上面，那里还供奉着罗盖穹的牌位。我转头看着罗晴，“你带我来见一个死人，那是什么意思？”

罗晴抬起右手，微微晃动了一下，一张照片凭空出现在她的手中，指尖再轻轻一捏，照片顿时一分为二，变成了两张。她将两张照片向我递来。

我伸出手去，将两张照片接了过来。

那是两张古旧的黑白照片，上面的影像已有部分模糊不清，但总体仍可辨认，其中一张是一条龙飞行在水面上，另一张则是一个人跪在一幢起火的建筑前。

“如果我没有猜错，当初我在联谊会上使出‘流火’时，你便猜到了我的身份，否则你不会一直与我接触，问了我那么多关于幻戏的事，尤其是我罗家的过去。”罗晴说道，“这两张照片上的场景，想必你认得。你看过了照片，我为什么带你来这里见我曾祖父的牌位，你应该明白。”

我自然认得那两张照片上的场景。第一张照片，应是当年黄浦江上真龙绕天的画面，至于第二张照片，那起火建筑前一人跪地的场景，我同样一清二楚。

我的视线离开了照片，看着身前的罗晴，点头说道：“我明白了。”

第一章 神笔

流火圈中的火焰冲天而起，一下子将易希川和秋本久美子吞没，全场观众齐声惊呼起来。这阵惊呼声太过嘈杂，又有双鱼的那声惊叫，再加上火焰突然大作时激起“轰”的一声巨响，以至于没人听见流火圈中木板裂开的响声。

被大火吞没的那一刻，易希川和秋本久美子心中所惦记的并不是自己，而是对方的安危，两人的反应出奇一致。易希川以最快的速度脱下了大褂，罩住了秋本久美子，秋本久美子则解开了和服的腰带，拉起和服罩向了易希川。流火圈中的大火侵袭而来，两人罩在大褂与和服之中，同时蹲了下来。

在蹲下之时，易希川顺势提起右手，握成拳头，狠狠地击向脚底下的舞台地板。

他在登台之前，早已看清流火圈所在之处，正是依山慕丁表演通天绳幻术时平铺方毯的位置。当日依山慕丁连同方毯一起消失在舞台上，片刻后却出现在观众席二层的最高处，世上根本没有什么瞬移的法术，依山慕丁能做到这一点，必定是舞台底下藏有一条暗道，可以让他到达观众席的二层，而他在舞台上平铺方毯的位置，自然便是暗道的入口。

易希川的右臂在昨晚表演“油锅捞物”幻戏时被严重烫伤，本不该如此用力，但此时情势危急，右手又是惯用手，力气更大，因此顾不了这么多。他臂力奇大，当初能用右拳击穿荟萃室里的墙壁，此时一拳下去，舞台的地板顿时裂开了一个洞，下面空空荡荡，果然是一条暗道。

易希川没有猜错，他此时所处的位置，正是暗道的入口。这里原本是一道窄小的暗门，从下面扣上了锁扣，但此时被易希川击出了一个破洞。

他当即把手伸入破洞之中，往四周一摸，很快摸到了锁扣。他扳开锁扣，暗门顿时陷落，两人双双跌入暗道之中。

易希川刚一落地，立刻将头顶的暗门关上，扣上了锁扣，以免火焰冲下来。隔了一层木板，舞台上的大火暂时威胁不到两人，但木板很快就会被引燃，烟雾也会通过木板上的破洞熏入暗道，所以暗道之中同样很不安全，两人必须尽快从暗道里出去。

用来罩住全身的大褂与和服已经燃烧起来了，只能丢弃在暗道之中。不仅如此，易希川因为更多地将大褂用来遮住秋本久美子，以至于他的背部暴露在火中，穿在里面的上衣也被引燃了，只能一并脱下来扔掉。易希川赤裸着上身，秋本久美子只穿着贴身里衣，两人弯下腰来，沿着暗道前行。

巴黎魔术馆的舞台底下，一共有两条暗道。这两条暗道的方向正好相反，一条通往后台，另一条通往演厅后侧的储物房，当日依山慕丁便是沿着后一条暗道去往储物房，随即从储物房中走出，登上演厅后侧出口处的楼梯，出现在了二层观众席的最高处。易希川和秋本久美子此时所处的暗道，正是通往储物房的那一条。两人行走在暗道之中，正处于观众席的下方，因此能清楚地听见地面上传来的阵阵惊呼之声。

片刻之后，两人走完了整条暗道，一扇木门出现在眼前。今晚的魔术表演不需要使用暗道，所以巴黎魔术馆提前把暗道封了起来，两人眼前的这扇木门，和舞台上的暗门一样，早已扣上了锁扣。

易希川推拉了几下，始终打不开木门，于是提起右拳，一拳击在木门之上，顿时打出了一个洞。他和之前一样，从破洞中伸手而入，扳开锁扣，将木门推开。

木门外面，是一间堆满杂物的储物房。两人钻出木门，从满地的杂物之间穿过，来到房门前，拉开了房门。

储物房外是一条过道，过道的一头是演厅后侧的入口，另一头则通往巴黎魔术馆的后门。

易希川担心舞台上的情况，本想立即回到演厅，但他赤裸着上身，不方便当众露面。秋本久美子只穿了贴身里衣，身姿曲线暴露在外，同样不方便在成百上千的观众面前现身。两人在储物房里满地的杂物之中翻找，希望能找到一些可以遮身蔽体的衣物。

就在两人翻找杂物之时，演厅里的观众意识到舞台上是真的起火，纷纷你推我挤，仓皇退场。两人没有找到衣物，只找到几块破碎的幕布，虽然能遮蔽裸露的身体，但也不敢当众出现，只能关上房门，躲在储物房中，只听得门外脚步声密如急雨，大呼小叫之声连成一片，不绝于耳。

过了好长一段时间，等到所有观众都已退场，过道中没有任何动静了，易希川和秋本久美子才打开房门，从储物房里走了出来。

演厅里已经燃起滔天大火，两人置身于演厅后侧的过道之中，已能感受到滚滚热浪逼来，心知大火很快便会蔓延到过道之中，于是只能选择往后门方向逃生。

来到巴黎魔术馆的后门，两人一眼望出去，只见外面黑压压的一大片，聚满了刚刚逃出来的观众。两人怕被观众认出，于是拉起幕布，遮住了面部，这才冲出后门迅速穿过人群，钻进了远处一条漆黑无人的巷子。

围观人群的注意力都在巴黎魔术馆的大火上，虽然有人看见两人裹住幕布飞奔，但现场一片混乱，还以为两人只是从火海中逃生的观众，所以没有过多在意。

易希川知道自己长时间没有现身，双鱼一定万分担心他的安危，他的视线在人群之中扫动，很快看见了正一脸忧急望着大火的双鱼。但此时他穿成这样，已打算先回到万国千彩大剧院，换了衣服再去见双鱼。秋本久美子同样不好意思穿成这样去见斋藤骏，于是跟随易希川穿过了两条巷子，从远处横穿爱多亚路，绕到万国千彩大剧院的后门。

鲁鸿儒、贵叔、金童和袁木火等人全都走上了街头，正在围观巴黎魔术馆的大火，万国千彩大剧院里空无一人。两人从后门进入万国千彩大剧院的住楼，来到了易希川的房间。

易希川找出一件干净的棉衣，让秋本久美子穿上了，自己也穿上了一件干净的大褂。

两人换好衣服后，从后门走出万国千彩大剧院，再次来到爱多亚路。此时街对面的巴黎魔术馆已经烧成了一片火海，围观之人非但没有减少，反而越来越多，整条爱多亚路聚满了人。

法租界巡捕房派出一大批巡捕赶到了火场，维持着火场周围的秩序。法租界的钩梯救火队也已经赶到，但火势太大，难以扑灭，钩梯救火队拼尽了全力，也只能勉强控制住火势，不让大火蔓延到巴黎魔术馆周围的其他建筑上。

隔着黑压压的人群，易希川远远地望着双鱼，秋本久美子也望见了斋藤骏。双鱼仍旧站在人群的最前面，神色忧急地望着大火，斋藤骏带着几个日本武士，也候在人群之中。易希川本想直接向双鱼走去，但他刚走几步却忽然停了下来。

易希川转过头来，看着身边的秋本久美子，正好秋本久美子也抬起双眼，向他看来。

易希川凝视着秋本久美子那双盈盈秋水般的眼睛，心中不禁一动。他有双鱼时刻跟随在身边，秋本久美子也被斋藤骏软禁在上海国术馆中，两人长时间见不到面，更没有任何相处的机会。眼下好不容易见了面，又得到了私下相处的机会，若是各自向双鱼和斋藤骏走去，那么两人立马便要分别。

易希川犹豫了一下，仅仅一下。

一辈子循规蹈矩，破一次例又如何？他决定由着自己的性子，大胆任性一回。

“久美子，”他轻声道，“你晚些时候再去见你师父，可以吗？”

秋本久美子明白易希川的言下之意，脸上微微一红，轻轻点了点头。

易希川极为高兴。他拉起秋本久美子的手，返回万国千彩大剧院的住楼，再次来到了他的房间。他粘上了假胡须，面相立刻大变；秋本久美子则解开发髻，用一根粉色头绳把头发简单扎了起来，顿时没有了之前的庄重之感，使得容貌看起来仿佛变了不少。

两人各自写了一张字条，然后走上爱多亚路，寻了两个半大的孩子，给了点钱作为酬劳，托两个孩子帮忙转交字条。一个孩子按照易希川的指示，拿着字条将其交给了双鱼，另一个孩子则把秋本久美子写的字条送到了斋藤骏的手中。

两个孩子一完成任务，便按照易希川的叮嘱，立刻钻进人群，跑得没了踪影。

双鱼手拿字条，看着字条上的字："师妹，我有事离开，稍晚回来。平安，勿念。"字体歪歪扭扭，正是易希川的笔迹。

她急忙抬头环顾四周，转交字条的孩子已经不知去向，也没有看见易希川身在何处。她知道易希川平安无事，心里自然高兴，但又不知道易希川因什么事而离开，此时去了何处，不免暗自疑惑和担心。

斋藤骏一见字条，便认出是秋本久美子的字迹。秋本久美子的留字，与易希川的留字是一样的意思，斋藤骏只看了一眼便明白过来，知道秋本久美子和易希川在一起。他当即命令几个日本武士在法租界和公共租界四处寻找秋本久美子和易希川的踪影。

易希川和秋本久美子把字条交给两个孩子后，迅速穿过人群，离开了爱多亚路。

易希川知道这样做很是不妥，秋本久美子也知道事后会受到斋藤骏的责罚，但两人此时什么都不愿多想，不去想巴黎魔术馆的大火，不去想今晚比赛的胜负，不去想明天的比赛是否要进行，不去想事后该如何向双鱼解释，不去想斋藤骏将会怎样责罚。两人只想好好地珍惜此刻，珍惜这极为难得的彼此能够相伴左右的时光。

上海地界内，最为繁华有趣的地方当属号称"远东第一俱乐部"的大世界，最适合情侣幽会游玩的地方，也当属大世界。

易希川在万国千彩大剧院驻台演出的这段时间里，曾在空闲之时，去大世界游玩过几次，每每看见那些出双入对的夫妻和情侣，在西餐区里吃着西餐，在游乐场里游玩，在商场里购物，在电影院里观看电影，他便禁不住暗自羡慕，心想若是有朝一日能和秋本久美子这般幽会游玩，那该多好啊！

此时好不容易有了机会，他当即招呼了一个蹲在街角的车夫，与秋本久美子一起坐上黄包车，直向大世界而去。

车夫拉着黄包车一路快跑，没过多久，大世界便遥遥在望。

这时易希川看见街边有不少人正在快步奔行，都是向着燃起冲天大火的巴黎魔术馆方向，想必是去看热闹的。他在奔行的人群之中，看见了两个认识的身影，其中一个人将相机挂在胸前，正是圣三一堂的英国牧师路德，另一人则是为他做过腹部手术的英国医生。

易希川急忙小声提醒秋本久美子，向路德和英国医生指了一下。秋本久美子扭头看去，看见了路德和英国医生，不由得面露微笑。她对两人满怀感激之心，只不过此时她和易希川不想被人认出，因此没有招呼两人。

路德和英国医生向巴黎魔术馆奔去，转眼便消失在了街道的远处。易希川转回头来，向前方的大世界望去。

此时大世界门外的街道上，黑压压地站满了人，大都是从大世界里走出来的客人。这些客人面带惊惶之色，望着远处的冲天火光。大世界楼上的各扇窗户前，同样挤满了客人，也惶惶不安地望着远处的大火。人人都在暗自担心，是不是战火烧到了租界。

大世界的工作人员已经收到了巴黎魔术馆起火的消息，急忙奔走于人群之中，将这一消息传开，打消了客人们的担忧。

得知不是日军攻打租界，聚集在街道上的客人恢复了轻松嬉笑的神色，纷纷转身，返回了大世界。

易希川牵着秋本久美子的手，下了黄包车，随着人流，进入了大世界。

眼前灯光亮如白昼，男女老少往来如织，欢笑声此起彼伏，整个大世界富丽堂皇，热闹非凡。

易希川来大世界游玩的次数虽然不多，但大世界里几乎所有的新奇玩意儿，他都体验过，尤其是电影。他在桐城虽然听说过电影，但从未见过，在大世界的电影院里体验过一次后，那种与传统曲艺大为不同的光影变幻，令他深深着迷，以至于此后每次来到大世界，他几乎都会去电影院看上一场电影。

他上一次来大世界时，在电影院观看了一部名为《夜半歌声》的爱情电影，电影里的男女主人公同在一座城市却无法见面，男主人公只能夜夜在戏院楼顶唱歌，用歌声安慰相思成疾的恋人。这令他深受触动，只因他与秋本久美子也是如此，同在一座城市，相爱却不得相见。他当时便想，若是观看这部电影之时，有秋本久美子陪在身边，那该多好。

如今好不容易有了与秋本久美子幽会的机会，他自然想完成这个心愿，于是带着秋本久美子穿过商场，径直来到了大世界的电影院。电影院还没下映《夜半歌声》，而且即将放映的场次恰巧便是这部电影，他急忙买了票，与秋本久美子入场观影。

电影里的男女主人公历经劫难，最终还是没能终成眷属，男主人公葬身火海，女主人公梦如隔世，就此阴阳永隔。秋本久美子黯然伤感，悄然落泪。易希川伸出手臂，轻轻地拥着她。

看着银幕上的大火，易希川想到不久之前，他和秋本久美子也是困于火海，却最终逃得性命，此时相伴在一起，比起电影里的男女主人公，那是幸福得多了。只是往后命运会如何安排，此时的他却不得而知，他只知道要和秋本久美子在一起，一定会历经无数波折。但他绝不会改变初心。

他深情脉脉地看着身边的秋本久美子，轻声道："我们一定不会像电影里演的那样，一定不会的。"声音虽轻，却毅然决然。秋本久美子抬起一双大大的眼睛凝望着他，轻轻点了一下头。

两人从电影院里出来，夜已经深了，但大世界里的客人不减反增，喧哗热闹的程度更胜先前。

两人去西餐区吃了些东西，又在商场里逛了片刻，不知不觉便来到了戏台片区。

经过戏台片区的入口时，易希川远远便望见观众席上黑压压地坐了许多观众。大世界戏台片区的驻台幻戏师水准很是普通，因此戏台片区的客人向来稀少，再加上万国魔术大赛的举行，几乎将所有喜爱幻戏的观众都吸引了过去，戏台片区变得比平时更为冷清。

然而此时戏台片区却聚集了这么多观众，易希川不禁暗觉好奇，不知是哪位幻戏师在驻台表演，竟能吸引这么多人。

他掏钱买了票，和秋本久美子一起进入戏台片区，一边快步走向观众席，一边盯着戏台上正在进行表演的幻戏师。当他看清戏台上那位幻戏师的模样时，不由得大吃一惊，脚步一下子顿住了。

戏台上那位幻戏师满脸皱纹，深陷的眼窝空洞洞的，不见眼珠，竟是徐鬼手。

徐鬼手是徐傀儡的爷爷，经过废弃厂房那一战，易希川知道徐鬼手并非真人，而是用骷髅傀儡假扮的，正因为如此，徐鬼手一旦露面，必定有徐傀儡陪在身旁，并且要一直扶着他，暗中用丝线操控他的肢体动作。然而此时站在戏台上的，只有徐鬼手一人，徐傀儡并不在他身边。易希川飞快地环顾观众席，扫视在场的每一位观众，没有看见徐傀儡的身影。

徐鬼手不仅只身一人立在戏台上，而且正在变着傀儡戏。他提着一个状若孩童的铁傀儡，那曾是皮无肉的傀儡戏道具。他的十根手指或提或放，或曲或直，灵活无比地操控着十根提线，使得铁傀儡跪在地上，向铺在地板上的一张白纸伸出了手。一支细长的毛笔握在铁傀儡的手中，正在白纸上写写画画。

没有徐傀儡陪在身旁，还能做出如此灵活的举动，显然此时的徐鬼手并非傀儡，而是真人。这令易希川又惊又疑，暗暗想道："原来徐鬼手真有其人。只是不知那徐傀儡去了何处，为何竟不现身？"他在秋本久美子的耳边低声道："这人就是我之前对你提到过的，在租界变过'画骨术'的徐鬼手。"

"画骨术"是秋家的独门幻戏，自从知道徐鬼手变过"画骨术"后，秋本久美子便对此人颇感好奇，此时得知戏台上的幻戏师正是徐鬼手，她自然对此人增添了几分关注。

戏台之上，铁傀儡在徐鬼手的操控下，只用寥寥数笔，便在白纸上画出了一只鸽子。铁傀儡拿起白纸，将画好的鸽子展示给所有观众看。忽然白纸一抖，只听扑棱声响，一只真的鸽子振翅飞起，在戏台上空往来盘旋。再看那张白纸，其上一片空白，之前画出来的鸽子竟然消失不见了。

"啊哟，又活了！"

"先是老鼠，再是鲤鱼，现在又画活了鸽子，真是神了！"

"画什么活什么，真是一支神笔啊！"

在场观众惊呼不断，议论连连。喧闹之际，又有不少路过戏台片区的客人被吸引了进来。

徐鬼手操控十根提线，铁傀儡慢慢地转动眼珠子，嘴唇微微张合，说道："下一位。"

不少观众立即高举手臂，争先恐后地叫道："我，我！这里，这里！"

一片叫嚷声中，铁傀儡的嘴巴渐渐张大，缓缓地转动脖子，似在选择观众。片刻之后，它脑袋一顿，张大的嘴巴对准了观众席右侧的观众。忽听"啵"的一响，一颗白色小球从铁傀儡的嘴里弹射而出，飞向观众席的右侧。

那方向的观众顿时哄乱，纷纷争抢白色小球。混乱之中，一个年轻人忽然高举手臂，亮出手中的白色小球，大声叫道："抢到了！在我这儿！"

眼珠子轻微转动，铁傀儡盯住了那年轻人，沉声问道："你想我用神笔画什么？"

那年轻人道："这地上跑的，水里游的，天上飞的，都难不倒你。我可不可以不要求你画活物，而是画点别的东西？"

铁傀儡略作思考，点了点头，道："说吧。"

那年轻人道："我想要银圆，白花花的银圆，我不信你这支神笔能画得出来。"

铁傀儡发出了沉缓的笑声，道："这有何难？"说着便将白纸铺在地板上，提起毛笔，一笔挥就，在纸上画了一个小小的圆圈。

铁傀儡拿起白纸，将画好的圆圈展示给观众看，随即抖动白纸，只听一声脆响，一枚圆乎乎的物什从纸面上掉落下来，在地板上弹滚了数下，翻转落定，赫然是一枚亮闪闪的银圆。白纸上的那个圆圈，眨眼间便消失得无影无踪。铁傀儡拾起银圆，盯着那年轻人，道："你的银圆，速来拿去。"

那年轻人有些难以置信，迟疑了一下，走出观众席，挨近到戏台跟前。铁傀儡将银圆抛下戏台，那年轻人双手接住，用牙齿咬了咬银圆的边，确认是货真价实，顿时喜笑颜开，退回观众席。

现场的观众顿时爆发出响亮的喝彩声，也夹杂了不少羡慕的赞叹声。

易希川接连看了徐鬼手的两次变化，先是变出了鸽子，接着变出了银圆，心里已是一片亮堂。徐鬼手用提线操控铁傀儡作画，自然是傀儡戏的手段；铁傀儡能说话，则是徐鬼手在用腹语表演；至于铁傀儡画出活物，实则只是彩戏法的另一种形式。铁傀儡抖动白纸，变出鸽子和银圆，便如同彩戏法中抖动红毯，趁机变出彩物，两者的手法几乎没有分别。至于白纸上的画凭空消失，则是徐鬼手在墨水或纸张上动了手脚，让墨迹可以快速褪色。

易希川虽然看穿了徐鬼手的把戏，但这把戏说起来容易，表演起来却极有难度，依靠提线操控铁傀儡来变彩戏法，还有如此逼真的腹语能力，这等本事，易希川从没见过。徐鬼手在傀儡戏上的造诣，显然比铁傀儡的原主人皮无肉要高明许多。

眼看着铁傀儡按照要求变出了银圆，还把银圆送给了提出要求的人，现场观众的反应变得越发热烈，纷纷叫嚷着让徐鬼手继续神笔幻戏。

徐鬼手脸色蜡黄，神情没有任何变化。他十指翻转，铁傀儡缓缓转动脑袋，对准了观众席中间的人群，慢慢张大了嘴巴。左右两侧的观众见状，纷纷离开座位，站起来朝中间推挤。忽然"啵"的一响，又一颗白色小球从铁傀儡的嘴里疾速射出。

观众立刻一阵哄抢，片刻之后，白色小球被一个中年胖子抢到了手。中年胖子直言他想要珍珠，铁傀儡果然在白纸上画了一颗珍珠，随即变出了一颗货真价实的珍珠。那中年胖子得了珍珠，将珍珠紧紧地攥在手里，哈哈大笑，狂喜不胜。

戏台片区的观众越聚越多，以至于观众席很快满座，新来的观众只能站在观众席的两侧。徐鬼手没有扫观众的兴，继续他的神笔幻戏。这一次铁傀儡吐出白色小球后，被一个身形瘦削的小个子男人抢到了。

和先前一样，铁傀儡询问小个子男人想画什么。

小个子男人毫不掩饰，直接应道："我想要黄金，给我画一箱子的金条！"

铁傀儡微微摇头，叹了口气，道："你太贪心了。"

小个子男人不以为意，说道："别废话了，快点画啊，金条要装满整整一箱才行！"

铁傀儡闭上了嘴巴，不再说话。它缓缓地跪在地上，铺开白纸，拿起毛笔，片刻之间，便画出了一口上锁的箱子。它抖动白纸，众人眼前一花，只见一口上了锁的铁箱子凭空出现在戏台上。

铁傀儡盯着小个子男人，说道："上来拿走你的箱子。"

小个子男人瞧了一眼铁箱子，见箱子表面锈迹斑斑，顿时脸色不悦，道："我要的是金条，不是什么破箱子。"

铁傀儡道："金条就在箱子里。"

小个子男人顿时面露喜色，快步奔上戏台，抱起铁箱子掂量了一下，脸上的笑意顿时僵住，冲铁傀儡道："你糊弄谁呢？一箱子的金条能这么轻？我看你是没本事，变不出金条了吧。"

铁傀儡道："你去拿钥匙来，打开箱子上的锁，便知里面有没有金条。"

小个子男人疑惑道：“这箱子是你变出来的，你叫我去哪里拿钥匙？”

铁傀儡道：“既然如此，你且下台去，待我用这支神笔，将钥匙画出来。”

小个子男人将信将疑，犹豫了一下，到底还是放下铁箱子，走下了戏台。他没有回到观众席，就站在戏台跟前，目不转睛地盯着那口铁箱子，生怕属于他的金条飞了似的。

铁傀儡拿起毛笔，在白纸上着墨，很快画出了一把钥匙。它拿起白纸抖动，画上的钥匙迅速消失了，然而这一次并没有真的钥匙出现。它微微歪斜脑袋，似乎对眼前的情况颇为不解，接着又抖动了几次白纸，仍不见钥匙出现。

现场观众原本气氛热烈，这时全都安静了下来，疑惑地盯着铁傀儡，盯着铁傀儡手中的白纸，猜不透到底出了什么变故。

便在这时，戏台片区的入口处，忽然传来一阵响亮的脚步声。

易希川和秋本久美子没有入座观众席，而是一直站在观众席的左侧。听见脚步声后，易希川转头望去，只见一群黑衣人正快步向戏台走来。这群黑衣人都是青帮混混，由阿潘领头，簇拥着一个脸带伤疤的男人，正是负责管理大世界戏台片区的蒋白丁。

易希川易了容，早已不是本来的相貌，再加上蒋白丁等人的注意力都在戏台上的徐鬼手身上，因此蒋白丁等人从易希川的身旁经过时，也没有认出他来。

戏台前面站着不少观众，看见蒋白丁到来，纷纷让开了一条道。蒋白丁在青帮混混的簇拥下，走到了戏台跟前。

阿潘低声道：“大哥，你看是不是这人？”

蒋白丁没有应阿潘的话，只在心里暗道：“果真是那天变‘画骨术'的徐鬼手！嘿嘿，我在上海地界到处找你，遍寻不得，还以为你早就离开了上海，想不到你竟会自己送上门来，真是踏破铁鞋无觅处，得来全不费工夫！我倒要瞧瞧，你突然霸占了我的戏台，是要要弄什么把戏？"他看着戏台上的徐鬼手，嘴角爬起一丝冷笑。

徐鬼手眼睛已瞎，自然看不见台下的情况，只管拉扯十根提线，继续表演幻戏。在他的操控下，铁傀儡又多次抖动了白纸，但始终变不出钥匙来。

忽然之间，徐鬼手的十根手指停住了，铁傀儡也相应停下了所有动作。片刻的沉默之后，徐鬼手的中指微微一提，铁傀儡慢慢张开了嘴巴，说道："怎么一下子变得这么暗？我的眼睛看不见了，我要先画一支蜡烛来照明，再寻找铁箱子的钥匙。"

观众们不由得暗觉奇怪，下意识地抬头望了一眼头顶，只见戏台的正上方，两盏电灯光线明亮，一直没有变暗过。对于铁傀儡刚刚说的话，人人都觉得莫名其妙。

就在观众们困惑之时，铁傀儡已经拿起毛笔在白纸上画了一支蜡烛。它抖动白纸，画上的蜡烛消失了，一支正在燃烧的蜡烛凭空出现在了戏台上。

"终于有光了，我又能看见了。"铁傀儡说道，嗓音透着一丝阴森，"我看见了，原来是有人偷走了我的钥匙。"

小个子男人迫不及待地想得到箱子里的金条，急忙问道："是谁？是谁偷走了钥匙？"

铁傀儡缓缓转动脑袋，眼珠子渐渐对准了戏台跟前的蒋白丁。它慢慢地抬起手臂，伸出一根食指，指住了蒋白丁，道："就是你，快把钥匙还来。"

这突如其来的一指，令蒋白丁颇感意外。他尚未说话，一旁的阿潘已抢先说道："什么狗屁钥匙？哪来的阿猫阿狗，居然敢来我们大哥的地盘上撒野。上去几个人，把他轰下来！"

几个青帮混混闻声而动，便要冲上戏台。

蒋白丁手臂一抬，止住了手下的青帮混混，道："难得今晚客人们这么捧场，可别扫了众位贵客的兴。"他嘿嘿一笑，望着徐鬼手，"你没经我的同意，便赶走我的幻戏师，占了我的台子，擅自表演幻戏，也太不把我蒋某人放在眼里了。不过你的幻戏有些门道，比我这里的驻台幻戏师高明不少。我可以既往不咎，只要你点头，我立马聘请你在这里驻台，凭你的本事，往后名利自然是少不了的，怎么样？"

徐鬼手不声不响，手中的铁傀儡则嘴巴张合，说道："偷了我的钥匙，快点还来！"

蒋白丁说了一通和气话，却碰了一鼻子灰，脸色顿时一沉，想要发作，但转念一想："你的'画骨术'高明至极，鲁鸿儒相中了你，我可不能坏了鲁鸿儒的好事。好吧，既然你要演戏，我便陪着你往下演。我倒要看看，你这幻戏能变出什么花样来。"

他想到这里，便开口道："你说我偷了你的钥匙？这种话可不能乱讲，须有真凭实据才行，否则我大可抓你去巡捕房见官，治你个污蔑诽谤之罪。"

铁傀儡道："真凭实据就在你的腰上。"

蒋白丁腰间的衣摆略微鼓起，那里挂着一大串钥匙。他拍了拍腰间，响起一连串金属碰撞之声，说道："我腰上是有不少钥匙，但那都是我自己的，开不了你的什么破烂箱子。"

铁傀儡道："你腰上共有几把钥匙？"

蒋白丁不知道徐鬼手葫芦里卖的什么药，应道："告诉你也无妨，六把。”他抬起右手，比画了一个“六”的手势。

铁傀儡道：“我的钥匙，此刻就在你腰上。你大可当众数一数，你腰上的钥匙是不是多了一把？”

蒋白丁道：“胡说八道。”说话之时，他却微微皱眉，心里暗暗嘀咕：“我这串钥匙日夜携带，从不离身，难道这瞎子真有本事，能在我神不知鬼不觉之时，将钥匙偷偷挂在我的腰上？呵呵，我不信他能有这么大的本事！”

他一边暗想，一边取下腰间的钥匙串，当众点数起来。

眨眼之间，蒋白丁数完了钥匙，仍是六把，不多不少。他松了口气，心想：“这瞎子胡吹大话，险些把我给唬住了。”他瞧着徐鬼手，摇了摇手中的钥匙串，冷笑道：“人人都看见了，我手里这串钥匙统共六把，现在你怎么说？”

徐鬼手肚腹微鼓，同时操控提线，铁傀儡当即张口说道：“数目虽然对了，但这串钥匙之中，有一把可以打开我这口箱子。”

“把戏被拆穿了，你还死咬住不松口。”蒋白丁嘿嘿一笑，“那你想怎样？”

铁傀儡道：“你把钥匙拿来，我一把把试过，必有一把能打开箱子上的锁。”

蒋白丁脸上的笑容顿时一收，暗想：“这串钥匙关系重大，除了鲁鸿儒和贵叔，从没经过他人的手。这瞎子突然索要钥匙，莫非别有图谋？”

但他转念一想：“我若是不肯给钥匙，旁人会以为我心怀鬼胎，反而信了这瞎子的话。是了，这瞎子之所以索要钥匙，多半是想拿到钥匙之后，趁机用手法调换其中的一把，将箱子上的锁打开，这样便能成就他的幻戏。”

想到这里，他说道：“好，我可以拿钥匙来开锁，但全程必须我自己来。”

铁傀儡慢慢仰起脑袋，望着徐鬼手，似在等待徐鬼手示意。徐鬼手微微点了点头，铁傀儡便道：“好，倘若有一把钥匙打开了箱子上的锁，那便如何？”

蒋白丁刚才点数钥匙时，便将钥匙一把把地仔细看过了，确信没有被动过手脚。他深信这六把钥匙一定打不开箱子上的锁，应道：“那我便当众承认，是我偷了你的钥匙。嘿嘿，倘若打不开呢？”

这次铁傀儡不再说话，而是徐鬼手开口了，他的声音极为低哑，极为沉缓：“老朽行艺江湖数十载，所学幻戏颇多，其中尤以‘画骨术’最为神妙，据老朽所知，当今幻戏界再没第二人会这门幻戏。倘若你的钥匙打不开这口箱子，老朽便将‘画骨术’的秘诀亲手奉上，算作向你赔罪。”

蒋白丁眼睛一亮，心道：“苦寻你这么久，为的便是‘画骨术’，你肯以‘画骨术’的秘诀作为赌注，那真是再好不过。”立刻应道：“好，当着这么多人的面，你可别食言。”

徐鬼手道：“决不食言。”声音沉缓，却字字断然。他说话之时，袖口一抖，也不知是有意为之，还是无意之举，总之荡起了一股风，戏台上那支燃烧的蜡烛，一下子熄灭了。

蒋白丁拿起钥匙，大步登上戏台，来到那口上锁的铁箱子前。

现场观众目不转睛地盯着蒋白丁，盯着蒋白丁手里的钥匙，盯着戏台上的铁箱子。秋本久美子已然看入了神，易希川的目光却是来回游移，暗暗奇怪：“刚才那个小个子男人怎么不见了？”原来他关注蒋白丁和徐鬼手的同时，有意无意地瞥了一眼围在戏台前的观众。他记得那个要求铁傀儡画金条的小个子男人原本一直站在戏台跟前，离阿潘和其他青帮混混很近，此时却没了身影。

他来回扫视了几遍，始终没有瞧见小个子男人身在何处，由此可见，小个子男人十有八九已经离开了戏台片区。小个子男人原本对箱子里是否装有金条极为关心，哪知竟会悄无声息地离开现场，易希川对此颇感疑惑。

铁箱子放在戏台上，蒋白丁自恃身份，不想当众蹲下来开锁，于是大手一挥，阿潘急忙奔上戏台，将铁箱子抱了起来，举在身前。蒋白丁举起钥匙串，拿住其中一把，插向锁孔。

铁箱子上的锁比寻常的锁要大一号，锁孔的尺寸也较大，第一把钥匙轻而易举便插了进去。蒋白丁拧动手指，钥匙却纹丝不动，由此可见这不是开锁的钥匙。

第一把钥匙开锁失败，蒋白丁接着便试第二把钥匙。第二把钥匙也很轻易地插入了锁孔，但依然转动不了。

此后蒋白丁又接连试过了第三把、第四把和第五把钥匙，全都无法开锁。

只剩下最后一把钥匙了。

蒋白丁瞧了一眼徐鬼手，道:“这可是最后一把了。”拿住钥匙，晃了一晃。

徐鬼手面沉似水，一言不发。

全场观众个个心神紧绷，许多坐着的观众都站了起来，目不转睛地盯着蒋白丁手中的钥匙。易希川的注意力也被吸引了过来，望着蒋白丁和徐鬼手，猜想着这场幻戏表演可能出现的各种收尾。

蒋白丁将最后一把钥匙插进了锁孔。他的手指稍微一用劲，立刻感受到了阻力，心头顿时一喜，知道最后一把钥匙同样无法开锁。他原本心存一丝担忧，怕徐鬼手的幻戏会在最后时刻出现出人意料的变化，这一下担忧尽消。

他正要发力拧动钥匙，好让全场观众看个清楚，哪知就在此时，眼前忽然一黑，什么都看不见了。

蒋白丁之所以什么都看不见，是因为戏台上方的两盏电灯同时熄灭。

戏台片区断电了。

不仅戏台片区断电，其他片区同样灯光熄灭，整个大世界一下子陷入了一片漆黑。

黑暗之中，现场观众一阵骚动，四下里嘈杂声不断。

戏台之上，“咚”的一声巨响，蒋白丁已经倒在了地板上。在刚刚陷入漆黑的那一刻，抱着铁箱子站在蒋白丁身前的阿潘，突然直愣愣地向蒋白丁撞了过来。黑暗之中，两人双双倒地。蒋白丁后背着地，受此重重一摔，手里的钥匙被震得脱手飞出。

他听见了钥匙落地的方位，急忙爬起身来，在黑暗中摸索，很快摸到了钥匙。他将钥匙攥在手里，迅速摸数了一遍，仍是六把，当即松了口气，随即便破口大骂阿潘。

阿潘急忙解释，原来灯灭的那一刻，有人在他背后用力地推了一把，他猝不及防，这才向前扑倒，连带着撞倒了蒋白丁。

蒋白丁看不见阿潘的样子，但阿潘向来对他唯命是从，而且听其声音十分惶恐，显然是怕他怪罪，想必这番解释不是在说谎。灯灭之时，戏台上除了他和阿潘，便只有徐鬼手。

“莫非是徐鬼手在捣鬼？”蒋白丁暗暗心道。

忽然之间，一星亮光闪动起来。蒋白丁定睛看去，原来是一支蜡烛。

那只蜡烛位于戏台的中央，原本被徐鬼手挥袖时荡起的风吹灭了，此时不知被谁重新点燃。在蜡烛的光照范围之内，空无人影，唯有一口铁箱子。那口铁箱子原本抱在阿潘的怀里，阿潘摔倒之时，铁箱子也摔离了手，不知被谁捡来放在了戏台的中央。燃烧的蜡烛正是立在铁箱子上。

蒋白丁猜到是徐鬼手在装神弄鬼，立即借助微茫的烛光环顾整个戏台，却瞧不见徐鬼手身在何处。他向观众席望去，满是黑压压的人影，都是观看幻戏的观众，看不清徐鬼手是否混在其中。

更多的光亮出现了，几个大世界的工作人员拿着手电赶到了戏台片区，为客人们照明，以免发生不必要的意外。

光线明亮了起来，蒋白丁仍然看不见徐鬼手身处何地。阿潘带着一群青帮混混在人群之中来回寻找，始终没有发现徐鬼手的踪影。

“这瞎子的幻戏失败了，于是趁乱溜走，免得当众出丑，当真奸猾。”蒋白丁想到徐鬼手的幻戏，视线立刻一转，盯住了戏台中央的铁箱子。他的脸色微微一变，原来铁箱子上虽然挂着锁，可是锁扣不知何时竟已开了。

现场有眼尖的观众，瞧见了铁箱子上的锁已经打开，于是窃声议论起来。这一消息迅速在观众之中传了个遍，人人都把目光投向铁箱子，心里都是一样的想法：“那幻戏师果然没有说谎，蒋白丁的最后一把钥匙当真打开了箱子上的锁。只是不知道这口箱子之中，是不是当真装满了金条？”

蒋白丁听见了四面八方的议论声，不禁皱起了眉头。他大步走近铁箱子，一只手拿起蜡烛，另一只手取下锁扔在地上，顺手掀起了箱盖，只见箱子里装满了条状的物什。他将蜡烛凑近铁箱子，烛光之下，只见那些条状物什并不是金条，而是一根根木棍。

“好你个徐鬼手，溜走之时，竟然还留了一手来戏弄我。”蒋白丁暗自骂咧。他将一箱子的木棍全都倒在了地上，好让台下的观众看个清楚明白，随即向手下的青帮混混下了命令，立刻四处搜查，务必将徐鬼手抓回来。阿潘立即带领一群青帮混混，拿了几只手电，冲出戏台片区，搜寻徐鬼手去了。

徐鬼手的幻戏结束了，铁箱子里装满了木棍，这样的收尾令观众们大为扫兴。在一片叹息声中，观众们开始退场。

大世界的各个片区都断了电，所有娱乐项目没法再继续营业。观众们退出戏台片区后，和其他片区的客人一起，纷纷离开了大世界。

易希川和秋本久美子虽然还未尽兴，但黑灯瞎火的大世界没法继续游玩，两人只好跟着人群，一起走出了大世界。

易希川抬眼望去，街道的两旁亮着路灯，周围的建筑都是霓虹璀璨，唯独大世界这一幢建筑断了电。这一点令他略感奇怪。

停在街边的数十辆黄包车迅速被散场的客人雇走了。没有了黄包车，易希川和秋本久美子只好步行。

两人牵着手，散步一般沿街慢行。一块块霓虹灯投下了亮光，两人的影子挨在一起，一会儿长，一会儿短，一会儿投在了身前，一会儿又藏到了身后。

离大世界越来越远，街道上的行人变得越来越稀少。两人一边漫步，一边聊起了刚才徐鬼手所变的幻戏。

易希川觉得徐鬼手的幻戏太过虎头蛇尾，如此草草收场，连本人也趁乱溜走，显得颇为奇怪。秋本久美子也是同样的看法，而且她看出了徐鬼手的幻戏虽然号称用神笔画活物，但说到底只是傀儡戏和彩戏法的结合，这与她秋家的“画骨术”全然不同。

易希川讲起了那夜与徐傀儡在废弃厂房的遭遇。经过废弃厂房那一战，他已明白徐鬼手当日在公共租界所变的“画骨术”，不过是依靠骷髅傀儡所变的傀儡戏。他一说到骷髅傀儡，便又忍不住暗自奇怪，心想徐鬼手若是真有其人，那在公共租界和废弃厂房之时，徐傀儡又何必用骷髅傀儡来假扮徐鬼手呢？

易希川忽然念头一动，想到今晚现身的徐鬼手与徐傀儡身高相仿，身形也极为相似，顿时明白了过来，脱口说道：“今晚的徐鬼手，十有八九便是徐傀儡。他易容改装，倒叫人瞧不出来了。”

秋本久美子对徐傀儡假扮徐鬼手一事并不在意。她听易希川讲述了废弃厂房的遭遇，这才明白斋藤骏是如何受了伤，对于易希川拼死救下斋藤骏的举动，不免暗暗感激。但她心绪戚戚，只因废弃厂房乃是当年秋家的祖宅。她幽然一声叹息，轻声说道：“我……我想去秋家看看。”

易希川没有丝毫迟疑，当即应道：“我陪你去。”

两人就地转向，走进了街边一条狭窄的巷道，打算横穿法租界，往位于上海城区内的废弃厂房去。

巷道里没有路灯，只有两旁高楼窗户洒下的零星亮光，因此昏暗了不少。

就在这条昏暗的巷道里，就在前方一扇窗户洒下的亮光中，一道人影背靠墙壁而立，双手举在胸前，正在把弄着什么东西。瞧见有人来了，那道人影赶忙将双手揣进兜里，转身就走，步子迈得很快。

虽然隔了数丈的距离，光线也颇为昏暗，但易希川还是隐约认出了那人。

“像是那个要求徐鬼手画金条的小个子男人。”易希川心想。

易希川原本就对小个子男人悄无声息离开戏台片区感到疑惑，此时那道像极了小个子男人的人影，见到他和秋本久美子后立刻转身便走，而且走得很快，这令他更加奇怪。

他不作多想，立刻向那道人影追了过去。

见易希川突然追赶，那道人影立即变走为跑，飞奔了起来。或许是心慌意乱，或许是巷道里太过昏暗难以视物，那道人影落脚之时，一不小心踩到了地上的坑洼之处，顿时立足不稳，摔翻在地。等到他爬起身时，易希川已经飞步赶到，一把拽住了他的胳膊。

“果真是你。”近在咫尺，易希川看得清楚，这人的确是那个小个子男人。

小个子男人面有慌乱之色，道：“我不认识你……快放手！”

小个子男人想要挣脱，易希川立刻加大了手劲。易希川的手臂力道极大，虽然在表演“油锅捞物”时受了烫伤，但对付小个子男人已是绰绰有余。小个子男人忍受不了突然加大的力道，顿时“哎哟”叫痛。

直到这时，后面的秋本久美子才追了上来。

“你这人真是奇怪，”易希川道，“为什么见了我们就跑？”

小个子男人道：“你们才奇怪，我又不认识你们，干……干什么抓住我？”

易希川见小个子男人虽然一只手被擒住，另一只手却仍旧揣在衣兜里，显然是在藏掖什么东西。他说道：“你不认识我们，我们却认得你。刚才戏台上的幻戏还没变完，你怎么就偷偷溜走了？你就不想要箱子里的金条吗？”

话音一落，易希川右手依旧抓紧小个子男人不放，左手却一把抓住对方揣在衣兜里的手，猛地往外一拽。

只听几声清脆的响声，有东西从小个子男人的衣兜里掉了出来，掉落在地上，竟是好几根金条。

小个子男人又惊又急，可是无论他怎么挣扎，始终挣脱不了易希川的抓拿。

易希川瞧见地上的金条，顿时明白了过来。“这些金条，是那个幻戏师给你的？老实交代，你和那个幻戏师是什么关系？”

小个子男人道：“什么狗屁幻戏师？你再不放手，我就喊人了。”

易希川道：“你前脚离开戏台片区，后脚大世界就断了电，我还一直纳闷，现在算是明白了，大世界突然断电，是你动的手脚吧。”

小个子男人道：“你胡说八道什么？快放开我！”

易希川道：“好，你不肯对我说实话，那我现在就抓你回大世界，交给青帮的人处置。”说着便将小个子男人的手臂反拧过来，拽着他往回走。

大世界是青帮头领黄金荣的地盘，胆敢得罪大世界的人，一旦被青帮的人抓住，轻则暴揍一顿头破血流，重则剁手断脚甚至丢掉性命，总之绝不会有好下场。

小个子男人面有惊吓之色，急忙改口：“小爷，别、别……有话好说，我……我说实话，我说实话！”

易希川停住了脚步，道：“那就快说，你和那个幻戏师到底是什么关系？”他对徐傀儡的来历和动向极为关心。徐傀儡不但本事厉害，而且行踪诡秘，他和双鱼与之结下了梁子，若能摸清徐傀儡的底细，自然没有坏处。

小个子男人道：“我压根不认识那个幻戏师，我和他没有半点儿关系。”

“那你为什么和他串通了变幻戏？”易希川伸脚踢了踢地上的金条。

“他叫我配合他变戏法，再偷偷剪断大世界的电线，说事成之后会给我五根金条作为酬劳。”小个子男人瞧着地上的金条，眼睛里冒着精光，“这可是黄金啊！他便是叫我杀人放火，叫我上刀山下油锅，我也照做不误。”

“这么说，你既不知道他是谁，也不知道他为什么要在大世界变幻戏？”易希川道。

“你问的这些，我真的全都不知道。”小个子男人道。

易希川道：“那他给了你金条后，去了哪里？”

小个子男人道：“我只看见他往南边的小街去了，至于他去哪里，我就不知道了。”

“大世界南边的小街？那是去往上海城区的方向。徐傀儡到底要做什么？他花了五根金条，就为了在大世界的戏台片区变一场幻戏？他这么做的目的是什么？”易希川越往深处想，越觉得疑惑。

他看了一眼秋本久美子，但秋本久美子脸色平静，显然是知道徐傀儡的“画骨术”和秋家毫无关系后，便对徐傀儡的事不再关心了。

易希川想弄清楚徐傀儡的底细，只可惜小个子男人对徐傀儡一无所知，他无法再从小个子男人这里得到更多的信息。他放开了手，道：“你走吧。你今晚断了大世界的电，那便是得罪了青帮，往后好自为之。”

小个子男人原本以为易希川是想抢他的金条，没想到易希川问了几个问题后，如此轻易便放了他。他喜出望外，生怕易希川改变主意，急忙捡起地上的金条，慌慌张张地跑掉了。

小个子男人去远后，易希川才摇了摇头，叹道：“徐傀儡神出鬼没，行事古怪，他到底想做什么，我真是想不明白。”

秋本久美子握住了易希川的手：“别想那么多了，我们走吧。”

易希川迈开脚步，与秋本久美子并肩而行，心里却忍不住暗想：“徐傀儡站在戏台上时，两只眼睛看起来已经瞎了，不知是当真如此，还是他假装的。倘若他的眼睛真的瞎了，想必是那晚被师妹毒瞎的，说不定他有什么歹毒诡计，会对师妹不利。师妹是为了救我才这么做，徐傀儡若是敢加害师妹，我无论如何也要阻止他。”

走出巷道后，迎面是一条还算宽阔的街道。易希川记得废弃厂房的方位，于是带着秋本久美子穿过街道，准备转入另一条巷子。

就在这时，远处忽然有两道人影疾奔而来，是两个日本武士。

这两个日本武士竟是奉了斋藤骏的命令，四处寻找秋本久美子的踪迹，一直寻到了深夜，正好望见了从巷道里走出来的秋本久美子。秋本久美子虽然换掉了和服，但两个日本武士还是认出了她，于是追了过来。

易希川易容改装较多，两个日本武士没有认出他，见他抓着秋本久美子的手，当即一把推开他，将秋本久美子护在身后。两个日本武士拔刀出鞘，冷眼瞪着易希川，目光中大有敌意。

秋本久美子急忙用日语叫道：“住手！”

两个日本武士没有攻击易希川，但也没有收刀。其中一个日本武士盯着易希川，问道：“小姐，这个支那人冒犯了你，杀不杀？”

“他没有冒犯我。”秋本久美子道，“我已经叫你们住手了，快把刀放下。”

两个日本武士仍未收刀，但脚底下退了一步，不再对易希川逼得那么紧。先前说话的日本武士道：“小姐，大人在国术馆等你，我们这就护送你回去。”

秋本久美子道：“我很安全，你们不用护送我，我晚些时候会自己回国术馆。”

那日本武士道："大人有过吩咐，一定要我们找到你，护送你回国术馆。小姐的话，请恕我们不能遵从。"

秋本久美子面露为难之色，抬眼望向易希川。

易希川听不懂秋本久美子和日本武士的日语对话，但从秋本久美子的神色变化，他也算明白了个大概。他径直踏步上前，丝毫不理会日本武士的阻拦，拉起秋本久美子的手："久美子，我们走。"

两个日本武士立即抢步上前，挡住易希川的去路，抬起刀锋，冰冷的刀尖对准了易希川，喝道："放开小姐！"

易希川听不懂日语，即便听懂了也会充耳不闻，牵着秋本久美子的手便往旁边迈步。

两个日本武士一声喝骂，同时出手，刀尖向易希川刺来。

易希川生怕秋本久美子被误伤，急忙松开秋本久美子的手，弓腰斜蹿，从两把刀之间的缝隙闪了过去。他没有武器在身，却丝毫不惧，转身上前，要以一敌二，空手对付两个日本武士。

秋本久美子知道易希川脚伤未愈，手又在和斯莱迪尼比拼时受了烫伤，一旦和两个日本武士动手，极有可能会再次受伤，急忙冲上前去，挡在易希川的身前，用日语向两个日本武士说道："你们住手，我跟你们回去！"

两个日本武士暂且停手，没有继续攻击易希川。

秋本久美子转过身来看着易希川，说道："师父还在国术馆等着我，我今晚就不去秋家了，以后若有机会，我们再一起去吧。"

易希川心中不舍，但秋本久美子这么说了，他也不好再强求。他说道："罗慕寒认定我们杀了罗盖穹，今晚他报仇不成，一定还会再来。没有我在身边，你一定要多加小心。"

秋本久美子轻轻"嗯"了一声，继而脸色微红，低下了头，说道：

“今晚我过得很开心。我不在的时候，你也要好好养伤，不要轻易和别人动手。看到你受伤，我心里会……会很难过。”

说完这话，她急急忙忙转过了身。两个日本武士立即来到她的左右，护着她往巷子里走去。

易希川听了秋本久美子临别前的叮嘱，心里一阵甜蜜，可是看着秋本久美子离开，又是一阵伤感。

他的心绪汹涌起伏，忽然望着秋本久美子的背影，大声说道：“久美子，你等着我，等万国魔术大赛结束了，我便登门拜访你师父，向他提亲！”

秋本久美子一下子停住脚步，回过头来。她冲易希川一笑，又轻轻咬着嘴唇，点了点头，这才跟随两个日本武士，往巷子里去了。

望着秋本久美子渐渐走远，到最后看不见了，易希川仍旧呆立在原地，一动不动。

第二章 时间

夜已经很深了，万国千彩大剧院的大门仍旧敞开着，双鱼仍旧独自一人等在门前。

在此之前，鲁鸿儒和贵叔先后来劝她回房歇息，但她担心易希川的安危，执意要等易希川回来。

爱多亚路的对面，巴黎魔术馆的大火已经灭了，偌大一幢富丽堂皇的建筑，转眼之间就变成了残垣断壁的废墟。昏迷的贝特朗已被伊莎贝拉和维克多送去了医院，围观人群也已经散尽。整条街道空空荡荡，只剩下几盏路灯和零星的霓虹灯还亮着光。

夜风吹来，冰冷刺骨，连带着吹来了不少灰烬，以及难闻的烧焦味道。双鱼一开始来回踱步，后来怔怔地立在一个地方，到最后直接坐在了大门前的台阶上，任由夜风吹得脸庞阵阵刺痛，也毫不在意吹来的灰烬和难闻气味。

她一直捏着易希川留下的字条，望着空荡荡的爱多亚路。偶尔有赶夜的路人经过，她会站起身来张望，直到看清不是易希川时，才又失望地坐回去。

一直等到后半夜，易希川终于回来了。

双鱼对易希川担心至极，有时忍不住胡思乱想，生怕易希川出了什么意外，会不会就此一去不回，再也见不到了。当看见易希川归来时，她激动难抑，眼睛里含着泪水，险些流出来。她仔细打量了易希川一番，确认易希川没有受伤，悬着的心才安放下来。

深夜寒凉，双鱼没有立即追问易希川去了哪里，而是先让易希川回了房间，方才问起易希川的遭遇。

易希川说了他是如何从舞台底下的暗道脱身，至于脱身后他去了哪里，却没有说实话。

在回来的路上，易希川知道双鱼一定会问起他去了哪里，他原本是想将一切都告诉双鱼，然而当他真正面对双鱼时，话到嘴边却又咽了回去。

易希川最终说了谎，说他逃出火海后看见罗慕寒仓皇奔逃，怕罗慕寒趁乱走脱，于是来不及找双鱼，只留下字条托人转交，便孤身一人追罗慕寒去了，只可惜最后还是让罗慕寒跑掉了。

双鱼极其聪慧，一听便知道易希川在撒谎。易希川留下的那张字条，她在等待易希川回来的时间里，已不知看了多少遍，上面的每一个字，她都记得清清楚楚。

“师妹，我有事离开，稍晚回来。平安，勿念。”——倘若易希川急着去追赶罗慕寒，留下的话怎会如此自然平顺？怎会加上“稍晚”“勿念”这样的词？

不过她没有说破易希川的谎话。她虽不知道易希川去干了什么，但易希川死里逃生，半夜方才归来，必定已是身心疲惫，何苦再继续追问。

但双鱼还是告诉了易希川另一个消息，在上半夜时，伊莎贝拉曾来过万国千彩大剧院，告知她万国魔术大赛会继续如期举行，只不过因为巴黎魔术馆被大火烧毁，所以比赛场馆临时改在了大世界的戏台片区。伊莎贝拉已经和大世界戏台片区的管理人蒋白丁谈妥了举办剩余比赛的相关事宜，而在刚刚结束的半决赛中，罗慕寒因为假借比赛蓄意杀人纵火，已被法租界巡捕房通缉，赛事的五位评委已经取消了罗慕寒的参赛资格，并一致判定秋本久美子获胜，就等明天维克多和易希川的比赛决出胜者，决赛的对阵便可确定。

伊莎贝拉原本想亲自将这一消息通知易希川，但易希川一直没有回来，于是她只好让双鱼代为转告，让易希川准备好明晚的比赛。

“维克多当初拿师父的亡灵戏弄你，这事我一直忘不了。”双鱼说道，“师哥，你今晚休息好，明天还要准备比赛需要用到的道具。明晚的比赛题目是时间，以你事先准备的幻戏，只要不出现失误，一定能够击败维克多，出这一口恶气。”

自从昨天抽签出来后，得知与维克多的半决赛题目是“时间”，易希川便好好思索了一番。他想好了要表演的幻戏，在同双鱼去巴黎魔术馆观看秋本久美子和罗慕寒的半决赛前，他曾向双鱼透露过他要表演什么。此时双鱼提及半决赛的事，他的思绪不禁从秋本久美子那里转移到了维克多身上。

维克多曾与他暗中较量了一个月未分胜负，他早就下定决心，总有一天要和维克多进行一场真正的对决，并且一定要战胜维克多。如今机会到来，而且是万众瞩目的万国魔术大赛的半决赛，他的心气一下子蹿升起来，点头说道：“不错，明晚的比赛，我定当全力以赴，一定会击败维克多！”

双鱼不再打扰易希川休息，回到了自己的房间。

关上房门的那一刻，她的神色一下子黯淡了下来。她知道易希川对她说了谎，这令她的心一阵失落。

“他不愿对我说实话，自然有他的不便，他情愿告诉我时，自然会告诉我。”她暗暗心想，“就算我实在想知道，也不能现在去问他。等万国魔术大赛结束了，他若仍瞒着我，我再开口问他吧。”

一夜过去，万国魔术大赛半决赛将于晚间戌时在大世界戏台片区举行的消息，在天亮之后登上了上海各大报纸的头版。

易希川和维克多曾经彼此较量了一个月，相互之间不断出题和破术，却始终未分高下，此事早就传遍了整个上海。如今两人将在万国魔术大赛的半决赛中正面对决，势必将分出胜负，这样一场比赛自然万众瞩目。

大世界的门口早早便卖起了票，不断有观众前来购票，可谓络绎不绝。在大世界里面，戏台片区重新打扫了一番，拉起了彩旗彩带，在观众席的两侧临时摆放了数百条凳子，以备不时之需。一切都已准备妥当，就等比赛的到来。

天色渐渐变暗，夜幕徐徐降临。大世界戏台片区灯火通明，观众开始鱼贯入场，找到自己的位置落座，整个戏台片区很快便座无虚席。

易希川提着刻有“易”字的道具箱子，在双鱼和袁木火的陪同下，走进了戏台片区。

现场的中国观众瞧见了易希川，顿时鼓掌欢呼。

易希川登上戏台，冲现场观众挥手致意，顺带扫视了一圈观众席，却没有看见秋本久美子的身影，也没有看见斋藤骏和日本武士，看来这场半决赛，秋本久美子是不会来到现场观看了。

易希川向观众致意之后，转过身去，与双鱼和袁木火一起，走向幕后，进入了后台。

和巴黎魔术馆一样，戏台片区的后台同样临时分隔成了两半，比赛双方各自使用一半。袁木火跑到分隔后台的挡板旁，将耳朵贴在挡板上，想偷听一下另一边维克多等人的声音。然而另一边极为安静，几乎没有任何声响，仿佛压根就没人似的。

易希川的幻戏道具早已准备妥当，全都装在道具箱子里，他无须再做什么准备，只需调整好情绪即可。他从怀里摸出了一块怀表，那是师父牧章桐的遗物。

牧章桐死后，易希川清洗遗体时，曾取下这只怀表放在自己身上，此后便一直将这块怀表珍藏起来，几乎从不拿出来示人，只在私下里怀念师父时，才拿出来看看。今晚他带上了这块怀表，因为这将是他所要表演的时间幻戏的关键所在。

易希川拨开怀表看了眼时间，距离七点，也就是戌时，已不远了。

按照抽签顺序，维克多将在七点整率先登台表演，等维克多的表演结束后，才轮到易希川登台。易希川用不着再做什么准备，便走出后台来到幕后，打算先看看维克多的表演，心里也好有个底。双鱼和袁木火对维克多的表演同样极感兴趣，也来到了幕后观看。

易希川将幕布拉开了一条缝隙，朝观众席望了一眼。观众席已是人满为患，即便戏台片区临时增加了数百条凳子，仍然供不应求，不少观众只能站在观众席的两侧。

蒋白丁坐在观众席的首排，志得意满，神采飞扬，能有这么多观众前来捧场，他自然大为满意。鲁鸿儒也来到了现场，坐在蒋白丁的旁边，正拿起一张手帕，抵住嘴巴不断地咳嗽。之前二人的比赛都是在巴黎魔术馆举行，鲁鸿儒不愿踏足竞争对手的场馆，因此一直没有到现场观看，但今晚的比赛是在他的把兄弟蒋白丁所管理的大世界戏台片区举行，而且又是易希川和维克多的直接对决，他当然要亲自来到现场支持易希川。

贝特朗和伊莎贝拉也已经到场，同样坐在首排。贝特朗显得魂不守舍，脸色灰暗了不少，仿佛了一夜之间苍老了许多，显然巴黎魔术馆的烧毁，对他而言是一个极其沉重的打击。

五位评委已经落座，司仪早就等候在戏台的旁边，准备时间一到，便登台宣布比赛开始。

一切都已准备就绪。

然而，易希川的对面，也就是戏台另一侧的幕后，却一直空空荡荡不见人影。比赛即将开始，按理说维克多早就该走出后台，来到幕后准备登台了，可是维克多并没有出现。

易希川等了片刻，又拿出怀表看了看时间，就快到七点了。

司仪也在看手表，暗自计算着时间，等到还有一分钟便到七点时，才整了整衣服，大步登上戏台。

他感谢了全场观众的到来，随即高声宣布："时间已到，万国魔术大赛第二场半决赛现在开始！让我们热烈欢迎——来自巴黎魔术馆的法国魔术大师维克多，登台表演！"

现场观众顿时掌声四起，大红色的幕布缓缓拉开，明亮的灯光对准了幕布后方。

然而，灯光照射之处，拉开的幕布后面却空无一人，并不见维克多现身。

无比热烈的掌声渐渐弱了下来，许多观众都暗自觉得奇怪。有的观众以为维克多会从别的地方登台，忍不住四处张望，却始终不见维克多的身影。掌声寂灭之后，又经过了一阵尴尬的寂静，议论声开始渐渐四起。

易希川看着空荡荡的对侧幕后，不禁微微皱起了眉头。双鱼问道：“师哥，这是怎么回事？”易希川摇了摇头，他也不知道维克多在玩什么花样。

眼看现场观众一阵骚动，司仪急忙叫来了一名工作人员，让工作人员去后台叫维克多登台表演。那工作人员快步跑向幕后，进入后台，旋即独自一人奔了出来，回到司仪的身边，在司仪的耳边说了几句话。

司仪的脸色惊讶不已，低声道：“没人？你没看走眼吧？”

那工作人员道：“当真没人，不信你亲自去看看。”

司仪急忙赶去后台，果真如那工作人员所言，后台空无一人，并不见维克多的身影。

如此万众瞩目的比赛，现场聚集了成百上千的观众，维克多居然没有到场，司仪不由得一阵惊慌，额头出了一层密密麻麻的汗。现场观众已是交头接耳，议论纷纷，有的甚至发起了牢骚。

司仪急忙叫那名工作人员去观众席，问一问贝特朗这是怎么回事，与此同时，他则登上戏台，试图安抚现场观众的情绪，说道：“维克多一定正在赶来的路上，想必很快就能来到现场，还请各位少安毋躁，耐心等待一会儿。”说着又向全场观众连声道歉。

现场观众稍微安静了一些，继续耐着性子等待。

那工作人员来到观众席首排询问了贝特朗，贝特朗一脸奇怪，说道：“维克多不是提早就来了吗？”那工作人员如实相告，说维克多根本不在后台。贝特朗作了解释，说维克多一早便打了招呼，说是不想让任何人提前看到他准备的魔术，连他在后台的准备过程也不能示人，因此这一次比赛没有任何助手，贝特朗和伊莎贝拉也都没敢去后台。

眼下维克多不在后台，贝特朗和伊莎贝拉也不知道维克多去了哪里。伊莎贝拉摇了摇头，贝特朗则是两手一摊。

工作人员将情况如实转告了司仪，司仪诧异过后极是为难，只盼着维克多能尽快赶到现场，否则这烂摊子可不好收拾。

然而事与愿违，很快十分钟过去了，戏台上毫无动静，维克多仍然没有现身。

观众席上又开始七嘴八舌，议论不断，有人甚至骂起了脏话。这场半决赛可谓万众期待，票价比之前的比赛贵了不少，许多观众自掏腰包买票入场，都是想看一场精彩绝伦的对决，想看中国幻戏和西洋魔术之间孰胜孰败。哪知期待已久的比赛好不容易开始了，作为参赛一方的维克多却不知身在何处，迟迟没有来到现场，观众们自然心生不满。

司仪又一次登上戏台，不断说着圆场的好话，向全场观众赔礼道歉。这一次大多数观众都不买账，仍旧哄闹不已。

时间一分一秒流逝，快七点二十分了，维克多依旧不见踪影。

观众席上的牢骚声已经变成了抗议声，有人将杂物扔上了戏台，甚至还有人大声喊了起来："退票！退票！"

坐在观众席首排的蒋白丁，脸色已变得极为难看。工作人员早就将维克多不在后台的消息禀报了他，他听着满场的叫骂之声，一直忍耐着，等着维克多能来到现场。

现在将近二十分钟过去了，蒋白丁终于忍受不住，破口骂了一句脏话，随后站起身来，走到贝特朗身前，两腮鼓起，脸上的伤疤微微抖动，说道："我答应用我自己的场子，帮你举办万国魔术大赛剩余的比赛，你倒好，反过来消遣我？"

贝特朗无奈地摇头，说道："我确实不知道维克多去了哪里。"

伊莎贝拉起身道："蒋先生，我们巴黎魔术馆是诚心与你合作，戏票收入也按约定分了你五成，哪里会戏弄你？"

蒋白丁瞧着伊莎贝拉，心道："我会在乎你那五成戏票收入？若不是这儿是法租界，你们又是法国人，再加上你这个洋妞长得还算不错，你昨晚亲自来找我商量时，我岂会答应？"但他嘴上没这么说，只是说道："别说我蒋某人不通情达理，我就再给你们一点儿时间。"

说完这话，蒋白丁大步走上戏台，面向观众席，大声道："请大家安静！"

许多观众都认得蒋白丁，知道他既是大世界戏台片区的话事人，也是青帮大佬黄金荣的得力手下，一时人人噤声，现场一片肃静。

蒋白丁说道："在座的各位，你们花真金白银买了票，来到了大世界戏台片区，便都是我蒋某人的贵客。维克多虽然是名震上海的法国魔术大师，可总不能让在场这么多贵客，全都等他一个人吧？这样，我蒋某人提议，各位就安心再等十分钟，十分钟之内，维克多若是不来，不管他是因为什么耽搁了，都算他弃权，这场比赛便是他输了，到时候各位要退票的，全都按票价如数退还，如何？"

现场观众大都叫好，尤其是支持易希川的中国观众，更是鼓掌欢呼。

"五位评委，你们觉得呢？"蒋白丁转头瞧着评委席。

五位评委小声商量了几句，纷纷点头，表示赞同。

蒋白丁道："好，就从现在开始，到七点半为止，维克多赶不到现场，便是他输了！"说完这话，他大步下台，回到座位坐下。

现场观众虽然说话声不断，但不再抱怨和叫骂，音量也小了不少。有随身带了钟表的，都拿出来看着时间，等着七点半的到来。

易希川站在幕后，偷偷瞧着观众席，暗暗觉得奇怪。维克多迟迟没有现身，贝特朗和伊莎贝拉却丝毫不见惊慌，似乎他们早就知道这一切会发生。今晚的比赛题目是“时间”，易希川不由猜想，维克多的迟到，说不定正是其魔术的一部分，只是维克多究竟会变出怎样的魔术，易希川却半点也猜不透。

“如此重要的比赛，维克多一定会出现的。”易希川拨开怀表，时不时地看上一眼时间。七点半越来越近了，他笃定维克多的登场很快就会到来。

时间飞快流逝，眼看十分钟即将过去，七点半就要到了。

便在这时，挤在戏台片区入口处的观众纷纷骚动了起来，黑压压的人群让开了一条道，一个头戴黑色高帽、身穿黑色燕尾服的人，走进了戏台片区。

来人正是维克多。

维克多迟到了三十分钟，却显得一点也不着急，昂首挺身，步履优雅，不紧不慢地走向戏台。

维克多登上戏台，灯光立刻转了过来，照在了他的身上。他整理了一下燕尾服，摘下黑色高帽，面向观众席深深地鞠了一躬，说道：“各位观众，实在抱歉，我已经尽快赶来，但还是来晚了。”他举起手腕，看了一眼手表，“七点三十分，不多不少，我正好迟到了三十分钟。”

随身携带了钟表的观众，包括后台的易希川，都下意识看了一眼自己的表，的确是七点三十整，维克多迟到了整整三十分钟。

维克多重新戴上黑色高帽，说道：“今晚的比赛对我个人而言，可以说非常重要，因此我早在下午就做好了所有的准备。一切准备妥当后，因为离比赛时间还早，我就独自一人去巴黎魔术馆看了看。过去的四年时间，巴黎魔术馆一直是我表演魔术的地方，只可惜昨晚一场大火，将它烧成了废墟。我出生在法国巴黎，年少时求学魔术，足迹踏遍了欧洲，在欧洲的各大剧院都表演过魔术，算是闯出了一些小小的名声。四年前，贝特朗先生亲自回法国找到我，邀请我来到上海，从此以后，我就成了巴黎魔术馆的首席魔术师。

“接下来的四年时间，我在巴黎魔术馆演出了上百场魔术，与巴黎魔术馆结下了深厚的情缘，我也深深地爱上了上海，爱上了中国。原本我以为，我会一直在这里表演下去，可是没想到，一场突如其来的大火，毁掉了这一切。”

维克多在戏台上徐徐踱步，继续说道：“我一个人去到巴黎魔术馆外面，围着巴黎魔术馆的废墟走了一圈又一圈，寻找着我居住的房间，寻找着我表演魔术的舞台，只可惜它们都变成了灰烬，再也找不到了。我的情绪因此变得非常低落，一个人坐在街边，静静地面对着熟悉却又陌生的巴黎魔术馆。

“我回忆着过去四年之中，我在巴黎魔术馆度过的那些时光，越是回忆，越是伤感，以至于沉浸在这种悲伤的心情里，竟然忘记了时间，竟然忘记了今晚还有比赛。

“直到天黑了，路灯亮了起来，有路过的行人看见我，问我今晚不是有比赛吗、为什么还在这里时，我才一下子想了起来，今晚万国魔术大赛的半决赛是在大世界举行。而我呢？我居然把这么多观众忘在脑后，一个人坐在街边发呆。”

全场观众不再议论和骚动，全都安静了下来，听着维克多的讲述。只不过聆听之时，每个人的心里都忍不住暗想：“维克多讲这么多废话做什么？他怎么还不表演魔术？”

“我该怎么做呢？当然是赶紧往大世界赶啊。我穿着燕尾服，实在不适合跑步，只好把衣摆提了起来，一路飞奔，那模样啊，真是狼狈极了。”维克多笑了一笑。

现场观众想象维克多提着衣摆赶路的样子，也禁不住发出了一阵稀稀落落的笑声。

就在这阵笑声响起之时，戏台上的灯光微微跳动了一下，光线隐约暗了几分。

维克多继续说道：“虽然我的样子非常狼狈，但想到有许多观众在大世界等着我，我哪里还能顾得上自己的形象？我拼尽全力往这里赶，祈祷着在如此重要的比赛当中，自己可千万不要迟到。”

说到这里，他又举起手腕，看了眼手表上的时间：“还好还好，一分钟也没有耽误，现在是七点整，我正好赶上了，总算没迟到。”

全场观众听闻此言，大感疑惑，不知道维克多为什么胡说八道。带了钟表的观众纷纷低头去看时间，没有带钟表的观众纷纷凑近身旁带了钟表的观众，想看看时间是几点。转瞬之间，全场惊嘘四起，只因现场所有钟表上的时间，不是七点半甚至更晚，而全都变成了七点整，一分钟不多，一分钟不少。

易希川迅速拨开怀表，双鱼和袁木火凑了过来，三人定睛一看，怀表上的指针不偏不倚地指向了七点。

易希川大惊失色，眉头一下子皱了起来，暗暗奇道：“这是怎么回事？”双鱼和袁木火想不明白发生了什么，询问易希川，易希川摇了摇头，他也想不明白，为什么明明已过了七点三十分，怀表上的时间却突然回到了七点整。

易希川回想刚才维克多讲述的过程，想起戏台上的灯光曾微微跳动了一下，接着灯光似乎变暗了些许。

“莫非是灯光的缘故？”他暗暗纳闷，“可即便是灯光变化，又怎么能改变怀表上的时间呢？”

此起彼伏的惊嘘声中，维克多却异常平静，神色没有丝毫变化。待现场嘈杂的声音稍微安静了一些，他便继续踱步，往下说道：“我一生痴迷魔术，为了见识新的魔术，到过许多国家。在众多国家中，中国的魔术最令我着迷。四年前我来到上海后，走遍了大大小小的戏苑和剧院，见识过谭素琴的击听魔术、罗家戏苑的彩戏法、刘老仙那近似魔法的魔术，还有诸如傀儡戏、灯影戏、口技、杂技和手彩等一系列神奇魔术。

“我甚至还听说，在过去的上千年里，这片土地上还流传着许多更为神奇的古老魔术。这些魔术在欧洲是见不到的，是中国所独有的，它们深深地震撼了我。

“我通过研究这些魔术，把所得的奥秘加入到我自己的魔术当中，再在巴黎魔术馆的舞台上表演出来，并获得了巨大的成功。我增长了见识，创新了自己的魔术，表演得到了观众的喜爱，赢得了名声和财富，所以过去的四年，我在巴黎魔术馆度过的时光非常愉快。正因为如此，我在面对巴黎魔术馆的废墟时，才会感到那么悲伤。这是我人生中最美好的时光，可它们全都付之一炬，永远地离我而去了。

“我一个人坐在街边，忘记了时间和比赛，直到有行人提醒我。于是我用尽全力往大世界赶，我提起了燕尾服一路飞奔，顾不得自己的形象是怎样的狼狈，只想着如此重要的比赛，有这么多观众等着我，我可千万不能迟到。我默默地向上帝祈祷，一定要让我赶上比赛，不要错过时间。”

维克多讲到这里，停顿了一下。戏台上的灯光再次微微跳动了一下，光线隐约变得明亮了一些。

易希川察觉到了光线的变化，下意识地抬头，看了一眼戏台正上方的两盏灯。

维克多又一次抬起手腕，看了一眼手表，微笑着说道："只可惜事与愿违，上帝没有听见我的祈祷，我已经用最快的速度赶来这里，然而还是来晚了。现在是七点三十分，我整整迟到了三十分钟，为此我感到万分抱歉，希望在座的各位观众能够谅解。"说到这里，他整理了一下燕尾服，再次摘下黑色高帽，冲全场观众深深鞠躬，一切宛如他刚刚登台时的那一幕。

观众们纷纷低头看表，随即全场愕然，长时间鸦雀无声，只因表上的时间清清楚楚，的确是七点三十分。易希川急忙拿起怀表看了一眼，指针已经越过了七点，来到了七点三十分。他抬眼看着戏台上的维克多，难以置信地摇了摇头。

维克多手拿黑色高帽，横在胸前，向全场观众施礼，说道："我的时间魔术结束了，谢谢各位。"

全场观众懵懵懂懂，仿佛做了一场梦，又像置身于云雾之中。好一阵子的寂静过后，突然间掌声雷鸣，所有观众都自发起立，一边匪夷所思地摇头，一边用力地鼓掌喝彩。

伊莎贝拉露出了迷人的笑容，贝特朗的神情更是极为满意，两人同样起身鼓掌。蒋白丁挤着眉头，望着戏台上的维克多，一脸的诧异和迷惑。鲁鸿儒则神色平静，看不出来内心有什么变化。

谢场过后，维克多退入幕后。走向后台时，他看见了站在另一侧幕后的易希川、双鱼和袁木火，便朝易希川礼貌微笑了一下。易希川点了点头，轻轻鼓了两下掌，以示对维克多的祝贺。

维克多的这一手时间魔术，易希川一时之间想不明白个中诀窍。

倘若在之前暗中较量的一个月里，维克多曾表演了这个魔术的话，易希川只怕难以破解。

戏台上响起了司仪的声音：“接下来，让我们用热烈的掌声，请出春秋彩戏派戏主、万国千彩大剧院驻台幻戏师——易希川易先生！有请易先生登台，为我们献上精彩绝伦的幻戏演出！”

一阵热烈无比的掌声随即传来。

“师哥，该我们上场了。”双鱼说道。

易希川回头看了一眼双鱼和袁木火，两人已经回后台换好了衣服，戴上了假发。他即将表演的幻戏，需要双鱼和袁木火协助。他点了点头，说道：“我们走。”他一只手握着怀表，另一只手提起道具箱子，从幕后走出，大步登上了戏台。

现场顿时掌声雷动。看过了维克多匪夷所思的时间魔术，观众们对接下来易希川的幻戏表演，可谓充满了期待。

易希川穿着一身墨黑色的修长大褂，站在灯光照射下的戏台正中央，显得气定神闲。

在易希川的身后，双鱼和袁木火快步登上戏台。两人先在易希川的身前摆放了一条长桌，接着在戏台上放置了一方围棋棋盘，又在棋盘的左右两侧摆放了两个蒲团，然后各自在蒲团上盘腿而坐，一个执黑，一个执白，交替落子，竟然旁若无人地下起了围棋。

观众们看见这一幕，对易希川即将表演的幻戏越发好奇，掌声渐渐安静了下来。

易希川将道具箱子放在桌上，面朝全场观众作揖，说道：“今晚比赛的题目是时间。说起与时间相关的幻戏，想必在座诸位都以为那是洋人才会表演的魔术，其实我们中国人的先辈，早在数百年甚至上千年前，便创造出了各式各样的能改变时间的幻戏。幻戏界五祖之一的陈抟老祖，能在睡觉时大眠三十六载，小睡一十八春，那便是模糊时间的幻戏。在更久远的年代，术士徐光能在须臾之间种瓜结实，也是让时间流逝得更快的幻戏。

“先辈们的这些神奇幻戏，是我师父讲与我知道的，虽然我未曾习得这些幻戏，但师父离世之前，给我留下了一只怀表。就是这只怀表，让我可以将先辈们的神奇幻戏，再现给诸位共赏。”

话音一落，他慢慢地摊开左手，牧章桐的那只怀表，正静静地躺在掌心之中。

“啪嗒”一声轻响，表盖拨开了。易希川凝视着怀表上的指针，道：“这只怀表并不是凡间俗物，它拥有改变时间的神力，只需我轻轻拨动指针，便可任意掌控时间的快慢。”他一边说话，一边打开了道具箱子，取出一支白色的蜡烛，立在桌上。

他将手心和手背展示给全场观众看，明明什么也没有的手，只需指尖轻轻一弹，便跳起了一束火苗。他将火苗对准蜡烛弹出，火苗立刻飞到蜡烛的顶端，一下子点燃了烛芯。

烛火轻轻跳动了几下，笔直地立了起来，寂静无声地燃烧。戏台上的灯光调暗了些许，烛火的光芒变得明亮起来。

易希川拿起怀表，指尖拈住可以调节指针的表冠，慢慢地拧动起来。指针沿着顺时针的方向转动，怀表上的时间很快走过了数个小时。只见烛火剧烈地跳动了起来，火焰足足变大了一倍，整支蜡烛迅速燃烧，发出了“嗞嗞嗞”的响声。

顷刻之间，一支完好的蜡烛便燃至根部，融化的蜡油在桌面上凝结成了一大块。

观众们发出了惊呼声，情不自禁地鼓起掌来，但鼓了几下便突然停住，只因戏台上的易希川又从道具箱子里拿出了另一件道具——漏斗。

易希川摊开手掌，向全场观众展示，以示他手中空无一物。只见他伸手往空中一抓，随即把抓紧的拳头伸至漏斗上方，拳眼微微打开，竟有沙子凭空出现，从拳眼里流出，落入漏斗之中，再经过漏斗的嘴口，撒落在桌上。

易希川拿起怀表，轻轻摁了一下表冠，指针立刻停止走动，怀表上的时间静止下来。与此同时，一直从漏斗嘴口流出的沙子，一下子断了，不再流出，仿佛一瞬之间，一切都凝固了一般。

在全场观众目不转睛地注视之下，易希川重新摁了一下表冠，指针恢复了走动，漏斗里的沙子又开始流出嘴口，撒落在桌上。待沙子流完后，他再次展示了空无一物的手掌，然后伸掌按在桌上。

他的手背慢慢拱起，等他提起手掌时，桌上已多了一只装有清水的碗。

易希川将碗中的清水倒入漏斗，随即将碗放在漏斗的正下方，只见清水流成一线，沿着漏斗的嘴口注入碗中。他依葫芦画瓢，摁了一下表冠，怀表上的时间顿时停止走动，只见漏斗嘴口的水流一下子断了。

这一次他等待的时间稍长，有意让全场观众看得更加清楚，然后才摁下表冠，恢复了走动的时间，清水立刻又从漏斗的嘴口流出。

观众们一边难以置信地摇头，一边送上了掌声和喝彩声。

易希川继续幻戏表演，从道具箱子里拿出一个小小的花盆，花盆里装有半盆泥土。他展示了什么也没有的手掌后，手腕一翻，一颗小小的金橘出现在他的掌心之中。他将金橘送入口中，咀嚼起来，很快吐出了一颗籽。

他将金橘籽放进花盆，按压进泥土里，然后拿起刚刚用过的那碗水，慢慢地浇入花盆之中。

浇完水后，易希川拿起怀表，拧动表冠，让指针沿着顺时针方向加速转动。

时间仿佛变快了许多，只见花盆之中，一株小苗突然破土而出，须臾之间长高长大，变成了一株半人高的小树。

易希川停下了手上的动作，不再拧动表冠。

时间仿佛恢复了原本的速度，小树停止了快速生长。

全场观众盯着花盆里的小树，全神贯注，鸦雀无声。

易希川停顿了一小会儿，又开始拧动起了表冠。时间再一次加速流逝，小树的枝条上出现了许多白点，白点纷纷绽开，竟是一朵朵小小的白花。

眨眼之间，满树的白花谢落，一颗颗果实出现了。这些果实迅速长大，变成了诱人的金黄色，全都是熟透的金橘果实。

易希川随手摘下几颗金橘，抛向观众席。几个观众伸手接住了，将金橘翻来覆去地看了几眼，又放进嘴里品尝，果然是金橘的味道，不由得频频点头。全场观众看见了这一幕，顿时惊叹连连。

易希川一刻也不停歇，刚刚表演完金橘瞬间生长的幻戏，便将手伸进道具箱子，拿出来了一柄斧头。

斧柄是明黄色的实木，斧子打磨得亮光闪闪，显然这是一把崭新的斧头。

易希川举起斧头，对准桌角劈了下去。“啪”的一响，桌角顿时被劈落了一块。这把斧头不仅是新的，而且货真价实，极为锋利。

易希川转头看了一眼双鱼和袁木火。他突然迈开脚步，提着斧头，向两人走去。

自打易希川登台以来，双鱼和袁木火便一直面对面地下棋，既不关心易希川的幻戏表演，也不关心现场观众的各种反应。两人仿佛置身于另外一个空间，眼里只有棋局，再没有其他东西。

双鱼和袁木火穿着类似道袍的宽大长袍，戴着长长的假发，一个挽起发髻插上了发簪，另一个任由长发披散开来。如此衣着打扮，大有仙风道骨之感，便如同两个仙人，正在坐着对弈。

眼见易希川拿着斧头走向对弈的两人，现场观众情不自禁地生出了一丝紧张感，不知道易希川究竟要对两人做什么。

来到棋盘旁边，易希川并没有什么惊人的举动，只是将斧头靠在棋盘上，然后席地而坐，观看棋局。双鱼和袁木火没有任何反应，对易希川的到来视若无睹。

易希川看了一会儿棋局，拿出怀表瞧了一眼时间。他拧动表冠，动作比之前几次都快，使得指针飞速旋转。然后他收起怀表，用手支撑着下巴，继续盯着棋局，就此一动不动，看入了神。

双鱼和袁木火各自按有一子，却不再往棋盘上落子，仿佛在沉思下一步该怎么走。

三个人就这样纹丝不动，戏台上的一切仿佛静止了下来。

全场观众看得莫名其妙，一时之间无人作声，偌大一个戏台片区寂静至极。

忽然之间，有观众惊呼了起来，接着是成片的惊叫声："快看，快看！""变了，变了！"

戏台之上，双鱼和袁木火的头发渐渐泛白，从最初的纯黑色，变成了全白如雪，仿佛片刻间便度过了数十载光阴，从年轻一下子变得苍老。易希川的头发虽然没有变化，但靠放在棋盘旁边的那柄斧头，原本是崭新的，发出亮闪闪的光泽，但光泽渐渐消失，斧子慢慢泛红，竟长满了锈迹。

就在满场惊呼之时，易希川的身子忽然动了。他站起身来，顺带拿起了斧头。

然而斧头刚刚拿起，却又掉落在了地上。

掉在地上的只是布满锈迹的斧子，斧柄依然握在易希川手中，只不过原本好端端的木制斧柄，已经烂成了一团齑粉，从易希川的手中洒落在地。

观众席上坐了成百上千的观众，绝大部分都惊得站立了起来。其中一些中国观众颇有见识，已瞧出了易希川的这段幻戏表演的是什么，禁不住叫出声来：“这是烂柯人的故事！”

易希川的这一出幻戏，表演的的确是烂柯人的故事。这故事说的是晋朝时候，有一个名叫王质的人，去山里砍柴时，看见两个人在溪边的大石头上对弈，于是把砍柴用的斧头放在地上，在旁边观看棋局。看了多时，下棋之人提醒王质该回家了，于是王质起身去拿斧头，一看斧柄已经腐朽，磨得锋利的斧子也锈蚀得凸凹不平。王质感到非常奇怪，然而更惊异的事还在后面。等王质回到家后，发现家人都不在了，家乡已经大变样，没有人认得他，他提起的事，家乡的人都说那是几百年前的事了。原来王质入山砍柴误入仙境，遇见了神仙，只不过一局棋的时间，人间已过了数百年。斧柄又称斧柯，王质观棋烂柯，从此成为后世所说的烂柯人。

光阴飞逝，片刻之间，时间便流逝了百年。易希川竟然将这样一个神话故事，演绎成了一出幻戏。观众们看得惊讶万分，却又意犹未尽，只可惜观棋烂柯的故事一结束，意味着幻戏也跟着结束了，观众们只好为易希川送上热烈的掌声。

然而，让全场观众意外的是，双鱼和袁木火并没有起身，依旧一动不动地坐在棋盘两侧，易希川也并没有谢礼退场，而是拨开怀表，反向拧动表冠，让怀表上的时间往回倒着走动。

观众们颇感讶异，不由自主地停止了鼓掌。

怀表上的指针转动了数圈，最终回到了七点三十分。

这时易希川收起怀表，俯下身子，将洒落在地的齑粉聚拢成了一团。只见他对着齑粉吹了一口气，齑粉并没有被吹散，依然聚在一起。他抓住齑粉拿了起来，齑粉并不洒落，而是变成了一截实木。他拿起锈蚀的斧子，将实木穿入，重新拼成了一把斧头。

他对着斧头吹了一口气，明明已经锈烂的斧头，刹那间锈迹尽去，焕然一新，变成了一把崭新的斧头。

不仅斧头变回了原样，坐在棋盘两侧的双鱼和袁木火，原本一片雪白的头发，竟渐渐泛黑，最终变回了纯黑色。长时间静止不动的两人，忽然间又举棋落子，重新对弈起来。

易希川的幻戏还没有结束。他拿着斧头走回桌前，弯腰拾起了地上的一块木头，那是之前被斧头劈断的桌角。他将桌角放回本来的位置，轻轻吹了一口气，桌角便拼接到了桌子上。他用力地拍打桌角，桌角并不掉落，显然和整个桌面已经融为了一体。

易希川目光一转，看着桌上那盆结满了果实的金橘树。他伸出手去，轻轻摸了摸金橘树的树梢，只见满树的果实一下子消失不见了，金橘树迅速缩回了花盆之中。他将手指伸入泥土，拈出了一颗金橘籽，随即指尖一晃，金橘籽便凭空消失了。

观众们纷纷张大了嘴巴，惊得说不出话来。

其实类似金橘瞬间结果的幻戏，有的观众早就见过了。那是在中日幻戏擂台赛上，“上海三魁”之一的刘老仙用戏曹十术挑战斋藤骏时，曾表演过一个名为“牡丹开花”的幻戏，当时刘老仙往花盆里浇水之后，立刻便有苗子长出，迅速长成了一株牡丹，还开出了两朵娇艳欲滴的牡丹花。

易希川的金橘结果幻戏，与刘老仙的“牡丹开花”颇为相似，但是金橘突然缩回泥土之中，这一手却是刘老仙没有表演过的。

还没等全场观众回过神来，戏台上的易希川已经将花盆放回道具箱子，拿起了桌上的碗。他将碗口倒过来，向观众展示了一下，以示碗中没有水，随即碗口一翻，清水便出现在了碗中，接着再一翻，碗中的清水又消失不见了。他将碗放回道具箱子，接着捧起桌上的沙子，握在手掌之中。他的手晃了一下，再摊开时，沙子便消失得无影无踪。

易希川将漏斗放入道具箱子，紧接着便举起两只手掌，按在了桌上那块融化凝结的蜡油上。

他对准双手吹了一口气，随即慢慢地抬起双手，只见桌上的蜡油已经消失了，取而代之的是一支完整的白色蜡烛，烛芯上正跳动着耀眼的火焰。

易希川伸出两根指头，夹住烛火，将火苗拈了起来。他的指尖轻轻一弹，烛火顿时消失，化为了一缕白烟。他将蜡烛放回道具箱子，扣上了箱盖。

仿佛时间回流一般，所有的一切都恢复到了最初的样子。

直到此时，易希川才再次拿出怀表，轻轻摁了一下表冠。指针恢复了走动，时间恢复了原本的流逝速度，不再变快或变慢，也不再回溯倒流。

易希川作揖谢礼，他的幻戏至此结束。

全场观众惊愕了好一阵子，如梦方醒一般，一下子爆发出了震耳欲聋的掌声。无论男女老少，无论贫富贵贱，无论中国人还是洋人，全都站立了起来，都在点头欢呼，也都在摇头惊叹。

易希川和维克多的这一场关于中国幻戏和西洋魔术之间的对决，无论谁胜谁负，已然令在场的所有人大饱眼福。

双鱼和袁木火将各种道具搬去了后台，司仪走上了戏台，易希川和维克多也都来到戏台的正前方，等待着五位评委最终的评定。

五位评委激烈地讨论着，长时间没有做出决定。

维克多立在戏台上，平心静气地等待着。相比之下，台下的贝特朗却是挤皱着眉头，时不时地搓动满脸的络腮胡子，显得又是着急又是担忧。

巴黎魔术馆已经烧毁，贝特朗如今所能指望的，便是维克多摘下万国魔术大赛的桂冠，然后依靠维克多这块世界冠军的招牌东山再起。他原本以为维克多凭借今晚匪夷所思的时间魔术，晋级决赛已是十拿九稳，没想到易希川表演的时间幻戏同样匪夷所思，精彩绝伦，而且比起维克多的魔术，易希川的幻戏不仅展示了时间的快慢和倒流，还是以一种更具观赏性的方式，内容也更加丰富，隐隐然压过了维克多一头。

五位评委讨论了很长时间，还是没能统一意见，最终只能各自投票。

戴·弗农和哈利·布拉克斯通选择了易希川，瑟维斯·罗伊和约翰·斯卡耐选择了维克多，两人各得两票，暂且打成平手。最后一票掌握在张慧冲的手中。

这位从中国走向海外的著名幻戏师，在投出决定性的一票之前，伸出双手，向易希川和维克多同时竖起了大拇指，说道："今晚你们两位的表演都非常精彩，你们的魔术技巧，其实已经远远在我之上，无论是维克多先生改变所有钟表的奥秘，还是易戏主让事物的运行加速和回转的诀窍，说实话，我到现在都没有完全想明白。你们是当之无愧的世界顶级魔术大师，只可惜今晚的比赛必须分出胜负。我个人认为，你们在技巧方面难分高下，但在呈现给观众的舞台效果方面，易戏主略胜一筹。我这一票，投给易戏主！”

话音一落，在场的中国观众大声叫好，一时间喧声震天，整个戏台片区沸腾了起来。

一片喧嚣之中，司仪高声宣布易希川获胜晋级。

贝特朗原本已站了起来，紧张地捏着双手，这时一下子跌坐回座位上，嘴里暗自骂出了一连串的法语脏话。伊莎贝拉虽然为维克多感到遗憾，情不自禁地叹息了一声，但也为易希川送上了掌声。

蒋白丁咧嘴一笑，对身边的鲁鸿儒低声道：“哥，姓易的小子果然厉害。”鲁鸿儒点了点头，面带微笑地望着易希川。

胜负揭晓的那一刻，维克多转过身，向易希川走去。暗自较量了一个月难分胜负，直到今晚的比赛终于分出高下，虽然输给了易希川，但维克多并没有流露出失望的神情。

他摘下黑色高帽，向易希川友好地伸出手，面带微笑，用生硬的汉语说道：“祝贺你，朋友！”

与维克多长时间较量下来，易希川早已生出了一种惺惺相惜之感。他与维克多握了手，说道：“希望你能留在上海，希望我们以后还能同台切磋。”

维克多没有再多说什么。他点了点头，戴上黑色高帽，转身离开，将整个戏台留给了易希川。

易希川站在戏台上，面对着众多报社记者的拍照，享受着现场观众的掌声和喝彩，情不自禁地闭上了眼睛。

先是在外滩的擂台赛上击败了斋藤骏，如今又在万国魔术大赛上战胜了维克多，两位分别来自日本和欧洲的劲敌，都在如此万众瞩目的场合败给了他，短短的两三个月时间，他便从籍籍无名的小人物，一下子变成了名动上海的风云人物。这令他心绪激荡，感慨万千。

他睁开眼睛，抬头望着上方，暗暗心想："倘若师父还在人世，能亲眼看见我今天的成就，那该多好……"

双鱼素来冷静，此时却难抑兴奋之情，冲到了戏台的正前方，拍打易希川的肩膀，笑道："师哥，你真厉害！"袁木火则站在戏台边缘，望着灯光下光彩夺目的易希川，眼睛里满是艳羡之色，更流露出了一丝阴冷的嫉妒。

易希川看着双鱼，笑着道："瞧把你乐的，好像我已经夺冠了似的。万国魔术大赛还没有结束，还有一场决赛……"

一提到决赛，他立刻想起了秋本久美子。决赛的对手正是秋本久美子，他念及此事，脸上的笑容顿时僵住了。

"师哥，你怎么了？"双鱼看见了易希川的神情变化。

"没什么……"易希川立刻恢复了笑容，"我在想……想决赛该怎么应对……先不说这些了，决赛的事，等回了万国千彩大剧院再去考虑。"

说完这话，易希川走到戏台的最前端，向为他鼓掌喝彩的观众们作揖谢礼。

第三章 决赛

比赛结果宣布的那一刻，观众席上的众多观众之中，有一个人快速挤出人群，离开了戏台片区。这人出了大世界，一路疾步而行，过街穿巷，向南而去，进入上海城区，来到了上海国术馆。

把守在大门外的两个日本武士，立刻打开大门，让这人进入了上海国术馆。

这人直奔三楼，来到一扇房门外，轻轻叩响了房门，随即后退一步，恭声说道：“大人。”

房门很快打开，斋藤骏出现在门内，冷冷地看着这人。这人是个日本武士，奉了斋藤骏的命令，换了一身便服，去大世界观看维克多和易希川的比赛，第一时间将比赛结果带了回来。

那日本武士不敢直视斋藤骏的目光，垂首说道：“大人，比赛已经结束，是那个支那人胜了。”

斋藤骏道：“退下吧。”

“嗨！”那日本武士立刻转身去了。

斋藤骏关上房门，回到房间里。

这是秋本久美子的房间，此时秋本久美子正站在窗前。

“你说他一定会获胜，”斋藤骏说道，“现在如你所愿了。”

秋本久美子原本望着窗外，这时转过头来，大大的眼睛里掠过一丝喜悦，随即脸蛋微红，低下了头。再过三天，便是万国魔术大赛的决赛，她很快又能和易希川见面了，而且决赛结束之后，易希川还会来国术馆拜访斋藤骏，并亲自提亲。

斋藤骏道：“你是我斋藤骏的传人，是日本新一届幻术大赛的冠军，我不管你的对手是谁，你必须赢下三天后的决赛。听见了吗？久美子。”

秋本久美子依旧低着头，轻声说道：“师父，他的幻戏很厉害，我赢不了他……我……我也不想赢他。”

斋藤骏说道：“你与荒川隼人有婚约在身，今天荒川隼人已从日本赶来上海，你就不要再有其他想法了。昨晚你擅自和易希川私会，我没有追究，已是最大的容忍……你以后不要再和他有任何来往。”

秋本久美子抬起头来，道：“可是……”

“没什么可是。”斋藤骏说道，“荒川隼人是因为你才受的伤，他为了赶上你的决赛演出，伤未痊愈便从日本赶来，你作为他的未婚妻，该去看望一下他。”

秋本久美子把脸偏向了一边，说道：“我不去。”

斋藤骏道：“不去也要去，你没有选择的权利。”

秋本久美子道：“我不想见到他。我一点也不愿意，我心里已经……已经有人了……师父，我不会嫁给他的。”

斋藤骏道：“你还想着那个易希川？他是支那人，支那人没一个好东西，你们之间绝无可能。”

秋本久美子心里暗想：“支那人又怎么了？我也是支那人，我娘亲也是支那人。”

但她没有把这样的想法说出来。她轻轻摇头，说道：“可是他对我很好。他不顾性命地救过我，他也救过你，他不是坏人……”

斋藤骏听见“他也救过你”这五个字，脸色顿时一沉。他心高气傲，十余年来战无不胜，却在外滩擂台上败给了易希川，后来又在废弃厂房败于徐傀儡之手，最终被易希川出手相救，这才侥幸捡回了性命。此事被他视为奇耻大辱，深深藏在心底，从未对任何人提起。

此时秋本久美子提及此事，显然这是易希川告诉她的，斋藤骏顿时不悦，说道：“我带你来上海，是为了替你死去的母亲报仇，不是要你和支那人谈情说爱。你趁早死心，绝了其他念头。三天后的决赛，你就用我教你的冰幻术，战胜易希川，赢得骷髅傀儡，再从易希川的手上把龙图骗过来。有三大圣物在手，云机社必会现身。你如果得不到骷髅傀儡和龙图，那我唯有亲自动手，杀了易希川，把圣物夺过来。”

秋本久美子大吃一惊，一下子花容失色。她看着斋藤骏，几乎认不出这是她熟悉的那个师父。斋藤骏不再理会她，转身走出房间，“嘭”的一声摔上了门。

秋本久美子的耳畔不断回响着“杀了易希川”这句话，身子阵阵发软，扶着床沿，慢慢坐了下来。

她呆呆地坐了一阵，起身走到窗前，望了望远处街角的那株洋槐树，又望着夜色深处万国千彩大剧院所在的方向。她知道斋藤骏行事果决狠辣，一向说到做到，倘若她不能赢得骷髅傀儡，不能从易希川那里骗来龙图，斋藤骏一定会杀了易希川。可是要她做出背叛易希川的事，即便是为了保护易希川，她也难以做到。

她自小长大，心思一向单纯，突然之间，却要面对如此复杂的抉择。她的脑海里思绪万千，一片纷乱，不知道该怎么做，才能避免这一切的发生。

在秋本久美子呆立窗前独自眺望时，她所眺望的万国千彩大剧院之中，却是灯光通明，一派热闹气氛。

巴黎魔术馆付之一炬，易希川又当众战胜了维克多，多年来压制万国千彩大剧院的竞争对手突然倒下，很可能就此一蹶不振，很难再在上海地界东山再起，这让鲁鸿儒大感欣慰。

在离开大世界之前，鲁鸿儒当着易希川的面，在大世界的酒楼片区预订了三天后的酒席，作为决赛的庆功宴。最大的竞争对手维克多已经落败，他如此举动，乃是坚信易希川一定能够在决赛当中战胜秋本久美子，赢得万国魔术大赛的冠军。

鲁鸿儒用蒋白丁的轿车，载着易希川、双鱼和袁木火回到了万国千彩大剧院。他又连夜让附近的饭店送来了酒菜，宴请万国千彩大剧院的所有人，一起为易希川庆贺。

酒桌之上，除了金童孤僻地坐在角落里一声不吭，其他人都是争先恐后地夸赞着易希川。易希川知道金童素来如此，因此没有放在心上。他听着众人的恭维，嘴上虽然客气，心里却禁不住有些飘飘然。

易希川平时不怎么喝酒，这一晚却喝了不少。双鱼劝他少喝些酒，他不肯听，一直喝到酩酊大醉，最后被双鱼和袁木火一起搀扶着回了房间。

一觉睡到几近中午，易希川方才醒来。

他的脑袋有些昏昏沉沉，揉了揉额头和眼角，从床上坐了起来。他扭头看见桌上放了米粥和馒头，知道那是双鱼端来的早饭，却都已经凉透了。

他口干舌燥，拿起水壶倒了一大杯水，一口气喝了个干干净净，这才感觉舒服了些。

半决赛的胜利已经成为过去，易希川现在需要思考怎么来应对即将到来的决赛。

除了他和斋藤骏，再没有其他人知道秋本久美子的身世。全上海的人都认定秋本久美子是日本人，后天的决赛一定会被认为是一场中日对决，在如今日军大肆侵略中国的局势下，这场决赛必定会和当初的中日幻戏擂台赛一样，被赋予更多的意义。

然而，这压根不是一场中日对决，秋本久美子本就是中国人，而且又是他心爱的女人，他从一开始便没有抱定要战胜秋本久美子赢得冠军的念头。他所想的，只是准备一个怎样美好的幻戏，在万众瞩目的舞台上献给秋本久美子。

他甚至想得更远，在决赛结束之后，该如何面对斋藤骏，如何才能娶秋本久美子为妻。

幻戏方面的问题，压根难不倒易希川。他很快就想好了该表演什么，并开始着手准备道具。但是其他方面的问题，却让他大为头疼。如今云机社销声匿迹，林神通不露行踪，他自然不能轻易公开秋本久美子的身世。

他完全可以想象，除了面对斋藤骏的阻挠外，他要娶一个日本女子为妻，一定还会面临无数中国同胞的非议和指责，甚至会成为全上海的公敌。他付出了这么多努力才赢来的名利和声望，一定会荡然无存，而他想在上海重振师门的心愿，只怕也会变得愈加遥遥无期。

尽管如此，他的念头依然没有任何改变。无论需要面对多少艰难险阻，哪怕以他的性命为代价，他也不改初心，这辈子一定要和秋本久美子在一起。

易希川用了足足两个时辰的时间，才把需要用到的幻戏道具全部准备妥当。在此期间，双鱼来房间里看过他，见他已经睡醒，并且已在准备道具，这才放下心来。

她见易希川正在忙活，于是端起凉掉的米粥和馒头离开房间，过了一会儿又返回房间，为易希川送来了热乎乎的饭菜。易希川飞快地吃了，继续准备道具。

双鱼见易希川在捣弄一面镜子，一时好奇心起，问易希川要在决赛表演什么幻戏。易希川却卖起了关子，不肯透露。

“这么说来，后天晚上的表演，你不需要我协助了？”双鱼说道。之前半决赛时，易希川需要双鱼协助演出，于是提前告诉了她将会表演什么，如今易希川不肯明言，看来决赛是不需要她帮助了。

“这次的幻戏，我一个人便可完成，就不劳师妹了。”易希川说道。

“你怎么对我这般客气起来了……还说什么劳不劳的？”双鱼说道。

一阵扑棱棱的振翅声突然响起，双鱼转头看向窗户旁边的桌子，那里放着一个鸟笼子，小哥正在鸟笼子里拍打着翅膀上蹿下跳，时不时地叫上一声：“师父来啦！”

她一听小哥的语调，便知道小哥是在鸟笼子里待够了，想出来活动一下。她道：“师哥，你先忙着，我带小哥出去放放风。”她见易希川无比专注地做事，怕小哥吵到了易希川，于是提起鸟笼子，轻步离开了房间。

易希川专注做事的样子，都是装出来的，实则他根本专注不起来，他一直想着秋本久美子，想着将来该如何是好。双鱼离开后，他继续准备道具，也继续胡思乱想。等到他把所有道具准备好后，手头没了事情可做，脑子里翻来覆去便只想着秋本久美子。

他越想越是烦躁，憋闷得慌，于是简单乔装打扮了一番，趁无人注意之时，悄悄从后门出了万国千彩大剧院。

他决定去一趟上海国术馆。他并不打算做什么，只是想去看看，哪怕就远远地看一眼秋本久美子卧室的窗户。当然，若是能看到秋本久美子，那就更好了。

当易希川来到上海国术馆外时，大门前依然是两个日本武士在站桩把守。他不敢靠得太近，于是立在街角的洋槐树下，远远地望着国术馆的三楼，望着秋本久美子的卧室。他没有看到秋本久美子的身影，于是打算再多等一会儿，也许运气好，便能看见心上人出现在窗前。

把守大门的两个日本武士，已经不是第一次看见有人长时间立在洋槐树下。以前易希川来过多次，每次都会在洋槐树下等上一阵子，虽然他从没忘记乔装打扮，但身形和身高没变，守门的日本武士认出每次来的都是同一个人，因此早就对他上了心——当初中国幻戏师大闹国术馆的场景尚且历历在目，如今有人隔三岔五便来国术馆附近鬼鬼祟祟地张望，守门的日本武士自然不会放任不管。

两个日本武士交换了一下眼神，其中一个日本武士留下值守，另一个日本武士已迈开脚步，打算去到洋槐树下，抓住易希川审问一番。

就在这时，国术馆的大门忽然“吱呀”一响，向内打开了。

两个日本武士立刻挺身站直。

易希川望见国术馆的大门开了，当即把注意力从三楼的卧室转移到了大门处，盼着能见到秋本久美子走出来。

然而，当他看清走出国术馆的人时，禁不住大吃一惊。

那人穿着一身黑色西装，嘴里叼着一根香烟，用力吸了一口，慢慢悠悠地吐出一大团烟雾，竟是荒川隼人。

易希川知道荒川隼人身受重伤，被送回日本医治了，没想到时隔两个多月，居然又回到了上海。他和荒川隼人打过不少交道，结下了不少仇怨，此刻怕荒川隼人认出自己，便不敢再作停留，当即转身便走。

守门的日本武士看见易希川急匆匆地走了，对此更加疑惑。荒川隼人是奉命保护斋藤骏和秋本久美子的卫队长，其中一个日本武士便把这一情况告诉了荒川隼人。

荒川隼人原本只是出门活动一下，他腹部的伤口虽已愈合，但长久卧床养伤，身体便如生锈一般，每天必须进行适量的活动，以此来恢复身体机能。他听闻此言，扭头往街角望去。

这时易希川已经离开了，荒川隼人没能看见易希川的身影。

有人三番五次来到洋槐树下，就那么站着，什么也不做，站一阵子便离开，荒川隼人对此颇为好奇，于是带着一个日本武士走到街角，来到了洋槐树下。

“你说那人每次来，都是站在这里张望，除此之外什么也不做？”荒川隼人问道。

那日本武士应道：“是，那人每次来都是如此。”

荒川隼人道：“他是往哪个方向张望？”

那日本武士回想易希川眺望的样子，站到了易希川站立的位置，学着易希川那般眺望了一眼，抬手指着远处：“是那个方向。”

荒川隼人顺着日本武士所指望去，见是上海国术馆的最里侧。那里都是供人起居的房间，其中便有秋本久美子的卧室。

荒川隼人微微皱起了眉头，说道：“那人就只是这么望着，当真什么也不做？”

那日本武士应道：“是。”顿了一下又说，“那人大部分时间都是站着，有时站累了，会蹲下来。”

“站累了会蹲下来？”荒川隼人越发好奇，思索了片刻，站到日本武士所站的位置，膝盖一弯，也蹲了下来。他蹲在那里，又思索了片刻，目光一转，落在了自己身前的地面上，落在了洋槐树的根部。

洋槐树的根部满是泥土，泥土有些蓬松，依稀可见被翻动过的痕迹。

荒川隼人喷出了一团烟雾，向日本武士伸出了手：“刀。”

那日本武士立刻拔出武士刀，递到荒川隼人的手中。

荒川隼人不想被泥土弄脏了手，直接将武士刀插入泥土之中，用力撬动起来。

只不过撬动了几下，泥土底下便显露出了东西。他用武士刀挑出来一看，原来是包裹起来的报纸，显然里面包的有东西。

荒川隼人道：“拆开看看。”

那日本武士走上前去，拾起沾满泥土的报纸团，三两下便拆开了，里面包裹的是戏票和信纸。洋槐树下的泥土之中，还有更多的报纸团，那日本武士一一拾起拆开，无一例外，全都是戏票和信纸。

那些都是易希川写给秋本久美子的信件，以及他在万国千彩大剧院驻台演出的戏票。他和秋本久美子曾约定在洋槐树下埋物来传递音信，但是只有他第一次埋下的戏票，被秋本久美子取走了，秋本久美子也如约来万国千彩大剧院观看了他的首场驻台演出，只不过随后斋藤骏发觉她偷偷溜出来见易希川，将她软禁在了上海国术馆中，不能单独外出。此后易希川埋在洋槐树下的信件和戏票，她再也没能取走。

此时这些信件和戏票，全都落入了荒川隼人的手中。

荒川隼人看见了戏票上的信息，全都是易希川的驻台演出。他对易希川恨之入骨，脸色顿时变了。

他将信纸一一展开，阅读上面的内容，脸色越来越难看。

他看完了所有的信件，抬起极为阴鸷的目光，盯着远处秋本久美子的卧室窗户。他已经明白了，在他离开上海的两个多月里，秋本久美子和易希川之间发生了什么。当初秋本久美子和易希川并肩站在夜船上的那一幕，此时一下子浮现在他的脑海里。

他知道将在后天晚上举办的万国魔术大赛的决赛，对阵的双方不是别人，正是易希川和秋本久美子。

“很好！”荒川隼人的牙缝里蹦出了这两个字，手一用劲，将信纸捏成了一团，随即嘴角一抽，露出了一抹阴森瘆人的冷笑。

易希川回到万国千彩大剧院，心绪仍未平复。荒川隼人几度想置他于死地，如今荒川隼人回到上海，也就意味着除了罗慕寒和徐傀儡之外，他又多了一个难缠的敌人。他原本计划万国魔术大赛一结束，便去上海国术馆拜访斋藤骏，求娶秋本久美子为妻，哪知在这种紧要当口，荒川隼人居然回来了。

他还不知道荒川隼人与秋本久美子已有婚约，否则的话，只怕会更加烦乱不安。

易希川看见关着小哥的鸟笼子已经放回到桌上，显然双鱼已经来过他的房间，他一个人外出的事，双鱼定然知道了。

事实也正如此，在他回来之时，隔壁房间里的双鱼，隔着房门，听见了他的脚步声。双鱼不知道易希川外出是去做什么，她也没有打开门追问易希川，只是暗暗觉得近来易希川的行为有些古怪。

这个曾经亲密无间的师哥，如今已让她觉得有些陌生。

接下来的两天相安无事，很快便到了举行决赛的日子。

自从半决赛结束之后，大世界的门口便拉起了横幅，张贴起了海报，为万国魔术大赛的决赛宣传造势。上海各大报纸每天都会报道与决赛相关的新闻，大肆渲染易希川和秋本久美子的中日对决。这场决赛的热度，几乎盖过了中日战场上的各种消息，成了全上海最为关注的焦点。

决赛的时间依然定在戌时，也就是晚上七点。

离七点还早，大世界的戏台片区便已坐满了人。蒋白丁早就预料到了这样的状况，他没有让观众坐着白等，而是请来了歌舞班子进行表演。决赛尚未开始，气氛便已十分热烈。

观众席的首排一直空着，那是专门为贵宾预留的座位。接近七点时，这些贵宾开始陆陆续续到来，其中有青帮大佬黄金荣，有法国驻上海总领事，有法租界公董局的长官，有法租界巡捕房的警督，再加上五位评委，这九人拥有最终的投票权，将决定冠军的归属。

为了保护法租界的几位高官，巡捕房专门派了一队荷枪实弹的巡警来到现场。除了这几位贵宾，入座首排的还有一些名流富商，也有蒋白丁、鲁鸿儒、贝特朗和伊莎贝拉等人。

戏台片区已是人山人海，水泄不通，所有人都迫不及待地等着决赛的开始。

按照万国魔术大赛的赛制，决赛将不设题目，由对阵双方自由表演，不过上一场半决赛结束之后还是进行了抽签，决定易希川和秋本久美子的登台顺序，结果写有易希川名字的纸球被率先抽出，因此决赛将由易希川先登台表演，然后才是秋本久美子。

七点一到，进行表演的歌舞班子迅速退场，明亮的灯光直照在戏台上。司仪阔步登台，一番感谢现场观众到来的话语之后，请上法国驻上海总领事进行致辞，接着由黄金荣登台致辞。

黄金荣既是青帮大佬，又是大世界的老板。在他致辞之后，司仪便大声宣布决赛开始，高声道："有请春秋彩戏派戏主、万国千彩大剧院驻台幻戏师——易希川易先生，为大家献上精彩绝伦的幻戏表演！"

全场欢呼四起，掌声雷鸣。

灯光渐渐变暗，幕布缓缓拉开，然而幕布后面空无一人。

易希川并没有现身。

这一幕像极了半决赛时维克多表演时的开场，观众们不由得心生疑惑，刚刚起来的掌声很快便停了下来。

就在这时，戏台的正中央忽然冒起了一缕白烟。这缕白烟是从地板上升起来的，一开始很小很细，渐渐变大变粗，最终变成了一团，弥漫在戏台的正中央，长时间凝聚不散。

在戏台两侧的幕布背后，一侧站着双鱼，另一侧站着秋本久美子和斋藤骏。斋藤骏要看看易希川在决赛中表演什么幻戏，因此在司仪宣布比赛开始后，便带着秋本久美子走出后台，来到幕布背后。

斋藤骏一看见烟雾凝聚不散，便知道又是凝烟术的把戏。他看了一眼戏台的对侧，那里只有双鱼一个人，并不见易希川的身影，显然易希川此时正躲在戏台底下的暗道里，烟雾便是从暗道中透过地板缝隙升起。

“想从烟雾里现身，”斋藤骏暗暗心道，“雕虫小技。”

忽然之间，仿佛有一阵风刮过了戏台，烟雾一下子散开了。就在烟雾散开的地方，原本空无一物的戏台上，凭空出现了一面镜子。

这是一面巨大的竖立式镜子，足足有一人高，镜面光洁明净，映出了观众席上人山人海的壮观影像。

易希川仍然没有出现。

现场观众惊讶于镜子的凭空出现，却又为易希川长时间不现身而感到困惑，便是幕布背后的斋藤骏，此时也是略觉疑惑。他原本以为易希川会从烟雾里现身，没想到出现的却是一面镜子。一时之间，他也有些猜不透易希川到底在耍什么把戏。

秋本久美子对易希川的演出极为关注，聚精会神地看着凭空出现的镜子，两只手攥在一起，一颗心怦怦直跳。戏台对侧的双鱼，直到此时比赛开始，也不知道易希川究竟要表演什么幻戏，同样目不转睛地盯着戏台中央的镜子。

镜子之中，一直倒映着观众席人山人海的影像，突然之间，这些影像一齐消失了，取而代之的是一道人影。这一突如其来的变化，惊得现场观众一阵哗然。

斋藤骏、秋本久美子和双鱼身在幕后，位于镜子的侧后方，看不见镜子的正面，不知道发生了什么。

镜子里的人影一开始极为模糊，渐渐变得清晰起来，竟是易希川的影像。

镜子前方明明空无一人，然而易希川的影像却出现在了镜子里，这匪夷所思的一幕，令现场观众的惊呼声越来越响亮。

便在此时，又一团烟雾从地板上冒起，弥漫开来，包裹住了镜子。待到烟雾散开之后，镜子里的影像又变回了观众席上人山人海的场景，但是在镜子的旁边，观众们期盼许久的易希川终于出现了。

易希川穿着一身干净修长的大褂，负手而立，凭空出现在镜子旁边，仿佛是刚从镜子里走出来的。

斋藤骏虽然看不见镜子里的影像变化，但听见现场观众的惊呼声中，有人在叫喊着“从镜子里出来了”之类的话，便猜到发生了什么。

他早已料到易希川会从烟雾里现身，他也确实没有猜错，只是易希川在这个过程中添加了一面镜子，便让这一个不算太过惊人的登场，一下子变得神奇无比，赢得了现场观众极为热烈的反响。

易希川立在镜子旁边，等全场的惊呼声渐渐安静下来，方才挪动脚步，围着镜子走了一圈，然后伸手抚摸镜面。镜子里倒映出了他走动的影像，倒映出了他的手。他的这一举动，是为了让现场观众看清楚，这是一面真的镜子，绝对没有弄虚作假。

“在座诸位当中，应该还有人记得，两个多月前，在外滩的擂台上，我曾表演过一门叫作‘神仙索’的幻戏。”易希川说道，“那是我年幼之时在《聊斋志异》当中看到的幻戏，它的神秘，它的奇妙，一直令我深深着迷。其实除了‘神仙索’外，在我了解过的众多古老幻戏当中，还有一门神奇绝伦的幻戏，同样一直令我痴迷。”

易希川缓缓踱步，从镜子的左侧，走到了镜子的右侧，说道：“这一门幻戏，名为‘琉璃幻镜’，据说它首次现世，是在明武宗时的百戏盛会，由云机社的一位幻戏大师当众表演出来，震惊了满朝文武，更是得到明武宗的盛赞，被明武宗钦点为百戏盛会的戏魁。”

他顿了一下，又道：“这世上的幻戏，越是神奇非凡，幻戏师对它的秘诀便看得越重，绝不会轻易让他人知晓，便是选择传人时，也是小心翼翼，慎之又慎。倘若幻戏师尚未选定传人，便遭逢意外提前离世，那么一门神奇幻戏，很可能就此失传，永绝于世。正因为这样，那些流传于世大行其道的幻戏，往往是一些平平无奇的普通幻戏，反而是那些惊艳绝伦的神奇幻戏，常常容易失传。‘琉璃幻镜’便是如此，它从明朝一直传到清朝，在百余年前的乾隆年间，还曾有过现世，但此后再无所见，从此失传。”

在场的众多观众之中，有不少人对幻戏极为喜爱，对幻戏的了解也算不少，但没有一个人听说过“琉璃幻镜”的名头。人人都是一头雾水，压根不知道这个曾经被明武宗钦点为戏魁的幻戏究竟是何等样子。

双鱼与易希川师出同门，但比起从小便痴迷幻戏的易希川，她对幻戏算不上着迷，从没像易希川那般想尽一切办法去了解和研究各种古老幻戏。她知道“神仙索”的来历，但对于易希川刚刚所说的“琉璃幻镜”，她却是闻所未闻，不由得暗自惊奇。

秋本久美子同样是第一次听说“琉璃幻镜”，心生好奇的同时，也有些兴奋和激动，一双大大的眼睛闪动着光芒，凝望着易希川。

在场所有人当中，除了易希川之外，唯一知道“琉璃幻镜”的人，便是斋藤骏。

“他不仅会‘神仙索’，居然还会‘琉璃幻镜’？”听到这四个字时，斋藤骏颇觉讶异，有些难以置信。他是日本最厉害的幻术师，通晓日本的所有幻术，当年为了了解更多的幻术，他不仅来过中国，也曾去过南洋和朝鲜。正是去到朝鲜之时，他在一本朝鲜的古籍上，看到了“琉璃幻镜”的记载。那本古籍名为《燕行录》，是清朝年间朝鲜的燕行使团造访中国时，将所见所闻撰写成文，然后汇编而成的书籍。在《燕行录》当中，收录了一篇朴趾源撰写的《幻戏记》，里面记载了朴趾源出使中国时亲眼所见的十九个神奇幻戏，其中便有“琉璃幻镜”。

朴趾源对“琉璃幻镜”的描写极为神妙，斋藤骏读到之后，立即对这门幻戏产生了极大的兴趣，遍查典籍资料，只查到这门幻戏曾是明朝年间的百戏盛会戏魁，但始终无法查到个中秘诀。后来他得到了云机诀，翻遍了云机诀上的所有幻戏，也没有找到关于“琉璃幻镜”的记载。要知道这门幻戏当年正是由云机社的幻戏师所创，居然没有被记载在云机诀上，倒是令他大感意外。

他私下钻研过这门幻戏，没有想出其中的诀窍，最后只好不了了之。哪知道此时易希川居然要表演这门幻戏，实在令他意外之极。

他站在幕后，无法看见镜子的正面，却又实在想亲眼见一见这门失传百年的神奇幻戏，于是他让几个日本武士留在幕后保护秋本久美子，独自一人绕到台下，驻足于戏台的侧前方，向戏台上的易希川望去。

易希川继续在戏台上踱步，又从镜子的右侧，走到了镜子的左侧。“要表演这门‘琉璃幻镜’，”他说道，“我需要现场上来一个人，协助我一起完成。”

现场观众听完易希川对“琉璃幻镜”的介绍，早已是万分期待，此时听说易希川需要一个人上台相助，立刻纷纷举手叫喊，恨不得自己立马被易希川选上。

易希川微微一笑，说道：“诸位不必着急，其实我心中早已有了人选。”

现场观众听易希川这么一说，举起的手纷纷放下，戏台片区一下子安静了下来。

幕后的双鱼嘴角一笑，瞧着易希川的背景，暗暗心道：“还说不劳我大驾，说过的话，这么快就不作数了。”

只听易希川清了清嗓子，大声说道：“我想请出我本场比赛的对手——秋本久美子小姐，协助我完成‘琉璃幻镜’的表演。”

此言一出，满场哗然。这场决赛被视为中日对决，易希川居然要请对手秋本久美子上台协助，委实出乎所有人的意料。人人都猜不透易希川的葫芦里卖的是什么药，一时之间议论纷纷。

双鱼原本以为易希川会请她上台，哪知请的竟然是秋本久美子。她心绪一动，转头望着对侧幕后的秋本久美子。

秋本久美子同样吃了一惊。上次易希川邀请她登台协助时，她打扮成了中国女子，而且那只是易希川的驻台演出，可此时她是易希川的对手，并且是万国魔术大赛的决赛，这太让她意想不到了。但她心中非常愿意，只不过一想到在如此万众瞩目的场合，要与易希川一起同台表演幻戏，脸蛋便不由自主地红了。

斋藤骏同样惊讶，不知道易希川有何居心，想要回到幕后阻止秋本久美子登台。可是他还没挪动脚步，戏台上的易希川已大声问道：“秋本久美子小姐，你愿意吗？”

话音刚落，幕布背后倩影一动，秋本久美子已款步而出，登上了戏台。

如此场合，秋本久美子已经登台，斋藤骏再想阻止，便来不及了。倘若此时他强令秋本久美子下台，反而会让全场观众觉得他怕了易希川。这对秋本久美子赢得对决、获得冠军极为不利。

他驻足原地，面沉似水，目不转睛地盯着戏台上的易希川和秋本久美子，要瞧瞧易希川到底在玩什么花样。

秋本久美子身穿粉色和服，她一登场，现场一部分中国观众立刻发出了阵阵嘘声，更多的中国观众却是兴致盎然，想看看易希川究竟要怎么戏弄这个年纪轻轻的日本女幻术师。在他们看来，如今中日势同水火，易希川之所以请秋本久美子上台，必定是要用中国幻戏，让秋本久美子当众出丑，好好地羞辱秋本久美子一番。

易希川道："秋本久美子小姐，在下冒昧邀请，非常感谢你能登台相助。"

秋本久美子轻轻点了一下头，低下了目光，不敢去看易希川。

"请你到这边来。"易希川伸出右手，示意秋本久美子站到镜子的正前方。

秋本久美子按照易希川的指示，轻挪脚步。

"请你面朝镜子。"易希川又道。

秋本久美子转过身来，直面镜子。她的脸一阵滚烫，往镜子里一看，看见了自己红得像苹果一样的脸。

"请你看看身前的镜子，然后如实回答我，你在镜子里看到了什么？"易希川道。

秋本久美子看了一阵，只在镜子里看见了自己，如实回答道："我在镜子里看见了我自己。"

易希川道："请你再仔细看看。"

秋本久美子果真更加仔细地看了看镜子，说道："只有我自己。"

"不对。"易希川摇了摇头。

秋本久美子略微一奇，下意识地扭头看向易希川。

易希川微微一笑，说道："我分明在镜子里看到了仙女。"

秋本久美子没想到易希川竟会在万众瞩目的场合说出这种话，脸更加红了，捏着衣角，低下了头。

易希川道："此话绝非戏言，请秋本久美子小姐，也请在场诸位，往镜子里仔细地看一看，这面镜子当中，是不是真有仙女？"

话音一落，他抬起右手，从镜面上快速抚过。镜子里的影像一下子波动起来，如同水面荡起了一圈圈涟漪，接着秋本久美子的影像渐渐消失，取而代之的是一团白色云雾的影像。

白色云雾之中露出了飞檐翘角，随后露出了红墙绿瓦，再然后是雕梁画栋，竟是一座由许多亭台楼阁连成一片的宫殿。

这一幕幻景的出现，令现场观众一下子站了起来，发出了各种惊呼之声。

斋藤骏心中一动，暗道："他居然当真学会了这门幻戏。"

双鱼难忍好奇，也从幕后来到了台下，看见镜子里的影像变幻，难以置信地摇起了头。

易希川紧挨着镜子站立，一只手悄无声息地伸到了镜子的背后。镜子里的影像继续变化着，宫殿的影像越来越清晰，只见重楼复殿，花园丹青，碧水瑶池，珍木成林，当真是恢宏富贵之极。其中一座宫殿最为高大，影像渐渐拉近，宫殿的大门徐徐开启。

入此门中，只见高堂阔室，金碧辉煌，各种珍玩宝物堆积如山，光芒耀眼，其间有佳人美女，天赐容颜，衣袂飘飘，便如仙女一般。这些仙女三五成群，或擎宝刀，或奉金壶，或吹凤笙，或踢绣球，当真是明珰云鬟，妙丽无双。

易希川笑道："秋本久美子小姐，现在你看见仙女了吗？"

秋本久美子被镜子里的幻象深深吸引，早已忘记了害羞，听易希川这么一问，认真地点头，说道："我看见了，真是太美妙了。"

易希川转头望向观众席，见全场观众已看得目醉神痴，不少人脸上流露出了迷恋之色。他问道：“在场诸位，有人想去到镜子里面吗？”

不少观众回过神来，急忙举手大叫：“我，我！”

易希川道：“诸位少安毋躁，既然秋本久美子小姐在台上，那我就请秋本久美子小姐，去到镜中一游。”说着看向秋本久美子，“秋本久美子小姐，你准备好了吗？”

秋本久美子好奇道：“我该怎么做？”

“请你伸出手，”易希川道，“轻轻地触碰镜面。”

秋本久美子依言照做，抬起白皙的右手，指尖轻轻地触碰在镜面之上。

镜面好似平静的水面，被秋本久美子轻轻一碰，里面的影像立刻波动起来。等到影像静止下来时，只见她指尖触碰之处，已多了一道人影。那道人影穿着粉色和服，抬起容颜，嫣然一笑，正是秋本久美子。

秋本久美子一声惊叹，缩回了右手，捂住了自己的嘴。她的眼睛睁得大大的，看着镜子里的自己，一脸的难以置信。

全场观众惊呼之时，斋藤骏悄无声息地移动了脚步。他已注意到易希川身体的右侧紧挨镜子，右肩不断地轻微抖动，显然右手是伸到了镜子的背后，正在操控着什么。

他想知道易希川是如何变出镜子里的这些神奇幻象，于是绕到戏台的侧后方，想看一看镜子的背面。然而镜子背面罩着一块黑布，易希川的右手伸入黑布之中，究竟在操控什么，斋藤骏根本看不到。

镜子之中，秋本久美子的影像走动了起来，在富丽堂皇的宫殿里观赏游玩。她对那些堆积如山的金银珠宝视而不见，也不在那些三五成群的仙女身前作任何停留。她径直走向宫殿的角落，那里供奉着一尊镀金的菩萨像，菩萨像前摆放了两个蒲团，其中一个蒲团上跪有一人。那是一个男人，穿着破旧的大褂，面朝菩萨像，只能看见他的背影，看不见他的容貌。

秋本久美子走到菩萨像跟前，在另一个蒲团上跪下了。两人就这样并跪在一起，面朝菩萨像，虔诚地叩拜。

这时候，镜子里的影像渐渐模糊了起来，仿佛笼罩了一层薄薄的烟雾。等到薄雾散去，镜子里仍是宫殿里的影像，只不过变了一番景况。只见殿阁寂寞，楼榭荒凉，那些雕梁画栋已成残垣断壁，那些金银珠宝已经尽归尘土，那些仙女已变成了森森白骨。方才还是金碧辉煌富贵至极的宫殿，转眼间已是一派荒芜惨淡的景象，就连那尊角落里镀金的菩萨像，表面的金皮也已经剥落殆尽，变成了一尊密布蛛网落满尘埃的破败石像。

然而，在菩萨像跟前，秋本久美子和那个男人还跪在蒲团上，只不过满头青丝已经全白如雪。宫殿里的一切都已幻灭，只剩下两人相依为伴，白头至老。

秋本久美子看见镜子里的幻象，心中满是感动。旁人能看见影像从富贵到荒芜的变化，但是其中的一些细节，只有她才能看得出来。在她向那个跪在菩萨像跟前的男人走去时，她的手腕上戴着一串蓝色贝壳手链，而当影像幻变之后，那串蓝色贝壳手链，却戴在了那个男人的手腕上。

她知道跪在菩萨像前的那个男人便是易希川，那串蓝色贝壳手链从她的手腕上变到了易希川的手腕上，正应和了现实世界当中她将蓝色贝壳手链作为信物赠送给易希川。

易希川用镜子影像的变幻，是在告诉她这一生无论富贵还是贫穷，无论外部世界如何变化，他一定会与她相依相伴，白头偕老。

她抬眼看着易希川，虽然在万众瞩目之下她无法明言，但她眼睛里明亮的光芒和隐约可见的泪水，已代表了一切。

易希川大为欣慰，转头看向观众席，说道："世事梦幻，犹如镜里，朝荣暮枯，昨富今贫，方生方死，孰真孰假？寄语在座诸位，世间一切富贵荣华，皆是梦幻泡影。当寻相爱之人，行欢喜之事，如此漫漫人生，方才不为虚度。"

话音一落，易希川伸手抚摸镜面，镜子里荡起涟漪，各种幻象全都消失了。镜子恢复如初，映出了他和秋本久美子并肩立在台上的样子。

"我的'琉璃幻镜'至此结束，谢谢秋本久美子小姐。"易希川向秋本久美子微微鞠躬行礼。

秋本久美子稍稍欠身，回了礼，随即轻抬右臂，向易希川伸出了手，看起来是打算和易希川握手。

易希川略微有些诧异。以秋本久美子的性格，当着这么多人的面，只怕多看他一眼都会害羞，此时居然会主动与他握手。

他伸出手去，与秋本久美子的手轻轻握了一下。触手的一刹那，他感觉秋本久美子的手异常冰凉。他收回了手，将手握成了拳头。

秋本久美子转过身去，走向了幕后。

易希川看了一眼秋本久美子的背影，随即转身面朝观众席，作揖行礼，说道："谢谢在座诸位。"他作揖之时，拳头微微打开，掌心对准自己，只见掌心之中塞了一个小小的纸团。那是他与秋本久美子握手之时，秋本久美子塞入他手中的。

全场观众犹如置身梦中幻境，过了好几秒才如梦方醒，纷纷起立鼓掌。

许多中国观众原本以为易希川请秋本久美子上台，是为了戏弄秋本久美子，让秋本久美子当众出丑，然而易希川并没有这么做。

尽管如此，易希川让秋本久美子亲眼见识了如此神奇的中国幻戏，尤其是秋本久美子流露出了难以置信的神情，显然连她也觉得这门幻戏匪夷所思。如此一来，易希川自然是将秋本久美子当面比了下去。

易希川先声夺人，这场决赛的形势，已变得对易希川极为有利，中国观众自然是欢呼雀跃，高声喝彩。

在观众席的首排，五位评委频频点头，请来的高官名流赞叹连连。黄金荣看见这些贵客如此满意，乐得哈哈大笑，对身旁的蒋白丁夸赞了几句，说这比赛办得很好。

蒋白丁受宠若惊，急忙哈腰点头。鲁鸿儒同样大感快慰，连连拊掌。便是素来看易希川不满、甚至在抽签时动手脚想让易希川尽早淘汰的贝特朗，此时也被易希川的幻戏所折服，不由自主鼓起了掌。伊莎贝拉更是深深着迷，送上掌声的同时，难以置信地摇着头。

双鱼为易希川的表演鼓掌喝彩，只不过心里总有一丝异样的感觉。她全程不只是观看镜子里的幻象，也留意了易希川和秋本久美子在幻戏过程中的神态。

她身为女人，又向来心细如发，隐约察觉到了易希川和秋本久美子之间有着不同寻常的关系。

“我究竟在胡思乱想什么？秋本久美子是日本人，师哥不会做出这种事的。”她暗暗心想。

只是她仍有一丝担忧，打算等决赛结束之后，没有外人在场时，再向易希川直接问个明白。

斋藤骏看完了易希川的幻戏，那些富贵幻灭的影像变化，居然和朴趾源记载的“琉璃幻镜”一模一样，唯独添加了秋本久美子的戏份。他深知易希川表演了这门幻戏，秋本久美子要想压过易希川，已是极为困难。

他暗暗心道：“久美子若是能把冰幻术演绎到极致，或许还能有一丝胜算。”

易希川结束了幻戏表演，推着镜子退台。他推动镜子之时，暗中将掌心里的纸团打开，只见上面写着五个字：“小心我师父。”

易希川看了一眼便将纸团捏在掌中，继续不动声色地推镜子，心里暗暗疑惑：“她提醒我小心斋藤骏，却是为何？”

易希川退台之后，接下来轮到秋本久美子表演。司仪当即大声叫道：“让我们热烈欢迎，有请日本幻术大赛冠军秋本久美子小姐，为大家献上精彩绝伦的演出！”

秋本久美子从幕后走出，再次登上了戏台。

眼见秋本久美子登台，观众席上顿时响起了成片的嘘声。法租界里居住了不少欧美洋人，也居住了许多中国人，但是日本人极少，尤其是如今日军侵华，中日关系如此敌对，上海的日本人大都聚集在日占区，少有人敢来尚未被日军控制的法租界。因此这场在法租界内举办的决赛，前来观赛的观众以中国人居多，此外还有一些欧美洋人，几乎看不到日本人的身影。

欧美洋人只是看个热闹，想看一场精彩的演出，但中国观众却是带上了敌对的情绪。

之前的几轮比赛，秋本久美子登台表演之时，现场的中国观众也会发出嘘声，但是不算多，可今晚是最后的决赛，又正好是一场中日对决，而且易希川一路走来连克劲敌，方才又表演了如此神奇的“琉璃幻镜”，给了中国观众极大的信心，这才有底气对秋本久美子发出如此刺耳的嘘声。

秋本久美子独自一人立在台上，显得那么势单力孤。可是她没有表露出任何不悦，而是深吸了一口气，尽可能地调整好情绪，然后开始了她的表演。

秋本久美子将右手伸进怀中，取出一张四四方方的粉色的纸，然后又取出了一柄小刀。

这番动作一做出来，现场观众见她已经开始表演，自然难免心生好奇，想看个究竟，嘘声便渐渐弱了下来。

斋藤骏看见秋本久美子取出纸张和小刀，便知道秋本久美子要表演的幻术是什么，脸色顿时一沉，心道："你居然敢违背我的话，不表演冰幻术，反而表演起了手妻。"

手妻幻术乃是日本国内最具代表性的传统幻术，但是比起易希川的"琉璃幻镜"，可以说是毫无胜算。原本斋藤骏让秋本久美子表演冰幻术，哪知秋本久美子居然临场变起了手妻幻术。

他知道秋本久美子败局已定，骷髅傀儡已无法再通过大赛得到，于是不再看下去，径直迈步走回了幕后。他往对侧幕后望去，刚刚结束了幻戏表演的易希川，此时正站在幕后，目不转睛地看着秋本久美子的表演。

他冷冷地盯了易希川一眼，径直迈开大步，走回了后台。

戏台上，秋本久美子将小刀轻轻含在嘴唇之间，双手将纸张对折，然后取下小刀，沿着对折之处划过，纸张顿时一分为二。她又将小刀含在唇间，将两片纸张叠在一起，再次对折，然后取小刀划过，纸张便从两片变成了四片。

接下来她不断地重复同样的动作，直至纸张变成了一沓长宽寸许的纸片。她将小刀收回怀中，然后将叠好的纸片往空中一撒，纸片并没有分开，反而连成一串，变成了一根长长的纸条。

秋本久美子将纸条揉成了一团，再次往空中撒出，顿时变成了数十根细细的纸质丝线。她用极为优美的动作，将这些丝线慢慢地缠成了一个纸球。这时她的袖口一翻，空无一物的左掌之中，多了一个小小的瓷碗，碗中波光闪动，盛有小半碗水。

易希川对中国幻戏极有研究，对日本幻术的了解不是很多，没有见过手妻幻术，看见秋本久美子这一手袖口出碗的手法，还以为秋本久美子是在表演彩戏法。

他出自彩戏世家，以为心爱之人表演彩戏法，自然大为高兴，不由自主地露出了微笑。

双鱼已经回到了幕后，站在易希川的身边，她关注秋本久美子表演幻术的同时，也在留意易希川的神情。

当她看见易希川露出了笑容，她的心顿时如堕冰窟，一阵寒凉。

秋本久美子左手持碗，右手拿起纸球放入碗中，将纸球浸在水里。一缕烟雾徐徐升起，明明浸泡在水里的纸球，竟然燃起了火。她将燃烧的纸球抛向空中，只见火光炸裂开来，纸球眨眼之间又变成了一张完好无损的粉色纸张，从空中缓缓飘落。

秋本久美子将瓷碗放入怀中，然后轻轻抬手，将落下的纸张接住。她将纸张慢慢地揉成了一团，攥在左掌心里，然后右手袖口一翻，手中已多了一柄小巧的折扇。

她将折扇打开，对准攥起来的左手，轻轻扇起了风。只见她的左手之中，有细小的粉色纸片飘飞了起来，约有数十片之多。

她停顿了一下，继续轻挥折扇，对准左手扇风。更多的粉色纸片出现了，从她的左手飞起，源源不断，越来越多，仿佛无穷无尽一般。这些粉色纸片漫天飘飞，犹如樱花的花瓣随风起舞。

秋本久美子身穿和服，微微扬起了姣好的容颜，右手举起折扇，轻轻遮在发髻之上，仿佛置身于一场樱花雨中，正用折扇遮雨，当真美到了极致。

等到漫天的粉色纸片尽数飘落，秋本久美子将折扇放了下来，只见扇面之上，落有两片小小的粉色纸片。

她轻挥折扇，两片粉色纸片飞了起来，变成了两只粉色的蝴蝶，正扇着翅膀，忽上忽下地飞舞，时而靠在一处，时而又各自分开，不断地上演着相遇和离别。

现场一部分观众，看到此处，忍不住发出了惊叹声。

两只粉色蝴蝶就这么双宿双飞，越飞越高，越飞越远，飞过了戏台，飞过了观众席，最后消失不见了。

秋本久美子将折扇收拢，轻轻插在发髻上，微微欠身，向台下鞠躬谢礼，然后转过身去，迈着轻缓的步子，走回了幕后。

现场观众原本以为秋本久美子的幻术才刚刚开始，见了这一幕，才知道她的幻术竟然就这么结束了，一时间讶异不已，只响起了一阵零碎的掌声。

易希川没想到秋本久美子在决赛上的幻术表演竟会如此简短。他知道秋本久美子是日本国内最年轻的幻术大赛冠军，以她的幻术造诣，自然有许多比这更为厉害的幻术，然而她没有表演那些厉害的幻术，显然她并不打算与他竞争。

她把万国魔术大赛的冠军，就这么轻易地让给了他。

他内心惊讶，却又暗暗欣喜，望着秋本久美子一路走回幕后。秋本久美子也向他看了一眼，随即在几个日本武士的护卫下，去了后台。

万国魔术大赛的决赛就此结束，从双方的表现来看，结果显而易见，必定是易希川胜了。

不像易希川和维克多的半决赛那般进行了很长时间的讨论，五位评委几乎没有任何纠结，很快便投完了票。黄金荣和三位租界当局的高官也迅速投完了票。这些选票第一时间送到了戏台上，交到了司仪的手中。

司仪将选票一一打开，展示给全场观众看，并大声念出上面的名字。“易希川”的名字不断地回响在戏台片区，现场的中国观众跟着大声地念了起来。

九张选票开示完毕，无一例外，全都是易希川的名字。易希川毫无悬念地成为万国魔术大赛最终的冠军。

“现在我宣布，本次万国魔术大赛的冠军，是来自中国本土的幻戏师，”司仪拖长了嗓音，高声叫道，“易——希——川！”

他转头看向幕后，大声道：“让我们用热烈的掌声，有请易先生再次登台！”

全场观众立即用力鼓掌，高声欢呼。

易希川从幕布后面走出，重新登台，向全场观众致意谢礼。

全场观众的欢呼声更加热烈，不断地高喊易希川的名字，震耳欲聋的声音一浪高过一浪，响彻了整个大世界。

第四章 名裂

作为万国魔术大赛的举办人，贝特朗原本想把维克多捧上世界冠军的宝座，最后如意算盘落了空，反而让易希川获得了最终的冠军。他虽然极不情愿，但依然没有食言，当场兑现了赛事的奖品。

贝特朗亲自登上戏台，随后两个洋人抬着一口箱子，跟在他的身后。两个洋人将箱子放在了易希川的面前，贝特朗亲手打开了箱子，里面装有十根金条、骷髅傀儡和一只黑色的手提箱。

易希川在废弃厂房里见过骷髅傀儡，此时看见箱子里的骷髅傀儡，与当日所见一模一样，应当是真的。至于那只黑色的手提箱，想必便是大名鼎鼎的轻重箱子。

戏台片区聚集了不少记者，此时都涌到戏台前方，对着易希川拍照，争相采访。易希川心中惦记着骷髅傀儡和轻重箱子，简单回答了几个问题，便搬着装有赛事奖品的箱子，返回了后台。

易希川对幻戏极为痴迷，他让双鱼将后台的门关上，随即独自研究起骷髅傀儡来。骷髅傀儡是一具以象牙雕刻成骨节再拼接而成的骨架，重要的骨节上都有丝线连接，极为复杂，易希川不擅长傀儡戏，摆弄了片刻，依然不得要领。

他又去琢磨那只轻重箱子。他在万国魔术大赛期间，为了应对那些欧美魔术师，曾主动去了解欧美魔术，由此知道了轻重箱子的来历。据说轻重箱子可以改变自身的重量，轻的时候，便是一个小孩也能轻松提起，重的时候，连身强体壮的大力士也撼动不了分毫。

他猜想轻重箱子的里面一定暗藏了某种机关，可是他将轻重箱子打开之后，发现里面空空如也，什么也没有。

他研究了片刻，只在轻重箱子的底部发现了一块小小的可以扣开的箱皮，里面藏着一个小小的暗扣。

“难道轻重箱子的秘诀这么简单？”他暗暗惊讶。

轻重箱子的底部藏有暗扣，如此说来，当年罗贝尔·乌丹表演轻重箱子魔术时，只需事先在地上嵌入一根钩钉，然后将轻重箱子放向地面时，若是将暗扣对准钩钉扣上，自然力大无穷的人也无法提起，若是不让暗扣扣在钩钉上，自然谁能都提起这样一口空箱子。

在易希川无比讶异之时，后台的门忽然被敲响了。

双鱼问道：“谁？”

“双鱼姑娘，是我。”门外传入了贵叔的声音，“酒楼片区的庆功宴已经摆好了，宾客们都已经到齐了，老爷叫我来请你和易戏主过去。”

双鱼道：“有劳贵叔了，我和师哥收拾好道具，很快就过去。”

贵叔道：“好，那我就先过去向老爷回话了。”

易希川听见了贵叔的话，不再研究骷髅傀儡和轻重箱子。他打开那只刻有易字的道具箱子，先将骷髅傀儡小心翼翼地放入其中，再放入轻重箱子，最后将十根金条用布裹好，也放在了里面。

他的这只道具箱子容量极大，三样奖品放入其中，尚有一些空余。他将表演“琉璃幻镜”的镜子背面的黑布扯下，那黑布不是单层，而是双层，如同一只巨大的口袋。他将黑布裹成一团，塞进了道具箱子，这一下便将道具箱子装得满满当当。至于那面镜子，他则弃之不管，显然镜子背面的黑布才是表演“琉璃幻镜”的关键所在。他提起道具箱子试了试，虽然重量不轻，但以他的臂力，提着走动却不成问题。

双鱼打开了门。易希川提着道具箱子，与双鱼一起出了后台，离开戏台片区，来到了隔壁的酒楼片区。

酒楼片区已摆上了十几桌上等酒席，除了首席给易希川和双鱼留有两个空位置外，其他桌子都已坐满了人，其中有几桌坐的是蒋白丁手下的青帮混混，还有几桌坐的是万国千彩大剧院的人，贵叔、金童和袁木火都在其间。此外上海本地有头有脸的幻戏师，约有十余人，也都受邀前来，另有不少与鲁鸿儒有交情的富商名流，也坐在席间。

易希川一到，酒席上的人纷纷鼓掌，连连赞叹，向他竖起了大拇指。

易希川走向首席，将道具箱子放在地上，团团作揖回礼，连声道谢，然后在空位置上坐了下来。他看了一眼首席上坐着的人，鲁鸿儒和蒋白丁都在，其他宾客都是上海本地有名望的几位幻戏师。

双鱼在易希川的身旁坐下，伸手指了指首席的右侧。易希川顺着双鱼所指望去，只见首席右侧的空地上，摆放了一个四四方方的镜框形木架，木架上拉着一块白色的布幔，看起来像是表演灯影戏的台面。

易希川不明白为何要在酒席之间摆放这样一个台面，暗自生出了一丝好奇。

这时，鲁鸿儒咳嗽了两声，缓缓站起身来，说道："今晚易戏主摘下了万国魔术大赛的桂冠，这是我们中国幻戏界莫大的荣耀。此事可喜可贺，诸位一同举杯，一起敬易戏主！"

好几桌的人纷纷起身，高举酒杯，向易希川道贺，那几桌子的青帮混混却坐着没动。蒋白丁看在眼里，大大咧咧地站起身来，嘴角一抽，笑道："不错，这等喜事，是该敬易戏主一杯。"几桌子的青帮混混这才起身举杯。

易希川站起身来，向众人道谢，共饮了一杯。

待所有人坐下后，鲁鸿儒依旧站着，说道："当初在中日幻戏擂台赛上，斋藤骏耀武扬威，是易戏主力挫斋藤骏，保住了圣物龙图，如今易戏主又连克强敌，拿下了万国魔术大赛的冠军，赢回了圣物骷髅傀儡。在座有不少幻戏界的同道，应该都知晓幻戏界有三大圣物传世，易戏主以一人之力，守护了其中之二，可谓功高望重。如今'上海三魁'名头已空，依我所见，易戏主无论幻戏技艺还是为人德行，当可为魁首，另外二魁，待他日有厉害的幻戏师崭露头角之时，再行推选。在座的幻戏师，都是上海本地有名有望的人物，足可代表整个上海幻戏界，不知各位意下如何？"

十几位幻戏师纷纷点头，其中有人大声说道："易戏主的'神仙索'和'琉璃幻镜'，都是一等一的厉害幻戏，又接连战胜了洋人和日本人，由易戏主为戏魁，那是我们上海幻戏界的荣幸。"

易希川没想到鲁鸿儒会突然推选他为"上海三魁"的魁首，急忙站起身来，连连摆手，说道："鲁前辈，诸位在座的前辈，此事万万不可。'上海三魁'是何等分量的名头，我年纪尚轻，能力尚浅，实在担当不起。"

鲁鸿儒微微笑道："你若是担当不起，放眼整个上海，还有哪位幻戏师能担当得起？在座的幻戏师都已认可，此议就这么定了，从今日起，你便是'上海三魁'之首。来，我们大家再敬易戏主一杯。"众人纷纷举杯，连声恭贺。

易希川嘴上连连推辞，心里却禁不住有些欢喜。倘若真能成为"上海三魁"之首，有了如此响亮的名头，他要在上海地界开馆收徒，重振师门，便会容易得多。

如此一想，他便禁不住有些心动了。

鲁鸿儒道："易戏主，你若是再推辞，那便是瞧不上我们上海幻戏界了。"

不少幻戏师齐声附和道："不错，易戏主就不要推辞了。"

易希川看了看鲁鸿儒，又看了看在座的十几位幻戏师，拱手说道："承蒙诸位前辈这么看得起我，这'上海三魁'的名头，我就暂且应下了，他日有更厉害的幻戏师涌现出来时，这名头便该奉还正主。从今往后，我易希川一定竭尽所能，力争为幻戏界做出更大的贡献！"

说罢他举起酒杯，道："谢谢诸位前辈厚爱！"仰起头来，一饮而尽。

此后觥筹交错，推杯换盏，不时有宾客过来向易希川敬酒，此外还有一些观众路过酒楼片区，看见了易希川，也进来向易希川道贺。双鱼低声劝易希川少喝点酒，但易希川心情畅快，来者不拒，不多时便满脸通红，有了些许醉意。

这时鲁鸿儒咳嗽了几声，向易希川说道："易戏主，金师傅为了庆贺你摘得桂冠，特意准备了一段灯影戏，要表演给你看。"

易希川朝金童看了一眼。金童已从座位起身，拖着微跛的右脚，一言不发地走到了首席右侧的布幔前，从一个贴身的布袋子里取出了不少色彩亮丽的皮人，慢慢地整理了起来。

易希川大声说道：“金师傅，劳你费心了。”

金童仿佛没有听见易希川说话，只管埋头整理皮人。

易希川知道金童对人素来如此，因此没有放在心上。金童瞎了一只眼睛，跛了一条腿，自从离开巴黎魔术馆后，便再也没有表演过幻戏，此时他拖着残疾之身，为了庆贺易希川夺冠而表演灯影戏，令易希川颇为感动。

金童整理好了皮人，将皮人拿在手中，一瘸一拐地走到了布幔的背后。很快布幔背后亮起了灯光，照得整张布幔白得刺眼。紧接着便是“当”的一响，布幔背后传来了一声刺耳的铜锣敲击声。

酒席上的众人纷纷停下了吃喝，转头向布幔望去。

只见雪白色的布幔之上，一个穿着大褂的灯影人出现了。那灯影人虽然不是精雕细琢而成，但从它的容貌和穿着来看，与易希川颇有几分相似，显然演的正是易希川。在那灯影人的身旁，出现了一个四四方方的高台，高台上站着一个身穿白衣的灯影人，观其身形样貌，依稀便是斋藤骏。

易希川一下子明白了过来，此时金童表演的灯影戏，演的正是当初他和斋藤骏在中日幻戏擂台赛上对决的场景。

果不其然，易希川的灯影人一下子跳上了高台，与斋藤骏的灯影人你来我往，上下翻腾，相互之间发生着激烈的碰撞。片刻之后，斋藤骏的灯影人倒下了，易希川的灯影人则是昂首挺胸地立在高台上，显然是易希川获得了胜利。

这段灯影戏的故事虽然简单，但金童操控灯影人的技术十分娴熟，灯影人的动作连贯流畅，看起来极为舒服。

只是灯影戏通常需要乐器伴奏，需要幻戏师要弄唱腔，还需要灯光不断地变化，方能让灯影戏显得紧锣密鼓，热闹非凡。但金童的灯影戏既没有乐器声，也没有他本人的唱腔，灯光更是一成不变，看起来颇有些单调和冷清。

一些路过酒楼片区的客人，看见有灯影戏的表演，而且演的是易希川和斋藤骏的对抗，便不由自主地走了进来，驻足观看。

布幔之上，斋藤骏的灯影人被击败后，很快从布幔上消失了，接着出现了一个身穿黑色衣服戴着黑色高帽的灯影人，那自然是维克多了。维克多的灯影人跳上高台，与易希川的灯影人展开了激烈的交锋。又是一番你来我往的碰撞，最终维克多的灯影人倒下了，易希川的灯影人再次获得了胜利。

“好！”围观的客人越来越多，不少人看见维克多的灯影人倒下，情不自禁地高声叫好。

维克多的灯影人很快从高台上消失不见，紧接着一个身穿粉色和服的灯影人，出现在了布幔上。

易希川眼睛一亮，知道是秋本久美子的灯影人登场了。

秋本久美子的灯影人登上了高台，与易希川的灯影人往来交错。这一幕和刚才那段灯影戏颇为相似，演的自然是易希川和秋本久美子同台较量的场景。只不过与之前那段灯影戏不同，易希川的灯影人并没有击倒秋本久美子的灯影人，一阵激烈的交锋过后，两个灯影人的动作渐渐变得缓和下来。

再过了片刻，两个灯影人之间连交锋都没了，反而跳下高台，并肩挨在一起，慢慢地从布幔的左边走到右边，又从右边走到左边，如此来回不停地行走。布幔上出现了各种房屋建筑的灯影，两个灯影人行走于其间，如同在大街小巷散步一般。

如此并肩行走了片刻，易希川的灯影人忽然伸出了手，秋本久美子的灯影人也伸出了手，彼此的手牵在了一起。

易希川原本面带微笑，看得饶有兴味，当散步的画面出现时，他脸上的微笑便消失了，等到这一幕牵手的场景突然出现时，他的脸色顿时为之一变。他本来有了些许醉意，这一下便如被当头浇了一盆冷水，一下子醉意全无，彻底清醒过来。

双鱼原本就在决赛进行的过程中，察觉到了易希川和秋本久美子之间的微妙关系，此时看见灯影戏演绎的这一幕，惊讶疑惑的同时，心里很不是滋味。

席间的宾客和围观的客人都认出了两个灯影人是易希川和秋本久美子，原本以为这段灯影戏是在演绎两人在决赛当中较量的场景，哪知彼此之间竟会如同恋人般牵手散步。

众人微微皱起了眉头，不知道金童到底要演绎一个怎样的故事，于是好奇心大起，聚精会神地盯着布幔上的灯影戏，再也移不开目光了。

易希川的灯影人和秋本久美子的灯影人牵手之后，又散步了一会儿，然后停了下来。两个灯影人面对面地相互凝望，接着手臂交缠，竟然拥抱在了一起，尽显恋人之间的缠绵之情。拥抱之后，两个灯影人分开，各自往相反的方向行走，但走了不远，似乎彼此都很不舍，又转身向对方奔去，再次拥抱在一起。

这一次不只是拥抱，两个灯影人嘴对着嘴，竟然亲吻了起来。

“啪”的一声重响，易希川狠狠地拍击桌面，霍地一下站了起来。众人转头向他望去，只见他盯着布幔上的灯影戏，面色紧绷，额头青筋显露，大有怒容。

鲁鸿儒用手帕捂嘴，连连咳嗽，说道：“金师傅，你在胡乱表演什么？快停下来。”

然而，金童并没有停止表演，布幔上的灯影戏还在继续，易希川的灯影人和秋本久美子的灯影人仍旧缠绵悱恻，长时间拥抱亲吻。

鲁鸿儒脸色铁青，站起身来，走到布幔跟前，沉声说道：“够了！”手臂一扬，将布幔连同镜框形架子一下子掀翻在地，露出了布幔背后正手举两个灯影人的金童。

鲁鸿儒道：“金师傅，你知不知道你在做什么？还不赶紧向易戏主赔不是！”

金童放下了易希川的灯影人，却将秋本久美子的灯影人留在手中。他一瘸一拐地走过首席，来到易希川的身前。他没有向易希川赔不是，反而将秋本久美子的灯影人塞进易希川的怀里，然后抬起蜡黄色的脸，眼皮一翻，仅剩的那只浑浊的右眼目光如电，冷冷地盯着易希川。

易希川心中一阵尴尬，又一阵恼怒，将秋本久美子的灯影人从怀中取出，说道：“金师傅，你这是什么意思？”

金童开口了，语速极为缓慢，声音异常低沉：“若要人不知，除非己莫为，你自己做的事，何必来问我？”

金童这一句话，让易希川一下子哑口无言。

易希川记了起来，当初他在万国千彩大剧院的首场驻台演出结束后，曾和秋本久美子私下约会，然后追着斋藤骏和秋本久美子去了上海城区，后来他从双鱼那里得知，金童知道他那晚的去向，当时他便猜想金童多半看见了他和秋本久美子私下约会的场景。只不过后来金童没有向任何人提及此事，他也就渐渐把这件事忘在了脑后。哪知今晚在他夺冠的庆功宴上，金童竟会突然发难，用灯影戏的方式，当众将他和秋本久美子的恋人关系揭露了出来。

他知道金童的那句“若要人不知，除非己莫为”指的是什么，一时之间不知该如何回应。

双鱼忽然站了起来，说道：“金师傅，我师哥行得正坐得直，他在决赛中击败那日本女子，乃是众目共睹，他与那日本女子之间毫无瓜葛。你再这么胡乱泼脏水，污我师哥的名声，休怪我对你不客气。”

她看见易希川被金童一句话问得哑口无言，便猜到易希川和秋本久美子之间的关系一定非比寻常。可即便如此，哪怕她内心极为难受，却还是毫不犹豫地站了出来，说话维护易希川。

金童脸皮一抖，神情似笑非笑，说道：“行得正……坐得直？”目光盯着易希川，“易戏主，你敢亲口说出这句话吗？”

秋本久美子本就是中国人，易希川与她相爱，并无任何不妥之处，于是他应道：“行得正、坐得直，这话我虽然不敢当，但我自问从没做过任何出格的事，对得起天地良心。”

金童道：“国难当头，你与日本人勾结，‘天地良心’这四个字，你根本不配提起。”

“我从没有勾结过日本人。”易希川道，“金师傅，我向来尊重你，与你没有任何仇怨，你为什么要含血喷人？”

金童转过了脸，目光扫过围观的众人，说道：“你首场驻台演出那晚，我亲眼所见，你与那个叫秋本久美子的日本女人私下幽会，还与斋藤骏见了面，我这话可有说错？”

易希川看了看围观众人，除了参加庆功宴的宾客之外，已有近百名路过的客人被吸引了进来，其中有不少是之前观看了决赛的观众。这些人惊诧疑惑的目光全都向他投来，他知道一旦承认，难免造成极大的误解，却还是应道：“不错，是有此事，但我没有勾结……”

“巴黎魔术馆被烧毁那晚，你和那日本女人一起从舞台上消失，直到后半夜才回到万国千彩大剧院。那么长的时间，你和那日本女人去了哪里？又做了什么？”金童打断了易希川的话，“你敢当着这么多同胞的面，实话实说吗？”

易希川想起了那晚与秋本久美子约会的场景，可这些私密之事，如何能在这大庭广众之下说出来？他不由得面露迟疑之色。

金童道：“你不说，自有人替你说。”说着目光斜侧，盯着旁边的一桌酒席，冷声道：“袁木火。”

袁木火正坐在那桌酒席上，当即站起身来，应道：“师父，弟子在。”

易希川眉头一皱，望向袁木火，大感诧异。袁木火进入万国千彩大剧院以来，易希川与他有过不少交流，彼此之间的关系越来越好，却从没听袁木火说起过金童是他的师父，而且袁木火在万国千彩大剧院里驻台演出，少不了与身为场工的金童照面，可两人照面之时，从来没有任何交流，便如同陌生人一般。此时听袁木火自称“弟子”，称呼金童为“师父”，易希川自然吃惊。

易希川看了一眼身边的双鱼，双鱼同样流露出了诧异之色。他再看向鲁鸿儒，鲁鸿儒神色平静，便连另外一桌酒席上的贵叔，也是毫无惊讶之状，似乎他们早就知道金童和袁木火是师徒关系。

鲁鸿儒除了一开始掀翻布幔让金童向易希川赔不是之外，此后金童不断逼问易希川，鲁鸿儒再也没有任何表示，反而坐回了席间，好整以暇地旁观。而蒋白丁靠着椅背，身子歪斜，饶有兴致地看着这场好戏。

金童向袁木火道:“当着在场众人的面，你把那晚的所见所闻，一五一十地说出来。”

“是。”袁木火应道。

他抬眼看着易希川，嘴角轻轻一抽，掠过了一丝冷笑，随即面朝众人，正色说道:“在下袁木火，本是大世界戏台片区的幻戏师，后来斗戏败给了易戏主，被赶出了大世界，以至于流落街头，穷困潦倒。易戏主不计前嫌，推荐我进了万国千彩大剧院，做了剧院的驻台幻戏师。我对易戏主感恩戴德，一直想找机会，报答易戏主的再造之恩。

“巴黎魔术馆着火那晚，易戏主在火海中消失，我想救易戏主的性命，几次想方设法冲进火海，却都被逼了回来。我万分焦急之时，忽然在围观人群之中，看见了易戏主的身影。我以为看花了眼，急忙追上去，发现果真是易戏主本人，只不过易戏主稍微易了容貌，若是不熟悉他的人，只怕难以认得出来。而在易戏主的身边，居然还有那个名叫秋本久美子的日本女人。

“他们二人牵着手，鬼鬼祟祟地远离了人群，坐上了一辆黄包车。我当时觉得奇怪，于是没有露面，远远地随在黄包车的后面，悄悄地跟了上去。”

袁木火停顿了一下，看了易希川和秋本久美子一眼，继续面朝众人，往下说道:“黄包车一直拉到大世界方才停下，易戏主和那日本女人进了大世界，又是看电影，又是观看幻戏表演，一路上卿卿我我，如胶似漆，好不甜蜜。当时巴黎魔术馆着了大火，那么多人关心易戏主的安危，忙着寻人救火，岂料易戏主早就平安无事，居然还与那日本女子跑到大世界偷偷私会。易戏主和那日本女人一直玩到深夜，方才离开大世界，然后便有日本武士来接那日本女人回去。易戏主与那日本女人分别之时，我就躲在不远处的墙角背后，亲耳听见易戏主说在万国魔术大赛结束之后，他会亲自去上海国术馆拜访斋藤骏，还要当面提亲，娶那日本女子为妻。”

此言一出，围观众人一片哗然，一道道目光齐齐向易希川射来，有的夹杂着疑惑，有的尽显愤怒，有的则满是鄙夷。

双鱼听完袁木火的这番讲述，抬眼看着易希川，见易希川没有任何要争辩的意思，显然袁木火所言并非胡编乱造。她想起那晚她为易希川担惊受怕，独自一人在万国千彩大剧院的门口一直守候到深夜，哪知易希川竟是与秋本久美子约会去了，而且回来之后，还对她说是去追罗慕寒。

她早就知道易希川对他有所隐瞒，只是没想到竟是隐瞒了这样的事。她的内心翻江倒海，五味杂陈，说不出是伤心，是嫉妒，是失望，还是愤怒。尤其是听到易希川要去国术馆求娶秋本久美子为妻，她的全身顿时急剧地发抖，紧紧抓住了酒桌上的桌布，尽可能地克制着自己的情绪。

袁木火继续说道：“我知道易戏主本事厉害，我不是他的对手，自然不敢现身，于是偷偷跑回了剧院，把这些事告诉了师父。我一直仰慕‘魔圣’朱连魁，直到我来到万国千彩大剧院后，才知道金童竟是‘魔圣’朱连魁的传人，于是便拜了金童为师。师父知道易戏主勾结日本人后，叫我不要声张，等到今晚万国魔术大赛结束之后，这才当众揭穿易戏主勾结日本人的事，便是要让各位同胞都能认清此人的真面目，不要被此人的虚伪外表给骗了。”

袁木火的言辞越发激烈，说到最后，已是抬手直指易希川。

金童道：“姓易的，你还有什么话说？”

易希川面对一道道或疑惑，或愤激，或鄙夷，或敌视的目光，默然了片刻，说道：“巴黎魔术馆着火那晚，我的确是和秋本久美子在一起。但我和她是真心相爱，我从没有与日本人勾结，没有做出任何背叛国家、伤害同胞的事。我可以对天立誓，我说的这些话，绝无半分虚假。”

这话的前半句一出，围观众人顿时群情激愤，哗声大作，至于话的后半句，却根本没人听进耳中。

“事到如今，你还要狡辩。”金童冷声说道，“今晚的决赛，那日本女人的幻术如此简单，显然是故意让你夺冠。当初斋藤骏与你对决之时，也是不战而败，将胜利拱手相让。日本人把你捧成中国幻戏界的英雄，到底有什么图谋？”

易希川知道，只要将事情如实道来，说出秋本久美子的身世，说出斋藤骏找云机社报仇的由来，一切误会便可解开。但是秋本久美子的身世关系重大，要知道秋家的仇人是云机社首领林神通，如今云机社行踪诡秘，林神通藏匿不出，他怕秋本久美子的身世一旦暴露，会惹来杀身之祸，因此绝不能当众说出来。

易希川摇了摇头：“我已说过，我与秋本久美子是真心相爱，除此之外，别无其他，更别说什么图谋。”

话音一落，周围顿时响起各种指责和谩骂之声，既有骂易希川的，也有骂秋本久美子的，各种污言秽语，充斥在易希川的耳中，甚至有人扔来果皮，砸在易希川的脸上。

易希川心生怒火，却强行克忍，任由众人百般辱骂。

一片哄闹声中，双鱼忽然低声道：“师哥，你当真爱上了那个日本女人？”

易希川扭头看着双鱼，嘴唇动了动，欲言又止，最终还是说了出来：“我是真心爱着她，无论如何，这辈子我也要与她在一起。

师妹，我一直瞒着你，对不起你。”

“你不必向我道歉，我只想知道，这是为什么？”双鱼道。

易希川道：“有些事，当着这么多人，我不能说出来，以后我会把一切都告诉你。”

“好！”双鱼应道。她眉间英气毕露，转身直面众人，大声说道：“我师哥愿意爱谁，那是他自个的事，还轮不到你们来管。你们这些人有什么资格，在这里辱骂我师哥？”

她目光一转，直视袁木火，说道：“姓袁的，你落难之时，我师哥好心帮你，你不记恩德，反而恩将仇报，暗地里捅刀子，真不是个东西！”又盯着金童，“你要揭我师哥的短，那就直言明说，要什么灯影戏？这般处心积虑，也不是什么好东西。师哥，这里没一个好人，用不着和他们浪费唇舌，我们走！”

话音一落，双鱼拉了易希川的胳膊，夺路便走。

双鱼这一串连珠炮般的话，不但让围观众人吃了一惊，也惊到了易希川，与此同时，他也暗暗感激不已。他急忙提起道具箱子，跟着双鱼往外走。

金童横跨两步，拦住双鱼和易希川的去路，看了一眼易希川手中的道具箱子，道：“易戏主要走，可以，但骷髅傀儡必须留下。”

双鱼道：“骷髅傀儡是万国魔术大赛的奖品，我师哥赢得了冠军，这东西便是我师哥的，凭什么要留下？”

金童道：“骷髅傀儡是中国幻戏界的圣物，岂能让勾结日本人的卖国贼拿走？”

“不错，骷髅傀儡必须留下！”席间的十几位幻戏师同时站了起来。

“说到底，原来是冲着骷髅傀儡而来。”双鱼扫视一圈这些幻戏师，冷笑道，“当初斋藤骏以龙图为注，在擂台上耀武扬威之时，怎么没见你们这些幻戏师挺身而出，去夺回圣物？是我师哥拼了性命，这才守护住了圣物，不让圣物落入日本人之手。倘若我师哥都没资格拿走骷髅傀儡，那你们这些在我师哥拼命守护圣物时躲起来做缩头乌龟的幻戏师，还有你这个曾经在巴黎魔术馆替洋人驻台赚钱的‘魔圣’传人，又有什么资格来保有骷髅傀儡？”

说着抬起手来，一把推开金童，拉着易希川便往外走。

鲁鸿儒忽然连声咳嗽，站起身来，道：“易戏主，请留步。”

易希川停住脚步，转头看着鲁鸿儒，道了一声：“鲁前辈。”鲁鸿儒一直对他照顾有加，他对金童和袁木火等人不满，对鲁鸿儒却是极为尊重。

然而双鱼却一点儿也不客气，直接说道：“鲁鸿儒，难不成你也想要骷髅傀儡？”

鲁鸿儒道：“骷髅傀儡是易戏主从万国魔术大赛上赢回来的，自然当归易戏主所有。只不过易戏主与日本人有来往一事，虽然真假未明，但毕竟影响甚广，这‘上海三魁’魁首的名头，就当没有推选过吧。”

易希川道：“鲁前辈说的是，我受之有愧，正该如此。”

双鱼却道：“谁稀罕‘上海三魁’的臭名头？师哥，我们走！”

易希川向鲁鸿儒拱手见礼，这才重新提起道具箱子，和双鱼一起往外走。

鲁鸿儒是万国千彩大剧院的老板，在上海幻戏界立足已有十余年之久，而且还是“上海三魁”之一的谭素琴的同门师兄，如今“上海三魁”都已不在人世，鲁鸿儒便是上海幻戏界最有话语权的人物，他之前提议推选易希川为“上海三魁”的魁首，其他幻戏师自然附和。

此时他放出了话，承认骷髅傀儡归属易希川所有，金童、袁木火和其他十几位幻戏师也就不好再强加阻拦，只能极不甘心地盯着易希川，眼睁睁地看着易希川提着装有骷髅傀儡的道具箱子，和双鱼一起走出了酒楼片区。

易希川和双鱼走后，鲁鸿儒叹了口气，说道：“原本是为易戏主庆功，想不到却是如此收场。今晚就这样吧，各位都散了。”

十几位幻戏师纷纷向鲁鸿儒拱手告辞，相继离去，受邀前来的那些富商名流，也都告辞离开，围观众人也渐渐散了。片刻之间，刚才还喧闹至极的酒楼片区，便只剩下万国千彩大剧院的人和蒋白丁手下的青帮混混。

蒋白丁站在鲁鸿儒的身边，忽然低声道：“哥，我的人都在这里，要不要现在动手？”

鲁鸿儒嗓音沉缓：“不必了。龙图还在剧院，他会回来的。”说着举起手帕，捂住嘴巴，重重地咳嗽了几声。

第五章　追逐

在围观众人漫天刺耳的嘘声当中，易希川和双鱼快步走出酒楼片区，离开了大世界。有些愤慨之人，居然一路追着易希川骂，一直骂到了大世界的门口。

转眼之间，易希川就从赢得中日对决的英雄，受到众人拥戴，变成了勾结日本人的卖国贼，遭到众人唾弃，可谓身败名裂。此事一定会迅速传遍整个上海，只怕明天各大报纸的头版头条，都会是指责声讨他的新闻。别说往后留在上海振兴师门了，便是眼下想在上海立足，对他而言，也已变得极为困难。

大世界门外的街道上，霓虹璀璨，行人如织，黄包车东奔西走，轿车来来往往，电车徐徐而行，可谓车水马龙，一派繁华景象。置身其间，很容易让人忘记同一片土地上的战火硝烟，忘记同胞们正在经历的那些妻离子散和家破人亡。

双鱼拉着易希川，穿行在人流之中，一步也不停顿地快步而行，恨不得离大世界越远越好。

走了好一阵子，双鱼忽然往右一拐，拉着易希川钻进了一条小巷子。

这条小巷子光线昏暗，僻静无人。到了这里，双鱼终于松开了易希川的手臂。她转过身，既不说话，也没有任何动作，就那样一动不动地站着，定定地看着易希川。

易希川不敢对上双鱼的眼神，说道："师妹，我们先回去吧。"

"回哪里去？"双鱼的目光丝毫不改，依旧直直地看着易希川。

易希川道："回万国千彩大剧院。"

"你还回得去吗？"双鱼道。

易希川道："我知道万国千彩大剧院如今已容不下我，可我们的行李都在那里，还有龙图，还有师父的灵位。"

"你还知道师父的灵位？师父向来对日本人深恶痛绝，可你为何还要与那个日本女人来往？就算你不把师父的话当一回事，难道日本人犯我家国，屠我同胞，你也要视而不见吗？"

易希川急道："师妹，秋本久美子不是你想的那样，她心地善良，曾经不顾一切地救我，我……"

双鱼打断了易希川的话："刚才在大世界，你说有些事不能当众说出来，难道就是这些？"

易希川道："当然不是。"

"那你还要打算瞒我到什么时候？"双鱼道，"这里没有别人，只有你我，你到底有什么是不能对我说的？"

易希川道："我说了会告诉你一切，就绝不会对你再有隐瞒。此事关系到秋本久美子的身世，关系到她的性命安危，也关系到云机社的名声，所以我不能当众说出来。秋本久美子是斋藤骏的徒弟，人人都以为她是日本人，其实不然。"

他忽然将声音压得极低，只让双鱼一个人听见，生怕被巷口经过的行人听了去：“她原本就是中国人，是上海幻画门秋家的后人……”

此话一出，双鱼内心震动。她惊讶地望着易希川，一瞬之间，心里的种种怒意和不解消弭于无形，但随即又生出了一丝凄然的伤感，只因秋本久美子若是日本人，易希川最终极可能无法和秋本久美子在一起，但秋本久美子若是中国人，那易希川和秋本久美子便有极大的可能终成眷属。

易希川准备继续讲清楚秋本久美子的身世，但双鱼的目光忽然从他的身上移开，盯住了他的身后。她的手一下子抬起，示意易希川别再往下说，冷声喝道：“什么人？”

易希川急忙转身，只见一道人影不知何时已从巷口走入。

那道人影背对着巷口的亮光，看不清楚容貌，忽然发出了几声又粗又哑的冷笑声，仿佛嗓子受过损伤一般，说道：“姓易的小子，两个多月不见，你可越来越了得了。”

易希川心头一跳，脱口叫道：“荒川隼人！”

那道人影的嘴边忽然有火光亮起，乃是一根擦亮的火柴。火光映照出了那道人影的脸，正是荒川隼人。

荒川隼人点燃了一支香烟，慢悠悠地吸了一口，又发出了几声沙哑的冷笑，说道：“当初在黄浦江上，若不是罗盖穹暗中偷袭，我早就杀死了你，也不至于让你多活这两个多月，还趁我不在之时，打起了我女人的主意。”

双鱼没见过荒川隼人，但听易希川说起过荒川隼人的事，知道荒川隼人曾在黄浦江上追杀过易希川。她一听到荒川隼人这四个字，立即凝神戒备，要知道此人与易希川大有仇怨，突然出现在这巷子里，势必没安什么好心。可是荒川隼人忽然说易希川打起了他女人的主意，双鱼不由得心生诧异，目光一转，朝易希川看了一眼。

易希川面有怒色，道："什么打你女人的主意？你不要张口乱讲。"

荒川隼人忽然左手一动，将一堆东西丢在了易希川的脚边。

易希川以为荒川隼人要动手，护着双鱼往后退了一步，随即借助昏暗的光线，看清荒川隼人丢在地上的东西，却是一些皱巴巴的纸张。

他不知道荒川隼人是何意思，生怕有诈，因此没有去理会地上的纸张。

荒川隼人冷笑道："怎么？你自己做过的好事，不敢认了？"

双鱼不禁大感好奇，忽然俯下身子，从地上拾起一张纸，只见纸上写的有字。她凑近仔细一看，光线虽然昏暗，却足够看清纸上的字。她一眼便认了出来，那些歪歪扭扭的字迹，正是易希川的手笔。

她飞快看完，纸上的内容竟然都是写给秋本久美子的情话。

她又捡起了几张纸，无一例外，都是易希川写给秋本久美子的信件。她方才已经知道易希川爱上秋本久美子一事，但即便如此，她看到这些信件，看到信件上的那些甜言蜜语，还是心如刀割，难受至极。

易希川也已认出，这些都是他埋在洋槐树下的写给秋本久美子的信件。他盯着荒川隼人，道："你到底是什么意思？"

荒川隼人吸了一口香烟，喷出一大团烟雾，说道："久美子与我早有婚约，不久之后便会举办婚礼，她会成为我的妻子。我原本以为，你只是给她写些狗屁情书，可方才在大世界听人讲述，才知道你居然还与她私下幽会，又是牵手，又是亲吻。你说，这可叫我这个未婚夫如何是好？”

“你说什么？”易希川不知道秋本久美子与荒川隼人订婚一事，听闻此言，震惊无比。

“原来你还不知道。”荒川隼人冷冷一笑，“久美子没有告诉你吗？斋藤骏大人早已答应我的求亲，久美子早就是我的未婚妻，是我的女人了。你敢动我的女人，我就要你的命！”

话音一落，荒川隼人嘴里的火星突然吐落在了地上，随即右手一抖，亮出了一根寒光闪动的钢钎。他原来的那根钢钎，在他被罗盖穹偷袭之后，丢在了夜船上，早已随着夜船沉入江底，如今这根钢钎，是他回日本后重新打造的。

在他的身后，又有几道人影从巷口走入，都是日本武士，一走入巷子后，便纷纷拔出了武士刀。

易希川听闻此话，脑袋里如劈惊雷，嗡地一响。他原本还想着在万国魔术大赛结束之后，亲自去上海国术馆拜访斋藤骏，求娶秋本久美子为妻，哪知斋藤骏早已将秋本久美子许配给了荒川隼人。他和秋本久美子在一起已经有一段时间了，秋本久美子从来没有说起过她与荒川隼人订婚一事。

易希川不知道荒川隼人的这番话是真是假，只是不愿去相信，心里一个劲地暗道：“这不可能，这绝不可能……”

他头脑一片混乱，心潮急剧起伏，竟连荒川隼人亮出钢钎、几个日本武士走入巷子，都没有放在心上。

双鱼忽然转身，拉起易希川的手，往巷子的另一头奔逃。

荒川隼人并没有带日本武士追赶，反而冷冷一笑，慢慢地向两人走去。

双鱼拉着易希川奔出十余步，忽然停了下来。

在巷子的另一头，也有人影出现，竟是身穿白衣的斋藤骏。在斋藤骏的身后，同样跟着几个手持武士刀的日本武士。

巷道狭窄，一边是荒川隼人，另一边是斋藤骏，易希川和双鱼被堵在中间，已是无路可走。

双鱼看着步步逼近的斋藤骏，厉声道："枉我师哥还救过你的性命，早知如此，那晚在废弃厂房，我便该杀了你。"

听到自己被易希川救命一事，斋藤骏的脸色顿时一沉："易希川，龙图和骷髅傀儡，交出来。"

易希川满脑子都是秋本久美子与荒川隼人订婚一事，眼见斋藤骏现身，当即问道："你当真把久美子许配给了荒川隼人？"

"不错。"斋藤骏应道。

这一句肯定的答复，彻底击碎了易希川最后的希望。他难以置信地摇了摇头，说道："久美子呢？她人在哪里？"他记得决赛结束之后，斋藤骏立刻便带着秋本久美子离开了戏台片区，此时斋藤骏出现，秋本久美子却不见踪影。

斋藤骏道："久美子在哪里，与你无关。龙图和骷髅傀儡，交出来。"

易希川被斋藤骏逼问圣物，忽然想起在戏台上表演完"琉璃幻镜"之后，秋本久美子曾塞给他一个纸团，提醒他小心斋藤骏。他这时才明白过来，秋本久美子一定是知道斋藤骏会在决赛结束之后抢夺圣物，这才暗传纸条提醒他。

"久美子和荒川隼人有婚约又如何？她爱着我，关心我，这才是最重要的。"他这么一想，精神顿时一振，对斋藤骏说道："你虽是久美子的师父，但你毕竟是日本人，中国幻戏界的圣物，绝不可能交给你。”

“自寻死路。”斋藤骏右掌一翻，一团碧绿色的火焰顿时凭空燃起。

易希川知道今日只怕难以幸免，但面无惧色，与双鱼后背相抵，分别面对斋藤骏和荒川隼人。

“师妹，”易希川说道，“你一直为我分忧，处处维护我，我却瞒了你这么久，如今还要连累你送命，实在对你不起。”

听易希川这么一说，双鱼的心里不禁涌起了一丝喜悦。她眉间英气毕露，说道：“送不送命，尚未可知。你我奋命一搏，这些日本人想杀了你我，没那么容易。”

易希川大声应道：“不错，奋命一搏，死也无憾！”

荒川隼人和斋藤骏各自带着日本武士，已逼近易希川和双鱼的身前，正打算动手，一道亮光忽然从荒川隼人背后的巷口照射而来，一个粗大嗓门叫道：“谁在大喊大叫？哪里来的鬼火？我眼睛是不是花了，怎么冒出来这么多人？”

伴随着手电的亮光和说话声，几个穿着警服的巡警从巷口走了进来。

几个巡警都是中国人，乃是法租界巡捕房的外聘巡警，走进巷口时，脚步摇晃，满身酒气，显然是刚刚喝了不少酒。

走到近前，其中一个巡警看清是手拿武士刀的日本人，急忙拉住那个粗嗓门巡警的衣服，小声道：“头儿，是日本人，咱们赶紧走。”

那粗嗓门巡警酒壮胆气，说道：“大牛你怎么这么怂？是日本人又怎样？这里是法租界的地盘，是日本人也不好使。”说着一只手拔出腰间的配枪，另一只手冲几个日本武士指指点点，“全都给我放下刀，不听话的，小心吃枪子！”

荒川隼人冷冷一笑，猛然间身子往回一蹿，手中的钢钎已刺进那粗嗓门巡警的腹部，扦头从后背透了出来。

那粗嗓门巡警叫道："他……妈……"话没叫完，荒川隼人已拔出钢钎，那粗嗓门巡警倒在了地上，没了动弹。

紧跟在后的几个巡警，急忙伸手摸枪，可是喝多了酒，手脚不听使唤，又亲眼看见粗嗓门巡警被捅了个对穿，受了极大的惊吓，一时之间没能拔出枪来。

几个日本武士迅速出手，武士刀或砍或捅，几个巡警惨声大叫，倒在了血泊之中。那个名叫大牛的巡警，根本没想过拔枪，直接吓得转身奔逃，被一个日本武士追上，一刀捅翻在了地上。

几个巡警虽然白白送了性命，却给了易希川和双鱼突围的机会。趁着荒川隼人和日本武士回身对付几个巡警的时机，易希川挥动道具箱子，撞开挡路的日本武士，与双鱼冲过阻拦，一口气冲出了巷口。

巷口外面，是霓虹璀璨人来人往的宽阔街道。易希川一手提道具箱子，一手拉着双鱼，钻进人流之中，沿着街边狂奔。

荒川隼人带着几个日本武士追出了巷口。不少路人看见沾满鲜血的武士刀，又看见了小巷子里死去的巡警，顿时尖声惊叫起来。荒川隼人毫不理会，拨开人群，带着几个日本武士向易希川和双鱼追去。

斋藤骏的双脚有伤，不便快步奔行，于是命令跟随他的几个日本武士跟着荒川隼人去追击易希川和双鱼，他自己则在后面不紧不慢地步行追击。

易希川虽然只有一只脚受伤，但伤势没有痊愈，拉着双鱼飞奔了一阵，脚掌已是阵阵疼痛，速度便渐渐慢了下来。

他知道再这么奔逃下去，迟早会被荒川隼人和日本武士追上。环眼一望，看见街边停着一辆崭新的马车，车夫手握缰绳坐在车头，一个商人打扮的中国人正在伙计的搀扶下上车。

易希川无暇多想，拉着双鱼便朝马车奔去。

“师妹，上车！”易希川一声急喝，跳上了车头，一把从车夫手中夺过了缰绳。

那商人正撅着屁股上车，半个身子已经钻进了车厢。双鱼来不及拽那商人出来，直接在那商人的屁股上用力踹了一脚，那商人顿时跌入车厢之中。

双鱼紧跟着钻进车厢，易希川右手一拽，缰绳绷紧，马匹顿时撒开四蹄，奔跑了起来。

那伙计没来得及上车，一边骂咧，一边追车。几个手持武士刀的日本武士忽然从身旁奔过，吓得那伙计一声惊叫，赶紧避在一旁。

街道上行人密集，易希川一边大喊“让开”，一边驱车疾驰。

车夫坐在易希川的身旁，看着眼前行人纷纷躲闪的场景，吓得抓紧了车厢壁板，嘴里惊叫连连。车厢之中，那商人的脑袋撞了一个大包，破口大骂。

双鱼对那商人毫不理会，一把将车夫拽进车厢，她自己则上了车头，回头向马车的后方望去。

荒川隼人和几个日本武士在马车后面紧追不舍。马车虽是崭新的，但拉车的马却是一匹老马，一开始还能飞奔，但跑了没多远，速度便慢了下来。

后面的荒川隼人和日本武士，趁此机会越追越近。

一个日本武士飞步追上，扬起武士刀，砍向驾车的易希川。

易希川斜身一让，武士刀砍在了车头上。这时又一个日本武士追了上来，同样挥刀便砍，只不过砍的不是易希川，而是马腿。

一刀下去，血光飞溅，马腿几乎断裂，那马一声嘶叫，跪倒在了地上。马车因为惯性打滑，向一旁歪斜，“嘭”的一声巨响，撞上了街边的一幢楼房。附近的行人纷纷躲避，吓得尖叫不断。

荒川隼人和几个日本武士立即赶上，向易希川和双鱼杀去。

“上车顶！”易希川一声大叫，提着道具箱子翻上车厢顶部，伸手将双鱼拉了上来。几把武士刀同时砍向双鱼，正好砍空。

车夫和那商人在大骂声中，想钻出车厢，看见刀光肆虐，吓得急忙缩回车厢里，捂住了嘴巴，大气也不敢透一口。

荒川隼人和几个日本武士跳上车头，挥舞钢钎和武士刀，攻击车顶的易希川和双鱼。

马车紧贴着街边的楼房，易希川站在车厢顶部，二楼的窗户已是近在眼前。他一边躲避钢钎和武士刀的攻击，一边挥舞道具箱子，阻止荒川隼人和日本武士爬上车顶。

忽然之间，他纵身一跃，用道具箱子击破二楼的窗户玻璃，将道具箱子扔进了窗户，随即托起双鱼，让双鱼当先攀入窗户。

他躲过武士刀的横砍，一跃而起，抓住窗沿，同样迅速翻爬进了窗户。

两个日本武士爬上车顶，也向窗户攀去。荒川隼人和其他日本武士则跳下马车，冲进楼房的大门，找到楼梯所在，沿着楼梯向二楼奔去。

窗户里是一间卧室，双鱼刚一爬入，便听见一声惊叫，只见窗户旁边是一张卧床，床上有一男一女赤身裸体，飞快地裹住了被子，满脸的惊吓之状。

双鱼脸上一红，回身递手，帮助易希川攀入窗户。易希川抱起道具箱子，双鱼拉开房门，两人冲出了卧室。

卧室外面是一条走廊，两人奔过走廊，冲到了楼梯口，听见楼梯下面传来大片的脚步声，知道荒川隼人和日本武士已经追进了楼房。此时下楼是自投罗网，两人只好沿着楼梯往上飞奔。

楼梯每层的转角处，都堆放了不少杂物，易希川将杂物全部推倒，试图延缓荒川隼人和日本武士追赶的脚步。

楼房一共有四层，易希川和双鱼很快冲上了天台。

天台四四方方，空空荡荡，只摆放着几根用来晾晒衣服的竹竿。

易希川飞快地沿着天台四周查看了一圈，没有其他出路，最近的一幢楼房就在侧面，高度相当，也是四层楼，只不过隔着一条巷子，离他此时所处的楼房约有两丈的距离。

荒川隼人和日本武士很快就会追上来，易希川甚至已能听见荒川隼人因为杂物挡道而发出的骂咧之声。他知道不能在天台上长时间待下去，此时唯一的逃脱之法，便是跳到侧面的那幢四层楼房的楼顶。

两丈的距离，他若是腿脚无恙，倒是可以挑战一下，只可惜他脚伤未愈，很可能跳不了这么远，一旦失足从四楼摔下去，便是侥幸不死，也势必身受重伤。

易希川目光一转，落在了那几根架起来晾晒衣服的竹竿上。他目测竹竿的长度超过了两丈，于是冲过去，取下一根竹竿，伸向侧面楼房的楼顶。竹竿的长度刚好超过两幢楼房的间隔，堪堪搭在了两幢楼房之间。

他飞快地取来剩余的几根竹竿，并排搭在一起，如同在两幢楼房之间，架起了一座狭窄的竹桥。

"师妹，你先过去！"易希川抓紧几根竹竿，起到固定的作用，以免竹竿在受力之时滚动移位。

双鱼当即一跃而起，上了天台的栏杆，随即踏上几根竹竿，往对面的楼房快步走去。竹竿摇摇晃晃，亏得易希川死死地抓住，让几根竹竿始终并在一起，这才不至于散开。

双鱼身轻如燕，脚步轻灵，丝毫没有恐惧，很快便通过竹桥，抵达了侧面楼房的楼顶。

双鱼的脚一落地，立刻回身抓住几根竹竿："师哥，快过来！"

易希川提起道具箱子，踏上竹竿，往对面快步而行。

这时身后脚步声大作，荒川隼人和几个日本武士已经穿过杂物挡道的楼梯，追上了天台，看清易希川正试图逃往侧面的楼房，急忙奔了过来。

易希川加快脚步，竹竿急剧晃动起来。荒川隼人追到天台边缘，抓住竹竿，用力一拽，要将竹竿抽掉。

此时易希川离对面楼顶还有两三步的距离，他察觉到竹竿移动，急忙一跃而起，径直跳了过去。

他人在空中，将道具箱子用力掷出，道具箱子落在了侧面楼房的楼顶上，他整个人却差了些许距离，眼看着到不了楼顶，急忙伸手抓向楼顶的栏杆，却还是差了少许。

千钧一发之际，双鱼伸出了手，一把抓住易希川的手腕，用力拉拽。借助双鱼的拉拽，易希川抓住了栏杆，双脚蹬住墙面，迅速攀爬了上去。

两人一刻也不停留，提起道具箱子，冲进楼梯口，飞奔下楼。

荒川隼人大骂一声，率领日本武士冲回楼梯，往下疾奔，眼看又要重新穿过杂物挡道的楼梯，更是骂声连连。

易希川和双鱼一口气奔下一层楼梯，来到了三楼，忽然间一团绿光直蹿而起，两人急忙闪避。

那是一团碧绿色的火焰，一身白衣的斋藤骏，已出现在楼梯二三层之间的转角。原来斋藤骏步行追来，看见易希川和双鱼攀上了二楼。他没有像荒川隼人那样追入楼房，而是站在街道上，仰头观望。他看见双鱼在天台上通行竹桥，知道两人想转移到侧面的楼房，于是提前走入了这幢楼房。

斋藤骏走上楼梯，正好遇见易希川和双鱼迎面冲下，于是燃起一团碧绿色火焰，攻击二人。

易希川吃过这种碧绿色火焰的苦头，不敢正面交锋，赶紧拉着双鱼冲进三楼的走廊。走廊两侧有好几间卧室，他直奔走廊尽头，一脚踹开一间卧室的房门，和双鱼一起钻了进去，迅速关上了房门。

斋藤骏紧随其后追进走廊，看见了易希川和双鱼躲进了走廊尽头的房间。他手托碧绿色火焰，迈开大步，向走廊尽头走去。

易希川和双鱼躲进房间，那是一间无人的旅馆卧室。两人冲到窗户前，推开窗户，向下望去。下面是街道，路人极多，从马车撞击楼房开始，便聚集在此，仰头围观。

三楼的高度颇为吓人，两人不敢贸然跳下去，好在二楼的外墙上有一块霓虹灯招牌，写着“香根鸢尾旅馆”的彩色字样，正位于窗户的正下方。

双鱼当先翻出窗户，轻轻落在霓虹灯招牌上。霓虹灯招牌轻微晃动，勉强承受住了她的重量。她再吊在霓虹灯招牌上，双手一松，整个人落在了地面上。

易希川紧随其后，翻窗而出。

忽听“嘭”的一响，斋藤骏已撞开房门，出现在卧室门口。

斋藤骏目光一转，看见临街一侧的窗户已经打开，易希川正在翻出窗户。他手掌一扬，碧绿色火焰掠过整间卧室，射向易希川的后背。

易希川避之不及，后背猛然灼痛，已被碧绿色火焰击中。碧绿色火焰一触即燃，他的后背迅速着火。他慌忙翻出窗户，落在霓虹灯招牌上。

霓虹灯招牌勉强能够承受双鱼的重量，但易希川身体更重，又提着道具箱子，还是这么用力地跳落下来，霓虹灯招牌顿时破裂，从外墙上脱落。火花四溅之中，易希川连同破碎的霓虹灯招牌一起，重重地摔到了地面上。

围观路人吓得纷纷后退，远远避开。

易希川伤脚着地，一阵钻心剧痛，支撑不住，横摔在了地上，手肘和侧脸都擦破了皮。他顾不得疼痛，爬起身来，飞快地脱下着火的大褂，扔在地上，随即与双鱼沿着街道狂奔，吓得围观路人惊惶避让。身后不远处的围观人群一阵哄乱，荒川隼人和几个日本武士已经冲下楼房，飞步追来。

斋藤骏来到窗边看了一眼，看见了易希川和双鱼正在奔逃，也看见了荒川隼人和日本武士正在追赶。他没有从窗户跳下，而是沿着楼梯下了楼，仍是步行，向易希川和双鱼奔逃的方向追去。

易希川的脚伤势加重，奔行之时一瘸一拐，速度根本提不起来。双鱼惶急之下，忽然听见街道中央传来一阵铃声。她抬眼望去，看见一辆有轨电车停在了前方不远处的街道中央，乘客正在上下。

她想也不想，拉着易希川穿过人群，奔到电车旁边，让易希川上了电车，随即低声道："师哥，你安心待在这里，我会回来找你的。"

说完这话，也不管易希川是否答应，她便疾奔回了街边，故意推倒几个行人，惹得行人一阵叫骂，顿时引来了荒川隼人和日本武士的注意。

易希川身在电车上，看见这一幕，知道双鱼是想以自身为诱饵，引开荒川隼人和几个日本武士，从而让他得保安全。但他知道双鱼独自面对荒川隼人和几个日本武士，必定凶多吉少，心下难免着急，想要冲下电车。

然而这时迎面上来一个乘客，不偏不倚挡住了他的去路。

易希川抬眼一望，那乘客穿着灰布长衫，戴着黑色毡帽，脸色暗黄，面无表情，是一个他并不认识的人。他想从那灰衣乘客的身边挤过去，可那灰衣乘客忽然抬起手臂，拦住了他。

街道上，荒川隼人和几个日本武士看清了双鱼的位置，正疾步追赶。

追赶之时，荒川隼人忽然停住了脚步。他看见了双鱼在前方奔逃，然而易希川的身影——他飞快地扫视了一圈——却始终没有出现。

他听见了铃声，目光一转，落在了街道中央正在缓缓起步的电车上。他横抬手臂，拦住了从身旁追过的两个日本武士，向电车一指。两个日本武士明白荒川隼人的意思，立刻转向，直奔电车而去。荒川隼人紧随其后，也奔向电车。其他日本武士，则依旧沿着街边追击双鱼。

电车速度不快，两个日本武士很快追到了电车的前方，迫使司机刹停了电车。

双鱼在远处回望，知道易希川的藏身之处已经暴露，急忙往电车奔来。几个日本武士已经追到，挥起武士刀，杀向双鱼。双鱼不得不停下脚步，与几个日本武士缠斗起来。

电车停下后，两个日本武士逼司机打开车门，随即登上了电车。

荒川隼人随在两个日本武士的身后，也登上了电车。

电车上的乘客看见日本武士手握武士刀，吓得纷纷避向两侧，不敢乱动。

电车上的乘客不算多，总共二十来个，荒川隼人目光一扫，很快看见了身处电车末尾的易希川。

荒川隼人冷笑道：“姓易的小子，你不是很会逃吗？国术馆里让你逃了，黄浦江上又让你逃了，有本事你今天就再逃给我看看。”他一挥手，两个日本武士斜握着武士刀，向易希川走去。

电车末尾的乘客看见两个日本武士的目标是易希川，急忙挤向两侧，生怕离易希川太近，会被两个日本武士误伤。

易希川被孤立开来，一个人立在电车末尾。在他的旁边，车窗打开着，可是他没有从车窗逃命，而是面无惧色地站在原地，提着道具箱子，直面两个日本武士步步紧逼。

两个日本武士逼近至易希川的身前，举起武士刀，便向易希川砍去。

惨叫声骤然响起，然而发出声音的不是易希川，却是两个日本武士。两把武士刀依旧高高举起，但两个日本武士无法再砍下去，因为他们胸前的衣服已经被鲜血浸透。

他们分别被一根铁扦从背部刺入，自胸膛刺出。在他们的身后，站在手握铁扦突施偷袭的人，竟是那个先前阻拦易希川下车的灰衣乘客。

灰衣乘客混在其他乘客之中，假装惧怕日本武士而避在旁边，待两个日本武士从身前走过后，突然亮出藏在袖口里的两根铁扦，从背后悄无声息地杀出，两根铁扦刺向两个日本武士，一举得手。

灰衣乘客拔出铁扦，转过身去，两只眼睛冷光似电，盯着站在车门处的荒川隼人。两根铁扦斜握在他的手中，鲜血一滴滴地落下，滴在电车的地板上。

荒川隼人脸上的冷笑僵住了。他本以为易希川落了单，已是势单力孤，实在没想到在这辆电车之中，竟会有人突然杀出，帮助易希川。

荒川隼人打量起灰衣乘客的五官长相，乃是一个他从没见过的人。他看了一眼灰衣乘客手中的铁扦，倒是与他的武器颇为相似。灰衣乘客从背后偷袭两个日本武士的场景，则像极了当初罗盖穹偷袭他和黑忍的那一幕。他嘴角一抽，竖起钢钎，对准了灰衣乘客。

铁扦和钢钎瞬间撞击在一起，灰衣乘客和荒川隼人在电车上动起了手。

乘客们惊吓不已，有的从车门奔逃，有的翻窗而出，片刻间便逃了个精光，电车上只剩下易希川和缠斗中的两人。

易希川转眼一望，不远处的街边，几个日本武士正在围攻双鱼，双鱼已是险象环生。

“多谢兄台相救！”易希川不认识灰衣乘客，道了声谢，翻窗下车，一瘸一拐地奔向街边，想要帮助双鱼一起对付日本武士。

然而他没奔出几步，一团碧绿色火焰突然隔空烧来，逼得他着地一滚。他的脸感受到了一股逼人的热浪，碧绿色火焰几乎是贴着他的脸皮掠过，甚至燎焦了他前额的头发，他若是反应慢个半拍，此时后果不堪设想。

斋藤骏从围观人群当中大步走出，双掌翻动，又燃起了数团碧绿色火焰，隔空烧向易希川。

数团碧绿色火焰在空中飞来掠去，易希川难以摆脱，无法救援双鱼。他不敢与碧绿色火焰接触，只能不断地游走闪避，一时之间被逼得狼狈不堪。

电车上忽然传来闷哼之声。伴随着这声闷哼，荒川隼人跌出车门，摔在了街道上。

他翻爬起来，举起钢钎，对准了车门。他的右半边脸皮肉翻卷，被划开了一道口子，鲜血如瀑布般流下，染红了半张脸。他的钢钎所指之处，灰衣乘客走出车门，落足在了街道上。

灰衣乘客看清易希川和双鱼都在遭遇攻击，而且险象环生，已是难以招架。他立刻将右手中的铁扦交到左手，然后撮起右手手指，对准嘴唇，猛地吹响了一声尖锐刺耳的口哨声。吹完口哨之后，他立即挥动两根铁扦，向受伤的荒川隼人杀去。

口哨声刚刚响起，围观人群之中，忽然冲出四人，都是一身灰衣，脸罩黑布，其中两人围攻斋藤骏，另外两人则攻向几个日本武士。紧接着响起“让开”的大喊声，人群急忙避让，又有两个蒙面灰衣人各自拉着一辆黄包车，分别奔向易希川和双鱼。

斋藤骏没料到竟会突然冒出这么多人来救援易希川，他和几个日本武士都被突然杀出的灰衣人缠住，眼睁睁地看着易希川和双鱼跳上了黄包车。两个拉车的灰衣人体格强壮，飞快地拉起黄包车，冲进了街边的一条小巷子。

斋藤骏自然不会轻易让易希川逃走，猛地狂挥双袖，燃起十几团碧绿色火焰，攻击缠住他的两个灰衣人。两个灰衣人被迫左闪右让，躲避碧绿色火焰的疯狂攻击，无暇再围攻斋藤骏。斋藤骏抽出身来，趁机向小巷子追去。

荒川隼人和日本武士都深陷恶斗之中，只剩下他一人追击。于是斋藤骏不再顾及脚上伤势未愈，飞步追进了小巷子。

灰衣乘客见斋藤骏追向易希川和双鱼，当即逼退荒川隼人，也飞步追进了小巷子。

荒川隼人被灰衣乘客划伤了脸，破口大骂，向灰衣乘客追去。然而那两个原本围攻斋藤骏的灰衣人，此时已摆脱了碧绿色火焰的攻击，他们不去追击斋藤骏，反而截住荒川隼人的去路，对荒川隼人发起了围攻。

四个灰衣人对阵荒川隼人和几个日本武士，在街道上拼杀了一阵，各自都有负伤流血。

远处忽然响起一大片脚步声，十多个法租界巡捕房的巡警正快步赶来。他们已经接到了报警，说有几名巡警被当街杀死了，当即抄起配枪，赶来了现场。

眼见十多个巡警赶到，四个灰衣人当即弃战而走，只不过他们没有逃入易希川和双鱼逃走的那条小巷子，而是冲进人群四散奔逃，很快便不知去向。

荒川隼人和几个日本武士之前杀了法租界的巡警，此时自然不敢停留，飞快地追进了易希川和双鱼逃走的那条小巷子。

转瞬之间，刀光剑影的街道上恢复了平静，只留下散布在地的血迹和惊愕围观的人群。

斋藤骏追入小巷子，放眼望去，小巷子深处一片漆黑，两辆黄包车去远，已经看不见了。但是车轮碾轧地面的声音，仍然从小巷子深处传来。斋藤骏当即以最快的速度，追着车轮声，冲进了小巷子的深处。

追了一阵，来到了一个十字路口，另有一条巷道与小巷子在此交错。斋藤骏听见一阵车轮声从左侧的巷道里传来，此外还有一阵车轮声，是从右侧的巷道里传来，显然两辆黄包车是在分头奔逃。

他不知道哪辆黄包车上坐的是易希川，于是凭感觉选择了左侧的巷道，追了进去。

斋藤骏知道灰衣人拉着坐了人的黄包车，速度自然快不过他，因此疾步飞奔，哪怕脚伤越来越疼痛，也丝毫不予理会。

很快经过了第二个路口，车轮声变得越来越大声，显然斋藤骏已是越追越近。

经过第三个路口后，斋藤骏已经能看见黄包车模糊的轮廓就在前方。

没等到第四个路口出现，斋藤骏已经追近了黄包车，燃起一团碧绿色火焰，向黄包车射去。

黄包车被碧绿色火焰击中，顿时着火，很快火势蔓延，越烧越大。拉车之人发现车身着火，急忙停止奔跑，脱下外衣，拍打车身上的火焰。可是碧绿色火焰不同于寻常火焰，拉车之人不仅没能拍灭火焰，反而外衣也被引燃，吓得他将外衣丢弃在了地上。

这时斋藤骏已经追上，一把抓住拉车之人的胸口，问道："谁让你这么做的？"

原来碧绿色火焰烧燃黄包车后，斋藤骏便借助火光，看见拉车之人并没有穿着灰衣，也没有蒙面，体格也并不强壮。他追上前去，往黄包车里一看，果然空无一人。

他知道自己上当了，喝问之下，才知道那拉车之人本就是一个黄包车夫，是从一个灰衣人那里得了几枚银圆，按照灰衣人的要求，拉着空车在纵横交错的小巷子里来回跑动。

斋藤骏当即回追，追了一段距离，便听见远处有车轮声传来。

他循着车轮声快步追去，经过了数个路口，终于追上了黄包车。然而这辆黄包车也是诱饵，拉车之人同样是普通车夫，易希川和双鱼都不在车上。

斋藤骏连续上当，脸色变得阴沉起来。忽然听见不远处又有车轮声传来，他急忙飞步追去，可惜又一次落空，那同样是作为诱饵的黄包车。

这一次他不只是看见一辆黄包车，而是看见了两辆，其中一辆是车夫拉着奔跑作为诱饵的黄包车，另一辆则是停在街边被丢弃的空车。

斋藤骏一看见空车，立刻明白过来，心知在他追着车轮声四处飞奔之时，易希川和双鱼只怕早就弃了黄包车改为步行而逃，他只要追着车轮声走，便一定会追错目标。

斋藤骏怒气渐盛，忽然转身，燃起一团碧绿色火焰，盯着巷道深处。

巷道深处，那个灰衣乘客不知何时已经追来，手持两根铁扦，立在那里，岿然不动。

斋藤骏原本以为灰衣乘客和灰衣人救了易希川和双鱼之后，必定会迅速逃走，想不到灰衣乘客竟敢在他面前公然现身。他见灰衣乘客手持铁扦站立不动，便知道灰衣乘客这是要正面挑战他。

两人什么话都没说，忽然脚下一动，向对方奔去。碧绿色火焰飞掠，铁扦寒光闪动，两人在这条狭窄逼仄的巷道里交起了手。

斋藤骏实力强劲，一手火幻术更是威力十足，多年来鲜有匹敌的对手，然而灰衣乘客只身一人与他单挑，居然不落下风，只凭两根铁扦，便与他斗了个旗鼓相当。

剧斗之时，两根铁扦在斋藤骏的眼前不断地晃动，借助碧绿色火焰的光芒，他看得极为清楚，那铁扦的扦尖上居然带有孔洞，便如一根放大了数十倍的绣花针，只不过针眼不是开在针的尾部，而是位于针尖上。

他对中国各门各类的幻戏了然于胸，很快认出这种铁扦是什么东西。那是表演悬丝傀儡戏所用的道具，扦头上的孔洞，用于穿引提线，表演之时只需操控铁扦，便能牵动提线，进而控制傀儡。

认出了铁扦属于何物，斋藤骏念头一转，脱口道："是你！"

灰衣乘客发出了一声冷笑，手中的铁扦加快速度，不断地猛攻斋藤骏。

斋藤骏丝毫不敢大意，集中全部精神，避过铁扦的攻击，随即不断地燃起碧绿色火焰，总共有十几团之多，从各个方向穿插交错，轮番烧向灰衣乘客。

灰衣乘客脸色蜡黄死气沉沉，身手却灵活矫健，在狭窄的巷道里腾挪闪转，居然没被任何一团碧绿色火焰击中。只不过他全力应付碧绿色火焰的围攻，向斋藤骏的攻击变得越来越少，有时闪避了七八次，才能觅得一丝空隙，向斋藤骏攻击一次。这样零碎的攻击，自然被斋藤骏轻松避过。

如此一来，斋藤骏看起来已是立于不败之地。

灰衣乘客连番攻击未果，忽然撤步跃开，连退了数步，方才定住脚步。他狂攻了一段时间，虽然看似奈何不了斋藤骏，实则早已知道斋藤骏的破绽所在。

他冷声说道："我倒要看看，你的磷粉还能撑多久。"话音一落，又攻了上去。

斋藤骏的碧绿色火焰，是用腰间悬挂的两只白皮口袋里的磷粉引发的，灰衣乘客的这句话，说的是白皮口袋里的磷粉终有用尽之时，到时候没有了碧绿色火焰护身，斋藤骏未必能抵挡得住灰衣乘客的攻击。斋藤骏听了这句话，更加确定灰衣乘客的身份，说道："只可惜你撑不到我磷粉用尽之时。”

他撩起衣摆，双手伸进两只白皮口袋，抓出两大把磷粉，几乎将两只白皮口袋掏空。他的左手食指连续不断地弹动，动作极为隐蔽，快到无与伦比，空中一下子出现了二十几团碧绿色火焰。他的右手则是直接一扬，一大把磷粉在空中同时洒开，燃起了成片的碧绿色火焰，如同一张巨大的火网，罩向灰衣乘客，同时他操控二十几团碧绿色火焰，从各个方向掠向灰衣乘客。

灰衣乘客满眼映着绿光，碧绿色火焰如同天罗地网，向他席卷而来。他忽然将两根铁扦叼在口中，弯腰如弓，双臂向上一翻，身上的灰色衣服立刻被脱了下来。他双手抓住衣服，让衣服保持平展状态，随即一阵狂卷，飞来的碧绿色火焰全都击在了衣服上，没有一点火焰烧到他本人。

整件衣服大火狂烧，灰衣乘客丢掉了衣服，将叼在嘴里的两根铁扦取在手中，去势如电，杀向斋藤骏。

斋藤骏的碧绿色火焰大阵，被灰衣乘客只用一件衣服便轻轻巧巧地破了，令他颇为意外。眼见灰衣乘客猛攻而来，他的右手立刻从腰间抹过，拔出银鞘匕首，连挥两下，挡开了刺来的两根铁扦。

没有了幻戏花招，两个人以铁扦对匕首，在巷道里搏命厮杀。

灰衣乘客的衣服依然在地上燃烧着火焰，碧绿色的火光忽明忽暗地映在两人的脸上，更显得妖异肃杀。

灰衣乘客矫捷灵动，斋藤骏沉稳如山，一时之间相互匹敌，难分高下。

忽然间，不远处响起了车轮声，紧跟着又有一阵人声传来。

灰衣乘客听得极为清楚，这阵人声说的不是汉语，而是日语。他知道十有八九是荒川隼人和几个日本武士追来了。他本想毕其功于一役，趁斋藤骏伤势未愈并且落单之时，将其击杀在这巷道之中，然而荒川隼人和几个日本武士一旦赶来，别说击杀斋藤骏了，便连他自己能否活命也难以保证。

灰衣乘客当断则断，猛地撤步，冷笑一声："再会了。"转身狂奔，冲进巷道深处，在岔口一闪而过，消失不见了。

斋藤骏自知脚伤作痛，灰衣乘客的速度又是如此之快，他无论如何也追不上，于是立在原地，根本没有进行追赶。

灰衣乘客的身影刚一消失，一辆黄包车出现在了巷道的另一头。荒川隼人带着几个日本武士正在黄包车后面追赶，一边追赶，一边叫骂。

黄包车冲到斋藤骏身前，被斋藤骏挡住了去路，车夫只好停了下来。

荒川隼人和几个日本武士追赶而至，见黄包车上空无一人，拉车的也只是普通车夫。得知上当受骗后，荒川隼人怒火中烧，钢钎倏地刺去，将那车夫杀了。

就在这时，远处又有车轮声传来。

荒川隼人和几个日本武士正要继续追击，斋藤骏忽然用日语说道："不必追了。"

斋藤骏心中清楚，易希川和双鱼早就弃了黄包车逃跑，此时这些发出声响的黄包车，无一例外都是诱饵。在这一片巷道纵横交错的居民区里，他强忍着脚伤的疼痛，追赶了数辆黄包车，与灰衣乘客搏杀了一场，换来的却是白费工夫，而在这段时间里，易希川和双鱼势必早就趁机逃离这片居民区，不知去向了。

"回国术馆。"斋藤骏知道今晚再想找到易希川，可能性已是极低，再加上荒川隼人和日本武士杀了几个巡警，法租界巡捕房已派出不少警力在四处搜寻凶手，今晚的法租界已不宜久留，于是他一声令下，转身便走。

荒川隼人摸了摸右脸上血流不止的伤口，破口骂了一句脏话，带着几个日本武士，跟随斋藤骏往上海国术馆的方向去了。

当斋藤骏在巷道密布的居民区里疲于奔命时，两个灰衣人所拉的黄包车，已经被丢弃了居民区内。

灰衣人提前雇了几辆黄包车在居民区里来回跑动，然后故意用黄包车拉着易希川和双鱼逃进居民区，为的便是将斋藤骏、荒川隼人和日本武士的注意力转移到黄包车上。为了不发出任何声响，避免引来斋藤骏的追击，两个灰衣人很快在居民区内弃车，改为步行。

双鱼没有受伤，可以自己行走，易希川脚伤加重，灰衣人怕他速度太慢，会被斋藤骏追上，直接将他背了起来。

一行人穿出居民区，只管往偏僻无人的小街小巷疾行，不多时便出了法租界，进入了上海城区。

一路之上，不断有灰衣人赶来会合，在进入上海城区后不久，另外四个灰衣人都已出现，只剩那个灰衣乘客没有现身。

这六个灰衣人都用黑布蒙了脸，看不见长相，易希川和双鱼多次问起他们是谁，然而六个灰衣人均一声不吭，只管一个劲地赶路。

在上海城区内拐来拐去，众人避开巡逻的日本兵，最终钻进了一条狭窄的巷子。

易希川认出了这条巷子，当初斋藤骏追着嘴老的声音去往废弃厂房时，易希川在后尾随，便经过了这条巷子。他记得前面不远处会有一个岔口，在岔口往左拐个弯，便是那处废弃厂房。他不由得暗暗心想：“莫非这群人要去废弃厂房？”

果不其然，六个灰衣人很快走到岔口，向左一拐，来到了废弃厂房外面，就此停下了疾行的脚步。

废弃厂房只剩下了残垣断壁，而且是一片焦黑的残垣断壁。易希川一看见这些，便想起了当日对敌徐傀儡时救出斋藤骏的经历。当时废弃厂房燃起了大火，这些焦黑的痕迹，便是那场大火留下的。

六个灰衣人当中，有四人散布于废弃厂房的东南西北四个角上，剩下的两个灰衣人则背着易希川，领着双鱼进入废弃厂房，来到一间残留了半边屋顶的房间。

两个灰衣人将易希川放了下来，然后点燃了一支蜡烛，房间里顿时有了些许光明。双鱼赶紧脱下易希川的鞋袜，查看了他的伤势。他脚上的伤口又一次裂开，鲜血染红了整个脚底。双鱼举起袖子，小心翼翼地擦拭他脚上的污血。

易希川顾不得脚伤，抬眼打量进入房间的两个灰衣人。两个灰衣人立在房间入口，盯着房间外的动静，对他和双鱼再不理睬。

这处废弃厂房原本是幻画门秋家的宅邸，这些灰衣人救了他和双鱼之后，跑了这么远的路来到此处，显然不可能是随意挑选的躲避场所。他暗暗猜想，这些灰衣人十有八九与幻画门秋家有所关联，否则解释不了他们为何故意赶来这里躲避。

过了好一阵子，房间外面忽然响起了脚步声，那个灰衣乘客终于赶到废弃厂房，走进了易希川和双鱼所在的房间。只不过他的那件灰衣已经丢弃在与斋藤骏搏杀的巷道中，此时只穿着贴身的单薄衣服。

灰衣乘客看了一眼易希川受伤的脚，从贴身衣服的衣兜里掏出一个小瓷瓶，丢给双鱼，轻声吐出了两个字："止血。"

双鱼接过瓷瓶，拔去塞子，里面装着白色的乳膏。她闻了一下，是一股很浓烈的药物气味。她心想灰衣乘客花费这么多工夫才救了易希川，自然用不着在药物里动手脚，于是擦干净易希川脚上的污血，将乳膏轻轻地涂抹在伤口上，果然很快止住了血。

易希川感觉伤口一阵清凉，疼痛缓解了不少，知道灰衣乘客给的药极有效用。

“多谢赐药了。”他向灰衣乘客说道，“不知我该如何称呼你？你舍命相救，易希川万分感激，绝不敢忘。”

灰衣乘客看着易希川，忽然抬起右手，抓住了自己的脸，用力向外拉扯。

一张面皮顿时从脸上脱离，灰衣乘客的真面目显露了出来。

“是你！”易希川吃了一惊，脱口说道。

双鱼秀眉一凝，脚步一动，护在易希川的身前。

灰衣乘客露出了一丝笑容，说道：“二位，我们又在这里见面了。”

他脸皮白净，眉清目秀，竟然是徐傀儡。

“姓徐的，你这是什么意思？”易希川的声音已带上了敌意。

徐傀儡道：“我要取回我自己的东西，看见二位落难，便顺手救了二位。”

“你要取什么东西？”易希川道。

徐傀儡一字字应道：“骷髅傀儡。”

双鱼冷哼了一声，道：“好啊，又来一个抢夺圣物的。”

徐傀儡道：“骷髅傀儡本是我的东西，理应物归原主。”

双鱼道：“骷髅傀儡是我师哥从万国魔术大赛上赢来的，自然归我师哥所有，几时变成了你的东西？”

徐傀儡道：“骷髅傀儡是我亲手交给贝特朗，把它列为万国魔术大赛的奖品，也是我的主意。不管是谁赢得了最终的冠军，我都会把骷髅傀儡取回来。”

说着，徐傀儡走到易希川的身前，伸手便去拿装有骷髅傀儡的道具箱子。

易希川一把按住道具箱子，冷眼盯着徐傀儡。他虽然没有言语，但眼神已说明了一切——他绝不会轻易让徐傀儡夺走骷髅傀儡。

徐傀儡没有强夺道具箱子。他收回手，沉声说道：“别说我现在要取回骷髅傀儡，便是取你二人的性命，也是易如反掌。当初我在这里制住了斋藤骏，本可将他杀了，是你出手阻拦，后来这位姑娘现身，毒伤了我的眼睛，好在我处理及时，不然这双眼睛早已废了。”

易希川看向徐傀儡的眼睛，见他的眼睛完好无损，不再是几日前出现在大世界戏台片区时那样空空洞洞没有眼珠，显然大世界那晚他的瞎眼模样是装出来的。

“我眼睛恢复之后，便打算除掉你这个通敌卖国的败类，可我在暗处观察了你一段时间，发现你与斋藤骏并无来往，也没有勾结其他日本人，只是与那个名叫秋本久美子的女人偶有往来，才猜到你是爱上了那个日本女人，当日之所以会救斋藤骏，是因为斋藤骏是那个日本女人的师父。”徐傀儡说道，“我见你幻戏精绝，平日里所作所为还算正直，便放过了你，也正因为如此，今晚我才会出手救你。”

易希川听得暗暗心惊。废弃厂房那晚之后，他便一直担心徐傀儡会来找他和双鱼报仇，此时才知道，徐傀儡果真早就盯上了他，并且暗中观察了他那么久，他居然毫无察觉。

以徐傀儡的本事，倘若当真起了心要杀他，只怕他再怎么防范，也是防不胜防。

徐傀儡说道：“二位尽管放心，我既然救了你们，便不会再加害你们，而且我还有一事相求，希望二位能帮我一回。”

易希川道：“帮你什么？”

徐傀儡缓缓踱了两步，说道：“我想请二位帮我，一起对付鲁鸿儒。”

第六章 秘密

易希川原本以为徐傀儡要他帮忙，多半是与幻戏相关的事，或是寻什么人、找什么物，哪知从徐傀儡嘴里说出来的，竟是对付鲁鸿儒。他吃了一惊，神色微微一变，道：“你这话是什么意思？”

徐傀儡道：“看你的样子，想必至今还蒙在鼓里，毫无察觉。倘若我告诉你，鲁鸿儒表里不一，明面上仁慈良善，暗地里却坏事做绝，你信吗？”

易希川当即应道：“鲁前辈德高望重，为人仁善，岂是你说的那种人？”

徐傀儡冷冷一笑：“你在万国千彩大剧院待了这么长时间，算是白待了。”

易希川道：“不错，我正是在万国千彩大剧院待了这么长时间，才能分得清善恶良莠，辨得了是非黑白。”

双鱼听徐傀儡提及鲁鸿儒是个表里不一坏事做绝的人，不由得想起她被困在万国千彩大剧院演厅的那次经历，她曾看见鲁鸿儒、蒋白丁和贵叔鬼鬼祟祟地从后台出来，接着她溜进后台，在后台发现了一道用十二方锁锁起来的铜门。她当时便猜想鲁鸿儒一定暗藏了什么不可告人的秘密，并提醒易希川要对鲁鸿儒多留一个心眼，只可惜易希川并不信她的话。

此时听徐傀儡这么一说，她急忙拉了拉易希川的胳膊："师哥，你别急着和他争辩，先听听他怎么说。鲁鸿儒是好是坏，他总要讲出依据来才行。"

双鱼这么说，是想知道鲁鸿儒的真实为人，以证实她自己的猜想。易希川则认定鲁鸿儒不是坏人，说道："不错，你没有真凭实据，就不要随口污蔑好人。"

徐傀儡道："我决定请二位帮忙之时，便已打算将鲁鸿儒的事原原本本地告知二位，二位现下问起了，那我直接说了便是。"他扭头看了看四周的残垣断壁，"说之前，我想先问二位一句，是否知道这里是什么地方？"

双鱼摇了摇头，易希川则回应道："这里曾是幻画门秋家的宅邸。"

徐傀儡略为惊讶地看了易希川一眼："想不到你年纪轻轻，又不是上海本地人，居然也知道这里曾是幻画门秋家的宅邸。这么说来，当年秋家和云机社的恩怨，你也是知道的了？"

易希川道："我只是略有所闻。"

徐傀儡道："如此便好，我要说的关于鲁鸿儒的事，正是始于秋家和云机社的恩怨。"

因为秋本久美子的缘故，易希川对秋家和云机社的事十分关心，听徐傀儡这么一说，一下子变得极为关注。

徐傀儡道："十八年前，幻画门秋家家道中落，秋家之主秋成海在临死之前，决定与云机社联姻，将独女秋娘嫁给云机社首领林神通的儿子林天成，后来秋娘为林家诞下一名女婴，接着便患病去世。到了十五年前，斋藤骏率领日本幻术团来到上海，他为夺取云机诀，自称是秋娘的故交，说秋娘之死是云机社一手造成，要为死去的秋娘报仇。他劫杀了林天成，掳走了林天成和秋娘的女儿，并率领日本幻术团，与云机社展开了一场生死大战。”

易希川听了这番话，心想徐傀儡说斋藤骏是想夺云机诀才挑起与云机社的大战，这一点与他从秋本久美子那里听来的事实略有出入，但关于秋本久美子的身世，说得还算清楚，于是转头看了双鱼一眼。

双鱼一见他的眼神，便理解了他的意思，轻轻点了点头，示意自己已经明白了。

之前在小巷子里，易希川原本打算对她讲清楚秋本久美子的身世，当时只说出了秋本久美子是幻画门秋家的后人，便被突然出现的荒川隼人打断了。此时她听徐傀儡这么一说，便猜到当年被斋藤骏掳走的秋娘的女儿，便是如今的秋本久美子。她也算从徐傀儡这里，知晓了秋本久美子的身世。

徐傀儡说道：“这场大战极为惨烈，云机社最终击败了日本幻术团，斋藤骏逃回了日本，但云机社也为此付出了惨重的代价。当时云机社的社馆在大战中被烧毁，云机社众人大都负伤在身，鲁鸿儒主动向林神通示好，请云机社众人住进了万国千彩大剧院。然而云机社众人这一进去，便再也没有出来。”

双鱼听到这里，忍不住问道：“鲁鸿儒杀了他们？”

徐傀儡道：“鲁鸿儒有没有下杀手，我不得而知，我只知道云机社众人从此消失，再也没有出现在这世上。此事极为秘密，我和爷爷回国之后，算起来已有好几个月的时间，这几个月里，我想尽办法，好不容易才查到了此事。我爷爷徐鬼手，师出扶娄派，早年加入了云机社，乃是云机社的成员。扶娄派流传千年，世世代代秘密守护幻戏界三大圣物之一的骷髅傀儡，待到我爷爷执掌扶娄派时，派中却出了叛徒。如今世人所称的‘魔圣’朱连魁，当年乃是我爷爷的师兄，他设计陷害我爷爷，想夺取骷髅傀儡，逼得我爷爷携骷髅傀儡出逃海外。朱连魁跟着追到了海外，打着表演中国幻戏的幌子，走遍了欧美各国，四处打听我爷爷的下落。

“十五年前，朱连魁和他的徒弟金童终于找到了我爷爷，只不过那时朱连魁年事已高，并且身患重病，一场厮杀下来，朱连魁最终被我爷爷重伤，不久后便不治身亡，金童则逃回了国内。我爷爷虽然获胜，却也伤了眼睛，后来没能治好，眼睛就此瞎了。我是爷爷捡来的孤儿，那时我年龄尚小，爷爷怕回国后遭遇金童，又会惹来一场恶斗，他为了守护骷髅傀儡，也是为了保护我，便一直避居海外，没有回归故土，也因此错过了云机社和日本幻术团的那场生死大战。

“这些年里，爷爷将他的幻戏全都传授给了我，直到去年他身患重病，思念故土，又见我已长大成人，足以独当一面，于是让我带他回国。回国之后，他的亲友故旧都已不在，他本想回到云机社，哪知云机社在十五年前便销声匿迹不知所踪。他觉得云机社消失得太过蹊跷，想要查个清楚，四处打探消息却毫无所获，最终病情加重，辞别了人世。”

说到这里，徐傀儡叹了口气，才继续往下说道：“爷爷没有查到云机社的下落，带着满腔遗憾而去，我在他遗体前立誓，一定要查清云机社的事，完成他的遗愿，让他的在天之灵得以瞑目。当年云机社是和斋藤骏率领的日本幻术团决战之后忽然消失的，恰巧斋藤骏正在上海，我便寻匠人打造了不少傀儡，在这废弃厂房中布下陷阱，引来斋藤骏，并制伏了他。可是一番逼问，原来他和我一样，也不知道云机社的去向，甚至他此番来到中国，千方百计便是要逼云机社现身，可即便圣物龙图现世，云机社也始终没有出现。

“中国幻戏界有一条遗训，三大圣物若有存亡之危，幻戏师须倾付性命以救之。然而龙图现世，甚至一度落入日本人之手，统领幻戏界的云机社却始终没有露面，我便猜想云机社是不是遭遇了什么危难，甚至有可能早已覆亡了。

“可是我终究心存一线希望，于是将骷髅傀儡交给贝特朗作为万国魔术大赛的奖品，心想骷髅傀儡一旦出现，便是两件圣物同时现世，而且都有被洋人夺走的风险，云机社只要还存于世上，便绝不可能不露面。倘若云机社仍不出现，那便代表云机社已经彻底消亡于世，至于骷髅傀儡，不管最终被谁赢去，我都会在第一时间将它夺回来。

“云机社最终还是没有现身，但我让骷髅傀儡现世，却也不是白费工夫。”徐傀儡转过身去，指着带易希川和双鱼来到这间房间的两个蒙面灰衣人，说道，“这位王鞭前辈，还有这位道野樵前辈，都是扶娄派的门人，乃是我爷爷的亲传弟子。当年我爷爷避走海外时，生怕自己没命活着回来，于是令他们二人留守国内，寻觅传人，将扶娄派的幻戏流传下去。二位前辈在国内留守多年，始终没有等到我爷爷归来，只好隐居于市井之间，外面还有四人，都是他们这些年里收的徒弟。他们在报纸上看到骷髅傀儡现世的新闻，知道我爷爷归来，这才赶来法租界，并通过贝特朗找到了我。我已从爷爷那里继任扶娄派戏主之位，这二位前辈，还有他们的四位徒弟，如今都听从我的号令。”

徐傀儡介绍之时，两个灰衣人也摘下蒙面黑布，露出了本来的面容。两人都是五十来岁年纪，其中身形清瘦、留着花白胡须的灰衣人名叫道野樵，身形更加壮实、耳根带有一块疤痕的灰衣人名叫王鞭。

两人都朝易希川拱了拱手，易希川当即回礼，说道：“二位前辈救命之恩，易希川没齿不忘。”王鞭不发一言，道野樵则应了一句：“易戏主言重了。”

徐傀儡道：“当年云机社和日本幻术团大战之时，道野樵前辈便在现场，目睹了云机社击退日本幻术团的全过程，也亲眼看见鲁鸿儒在大战结束后出现在了社馆外面，将云机社众人带去了万国千彩大剧院。”

“不错，”道野樵接过话头说道，“当年我难忍好奇之心，冒着性命危险溜进云机社的社馆，亲眼见证了这场大战。斋藤骏逃走的时候，操纵火焰引燃了社馆，云机社众人和赶来的市民全力救火，却无济于事，社馆最终被烧成了废墟。救火之人全都离去后，只剩下云机社的人，当时已是深夜，鲁鸿儒却忽然带着人来了，说云机社击退日本幻术团乃是幻戏界莫大的荣耀，他敬佩云机社众人的义举，想请云机社众人去万国千彩大剧院暂住养伤。林神通带着云机社众人跟着鲁鸿儒去了，此后便再无云机社的消息。”

易希川听到此处，忽然觉得有些耳熟，仔细一想，原来是“幻戏界莫大的荣耀”那句话。不久之前，在大世界酒楼片区的庆功宴上，鲁鸿儒曾对他说过一模一样的话。

但他依然不相信鲁鸿儒会做出坏事，说道：“道前辈，听你这么说，当年你只是看见云机社众人跟着鲁前辈走了，并没有看见他们进入万国千彩大剧院？”

道野樵点头应道：“不错，当年我只想看云机社和日本幻术团的大战，至于云机社众人去了哪里，我并不好奇，因此没有跟去。”

易希川道：“既然不是亲眼所见，那云机社众人销声匿迹，未必便是鲁前辈所为。”

徐傀儡道：“易戏主，我刚才说了那么多，你还是不愿意相信鲁鸿儒的真面目。我来上海这几个月的时间，四处打听消息，得知在过去的十多年里，有不少从外地来上海闯荡的幻戏师，其中不乏幻戏精绝之人，而一旦有这样的幻戏师出现，便会被蒋白丁想尽办法请去大世界，此后便销声匿迹，再也没有在上海出现过，就连我和爷爷徐鬼手，当初在公共租界显露‘画骨术’后，蒋白丁的手下也曾四处打探我爷爷的下落，显然是打起了我爷爷的主意。蒋白丁是鲁鸿儒的同门师弟，两人是拜把子的兄弟，这些幻戏师的消失，难道会与鲁鸿儒脱得了干系？这些事必定是鲁鸿儒所为，他多半是想将这些幻戏师的幻戏秘诀据为己有。云机社握有三大圣物之一的云机诀，那上面记载了千百年来诸多神奇幻戏的秘诀，当年鲁鸿儒趁云机社元气大伤之时下手，十有八九便是为了谋夺云机诀。”

易希川连连摇头：“倘若真如你说的这般，那我知道‘神仙索’幻戏的秘诀，又在万国千彩大剧院待了这么久，鲁前辈为什么不对我下手？”

徐傀儡道：“你在擂台上表演了‘神仙索’，鲁鸿儒第一时间便请你到万国千彩大剧院驻台，他那时便已盯上了你，盯上了你手里的龙图，盯上了你的‘神仙索’幻戏秘诀。”

易希川道：“你这话说得不对，鲁前辈请我到万国千彩大剧院驻台，是为了对抗巴黎魔术馆的维克多。”

徐傀儡冷冷一笑，道："据我所知，自从四年前维克多来到巴黎魔术馆，万国千彩大剧院便一直被巴黎魔术馆压制，鲁鸿儒若是真心要对抗巴黎魔术馆的维克多，四年时间当中，一定会聘请更多的幻戏师驻台，可他从没这么做，一直只用谭素琴一人。他名义上请你对抗维克多，不过是想看看你有几斤几两，除了'神仙索'之外，是不是还会其他厉害的幻戏，也好一个不剩地把你的幻戏秘诀全都夺过去。后来万国魔术大赛举办，他想让你帮他赢得骷髅傀儡，这才一直没有对你下手。如今你刚刚赢得冠军，得到了骷髅傀儡，他立刻便翻脸不认人，在庆功宴上当众揭你的短。他这是要让你身败名裂。你若是受万人追捧，某一天突然消失不见，必定会有不少人追查你的去向，可你若是身败名裂，你便是当街死了，也没人会关心你是怎么死的，只会往你身上吐口水，恨不得多践踏你几脚。而今你身败名裂已成定局，倘若我所料不差，鲁鸿儒接下来便会对你动手了。"

易希川道："鲁前辈若是真想要骷髅傀儡，刚才就不会任由我带着骷髅傀儡走出大世界。我如今落得身败名裂的地步，那都是我自己的错……再说了，当众揭我短的人不是鲁前辈，是金童和袁木火。"

徐傀儡道："金童早已投靠了鲁鸿儒，是鲁鸿儒的人。你是万国千彩大剧院的台柱子，倘若没有鲁鸿儒点头，金童岂敢在你夺冠之夜，当众弄臭你的名声？"

说话之时，徐傀儡语气渐渐发狠："当年金童和朱连魁一起对付我爷爷，让我爷爷落了个双目俱盲。这个仇，我早晚是要报的！"

易希川只是摇头，仍然不信徐傀儡说的关于鲁鸿儒的这番话。

徐傀儡道："你实在不愿相信，我多劝也是无用。我见你幻戏卓绝，为人行事还算正直，又掉入鲁鸿儒的圈套被害得身败名裂，这才想请你和我一起对付鲁鸿儒。现下看来，你是决计不肯了？”

“不错。”易希川断然应道，“你说骷髅傀儡是你扶娄派的东西，我也曾亲眼见过你使用骷髅傀儡，姑且便信你这话，骷髅傀儡可以交还给你。但是你要我对付鲁前辈，我绝不会答应。”

此话一出，王鞭和道野樵当即挪步，一人守住了房间的出口，一人则立在徐傀儡的身边，挡住了易希川和双鱼的去路。

易希川道：“想杀人灭口吗？”

双鱼也抬起目光，盯着徐傀儡。

徐傀儡道：“你们知道了我们这么多事，我若放你们离开，难保你们不会通知鲁鸿儒，那我们这段时间所做的一切准备，便全都白费了。不过你们没做什么坏事，我徐傀儡有恶除恶，自然不会杀你们，只不过在我对鲁鸿儒动手之前，要委屈你们在这里待上一段时间了。”

易希川暗暗心道：“鲁前辈是师父的故交好友，又对我有大恩大德，如今他大祸将至，我一定要从这里冲出去，将这些事告诉他，让他能够提前应对。”

想到这里，易希川望着徐傀儡，说道：“就你这种人，还敢说鲁前辈坏事做绝，我看做绝坏事的人，是你徐傀儡才对。”说话之时，他的手握成拳头，暗暗蓄力。

徐傀儡冷哼一声，道了句：“真是冥顽不化。”摇了摇头，转身走向房间的出口。

易希川看准徐傀儡转身的时间，正要发力，握紧的拳头忽然被双鱼按住了。他转头看着双鱼，双鱼轻轻摇了摇头，示意他不要乱来。

双鱼望着徐傀儡的背影，说道："姓徐的，请留步。"

"我话已说尽，还有很多事等着我去做，恕我不奉陪了。"徐傀儡顿了一下脚步，继续往出口走去。

"你话已说尽，可我的话还没有开始说。"双鱼道，"我也知道一些关于鲁鸿儒的事，你要不要听？"

徐傀儡顿时停住脚步，回转身来，看着双鱼。

双鱼站起身来："不过我只对你一个人说。这里不是说话的地方，我们换一个地方，不要旁人在场，只有你我二人。"

徐傀儡曾中过双鱼的计，被毒伤了眼睛，知道双鱼颇有手段。他不清楚双鱼要求单独说话的用意，不由得微微挑眉。

易希川低声问道："师妹，你要做什么？"

双鱼打个手势，示意易希川别说话，接着又道："姓徐的，你不敢吗？"

徐傀儡心想："上次中了你的计，是我一时疏忽大意，这次我已有准备，倒要看看你能耍出什么花样。"想到这里，便冷笑道："我有何不敢？姑娘请。"说着右手一挥，挡住出口的王鞭立刻让到一边。

"师妹，你过来。"易希川低声道。

双鱼知道易希川担心她乱来，一定会劝阻她，仍面露微笑道："师哥，你什么都别说，也什么都别做，就安心在这里等着，我去去便回。"

说着，双鱼笑容一收，径直走出了房间。

徐傀儡道："你们看好易戏主。"

王鞭和道野樵齐声应道："是。"

徐傀儡迈开脚步，走出了房间。

来到房间外，双鱼一直走到废弃厂房另一侧的偏僻角落里，才终于停住了脚步。

徐傀儡紧随其后，来到了此处。

“姑娘有什么话，尽管说吧。”徐傀儡道。

双鱼看了徐傀儡几眼，方才开口道：“你刚才说的那些话，我师哥不信，但是我信。”

徐傀儡的眉头微微一皱，道：“不知姑娘是什么意思？”

“你放心，我不会耍什么阴谋诡计。”双鱼说道，“我叫你单独说话，是因为我要说的话，不能让我师哥听见。”

徐傀儡仍然保有戒心，说道：“那就请姑娘明言。”

双鱼道：“其实我早就怀疑鲁鸿儒的为人。在万国千彩大剧院的后台，我曾发现一道极其隐蔽的铜门，那道铜门用十二方锁锁住。我曾见过后台明明没人，鲁鸿儒和蒋白丁却从后台出现，分明是从那道铜门出来，而且我从他们的对话里偷听到，他们在里面待了一宿，还说对付什么老顽固，使什么招都没用，似乎那道铜门背后关的有人。我将此事告诉过师哥，但师哥坚信鲁鸿儒是师父的故交好友，绝不可能是坏人。”

双鱼提到铜门时，徐傀儡的眼睛顿时一亮。当双鱼说到对付老顽固时，徐傀儡的脸上不禁流露了一丝喜色，说道：“姑娘此话当真？”

双鱼道：“我没必要编造谎话来骗你，你信也好，不信也罢。”

徐傀儡道：“我自然信，你能说出用十二方锁锁住的铜门，岂能有假？鲁鸿儒和蒋白丁说到对付老顽固什么招都没用，由此可见，他十有八九还没死。”

“没死？”双鱼奇道，“你是在说谁？”

“云机社首领——林神通。”徐傀儡说道，“实不相瞒，我从道野樵前辈那里得知云机社众人的消失与鲁鸿儒有关联后，便溜进万国千彩大剧院仔细查找过，也在后台发现了你说的那道铜门。我怀疑当年云机社众人进入万国千彩大剧院后再也没有出来，便是被鲁鸿儒关在了那道铜门的背后，过去这些年在上海消失的那些幻戏师，说不定也是被关在那里，只不过是死是活，那就难说得很。鲁鸿儒和蒋白丁口中的老顽固，我猜十有八九是林神通，他们说对付老顽固什么招都没用，足见林神通极有可能还活着。

“我当初怀疑那道铜门背后关了人时，便想打开那道铜门，然而那道铜门用十二方锁锁住，我试过各种开锁的法子，始终无法打开。十二方锁一共有十二个锁孔，想来必须集齐十二把钥匙，并且知道正确的开锁顺序，方能打开。我记住了锁孔的大小，此后一连数日，暗中盯着鲁鸿儒和蒋白丁，发现蒋白丁无论走到何处，随身都挂着一串钥匙，一共有六把，钥匙的大小与十二方锁的锁孔相当，我便猜想那是十二方锁的钥匙。不久前我现身大世界戏台片区，霸占戏台表演幻戏，引来了蒋白丁，然后断了大世界的电，趁黑从他的手中拿到这串钥匙，将六把钥匙的形状全都印在了倒模上。此事我做得神不知鬼不觉，蒋白丁至今还蒙在鼓里。

“蒋白丁的六把钥匙，我已经得到，我怀疑剩余的六把钥匙，应该在鲁鸿儒的手上。只不过我暗中观察了很久，没见鲁鸿儒身上带有钥匙，我也趁鲁鸿儒去大世界观看易戏主和维克多的比赛时，潜入万国千彩大剧院，仔细搜查了鲁鸿儒的房间，却一无所获。鲁鸿儒为人谨慎，不像蒋白丁那般自负托大，要从他那里得到钥匙，极为困难。我请易戏主帮忙对付鲁鸿儒，便是想着易戏主与鲁鸿儒走得很近，正好鲁鸿儒一直在打易戏主的主意，只要易戏主利用好这一点，说不定能套出剩余六把钥匙的下落。得到了全部十二把钥匙，能打开那道铜门之时，我才好对鲁鸿儒动手，否则打草惊蛇，只怕得不偿失。”

双鱼听得暗暗点头，说道：“经你这么一说，许多事便对上了。鲁鸿儒请我师哥驻台，如今看来，的确没安好心。当初鲁鸿儒不断写信给我师父，邀请我师父到上海，只怕也没怀什么好意。”

徐傀儡道：“鲁鸿儒隐藏得极深，十多年来，他把各种坏事交给蒋白丁来做，他本人的真面目，却一直没人发觉。姑娘当真聪慧过人，能够这么早便怀疑到鲁鸿儒的身上，只可惜易戏主不像姑娘这般，依旧深信鲁鸿儒的为人。”

双鱼叹道：“我师哥痴迷幻戏，种种幻戏一点便透，只是面对人心险恶，他却向来迟钝，这也怨不得他。如今师哥名誉扫地，他无颜继续待在万国千彩大剧院，本打算回万国千彩大剧院收拾行李，取回龙图，就此离开万国千彩大剧院。可鲁鸿儒既然盯上了他，岂会轻易放他离开？鲁鸿儒搞臭了我师哥的名声，便是要对我师哥动手的征兆，说不定此时鲁鸿儒早已在万国千彩大剧院设下重重陷阱，就等着师哥回去……只怕师哥一旦回去，便是自投罗网，再无活路。”

徐傀儡道：“姑娘是易戏主最亲近的人，你多行劝说，说不定他会改变主意。”

双鱼心中不禁暗道：“师哥最亲近的人，倘若当真是我，那便好了。”她摇了摇头，说道：“师哥认定的事，我便是磨破嘴皮子，他也不会相信。我只有做给他看，让他亲眼看见了，他才会信。”

徐傀儡道：“姑娘打算怎么做？”

“龙图终归是要取回来的，我和师哥若是一起回万国千彩大剧院，万一鲁鸿儒发难，我和师哥同时身陷险境，就没有任何回旋的余地，所以我和师哥只能回去一人。”双鱼说道，“你之前不是说了吗，怕我师哥走漏消息，要将他留在这里。你和你扶娄派的门人，好好地看住我师哥，无论如何不让他离开。正好他的脚受了伤，我便以此为理由，让他留在此处。我一个人回万国千彩大剧院，拿行礼，取龙图。”

徐傀儡面有惊色：“姑娘刚才说了，这么做……便是自投罗网。”

“不错，我正是要自投罗网。”双鱼说道，“我不但要回去取龙图，还要明明白白地告诉鲁鸿儒，我和师哥这一走，便再也不会回去了。鲁鸿儒真要谋夺圣物，真要谋夺我师哥的幻戏秘诀，自然不会放我离开。只要他对我动手，师哥便能看穿他的为人。”

徐傀儡想了一想，摇头说道：“鲁鸿儒阴险狡诈，城府极深，他便是对你动了手，只要他不走漏消息，可以编出很多理由来骗易戏主回去。”

双鱼道：“这一点你无须担心，我自有办法通知我师哥。”顿了一下，抬眼看着徐傀儡，说道：“当初我弄伤了你的眼睛，如今你不计旧怨，反而救了我和师哥的性命。我不想欠你这么大的恩情，此番回万国千彩大剧院，我一定尽我所能去帮你。我会试着套出剩余六把钥匙的下落，倘若真有所获，便立刻想办法通知你。我师哥就交给你了，无论如何，你不能让他离开，便是我落难的消息传来，你也要拦住他，不能让他回万国千彩大剧院。等他的伤好了，你们有万全把握之时，再对鲁鸿儒动手。”

徐傀儡大为动容，道：“姑娘对易戏主真是太好了。我不会劝阻姑娘，但我想对姑娘说一句，你此次回万国千彩大剧院，千万不能抱必死之心，无论如何，保住自己的性命最为紧要。”

双鱼轻轻一笑，笑容中大有凄然之意，心里想道："秋本久美子不是日本人，她是中国人，师哥爱着她，没什么不对，我又何必为此难过？是我的便是我的，不是我的，何必多求？我大可以释怀。倘若我因此而死，师哥能记我一辈子，那也不枉。"

她向徐傀儡点了点头，说道："你的话我记住了。我也想对你说一句，我此去无论结果如何，你都不能将我这么做的原因告诉我师哥。哪怕我死了，我也不想让他记我一辈子。"她心里明明是另一番想法，说出来时却又变了。

徐傀儡点了点头，不再多言。

两人穿过废弃厂房，返回易希川所在的房间。

易希川生怕双鱼要求与徐傀儡单独说话，是要对徐傀儡动手，一直担心双鱼的安危。此时见到双鱼安然无恙地返回房间，不由得松了口气。

等到双鱼来到身边，他急忙问道："师妹，你没事吧？"

双鱼应道："我没事。我已直白地告诉了姓徐的，我们本就不打算继续留在万国千彩大剧院，只不过龙图还在那里，必须尽快取回。姓徐的也担心龙图落入他人之手，答应让我回去取龙图，但是他不肯放你离开。我想你脚伤加重，原本就不便行走，便先留在此处。我对姓徐的以性命为担保，绝不会把今晚的事透露给外人知道，他也答应了我，只要你好好待在这里，便绝不会为难你。"

易希川狐疑地看了随后进入房间的徐傀儡一眼，在双鱼的耳边低声道："龙图要取回，还要通知鲁前辈小心提防，我们是该回一趟万国千彩大剧院。但斋藤骏和荒川隼人说不定还在四处搜寻你我，你一个人回去，若是撞上了他们……"

易希川还没说完，双鱼便微笑道："你不必担心，你说的这些，我早就想到了。我会换一身衣服，把脸弄花，叫人认不出来，偷偷地回去。”

“可是……”易希川道。

双鱼打断了他的话，说道：“师哥，你一定要记住我之前对你说的话，什么都别说，什么都别做，就安心在这里等着，我很快就回来。”

她看了易希川一眼，带着极其复杂的目光，随即站起身来，向房间的出口走去，说道：“姓徐的，拿一件不惹眼的衣服给我。”说话之时，已走出了房间。徐傀儡跟着她一起出了房间。

王鞭和道野樵当即横身一站，挡住了出口，不让易希川离开。

易希川看着双鱼的背影消失，回想刚才双鱼说话时的语气和眼神，总有一种与平时不一样的奇怪感觉。

只是如何奇怪，他却琢磨不透。

第七章 钥匙

双鱼从徐傀儡那里借了一身男人的衣服穿上，又把齐肩的秀发扎起来，用一顶黑色的毡帽罩住。她也担心斋藤骏和荒川隼人还在搜寻她和易希川的踪迹，于是乔装打扮一番，方才离开废弃厂房，向法租界的方向走去。

已是深夜，上海城区幽暗死寂，只有巡逻的日军探照灯来回扫动，和冷风吹刮大街小巷的呼哧声响。双鱼避开往来巡逻的日本兵，穿过枯叶乱飞、垃圾翻滚的街巷，顺利进入了法租界。

与萧条冷清的上海城区相比，相邻的法租界却繁华热闹得多，虽是深夜，但街道上还亮着昏黄的路灯，还有部分霓虹灯招牌闪着彩光，能依稀见到零零星星的行人。

双鱼一边快步而行，一边调动思绪，想着待会儿回到万国千彩大剧院后，该如何应对鲁鸿儒。当她终于抵达万国千彩大剧院时，她脑海里的思绪已十分清晰，想好了接下来该怎么做。

双鱼远远望去，万国千彩大剧院的大门敞开着。她没有走大门，而是绕到了后门，却见后门同样敞开着。

“好啊，平日里到了这么晚，早就关门了，今晚居然前后门都开着，看来鲁鸿儒是生怕我和师哥不回剧院。”双鱼暗暗心想，“鲁鸿儒想让我从门进去，我就偏偏不走门。”

她来到住楼所在的一侧，趁着四下里没人，攀墙而上。易希川的房间在二楼，龙图就藏在易希川的房间里。她身手矫捷，很快爬到了易希川房间的窗户外。

窗户没有扣锁，她轻轻掀开窗户，翻进了房间。

双鱼刚一进入房间，就听见一声刺耳的尖叫：“师父来啦！”

“小哥，别叫。”双鱼压低声音说道。

小哥关在鸟笼子里，鸟笼子就放在靠窗的桌子上，看见有人影翻进房间，它立刻放声叫喊。一听见是双鱼的声音，它立刻住了嘴，在笼子里跳来跳去，时不时地拍打翅膀。好长时间没见到主人，它显得兴奋不已。

双鱼低声道：“别动。”

小哥极为听话，立刻安静了下来，不再跳动和拍打翅膀。它歪着小小的脑袋，不解地瞧着双鱼。

双鱼没有开灯，也没有点燃蜡烛。远处的路灯亮着昏暗的光芒，只需让窗户一直敞开，她便能勉强看清房间里的一切。

双鱼记得易希川将龙图藏在了墙角的天花板上。她抽出桌下的凳子，放到了墙角，站了上去，掀开一块天花板，伸手摸到了黄金圆筒，当即取下。

双鱼刚刚从凳子上下来，房门忽然“吱呀”急响，刺眼的亮光出现在了门口。亮光来自一支手电，手电握在一道人影的手中。

双鱼眯眼望去，虽然看不清楚，但从那道人影的高矮和轮廓，依稀能认出是袁木火。

“原来是双鱼姑娘。我听见鸟叫，还以为进了贼，特意进来看看。”那道人影一开口，果然是袁木火的声音。他走入房间，向电灯伸出了手，按开了开关。

电灯亮起，房间通明。

双鱼不打算将黄金圆筒藏匿起来，而是直接拿在手中。她看了一眼袁木火的手，问道：“你怎么会有我师哥房间的钥匙？”

袁木火灭掉了手电，晃了晃手里的钥匙，道：“这是贵叔给我的。”说着将钥匙放进衣兜，还刻意拍了拍衣兜。

贵叔那里有住楼所有房间的备用钥匙，这一点双鱼是知道的。她道：“贵叔为什么把钥匙给你？”

“这你就要去问贵叔了。”袁木火笑道，“也许贵叔知道易戏主在万国千彩大剧院待不下去，这间房间是时候换主人了。”

“你害得我师哥名声扫地，居然一点愧疚之心都没有。”

“易戏主也曾害得我名声扫地，被当众赶出大世界，现在只不过算扯了个直，谁也不欠谁。”

双鱼道：“当初的斗戏是你主动挑起，既然你败了，就当自食其果。我师哥不计前嫌，让你进了万国千彩大剧院，还在幻戏方面各种提点你，否则你能有出头之日？谁也不欠谁这种话，亏你说得出口。”

袁木火冷笑道：“你错了，易戏主若是不离开，我在万国千彩大剧院，才是永无出头之日。”

“你也太高看你自己了。”双鱼一脸轻蔑之色，“就凭你在幻戏上那点微末伎俩，即便没有我师哥，你也照样不会有任何出息。”

袁木火的脸色一下子变得极为难看，说道：“易希川呢？他没有回来？”

双鱼道：“我师哥回没回来，关你什么事？”

袁木火盯着双鱼手中的黄金圆筒，说道：“易希川勾结日本人，通敌卖国，你想把龙图带去给他，休想！”

双鱼道：“谁说我要把龙图带给师哥了？”她走到桌前，解下鸟笼子上方用来悬挂的绳扣，将绳扣伸进鸟笼子，嘴里啧啧有声，居然当着袁木火的面，逗弄起了小哥。她将鸟笼子打开，小哥立刻飞了出来，落在她的手臂上。

她不舍地看着小哥，摸了摸小哥的脑袋，说道：“以后我就不管你了，你好自为之，去吧。”

小哥叫了一声：“师父来啦！”便拍打着翅膀飞出窗户，消失在了夜色之中。

双鱼关上窗户，将绳扣套在自己的右手手腕上，再将绳扣的另一头系在黄金圆筒上，然后将黄金圆筒握在手中。如此一来，旁人除非割断绳扣，或是斩断她的手，否则无法将黄金圆筒夺走。她径直从袁木火的身旁走过，出了房门。

袁木火原本紧张防备双鱼从窗户逃走，哪知双鱼只是放走了鹦鹉，随即便关上了窗户。他不知道双鱼要做什么，急忙在后面跟住了双鱼。

双鱼下到一楼，直接去往后门，只见金童和十几名身穿黑衣的青帮混混正守在昏黑的门后。金童不动声色，只是看了一眼双鱼，又看了一眼站在双鱼身后的袁木火。双鱼冷冷一笑，转身便去了大门，却见阿潘带着十几个青帮混混，正守在大门的背后。阿潘看见双鱼出现在剧院之中，脸上露出了一丝惊色。

双鱼看在眼里，知道自己没有料错，鲁鸿儒果然在剧院里布下了陷阱，就等她和易希川自投罗网，倘若不是徐傀儡半道出现，只怕此时她和易希川都已遭殃。

她对这些青帮混混不加理睬，直接走回了住楼。在她的身后，不止跟了袁木火一人，金童、阿潘和不少青帮混混，都一路跟了过来，只是人人都不知道她要做什么，又没看见易希川现身，因此没有贸然动手。

双鱼来到了鲁鸿儒的房间外面。房门关闭，但贴地的门缝里有光漏出。她直接叩响了房门。

房门很快打开，贵叔出现在门内，看见门外站着的人是双鱼，不由得面露一丝讶异，叫了声："双鱼姑娘。"他向双鱼的身后看去，看见了金童、袁木火和阿潘等人，这些人已阻断了走廊，双鱼已没有任何逃脱的可能。

双鱼向门内看去，看见了坐在藤椅上的鲁鸿儒，以及躺在沙发上的蒋白丁。她冷笑道："很好啊，大家都在。"

蒋白丁一下子站了起来，鲁鸿儒则依旧端坐在椅中，神情毫无变化。

双鱼没有进门，直接站在门口，望着鲁鸿儒，说道："鲁前辈，我师哥不打算继续留在万国千彩大剧院驻台，所以叫我回来取行李。深夜打扰，特来向您辞行。承蒙你这段时间照顾有加，我代师哥多谢您了。"

鲁鸿儒开口了，嗓音依旧四平八稳，语气徐而不急："姑娘一个人回来，不知易戏主何在？"

双鱼道："我师哥声名扫地，没脸再回剧院见您，我就一个人回来了。"

鲁鸿儒一听此话，便猜想易希川一定是察觉了他的意图，这才让双鱼一个人回来，只是他想不明白，易希川从庆功宴上离开时，分明还对他敬重有加，显然对他信任万分，如何一两个时辰的时间便有所察觉了。他说道：“驻台与否，全凭易戏主的意愿，易戏主真要走，我也不便强留。不过易戏主为万国千彩大剧院做了这么多事，实在劳苦功高，我鲁某人自当略备薄宴，为易戏主饯行。还请姑娘告知易戏主所在，我派人前去宴请易戏主。”

双鱼道：“大世界的庆功宴那么热闹，就当是饯过行了。我和师哥这一去，这辈子都不会再踏足上海。鲁前辈，后会无期了。”说完转身便走。

金童和袁木火当即从人群中跨出一步，拦在了双鱼的身前。

双鱼道：“又是你们二人，还有什么指教？”

袁木火道：“我方才已对你说过，易希川投敌卖国，龙图是中国幻戏界的圣物，绝不能落入他手。你想带龙图走，不仅我袁木火不答应，在场每个人都不会答应。”

双鱼回头看着房间里的鲁鸿儒，道：“鲁前辈，这些人要拦我，你怎么说？”

鲁鸿儒离开藤椅，缓缓站起身来，道：“易戏主与日本人勾结一事，虽然尚未确凿，但事出必有因，不会是空穴来风。龙图作为三大圣物之首，的确不适合再由易戏主保管。”

双鱼应道：“好，既然如此，那我就不走了。”将目光一转，看向贵叔，说道：“贵叔，劳烦你把演厅的钥匙给我。”

“姑娘要演厅钥匙做什么？”贵叔奇道。

双鱼晃了晃右手中的黄金圆筒，说道：“大家为了这龙图，为了我师哥，深更半夜还不睡觉，当真辛苦得很，我想借演厅一用，表演一出好戏，慰劳慰劳大家。”说着伸出了左手，摊开在贵叔的面前。

贵叔不敢擅自决定，回过头去看向鲁鸿儒，等待鲁鸿儒示意。

鲁鸿儒不知道双鱼要做什么，问道："不知姑娘想表演什么好戏？"

双鱼应道："既然是好戏，倘若提前说破，那就没意思了。不过我可以透露些许，这场好戏与三大圣物大有关联，尤其是十五年来从未露面的云机诀，你难道不想看看吗？"

鲁鸿儒听到"十五年"和"云机诀"这几个字，心里暗暗一惊，脸色却毫无变化。他不知道双鱼要做什么，但既然与云机诀有关，自然不能置之不顾。他略作思考，看向贵叔，点了点头。

贵叔从腰间摘下一大串钥匙，找到演厅厅门的钥匙，摘取下来，放到了双鱼的手中。

双鱼握住钥匙，转身便走。鲁鸿儒已经点头同意，金童和袁木火便不再阻拦。堵住走廊的青帮混混却站在原地，没有让路。

"怎么？一群好狗，还要挡道？"双鱼扫视这群青帮混混。

青帮混混一听此话，顿时大有怒色。

这时蒋白丁从房门里走出，挥了一下手。青帮混混见了蒋白丁的手势，虽然心里有气，但不敢不从，迅速让开一条道。双鱼从中走过，径直往演厅而去。

蒋白丁命令阿潘率领一部分青帮混混，继续守好万国千彩大剧院的大门和后门，以免易希川另有图谋。他则带领剩余的青帮混混，寸步不离地跟在双鱼身后，以免双鱼逃走。贵叔扶着鲁鸿儒，金童和袁木火随行在后，一起去往演厅。

双鱼来到演厅外面，只见厅门紧锁。没有驻台演出之时，演厅的厅门会一如既往地锁住。她用钥匙打开了厅门，进入演厅，再打开电灯，然后径直往后台而去。

鲁鸿儒虽然不知道双鱼要做什么，但看见双鱼直奔后台而去，便猜想十有八九与那道铜门有关。与铜门相关的事，他不愿让外人知道，于是让金童和袁木火留在厅门外，蒋白丁也吩咐青帮混混留下来守住厅门，没他的命令不准擅自入内。整个演厅只有厅门这一个出口，守住了厅门，不管双鱼做什么，都不可能逃出演厅。

鲁鸿儒、蒋白丁和贵叔三人进入演厅，来到了后台。

鲁鸿儒没有料错，双鱼进入后台后，便一直站在门口右侧的大镜子前。那道用十二方锁锁住的铜门，便藏在大镜子的背后。

双鱼看见只有鲁鸿儒、蒋白丁和贵叔三人进来，说道："为什么不让其他人进来？"

蒋白丁道："这里是我哥的剧院，他想让什么人进来，便让什么人进来，不想让的，休想踏进来半步。"

双鱼冷冷一笑，不再多言，直接将镜框角上的铜楔子按入墙壁，然后在镜面上用力一按，镜面立刻连带着铜镜框反弹回来，如同一扇门自行打开了。在大镜子的后面，一道带有十二个锁孔的铜门显露了出来。

贵叔没料到双鱼竟然知道打开镜子的方法，不由得微微一惊。蒋白丁目光一变，将手摸向腰间，按住了手枪，随时可以拔枪射杀双鱼。

鲁鸿儒对此早有所料，显得极为平静，说道："双鱼姑娘，你这是何意？"

双鱼道："这道铜门藏在镜子后面，早就被我发现，我师哥也早已知道。这道铜门的背后藏了什么秘密，关了什么人，你我都清楚。这里没有别人，你用不着再惺惺作态。"

鲁鸿儒道：“姑娘说的话，我不大听得明白。”

“那我就再说明白点。”双鱼道，“十五年前云机社销声匿迹，还有这些年里上海不断有幻戏师失踪，都是你鲁鸿儒干的好事。这些事你瞒得过旁人，却瞒不过我师哥。你以为我师哥长时间待在你的万国千彩大剧院，就只是为了驻台吗？那你可太小瞧我师哥了。以我师哥在幻戏上的造诣，放眼当今幻戏界，只怕没一个人能及得上他，就你这小小的万国千彩大剧院，他岂能看得上眼？我师哥之所以留下来，便是为了暗查云机社的下落。两个多月的时间，他早已将这些事查得一清二楚。”

鲁鸿儒一直面不改色，直到此时双鱼说出这番话，他的脸色才渐渐阴沉下来。双鱼的这番话是编造出来的，易希川其实深信鲁鸿儒的为人，但鲁鸿儒并不知道这一点。他本就奇怪为何易希川不现身，只有双鱼一个人回剧院，此时听了双鱼这番话，不禁暗想：“易希川居然如此深藏不露，我倒是看走眼了。”

鲁鸿儒开口道：“不知易戏主这么做，究竟是为了什么？”

“你何必明知故问？查云机诀的下落，当然是为了云机诀。”双鱼说道，“幻戏界三大圣物，我师哥已得手其二，眼下就只差云机诀了。我师哥已经查到，你虽然对云机社动了手，但云机诀并不在你的手中。他见那日本幻术师斋藤骏几乎通晓中国的所有幻戏，又想到斋藤骏当年曾与云机社有过一场大战，便猜想云机诀或许是在当年那场大战之中，落入了斋藤骏之手，于是他故意接近秋本久美子，想从这位斋藤骏唯一传人的口中，套问出云机诀的下落。这一切原本进展得十分顺利，可你今晚在庆功宴上突然揭穿他与秋本久美子的事，那就坏了他的计划。我师哥知道，你搞臭他的名声，便是打算对他动手，他当然不能坐以待毙。他知道你今晚会在剧院设下陷阱，所以只让我一个人回来。你大可以放心，我师哥虽然知道你干过的这些好事，但云机诀不在你的手上，他便无意与你为敌。我今晚回来，只是为了收拾行李，取走龙图。只要你不阻拦我离开，我师哥便不会为难你，否则的话，你能当众揭穿我师哥与秋本久美子的事，我师哥也能公开这道铜门背后的事，叫全天下的人都看清你的真面目。”

鲁鸿儒微微摇头，叹道：“可惜了。”

双鱼道：“可惜什么？”

鲁鸿儒拿起手帕，捂住嘴咳嗽了两声，说道：“我原本只打算取圣物和秘诀，尚可留你们二人的性命，可惜你们二人知道得太多，唯有让你们永远开不了口，方能永绝后患。”

话音一落，一旁的蒋白丁猛然抬起了一直按在腰间的手。

双鱼与鲁鸿儒说话之时，一直分出一部分注意力，盯着蒋白丁的一举一动。她看见蒋白丁的手臂一动，立刻飞起一脚。这一脚不偏不倚，正好踹在蒋白丁抬起的手腕上。“啪”的一响，蒋白丁刚刚拔出的手枪，脱手掉落在了地上。

蒋白丁反应极快，看准手枪掉落之处，急忙伸手去抓。双鱼赶上一脚，抢在蒋白丁抓到之前，将手枪踢进了用于化妆的镜柜底下。

蒋白丁破口大骂，挥拳打向双鱼。

蒋白丁和双鱼一动手，贵叔生怕鲁鸿儒被误伤，急忙扶着鲁鸿儒避在一旁。

蒋白丁身形魁梧，孔武有力，两只拳头挥动起来，带得风声作响。双鱼挥动黄金圆筒加以格挡，同时以灵巧的步伐闪转躲避，让蒋白丁的拳头一次次击空。

忽然之间，双鱼抖动袖口，十来片彩色纸片出现在身前。她左手一扬，扇起一股风，吹得彩色纸片不断翻转，向蒋白丁飞去。

当初双鱼在废弃厂房用一手“彩蝶漫舞”的幻戏击退了徐傀儡，此后担心徐傀儡会来找她和易希川报仇，于是备了不少毒粉纸蝶，随身携带，以防万一。此时对付蒋白丁，她便使了出来。

蒋白丁不知道这些纸蝶带有毒粉，眼见十余只纸蝶飞来，当即挥手拍打。纸蝶一受击打，毒粉立刻抖落，弥漫在蒋白丁的身前。蒋白丁的眼睛一接触毒粉，立刻一阵酸麻，随即眼泪长流，如针刺一般剧痛。他的眼睛无法睁开，生怕双鱼趁机攻来，急忙双手乱挥，脚底下连连退步，叫道：“我的眼睛！臭娘们儿，好生歹毒！”

他的后背猛然撞上了镜柜，镜柜上的瓶瓶罐罐，稀里哗啦倒了一大片。他随手摸到了一个长长的玻璃瓶，抓起来往镜柜上一敲，敲碎了一大截，随即举起剩余的一截，在身前挥舞，以防双鱼攻击。与此同时，他大声喊话，叫守在演厅外面的青帮混混赶紧进来。

双鱼对蒋白丁不再理会，转身向避在一旁的鲁鸿儒走去。

鲁鸿儒神色沉稳，立在原地不动。贵叔护在鲁鸿儒的身前，盯着步步逼近的双鱼，惊声道：“你……你别过来……”

双鱼一边逼近，一边说道：“鲁鸿儒，你没让其他人跟着进来，我正求之不得，否则我要对付你，只怕没这么容易。”

演厅里响起了一大片脚步声，守住厅门的青帮混混听见蒋白丁的喊叫声，已经纷纷冲进演厅，向后台赶来。

鲁鸿儒道：“你插翅也难逃，束手就擒吧。”

“只要擒住你，再多的人进来，也是无用。”双鱼扬起袖口，又是十余只纸蝶飞出，向鲁鸿儒掠去。

双鱼随在纸蝶之后，扑向鲁鸿儒。

擒贼先擒王，只要拿下鲁鸿儒，便有机会威逼赶来的人束手。就算赶来的人不受威胁，依然向她动手，那她只要将鲁鸿儒杀了，为易希川除去大敌，自己便是死，也死得其所。

贵叔目睹了蒋白丁眼睛遭受重创的惨状，知道这些纸蝶大有古怪，害怕自己会赴蒋白丁的后尘，但当纸蝶飞近之时，他依然挡在鲁鸿儒身前，没有逃避的意思。

鲁鸿儒忽然伸手推开了贵叔，他本人却是不闪不避，大袖一扬，荡起一股劲风，将飞来的纸蝶尽数卷落在地。

双鱼随在纸蝶之后，右手挥动黄金圆筒，砸向鲁鸿儒，左手则拔出一柄匕首，向鲁鸿儒刺去。

鲁鸿儒一向咳嗽不断，走起路来颇为迟缓，有时甚至需要贵叔搀扶，仿佛身患重病。可是面对双鱼的进攻，他居然立在原地，出手迅捷无比，每一次都是后发先至，挡住双鱼的手腕，黄金圆筒和匕首根本触碰不到他的身体。

双鱼心惊不已，没料到鲁鸿儒的身手竟然如此厉害。她短时间内拿不下鲁鸿儒，只听见演厅里的脚步声越来越响。

“贵叔，关上镜子。”鲁鸿儒一边应对双鱼的进攻，一边说话，声音依旧沉稳如常。

他话音未落，突然踏前一步，变守为攻。

鲁鸿儒一反击，势如滚滚潮水，漫天卷地而来。双鱼根本抵挡不住，心知不是鲁鸿儒的对手，忽然右手手腕一转，从绳扣中抽脱出来，随即将黄金圆筒用力掷出，砸向鲁鸿儒的面门，她本人则紧随在黄金圆筒之后，握紧匕首，刺向鲁鸿儒的胸口。

鲁鸿儒侧头一让，黄金圆筒贴着他的脸飞过，飞向墙角的镜柜，砸在镜柜的柜门上，随即掉落在地。鲁鸿儒反应神速，刚刚避过黄金圆筒，双手疾速一探，准确无误地抓住了双鱼的两只手腕。双鱼的手腕如同被铁钳夹住了一半，手中的匕首再次刺不出去。

鲁鸿儒双手一拧，将双鱼的两只手反拧到了背后，令双鱼再也反抗不得。匕首脱手而出，掉落在了地上。

与此同时，贵叔已飞快地冲向铜门，将镜子合上了。

就在镜子回归原位的那一刻，守在厅门处的那群青帮混混，还有金童和袁木火，一窝蜂地冲进了后台。

鲁鸿儒看着冲进后台的人，沉声说道："全都出去。"

金童立即转身便走，袁木火不敢违背鲁鸿儒的话，也急忙跟着金童离开后台。

那群青帮混混看见蒋白丁捂着眼睛叫骂，立即冲上前去，纷纷叫道："大哥！"

蒋白丁道："没看见我眼睛伤了吗？快带我走，去医院！"

那群青帮混混急忙争着搀扶蒋白丁。

"扶什么扶？"蒋白丁骂道，"背我走啊！"

一个青帮混混急忙将蒋白丁背了起来，其他青帮混混簇拥在周围，快步往外跑去。

"白丁，"鲁鸿儒忽然说道，"把钥匙留下。"

蒋白丁摸到腰间的钥匙串，取了下来。贵叔赶紧上前，将钥匙接在手中。蒋白丁骂道："臭娘们儿，等我回来，有你好受！"他被青帮混混背出了后台，叫骂声越去越远。

双鱼的手臂被鲁鸿儒反拧在身后，无论如何挣扎，也挣脱不得。她自知无法逃脱，将头一仰，说道："鲁鸿儒，有本事就杀了我。"

鲁鸿儒道："你若死了，我拿什么让易希川开口。"

双鱼"呸"了一声，道："好不要脸！"

鲁鸿儒转头看了一眼掉在墙角地面上的黄金圆筒，说道："你们把龙图藏在天花板上，我早已找到，只不过不知开启它的密码，这才没有取走。龙图的密码，还有'神仙索'和'琉璃幻镜'的秘诀，唯有易希川才知晓。我本打算活捉你们二人，拿你做要挟，逼易希川开口。易希川虽然没有现身，但你主动送上门来，倒也没什么不好。有你在我手上，不怕易希川不来。"

双鱼道："你当真用心歹毒。"

鲁鸿儒道："易希川来之前，我不会伤你一根寒毛，不过要委屈你，在地牢里待上一段时间了。贵叔，开牢门。"

"是，老爷。"贵叔当即又打开镜子，那道被十二方锁锁住的铜门再一次出现在眼前。

十二方锁的锁孔，是按照横三纵四的方式排布。贵叔拿出蒋白丁留下的那串钥匙，将其中一把钥匙，插入左起第一列下方的锁孔，拧动了半圈，接着将第二把钥匙插入这一列中间的锁孔，同样拧动了半圈，然后是这一列上方的锁孔。第四、五、六把钥匙，则分别对应左起第二列的下方、中间和上方的锁孔。

双鱼不断地激将鲁鸿儒，要让他动手杀了自己，实则在说话之时，将很大一部分注意力都集中在开锁的贵叔身上。她本就起了心要打探十二方锁的开启方法，以及鲁鸿儒所掌管的六把钥匙的下落，没想到她还没开口，鲁鸿儒便直接命令贵叔开锁，她不由得喜出望外。

她看清了贵叔开启十二方锁的顺序，是从下至上，从左至右，很容易便能记住。贵叔用完了蒋白丁留下的六把钥匙，她知道接下来就该鲁鸿儒拿出剩余的六把钥匙了。

然而令双鱼意外的是，贵叔并没有向鲁鸿儒索要钥匙，而是直接摸出腰间悬挂的那一大串钥匙，找出其中六把，并按照从下至上、从左至右的顺序，插入了左起第三列和第四列的锁孔，一一拧动了半圈。

双鱼吃惊之余，不由得暗暗佩服鲁鸿儒。鲁鸿儒居然没有自行保管剩余的六把钥匙，而是交给贵叔掌管，同样贵叔不仅没有将六把钥匙隐秘地藏起来，反而将六把钥匙与其他平时需要用到的钥匙串在一起，毫不掩饰地挂在腰间。这一手当真出人意料。

把钥匙放在最显眼的地方，反而不会让人注意到，难怪徐傀儡暗中盯了鲁鸿儒那么久，还曾潜入鲁鸿儒的房间搜寻，也未能找到剩余的六把钥匙。

双鱼忽然说道："鲁鸿儒，我骂你的那些话，你可要听好了！"最末三字，刻意加重了语气。她说完这话之后，没有继续骂鲁鸿儒，反而闭口不言。

十二把钥匙都已插入对应的锁孔，并且都已拧动，只听一连串机括声响起，十二方锁就此打开，铜门向内弹出了一道缝隙。

这时双鱼忽然叫了一声："贵叔。"

贵叔刚刚打开了十二方锁，回过头来，望向双鱼。

"钥匙。"双鱼说道。

贵叔下意识地看了一眼铜门上的钥匙，十二把钥匙好端端地插在锁孔里。他不知道双鱼这话是什么意思，诧异地望着双鱼。

双鱼道："写反了。"

贵叔奇道："什么写反了？"

双鱼冷冷一笑，把脑袋一偏，不再理会贵叔。

鲁鸿儒道："你又想要什么花样？"

双鱼不作应答，只是面露冷笑。

鲁鸿儒看向贵叔，道："把门打开。"

铜门已经打开一道缝隙，贵叔便把十二把钥匙一一取下，然后伸出双手，在铜门上用力一推，铜门缓缓开启，一条黑乎乎的甬道出现在眼前。

鲁鸿儒当即押着双鱼，向铜门走去，同时吩咐贵叔道："把龙图捡过来。"

贵叔应道："是，老爷。"

黄金圆筒一直躺在墙角的地面上，贵叔当即向黄金圆筒走去。

便在这时，双鱼忽然一声喝叫："小哥！"

声音未落，只见墙角的镜柜底下，一道青蓝色的影子忽然钻了出来。

那是一只绿头红喙、身青尾蓝的长尾鹦鹉，正是不久前被双鱼放走的小哥。

原来双鱼放走小哥之前，曾用绳扣逗弄过它，当时双鱼的嘴里啧啧有声，听起来像是逗鸟的声音，其实是在向小哥发出指令。小哥按照双鱼的指令，飞出窗户后，围着万国千彩大剧院绕了大半个圈子，来到了演厅的外面。万国千彩大剧院的演厅虽然只有厅门一个出口，但在墙壁数丈高的地方开有数十个换气的气窗，这些气窗只有碗口大小，对于小哥而言，正好足够它随意进出。它通过气窗飞进演厅，然后飞入后台，在镜柜底下躲藏了起来。

当双鱼说出"听好了"三个字时，假装在和鲁鸿儒说话，实则是在向小哥传达指令。在这三个字之后，她所说的每一个字，都是需要小哥传达的内容。小哥记住了双鱼此后所说的每一个字，此时又听见双鱼叫出它的名字，当即从镜柜底下钻了出来。黄金圆筒就掉落在镜柜前方的地面上，小哥当即抓住黄金圆筒上的绳扣，振翅飞起。

对于小哥而言，黄金圆筒原本难以抓握，但双鱼早就考虑到这一点，将绳扣系在了黄金圆筒上，方便小哥抓拿，并且在那之前，她故意用绳扣逗弄小哥，让小哥记住了要抓拿的东西便是绳扣。

这一变故来得太过出乎意料，贵叔吃惊之余，飞扑上前，想要抓住黄金圆筒，却慢了稍许，扑了个空。

小哥抓着黄金圆筒，飞快地飞出了后台。

贵叔跟着追出后台，只见小哥飞向演厅的高处，从气窗里钻了出去。

一旦钻出气窗，便是离开了万国千彩大剧院，外面暗夜茫茫，哪里再去寻小哥的踪影？贵叔气急败坏，冲回后台，向鲁鸿儒道：“老爷，飞走了……”

鲁鸿儒神色微变，知道小哥是易希川和双鱼所养的鹦鹉，小哥此番带着龙图飞走，势必会将龙图送到易希川的手上。但他很快恢复了平静，看着被擒住的双鱼，说道：“这一手倒是妙极，只不过有你在我手上，易希川迟早会带着龙图送上门来。”

双鱼冷冷一笑，不作回应。

鲁鸿儒押着双鱼往前走，穿过铜门，进入了甬道。

贵叔取来一支手电，作为照明之用。他紧随其后进入铜门，先伸出手来，将外面的镜子拉拢，然后进入甬道，从里面将铜门缓缓地关上了。

如此一来，镜子回归原位，纵然有其他人进入后台，也根本看不出任何痕迹。

与此同时，飞出万国千彩大剧院的小哥，紧紧地抓着黄金圆筒，穿过上海城区的夜空，往废弃厂房飞去。

小哥极具灵性，只去过一次废弃厂房，便牢牢记住了废弃厂房的方位。它没有绕任何弯路，一会儿的工夫便飞抵废弃厂房。废弃厂房的房顶大都已经坍塌，它很快看见烛光微亮的房间，看见了房间里的易希川。

它从空中俯冲而下，飞入房间，落在易希川的怀中，接着松开了爪子，让黄金圆筒留在易希川的怀里，随即跳到地上，不断地来回走动，尖声叫道："师父来啦！师父来啦！"

自打双鱼离开之后，易希川便一直盼着双鱼能快点回来。小哥的突然出现，令他惊喜万分。他知道小哥被关在鸟笼子里，现在小哥回来了，龙图也带了回来，意味着双鱼也回来了。可是他看见小哥在地上来回疾走，又听见小哥接连发出的尖叫声，不由得神色大惊，道："师妹出事了？"

小哥又叫了两声"师父来啦"，频频点着脑袋。

易希川道："师妹回去取行李，为什么会出事？"

小哥飞到易希川的肩上，拍打着翅膀，又一次发出了尖叫声，只不过这一次不再是"师父来啦"，而是两个字："贵叔！"

小哥无论要表达什么，一向是"师父来啦"四个字，易希川可以从它的语调和发出叫声时的动作，分辨出它所要表达的意思是什么。但此时它突然叫出"贵叔"二字，易希川不由得又是惊讶又是疑惑。

小哥拍打了两下翅膀，又尖声叫道："钥匙！"

易希川眉头一皱，不知道小哥是什么意思。

徐傀儡送走双鱼后，便回到了这间房间，与道野樵、王鞭二人一起守着易希川，不让易希川有任何离开的机会。小哥突然出现，又大叫"师父来啦"，徐傀儡立刻便记了起来，当初他和易希川在废弃厂房里交手时，双鱼出现在废弃厂房的门口，曾有一只长尾鹦鹉立在双鱼的肩上。眼前的这只长尾鹦鹉，正是他当初见过的那一只。他一下子明白过来，双鱼说自有办法将消息通知易希川，原来竟是用这只长尾鹦鹉传达消息。

小哥又拍打翅膀，叫道："写反了！"叫完之后，它便收拢翅膀，安静了下来。

易希川道："小哥，你说的是什么？我听不明白。"

易希川不明白，徐傀儡却听得心知肚明。他听到"钥匙"二字，便知道小哥此时说出的话，与开启十二方锁的钥匙必有关联。他暗暗琢磨"贵叔""钥匙""写反了"这几个字，片刻之间便理解了双鱼要传达的意思。

他原本坐在地上，此时忽然站起身来，说道："双鱼姑娘真是帮了我天大的忙，我徐傀儡便是赴汤蹈火，也要报还她这个恩情。"

易希川抬眼盯着徐傀儡，道："姓徐的，你什么意思？我师妹到底怎么了？"

徐傀儡反问道："易戏主，你何以得知双鱼姑娘出事了？"

易希川看了一眼肩上的小哥："是我这只鹦鹉告诉我的，它从不会骗我。"又抬眼盯着徐傀儡，"你是不是知道我师妹怎么了？"

徐傀儡道："你既然知道双鱼姑娘出事，难道还想不明白？我早就对你说过，鲁鸿儒假仁假义，之所以请你驻台，是为了夺你手中的圣物，取你的幻戏秘诀。双鱼姑娘回去取行李，鲁鸿儒一旦知道你们不会再回万国千彩大剧院，岂会放双鱼姑娘离开？事到如今，你总该看清鲁鸿儒的真面目了吧。"

易希川摇头道："不可能，鲁前辈绝不会这么做。"

徐傀儡道："你方才说过，你这只鹦鹉从不骗你，它告诉你双鱼姑娘出事，那就必定是出事了。双鱼姑娘此行是去万国千彩大剧院，她一去不回，不是鲁鸿儒所为，还能有谁？”

易希川仍是摇头，忽然问道：“你说我师妹帮了你天大的忙，这话是什么意思？”

徐傀儡道：“双鱼姑娘是不是曾告诉你，在万国千彩大剧院演厅的后台，暗藏了一道铜门，锁住那道铜门的锁，是十二方锁？”

易希川顿时想起双鱼确实说过此事，奇道：“你怎么会知道？”

徐傀儡道：“双鱼姑娘早就怀疑鲁鸿儒的为人，也深知今晚回万国千彩大剧院，极有可能有去无回。她明知危险，却偏要孤身一人以身犯险，为的便是点醒你这个梦中人。倘若今晚回万国千彩大剧院的是你，遭难的便不是她，而是你了。她一片苦心，为你做了这么多，你居然还不明白？”

他说完之后，暗暗心道：“双鱼姑娘，你让我为你保守秘密，可易戏主执迷不悟，我若不告诉实情，实难让他相信。”

易希川听得心惊不已，忽然想起双鱼回万国千彩大剧院之前，曾要求与徐傀儡单独对话，道：“我师妹与你单独说话，便是说的这些？”

徐傀儡道：“不错，双鱼姑娘亲口对我说了这些事。我当时告诉双鱼姑娘，我早已知道铜门的事，并且怀疑云机社众人和这些年里消失的幻戏师，都被关在铜门的背后。我想要救人，但开启铜门的钥匙共有十二把，分别掌管在鲁鸿儒和蒋白丁的手中。我日前在大世界表演幻戏，已将蒋白丁的六把钥匙骗到了手，然而鲁鸿儒的六把钥匙藏在何处，我却始终寻不到。双鱼姑娘答应帮我，此次回万国千彩大剧院，会想办法探知剩余六把钥匙的下落。我原以为她不可能做到，想不到她竟如此厉害。你这只鹦鹉刚才说了‘贵叔’和‘钥匙’这四个字，想必双鱼姑娘是在告诉我，剩余的六把钥匙掌握在贵叔的手中。至于‘写反了’这三个字，若我料想不错，应当是开启十二方锁的顺序。写字一向是从右至左，从上往下，倘若反着写，便是从下往上，从左至右。双鱼姑娘能知道剩余六把钥匙的下落，还能知道开启十二方锁的顺序，想必是她亲眼见到了，如此说来，此时她极有可能已被鲁鸿儒所擒，被关进了铜门的背后。”

徐傀儡的这番推想，正是双鱼所要传达的意思。时下虽有不少文人已在推行横写，但广大民众难以更改写字习惯，依然坚持从右至左、从上至下的竖写方式。十二方锁的开启顺序，正是与写字的竖写顺序相反。

易希川不禁回想起双鱼离开时的语气和神情。他当时暗暗觉得奇怪，此时听了徐傀儡的话，才一下子明白过来，双鱼的语气和神情，便如与他诀别一般。

他一直深信鲁鸿儒的为人，此时却有些起疑了。他暗暗心想：“不管鲁前辈是好是坏，总之师妹是回到万国千彩大剧院才出的事，我无论如何也要回去，弄清楚这一切。倘若她当真被关在铜门背后，我便是豁出性命，也要救她出来。”

他这么一想，当即将黄金圆筒揣进怀里，站起身来，拖着受伤的脚，一瘸一拐地走向房间的出口。

“你去哪里？”徐傀儡伸手拦住了易希川。

“我师妹出了事，我岂能坐视不理？”易希川道，“让开，我要回万国千彩大剧院。”

徐傀儡道：“你不能离开这里。”

“为什么？”易希川盯着徐傀儡。

“双鱼姑娘离开之时，特意叮嘱过我，无论如何不能让你离开。”徐傀儡道，“她要你养好伤之后，有万全把握对付鲁鸿儒时，再去万国千彩大剧院。”

易希川道：“与我师妹相比，这点伤算什么？你给我让开！”说着用力一推。他臂力极大，徐傀儡当即倒退了两步。他向出口走去，但道野樵和王鞭寸步不让地守住了出口，不让他离开房间。

徐傀儡站在易希川的身后，说道：“易戏主，你就这么回去，鲁鸿儒正求之不得。他万国千彩大剧院有不少能人，蒋白丁的手下更是有众多青帮的地痞流氓，你去了便是自寻死路。”

易希川道：“我是死是活，用不着你来管。”

“你的死活的确与我毫无干系，我大可不必阻拦你。但你这么回去送死，不仅救不了双鱼姑娘，也枉费了她的良苦用心。”徐傀儡道，“双鱼姑娘探知钥匙的下落和十二方锁的开启顺序，我欠下她如此恩情，而今她身陷险境，我绝不会袖手旁观。只不过鲁鸿儒非等闲之辈，要对付他，还须从长计议。你若真想救双鱼姑娘，那就先留下来，你我合计一番，如何从鲁鸿儒的手里救人。”

易希川心知肚明，倘若双鱼出事真是鲁鸿儒所为，那他此时回去，即便他的脚没有受伤，也很难斗得过鲁鸿儒，无异于自投罗网，根本不可能救得了双鱼。如今徐傀儡要救双鱼，扶娄派门下还有道野樵和王鞭这样的能人，救出双鱼的可能性便大了许多。

他转身看着徐傀儡，道：“好，为了救师妹，我就先留下来。不过我把话说在前头，倘若鲁前辈真是假仁假义，我自然要对付他，但他若是好人，你要为难他，我第一个不许。”

徐傀儡道：“好，就这么说定了。”

易希川道：“那你眼下是什么打算？”

徐傀儡想了一想，说道："双鱼姑娘被关在铜门背后，说不定云机社的首领林神通，还有其他幻戏师，也都被关在那里。我们要救人，就要先想办法从贵叔那里拿到剩余的六把钥匙。鲁鸿儒知道你迟早会回去救双鱼，一定在万国千彩大剧院埋伏了诸多人手，布下了重重陷阱，想要接近后台的铜门，硬闯定是极为困难，需要想办法将这些人手引开，然后悄悄接近铜门，入内救人。只有救出了人，才能对鲁鸿儒动手，否则提前动手，一旦打草惊蛇，就怕鲁鸿儒狗急跳墙，会杀了关在铜门背后的人。"

易希川道："那如何从贵叔那里拿到钥匙？又如何将埋伏的人手引开？"

徐傀儡道："这些正是需要从长计议的地方。"

"我师妹出了事，哪里还有时间从长计议？多等一天，我师妹便多一分危险。"易希川道，"我与贵叔相熟，我负责想办法从他那里拿到钥匙，去后台开铜门救人。至于如何引开埋伏的人手，就交给你和你扶娄派的人。事不宜迟，我们简单合计一番，明天便动手。"

"明天？"徐傀儡道，"这么快？"

易希川沉声道："世事变幻不定，哪有什么万全把握之事？拖得越久，未必就越有好处。你们要从长计议，那我就先一个人去救师妹！"

徐傀儡略微思索，点头应道："不错，拖得越久，鲁鸿儒准备也就越充足，早动手，也有点动手的好处。那就依你所言，你负责取钥匙救人，我负责引开埋伏的人手。你脚上有伤，我让道野樵与你一起行动，必要时能帮你一把。不过白天太过惹眼，我们须等到晚上才能动手。"

易希川道："好，那就定在明晚，一言为定！"

徐傀儡朗声应道："一言为定。"

第八章 囚徒

将双鱼关押起来后，鲁鸿儒没有派人出去寻找易希川的踪迹，而是让所有人静候在万国千彩大剧院之中，等待易希川主动现身。

当晚风平浪静，没有出任何变故，翌日上午，同样没有任何动静。待到中午时分，万国千彩大剧院的大门前忽然热闹了起来，聚集了不少围观的路人。

这些围观的路人，手里都拿着印有文字的纸，不时看一看纸上的文字，相互之间小声交流："这下又有好戏看了。"

围观人群之中，有人登门求见鲁鸿儒。

来人不是易希川，而是巴黎魔术馆的老板贝特朗及其女儿伊莎贝拉。

贝特朗和伊莎贝拉没有进入万国千彩大剧院，而是站在大门外，要求鲁鸿儒出来见面。

贵叔从万国千彩大剧院的大门里走出，询问贝特朗和伊莎贝拉的来意。

贝特朗抽着雪茄，慢慢悠悠吐出一大口烟雾。他没有言明来意，只是说道：“你只管去叫鲁老板出来。我和他是多年的老对手了，难道他害怕我，不敢出来见面吗？”

贵叔只好回到剧院之中，来到鲁鸿儒的房间，向鲁鸿儒禀明了情况。

鲁鸿儒暗暗觉得奇怪。万国千彩大剧院和巴黎魔术馆虽然隔街相对，距离很近，但彼此互为竞争对手，多年来一直是敌对关系，他和贝特朗之间从无来往，从不踏足对方的地盘，就连当初易希川在巴黎魔术馆参加万国魔术大赛，他也未到现场去看过。此时贝特朗突然登门拜访，倒是令他颇感意外。

“贝特朗叫嚷着要见老爷，许多路过的人都被他吸引了过来，全都聚集在门外。”贵叔说道。

“那好，我就去见一见他。”鲁鸿儒从藤椅里缓缓起身。

不一会儿，鲁鸿儒由贵叔搀扶着，走出万国千彩大剧院的大门，出现在贝特朗和伊莎贝拉的身前。

鲁鸿儒轻轻咳嗽了两声，说道：“难得贝特朗先生亲自前来，不知有何贵干？”

伊莎贝拉通晓汉语，当场做起了翻译，将鲁鸿儒的话翻译成法语，转告了贝特朗。贝特朗叼着雪茄，拿出早就准备好的一张纸，递给鲁鸿儒，说道：“你看过就知道了。”

伊莎贝拉用汉语转述道：“请鲁老板过目。”

鲁鸿儒接了过来，只见纸上印了不少文字，上半页是法文，下半页是汉字，写道：“巴黎魔术馆首席魔术师，约战万国千彩大剧院驻台幻戏师。多年对抗，难分高下，谁是上海第一魔术剧院，今晚七点整，一战见分晓。”

鲁鸿儒迅速看完，抬眼看着贝特朗，道："贝特朗先生，这是什么意思？"

贝特朗说道："巴黎魔术馆被大火烧毁，如今我年纪大了，不打算再在上海重开剧院，准备离开中国。只不过离开之前，我心有不甘，想与你的万国千彩大剧院争个高低。这张纸上写得明明白白，今晚七点整，我会带着巴黎魔术馆的首席魔术师，登门挑战你万国千彩大剧院的驻台幻戏师，彼此论个输赢。"

鲁鸿儒道："倘若我没有记错，几天前的万国魔术大赛上，我剧院的驻台幻戏师易希川易戏主，已经战胜了贵馆的首席魔术师维克多。你我剧院之间的高下之争，想必早就见过分晓了。"

贝特朗吸了一大口雪茄，一边喷吐烟雾一边说道："你这话就说得不对了。据我所知，易希川与日本人勾结，此事见于各大报纸，已在全上海传得沸沸扬扬，你还要认他是你剧院的驻台幻戏师？或者我这么问你，易希川还要继续在你的剧院驻台吗？"

伊莎贝拉将贝特朗的这番话翻译成汉语后，围观之人纷纷将目光投到鲁鸿儒的身上。

鲁鸿儒道："发生了这种事，易戏主已自愿离开万国千彩大剧院，不会再继续驻台了。"

"这不就对了？"贝特朗道，"易希川既然不是你剧院的驻台幻戏师，那之前的比赛就不能作数。这张纸，我已经印了很多，派人四处散发，想必知道的人已不在少数，今晚的万国千彩大剧院，一定会非常热闹。我会带着巴黎魔术馆的首席魔术师，准时登门挑战，你剧院的驻台幻戏师如果应战，那就在台上决胜负，如果不敢应战，那就是我赢了，这上海第一魔术剧院的名头，就该归我巴黎魔术馆所有。"

鲁鸿儒道："这场约战来得太过突然，我剧院的驻台幻戏师事先并无准备。倘若真要约战，不妨另择时间，再决胜负。"他要对付易希川，不想为其他事分神，也不想剧院进入太多闲杂人等，让易希川有任何可乘之机。

"约战的消息早已四处传开，现在要收回，已经太迟了。"贝特朗道，"你是不是害怕你的驻台幻戏师不是维克多的对手？这一点你大可放心，我贝特朗虽然是个生意人，但最讲究公平公正。易希川不再是你剧院的驻台幻戏师，我也就不会再派维克多出战。我会另选一位魔术师，与你的驻台幻戏师对决。就这么说定了，无论你万国千彩大剧院应不应战，我今晚都会准时登门。"

贝特朗说完这话，待伊莎贝拉翻译完后，不管鲁鸿儒是否同意，便转身离开，留下一大群围观的路人，继续聚集在万国千彩大剧院的大门前。

贵叔搀扶着鲁鸿儒，走进万国千彩大剧院的大门，回到了房间。

关上房门，扶着鲁鸿儒走向藤椅时，贵叔说道："老爷，贝特朗真是老奸巨猾，知道易希川身败名裂，不会继续在剧院驻台，便趁机来下战书了。"

鲁鸿儒缓缓坐进了藤椅，说道："这场约战来得太过突然，说不定是易希川在暗中捣鬼。"

贵叔道："倘若真是这样，那我们就不能应战了。"

"易希川长时间不出现，难免夜长梦多，我倒希望此事是易希川所为。今晚这场挑战，无论是为了剧院的名声，还是为了对付易希川，我们都必须应战。"鲁鸿儒说道，"贵叔，你即刻去通知袁木火，让他准备一番，今晚登台应战，再派人去通知白丁，让他今晚来剧院。易希川若真敢来，一定叫他有来无回。"

贵叔应道："是，老爷，我这就去。"

贵叔退出房间，来到住楼的二楼袁木火的房间，告知袁木火今晚登台应战一事，然后离开住楼，找人去通知蒋白丁。

贵叔走后，袁木火的耳畔不断回响着贵叔说的话——"今晚与巴黎魔术馆一战，你代表的是整个万国千彩大剧院，只要你能赢下这场对决，必定在上海声誉鹊起，名头大噪。"

他关上房门，越想越是兴奋，兴奋到对着空气挥拳庆祝。他在上海摸爬滚打多年，朝思暮想之事，便是能在一个万众瞩目的舞台上一战成名。当初他公开挑战易希川，便是为此，只可惜最终败于易希川之手，险些前途尽毁。昨天易希川刚刚身败名裂，今天他便得到了翻身的大好机会。只要赢下今晚这一战，他便有机会取代易希川的位置，成为上海幻戏界新的翘楚。

挑战将在晚上七点进行，时间非常紧迫。袁木火当即找到师父金童，一番商量之后，定下了今晚表演什么幻戏，然后开始着手准备道具。

等袁木火准备好道具，已是天色向晚。他连晚饭都没吃，反复在房间里演练，力求表演达到完美，不出现任何瑕疵。

夜幕徐徐降下，七点渐渐临近。

袁木火隔窗望去，灯火通明的爱多亚路上已是人来人往，不断有人往万国千彩大剧院的方向汇聚。他知道这些人都是为了观看今晚的挑战而来，不禁又是兴奋又是紧张。他带上准备好的道具，关上房门，去往演厅。

袁木火来到演厅，只见观众席上已坐了不少观众。他向戏台上望去，只见戏台的左右两侧分别摆放了一把椅子，那是为他和他今晚的对手准备的。他登上戏台，按照主左客右的惯例，坐在了戏台左侧的椅子上。已入场的观众看见登台的是袁木火，不由得面面相觑，其中一部分观众知道袁木火的来历，悄声议论了起来。

观众们还在陆陆续续地入场。万国千彩大剧院关闭了后门，只敞开大门，迎接观众入内。

作为一场关系到两家剧院名声地位的挑战，并非表演性质的驻台演出，按理说会让观众免票入场，而且到场的观众越多，见证最终结果的人就越多，自然也就越好，但鲁鸿儒为了防止万国千彩大剧院进入太多的人，不让易希川有机可乘，于是卖起了票，而且票价不菲，让不少前来观战的市民怨声不断。尽管如此，还是有不少人自愿买票入场，毕竟万国千彩大剧院和巴黎魔术馆已经对抗了多年，如今一战定高下，倘若不亲眼见证，未免有些遗憾。

金童守在大门旁边，盯着每一个进入万国千彩大剧院的观众，以防易希川混在其中。这些观众凭票进入演厅，找到各自的座位坐下，不一阵子，演厅便满座了。

所有的票已经卖完，万国千彩大剧院的大门前竖起了满座的牌子，不再让任何人入内。有些来迟的市民，想要购买站票进入剧院，但剧院不肯售票，也只能唉声叹气，抱怨不休。

金童没有看见易希川出现，于是去往鲁鸿儒的房间，向等候在房间里的鲁鸿儒、蒋白丁和贵叔摇了摇头。

“巴黎魔术馆的人来了吗？”鲁鸿儒问道。

金童又是摇头。

鲁鸿儒挥了一下手，示意没金童什么事了，金童便离开房间，往演厅去了。

蒋白丁坐在沙发上，高高地仰起头，拿起药水，往眼睛里滴。他的双眼经过医治，虽然没有瞎眼的危险，但是眼睛一片通红，视力受到了不小的影响。他滴完了药水，用力挤了挤眼睛，接着狠狠说道："哥，你就不能让我去地牢里，先收拾一下那臭娘们儿，出出这口恶气？"

鲁鸿儒道："易希川绝非易与之辈，即便抓住了他，想必他也不会轻易说出开启龙图的密码和幻戏的秘诀，要对付他这样的人，须先礼后兵。我们先不动双鱼，算是以礼相待，倘若易希川不识好歹，到时候你再当着他的面收拾双鱼，如此逼他开口。"

蒋白丁恨得咬牙切齿，说道："到时候我一定让那臭娘们儿求生不得，求死不能！"

鲁鸿儒道："今晚后台就交给你了，切记不可大意，别让易希川钻了空子。"

"哥，你只管放心。"蒋白丁拍着胸口说道，"我亲自坐镇后台，安排人手守在后台周围，再布置人手埋伏在暗道里，姓易的小子只要敢来，我就给他来个十拿十稳，瓮中捉鳖。"

鲁鸿儒点了点头，道："时间差不多了，去演厅吧。"

贵叔一直候在一旁，当即上前搀扶鲁鸿儒，往演厅而行。蒋白丁先走一步，去往后台，安排青帮混混设下埋伏。

鲁鸿儒来到演厅，在观众席首排正中的座位坐下，贵叔坐在他的左侧。在他的右侧，空出来了几个位置，那是为贝特朗等人预留的。七点即将到来，按照约定，巴黎魔术馆的人该出现了。

果不其然，当时间来到七点整，贝特朗准时出现了。

贝特朗步伐悠闲地走进演厅，在他的左右两侧，分别是伊莎贝拉和维克多，在他的身后，还跟随了两个人。那两人是一老一少，其中年少之人眉清目秀，面带微笑，年老之人则身形瘦小，双眼俱瞎，正是徐傀儡和徐鬼手。

徐傀儡左手提着一口箱子，右手扶着徐鬼手，跟随贝特朗走到了鲁鸿儒的身前。

贝特朗向鲁鸿儒介绍徐鬼手，说道："鲁老板，维克多已决定不再担任巴黎魔术馆的首席魔术师，这位徐鬼手徐先生，是我新聘的首席魔术师。今晚的挑战，巴黎魔术馆就由徐先生出战。"伊莎贝拉当即将贝特朗的话翻译成了汉语。

鲁鸿儒听到"徐鬼手"三个字，面色不动，心里却略微吃惊。他早就从蒋白丁那里听说过徐鬼手在公共租界表演"画骨术"的事，也曾听蒋白丁说起徐鬼手霸占大世界戏台片区表演神笔幻戏的事。他对徐鬼手的幻戏极感兴趣，曾让蒋白丁派人四处搜寻徐鬼手的下落，只可惜毫无所获。此时听闻眼前这个双眼俱瞎的老头便是徐鬼手，而且徐鬼手已经受聘成为巴黎魔术馆的首席魔术师，他不由得大感意外，打量了徐鬼手几眼。

徐鬼手是由骷髅傀儡假扮而成，全靠徐傀儡在背后用提线操控，但徐傀儡操控提线的动作极为隐蔽，而且徐鬼手从外观上看起来与活人无异，因此鲁鸿儒打量了几眼，没有看出什么不对，说道："徐先生，久仰大名。"

徐鬼手立在原地，一动不动，仿佛没有听见鲁鸿儒说话。

"见过鲁老板。"徐傀儡笑着说道，"我爷爷耳朵不好使，还请鲁老板见谅。"

鲁鸿儒微微点了点头。

贝特朗朝戏台上望了一眼，望见了坐在戏台左侧椅子上的袁木火。他回头看着鲁鸿儒，道："鲁老板，不知万国千彩大剧院今晚派哪位幻戏师出战？"

鲁鸿儒道："人已在台上。"

贝特朗立刻笑了起来："这不是那个在大世界输给易希川的年轻人吗？鲁老板，你派这人出战，是打算主动认输吗？"

鲁鸿儒咳嗽了几声，道："挑战还没开始，输赢如何，尚未可知。"

贝特朗收起了笑容，说道："那好，我们走着瞧。徐先生，我巴黎魔术馆能否保住往日的名声，就看你今晚的表现了。"说完这话，便在预留的座位上坐了下来。伊莎贝拉和维克多在贝特朗的身旁落座。

徐鬼手依然面无表情，即便是贝特朗说话，他既不点头，亦不回应。他由徐傀儡搀扶着，慢慢地走上台阶，登上了戏台。

鲁鸿儒望着徐鬼手的背影，想到这样一个神秘至极的幻戏师突然出现，不由得生出了一丝不好的预感，总觉得今晚的挑战一定不会这么简单。

徐鬼手登上戏台，坐进了戏台右侧的椅子。徐傀儡左手提着箱子，立在徐鬼手的身旁，右手依旧扶着徐鬼手的后背。

袁木火与徐鬼手隔台相对。他以前没有见过徐鬼手，甚至连徐鬼手的名字都没听说过，此时见徐鬼手一张死气沉沉的脸略微仰起，两只黑洞洞的眼窝直直地对着他，不由得生出了些许瘆人之感。

七点已到，司仪大步登上戏台，当众宣布挑战规则，由两位幻戏师轮流表演，表演结束之后，交给现场观众来决定最终的胜负。观众更喜欢谁的表演，便在司仪念出此人的名字时，站起身来表示支持。获得更多观众支持的那位幻戏师，便是今晚挑战的胜者。

司仪讲明规则后，拿出两个信封，让袁木火挑选出战顺序。袁木火挑到了写有"一"的信封，将由他率先登台表演。

司仪大声宣布挑战开始，随即退下了戏台。

袁木火离开左侧的椅子，昂首挺身，走到了戏台的正中央。他面朝观众席，向到场观战的上百位观众团团拱手，随即手掌一翻，掌心里凭空变出了一个茶碗。他轻轻地摇晃手掌，茶碗里溅起了水花，显然装满了水。他用另一只手盖住碗口，对准茶碗吹了一口气，等到他揭开手掌时，茶碗里的水竟然沸腾起来，热气翻腾。这些冒起来的热气，在茶碗的上方凝聚成团，便如云雾一般，经久不散。

现场观众立刻响起了一阵掌声。

袁木火得意地笑了一笑，轻轻吹了一口气，那团凝聚的云雾顿时散了。他不怕手掌被烫伤，又一次伸手盖住了热气翻腾的碗口。等到他再次将手掌揭开时，茶碗里已不再热气翻腾，而是光亮大作，燃起了明黄色的火焰。

现场观众又送上了一阵掌声。

袁木火又得意地笑了一下，伸出手掌，正准备再一次盖住碗口，忽然戏台右侧响起了一声冷笑。

这声冷笑来自徐鬼手。他黑洞洞的眼窝对着袁木火，嘴唇微微张合，似乎在说什么话。

自打进入万国千彩大剧院后，徐鬼手一直一声不吭，此时忽然冷笑一声，开口说话，顿时将全场的注意力吸引到了他的身上。只是他的嗓音低沉至极，根本没人能够听清。

徐傀儡弯下腰，凑到徐鬼手的嘴边，听完了徐鬼手说话，直起身来，笑道："姓袁的，我爷爷问你，你师父难道就只教了你这么点儿微末本事吗？"

袁木火停下了表演，瞪着徐鬼手，说道："这位前辈未免太不识货了，我这两手绝技，能叫作微末本事？"语气之中大为不悦。

徐鬼手没有起身，依旧端端正正坐在椅中，袖口忽然一翻，不知从何处变出了一个瓷碗，碗中盛满了清水。他不像袁木火那般伸手盖住碗口，而是直接将碗口明明白白地展示出来，让全场观众看得清清楚楚。他没有多余的动作，就那么以手托碗，只见碗中的清水逐渐燃起了火焰，与此同时，碗中不断有热气上冲，在碗口上方凝聚成云。他变出来的火焰和云雾，比袁木火变出来的大了好几倍，而且是同时变出，比之袁木火的表演更具难度。

他又张嘴说了什么话，徐傀儡凑近听了，说道：“我爷爷说，扶娄派传承千年，门下幻戏包罗万象，有许多神鬼莫测的变化，区区‘水上生云点灯’的小把戏，也配叫作绝技？”

袁木火被徐鬼手当场破术，而且表演得比他更好，顿时面红耳赤，说道：“今晚的挑战是轮流表演，还没轮到你登台。看你一大把年纪了，我才称你一声前辈，想不到你居然这么乱来，丝毫不懂规矩。”

徐鬼手又低语了几句，徐傀儡听完之后，转述道：“我爷爷说了，你一个无知小辈，根本不配与他对阵，叫你的师父上台来。”

徐鬼手显露了一手“水上生云点灯”幻戏，表演起来极为轻描淡写，袁木火看在眼里，心知自己的本事恐怕难以匹敌，但他好不容易得到了一展身手的机会，岂能这么轻易放弃？强自说道：“你可要搞清楚了，我才是万国千彩大剧院的驻台幻戏师，今晚与你对阵的是我，不是我师父。我师父多年前就已隐退，不再登台表演幻戏了。”

徐鬼手低声说了几句话，徐傀儡听完之后，转头看向幕后，朗声说道：“金童，我爷爷问你，十余年不见，你还记不记得他？他要用三大圣物之一的骷髅傀儡作为赌注，与你一决生死，你敢不敢出来应战？”

此时的金童正藏身于幕后。自从袁木火开始表演，金童便来到幕后观看。他看见坐在戏台右侧的徐鬼手时，仅剩的一只眼睛突然瞪大，目光中透着一丝难以置信。虽然过去了十多年，但他依然记忆犹新，当年朱连魁和徐鬼手的那场对决如在眼前，他永远也忘不了徐鬼手的身形样貌。

金童不再关注袁木火的表演，而是目光如电，直勾勾地盯着徐鬼手。此时徐鬼手借徐傀儡之口向他喊话，要以骷髅傀儡为赌注与他一战。当年他和师父朱连魁在海外对徐鬼手穷追不舍，为的便是夺走骷髅傀儡。

金童暗暗思虑了一下，徐鬼手主动登门挑战，当众点名要他应战，而且是以他朝思暮想的骷髅傀儡作为赌注，他若不露面，未免显得太过藏头缩颈。于是决定不再隐藏，当即从幕后一瘸一拐地走了出来。

“师父。”袁木火急忙奔了过来，想要搀扶金童。

金童将手一摆，示意袁木火不必相扶。他慢慢走到徐鬼手的身前，与徐鬼手正面相对。

原有的挑战进程忽然被打断，现场观众鸦雀无声，目不转睛地盯着戏台上的四人。

蒋白丁原本守在后台，但后台一直相安无事，他实在待得无聊，于是走出后台，打算看一看戏台上的表演。他看见徐鬼手坐在戏台上，不由得大吃一惊，急忙去到观众席首排，找到鲁鸿儒，告诉鲁鸿儒坐在戏台上的人便是徐鬼手。

鲁鸿儒点了点头，他已从贝特朗那里知道了那双目俱瞎的老头便是徐鬼手。他将贝特朗聘请徐鬼手为巴黎魔术馆首席魔术师的事告诉了蒋白丁。

蒋白丁看了一眼坐在旁边的贝特朗，又回头看了一眼戏台上的徐鬼手，心中想道：“这老头当真古怪，带着一身幻戏绝技，放着那么多中国剧院不去，偏要跑去洋人的剧院当什么首席魔术师，想必贝特朗给他开出的价钱很高吧。我还当他是什么世外高人，原来也是见利忘义的俗人一个。”

徐鬼手的出现，令蒋白丁大感兴趣。他没有再回后台，而是留在了观众席上。贵叔站到了一旁，将座位让给蒋白丁。

听到徐傀儡提及骷髅傀儡，鲁鸿儒的神色不由得微微一动。他记得昨晚骷髅傀儡是被易希川带走了，仅仅一日之隔，如何会落入徐鬼手的手中？他不知道徐傀儡这番话是真是假，但总有一种感觉，易希川与徐鬼手之间一定有着某种关联。他用手帕捂嘴，一边咳嗽一边低声道：“白丁，你快去后台。”

蒋白丁奇道：“哥，怎么了？”

鲁鸿儒道：“若我所料不差，今晚易希川必会现身。”

蒋白丁道：“你放心好了，我的人早就埋伏好了，姓易的小子若是来了，包管叫他插翅难逃。”

鲁鸿儒道：“你还是去后台守着为好。此事关系重大，不可大意。”

蒋白丁犹豫了一下，道：“那好吧，我这就去后台。”他听到徐鬼手要以骷髅傀儡为注，与金童一决生死，本来大感兴趣，想留下来观看，但鲁鸿儒这么说了，他只好起身，返回了后台。

蒋白丁走后，贵叔便重新在鲁鸿儒左侧的座位上坐了下来。

戏台之上，金童看了徐鬼手片刻，忽然开口问道：“骷髅傀儡呢？”

徐鬼手没有说话，一旁的徐傀儡说道：“我爷爷是扶娄派戏主，你身为扶娄派门人，见到本派戏主不问候，反而一开口就问本派圣物骷髅傀儡的下落，未免太过不懂规矩。”他说话之时，有意朝袁木火看了一眼。方才袁木火说徐鬼手不懂规矩，此刻他便用同样的话，反过来训斥金童。

袁木火吃了一惊，道："什么扶娄派戏主？"

徐傀儡笑道："金童，你也太不把你这位徒弟当回事了。人家好心拜你为师，你居然连本派戏主是谁都没告诉他。"

金童对徐傀儡不予理睬，依然直视着徐鬼手，道："你要与我赌生死，那就先把赌注亮出来。"

徐鬼手缓缓抬起手臂，指了一下徐傀儡的左手。徐傀儡的左手之中，提着一口箱子。

金童冷声道："打开。"

徐傀儡冷笑了起来，说道："金童，有你这么跟戏主说话的吗？十五年前，你和你师父朱连魁，为夺本派圣物骷髅傀儡，趁我爷爷不备，暗中实施偷袭，如此举动，已是背叛师门。我爷爷今日来此，便是为了清理门户。"顿了一下又道，"骷髅傀儡就在我手中，你若是真有本事，便痛快地应一句，敢不敢在这戏台上一决生死？"

骷髅傀儡没在箱子里，但他这话没有说错，徐鬼手是用骷髅傀儡假扮的，他一直用手扶着徐鬼手，骷髅傀儡自然在他的手中。

袁木火一直仰慕"魔圣"朱连魁，对扶娄派更是向往已久，好不容易拜在金童门下，成了扶娄派的门人，原本对此事极为得意，此时听了徐傀儡的话，不由得惊讶万分："师父，他说你……"

金童不作辩解，只吐出了四个字："一派胡言。"他盯着徐傀儡手中的箱子看了几眼，又抬眼盯着徐鬼手，说道："你说我的幻戏是微末本事，那我倒要看看，你这个自封的扶娄派戏主，又会什么神鬼莫测的幻戏。"此言一出，便是接受了徐鬼手的挑战。

徐鬼手嘴唇微动，徐傀儡附耳听了，说道："我爷爷说了，当年你和朱连魁谋夺骷髅傀儡时，并非正大光明地斗戏，而是暗中偷袭，险些置他于死地。如今他要清理门户，自然也用不着比拼幻戏，之前送来的战书，只说了挑战，没说要斗戏。他要在这戏台上和你直接动武，直到分出生死为止。最后谁还活着，戏主之位和骷髅傀儡便归谁。”

金童的目光在徐鬼手的身上不断打量。徐鬼手是扶娄派戏主，若是斗戏，比拼幻戏技艺，他尚且有些担心，但若是直接动武，他虽然瞎了一只眼跛了一只脚，但要对付双眼俱瞎、老迈迟缓的徐鬼手，却是丝毫不惧。

他浑浊的眼珠子一转，冷声道：“那就依你所言。”

徐傀儡道：“虽是动武，但我爷爷毕竟年事已高，我这个做晚辈的，自然不能坐视不理。我爷爷和我是两人，你和姓袁的也是两人，我们二对二，决生死，如何？”

徐鬼手如此年迈，又瞎了眼睛，居然敢提出动武，金童原本就觉得有些奇怪，此时听徐傀儡这么一说，才明白徐鬼手是要以二对二。他一直盯着徐鬼手，此时终于转动目光，打量了一下徐傀儡。他嘴角一抽，吐出了一个字：“好。”

袁木火原本是为了比拼幻戏而登上戏台，只想着能靠表演幻戏一战成名，哪知转眼之间形势突变，竟变成了赌上性命的武斗。他露出了为难之色，道：“师父，我……”

袁木火的话才开了个头，金童已斜视他一眼，冷声道：“你不敢？”

袁木火道：“不是不敢，只不过……”

“那就把嘴闭上。”金童道。

袁木火只好住嘴，不敢再多生怨言。

徐傀儡看向全场观众，大声说道：“诸位，我徐傀儡和我爷爷徐鬼手，要与金童、袁木火二人在此赌命，你们若是想观看幻戏表演，那就对不住了，还是趁早离开为好，若是想观看生死决斗，那就不妨留下来。此次决斗，双方都是出于自愿，生死有命，怨不得谁。无论最终是谁死在这戏台上，一概与对方无关，事后不可追责，还请留下来的观众做个见证！”

时下尚武之风盛行，各地武馆林立，相互之间难免结下梁子，通常会选个场地，当众较量一番，分个高下，只有不共戴天的深仇大恨，才会赌上性命，一决生死。这样的生死对决，极难得见，因此但凡有这样的对决出现，往往会引得无数人争相围观。比起单纯较量幻戏技艺的斗戏，赌上性命的生死对决自然更加刺激，现场观众听了这话，没有一个人选择离开，全都留在了观众席上。

徐傀儡面向观众席说话之时，金童忽然低声道：“把耳朵贴过来。”

袁木火不知道金童要干什么，当即低下脑袋，将耳朵凑近金童。

金童嘴唇微动，将声音压到最低，只让袁木火一个人听到：“待会动手之时，我缠住他们二人，你找机会抢走箱子。”

袁木火听得暗暗吃惊，却又转念一想：“我只负责抢箱子，不用拼命，那倒还好。”当即点头，低声应道：“是，师父，我知道了。”

徐傀儡向全场观众交代完后，转身直面金童和袁木火，说道：“闲话少说，动手吧。”

好好一场幻戏挑战，演变成了赌命的生死对决，这令坐在观众席首排的贝特朗大为惊讶。他与徐傀儡在一个多月前相识，当时徐傀儡让他在万国魔术大赛的奖品里添上骷髅傀儡，并在昨晚的决赛开始之前，将骷髅傀儡送到了他的手中。今早徐傀儡又主动找到了他，要他帮忙向万国千彩大剧院提出挑战。贝朗特早就对万国千彩大剧院不满，尤其是维克多在万国魔术大赛中败给了易希川，他更是极不服气，因此便答应了下来，哪知此时竟变成了这等局面。

贝朗特惊讶之余，不由得暗暗心急，心想这种生死决斗，那是要出人命的，倘若当真闹大了，这烂摊子可不好收拾。只不过戏台上的四人已是剑拔弩张的态势，他没办法也不敢上台阻止。

鲁鸿儒身为万国千彩大剧院的老板，同样没有出面阻止。他坐在座位上，一脸平静地望着戏台上发生的一切。他关注戏台的同时，一直等待着后台方向的动静。蒋白丁返回了后台，派了一个青帮混混来告诉他后台一切正常；守在后台周围的青帮混混，依旧原地待命；戏台底下的暗道里，还埋伏着一批携带手枪的青帮混混。他料定徐鬼手与易希川必有关联，徐鬼手登台挑战金童，说是要清理门户，实则徐鬼手现身上海已有好几个月的时间，要清理门户，早就可以动手，何必等到今天？他猜想徐鬼手这么做，极有可能是想声东击西，只要徐鬼手与金童动起手来，吸引了众人的注意力，易希川十有八九便会趁机行动。

一切陷阱都已经布置好了。他平心静气地等待着，等待着易希川现身。

戏台之上，忽然拳脚之声大作，对决双方已经动起了手。

徐傀儡左手提着箱子，右手不再扶着徐鬼手，而是踏前两步，挡在徐鬼手的身前，与金童交手。徐鬼手没有了徐傀儡在背后操控，一动不动地坐在椅子上。

金童瞎了一只眼睛，腿脚也有残疾，出手却是狠辣无比，每一招都是冲着徐傀儡的要害而去。袁木火从旁抢上，试图抢夺徐傀儡手中的箱子。但徐傀儡不断挥动左手，将箱子抡得呼呼生风，袁木火不但每次都抢了个空，还被箱子击打了两下，便如挨了两记重锤，极为疼痛。徐傀儡以一敌二，丝毫不落下风。

金童原本没把徐傀儡放在眼里，没想到徐傀儡年纪轻轻，身手竟然如此了得。他斗了片刻，难以撼动徐傀儡，又见袁木火始终抢不到箱子，于是袖口一甩，左手向徐傀儡戳去。徐傀儡扭身躲避，嗤的一响，衣摆破了一道口子。他向金童看去，只见金童的左手寒光闪动，握着一柄锋利的短刀。

金童有短刀在手，如虎添翼，向徐傀儡一通狂攻。徐傀儡右手一翻，一根铁扦出现在了手中。他右手挥动铁扦，抵挡金童的短刀，左手挥舞箱子，应对袁木火的抢夺。他挡在徐鬼手的身前，如同一座难以撼动的大山，从始至终没有挪动半步。

一柄短刀在手，仍然拿徐傀儡没有办法，金童于是甩动右侧袖口，右手又添了一柄短刀。两柄短刀交错攻击，徐傀儡只用一根铁扦抵挡，渐渐显出难以招架之态。为了躲避短刀的攻击，他稳如生根的双脚，终于出现了移动。

金童得势不饶人，挥刀之时，忽然甩动袖口，第三柄短刀出现了。第三柄短刀不再经过他的手，而是当作暗器使用，去势如电，直射徐傀儡的胸口。徐傀儡被逼得退后一步，铁扦回救，拨开了射来的短刀。金童手中的两柄短刀趁势而攻，徐傀儡避开一柄短刀的直刺，另一柄短刀的横削却没能避过，手臂上多了一道口子。

袁木火看准时机，趁徐傀儡被金童逼得狼狈不堪，一把抓住了箱子，发力抢夺。

徐傀儡的左手抓着箱子的提手，始终没有松手。他忽然手腕一拧，箱子的提手转动了半圈。只听“咔嚓”一响，那提手连接着箱子内部的机括，机括带动锁扣开启，箱子顿时打开，里面的傀儡显露了出来。

但那不是骷髅傀儡，而是皮无肉使用过的铁傀儡。箱子开启的那一刻，机括牵动提线，铁傀儡眉口胸腹四孔齐开，四枚钢针激射而出。袁木火离得太近，别说闪避，便连怎么回事都没明白过来，额头、心口、肚脐和大腿已被钢针刺入。他惨叫一声，双目圆睁，一命呜呼，倒在了戏台上。

现场观众虽然知道这是一场生死决斗，可真正看见死了人，还是禁不住一片哗然。有些胆小的观众，看见袁木火死状恐怖，吓得不敢继续观看，要么捂住了眼睛，要么赶紧起身离开。

徐傀儡看了一眼袁木火的尸体，心道："说了胜者赢走骷髅傀儡，你偏要提前抢夺，怪不得我。"

金童对袁木火的死毫不关心，盯着箱子里的铁傀儡，道："你要我？"

徐傀儡道："当年你背叛师门，暗中偷袭，害得我爷爷双目失明，今日我便代我爷爷取你性命，为本派清理门户。"说话之时，右手挥动铁扦，向金童刺去。

金童以双刀抵御，挡了几下，装出难以抵挡的模样，一瘸一拐地向后退步。忽然之间，他袖口狂甩，八柄短刀同时从袖口里激射而出。

他这"袖里飞刀"的手法，乃是杂技中的一门幻戏，常有走江湖卖手艺的幻戏师在街头表演，表演时让助手分开手脚站在木板前，幻戏师看清助手的位置后，用黑布蒙上眼睛，从袖口里甩出飞刀，飞刀能不伤到助手的皮肉，贴着助手的身体钉在木板上。金童年轻时曾有过卖艺为生的经历，那时他便将这门幻戏练到了极致，短刀从袖口里飞出，速度极快，势头极猛，准头极高。后来他拜入朱连魁门下，学习了扶娄派的幻戏，便不再表演不入流的杂技，这门“袖里飞刀”的手法，便被他用成了暗器手法，临敌之时，从袖子里甩出短刀，往往能收到奇效。

当年他和朱连魁围攻徐鬼手时，便是靠着这门手法突施偷袭，击伤了徐鬼手的眼睛，那时他的短刀上喂了毒，就此害得徐鬼手眼伤难治，最终双目俱瞎。此时他突然甩出八柄短刀，乃是他所能同时甩出短刀数量的极限。徐傀儡正在向他狂攻，距离太近，若是一两柄短刀，尚且能闪身避开，但八柄短刀同时射来，根本避无可避。

千钧一发之际，徐傀儡猛然屈膝蹲身，同时左手一抬，将铁傀儡举在身前，挡住了自己的整个身子。只听“当当当”连声爆响，八柄短刀全都击在铁傀儡身上，没有伤到徐傀儡分毫。

徐傀儡心下暗呼侥幸。他知道当年徐鬼手是如何受的伤，也清楚金童会使出这门“袖里飞刀”的暗器手法，可是临敌之时，还是难以避开。倘若他没有随身携带铁傀儡，只怕此刻不被短刀刺死，也必定身受重伤。

金童射出八柄短刀的同时，根本不理会徐傀儡是否能够抵挡，直接从徐傀儡的身旁抢过，手中的两柄短刀去势如电，刺向坐在椅子上的徐鬼手。自从决斗开始，徐鬼手便一直没有出手，全是由徐傀儡一个人应战，金童便暗暗猜测，徐鬼手连走路都需要徐傀儡搀扶，甚至连在椅子上坐下来这样简单的动作，也需要徐傀儡扶着才能完成，多半已是老到手脚不听使唤，根本无法动武了。他与徐傀儡一番交手，知道徐傀儡身手厉害，短时间内难以克敌制胜，于是趁机杀向徐鬼手，要将徐鬼手制伏，拿徐鬼手做要挟，逼徐傀儡认输，交出骷髅傀儡。

金童想拿徐鬼手做要挟，自然不能伤其性命，两柄短刀没有刺向要害部位，而是攻击徐鬼手的两条手臂，打算伤其双手，令其无法反抗。

徐鬼手坐在椅子上，面对刺来的两柄短刀，依然一动不动，没有任何反应。

这一点让金童觉得有些怪异。但他来不及多想，两柄短刀一刺而入，猛地插进了徐鬼手的手臂。

然而，短刀刺入了衣服，却没有刺中皮肉的感觉，而是空空荡荡，仿佛刺空了一般，徐鬼手被刺伤之处也没有鲜血流出。金童的右眼陡然瞪大，神情惊异至极。

徐傀儡趁机杀回，铁扦刺向金童的后背。

金童想要拔出两柄短刀，两柄短刀却像卡住了一般，一时之间难以拔出。他不得不松开了手，向旁边疾速跃开，但后背还是一阵刺痛，已被铁扦划破了一道长长的口子。

金童连连退步，避开了两三丈的距离，独眼盯着徐鬼手，喝道："你到底是谁？"

徐傀儡冷冷一笑，道："你处心积虑想要得到的圣物，就在你的眼前，你却认不出来。"说着抓住徐鬼手的衣服，猛地向上一扯，衣服顿时被扯掉，露出了底下的森森白骨。

刹那之间，现场观众惊嘘四起，许多人下意识站了起来。

鲁鸿儒神色一动，拿着手帕的手猛然握紧，心里暗道了一句："骷髅傀儡！"

徐鬼手是由骷髅傀儡假扮而成，这让金童大为惊讶。但惊讶之余，他立刻生出了抢夺之心。他右眼精光一闪，袖口一甩，又是两柄短刀握在手中，向守在骷髅傀儡旁边的徐傀儡杀去。

便在这时，只听演厅高处忽然响起了一声刺耳的尖叫："师父来啦！”众多观众下意识地抬头望去，隐约看见一扇气窗处闪过了一团影子。

那是一只长尾鹦鹉，正是小哥。但现场没有人能够看清，因为就在这声“师父来啦”响起的同时，演厅里的灯光一下子灭了，四下里陷入一团漆黑。

突如其来的黑暗，令现场的观众一阵惊慌，大呼小叫声此起彼伏。

鲁鸿儒坐在观众席的首排，一听见“师父来啦”的叫声，心里暗暗道了一声：“终于来了。”他知道那是小哥的叫声，更知道小哥一旦出现，便意味着易希川也将现身，只不过演厅里突然断电，倒是令他颇为意外。他尚未做出任何反应，便听见左侧响起了一声惨叫。那是贵叔的声音。他急忙伸手摸去，左侧的座位竟然空了，贵叔已不在座位上。

一束豆苗大小的火焰突然亮了起来，那是贝特朗擦燃的一根火柴。贝特朗向来有抽雪茄的习惯，因此随身带着火柴，此时四下里一团漆黑，他便掏出火柴燃火照明。

鲁鸿儒不知道贵叔出了什么事，正暗暗心急，贝特朗擦燃火柴，倒是帮了他的忙。火光虽然微茫，却足够鲁鸿儒看见身旁的景状。贵叔已经倒在了座位的前方，一动不动，昏迷不醒，像是被人打晕了一般，他腰间的衣服掀了起来，原本挂在那里的一大串钥匙，此时已不见踪影。

鲁鸿儒当即起身，一把夺过贝特朗手中的火柴盒，惊得贝特朗一阵莫名其妙。鲁鸿儒对贝特朗毫不理睬，燃起一根火柴，向后台方向快步走去。他知道易希川一定会现身，只是没想到竟会是这样的局面。

他听蒋白丁讲过徐鬼手在大世界表演幻戏的事，知道那一晚大世界断了电，事后发现是被人剪断了电线。他没想到这一幕竟会在万国千彩大剧院重现。此时剧院突然灯光齐灭，必定是有人剪断了电线。他想起刚才那声“师父来啦”的尖叫，想必那便是剪断电线的信号。灯光一灭，贵叔便遭遇了偷袭，被抢走了钥匙，十有八九是易希川所为，之所以抢走钥匙，必然是为了去后台救人，所以他当即往后台疾行。

只是他不明白的是，他将六把钥匙交给贵叔掌管，此事极为隐秘，易希川是从何得知的？而且贵叔手上只有六把钥匙，想打开十二方锁，还必须得到蒋白丁身上的六把钥匙才行，他心想只要蒋白丁那里不出岔子，易希川便不可能进入铜门背后救人。

鲁鸿儒走向后台的途中，经过戏台的侧面，那里守候着两个负责戏台大小事务的杂工。他命令两个杂工迅速去往剧院外面，弄清楚断电的原因，尽快恢复电源。两个杂工当即摸黑去了。

鲁鸿儒继续走向后台，尚未走近，突然间“砰砰”两响，那是刺耳的枪声，正是从后台传来。后台周围立刻光束晃动，好几只手电亮了起来，守在后台周围的青帮混混全都闻声而动，往后台的入口冲去。

伴随着枪响，一道人影忽然从后台冲了出来，将试图冲入后台的青帮混混撞了个人仰马翻，随即往演厅的厅门狂奔而去。

手电的光束立刻追向那道人影，借助手电的光照，鲁鸿儒看见那道人影穿着大褂，手中抓着一大串钥匙，用黑布蒙了脸，看不见长相，但从身高和体型来看，正是易希川。

蒋白丁从后台追了出来，举起手枪开了一枪。然而那道人影去得太快，一下子冲出了厅门，子弹打在厅门上，没能命中目标。

蒋白丁破口叫骂："别让姓易的小子跑了！快给我追！"一群拿着手枪的青帮混混从后台冲了出来，连同之前守在后台周围的青帮混混，一起朝演厅的厅门追去。

枪声连续响起，观众席上一片大乱，有的观众吓得趴在地上，有的观众吓得仓皇奔逃，各种大呼小叫之声响成了一片。

蒋白丁看见了鲁鸿儒，冲到鲁鸿儒的身边，道："哥，你果然没有料错，姓易的小子当真来了。他趁黑冲进后台，幸好我早有准备，备了一支手电，看见了他，只可惜没能打中他。"

好不容易等到易希川现身，还被易希川抢走了贵叔的钥匙，鲁鸿儒当然不会放走易希川，沉声说道："务必把人抓回来。"

蒋白丁道："放心吧，这次一定不会让姓易的小子跑了。"转头冲正在追赶的青帮混混大吼："快追！放走了人，小心我扒了你们的皮！"数十个青帮混混大声应道："是，大哥！"全都铆足了劲，一窝蜂地追出了厅门。

有数十个青帮混混追赶易希川，鲁鸿儒便没有跟着追出去。他没有忘记骷髅傀儡的存在，转过头来，向戏台上望去，昏暗之中，只见戏台上已没有了人影。

鲁鸿儒一把抓住蒋白丁的左手，将蒋白丁的左手对准了戏台。蒋白丁右手握枪，左手则握着一支手电。手电的光束向戏台照去，只见金童已经倒在了袁木火的身旁，胸口的衣服被鲜血浸透，徐傀儡和骷髅傀儡则不见了踪影。

鲁鸿儒念头一转，喉咙里吐出了两个字："后台！"话音未落，他已迈步朝后台疾行。

蒋白丁见鲁鸿儒走得很急，不知道出了什么事，赶忙跟着鲁鸿儒一起往后台赶去。

两人赶到后台门口，附近的幕布忽然一动，一道人影冲了出来，正是徐傀儡。

徐傀儡左手提着铁傀儡，右手拿着骷髅傀儡，原本是要冲向后台。他似乎没料到鲁鸿儒和蒋白丁会忽然杀回后台，一惊之下，当即止步。

鲁鸿儒早就料定徐傀儡和易希川必有关联，当徐傀儡在戏台上挑战金童时，他便猜到徐傀儡是在声东击西，想用生死对决来吸引众人的注意力，为易希川进入后台创造机会，所以他才叫蒋白丁回到后台严加守备，果然让蒋白丁撞见了趁黑冲入后台的易希川。当易希川仓皇逃走后，他看见徐傀儡消失在戏台上，立刻想到易希川逃出演厅，引得所有青帮混混跟着追了出去，留在演厅里的徐傀儡一定不会放过这等大好机会，十有八九会趁机溜入后台，当即赶往后台，果真截住了徐傀儡。

鲁鸿儒盯着徐傀儡，说道："想声东击西？"

蒋白丁这时才明白过来是怎么回事，急忙举起手枪。

徐傀儡迅速拉扯提线，两枚钢针从铁傀儡的眼口之中激射而出。

鲁鸿儒看见徐傀儡的手臂一动，立刻闪身躲避，让过了向他射来的钢针。蒋白丁却反应慢了些许，虽然避开了要害，却被钢针射中了右臂。他的右手虽然扣动了扳机，但因为被钢针射中了右臂，枪口没能对准徐傀儡，子弹射偏了。开了一枪之后，他的右臂剧痛不已，右手使不上力，手枪脱手掉在了地上。

徐傀儡还想继续发射钢针，然而鲁鸿儒已欺近身前，向他攻来。鲁鸿儒身手极为厉害，一出手便是杀招连连。徐傀儡双手都拿着傀儡，情急之下只有丢掉铁傀儡，亮出铁扦，抵御鲁鸿儒的攻击。

蒋白丁一边叫痛，一边将手电立在地上，将左手空了出来，随即去捡地上的手枪。他的左手刚刚抓住手枪，尚未举起，斜刺里忽然窜出一道黑影，刀光闪过，他的左手齐腕而断，鲜血狂涌而出。他惊恐万分，惨声大叫：“我的手！”接着便是不断的哀号之声。

那道突然出现的黑影是一个灰衣人，正是扶娄派门人王鞭，在他的身后，又赶来了两个灰衣人，乃是王鞭的两个徒弟。王鞭和两个徒弟早就装作观众，混在观众席中，此时突然杀奔而至，真是再及时不过，否则蒋白丁一旦瞄准徐傀儡开枪，只怕徐傀儡难以躲避。

厅门处忽然脚步声大作。那群追赶易希川的青帮混混，听见演厅里响起了枪声和蒋白丁的惨叫声，知道出了事，其中一部分青帮混混继续追击易希川，另一部分青帮混混则掉头赶了回来。这部分青帮混混总共二十余人，由阿潘带领，冲回了演厅，向后台奔来。

徐傀儡与鲁鸿儒交手之时，朝冲回来的青帮混混瞥了一眼。这些青帮混混拿了几支手电，借助手电的亮光，徐傀儡看见这些青帮混混大都握有手枪。他知道这群青帮混混一旦追到，乱枪齐发，他和王鞭等人势必难以逃脱，当即叫道：“撤！”

他不再与鲁鸿儒拼斗，连地上的铁傀儡也顾不得拾起，提着骷髅傀儡，转身冲入幕后，又从戏台上飞奔而过，冲进了观众席。王鞭和两个徒弟也立即撤退，同样冲入了观众席。

观众席一片昏黑，又因为枪声连响，上百个观众早已离开座位，你推我挤地退场，场面混乱至极。徐傀儡和王鞭等人冲进观众席后，立刻和众多观众混在一起，一时之间瞧不见身在何处。

蒋白丁断了左手，被钢针射穿了右臂，血流不止，剧痛万分。阿潘急忙脱下衣服，裹住蒋白丁的伤口，但鲜血依旧流个不停，迅速将衣服浸透。阿潘将蒋白丁背起，快步冲出了演厅，赶着去往医院。蒋白丁昨晚才被送去过医院，想不到时隔一天，同样的场景又要再经历一次。他又恨又痛，一阵叫天骂地。

离开演厅之前，蒋白丁忍痛叫道："把这帮混蛋抓住，给我剁了！"

剩余的青帮混混立刻分头行动，留下几人守住厅门，防止徐傀儡和王鞭等人走脱，其他十几人则走向观众席，扫动手电的光束，搜寻徐傀儡和王鞭等人。

上百个观众你推我挤，现场一片混乱，实在难以看清。一个青帮混混高高举起手枪，开了一枪，大声叫道："全都给我坐下，把嘴闭上！谁不听话，我就一枪崩了谁！"上百个观众吓得闭上了嘴，纷纷在就近的座位上坐了下来。

十几个青帮混混分成了两拨，一拨守在观众席的外围，一拨走进观众席，仔细地搜寻起来。

此时徐傀儡等人已经挪到了观众席的最后一排。这一排的观众已经走空，徐傀儡等人趴下身来，躲在座椅背后。

徐傀儡避开扫动的光束，偷偷抬眼望去，见鲁鸿儒正立在戏台上，目光对准观众席来回游移，显然是在搜寻他躲在何处。他暗自道："鲁鸿儒没去后台，真是太好了。"

他目光一转，望向后台的方向，心想："易戏主，我把该做的都做了，这声东击西的法子已然奏效，鲁鸿儒等人都已上当，接下来就看你的了。"

此时的后台，正亮着一支手电。亮光之中，易希川举起了最后一把钥匙，插进了十二方锁的最后一个锁孔。

原来昨晚易希川和徐傀儡一番计议，最终定下的法子便是声东击西。今晚挑战开始之前，易希川、王鞭和道野樵等人早早便购买了戏票，进入演厅，坐在了观众席上。王鞭、道野樵等人没人认识，无须装扮，易希川则戴上了徐傀儡制作的面皮和假发。徐傀儡擅长使用骷髅傀儡，常常要将骷髅傀儡装扮成活人，因此在易容方面极有造诣，只用一张面皮和一顶假发，便让易希川样貌大变，以至于易希川从守在大门口的金童身前经过时，金童也没有认出他来。

徐傀儡随后登台挑战金童，既是为了清理门户，替徐鬼手报仇，也是为了吸引众人的注意力。当他扯掉徐鬼手身上的衣服，露出骷髅傀儡时，便是在释放信号。小哥一直守在演厅的气窗处，看见骷髅傀儡出现，立即大叫“师父来啦”。道野樵的两个徒弟守在剧院外面，听到小哥的叫声，立即剪断电线，令万国千彩大剧院灯光全灭。

黑暗之中，徐傀儡趁机击杀了金童，与此同时，混在观众席中的易希川和道野樵，同时脱掉了外衣。易希川亮出了穿在里面的黑色衣服，他原本就坐在离贵叔不远的地方，当即偷袭贵叔，将贵叔打晕，抢走了钥匙，趁黑奔向后台，但他没有冲进后台，而是等在后台的外面。道野樵脱掉外衣后，亮出了穿在里面的大褂，摸出黑布蒙住了脸，又拿出事先准备好的一大串假钥匙，飞步冲进了后台。

道野樵身形清瘦，一旦蒙住脸面，看起来便和易希川极为相似，黑暗之中，蒋白丁用手电晃了一下，误认为是易希川，当即开枪射击。道野樵进入后台，本就是为了引开守在后台的人，一露面便立刻掉头冲出后台，飞快地逃出了演厅。蒋白丁和埋伏的青帮混混果然从后台追了出来。

易希川一直等在后台外面。他穿着一身黑衣，与青帮混混的穿着一模一样，再加上光线昏暗，青帮混混又有数十人之多，根本没有人注意到他。当鲁鸿儒和蒋白丁的注意力都在道野樵的身上，青帮混混也都一窝蜂地追向道野樵时，易希川悄无声息地溜进了后台，轻轻关上了后台的门。

他按照当初双鱼所说的法子，开启镜子，露出了那道用十二方锁锁住的铜门。他亮起随身携带的手电，将手电含在嘴里，然后拿起从贵叔那里抢夺而来的一大串钥匙，又拿出徐傀儡用倒模打造的六把钥匙，开始尝试打开十二方锁。

与此同时，徐傀儡生怕鲁鸿儒和蒋白丁会有所察觉返回后台，于是佯装要冲进后台，引开了鲁鸿儒和蒋白丁的注意力，为易希川争取时间。

如此声东击西之计，可谓一环套着一环。鲁鸿儒心细如发，已经料到了其中的绝大部分，但还是漏算了一小部分，让易希川钻了空子。

易希川没有辜负徐傀儡、道野樵和王鞭等人冒着生命危险创造的机会，按照双鱼传递回来的开锁顺序，一把钥匙接一把钥匙地尝试，费了好一阵子时间，最终打开了十二方锁。当最后一把钥匙插入最后一个锁孔并拧动之后，铜门一下子向内弹开了一道缝隙。

易希川轻轻推开铜门，一条漆黑的甬道出现在眼前。他将十二把钥匙全部取出，揣在身上，然后走进甬道，回手拉拢镜子，又关上了铜门。如此一来，即便鲁鸿儒进入后台，镜子和铜门都已恢复原位，势必难以察觉。

甬道里伸手不见五指，漆黑一片，死寂无声。

易希川举起手电，向前方照去。甬道一阶阶地弯曲向下，如同旋转楼梯，手电的光不可能照到尽头，只能照见甬道两侧用石砖砌成的墙壁。

易希川轻轻叫了一声“师妹”，甬道深处没有传来任何回应之声。他举起手电，忍着脚伤的疼痛，缓缓迈开脚步，沿着蜿蜒向下的石阶，一步步地向甬道深处走去。

沿着甬道下行了二十来步，石阶便全部走完，出现在易希川眼前的，是一个开阔的地底暗室，仿佛一口修建在万国千彩大剧院正下方的巨大地窖。易希川拿着手电往身前照去，暗室空空荡荡，只有四根石砖砌成的柱子，起到支撑作用，防止暗室坍塌，除此之外，便是暗室四周的墙壁，既没有看见关押了人，也没有看见任何门径。

易希川暗暗心想："我早就说过，铜门的背后或许只是一口普通的地窖，师妹不信，偏要说鲁前辈暗藏了什么不可告人的秘密。"想到鲁鸿儒不是坏人，他便暗暗松了口气，但转念又想起了双鱼："不知道师妹究竟人在何处？昨晚小哥的语调，分明是师妹出了事，难道是遇到了斋藤骏和荒川隼人？不会的，小哥原本被关在鸟笼子里，它能飞出来，一定是师妹将它放了出来，也就是说师妹一定回到了万国千彩大剧院。我再找一找，周围墙壁上或许暗藏了机关暗门，也不是不可能。"

他这么一想，举起手电照明，沿着墙壁敲打摸寻，寻找是否藏有暗门。寻找之时，他小声地叫了几声"师妹"，但始终没有得到任何回应。

很快沿着墙壁寻找了一圈，易希川没有发现任何暗门，又回到了原地。他猜想双鱼也许没在这里，而是被困在其他地方，于是准备沿着甬道返回。

离开之前，他扫视着空空荡荡的暗室，又试着叫了两声："师妹？师妹？"他料想这间暗室离地面有一定的距离，地面上的人不可能听到，所以他没再压低声音，而是放开嗓子叫了出来。

易希川已经认定这间暗室里空无一人，这两声“师妹”，只不过是尝试性地随口一叫，声音刚刚出口，脚下便开始向后转，准备返回甬道之中。

忽然之间，一片死寂的暗室里，响起了一声冷笑。

这声突如其来的冷笑，令易希川背脊发冷，头皮发麻。他急忙转身，面对暗室，拿起手电四处扫动，却没有看见任何人影。

这声冷笑，又粗又哑，是个男人的嗓音，绝不会是双鱼。

“谁？”易希川大声问道，“到底是谁？”

易希川话音刚落，又是一声粗哑的冷笑传来。

这一次易希川已有准备，一下子听出冷笑声来自暗室的左侧。他拿手电照去，暗室的左侧空空荡荡，并不见人。他怕有人躲在柱子背后，于是走到暗室的左侧，查看了柱子的背后，仍不见人。他心念一动，目光猛地一转，落向了地面。他方才查看过四周的墙壁，可是暗室的地面，他却没有查看过。这是一间地底暗室，暗室之下或许还有暗室，也并非没有可能。

易希川急忙沿着地面寻找，很快发现了异常之处。地面是石砖铺砌而成，然而在石砖之间，却间隔着铺有一些铁板。这些铁板都是四四方方的形状，看起来像是一道门，正中都开有一个孔洞，看起来像是锁孔。

易希川恍然大悟，原来暗门不是在四周的墙壁之上，而是在地面上。地面上总共有十二道铁门，站在甬道的进口望去，十二道铁门是三横四纵地分布在地面上，和铜门上十二方锁锁孔排布形式一模一样。

冷笑声来自于暗室的左侧，易希川出声喝问，但再也没有回应之声。他走到左侧第一道铁门处，拿出了之前打开十二方锁的钥匙。

十二道铁门的排布方位，与十二方锁的锁孔排布如出一辙，易希川不禁暗暗猜测，开启十二方锁的钥匙，或许能够打开这十二道铁门。

他蹲下身来，将钥匙一把把地插入铁门正中的锁孔。他接连试了好几把钥匙，忽听“咔”的一响，铁门一下子向上弹起了半寸。

易希川所料不差，开启十二方锁的钥匙，正是开启十二道铁门的钥匙，而且两者是按照方位顺序一一对应的。在三横四纵的排布方位上，处于同一方位的锁孔和铁门，便是用同一把钥匙打开。只不过十二把钥匙看起来大同小异，易希川记不清哪一把钥匙是对应哪一个锁孔，因此只能一把接一把地尝试。

好在十二把钥匙不算多，他很快便试到了正确的钥匙，打开了左侧的第一道铁门。

铁门弹起后，易希川抓住铁门边沿，将铁门掀了起来，一股浓烈的恶臭顿时扑鼻而来。

易希川掩住鼻子，拿起手电往铁门下方照去，只见下面是一间狭窄的地牢，在地牢右侧的墙脚处，放着一只肮脏无比的粪桶，以及一个黑黢黢的饭碗。

就在粪桶和饭碗的旁边，一个衣衫褴褛披头散发的人被锁链锁住，低垂着脑袋，纹丝不动，不知是死是活。

这一幕的出现，令易希川震惊无比。双鱼曾猜测铜门背后关有人，徐傀儡更是直言鲁鸿儒将云机社的人和那些消失的幻戏师关在铜门背后，然而他始终不肯相信，即便在片刻之前，他已经来到这间地底暗室，依然没有改变他对鲁鸿儒的看法，直到现在他亲眼看见这间地牢里囚禁了人，方才知道双鱼和徐傀儡所说的一切都是真的。

易希川的头脑天旋地转，好一阵子才定下神来，暗暗心道：“易希川啊易希川，你真是蠢到家了，鲁鸿儒如此为人，你在他身边待了这么久，居然从未察觉！若不是徐傀儡强行阻拦，还有师妹舍命守护，此刻关在这地牢之中的人，便是你了。”

他恼恨无比，恨鲁鸿儒奸恶，也恨自己愚蠢。他在地牢入口处趴了下来，冲锁在墙脚的囚徒问道：“喂，你是什么人？刚才是不是你发出的声音？”

那囚徒一动不动，毫无反应。

地牢的入口处，有一截铁梯直通向下，连接着地牢的底部。易希川顺着铁梯下到地牢之中，走到那囚徒的身前，举起手电照去。

此时距离很近，易希川看得更加清楚。

那囚徒浑身污黑，头发又长又乱，遮住了脸，衣服破烂至极，如同荒山中的野人，浑身更是散发出一股令人作呕的恶臭。他身上被十几圈铁链牢牢捆缚，铁链的另一端被套在墙脚的环扣上，他的手腕和脚踝处都锁着镣铐，镣铐的另一端钉在墙壁之上。更可怖的是，他赤着双脚，只有光秃秃的脚掌，十根脚趾全被斩去，两只手也只有右手五指尚在，左手的五根手指同样被斩掉了。他浑身一动不动，仿佛死去一般。

易希川看得心惊肉跳，一瞬之间，对鲁鸿儒深感愤恨。他伸出手去，拨开那囚徒的头发，想看看那囚徒是什么人。

忽然之间，那囚徒张开双目，目露凶光，瞪着易希川。他浑身挣动，铁链哗啦乱响，嘶哑的嗓音从喉咙里发了出来：“滚！”

这一下极其突然，易希川吓得缩回了手，脚底下退后了两步。

那囚徒依旧瞪着易希川，目光中既有愤恨，又带着鄙夷。

易希川定了定神，很快明白了过来，那囚徒一定是将他当成了鲁鸿儒的手下，这才用这种目光瞪着他。他说道：“你到底是谁？

是不是云机社的人？我这就救你出去。”说着冲上前去，尝试解开囚徒身上的铁链。

那囚徒骂道：“少来这一套，给我滚！”嗓音嘶哑，说话有些含糊不清，听起来像是舌头少了一截。

“你无须多疑，我与鲁鸿儒没有半点关系。”易希川道，“我不管你是谁，你说不说都无所谓，总之被我遇见了，我便要救你出去。”

“又想来套我的话。”那囚徒发出了狂笑声，忽然冷声说道，“你若与姓鲁的没有关系，便立刻杀了我！”

易希川道：“我与你无冤无仇，干吗杀你？”铁链缠得太紧，若不将那囚徒的手脚解脱出来，便无法解开身上的铁链，于是他拿出贵叔的那一大串钥匙，想试一试能不能打开那囚徒手脚上的镣铐。

那囚徒根本不信易希川的话，冷笑了几声，不再挣动，也懒得言语，任凭易希川捣弄他手脚上的镣铐。

镣铐上的锁孔很小，贵叔那一大串钥匙之中，有几把细小的钥匙。易希川将手电含在嘴里，挑出那几把细小的钥匙一一尝试，果真让他试到了能够打开镣铐的钥匙。“咔嚓”的轻响声中，易希川迅速除掉了那囚徒手脚上的镣铐。

那囚徒的手脚一得自由，只听铁链哗啦爆响，一只巨大的右手闪电般探出，掐住了易希川的脖子。

这一下迅疾无比，相距又近，易希川根本来不及做出任何反应。他嘴里的手电“啪”地掉在地上，骨碌碌滚了数圈，光柱贴地照出，定格在石砖砌成的墙壁上。

他脖子受制，大有窒息之感，喉咙里说不出话来，急忙抓住那囚犯的右手，想要将那囚徒的手掰开。易希川的手劲极大，可那囚徒竟岿然不动，掐住脖子的手非但不松劲，反而逐渐加重了力道。

易希川的呼吸越发困难，知道再不反击，极有可能会把性命葬送在此处。他拿起另一只手中的钥匙，抓住其中一把又尖又长的钥匙，对准那囚徒的手臂用力戳刺。

那囚徒的手臂被钥匙戳得皮破血流，猛然松开了手，将手臂缩了回去。

易希川急忙退步，与那囚徒保持了一定的距离。他的脖子疼痛不已，连连咳嗽，道："你这人疯了吗？我好心救你，你却反过来要杀我。"

那囚徒站起身来，浑身骨骼噼啪爆响。他转动了一下脖子，迈步朝易希川走去。他双脚被锁，久未走路，第一步迈出时，脚步尚且不稳，第二步踏出时，已适应了走路的感觉。但他只走出了两步，因为捆住身体的铁链还被套在墙脚的环扣上，整个人被铁链死死地拉住了。他当即回身，去解墙脚的环扣。

易希川生怕那囚徒又要发疯杀人，急忙抓起地上的手电，飞快地爬上铁梯，回到了暗室之中，猛地关上铁门，锁扣重新扣上了。

只听铁门下方传来叫骂声："姓鲁的，你个狗贼，灭我云机社，下毒害我，把我囚禁在此，割去我半条舌头，每年剁我一根指头，还派人假惺惺地救我，来套我的话！你以为我会再上你的当？你别躲在上面玩阴的，有本事下来，我林神通哪怕只剩一手一指，也能取你的狗命！"

易希川听得暗暗心惊："原来这人就是云机社的首领林神通！徐傀儡果然没有猜错，林神通当真是被鲁鸿儒囚禁了起来，难怪久美子和斋藤骏寻了这么久，也没找到林神通和云机社的下落。"

他站在铁门上方，想要再次打开铁门，但转念又一想："他此时认定我是鲁鸿儒派来套他话的人，我贸然放他出来，他势必又要动手杀我。我还是先把其他地牢打开，看看还有没有其他人被关在这里，最好是能先救出师妹，再来管林神通的事。"

他想法一定，当即去到第二道铁门处，用钥匙将铁门打开。他掀起铁门，下面果然也是一间地牢。他用手电照明，见地牢里同样有铁链和镣铐，锁住了两个人，只不过那两人不是活人，而是枯骨，已不知死了多久。

易希川去往第三道铁门所在之处，将铁门打开，只见地牢中依旧锁着三具枯骨，不见活人。他将剩余的铁门一道道打开，每间地牢里都不是空的，但关押的人几乎都已成枯骨，只有极少数还有皮肉，但也死去多时，皮肉早已腐烂。

打开的铁门越多，易希川越是心惊，越是后怕，也越是失望。在万国千彩大剧院的地底下，竟然暗藏了这么多地牢，关押了这么多人，一想到这些都是鲁鸿儒的所作所为，他自然异常心惊。

他之所以失望，不仅因为没有见到活人，更重要的是，一直没有见到双鱼。他开始担心，双鱼会不会没有被囚禁在此，而是被关押在其他地方？直到最后一道铁门被打开后，他才打消了这样的担心，因为在最后一间地牢里，关押了两个人，其中一人已是白森森的骨头，另一人则是双鱼。

易希川大喜万分，叫了一声"师妹"，连铁梯都顾不得攀爬，直接一跃而下，跳进了地牢之中。他的伤脚落地之后，伤口一阵疼痛，可此时他心中狂喜，竟连疼痛也感觉不到。

易希川冲到双鱼的面前，只见双鱼被镣铐锁住了手脚，耷拉着头，不知死活。他急忙伸手去探双鱼的鼻息，感受到双鱼呼出的热气，这才稍微松了口气。他轻轻地摇晃双鱼的身体，不断地叫着“师妹”，可双鱼始终昏迷不醒，这令他刚刚松弛的心弦立刻又紧绷了起来。

易希川看见双鱼的脚边有一个瓷碗，碗中尚有一些残余的黑色液体。他捡起来闻了一下，一大股难闻的药味扑鼻而来，令他有些头晕目眩。他一下子明白过来，双鱼一定是被迫喝了碗中的黑色液体，这黑色液体不知是何种毒药，竟令双鱼深陷昏迷之中。

他担心双鱼会有性命危险，急忙用钥匙打开她手脚上的镣铐，解开她身上的铁链，将她背了起来。他将手电含在嘴里，将钥匙串套在手腕上，然后一只手反搂着双鱼，另一只手抓握铁梯，爬出了地牢。

来到暗室之中，他背着双鱼便往甬道奔去，到了甬道口，却忽然止步。

林神通的叫骂声不断从地牢里传出，那间地牢的铁门不断地受到捶打，发出嘭嘭嘭的响声，由此可见，林神通已经解开了身上的铁链，只不过被铁门挡住，无法从地牢里出来。

一时之间，到底要不要救林神通，令易希川大感矛盾。他是为了救双鱼才来到此地，也的确救到了双鱼，只不过这一切离不开徐傀儡和扶娄派门人的舍命相助。而徐傀儡之所以与他合作，正是为了营救林神通，倘若此时他将林神通留在地牢里，实在对不起徐傀儡。然而若是打开铁门，放出了林神通，难保林神通不会继续误会他，说不定又会对他下杀手，他背着双鱼，势必难以抵挡，而且林神通杀害了秋娘，是秋本久美子的杀母仇人，一旦放出林神通，说不定便是放虎归山，秋本久美子能不能报仇尚且难说，很可能还会因此威胁到秋本久美子的性命。

易希川陷入两难之中，一时之间无比纠结。

但他此时没时间过多考虑，毕竟双鱼深陷昏迷不知情况如何，徐傀儡和扶娄派门人还在外面与鲁鸿儒等人缠斗，也不知生死如何，他不能在这里耽搁太久。

他必须迅速做出抉择。

他忽然咬了咬牙，转身向暗室左侧的第一道铁门奔去。他心中已经想好，此次闯入万国千彩大剧院，他和徐傀儡一起合作，目的便是救出双鱼和林神通。一码事归一码事，既然是为了救出这两人，那就暂时不去考虑秋本久美子报仇一事。他决定将林神通放出来，其他的事，以后再说。

他将双鱼轻轻放在地上，拿出钥匙，打开了地上的铁门。

铁门猛地掀起，林神通一下子从地牢里钻了出来。

“姓鲁的，我要你的狗命！”林神通一声厉吼，抓着从身上解下来的铁链，便要朝易希川劈过去。

易希川打开铁门之后，立刻将双鱼背了起来，急忙退避，叫道：“你再对我动手，我便对你不客气了！”

林神通原本以为鲁鸿儒派人下地牢套他的话，那鲁鸿儒本人一定会躲在暗室里偷听，想不到他冲出地牢后，环顾整间暗室，却没有见到鲁鸿儒。不仅没有见到鲁鸿儒，他连蒋白丁、贵叔等老面孔也没有见到，甚至除了易希川之外，再没有其他的人。

林神通看见易希川背着一个女人，看起来是要救那女人出去，心念一转，冷笑道：“这次的戏，倒是比以前精明了不少。姓鲁的到底想怎么对付我？说！”

“我诚心救你，你却偏不相信，真是不可理喻。”易希川道。

林神通道：“一个素不相识的人，会来诚心救我？”说着一阵冷笑。

易希川提声道："我只是替别人来救你，你信与不信，与我毫不相干。我赶着救我师妹，懒得理你！"说完便不再管林神通的事，背起双鱼，忍着脚伤的阵阵疼痛，快步走进甬道，沿着甬道蜿蜒上行。

很快走完整条甬道，铜门出现在易希川的眼前。

铜门从外面开启，需要用十二把钥匙打开十二方锁，从里面开启，同样需要用到十二把钥匙。铜门的背面，也有十二个锁孔，易希川用钥匙不断尝试，片刻之间便打开了十二方锁，铜门向内弹出了一道缝隙。

易希川拉开铜门，推开镜子，背着双鱼走出，进入了后台。

他没有忘记林神通还在地底暗室里，所以走出铜门后，没有再将铜门关上。

第九章 乱局

徐傀儡和王鞭等人躲在观众席的最后一排，眼看几个握着手枪的青帮混混，在观众席上一排排地仔细搜寻，离他们的藏身之处越来越近。

以徐傀儡的身手，对付这些青帮混混原本不在话下，但这些青帮混混有枪在手，那就要另当别论了。只要徐傀儡一现身，这些青帮混混一起朝他开枪，他纵是有三头六臂，也不可能躲过所有的子弹，势必非死即伤。他在头脑里不断地想象着演厅的结构，思索着有什么可以脱身的办法。

万国千彩大剧院的演厅只有一个出口，然而这唯一一个出口，也就是演厅的厅门，已被几个青帮混混持枪守住。徐傀儡思来想去，没有想出任何可行的脱身之法。

眼看着手电的光越来越亮，搜寻的青帮混混越来越近，徐傀儡渐渐定下了想法，大不了现身杀出去，与这群青帮混混拼死一搏，哪怕被子弹打死，也要在死前尽可能多杀几人，如此一来，倘若易希川当真救出了林神通和双鱼，所要面对的阻力也会小一些。

徐傀儡冲躲在身边的王鞭及其徒弟比画了手势，示意要与这些青帮混混搏命拼杀。王鞭和两个徒弟点了一下头，神色极为坚毅，各自握紧了手中的武器。徐傀儡伸出右手，只要他这只手一握成拳头，四个人便一起现身，向青帮混混杀去。

徐傀儡摊开的手掌最终没能握成拳头，因为忽然之间，厅门处一阵骚动。

自从青帮混混开枪警告之后，上百个观众全都坐回了座位上，噤若寒蝉，不敢轻举妄动，因此偌大一个演厅，一直安静无声。就在如此安静的环境下，演厅方向突然一阵骚动，自然引得在观众席上搜寻的十几个青帮混混回头望去。只见守在厅门处的几个青帮混混纷纷后退，厅门外涌进了一大群青帮混混。

这一大群青帮混混，是追击假扮易希川的道野樵的那一群。他们涌进厅门，不是正着走进来，而是背对演厅，后退而入。

在这大一群青帮混混退入演厅后，又有一拨人跟着走进了厅门，竟是白衣胜雪的斋藤骏、右脸包着纱布的荒川隼人，以及几个手持武士刀的日本武士。

斋藤骏等人不是空手而来，而是擒着两个人，其中一人是道野樵，另一人则是蒋白丁。

原来昨晚易希川和双鱼逃走之后，考虑到荒川隼人和日本武士刚刚杀了几个法租界巡捕房的巡警，巡捕房因此出动了大批警力在法租界四处搜寻凶手，于是斋藤骏、荒川隼人和日本武士离开法租界，返回了上海国术馆，打算等第二天风声稍过，再到法租界搜寻易希川的踪迹。

此时日本尚未对欧美等国宣战，占领上海已有数月之久的日军一直没有进攻法租界和公共租界，彼此之间界限森严，因此鲜有日本人敢进入租界活动。斋藤骏等人要在第二天进入法租界，自然不敢大张旗鼓，于是没有在白天露面，而是等到了夜间，才重新进入法租界，四处搜寻易希川的去向。

他们搜寻到万国千彩大剧院的大门外时，正是剧院断电之际，假扮易希川的道野樵为了将青帮混混引得越远越好，于是飞奔出了剧院大门。道野樵的身形与易希川极为相似，又穿着大褂，荒川隼人和几个日本武士同样误以为其是易希川，立即动手，道野樵势单力孤，很快失手被擒。

追击“易希川”的青帮混混冲出剧院大门，看见“易希川”被日本人擒住，不由得都是一愣。此时蒋白丁不在，阿潘也不在，这群青帮混混之中没有敢下命令的领头之人，面对突然出现的日本人，一时之间不知该不该动手。倘若动手，一旦得罪了日本人，那可不是小事，指不定会给青帮招惹来巨大的麻烦；倘若不动手，任由“易希川”被日本人抓走，却又没法向蒋白丁交差。

就在这群青帮混混迟疑之时，道野樵的两个徒弟向斋藤骏等人杀了过去。这两个徒弟，原本负责留在剧院外剪断电线，他们得手之后，便打算进入剧院帮忙。他们赶到大门外时，正好遇上道野樵被日本武士擒住，于是冲上去救人。然而两个人的力量太过渺小，片刻之间，便死在了日本武士的乱刀之下。

斋藤骏见死去的两人身穿灰衣，从容貌和身形来看，像极了昨晚救走易希川和双鱼的灰衣人。他一把扯掉道野樵的蒙面黑布，见这人不是易希川，正是昨晚与他动过手的一个灰衣人。他当即喝问易希川身在何处，道野樵却是一脸冷漠和鄙夷之色，紧闭嘴巴，一声不吭。

道野樵虽然不说话，但他是假扮易希川从万国千彩大剧院里奔出，斋藤骏自然想到易希川极有可能就在剧院里。这么多青帮混混追着道野樵出来，由此可见，万国千彩大剧院里的局势一定不简单，但斋藤骏的眼里只有龙图和骷髅傀儡，而且他向来自负，从不把旁人放在眼里，当即便要押着道野樵进入剧院。

那群青帮混混不知这群日本人要做什么，便将这群日本人团团围住。

斋藤骏正打算教训一下这群不知天高地厚的青帮混混，这时阿潘背着蒋白丁，忽然从万国千彩大剧院的大门里冲了出来。蒋白丁伤了手臂，断了手腕，不停地痛叫，阿潘背着他出来，原本是要送他去医院救治。那群青帮混混瞧见了，大惊之下，不少人都向蒋白丁围了过去，原本团团包围的阵势，顿时陷入一片混乱。

斋藤骏认得蒋白丁是青帮头目，趁着这群青帮混混自乱阵脚，当即大步掠出，只身冲进这群青帮混混之中，电光石火之间，已从阿潘的背上将蒋白丁擒了过来。斋藤骏料定万国千彩大剧院里的局势一定不好对付，蒋白丁既是这群青帮混混的头目，又是万国千彩大剧院老板鲁鸿儒的把兄弟，只要擒住了蒋白丁，此番进入剧院捉拿易希川，自然大有利好之处。

有蒋白丁在手，斋藤骏等人一路走进演厅，阿潘和青帮混混全都不敢轻举妄动，只能一步步地后退，一直退回了演厅当中。

蒋白丁原本伤口就剧痛无比，眼看着要去医院救治，却又被日本人擒住，只能不断地哀号叫骂。他的声音极为刺耳，在演厅里震荡不休。

在观众席上搜寻的十几个青帮混混，见蒋白丁被擒，哪里还顾得上搜寻徐傀儡等人的踪迹，立即冲下观众席，与其他青帮混混一起，将斋藤骏、荒川隼人和几个日本武士团团围住。这些青帮混混有的拿刀，有的握枪，此时都把刀尖和枪口对准了斋藤骏等人，纷纷叫道："快放了我们大哥！"

鲁鸿儒自以为有大批青帮混混追击易希川，徐傀儡等人也已身陷包围插翅难逃，混乱了一时的局势，已完全处于他的掌控之中。他实在没想到日本人竟会突然出现，而且更令他意想不到的是，那个被日本武士擒住的"易希川"，竟然不是易希川本人，而是乔装假扮的。

一瞬之间，他的心头掠过一丝不好的预感，下意识地回头，看了一眼后台的入口。这时他才发现，后台入口处的门是关闭的，可他分明记得，之前蒋白丁和青帮混混追着"易希川"冲出后台时，并没有关上后台的门。

他心头一惊："易希川一直没有出现，难道说……他早已溜进了后台？"

鲁鸿儒虽然考虑到了这一点，但无暇去理会后台的事，因为蒋白丁已经被这群日本人擒住，就算这群日本人不杀蒋白丁，可蒋白丁手腕处的断口不停地流血，时间稍长，失血过多，同样会有性命危险。蒋白丁不仅和他师出同门，是他拜过把子的兄弟，而且是青帮头目，手底下有一大群青帮混混，这些年替他办了不少事，他已然离不开蒋白丁的帮助，因此他要想办法尽快将蒋白丁救出来。

鲁鸿儒不知道这群日本人突然来此的目的，于是开门见山道："我这剧院与日本人向无来往，不知各位突然到来，所为何事？"

荒川隼人道："鲁鸿儒，易希川是在你这里驻台吧？"

鲁鸿儒应道："以前是，但如今易戏主离开了，已不在我这里驻台。"

“少给我来这一套！”荒川隼人道，“姓易的小子一定藏在你这里，他得罪了这位斋藤骏大人，你不想惹祸上身，就把他交出来。”

鲁鸿儒道：“你们要找易戏主，大可以在我这剧院里自行搜寻。但我这位兄弟与此事无关，还请将我这位兄弟放了。”

荒川隼人当即抽出钢钎，抵住了蒋白丁的脖子，道：“你没资格与我谈条件，再不把姓易的小子交出来，我立刻杀了他！”

鲁鸿儒丝毫不受威胁，道：“别以为你们日本人占了上海，就可以到我这剧院来肆意撒野。我好话说尽，再不放开我这位兄弟，休怪我不客气。”

荒川隼人冷笑道：“区区支那人，也敢与我叫板。”说话之际，钢钎往下一刺，一下子刺进了蒋白丁的肩膀，痛得蒋白丁一声惨叫。

围在四周的青帮混混神色大变，纷纷叫道：“大哥！”

阿潘道：“全都愣着做什么？快开枪，杀了这群日本人，救大哥！”

阿潘一声令下，周围的青帮混混便要动手。蒋白丁剧痛之际，急声叫道：“都给我住手，谁敢开枪，回头便收拾谁！”他的命攥在日本人的手里，青帮混混当真开枪，就算不误伤到他，日本人见他没有利用价值，也会立即动手杀了他。

蒋白丁这么一叫，那些准备动手的青帮混混，立刻便停住了，不敢轻举妄动。

荒川隼人瞧了一眼蒋白丁，冷笑道：“不错，你倒是个明白人。想要活命，就叫你的手下把枪扔掉，再把姓易的小子交出来。”

蒋白丁道：“姓易的小子压根不在我们手里，我们如何交得出人？”

荒川隼人道：“那就叫你的手下扔掉枪。”

蒋白丁道："我照做了，你要立刻放了我。"

荒川隼人道："只要你乖乖听话，我自然会饶了你。"

蒋白丁没有半点犹豫，当即命令："全都把枪扔了，快点扔！"

围在四周的青帮混混面面相觑，犹豫了几秒钟，最终不敢违抗蒋白丁的命令，相继扔掉了手里的枪。

所有的手枪一落地，蒋白丁立马道："说话算话，快放我走。"

荒川隼人转头看向斋藤骏，斋藤骏微微点了点头。点头之时，斋藤骏的两只大手已然握成了拳头。

荒川隼人冷笑道："好，那就饶了你的贱命。"抬手一挥，示意擒住蒋白丁的日本武士松手。那日本武士当即松手，蒋白丁一刻也不停留，立即拔脚飞奔，冲向阿潘。阿潘一把搂住了蒋白丁，周围几个青帮混混急忙一拥而上，将蒋白丁团团护住。

被阿潘搂住之时，蒋白丁立即破口大叫："给我杀了这群日本鬼子！"

在蒋白丁看来，青帮混混虽然扔掉了手枪，但手枪都在身前的地面上，只要捡起手枪，便能乱枪齐发，将这群日本人射出满身的窟窿。然而那些扔掉枪的青帮混混，根本没时间去捡地上的手枪，因为在蒋白丁被放走之时，斋藤骏已经出手了。

斋藤骏双拳一翻，打开了手掌，磷粉一出，十几团碧绿色火焰立刻凭空燃起，射向围在四周的青帮混混。青帮混混围得太近，难以躲避突如其来的攻击，不少人顿时被碧绿色火焰击中，身体燃火，惨叫不断。荒川隼人立即扬起钢钎，几个日本武士举起武士刀，趁乱杀向周围的青帮混混，唯有那个擒住道野樵的日本武士留在原地没动。

杀戮一起，血光飞溅，手电的光束东倒西歪，厅门处惨叫连连。

原本受了青帮混混的警告而坐在观众席上的观众，此时惊恐万分，纷纷往演厅的里侧躲避，尽可能地远离厅门，生怕这场杀戮会误伤到自己。

躲在观众席最后一排的徐傀儡，早已将厅门处发生的一切看在眼里。道野樵落入日本人之手，以这些日本人的行事风格，随时可能一刀杀了道野樵，他当务之急便是先从这些日本人手中救出道野樵。此时厅门处光线昏暗，局势大乱，正是救人的大好机会，他当即从观众席上飞奔而下，从青帮混混之间穿过，掠向那个擒住道野樵的日本武士。王鞭和两个徒弟也同时动手，向厅门处杀成一团的青帮混混和日本武士冲杀而去。

徐傀儡亮出铁扦，刺向擒住道野樵的日本武士。那日本武士察觉到从侧面掠来的袭击，一只手依旧擒住道野樵，另一只挥动武士刀抵挡了两下，被铁扦划破了手臂。那日本武士知道来敌厉害，一只手难以抵挡，不得不放开了道野樵，双手握刀，与徐傀儡拼杀。

道野樵的手臂原本被反拧在身后，这时一得自由，虽是赤手空拳，却也立刻反击那日本武士。那日本武士左右受敌，更加抵挡不住，很快被徐傀儡一扦刺死。

徐傀儡刚刚得手，还没来得及率领道野樵冲出人群，一团碧绿色火焰忽然隔空飞至，烧向他的面部。

斋藤骏已经看清了人群之中的徐傀儡，更看清了徐傀儡手中的骷髅傀儡。他两次与徐傀儡交手，第一次是在废弃厂房里，败给了徐傀儡，身受重伤；第二次是在法租界居民区的巷道之中，虽然未分胜负，却也被徐傀儡破了碧绿色火焰大阵。他两次都没能从徐傀儡那里讨得任何便宜，早已将徐傀儡视作必须击败的劲敌，而且骷髅傀儡作为中国幻戏界的圣物，正是他此行所要抢夺的目标之一，此时见徐傀儡带着骷髅傀儡现身，他立即操控碧绿色火焰攻击。与此同时，他拔出了腰间的银鞘匕首，刺向徐傀儡。

徐傀儡矮身躲过碧绿色火焰的攻击，手中的铁扦一扬，挡住了刺来的银鞘匕首。虽然他两次对敌均压制住斋藤骏，却都没能击杀对方，尤其是昨晚在法租界居民区的狭窄巷道里，他故意现身，便是要以一己之力单挑斋藤骏，趁斋藤骏伤势未愈之际，将这个中国幻戏界的大敌除去，只可惜最终还是功亏一篑。眼下虽然身陷混乱无比的战局之中，但既然与斋藤骏对上了，他便不会收手避战。

徐傀儡深知斋藤骏实力强劲，只用一只右手和一根铁扦，势必难以对付，于是斜跨一步，将骷髅傀儡交给道野樵守护，就此腾出了左手，随即袖口一甩，亮出了另一根铁扦。他双手双扦，对阵碧绿色火焰和银鞘匕首，与斋藤骏在人群之中厮杀起来。

蒋白丁虽然脱离了日本人的控制，被阿潘和几个青帮混混护住了，但他身上多处受伤，失血过多，已渐有身体疲软、头脑昏沉之感。他命令青帮混混攻击日本人后，当即叫阿潘背他去医院。阿潘将他背了起来，想要冲向厅门，可厅门被混战的人群堵住，一时之间难以冲过去。

蒋白丁承受着剧烈的疼痛，冲阿潘骂道："你往前走啊！没见我伤得这么重？快啊！"

阿潘若要一个人冲过去，自然不难，可是背着蒋白丁，速度慢了不说，混战中的日本武士一旦偷袭，闪避起来也不灵活，极有可能会因此受伤，说不定还会丢掉性命。他可不想不明不白地挨上几刀，为难道："大哥，人太多了，你再忍一忍。"

蒋白丁道："忍个屁！你再不走，回头三刀六洞伺候！"

所谓三刀六洞，是用刀子在身体上对穿三个窟窿，乃是青帮的重刑之一，受刑者往往非死即残。阿潘听了这话，咬了咬牙，招呼身旁的几个青帮混混开路，背着蒋白丁冲进了人群。

所有人混战之时，鲁鸿儒却一个人置身于战局之外。他见蒋白丁已经脱离日本人的控制，原本打算出手的他，便立在原地没动，有意等众人杀到最后，尤其是日本人和徐傀儡遭受重创之后，他再出手收拾残局。

他盯着眼前混战的众人，虽然光线昏暗，但他的目光一直追着骷髅傀儡。骷髅傀儡在道野樵的手中，只要道野樵有冲出重围的迹象，他便不会再继续等待，而是立即出手抢夺骷髅傀儡。

混战了片刻，几个日本武士虽然身手不弱，但青帮混混人数众多，乱刀之下，几个日本武士尽皆毙命，青帮混混也折损大半，倒下了二十余人。

荒川隼人杀得兴起，一根钢钎刺死了好几个青帮混混，脸上溅满了鲜血，兀自冷笑不止。斋藤骏和徐傀儡依旧身处乱局的最中心，杀得难解难分。王鞭被一拨青帮混混围攻，多处负伤，两个徒弟已身中数刀倒在了地上。阿潘背着蒋白丁冲进人群，混乱之中被一团碧绿色火焰击中大腿，急忙放下蒋白丁，脱去燃起火焰的裤子，尽管动作足够迅速，却还是被灼伤了大片皮肤。蒋白丁摔倒在地，各种脏话脱口而出，只不过他失血太多，叫骂之声远不如先前那般中气十足，而是虚弱了许多。阿潘急忙将蒋白丁重新背起，忍着大腿上的灼痛，冲出乱局，来到了厅门门口。

忽然之间，阿潘的眼前刀光闪现，惊得他急忙后退。若非他反应及时，方才直奔厅门而去，便把自己的性命送在了刀口上。

几把大刀从厅门外虚砍而入，握刀之人都是罗家戏苑的弟子。在这几个罗家弟子的身后，罗慕寒大步走入演厅。

罗慕寒并非空手而来，而是擒着一个名女子，那女子一身粉色和服，面色苍白，正是秋本久美子。

荒川隼人和斋藤骏各自深陷战局之中，目光一瞥，同时看见了秋本久美子，心中都是一惊，不明白秋本久美子明明被软禁在上海国术馆里，还留下了两个日本武士看守，如何会来到此处，而且被人所擒。

荒川隼人脸上的冷笑顿时不见了，脱口叫道："久美子小姐！"他有心想救秋本久美子，但是对付数个青帮混混，一时之间难以脱身。斋藤骏神色略变，抵挡徐傀儡狂攻的同时，大袖一挥，一团原本攻击徐傀儡的碧绿色火焰在空中转了个弯，向罗慕寒掠去。

原来，秋本久美子在昨晚万国魔术大赛结束之后，便被两个日本武士护送回了上海国术馆，被软禁在自己的房间里。她原本以为易希川刚刚获得了万国魔术大赛的冠军，是万众瞩目的焦点人物，众目睽睽之下，斋藤骏和荒川隼人一定不会对易希川动手，再加上她又偷偷传递字条，提醒易希川要小心提防，这才听从斋藤骏的安排，跟着日本武士回了国术馆。直到晚上斋藤骏回到上海国术馆，她才知道斋藤骏、荒川隼人和日本武士已经动手追杀易希川，只可惜易希川被人救走，未能得手。

转眼到了今晚，斋藤骏和荒川隼人又带着日本武士离开上海国术馆，去了法租界，她知道斋藤骏等人一定是去追杀易希川。她实在担心易希川的安危，生怕斋藤骏等人会找到并杀死易希川。不知道为什么，她有一种极为强烈的预感，今晚易希川一定会出事，她若依旧留在上海国术馆，或许会成为她一辈子做过的最为错误的决定，会成为她毕生的憾事。她想要去法租界找到斋藤骏，哪怕以自己的性命为代价，也要阻止斋藤骏对易希川下手。

她最终用发簪对准自己的咽喉，以性命为要挟，逼两个日本武士放她出来。两个日本武士知道她向来胆小，起初以为她只是吓唬一下，不信她会当真动手，哪知秋本久美子竟然真的用发簪刺破了咽喉。虽然只是破皮流血，但两个日本武士生怕她真的自尽，斋藤骏和荒川隼人回来后一定不会轻饶他们，于是只好放秋本久美子出了国术馆。

两个日本武士担心秋本久美子在外面遭遇危险，所以一路跟了出来，寸步不离地护卫着她。她进入法租界，直奔万国千彩大剧院，到了剧院外面，却遭到了罗慕寒的偷袭，两个日本武士当场毙命，她则被罗慕寒生擒。

罗慕寒自从半决赛火烧易希川和秋本久美子失败之后，因为腹部被双鱼用匕首刺伤，虽然没伤及性命，但需要一段时间来休养，所以连日来一直藏匿不出。他虽然不现身，却派罗家弟子暗中盯着易希川的动向，知道易希川获得了万国魔术大赛的冠军，赢走了骷髅傀儡，又在庆功宴上身败名裂，还遭遇日本人的追杀，最终被一群神秘的灰衣人救走，不知逃去了何处。如今易希川身败名裂，势单力孤，正是将其除掉的大好机会。

罗慕寒腹部的伤势虽然尚未痊愈，但伤口结痂，已无大碍，因此便在今晚带领几个罗家弟子倾巢而出，搜寻易希川藏在何处。道野樵假扮易希川从万国千彩大剧院里奔出来时，罗慕寒就在爱多亚路上，他和斋藤骏一样，立即便猜到易希川极可能在万国千彩大剧院中，只不过斋藤骏等人进入了剧院，他便没有现身，而是和罗家弟子躲到街对面巴黎魔术馆的废墟之中。

他料到万国千彩大剧院里的局势一定极其复杂，贸然进入剧院，只怕没什么好处，因此打算先藏身暗处，待到时机合适之时，再现身而出，做一回坐收渔利的渔翁。

不久后秋本久美子在两个日本武士的护卫下，出现在了爱多亚路上，向万国千彩大剧院赶去。罗慕寒认定秋本久美子和易希川都是杀父仇人，只不过秋本久美子一直待在上海国术馆里，又有日本武士日夜守护，他难有报仇的机会，此时秋本久美子突然出现，而且身边只有两个日本武士，实在是千载难逢的大好机会，他当即从废墟里悄悄溜出，突施偷袭，一举击杀两个日本武士，将秋本久美子擒了过来。

他听说了易希川身败名裂的事，知道秋本久美子是易希川的心爱之人，他有秋本久美子在手，对付易希川便轻而易举，先前入内的斋藤骏等人，也会忌他三分。于是他率领几名罗家弟子，擒着秋本久美子，直入万国千彩大剧院的演厅。

碧绿色火焰隔空掠来，罗慕寒丝毫不惧，直接大手一拽，将秋本久美子挡在身前。秋本久美子惊声叫道：“师父！”斋藤骏急忙操控碧绿色火焰在空中转向，堪堪从秋本久美子的身前掠过。

秋本久美子处境危险，斋藤骏无心再与徐傀儡较量，忽然操控十几团碧绿色火焰聚于身前，将徐傀儡逼退，随即驱火烧向围攻荒川隼人的青帮混混，让荒川隼人得以抽出身来。

一团混战的局面暂时结束，斋藤骏怕青帮混混趁机去捡地上的手枪，于是操控碧绿色火焰掠向地面，让碧绿色火焰附在手枪之上燃烧。

一些青帮混混正有捡拾手枪的心思，有的甚至已经朝地面伸出了手，见手枪上忽然燃起碧绿色火焰，吓得急忙缩回手来，生怕引火上身。

徐傀儡被逼退之后，没有再冲上去继续攻击斋藤骏，而是立在道野樵和王鞭的身前，暂且静观其变。

罗慕寒挟持秋本久美子，迫使斋藤骏操控碧绿色火焰转向后，缓缓说道：“这世上可不止你一人会玩火。”说着抬起右手，轻轻一个弹指，一团暗红色的火焰出现在他的掌心之中，那是一团“流火”。

他稍微倾斜手掌，火焰便顺着指尖流淌而下，落在秋本久美子的肩上，随即如同一条火蛇，绕着秋本久美子的身体游走。只要他愿意，随时可以让这团“流火”发生变化，进而烧伤秋本久美子，就像当初在半决赛的舞台上发生的那样。

斋藤骏和荒川隼人原本要向罗慕寒杀去，看见“流火”出现，顿时止步。

荒川隼人喝道：“支那人，快放开久美子小姐！”

罗慕寒没有理会荒川隼人，而是扫视在场众人，大声说道：“叫易希川出来，不然我烧死这女人。”

荒川隼人此前一直在日本养伤，没见过罗慕寒，不知道罗慕寒是谁，说道：“既然你也是来找姓易的小子，何不放了久美子小姐，与我等一起联手，将姓易的小子揪出来。”

罗慕寒冲荒川隼人冷然一笑，道：“当初你逼我爹斗戏，害得我爹身受火焚，更让我罗家戏苑大片基业毁于一旦。这笔账，我待会儿自会找你算个清楚。”

荒川隼人这才明白过来，眼前这个胖子，居然是罗盖穹的后人，再看几个手执大刀的青壮汉子，正是罗家弟子的穿着打扮。当初在夜船上，罗盖穹暗中偷袭，杀了黑忍，将他刺成重伤，他对罗盖穹恨之入骨，只可惜罗盖穹已死，他无处报仇泄恨。

此时得知罗慕寒是罗盖穹的后人，目光顿时一变，抬起钢钎，直指罗慕寒，怒道：“你来得正好！你不找我算账，我也会去找你。你最好立刻放了久美子小姐，我还可以让你死得容易点，不然我定会让你求生不得、求死不能！”

罗慕寒斜视荒川隼人一眼，目光中大有不屑之色，随即视线一转，扫视整个演厅，搜寻易希川的身影。

秋本久美子被罗慕寒挟持，心中惧怕，眼含泪光，倘若换在以往，她此时一定害怕得流下泪来，可是她听到“易希川”的名字，立刻强行忍住了眼泪。她此行是为了救易希川而来，倘若此时易希川就在剧院里，看见她流泪，一定会心慌意乱，她可不想让易希川为她担惊受怕，甚至为了救她而做出不理智的举动。

她说道：“你烧死我吧。你的父亲是我所杀，与希川无关。”声音虽轻，却极为坚决。

罗慕寒道：“杀父之仇不共戴天，你想如此轻易就死，没那么便宜！”随即提高嗓音，叫道：“易希川，你女人在我手里！我数三声，你再不滚出来，我便将你女人烧成灰烬！”

话音一落，罗慕寒停顿了几秒，见易希川没有出现，当即叫道：“一！”

荒川隼人握紧了钢钎，死死地盯着罗慕寒。斋藤骏手掌一翻，燃起了一大团碧绿色火焰，“嗞嗞”之声响个不停。徐傀儡虽然知道秋本久美子是易希川的心爱之人，可是他不知道秋本久美子的身世，以为秋本久美子是日本人，而他对日本人只有厌恶，没有半点好感，因此定了心思，不会出手营救秋本久美子，只不过他要趁斋藤骏攻向罗慕寒时，向斋藤骏发起攻击，是以暗暗蓄力。蒋白丁趴在阿潘的背上，长时间的失血，令他头脑昏沉，想要破口大骂，却压根没力气骂出声来。鲁鸿儒依旧置身局外，日本人和罗慕寒先后出现，而且都是为了易希川而来，令他有些始料未及，他知道要平息今晚这场大乱局，一定会极为困难，他已看清蒋白丁脸色苍白，虚弱不堪，因此准备对挡住厅门的罗家弟子动手，先让阿潘将蒋白丁背去医院救治，再来收拾其他人。

各人暗自思虑之际，罗慕寒高声喝道："二！"声音传播开去，激起阵阵回音，在演厅之中震荡不休。

待到回音渐渐平息，演厅之中仍无动静。

罗慕寒神色阴冷，面部微微抽动，张开了嘴，最后一声"三"已到了嗓子眼上。斋藤骏和荒川隼人准备立即出手营救秋本久美子。徐傀儡和鲁鸿儒也都做好了动手的准备。

就在各人蓄势待发之时，后台方向忽然传来了一声怒吼："鲁鸿儒——"

这声怒吼正是易希川的声音。

此时聚集在演厅里的各方势力，都是冲着易希川而来：鲁鸿儒想从易希川那里得到开启黄金圆筒的密码，以及诸如"神仙索""琉璃幻镜"等神奇幻戏的秘诀；蒋白丁和他手下的青帮混混，是要帮鲁鸿儒对付易希川；斋藤骏想夺取易希川手中的圣物；荒川隼人想杀了易希川解恨；罗慕寒想除掉易希川为罗盖穹报仇，若能抢走圣物自然更好；徐傀儡等着易希川将铜门背后的消息带出来，想知道林神通是否还活在人世；秋本久美子则是无比担心易希川的安危，盼着易希川能够平安无事。

各方势力聚集在万国千彩大剧院的演厅之中，便如一轮混乱至极的漩涡，易希川身处漩涡的正中心，却长时间藏形匿迹，直到此刻终于出现。

众人纷纷扭头望向后台，只见后台的门一下子被拉开了，易希川一身黑衣，背着双鱼疾奔而出。

易希川之前身在甬道之中，听不见罗慕寒的喊话，不知道秋本久美子已经来到了万国千彩大剧院，而且已被罗慕寒擒住。他一心只想着地牢里的一切，想着鲁鸿儒作恶多端，想着双鱼是否会有性命危险，因此打开铜门之后，他发出的第一个声音便是直呼鲁鸿儒的姓名。

这一声“鲁鸿儒”，满含着愤怒，恨不得立刻找到鲁鸿儒清算一切。

易希川冲出后台，目光迅速扫动，很快看见了鲁鸿儒，叫道：“鲁鸿儒，你对我师妹做了什么？”

鲁鸿儒早在发现道野樵假扮易希川时，便隐隐担心易希川本人已经溜进了后台，此时见易希川果真从后台现身，而且背着原本关在地牢里的双鱼，便知道易希川已经去过铜门背后了。

他内心震动，以至于连连咳嗽了数声，但神色尽可能地保持平静，说道：“易戏主，你大可安心，双鱼姑娘毫发无损，只不过她太过吵闹，我让贵叔喂了她一些昏睡的药汤。”

易希川没想到到了眼下这个地步，鲁鸿儒居然还能神色如常，用如此和气的语气对他说话。他深感厌恶，又倍加痛恨，正要对鲁鸿儒还口，可是话到嘴边，却没有讲出来。

他瞪大了眼睛，盯着厅门的方向。

在这一瞬之间，他已看见了秋本久美子。

第一眼看见秋本久美子时，易希川大感意外却又倍感欣喜，随即看清秋本久美子是被罗慕寒擒在手中，身上更有火蛇一般的火焰在不断地游走，心神立刻慌乱起来。他没有向鲁鸿儒冲去，而是大步奔向厅门，叫道：“久美子！”

秋本久美子虽然被罗慕寒擒住，却难掩惊喜之色。“希川！”她叫了一声，随即不断地摇头，示意易希川不要靠近。

徐傀儡好不容易等到易希川现身，当即向易希川迎面而去。他一把拉住了易希川，说道：“易戏主，先别冲动，将双鱼姑娘放下来再说。”

秋本久美子被其他任何人所擒，易希川都不会如此担心，可是罗慕寒将秋本久美子视作杀父仇人，秋本久美子落在罗慕寒的手里，大有性命之险，易希川自然心急如焚。但双鱼昏迷不醒，鲁鸿儒说的话不知真假，他同样担心双鱼的安危。

他将双鱼放了下来，徐傀儡探了双鱼的鼻息，又把了双鱼的脉，松了口气，说道：“还好，双鱼姑娘没事，只是昏睡了过去。”

此话一出，易希川便对双鱼放了心，抬眼盯着罗慕寒，道：“姓罗的，又是你！我早就对你说过，罗盖穹是我一人所杀，你要报仇就冲我来，别牵连无辜之人，快放了久美子！”

罗慕寒道：“就凭你嘴上说说，便想让我放人？”

易希川道：“那你想怎样？”

罗慕寒道：“我听说你是为了龙图才杀了我爹，我要你即刻把龙图交给我，再在我面前自尽，我可以网开一面，饶了你女人的性命。”

易希川道：“当初是罗盖穹杀我师父，夺我龙图，将我逼入绝境，我才反过来杀了他。这是他作恶多端，咎由自取。”

“我爹为人如何，还轮不到你这个毛头小子来说三道四。”罗慕寒道，“我说的事，你到底照不照做？”说话之际，秋本久美子身上的火焰突然变大了一倍有余，游走的速度也加快了许多。

“住手！”易希川喝道，“你要我的命，我可以给你，但你要龙图，那是我师父和众位师弟舍命换来的，还有许多幻戏界同道为之牺牲，我岂能把它交给你这种人？”

罗慕寒道：“国难当头，你却与日本女人谈情说爱，也配保有龙图？快把龙图交出来，不然我烧死她！”话音一落，秋本久美子身上的火焰变得极快无比，甚至激起了风声，呼哧作响。

易希川不愿交出龙图，毕竟那是牧章桐和众位师弟用性命守护的圣物，也不愿眼睁睁地看着秋本久美子被火烧死，毕竟那是他的心爱之人。一时之间，他内心无比挣扎，不知该如何抉择。

忽然之间，后台传来了一阵“哗啦啦”的响声。这阵响声极为刺耳，众人扭头望去，只见一道黑漆漆的人影迈着蹒跚的步伐，从后台走出。来人蓬头垢面，衣服褴褛，双脚赤裸，正是关押在地牢里的林神通。林神通的右手拖着一根两丈长的粗大铁链，铁链刮擦着地面，不断地发出刺耳的响声。

林神通一路走来，抬起阴鸷的目光，扫视聚集在演厅里的人。他好不容易才从地牢里出来，自然要找鲁鸿儒算账。

他如愿以偿地看见了鲁鸿儒，此外还看见了斋藤骏，这个曾令云机社付出惨重代价以至于让鲁鸿儒有机可乘的罪魁祸首，居然也在场，令林神通大感意外，却又极为畅快。刚出地牢，便能与两大仇人照面，真是天赐的报仇良机。

他声音极为粗哑，说道：“鲁鸿儒，斋藤骏，你们二人都在，很好，很好！”

鲁鸿儒看见林神通出现，神色一沉，目光骤变。易希川能得到十二把钥匙去往铜门背后，已足够令他惊讶，他本以为易希川只是去救双鱼，没想到竟将林神通也放了过来。

斋藤骏初见来人，因其蓬头垢面，只觉身形相似，待到听见声音，虽然声音粗哑略有变化，但语气一如当年，认出来人便是林神通。他苦寻林神通而不得，想不到竟能在万国千彩大剧院里遇到，当即大袖一挥，碧绿色火焰转向，对准了走来的林神通。

除了鲁鸿儒、斋藤骏和易希川外，其余众人都不知道来人是谁，全都不明所以地望着林神通。

徐傀儡站在易希川的身边，猜到了来人的身份，低声道："这人便是林神通？"

易希川点了点头。他心中所念，仍是秋本久美子的安危，只看了林神通一眼，便把注意力转回到罗慕寒和秋本久美子的身上。

突然之间，演厅里一片通明，所有的电灯重新亮起。鲁鸿儒之前曾命令两个杂工去剧院外面恢复电源，那两个杂工直到此时才将电源重新接上。

灯光一亮，众人都觉得刺眼，不由得眯缝了眼睛，好几秒才适应了亮光。

林神通深陷黑暗之中已有十五年之久，见到如此刺眼的亮光，当即站定脚步，闭上了眼睛。好一阵子，他才将眼睛缓缓睁开。之前光线昏暗，他只看见一大群人聚集在厅门附近，此时灯光明亮，才看清观众席上还聚集了上百位观众。

林神通咧开了嘴，似笑非笑，说道："今日我林神通报仇雪耻，能有这么多人俱为见证，不枉！"停顿了一下，又厉声道，"斋藤骏，你杀我儿，毁我云机社，此仇不共戴天！鲁鸿儒，你灭我云机社，断我手指脚趾，囚禁我十五年，此仇同样不共戴天！今日我便让你们二人血债血偿！"

林神通的声音极为刺耳，震得演厅回响不断。

秋本久美子听在耳中，望着林神通，心里暗道："原来他就是林神通。”

她这般暗想之时，并没有带上任何仇恨的情绪，实则她此番来到中国，只是想了解自己的故土，了解自己家族的过去，至于为娘亲报仇，那都是斋藤骏的独断独行。

秋本久美子从记事开始，身边便只有师父斋藤骏，对父母和其他亲人全无记忆，倘若秋娘是为旁人所害，或许她会有复仇之意，但害死秋娘的是林神通和林天成，也就是她的祖父和父亲，她怎么也恨不起来。她从没想过报仇，只想不管这些事，好好地生活下去，但斋藤骏一定要她跟着来到中国，她向来听斋藤骏的话，再加上也想了解家族的过去，这才来到了上海。当初她对易希川讲述身世之时，曾翻看《民国上海县志》，也只是为了了解幻画门秋家的过去，而不是为了查找云机社的下落。

此时此刻，她看着眼前这个自称林神通的人，看着这个本是她祖父的人，看着他蓬头垢面、左手五指、脚趾全无的惨状，心里提不起半点恨意，反而大起同情之心。

秋本久美子暗想之际，林神通已迈开双脚，朝离他最近的鲁鸿儒走去。他人还未到，手中的铁链已在空中抡圆。这根束缚了他整整十五年的铁链，带着斑斑锈迹，激起风声呼啸，裹挟着满腔仇恨，向鲁鸿儒击去。

这一击力道强劲，势如雷霆，鲁鸿儒侧身一让，铁链擦身而过，击中了地面，砖石铺砌的地面顿时被砸出了一个坑，一时间砖屑飞溅。林神通手腕发力，铁链弹地而起，扫向鲁鸿儒。

这第二击的势头不如第一击那么刚猛，鲁鸿儒不再闪避，右手倏地探出，竟空手将扫来的铁链抓住。两人各自用力，铁链顿时在空中扽得笔直。

鲁鸿儒道："林首领，倘若你肯开口，你我之间根本无须闹到如此地步，你云机社也自可保全。"

林神通道："少来说这些鬼话，我若把云机诀背出来，你早已杀我灭口，我岂能活到今日？"右手力道一松，不再拉拽铁链，而是卷起铁链，直扑向前，与鲁鸿儒近身缠斗。

忽然间绿光闪动，一大团碧绿色火焰隔空飞至，烧向林神通和鲁鸿儒。两人不闪不避，手腕同时用力，铁链斜飞而起，将一大团碧绿色火焰被击得粉碎，火星落了一地。斋藤骏竟对秋本久美子的安危不管不顾，径直大步行来，又燃起两团碧绿色火焰，分击林神通和鲁鸿儒。

徐傀儡对道野樵和王鞭说道："你们保护双鱼姑娘，守好骷髅傀儡。"话音未落，人已掠出，扬起两根铁扦，向斋藤骏杀去。

斋藤骏大袖一扫，碧绿色火焰在空中一转，向徐傀儡射去。

徐傀儡贴地一滚，避过碧绿色火焰的攻击，冷笑道："你的对手是我，打倒我之前，休想对其他人动手。"一边说话，一边刺出铁扦。

徐傀儡有意救林神通的性命，怕林神通同时面对两大劲敌，不是对手，因此出手对付斋藤骏。斋藤骏挥动银鞘匕首，与徐傀儡杀成一团。

这边四人刚一动手，那边阿潘便一声令下，剩余的青帮混混，一起向挡住厅门的罗家弟子冲去。罗家弟子人数偏少，很快被青帮混混冲开了一个缺口。阿潘背着蒋白丁冲过缺口，头也不回地奔出了厅门。

混战之中，易希川和荒川隼人对视一眼，目光中满是敌意。但两人又同时转头，死死地盯着罗慕寒。两人都是真心爱着秋本久美子，一个与秋本久美子私定终身，一个和秋本久美子订有婚约。互为情敌的二人，加之国仇私怨，已交手多次，可谓势不两立。但此时心爱之人遭罗慕寒挟持，因此两人都在一瞬之间，将罗慕寒视作了首要之敌。

罗慕寒道："易希川，我最后问你一次，到底交不交龙图？"他一只手擒着秋本久美子的后颈，另一只手操控流火在秋本久美子的身上飞速游走。

易希川看着秋本久美子，秋本久美子也正好向他看来。对视的一瞬间，易希川定下了决心，伸手入怀，取出了黄金圆筒，说道："你把流火灭了，放了久美子，我便把龙图给你。"

罗慕寒从杭州赶来上海之后，听罗家弟子描述过黄金圆筒的样子，又在刊登过中日幻戏擂台赛新闻的旧报纸上见过黄金圆筒的照片，此时见易希川拿出的黄金圆筒，与他所见所闻的黄金圆筒一模一样，便知道那是真的龙图。

他手掌一挥，流火脱离秋本久美子的身体，流回他的掌心，他再收拢手掌，流火顿时熄灭，消失不见了。他伸出了手，道："流火已灭，把龙图扔过来，我就放人。"

秋本久美子见易希川肯为了她交出龙图，心中一阵欢喜，但她知道易希川曾为龙图付出了多少代价，于是摇头说道："希川，龙图太过重要，你别给他。"

易希川道："龙图没了，还能夺回来，你若没了，我定抱恨终身。"他手一抛，黄金圆筒掠过半空，落向了罗慕寒。

罗慕寒当即伸手接住，看了几眼黄金圆筒，神情向往，目光中大有痴迷之色。

易希川看着罗慕寒的样子，不禁想起当初盗图成功后赶往老西门与罗盖穹接头的场景，当时牧章桐亮出了黄金圆筒，罗盖穹看见黄金圆筒时露出了一脸向往的神色，此时罗慕寒看见黄金圆筒时的神色，与当初的罗盖穹一模一样，没有任何分别。

易希川说道："罗慕寒，龙图已经给了你，快放人！"

罗慕寒右手拿着黄金圆筒，左手松开了秋本久美子的后颈。他看似放了秋本久美子，实则面露冷笑，左手一个弹指，一团暗红色的流火立刻燃起。他的左掌带着流火，拍向了秋本久美子的后背。

易希川冲向秋本久美子，一把将秋本久美子拉开，他自己则躲避不及，被罗慕寒的左掌拍中了胸口。流火一触即燃，易希川的黑衣顿时燃起大火。他飞快地脱下黑衣，扔在了地上，以免皮肉被烧伤，身上只剩一件单薄的短衫。

与此同时，荒川隼人也已出手。他按下钢钎的尾部，触动机关，扦头突然射出，射向罗慕寒。罗慕寒原本还想趁势追击，用流火继续攻击易希川和秋本久美子，扦头突然射来，逼得他向后一跃，避开了扦头的袭击。

忽然之间，只见滚滚白烟翻腾而起。这些白烟来自地上燃烧的黑衣，原来易希川随身携带了几包凝烟粉，全都揣在黑衣的内兜里，以备不时之需，此时遇火燃烧，顿时产生了许多白色烟雾。这些白色烟雾飞快地聚集，转眼便凝聚成了浓厚的一团。忽然之间，烟雾破开，一道五彩斑斓的火焰直蹿而起，蹿升至演厅的顶部，当空飞舞起来。

"糟糕，龙图！"易希川暗暗叫了一声。

原来，方才罗慕寒挟持秋本久美子逼他交出龙图时，他不愿将师父和众位师弟舍命守护的龙图拱手让人，于是趁着林神通现身，所有人的注意力都转移到林神通身上时，让徐傀儡、道野樵和王鞭挡在他的周围，他悄悄地取出黄金圆筒，转动七圈金环，对准正确的篆文数字，将黄金圆筒打开了。

他取出了黄金圆筒里的龙图，将龙图揣在怀里。正因为如此，当罗慕寒再次威逼他时，他才会毫不犹豫地交出黄金圆筒，抛给了罗慕寒。这一招他曾在夜船上使用过，当时是为了对付斋藤骏，只不过斋藤骏曾经得到过黄金圆筒，熟悉黄金圆筒的重量，察觉出黄金圆筒变轻了，因此识破了他的手段，但罗慕寒从没有接触过黄金圆筒，果真上了他的当。

易希川这一招极为高明，不但骗过罗慕寒救下了秋本久美子，而且鲁鸿儒和斋藤骏等人想抢夺龙图，势必会冲着罗慕寒而去。可他为救秋本久美子，又被罗慕寒的流火击中，情急之下脱掉黑衣扔在了地上，龙图也裹在黑衣当中，一起燃烧了起来。

龙图虽然不会烧毁，但一旦遇火，便会幻化出真龙绕天的神奇幻戏。如此一来，人人都会知道罗慕寒手中的黄金圆筒只是空壳，他这条眼看着便要成功的计谋，就此功亏一篑。

五色火焰在空中不断地飞舞，带起阵阵呼啸之声，很快显现出龙头、龙身、龙尾和龙爪，幻化成了一条巨型的五色火龙，首尾相连，当空翻腾。一时之间，火龙的五彩斑斓，盖过了演厅里的灯光，将整个演厅映得流光溢彩。

第十章 圣物

真龙绕天的奇异幻景突然出现，令混战的众人纷纷罢手，全都仰起头来，望着空中的五色火龙。鲁鸿儒目光迷离；林神通神情微惊；徐傀儡一脸的沉醉之色；斋藤骏虽是第二次见到这一幕，却依然头皮发麻，看得目不转睛；罗慕寒明白自己上当受骗，神色又惊又怒；荒川隼人目瞪口呆；秋本久美子仰头看了一眼，随即低下头来，怔怔地看向身边，凝视着彩光映照之下的易希川。

演厅里的上百位观众，原本提心吊胆，担惊受怕，此时被这一幕吸引，全都呆呆地仰着头，连眼睛都舍不得眨一下。在这一瞬之间，现场的每一位观众都忘了自己身处险境，陶醉于如此神妙奇幻的幻景当中，情不自禁地发出了惊呼之声。在观众席的首排，贝特朗惊得张大了嘴巴；伊莎贝拉惊讶之余，渐渐露出了满足的笑容；维克多一脸的难以置信，情不自禁地微微摇头。

易希川知道流火古怪，不敢轻易触碰，因此他心中虽然着急，却只能任由黑衣在地上燃烧，龙图也就继续燃烧着，真龙绕天的幻景也就一直持续着。

五色火龙的体型极为巨大，大到演厅根本容纳不下。火龙在空中盘旋，不断地撞击高处的墙壁、横梁、立柱和幕布。幕布易燃，迅速燃起了火焰，火焰蔓延得很快，不一会儿横梁也着了火，紧接着便是立柱。

片刻之后，黑衣燃尽，流火熄灭，空中的五色火龙消失了。易希川急忙从灰烬中捡起龙图，只见龙图一如旧貌，完好无损。

罗慕寒恼怒不已，看见易希川捡起龙图，当即扔掉黄金圆筒，燃起流火，向易希川攻去。易希川的身上只剩下一件短衫，无法携带龙图，当即龙图交到秋本久美子的手里，然后挡在秋本久美子的身前，闪避流火，抵挡罗慕寒的攻击。

此时演厅高处已经燃起了大火，火势蔓延得极快，已然无法控制了。

那群青帮混混围攻几个罗家弟子，付出了折损数人的代价，将几个罗家弟子砍翻在地。眼看着大火燃起，再加上蒋白丁和阿潘都已离开演厅，那群青帮混混于是不作停留，迅速奔出厅门，追寻蒋白丁和阿潘去了。

上百位观众渐渐从真龙绕天的幻戏当中回过神来，眼见头顶大火燃烧，不少人心中都想起了不久前巴黎魔术馆大火冲天的场景，知道用不了多久，演厅高处的大火便会燃烧下来，再不逃离演厅，势必葬身火海。正好罗家弟子毙命倒地，青帮混混仓皇逃走，再也没人堵住厅门，因此观众们纷纷跑下观众席，争先恐后地冲出厅门，逃到了万国千彩大剧院的外面。

鲁鸿儒知道大火一旦燃烧起来，便再也难以控制，他虽是万国千彩大剧院的老板，脸上却看不出任何焦急的神色。林神通一心报仇雪恨，对头顶的大火视而不见，挥动铁链，杀向鲁鸿儒。两人再次交手，拼杀了起来。

徐傀儡冲道野樵和王鞭叫道："你们先撤！"随即冲上前去，与斋藤骏杀成一团。

道野樵和王鞭对徐傀儡言听计从，一个护着骷髅傀儡，一个背着昏迷不醒的双鱼，立即向厅门而行。

斋藤骏喝道："把圣物留下！"分出一团碧绿色火焰，越过道野樵的头顶，挡住了道野樵的去路。

道野樵手持骷髅傀儡，往左移动，碧绿色火焰便往左移动，往右移动，碧绿色火焰便往右移动，总之不偏不倚地挡在他的身前。

他当即冲着王鞭喊道："你先走！"说着朝斜侧奔行，将碧绿色火焰引开。

王鞭立即背着双鱼冲出厅门，从万国千彩大剧院里撤了出去。来到剧院外面，他将昏迷不醒的双鱼交给几个离场的观众照看，随即逆着人流冲回剧院，再次回到了演厅。

道野樵看见王鞭去而复返，道："你怎么又回来了？双鱼姑娘呢？"

王鞭向来寡言少语，此时却开口道："交给路人照看了。你我既为同门，当同生死，共去留。"话未说完，已奔至道野樵的身前，脱下灰衣抓在手中，罩向碧绿色火焰。碧绿色火焰被灰衣罩住，虽然很快将灰衣引燃，却也随着灰衣燃烧殆尽。

道野樵喝了一声："好！"干干脆脆的一个字，既是回应王鞭的那句"同生死，共去留"，也是在为王鞭罩灭碧绿色火焰的功夫而叫好。

然而一团碧绿色火焰灭了，斋藤骏又分出两团碧绿色火焰，烧向道野樵和王鞭。

徐傀儡道："我倒要瞧瞧，你身上究竟有多少磷粉！"两根铁扦交替疾刺，不断地攻击斋藤骏的腰间，要将两只白皮口袋挑落，让斋藤骏失去磷粉，无法再操控碧绿色火焰。

斋藤骏哪怕脚伤未愈，动作依然灵活非凡，腾挪闪转，进退有度，将徐傀儡的刺击一一避开。他又接连分出了四团碧绿色火焰，围攻道野樵和王鞭，绝不让两人有任何带骷髅傀儡离开的机会。

易希川看见双鱼已经离开演厅，心下稍安。此时头顶火势渐猛，他一边抵挡罗慕寒的攻击，一边对秋本久美子道："久美子，你快离开演厅！"

荒川隼人刺出钢钎，攻向罗慕寒，用日语道："久美子小姐，这里没你的事，你先出去！"

秋本久美子本就是为救易希川而来，此时易希川身陷危局，她岂肯离他而去？她看着易希川，道："你不走，我不走。"声音虽然轻细，却坚定不改。

荒川隼人听到这话，眼角余光一瞥，瞧见了秋本久美子一脸深情地望着易希川。他妒火中烧，忽然大吼一声，原本刺向罗慕寒的钢钎半途转向，向易希川划去。

易希川猝不及防，被钢钎划破了手臂，痛哼一声。罗慕寒趁机狂攻，易希川难以招架，脚步踉跄，连连后退，眼看着便要被罗慕寒的火掌击中。

秋本久美子见易希川遇险，想也不想，便朝易希川的身前冲了过去。她要替易希川挡下罗慕寒的攻击。可易希川看得清楚，一把抱住秋本久美子，迅疾转身，用自己的后背挨下了这一掌。

流火一触即燃，易希川的后背一阵灼痛。他先前被流火击中，便脱下了黑衣，只穿着一件单薄的短衫，此时短衫迅速着火，他根本来不及脱下。

他将秋本久美子推开，以免秋本久美子被流火波及，随即抬起双手，抓住短衫领口，用力一扯。他的手臂力道十足，短衫顿时撕裂开来。他将着火的短衫掷向罗慕寒，他本人则赤裸着上身，后背已是一片烫红。

罗慕寒根本不给易希川喘息的机会，一掌将短衫拍落，随即两只燃烧着流火的手掌，迅疾如风地攻向易希川，要用流火将易希川当场烧死。

易希川无法抵挡，只能往后退，可身后便是秋本久美子。他心知自己难逃一死，一旦自己丧命，秋本久美子极有可能也会死在罗慕寒的手下。一瞬之间，他的心里生出了与罗慕寒同归于尽的想法，打算不退反进，一把抱住攻来的罗慕寒。如此一来，就算他被大火烧燃全身，也要死死地抱住罗慕寒，依靠惊人的臂力，让罗慕寒挣脱不得，与罗慕寒一同葬身火海。

然而这样的念头刚刚在易希川的心里冒出来，还没来得及付诸行动，忽然附近的观众席上传来了一声严肃无比的大喝："慕寒，住手！"

这声音对于易希川而言，只怕一辈子都难以忘记，心中不由得一惊："罗盖穹！"

罗慕寒原本已将易希川逼入绝境，这突如其来的一声大喝，正是他爹罗盖穹的声音，令他心中大惊，当即转头向观众席望去。

一望之下，他又惊又喜，只见罗盖穹果真立在观众席上。罗盖穹的下巴上留着胡须，嘴角长有肉痣，站在撤离的观众之中，比周围的观众高出了半个身子，极为显眼。罗盖穹正抬手指着他，目光也盯着他，神色极为严肃。

罗慕寒的惊喜只在瞬息之间，很快便看清罗盖穹的身体略微透明，并非真人。

在罗盖穹的身旁，站着一个身穿黑色燕尾服、头戴黑色高帽的洋人，正是维克多。

罗慕寒一下子明白了过来，这是维克多的亡灵魔术。他早就见过这一幕，当初维克多在巴黎魔术馆表演亡灵魔术时，曾请他上台，当着他的面变出了罗盖穹的亡灵，那亡灵太过逼真，甚至令他跪地磕头。此时他的反应已足够迅速，瞬息之间便明白了过来。

然而就在这瞬息之间，他的腹部骤然剧痛，一截沾满鲜血的钢钎扦头，已从他的腹部穿刺而出。他低下了头，瞪大了眼睛，难以置信地看着扦头。

在罗慕寒的身后，荒川隼人一击得手，便如当初罗盖穹在夜船上偷袭他那般，他如法炮制，趁罗慕寒分神的一瞬间，分毫不差地报还在罗慕寒的身上。他冷声作笑，笑声极为畅快，随即用力一拔，要将钢钎拔出。

罗慕寒又惊又怒，双目充血，一片赤红。他自知死在顷刻，在钢钎拔出之时，忍着剧痛转身，一把抱住了荒川隼人，十指钉在荒川隼人的身上，指甲甚至刺进了肉里。他浑身流火大作，火焰一下子蔓延到荒川隼人的身上。

荒川隼人的冷笑一下子僵住了，神色变得惊慌无比，不断地用钢钎刺进罗慕寒的身体，想要挣脱，可是罗慕寒力气极大，又是死命抱住了他，他根本挣脱不得。

荒川隼人的身上很快燃起了大火。他惨声叫骂，叫骂渐渐变成了哀号，哀号变得越来越弱，最后没有了任何声息。他和罗慕寒抱在一起，被暗红色的火焰吞噬，双双焚身而死。

易希川护在秋本久美子的身前，望着眼前这一幕，看得心惊肉跳。这本是他想好的同归于尽之法，想不到转眼之间，居然在罗慕寒和荒川隼人的身上变为了现实。

演厅里的火势越来越大，上百位观众已经撤离了一大半，剩余的观众纷纷挤向厅门，罗慕寒和荒川隼人焚身而死，没有任何一个观众对此加以关心。

伊莎贝拉扶着贝特朗，随在观众之中，离开了演厅。维克多走在人群的最后面，他来到易希川的身前，用生硬的汉语说道："这里不安全，快走吧。"

易希川想起刚才的那一幕，若非维克多在关键时刻变出罗盖穹的亡灵，此时被大火烧死的便是他了。他大为感激，扭头看了一眼还在和斋藤骏厮杀的徐傀儡，对维克多道："多谢你出手相救！我的事还没解决，你先走吧。"

维克多点了一下头，道："朋友，保重。"快步走向厅门，离开了演厅。

随着维克多的离去，观众席已然走得空空如也，大火熊熊、热浪滚滚的演厅之中，只剩下对决中的林神通和鲁鸿儒、厮杀的斋藤骏和徐傀儡、被数团碧绿色火焰围攻的道野樵和王鞭，以及秋本久美子和易希川。

易希川原本想立即杀入战局，帮徐傀儡对付斋藤骏，可斋藤骏是秋本久美子的师父；他又想助林神通对付鲁鸿儒，可林神通是秋本久美子的杀母仇人。

一时之间，他站在原地，一动不动。

他望着眼前的这些人，见这些人大都已是伤痕累累，血迹斑斑，却依然惨烈无比地厮杀着，连演厅高处的火势越来越大也不管不顾。眼前的厮杀，满地的鲜血，横七竖八的尸体，全都是为了争夺三大圣物和幻戏秘诀。这不禁让他想起林神通、鲁鸿儒和斋藤骏等人为了三大圣物和幻戏秘诀，在这些年里的所作所为，从十八年前云机社和秋家联姻，到十五年前鲁鸿儒灭云机社，再到两个多月前斋藤骏摆下幻戏擂台，一直到今天万国千彩大剧院里的大混战。

一瞬之间，他大起厌恶之心，忽然叫道："都住手！"

然而，没有一个人将他的话听在耳中，眼前的厮杀依然继续着。

易希川大声说道："为了圣物和幻戏秘诀，你们各种处心积虑，耗费十余年甚至大半辈子，到头来你杀我、我杀你，失去的东西更多，这么做值得吗？"

鲁鸿儒与林神通一阵拼杀，两人都已经负伤累累。鲁鸿儒将林神通逼退，斜视了易希川一眼，道："你懂什么？身为幻戏师，幻戏便是生命。为了得到神妙非凡的幻戏，做什么都值得。"

鲁鸿儒所说的话，易希川自然明白。幻戏变化莫测，神妙无比，便如鸦片一般，会让人上瘾，幻戏师一旦深陷其中，轻则废寝忘食，重则神魂颠倒。为了藏有神秘幻戏的圣物，为了某个神奇幻戏的秘诀，幻戏师可以不惜一切代价，甚至连身家性命都可以不要。

易希川自从年幼时第一次接触幻戏开始，便为之深深着迷，从此钻研幻戏，沉醉其中难以自拔，有时为了某个神奇的幻戏，会把该做的正事抛至脑后。但在他看来，幻戏本该是美妙的，尤其是琢磨秘诀恍然通悟的那一刻，他享受幻戏带来的这种美妙感觉，绝不会为了得到某个幻戏秘诀而伤害他人。

他摇头说道："遇到神妙非凡的幻戏，就该自己去琢磨，而不是处心积虑抢夺他人的秘诀。你们这般作为，实在配不上幻戏师这三个字。”

林神通对鲁鸿儒满怀深仇大恨，但听见鲁鸿儒说的话，竟深觉有理，反而听见易希川的话，仿佛在扇他自己的耳光，要知道他当年为了谋夺秋家的“画骨术”秘诀，各种处心积虑的手段，可谓无所不用其极。

林神通被鲁鸿儒逼退后，没有立刻杀回去，而是转头盯着易希川，厉声道：“一个后生小辈，也敢来训教我。”

鲁鸿儒道：“你云机社为了收录云机诀，数百年来威逼利诱，见不得人的手段不在少数，易戏主训教你，倒也没什么不对。”他言辞极尽讥讽，语气却异常平静。

林神通的目光扫过鲁鸿儒和斋藤骏等人，说道：“不错，我云机社为了收录云机诀，是威逼利诱，是见不得人。可你鲁鸿儒为了抢夺云机诀，用来对付我云机社的手段，又岂止威逼利诱？你斋藤骏为了秋家的‘画骨术’秘诀，用在秋娘身上的手段，又何止见不得人？试问在场各人，又有谁的手段是干净的？”

秋本久美子只知道斋藤骏和秋娘是两情相悦。她还曾为两人不能终成眷属而感到惋惜，从不知斋藤骏对秋娘使用过什么见不得人的手段。她听见这话，花容一颤：“你……你说什么？我师父用什么手段……见不得人？”

林神通瞧着斋藤骏，目光中大有鄙夷之色，道：“斋藤骏，当年你假意接近秋娘，骗得她身心相付，以至于嫁入我林家之后，还一直对你念念不忘。她哪里知道，你不过是虚情假意，为了从她那里得到‘画骨术’的秘诀罢了。”

说到这里，他目光一转，看向秋本久美子，只觉秋本久美子与当年的秋娘竟有七八分相似，不由得神色一怔，微微皱眉。

秋本久美子望着斋藤骏，道：“师父，他说你接近娘亲，是为了……为了……”

斋藤骏大袖一挥，不再操控碧绿色火焰攻击徐傀儡、道野樵和王鞭，而是将分散在各处的十几团碧绿色火焰合而为一。他操控这一大团碧绿色火焰掠至厅门，封堵住了唯一的出口。

斋藤骏没有继续攻击徐傀儡等人，但也不让徐傀儡等人有机会将骷髅傀儡带离演厅。他负手而立，一言不发，既没有反驳林神通的话，也没有回应秋本久美子。

火光映照之下，林神通看着秋本久美子，眼睛里闪动着异样的光芒，道：“秋娘是你的娘亲？那你是……”猛然盯住斋藤骏，“斋藤骏，你当年掳走我孙女，莫非这女子……”抬起握住铁链的手，指向秋本久美子。

斋藤骏道：“不错，她是秋娘的女儿。”声音极为冷淡。

林神通浑浊的眼睛猛地一亮，盯着秋本久美子，道：“你是秋娘的女儿，是……是我林神通的孙女……你当年不过两岁，想不到……想不到如今已长这么大了……”他的声音有些发颤，虽然吐字粗哑，却能从语气中听出一丝难以克制的欣喜之情。

斋藤骏说道：“你害死秋娘，不配再叫她孙女。我抚养她长大，授她一身幻术绝艺，如今她已是我斋藤骏的传人。”

“放屁！”林神通怒喝道，“秋娘盗走云机诀，我虽然要她归还回来，却没有害她，她是自尽而死。倒是你，当年杀死我儿，掳走我孙女，后来大战之时，你日本幻术团一败涂地，你拿我孙女做要挟，这才孤身一人逃得性命。你抚养我孙女长大，如今还带她来上海，到底是什么居心？你是不是怕对付不了我，想再次拿她做要挟？”

斋藤骏尚未应话，秋本久美子已颤着声音道：“师父，他说的这些……都是真的吗？”她望着斋藤骏，大大的眼睛里透着惊讶和迷茫。

斋藤骏道：“久美子，支那人奸猾狡诈，你别信他。”

林神通冷笑道：“当年秋娘出嫁之时，你明知秋娘钟情于你，为何不大闹成亲现场，反而自己一个人回了日本？你当真爱着秋娘，岂会眼睁睁地看她嫁给他人？你把‘画骨术’的秘诀骗到了手，便对她弃之不顾，谁奸猾谁狡诈，你心里清楚。”

斋藤骏冷冷地哼了一声，不作回应。

易希川听了林神通的这番话，不禁想到荒川隼人若是没死，秋本久美子当真被逼嫁给荒川隼人，那他无论如何也不会置之不理。秋本久美子若是真心出嫁倒也罢了，可她明明不愿嫁给荒川隼人，明明所爱之人是他，那他自然要大闹婚礼现场，用尽一切办法，也要把秋本久美子争取回来。

易希川如此暗想之时，秋本久美子也是一样的心思。她回想斋藤骏讲述的那段过往，秋娘成亲的那一晚，斋藤骏只是去秋家看了一眼，得知秋娘嫁给了林天成，便自行登上轮船，离开上海返回了日本，没有为挽回秋娘做出任何努力。她不知道斋藤骏当时是怎样的想法，但若换成她自己，她实在想象不出易希川会如此轻易便放弃她。

她不禁暗暗摇了摇头。这样的念头一旦生出，她的思绪立刻蔓延开来：“师父说来上海是为了找云机社报仇，说夺取圣物是为了引云机社露面，引林神通现身，可如今林神通已经现身了，师父还要拦着骷髅傀儡，不让这件圣物离开，难道他不是想报仇，原本就是想夺取圣物？莫非真如林神通说的那样，师父抚养我长大，只是为了拿我做要挟？师父明知我不喜欢荒川隼人，却根本不问我的意愿，便同意了荒川隼人的求亲，难道他只是想用我来拉拢荒川隼人，让荒川隼人为他效命……”

秋本久美子越想得多，越是惊讶，越是害怕，尤其是看见斋藤骏负手而立，并不反驳林神通的话，她不禁脸色苍白，浑身发颤。

易希川立即握住了秋本久美子的手，只觉她掌心寒冷，冷得像冰一样，知道她心中已是大起波澜。

此时演厅里的火势越来越猛，高处的火焰渐渐蔓延而下，热浪滚滚袭来，再拖上一时半刻，只怕没人能从演厅里活着出去。易希川道：“久美子，过去的是是非非，一时之间如何分辨得清？你现在别为此多虑了。这里火势太大，我们先出去再说。”说着扶了秋本久美子，便往厅门而去。

厅门被一大团碧绿色火焰挡住，斋藤骏看着秋本久美子走向厅门，不仅没有收回碧绿色火焰，反而操控碧绿色火焰发出恐怖的“嗞嗞”之声，说道：“久美子，你可以跟着易希川走，但龙图必须留下。”

自从真龙绕天的奇异幻景消失之后，龙图便一直拿在秋本久美子的手里。秋本久美子没想到斋藤骏竟会说出这样的话，转过身来，吃惊地看着斋藤骏，只觉得斋藤骏无比陌生，仿佛变成了一个她根本不认识的人。

“师父，你能把你真实的想法告诉我吗？你这次来上海，是为了替我娘亲报仇，还是……还是为了幻戏界的圣物？”

斋藤骏道：“仇要报，圣物也要拿。三大圣物，我一个也不会放过。”

徐傀儡冷笑出声，从道野樵那里拿过骷髅傀儡：“你口气不小，能否活着离开这里尚且难论，居然还想夺三大圣物。你想夺龙图，易戏主那里你未必能过得去，骷髅傀儡就在我手里，你更是想也别想。”

鲁鸿儒一直听着几人的对话，这时忽然道：“斋藤骏，云机诀是不是在你手上？”他这些年为夺云机诀，想尽办法对付林神通，可林神通只说云机诀早已失落，从来不肯说出云机诀藏在何处。他一直以为林神通是故意隐瞒不说，直到昨晚双鱼提及斋藤骏几乎通晓所有的中国幻戏，云机诀极有可能已落入斋藤骏之手，他才开始转变想法。斋藤骏曾在十五年前与云机社大战一场，说不定那时斋藤骏便得到了云机诀，否则斋藤骏身在日本，如何短短十五年间便将几乎所有的中国幻戏融会贯通？他一直琢磨此事，此时面对斋藤骏，终于亲口问了出来。

斋藤骏大袖一抖，明明空无一物的手中，忽然多出了一册羊皮古卷，羊皮底色泛黄，上面烫有“云机诀”三个火红色的大字。

鲁鸿儒看见“云机诀”三个字，神色一震，眼露精光。林神通则是目光森然，手臂微微发颤，以至于手中的铁链摩擦地面，响声阵阵，说道：“当年秋娘盗走云机诀，我苦寻不得，原来她把云机诀交给了你。”

斋藤骏将云机诀缓缓翻开，除去封皮是羊皮制作而成，内页全是发黄的蚕茧纸，上面密密麻麻地写满了蝇头小字，记载了千百年来九州四海各式各样的神奇幻戏的秘诀。

斋藤骏随意翻了几页，口中说道：“十五年了，这本云机诀与我朝夕相伴，上面的幻戏已尽数为我习得。云机诀、龙图、骷髅傀儡，我斋藤骏收齐三大圣物，荡平支那幻戏界，便在今日！”

他一开始尚且声音平缓，一字字说来，语气越发冷傲，到最后“今日”二字一出，浑身气势已变，变得极为凌人。

此话一出，算是道出了他此番来到中国的真实目的。当初罗盖穹派罗家弟子远赴日本打探他的底细，后来在外滩的幻戏擂台上借铁傀儡之口道出，说他野心勃勃，想击败中国所有厉害的幻戏师，正是实情。他研习云机诀，夺龙图，摆擂台，引出中国有实力的幻戏师并一一击败，还想找出云机社，一雪十五年前的落败之耻。他一直按照自己的目的一步步行事，只不过面对秋本久美子时，却说这一切是为了替秋娘报仇。倘若他当真是为了替秋娘报仇，早就可以来上海找林神通，何必花费整整十五年的时间，等到将云机诀上的幻戏尽数学会了才来上海？

直到此时此刻，秋本久美子才终于醒悟过来，知道了斋藤骏的真实目的。她只觉得天旋地转，脸色一片苍白，身子摇摇晃晃，几乎站立不住。易希川看在眼里，急忙搂住了她。

"真是口出狂言。"徐傀儡冷笑道，"以你操控磷火的本事，便是对上我徐傀儡一人，你也无必胜把握，何况还有林首领和易戏主在，还有我扶娄派的两位门人，哪怕鲁鸿儒忘本负义相助于你，你们二人也不是我们的对手。"

鲁鸿儒重重地咳嗽了两声，道："把我与日本人相提并论，你也太低看我鲁某人了。"

徐傀儡道："你坏事做绝，还有什么是做不出来的？"

鲁鸿儒又咳嗽了几声，脸上露出冷笑。

斋藤骏冷眼看着徐傀儡，道："那我便让你见识一下，我操控磷火的本事，到底如何。"双手一晃，手中的云机诀消失了，随即将双手伸进两只白皮口袋，抓出了两大把磷粉，几乎将白皮口袋掏空，只剩下一丁点磷粉还在袋中。他扬起双手，往空中一撒，磷粉顿时弥漫开来。只见他手掌一翻，弥漫的磷粉闪动起了碧绿色的火光。这些火光不再聚集成团，而是极为细小，如同火星一般，密密麻麻地遍布空中。

斋藤骏大袖扫动，无数火星四散飞掠，飞向徐傀儡、鲁鸿儒、林神通、道野樵和王鞭等人，至于易希川和秋本久美子，则没有加以攻击。他与秋本久美子已是十五年的师徒关系，终究带有些许感情，他不愿误伤秋本久美子，因此没有攻击与秋本久美子站在一起易希川。他知道易希川虽然幻戏卓绝，但身手一般，只要解决了其他人，回头再收拾易希川，自然轻而易举。

密集无比的火星突然掠来，徐傀儡不由得神色一紧。倘若是碧绿色火焰，哪怕有数十团之多，终究看得清楚，只要动作足够迅捷，便能躲过。但眼前是密密麻麻的火星，看不清到底有多少，根本无从闪避。徐傀儡当即脱下外衣，狂舞起来，将飞来的火星卷落在地。但火星实在太多，一旦飞掠过来，居高而下，几乎将他四面八方全都罩住，只靠一件外衣，终究难以全部挡下。

徐傀儡的肩头一痛，已溅上一粒火星，里衣顿时燃起了碧绿色的火焰。他伸手拍打碧绿色火焰，却拍之不灭。紧接着他的右臂又是一痛，同样溅上了火星，燃起了火焰，随即后背也灼痛起来。

眨眼之间，徐傀儡身上的里衣已有三处着火。他眼角火光大亮，瞥眼看去，只见道野樵和王鞭的身上已有多处燃起碧绿色火焰。

鲁鸿儒处心积虑对付林神通，为的便是得到云机诀，当他看见云机诀在斋藤骏的身上时，立刻对斋藤骏起了杀心。

只是他尚未动手，斋藤骏已经率先出手，漫天火星飞掠而来。他一边后退，一边和徐傀儡一样，脱下外衣，用尽全力，将飞来的火星尽可能地卷落在地。

林神通看见无数火星飞至，当即往戏台的方向大步奔行。火星如同蜂群一般，在后紧追不舍。他一口气奔上戏台，用铁链卷住幕布，一下子将幕布扯了下来。

幕布虽然已有大半燃起火焰，只剩下一小半，但幕布原本就极为开阔，剩下的一小半也足够宽大，比徐傀儡和鲁鸿儒所用的衣服大了数倍。林神通甩动铁链，靠铁链卷动幕布，顿时带起了阵阵大风，将追来的火星卷得七零八落。

幕布上溅了不少火星，只不过卷动了几下，便燃起了碧绿色的火焰，但林神通得益于幕布的保护，却是毫发无损。他卷动幕布，在无数火星之间荡开一条路，飞步冲下戏台，没有反击斋藤骏，而是向鲁鸿儒挥动铁链，将满是碧绿色火焰的幕布扫向对方。

比起曾重创云机社并夺走云机诀的斋藤骏，林神通更加仇恨囚禁折磨了他长达十五年的鲁鸿儒，此时鲁鸿儒已被漫天火星逼得手忙脚乱，正是杀之报仇的大好机会。

林神通已是年届六旬的高龄，只剩一只右手完好，但出手依然迅猛无比，再加上幕布极为宽大，正在对付漫天火星的鲁鸿儒根本无从躲避。

鲁鸿儒被幕布扫中了大腿，裤子上立刻燃起了碧绿色火焰。碧绿色火焰极为古怪，他连番拍打，却始终不灭。林神通得势不饶人，趁势狂攻，幕布来回扫动，攻击鲁鸿儒身体的各个部位。鲁鸿儒卷动衣服，想要应付幕布，可漫天火星趁机飞入，落在了他的身上，浑身上下又有几处地方燃起了碧绿色火焰。

鲁鸿儒浑身灼痛不已，深知继续留在演厅，用不着等到演厅高处的大火烧到，他便会被碧绿色火焰活活烧死。他自恃身份，不愿当众脱掉里衣和裤子，于是打算冲出演厅，迅速找到水，浇灭身上的碧绿色火焰。

一时间，鲁鸿儒卷动衣服，将不少火星卷向林神通，逼林神通用幕布回救，随即夺路奔行，冲向厅门。尽管厅门被一大团碧绿色火焰封堵住了，但鲁鸿儒此时身上已经多处着火，顶多冲出厅门时再被碧绿色火焰烧上一次，只要冲出厅门找到了水，便能立刻灭掉身上的火焰。

但鲁鸿儒刚刚奔出没几步，离厅门尚远，斋藤骏已从斜刺里杀来，银鞘匕首连番刺击，将鲁鸿儒逼退回去。林神通已将火星卷落，幕布也已烧成灰烬，直接挥动铁链，击向鲁鸿儒的后背。

鲁鸿儒腹背受敌，避开斋藤骏的刺击，反手探出，一把抓住了铁链。他虽然避免被铁链击打后背，但铁链经过火焰的烧灼，变得滚烫无比，他的掌心一阵剧痛，已被烫烂了一层皮。

鲁鸿儒向来沉稳，此时身遭火焚，掌心剧痛，脸上终于露出了凶厉之色。他抓住铁链用力一拽，借助这一拽之力，向铁链另一头的林神通扑去。

林神通知道鲁鸿儒想做殊死一搏，一旦被扑来的鲁鸿儒碰到，碧绿色火焰便会蔓延到他的身上。他手腕一扭，铁链荡回，击中了鲁鸿儒的小腿。鲁鸿儒的小腿受此一击，脚步微微一滞，林神通趁机斜身一让，堪堪避过了鲁鸿儒这一扑。

但在鲁鸿儒的身后，斋藤骏紧跟着杀到，银鞘匕首横掠而过，在林神通的右臂上划开了一道血淋淋的口子。

林神通冷哼一声，甩动铁链，反击斋藤骏。

斋藤骏一击得手，看见铁链一动，立即退步。但他的身后风声袭来，徐傀儡的铁扦已经刺到。

徐傀儡的里衣着火，无法拍灭，最终不得不将里衣脱掉。他赤裸的上身有多处被烧灼的痕迹，烫得一片通红。此时围攻他的火星已被他全部卷落在地，他当即刺出铁扦，向斋藤骏杀去。

林神通被迫反击斋藤骏，鲁鸿儒这才得到一丝喘息之机。他浑身多处着火，于是再次往厅门冲去，想要冲出演厅寻水灭火，可眼前忽然人影晃动，道野樵和王鞭已挡住了他的去路。

道野樵和王鞭同样脱掉了衣服，甚至连穿在外面的裤子也已脱去，这才避免被碧绿色火焰活活烧死，但身上有许多地方被灼伤，可谓遍体鳞伤。两人不由分说，取出武器，联起手来一阵狂攻，又将鲁鸿儒逼了回去。

鲁鸿儒无法离开演厅，一番拖延，连头发都已引燃，此时即便他想脱掉里衣和裤子，也已经来不及了，更何况道野樵和王鞭根本不会给他这样的机会。他身上的火势越来越大，不断地发出嘶吼声，心神变得越发慌乱，以至于连林神通趁着徐傀儡缠住斋藤骏之时，突然甩出铁链攻击他的脑袋，他也未曾察觉。

林神通这一击用上了全部的力气，这根束缚了他十五年的粗大铁链，狠狠地击在鲁鸿儒的脑袋上。

鲁鸿儒原本还在抵挡道野樵和王鞭的围攻，受此一击，顿时闷哼一声，踉跄了数步，最终头晕目眩，扑翻在地。他挣扎了数下，但头部遭受重创，难以起身，碧绿色火焰越烧越盛，很快将他的身体吞噬。

鲁鸿儒浑身痛苦万分，心中万念俱灰。他多年来设下各种陷阱，坑害了许多成名的幻戏师，这些幻戏师不仅被迫交出了幻戏秘诀，也连带着送掉了性命，今晚他同样设局对付易希川，原本以为万无一失，没想到各方势力搅和进来，大好的局势竟然一坏再坏，不但让贵叔和金童丧命，让蒋白丁身受重伤，数十个青帮混混折损大半，还让他赔上了经营大半辈子的万国千彩大剧院，最终连他的性命也葬送在此。

熊熊大火之中，鲁鸿儒倒地不起，浑身抽搐了几下，就此再不动弹。

林神通亲手给鲁鸿儒致命一击，甚至在鲁鸿儒失去挣扎之后，他还挥动铁链，照准鲁鸿儒的身体，狠狠地抽打了几下。

他看着鲁鸿儒被活活烧死，大仇得报，多年来的积怨终得宣泄，忍不住一阵狂笑。他的嗓音极为嘶哑，笑声难听至极。

鲁鸿儒一死，林神通、徐傀儡、道野樵和王鞭立刻联起手来，合力围攻斋藤骏。斋藤骏的白皮口袋里只剩下一丁点磷粉，别说难以对四人造成伤害，他便是想把手伸进白皮口袋里，此时也难以做到。四个人各站一方，疯狂地围攻他，他根本找不到一丝间隙来抓出最后的一丁点儿磷粉。

转眼之间，斋藤骏便从占尽优势，变得只有招架之功，而无还手之力。

易希川和秋本久美子一直站在外围，没有插手，全程旁观了这场恶斗。眼见斋藤骏受制于人，只怕片刻之间便会死在四个人的围攻之下，秋本久美子不禁动了恻隐之心。她知道斋藤骏欺骗了她，知道斋藤骏当年欺骗秋娘也极有可能是真的，但她毕竟和斋藤骏朝夕相处了十五年，师徒之情难以说断就断，而且方才斋藤骏燃起漫天火星之时，并没有攻击她和易希川，足见斋藤骏对她并非彻底绝情，因此她想上前帮助斋藤骏。

但秋本久美子的脚步刚刚一动，易希川立刻拉住了她，道：“小心！”

易希川说话之时，瞪大了眼睛盯着地上。就在他和秋本久美子的脚尖前方，一团碧绿色火焰如同流水一般，迅速地流淌而过，秋本久美子若是迈前一步，便正好踩中碧绿色火焰，后果将不堪设想。

易希川越发惊讶，只因除了这一团碧绿色火焰外，其他方向的地面上，还有三团碧绿色火焰正在流动。这总共四团碧绿色火焰，悄无声息地贴地流淌，如同罗慕寒的“流火”一般，分别流向正在围攻斋藤骏的四人。

林神通、徐傀儡、道野樵和王鞭正全力围攻斋藤骏，斋藤骏已是难以招架，多处负伤。四人的注意力全都集中在斋藤骏的身上，根本没有注意到身后的地面上正在悄悄流动的碧绿色火焰。

斋藤骏遭受围攻，腾不出手来抓取白皮口袋里的磷粉，不可能再燃起碧绿色火焰，但这四团碧绿色火焰并非他用磷粉燃成，而是由落在地上的许多火星慢慢地聚集而成，因此徐傀儡等人都没察觉。

“当心脚下！”易希川急忙出声提醒。

这一声提醒刚刚出口，四团碧绿色火焰已流至徐傀儡等人的脚下。徐傀儡听到提醒，瞥见脚下绿光闪动，立即向侧面一跃，避开了碧绿色火焰。林神通同样反应迅速，避向一旁。道野樵和王鞭的反应却慢了些许，鞋子顿时着火，急忙将鞋子蹬掉。

四人被碧绿色火焰袭击，围攻的阵势顿时乱了，斋藤骏趁势反击，银鞘匕首随身而转，横削出去，势如雷电，划伤了道野樵和王鞭，徐傀儡和林神通则退得极快，避过了银鞘匕首的攻击。

四人分散开来，不敢轻易靠近斋藤骏，只因在斋藤骏的身前，那两团被徐傀儡和林神通避过的碧绿色火焰，正围着斋藤骏来回流动。与此同时，四面八方的地面上，方才落地的火星纷纷聚集，凝聚成了一团团碧绿色火焰。这些碧绿色火焰不再飞上空中，而是贴着地面飞快地流动，其中不少碧绿色火焰流至斋藤骏的身前，将他层层守护了起来，剩余的碧绿色火焰则飞快地流向徐傀儡等人。徐傀儡等人不得不时时盯住脚下，躲避往来穿梭的碧绿色火焰。

易希川没想到斋藤骏的火幻术已到了如此出神入化的地步，比之罗慕寒的“流火”还要厉害几分，不由得看得目瞪口呆。秋本久美子一直知道斋藤骏擅长火幻术，但这满地流火的一幕，她还是第一次见到。

她身为斋藤骏的传人，从来不知道斋藤骏有此实力。她不知道斋藤骏是故意对她有所隐藏，还是看过了罗慕寒的“流火”幻戏后，在短短数日之内便创出了这一招新的火幻术。

徐傀儡身在战局之中，想到前两次与斋藤骏交手，斋藤骏都没使出漫天火星和满地流火的本事，可见未尽全力，不由得暗暗心惊。破解斋藤骏的火幻术，其实不难，只要有足够多的水，便能轻而易举地对付这些碧绿色火焰，但演厅里极为干燥，找不到任何水源，应对满地的碧绿色火焰便很不容易。

徐傀儡躲避着地上的碧绿色火焰，又见斋藤骏已被十余团流动的碧绿色火焰层层保护起来，想靠近斋藤骏已是足够困难，还想将之击杀，可谓难上加难。

易希川见徐傀儡、道野樵和王鞭遇险，这三人救过他的性命，告知过鲁鸿儒的真面目，又舍命助他进入后台救出双鱼，如此大的恩情，他自然不能坐视不理。

他曾经面对过斋藤骏的火幻术，吃了不少亏，一直不知该如何破解。此时他盯着流动的碧绿色火焰，忽然念头一动。地上横七竖八地躺了不少尸体，大都是在混战中死去的青帮混混和罗家弟子，碧绿色火焰流动之时，总是会避开这些尸体，显然碧绿色火焰一旦碰上可燃的实物，便会立即燃烧起来，就此失去攻击能力。

易希川知道斋藤骏虽然欺骗了秋本久美子，但以秋本久美子的性子，未必便能与斋藤骏彻底断绝师徒关系。他原本不想当着秋本久美子的面对付斋藤骏，但他更不想眼睁睁地看着徐傀儡等人死在斋藤骏的手上。他对秋本久美子道了一声："久美子，对不住了。"随即松开了搂住秋本久美子的手，离开了秋本久美子的身边。

秋本久美子不明白易希川说出这话的意思，也不知道易希川要去做什么，捧着龙图站在原地，不解地望着易希川。

易希川冲上几步，来到一具尸体跟前。他俯身抓住尸体，暗暗道了一声："得罪。"提起尸体，朝地上流动的两团碧绿色火焰掷去。两团碧绿色火焰顿时被尸体压住，尸体迅速燃起了火焰，但两团碧绿色火焰也就此附着在尸体上燃烧，失去了攻击能力。

易希川如法炮制，不断地抓起尸体，将一团团流动的碧绿色火焰压灭。徐傀儡等人看见易希川这么做，纷纷反应过来，也抓起尸体压灭碧绿色火焰。

原本数十团往来穿梭的碧绿色火焰，眼看着越来越少，到最后一无所存，只剩下守护在斋藤骏周围的十几团碧绿色火焰，以及封堵厅门的一大团碧绿色火焰。但有了用尸体抵挡火焰的法子，对付这些剩余的碧绿色火焰，便不在话下。

秋本久美子看到这里，才算明白过来易希川的话中之意。斋藤骏原本依靠火幻术占尽了优势，只怕用不了多久便能将徐傀儡等人一一击败，但易希川突然出手，顷刻间便逆转局势，碧绿色火焰对徐傀儡等人已不成威胁，斋藤骏自然难保性命。斋藤骏一旦落败被杀，也算是死在了易希川的手上，易希川所说的"对不住"，便是这个意思。

斋藤骏虽然欺骗了她，也欺骗了她的娘亲，甚至在十五年前杀死了她的父亲林天成，但在她记事的岁月里，一直将斋藤骏当作最亲的人，对斋藤骏的感情极为复杂。她对斋藤骏大感失望，只想就此离他而去。但他若是死在眼前，她却又于心不忍。

秋本久美子内心挣扎之时，徐傀儡等人已向斋藤骏围杀而去。保护斋藤骏的十几团碧绿色火焰，只用几具尸体便轻而易举地解决了，斋藤骏只能再次动用银鞘匕首，与徐傀儡等人厮杀起来。

易希川只破了斋藤骏的火幻术，没有向斋藤骏杀去。他知道斋藤骏没有了火幻术的助力，已是必死无疑。

他远远地看见秋本久美子的神情，便猜到秋本久美子的心思。他回到秋本久美子的身边，轻声说道："久美子，我们走吧。"扶着秋本久美子，往厅门走去。

两人走到厅门前，停下了脚步。

厅门处还有一大团碧绿色火焰封堵去路。

易希川俯身抓住一个罗家弟子的尸体，打算将尸体掷向碧绿色火焰，将这最后一团碧绿色火焰灭掉。

但他还没将尸体掷出，身后忽然传来斋藤骏的一声大喝。

大喝声中，那团封堵厅门的碧绿色火焰，突然掠过易希川和秋本久美子的头顶，向斋藤骏急速飞去。

斋藤骏抵挡不住徐傀儡等人的围攻，陷入了绝境，于是动用了最后一大团碧绿色火焰。他操控碧绿色火焰飞至头顶，飘浮在空中，不断地"嗞嗞"狂响。

徐傀儡等人不敢大意，一边围攻斋藤骏，一边盯着头顶那团碧绿色火焰的动向，只要碧绿色火焰飞掠下来，便立即躲闪，并抓起地上的尸体对付火焰。

一声振聋发聩的轰隆声突然响起！

空中的那一大团碧绿色火焰并没有飞掠下来，而是当空炸裂开来，幻化成无数火星，密如急雨，飞溅而下。

易希川见过这一幕，那是在罗家戏苑的双水戏台上，他与罗盖穹斗戏之时，斋藤骏第一次现身，便动用了这一招。但徐傀儡等人没有见过这一幕，事先全无预料，密集的火星突然飞溅而下，根本无从躲避。

徐傀儡右手握着铁扦，左手拿着骷髅傀儡，下意识地将骷髅傀儡举起，挡住了溅落的火星。

上次在废弃厂房之中，徐傀儡为了对付斋藤骏，事先用“辟火术”对骷髅傀儡进行了防火处理，因此骷髅傀儡遇上碧绿色火焰没有受到任何损伤，但他今晚来万国千彩大剧院是为了对付鲁鸿儒，事先没料到斋藤骏也会来，因此并未使用“辟火术”处理骷髅傀儡，此时骷髅傀儡溅上火星，顿时燃起了碧绿色的火焰，骷髅傀儡身上那些复杂无比的提线，眨眼间便被纷纷烧断。

徐傀儡好歹有骷髅傀儡护身，没有被火星溅上，但林神通、道野樵和王鞭难以幸免，身上溅到了不少火星，迅速燃起了火焰。

斋藤骏早有准备，操控碧绿色火焰炸开的那一刻，便脱下了身上的白衣，挡住了溅落的火星。他趁势反击，银鞘匕首向离他最近的林神通直刺而去。林神通浑身燃火，心神一分，被匕首刺进了腹部，直没至柄。

道野樵和王鞭见林神通被刺，不顾身上已燃起火焰，双双向斋藤骏扑去，一左一右地抱住了斋藤骏。斋藤骏拔出银鞘匕首，不断地捅刺道野樵和王鞭，但二人强忍剧痛，死不松手，二人身上的火焰，就此蔓延到了斋藤骏的身上。

林神通腹部遭受重创，却不加理会，眼见道野樵和王鞭为救他而遭匕首捅刺，也不援救，反而甩出铁链，一下子将三人死死地缠在一起。他生怕斋藤骏挣脱之后，会有法子灭掉身上的火焰，为了将斋藤骏烧死，竟不管道野樵和王鞭的死活。

徐傀儡大惊失色。他舍不得丢掉燃起大火的骷髅傀儡，而是扔掉了另一手中的铁扦，一把抓住林神通的手腕，道："你做什么？快松了铁链！"

林神通狞声喝道："滚开！"沉肩一撞，想将徐傀儡撞开。

徐傀儡避开这一撞，挥拳反击林神通。林神通不作抵抗，生生受了几拳，唯一的右手死死地抓着铁链，说道："已经死了！"

徐傀儡看向道野樵和王鞭，二人原本就被银鞘匕首捅刺多次，被刺中了要害，浑身又被火焰吞噬，已经全无动弹，显然已是死了。而斋藤骏被二人死死抱住，又被铁链缠死，初时还有所挣扎，此时浑身起火，同样没了动静。徐傀儡一呆，不再争夺林神通手中的铁链。

林神通似乎怕斋藤骏是诈死，没有就此松开铁链，而是将铁链的另一头拴在了一根立柱上。他看着斋藤骏浑身火焰狂烧的一幕，既不救治自己腹部的伤势，也不去管自己身上的大火，反而狂声大笑。

在过去的十五年里，他朝思暮想之事，便是有朝一日能活着离开地牢，杀了鲁鸿儒和斋藤骏这两大仇人。他原本以为这是遥不可及的奢望，以为自己会死在暗无天日的地牢之中，没想到今日居然能脱出牢狱，并一下子将两大仇人同时除掉。

他本就已成废人，根本没打算再活下去，能得报大仇，当真痛快无比。他的笑声比之前杀死鲁鸿儒时更加畅快，也更加嘶哑，更加刺耳，更加难听。

林神通笑了一阵，忽然眼睛圆鼓，大叫一声：“云机诀！”云机诀还在斋藤骏的身上，斋藤骏浑身燃火，意味着云机诀也会跟着烧毁。

林神通看着斋藤骏身上的熊熊火焰，知道云机诀被烧毁已无法挽回，云机社延续了数百年之久，到今日算是彻底覆灭了，什么也没有留下。

他一下子万念俱灰，再也笑不出声，连声道：“罢了，罢了。”捂住腹部，强忍剧痛，迈着蹒跚的脚步，向观众席的首排走去。

他腹部的伤势太重，浑身又是火焰狂烧，已然无法活命。他在首排的一个座位上坐了下来，最后看了又一眼戏台，缓缓地闭上了眼睛。

徐傀儡在原地呆立了一阵。道野樵和王鞭在眼前死去，二人的四个徒弟也纷纷丧命，他为今晚付出的代价不可谓不大。但他很快从这种黯然的情绪中回过神来。他手中的骷髅傀儡燃烧着火焰，再不抢救，势必被彻底烧毁。他飞快地冲出了厅门，去寻找水源，以便灭掉骷髅傀儡上的火焰，至于道野樵和王鞭的尸体，他则不管不顾，任由二人和斋藤骏被铁链捆在一起，一动不动地立在那里，被碧绿色火焰吞没。

秋本久美子站在厅门前，目睹了斋藤骏被碧绿色火焰吞噬的全过程。斋藤骏一辈子玩弄火幻术，一辈子掌控磷火，没想到最终竟会死在自己的磷火上。秋本久美子心中不忍，默默地流下了泪水。

易希川原本以为大局已定，没想到斋藤骏殊死一搏，最终竟会是如此惨烈的结局。

此时演厅内大火狂烧，高处的横梁断木带着火焰滚落而下，已不能再作过多的停留。

易希川道："久美子，别再看了。"扶着秋本久美子转身，一起走向厅门。

两人刚刚走出厅门门口，演厅外忽然传来了呼喊声："师哥！"

易希川听出是双鱼的声音，心头一喜，脱口叫道："师妹。"

在易希川和秋本久美子的身前，一道天蓝色的人影迎面奔来，正是双鱼。

双鱼之前被王鞭背出演厅，到了万国千彩大剧院的大门外，交给几个离场的观众照看。双鱼在地牢里被逼喝下了令人昏睡的药汤，到了剧院外面，依然长时间昏迷不醒，直到两个英国人的到来。

这两个英国人曾救过易希川的性命，其中一人的胸前挂着一部相机，正是圣三一堂的英国牧师路德，另一人则是为易希川做过腹部手术的英国医生。

路德生活在公共租界，几乎每晚都会外出散步，偶尔也会到法租界来逛逛。他虽是牧师，却喜欢摄影，常常带着一部相机，将所见的风景和人事拍摄下来。他也时常去剧院看戏，偶尔还会约上朋友，譬如那位英国医生，一起去大世界游玩。

巴黎魔术馆着火的那晚，路德和英国医生正是在大世界游玩，当时两人从街边经过时，曾与乘坐黄包车的易希川和秋本久美子错身而过。今晚万国千彩大剧院燃起大火，路德和英国医生恰好也在大世界游玩，望见远处起火，也向火场赶来，同样是为了救人，以及拍摄火场的情况。

路德和英国医生赶到万国千彩大剧院的大门外，见围观的路人已经很多，但大部分人只是旁观热闹，设法救火的人却很少。两人看见剧院的大门外有不少血迹，还躺了一些人，其中有被日本武士杀死的两个扶娄派门人，也有被罗慕寒杀死的两个日本武士。

两人急忙上前查看有无活命之人，只可惜这几人都已死去多时。路德看见了被几位观众照看的双鱼，发现双鱼还活着，只是昏迷不醒，急忙叫英国医生来救治。

英国医生施以急救，双鱼很快醒了过来。

双鱼醒来后，发现自己不是身在地牢，而是在剧院门外，立刻猜到是易希川救了自己。但她左右顾盼，却始终不见易希川的身影，只看见头顶火光大作，浓烟滚滚，万国千彩大剧院居然燃起了大火。

她不知万国千彩大剧院里出了什么事，急忙追问照看她的观众，得知易希川和不少人正在演厅里厮杀。

双鱼一惊之下，担心易希川的安危，不顾自己刚刚从昏迷中醒来，身体尚且虚弱，也不顾路德和英国医生的阻拦，更不顾剧院已经燃起大火，直接冲进了剧院。

刚一进入剧院，双鱼便看见徐傀儡的身影从远处掠过。徐傀儡从演厅的方向出来，往住楼的方向奔去，寻找水源去了。双鱼看见徐傀儡浑身是伤，手中的骷髅傀儡已经着火，因此更加担心，一边呼喊“师哥”，一边朝演厅奔去。

她刚刚冲到演厅门外，便看见易希川和秋本久美子出现在了门口。她看清易希川正关切无比地扶着秋本久美子，内心深处不由得掠过一丝难受。

但这丝难受转瞬即逝，她的神情一下子大变，惊声叫道：“当心！”声音出口之时，她一个箭步掠过易希川的身旁，抢到了易希川的身后。

一声痛哼传入了易希川的耳中，他急忙回头，只见斋藤骏带着一身张狂的碧绿色火焰，不知何时竟从铁链捆缚之下脱身，悄无声息地出现在了他的身后。斋藤骏的右手笔直前伸，银鞘匕首已刺进了双鱼的心口。

易希川神色惊恐，目光中喷薄着怒火，不顾斋藤骏满身火焰，一拳狠狠地击向斋藤骏的腹部。

斋藤骏身受重伤，又遭火焚，本就是强弩之末，几乎奄奄一息，这才忍着剧痛，用最后一丝力气，从背后悄无声息地偷袭易希川，要拉着易希川一起陪葬。就在此时，双鱼突然赶到，正好看见他出现在易希川的背后，替易希川挡下了这致命的一击。

此时他无力躲闪易希川的拳头，易希川的臂力又奇大无比，顿时将他击得连连倒退。

斋藤骏一退，银鞘匕首便跟着拔了出去，双鱼身子一软，倒向地面。秋本久美子急忙将双鱼搂住。

易希川看见银鞘匕首带着血光从身边经过，当即一把夺下，顺势追刺而出，一下子刺进了斋藤骏的胸膛。

易希川的手被火焰燎到，皮肤赤红，一阵灼痛。但他此时丝毫感觉不到疼痛，回身抱住了双鱼。

双鱼的心口鲜血涌出，天蓝色斜襟衫上的血迹越来越大。他按住双鱼的伤口，鲜血依旧不住地流出，染红了他的手。

易希川心中大恸，眼泪流了出来，叫道："师妹，师妹！"

双鱼目光散乱，气若游丝，嘴唇张了好几下，才发出了微弱的声音："师哥……别……别哭……"她想摸一摸易希川的脸，可手只能轻微举起，却无力上抬。

易希川紧紧握住双鱼的手，按在自己的脸上，眼泪流得更厉害了："师妹，我这就救你……我不会让你死的……不会的……"

易希川抱起双鱼，向剧院大门冲去。

双鱼躺在他的怀里，紧挨着他的胸膛，他急促无比的心跳声，一声声地传入她的耳中。她微微带着笑，慢慢地合上了眼睛。

秋本久美子心中难受，流下了眼泪，跟着易希川往大门而去。她离开之时，朝斋藤骏望了一眼。斋藤骏被银鞘匕首刺入胸膛，全身燃烧着碧绿色火焰，已经死去，只不过他直挺挺地立在原地，至死也未倒下。

仅此一眼，秋本久美子离开了演厅。她追着易希川而去，再也没有回头。

看见易希川抱着双鱼冲出剧院大门，路德和英国医生立即围了上来。

看见英国医生在场，易希川一阵欣喜，看到了一丝希望。然而英国医生查看了双鱼的情况后，重重地叹了口气，冲他摇头。他心中一沉，双膝一软，抱着双鱼，跪倒在地上。

徐傀儡已经用水灭掉了骷髅傀儡上的火焰，此时他提着损毁大半的骷髅傀儡，立在万国千彩大剧院的大门外。他看着死去的双鱼，又想起道野樵、王鞭及其四个徒弟全都身死命断，为了完成徐鬼手的遗愿，付出的代价实在太大了。他心中黯然，原本想安慰易希川几句，最终只是摇了摇头。

徐傀儡转过身去，提着骷髅傀儡，穿过围观人群，消融在了夜色深处。

贝特朗、伊莎贝拉和维克多离开演厅后，来到爱多亚路的对面，站在巴黎魔术馆的废墟前。

贝特朗点燃了一支雪茄，一边吞吐烟雾，一边望着万国千彩大剧院被大火吞噬，心中高兴不已。巴黎魔术馆烧没了，作为竞争对手的万国千彩大剧院也要烧没了，算是让他出了一口怨气。伊莎贝拉神情忧郁，想到两座在魔术界享有盛誉的剧院，短短数日之内尽成废墟，不由得感慨良多。

而维克多摘下了黑色高帽，冲天的火焰映在他的眼中，如同明光烛照，只觉得世间所有的一切，由起始，至兴盛，再盛极而衰，终湮灭于世，万事万物，包括活在世上的每一个人，皆是如此。

此时在更远的地方，在数条街开外的一条昏黑巷道之中，先前陷入昏迷被阿潘背出万国千彩大剧院的蒋白丁，正靠墙瘫坐，有气无力地睁开了眼睛。

蒋白丁恢复了意识，但这只是临死前的回光返照。他想抬手指向身前，却觉得手臂沉重无比，根本抬不起来，只能嘴里发声，有气无力地说道："你……你居然……敢……敢背叛我……"

在蒋白丁的身前，阿潘一动不动地站着。他不再是从前那副唯命是从的样子，而是变换了一副面孔，一脸的阴鸷和冷漠。

蒋白丁看向阿潘的身后，那里站着几个从万国千彩大剧院逃出后追寻而至的青帮混混。他语气带上了求恳，吃力地说道："救……救我……"

阿潘没有回头，冷冷地说道："今晚的事，谁敢说出去，我便三刀六洞伺候谁。"

身后的几个青帮混混相互看了看眼色，心中都是一样的想法。蒋白丁向来对他们呼来喝去，稍有犯错便辱骂惩戒，他们早已心生不满，只是一直压在心底不敢表露出来。此时蒋白丁身受重伤，失血过多，本就是将死之人，何必再救他的性命？他们知道阿潘将蒋白丁丢弃在这条偏僻的巷道里，摆明了是要看着他死，待他死后取而代之。

他们见机极快，立即聚集在阿潘的左右，齐声应道："是，大哥。"

蒋白丁瞪圆了眼睛，想要破口大骂，可是喉咙里根本发不出声音。他就那样大睁着眼睛，眸子里的亮光渐渐消散，只剩下远处若隐若现的火光，死气沉沉地映在他的眼中。

万国千彩大剧院的大火依旧燃烧着，烧尽了所有的一切，什么也没留下。

易希川抱着双鱼的尸体，跪在烈火之前，仰面朝天，失声痛哭。

秋本久美子手捧龙图，守在易希川的身旁，默默垂泪。

小哥从暗夜深处飞了过来，在易希川的头顶往复盘旋，不住地叫着："师父来啦，师父来啦……"

尾声

“我明白了，”我站在罗家祠堂里，直视着罗晴，“你有这两张照片在手，你从一开始就知道我是谁。”

罗晴从我的手里把两张照片拿了过去。她看着那张建筑燃火的照片，看着照片中那个跪在大火前的人。虽然照片古旧，有些地方已模糊不清，但那个跪地之人的容貌却很清晰，与我极为相似。

罗晴抬起目光看着我，说道：“这照片是当年圣三一堂的英国牧师路德拍摄的，几经辗转，被我罗家人所得。照片里起火的建筑，就是万国千彩大剧院，跪在地上的人，就是易希川。你和易希川长得几乎一模一样，我在联谊会上第一眼看见你，就觉得好奇，所以才故意显露‘流火’幻戏，想看看你会不会主动来找我。事后你果然主动联系我，我那时就猜到了你的身份。”

罗晴转过头去，看着罗慕寒的牌位，说道：“当年我曾祖父将妻儿留在杭州，只身一人赶去上海，追查高祖父的死。他去的当天，虽然没有立即查到凶手是谁，但从罗家弟子那里得知高祖父曾被日本幻术师斋藤骏击败，遭天火焚身，被严重烧伤。他当晚便想一雪高祖父落败的耻辱，也要为中国幻戏界争口气，于是以知道云机社下落为由，引斋藤骏出来见面。我看了你发来的小说文稿，按你在小说里的描述，那晚正是易希川和秋本久美子的定情之夜，秋本久美子说斋藤骏外出，是要去见一个或许知道云机社下落的人，正是去见我的曾祖父。

“那天晚上，我曾祖父用‘流火’对决斋藤骏的磷火，两人未分胜负。我曾祖父并非你小说里写的那般不堪，他幻戏卓绝，曾杀入万国魔术大赛的半决赛，在当时的上海，能在幻戏上与他匹敌的幻戏师，便只有徐傀儡和你祖上易希川。他也曾力战斋藤骏，为幻戏界出头而不声张，足见他的为人。他知道杀害高祖父的凶手是谁后，要找你祖上易希川报仇，那也是天经地义之事。”

“所以你引我来这里，”我说，“是想解决祖辈的恩怨吗？”

“祖辈的恩怨，由祖辈去解决，我们这一代后人，没必要为此结怨。”罗晴再次转回头来看着我，“当年我曾祖父死在万国千彩大剧院的那场大火之中，龙图则被你祖上易希川带走。这件幻戏圣物，想必如今还在你易家人的手上吧？

“原来你是为了龙图。”

“不错。”罗晴举起那张水上飞龙的照片，“龙图藏有如此神奇非凡的幻戏，既然我有幸遇上了，当然要亲眼见识一下才行。”

“那恐怕你要失望了。”

罗晴语气上扬：“怎么？你不肯吗？怕我抢走龙图？”

“那倒不是，”我摇了摇头，“龙图不在我的手上。”

“那在哪里？”罗晴追问。

“当年为了龙图，我祖上看着亲近之人一一丧命，只剩下秋本久美子还在身边。他怕继续留在上海，会招惹来更多的灾祸，而且经历了诸多剧变之后，尤其是他的师妹死在他的眼前，让他丧失了重振师门的雄心壮志，于是带上龙图，与秋本久美子一起辗转逃到了四川，隐姓埋名，过上了普通人的生活。多年的战乱，再加上后来取缔会道门运动，国内的幻戏师都不再抛头露面，幻戏这个行当渐渐名存实亡。我祖上心灰意冷，收起了神通，不再显露幻戏，甚至对后人也不再传授幻戏技艺。他将无数幻戏绝技带入了黄土，至于龙图，不知被他放在了何处，又或许被他毁掉了。总之，自那次之后，龙图再也没有出现过。”

我叹了口气，对罗晴说道：“我可以对天发誓，我刚刚所说的，全都是实话。我从父辈那里听闻了祖上的事，对此大感好奇，我不断追问你关于幻戏的各种事，也是想知道更多关于我祖上的过去。我和你一样，做梦都想见一见龙图，只可惜……这永远也不可能实现了。”

罗家祠堂肃穆无声，我和罗晴相对而立，长时间默然不语。

我们的心里都很清楚，那些关于幻戏师的传奇故事，那些曾经震惊世人的神奇幻戏，都已湮没在古老岁月的深处，永远也回不来了……

（全书完）

出 品 人：许　永
责任编辑：许宗华
特邀编辑：朱若愚　王菁菁　王佩佩
封面设计：郭　子
封面插画：光影摇曳
印制总监：蒋　波
发行总监：田峰峥

投稿信箱：cmsdbj@163.com
发　　行：北京创美汇品图书有限公司
发行热线：010-59799930

创美工厂
微信公众平台

创美工厂
官方微博